Zu diesem Buch

«Wenn eine grünäugige ‹atemberaubende Schönheit›, vor der sogar Napoleon schwach wird, des Korsen Schwester Pauline, Talleyrand, Meisterkoch Carême, Couturier Leroy, die Hofkamarilla und des Kaisers Generale, Verfolgte und Verfolger, Spitzel und Denunzierte, dazu der waghalsige Pseudo-Pirat Jason Beaufort schicksalhaft miteinander verknüpft werden, muß einer so geschickten, recherchierfreudigen und phantasievollen Autorin wie Juliette Benzoni ein historischer Thriller gelingen. Die Verfasserin gilt seit Erscheinen ihrer Serie um das Mädchen Cathérine als Zauberin von Bestseller-Romanen aus historischem Material. Wie gewohnt, erweist sie sich auch in ‹Marianne und der Mann der vier Meere› als Kennerin des Paris von 1810, schildert getreu und impressionistisch Stadt, Leute, Traditionen, Sitten, Milieu und Mode...

Marianne ist eine Vernunftehe mit einem toskanischen Edelmann eingegangen und hat diesen geheimnisumwitterten Menschen bereits wieder verlassen. Sie stürzt sich nun in die Pariser Geselligkeit. Bei einem Brand während eines Balles verliert sie ihr Kind – und Napoleon ihre Liebe. Die Fürstin Sant'Anna – so heißt sie nun – wendet sich fortan einem anderen zu, eben jenem ‹Mann der vier Meere›, der durch politische Intrigen in den Kerker gerät und schließlich durch Marianne und ihre Getreuen daraus befreit wird...» («Die Welt»).

«Ein Buch, das Lesefreude, Spannung und Abenteuer verspricht» («Neue Osnabrücker Zeitung»). – «Dieser Gesellschaftsroman aus der Glanzzeit des großen Napoleon ist eine interessante und fesselnde Lektüre. Er setzt die Reihe der Schilderungen aufregender Frauengestalten auf sympathische Weise fort» («Harburger Anzeiger und Nachrichten»).

Juliette Benzoni, geboren in Paris, studierte an der d'Hulet-Universität, dann am Institut Catholique Philosophie, Jura und Literatur. Später arbeitete sie als Journalistin. Außer den historischen Romanen um Marianne, von denen ferner «Marianne – Ein Stern für Napoleon» (Nr. 4254) und «Marianne – Das Schloß in der Toskana» (Nr. 4303) vorliegen, schrieb sie den in aller Welt erfolgreichen und ebenfalls als rororo-Taschenbücher erschienenen Romanzyklus «Cathérine» (Nr. 1732), «Unbezwingliche Cathérine» (Nr. 1785), «Cathérine de Montsalvy» (Nr. 1813), «Cathérine und die Zeit der Liebe» (Nr. 1836) und «Cathérine im Sturm» (Nr. 4025).

Juliette Benzoni

Marianne

und der Mann der vier Meere

Roman

Deutsch von Hans Nicklisch

Rowohlt

Umschlagentwurf Eva Kausche-Kongsbak

Veröffentlicht im Rowohlt Taschenbuch Verlag GmbH,
Reinbek bei Hamburg, März 1981
© 1978 by F. A. Herbig Verlagsbuchhandlung, München/Berlin
Satz Aldus (Linotron 404)
Gesamtherstellung Clausen & Bosse, Leck
Printed in Germany
780-ISBN 3 499 14692 4

Erster Teil
Der Kurier des Zaren

1. Kapitel

Der Schlagbaum von Fontainebleau

Die Kutsche rollte in schnellem Tempo durchs Aixer Tor und tauchte in die engen, dunklen Gassen des alten Avignon. Die noch hochstehende Sonne vergoldete die Wälle, hob die Umrisse ihrer Zinnen, ihre viereckigen Türme hervor und blitzte auf der Oberfläche des Flusses, dessen gelbliche Gewässer ohne Eile unter den stehengebliebenen Bogen der halb eingestürzten alten Saint-Bénezet-Brücke hindurchflossen. Auf dem höchsten Turm des mächtigen Palastes der Päpste glänzte die Statue der Jungfrau wie ein Stern. Um besser sehen zu können, hatte Marianne die staubige Scheibe heruntergelassen und sog mit Wonne die nach Oliven, Thymian, Rosmarin und allen sonstigen Gerüchen der Provence duftende laue Luft ein.

Es waren jetzt fünfzehn Tage her, daß sie Lucca verlassen hatte. Sie waren der Küstenstraße und dann der Straße längs des Rhône-Tals gefolgt, immer in kurzen Tagereisen, teils um Marianne zu schonen, die sich dem vierten Monat ihrer Schwangerschaft näherte, ein Zustand, der einige Rücksicht erforderte, teils um die Pferde nicht allzu sehr zu ermüden. Denn der Reisekutsche waren nicht mehr die gewöhnlichen Postpferde vorgespannt, sondern vier prächtige Renner aus den Ställen Sant'Annas. Man legte täglich ungefähr zehn Meilen zurück und kehrte jeden Abend in eine andere Herberge ein.

Während dieser Reise hatte Marianne feststellen können, wie sehr sich ihr Status verändert hatte. Die Schönheit der Pferde, die auf die Schläge ihrer Kutsche gemalten Wappen und die Fürstenkrone darüber sicherten ihr überall einen nicht nur zuvorkommenden, sondern geradezu ehrerbietigen Empfang. Und sie hatte entdeckt, daß es durchaus nicht ohne Reiz war, eine sehr große Dame zu sein. Was Gracchus und Agathe betraf, strahlten sie vor Stolz, im Dienste einer Fürstin zu stehen und ließen niemanden im unklaren darüber. Gracchus betrat jeden Morgen den Saal der Herberge, in der sie übernachtet hatten und verkündete hochtrabend, «die Kutsche Ihrer Durchlauchtigsten Hoheit warte ...». Der einstige Laufbursche aus der Rue Montorgeuil war offenkundig nicht weit davon entfernt, sich für ein Mitglied der von ihm hochgeachteten Gilde der kaiserlichen Kutscher zu halten.

Marianne selbst fand ein gewisses Vergnügen an dieser gemächlichen Reise. Die Rückkehr nach Paris bereitete ihr nur eine recht begrenzte Freude, denn wenn die Aussicht, den guten Arcadius wiederzusehen, ihr auch angenehm war, fürchtete sie nichtsdestoweniger, in der Hauptstadt alle Arten von Widerwärtigkeiten vorzufinden, unter denen der drohende Schatten Francis Cranmeres gewiß nicht die geringste war, ganz zu schweigen von dem Empfang, den sie vom Kaiser zu erwarten hatte. Solange sie unterwegs war, beschränkten sich die Gefahren auf mögliche Begegnungen mit Straßenräubern, aber bisher hatte sich keine beunruhigende Gestalt am Wege der Kutsche blicken lassen. So hatte die Fahrt den Vorteil gehabt, ihren Geist von den Phantomen und Nebeln der Villa Sant'Anna reinzuwaschen, denn die junge Frau hatte sich mit all ihren Kräften dagegen gewehrt, auch nur für einen Moment das beunruhigende Gesicht Matteo Damianis und die phantastische Erscheinung des Reiters mit der weißen Maske heraufzubeschwören, der nun für immer ihr Gatte war. Später würde sie daran denken, später, wenn sie ihren neuen Lebensweg gefunden hätte, von dem sie fürs erste nicht die geringste Vorstellung hatte, da er völlig von Napoleon abhing. Er hatte einst den Weg einer Sängerin namens Maria Stella vorbereitet, aber was würde er mit der Fürstin Sant'Anna beginnen? Im Grunde wußte die Fürstin selbst nicht recht, was sie mit ihrer noblen Person anfangen sollte. Wieder war sie verheiratet – und verheiratet ohne Gatten!

Der Anblick Avignons verführte Marianne. Vielleicht war es die Sonne oder der breite, träge Fluß oder die warme Farbe der alten Steine, vielleicht auch waren es die an all den eisernen Balkonen rankenden Geranien, der seidigsilbrige Schimmer der Oliven und die singende Sprechweise der Gevatterinnen in buntscheckigen Unterröcken, die einander beim Passieren der Kutsche Bemerkungen zuriefen, jedenfalls verspürte sie Lust, sich hier ein paar Tage aufzuhalten, bevor sie sich endgültig nach Paris aufmachte. Sie beugte sich aus dem Schlag: «Sieh dich um, ob es hier ein gutes Gasthaus gibt, Gracchus. Ich würde gern zwei oder drei Tage bleiben. Dieser Ort ist so charmant.»

«Man kann immerhin Umschau halten. Ich sehe dort hinten eine große Herberge mit einem schönen Schild, und da wir ohnehin Rast machen müssen ...»

Nahe dem Oulle-Tor erhob sich in der Tat das Gasthaus zum Palast, eins der ältesten und behaglichsten der ganzen Gegend, mit seinen dikken ockerfarbenen Mauern und seinen weinumrankten Gartenlauben. Es diente auch als Poststation, wie das mächtige staubige Gefährt bewies, das eben davor angehalten hatte und seine von der Fahrt steifen Passagiere inmitten eines betäubenden Gelärmes von Schellengebimmel, Postillionsgeschrei und freudigen Zurufen entließ, mit denen die Reisenden von den zu ihrem Empfang Versammelten in einer südlichen Tonart begrüßt wurden, in der sämtliche Kiesel des Flusses zu rollen schienen.

Auf dem Dach der Postkutsche hatte ein Postillion die große Plane aus gewachster Leinwand zurückgeschlagen und war damit beschäftigt, die Gepäckstücke, die gestickten Reisesäcke und die Kolli der Passagiere einem der Stallknechte des Gasthauses hinunterzureichen. Als er damit fertig war, griff er nach mehreren Zeitungsbündeln und warf sie hinterher. Es waren Exemplare des «Moniteur», die das ganze Land durchquert hatten, um den Provençalen die letzten Neuigkeiten aus Paris zu bringen. Eins der Pakete entglitt dem Stallknecht, die Schnur, die es zusammenhielt, riß, und die Zeitungen verstreuten sich über den Boden.

Ein Knecht lief eiligst hinzu, um sie aufzusammeln, dabei fiel sein Blick auf die Nachrichten auf der ersten Seite, und plötzlich stieß er einen Schrei aus: «Heilige Jungfrau! Der Napoleon hat seinen Fouché zum Teufel gejagt! Das nenn ich wahrhaftig eine Neuigkeit!»

Das Gelärm, vorübergehend abgeflaut, wuchs von neuem schlagartig an. Die Leute der Herberge und die Gäste stürzten sich auf die verstreuten Zeitungen, um sich ihrer zu bemächtigen und, einer den anderen überschreiend, das Ereignis zu kommentieren.

«Fouché weggeschickt? Das ist doch nicht möglich!»

«Bah! Der Kaiser hat endlich genug von ihm gehabt!»

«Ihr seid nicht bei Trost! Der Kaiser hat's nur der jungen Kaiserin zuliebe getan. Es war ihr nicht möglich, Tag für Tag dem einstigen Königsmörder zu begegnen, einem Mann der Revolution, der für den Tod ihres Onkels, König Ludwigs XVI., gestimmt hat!»

«Soll das heißen, daß man allmählich all diesen als hochmögende Persönlichkeiten verkleideten Sansculotten einheizen wird? Das wäre zu schön!»

Jeder gab seine Meinung kund, und alle Welt sprach zu gleicher Zeit, die einen, um ihre Verblüffung, die andern, um ihre Freude auszudrükken. Die Provence hatte sich dem neuen Regime niemals aufrichtig angeschlossen. Sie war zutiefst royalistisch geblieben, und Fouchés Ende erregte weit mehr Freude als Besorgnis.

Marianne hatte sich indessen von neuem an Gracchus gewandt, der die kleine Szene von seinem Platz auf dem Kutschbock aus verfolgt hatte. «Hol mir eine dieser Zeitungen!» befahl sie ihm. «Und beeil dich!»

«Sofort, Madame – sobald ich Euer Appartement bestellt habe.»

«Nein, sofort! Wenn diese Leute sich nicht irren, könnte es sein, daß wir nicht bleiben.»

Die Nachricht war in der Tat für sie von Wichtigkeit. Fouché, ihr alter Verfolger, der Mann, der es gewagt hatte, sie durch Drohungen zum Spionieren bei Talleyrand zu veranlassen, der Mann, der nicht imstande oder nicht willens gewesen war, zu verhindern, daß sie in Fanchon-Fleur-de-Lys' Hände fiel, der Mann schließlich, der zugelassen hatte, daß Francis Cranmere sich ungestraft in Paris bewegen, sie erpressen, ihre Cousine Adelaide d'Asselnat entführen und zum Schluß aus dem Schloß von Vincennes fliehen und nach England zurückkehren konnte, um dort vermutlich in aller Gemütsruhe seine abscheuliche Tätigkeit wiederaufzunehmen, dieser Mann also verlor endlich seine gefährliche Macht, die ihn zum heimlichen Herrn des Landes machte. Es klang zu schön! Es war kaum zu glauben...

Doch als sie dann das schon vergilbte, durch den Staub der langen Fahrt beschmutzte Blatt in den Händen hielt, mußte sie wohl oder übel ihren Augen trauen. Der «Moniteur» meldete nicht nur die Ersetzung des Herzogs von Otranto durch Savary, Herzog von Rovigo, an der Spitze des Polizeiministeriums, sondern veröffentlichte auch den Text des offiziellen Schreibens, das der Kaiser an Fouché gerichtet hatte:

«Die Dienste, die Ihr uns in den verschiedensten Bereichen geleistet habt», schrieb der Kaiser, «veranlassen Uns, Euch die Statthalterschaft Roms anzuvertrauen, bis wir für die Durchführung des Artikels 8 der Anordnungen vom 17. Februar 1810 Sorge getragen haben. Wir erwarten, daß Ihr fortfahren werdet, uns auch auf diesem neuen Posten Beweis Eures Eifers in unserem Dienst und Eurer Hingabe an Unsere Person zu geben...»

Mit einer nervösen Bewegung zerknitterte Marianne die Zeitung in ihren Händen und überließ sich ganz ihrer Freude. Das war noch schöner, als sie gehofft hatte! Verbannt! Fouché war verbannt! Denn man durfte sich über die wahre Bedeutung dieser neuen Aufgabe nicht täuschen. Der Posten eines Gouverneurs von Rom war weit eher ein Ehrenamt als eine wirkliche Aufgabe. Napoleon wollte Fouché fern von Paris wissen. Über den Grund dieser Entscheidung ließ das Journal natürlich nichts verlauten, aber eine geheime Stimme raunte Marianne zu, daß die berühmten verschwiegenen Verhandlungen mit England etwas damit zu tun hatten...

Eine weitere Nachricht, völlig losgelöst von der über die Entlassung Fouchés und weit genug von ihr entfernt plaziert, um das Publikum nicht auf die Idee kommen zu lassen, beide Ereignisse hätten miteinander zu tun, bestärte sie übrigens in ihrer Überzeugung. Am gleichen Tage, an dem Fouché verabschiedet worden war, hatte man den Bankier Ouvrard wegen Veruntreuung und Verbrechens gegen die Sicherheit des Staates im Salon einer prominenten, ihrer Ergebenheit für die kaiserliche Sache wegen wohlbekannten Pariserin verhaftet. Marianne dachte sofort an Fortunée, an ihre Drohungen gegen ihren Liebhaber nach dem unverschämten Antrag, den er ihr, Marianne, zu machen gewagt hatte. War sie es, die Ouvrards Verhaftung veranlaßt hatte und, falls das zutraf, durch die Napoleon von der englischen Angelegenheit erfahren hatte? Die in ihren Freundschaften ebenso anhängliche wie in ihrer Rachsucht unnachsichtige schöne Kreolin war durchaus dazu imstande ...

«Wozu hat Madame sich entschieden?»

Die besorgte Stimme ihres Kutschers riß sie aus ihren Überlegungen.

Nach einer solchen Nachricht konnte keine Rede mehr davon sein, unterwegs kostbare Zeit zu vertrödeln. Sie mußte so schnell wie möglich zurück! Ohne seinen Rückhalt bei Fouché hörte Francis auf, gefährlich zu sein. Mit einem strahlenden Lächeln, dem ersten so unbekümmert frohen seit ihrem Aufbruch von Lucca, wandte sie sich dem jungen Kutscher zu. «Vorwärts, Gracchus! So schnell wie möglich! Es geht darum, ohne Verzug nach Paris zurückzukehren.»

«Denkt Madame daran, daß wir keine Postpferde mehr vor dem Wagen haben? Wenn wir das gleiche Tempo wie bei unserer Reise nach Lucca einschlügen, würden diese hier krepieren, bevor wir noch Lyon erreichten, und wenn Madame mir die Bemerkung erlaubt, wäre das doch sehr schade.»

«Ich habe nicht die Absicht, meine Pferde umzubringen, aber ich wünsche, daß wir so lange Tagesstrecken wie nur möglich zurücklegen. Deshalb fahren wir heute abend weiter. Vorwärts also!»

Mit einem resignierenden Seufzer schwang sich Gracchus-Hannibal Pioche wieder auf seinen Sitz, wendete die Kutsche und lenkte zur Enttäuschung des Wirts, der sich dem eleganten Gefährt bereits diensteifrig genähert hatte, sein Gespann auf die Straße nach Orange.

Dank der außerordentlichen Qualitäten von Mariannes Pferden und der Tüchtigkeit ihres Kutschers stand der Reisewagen so mit Schmutz und Staub bedeckt, daß man weder seine Farbe noch die aufgemalten Wappen erkennen konnte, schon nach wenigen Tagen vor dem Schlagbaum von Fontainebleau. Und die junge Frau konnte einen Seufzer der Erleichterung nicht unterdrücken, als sie die Laternen zwischen den Säulen der Ledoux' Genie zu verdankenden Torgebäude aufleuchten sah. Endlich war sie am Ziel!

Die Freude, die sie in Avignon empfunden hatte und die der Anlaß zu dieser Parforcefahrt nach Paris gewesen war, hatte sich ein wenig gemildert, wie sie sich auch bei den Franzosen abgekühlt zu haben schien, je mehr sie sich der Hauptstadt näherte. Während der Aufenthalte in den Gasthöfen verschiedener Städte hatte Marianne sehr bald feststellen können, daß Fouchés Entlassung fast überall als Katastrophe empfunden wurde, weniger übrigens aus Sympathie für seine Person als aus Abneigung gegen seinen Nachfolger. Die verschiedensten Gerüchte liefen um, doch am verbreitetsten war die Überzeugung, daß Napoleon seinen Minister fortgeschickt hatte, um seiner Frau gefällig zu sein; und sofort hatten alle die, die bei der großen Revolution irgendeine mehr oder minder bedeutende Rolle gespielt hatten, um ihre Stellung sowie ihrer Sicherheit wegen zu zittern begonnen. Napoleon schien dem «Neffen Ludwigs XVI.» Vorrang vor dem General Bonaparte geben zu wollen. Und außerdem fürchtete man in Savary den seinem Herrn blind ergebenen Mann, den Mann ohne Weitblick, ohne Mitleid und ohne Hochherzigkeit, den kaiserlichen Gendarmen, den Mann, der fähig war, jeden Befehl, selbst den ungeheuerlichsten, unerbittlich auszuführen. Die Royalisten vor allem erinnerten sich mit Schrecken, daß Savary im Grunde der Henker des Herzogs von Enghien gewesen war. Kurz, Marianne hatte zur ihrer Verblüffung entdecken müssen, daß die verschreckten, verwirrten Franzosen nicht allzuweit davon entfernt waren, den unheimlichen Fouché mit einem Heiligenschein zu umkränzen, und daß sie ihm auf jeden Fall geradezu einmütig nachtrauerten.

Ich werde ihn jedenfalls nicht vermissen! hatte sie sich gesagt, während sie sich grollend all dessen erinnerte, was sie durch ihn hatte erdulden müssen. Übrigens hat mir dieser Savary nie etwas getan, wir kennen uns nicht einmal! Folglich sehe ich auch nicht, was ich durch seine Ernennung zu fürchten hätte.

Doch trotz so tröstlicher Gedanken konnte sie sich eines Gefühls von Unmut nicht erwehren, als sie die Torwächter ihre Kutsche mit einer bisher völlig unüblichen Gründlichkeit untersuchen sah.

«Darf ich fragen, was Ihr sucht?» rief sie ungeduldig. «Es nimmt doch wohl niemand an, daß ich ein Tönnchen Branntwein unter meinen Kissen versteckt habe!»

«Befehl ist Befehl, Madame!» erwiderte ein Gendarm, der eben aus dem Zollhaus getreten war. «Alle in Paris eintreffenden Wagen müssen durchsucht werden, besonders wenn sie von weither kommen. Woher kommt Ihr, Madame?»

«Aus Italien!» antwortete Marianne. «Und ich schwöre Euch, daß ich weder Schmuggelware noch Verschwörer in meinem Wagen transportiere. Ich kehre nur nach Hause zurück.»

«Ihr müßt einen Paß haben», bemerkte der Gendarm mit einem spöttischen Lächeln, das unter einem dicken, bürstenartigen Schnauzbart beeindruckend weiße Zähne enthüllte, «und vielleicht gar einen Paß des Herrn Herzogs von Otranto?»

Offenbar standen diese Pässe in schlechtem Ansehen, und sie segnete das Schicksal, das sie zu einer getreuen Untertanin der Großherzogin der Toskana gemacht hatte. Stolz wies sie den Paß vor, den ihr Graf Gherardesca drei Tage nach ihrer Hochzeit zuvorkommend hatte überreichen lassen. «Dieser hier trägt die Unterschrift Ihrer Kaiserlichen Hoheit der Fürstin Elisa, Großherzogin der Toskana, Fürstin von Lucca und Piombino und Schwester Seiner Majestät des Kaisers und Königs, wie Ihr vielleicht wißt», fügte sie mit spöttischem Vergnügen an der Aufzählung all dieser eindrucksvollen Titel ironisch hinzu.

Doch der Gendarm war offenbar unempfindlich für Ironie. Er war vollauf damit beschäftigt, im Schein der Laterne den in das offizielle Dokument eingetragenen Namen zu entziffern. «Marianne-Elisabeth d'Assel – nat de Villeneuve – Fürstin – Sarta – nein, Santa Anna ...»

«Sant'Anna», berichtigte Marianne, ungeduldig werdend. «Kann ich jetzt wieder in den Wagen steigen und meinen Weg fortsetzen? Ich bin sehr müde – und außerdem fängt es an zu regnen.»

In der Tat begannen große, runde Tropfen zu fallen, schwer wie Münzen, die in der Staubschicht des Wagens kleine Krater hinterließen. Der Gendarm unter seinem Zweispitz schien sich jedoch nicht darum zu kümmern. Er warf Marianne einen mißtrauischen Blick zu. «Ihr könnt wieder einsteigen, aber rührt Euch nicht von der Stelle. Ich muß etwas nachsehen.»

«Ich möchte gern wissen, was!» empörte sich Marianne, wütend darüber, ihn mit ihrem Paß ins Torgebäude zurückkehren zu sehen. «Bildet dieser Flegel sich etwa ein, daß ich falsche Papiere habe?»

Ein alter Gemüsebauer, dessen mit Kohlköpfen beladener Karren neben ihrer Kutsche angehalten hatte, antwortete ihr: «Nur nicht ungeduldig werden, M'dame! So geht's jedermann hier jeden verflixten Tag, den uns der verflixte Himmel schenkt! Kaum zu glauben, was für Kleinigkeitskrämer diese verflixten Burschen geworden sind! Ich hab schon manchmal meinen Kohl abladen müssen, als hätt ich einen dieser verflixten Verschwörer drin versteckt!»

«Aber was ist denn los? Hat es ein Attentat gegeben? Ist ein Verbrecher entwischt? Sucht man nach Banditen?» In Wahrheit war Marianne nicht weit von der Vermutung entfernt, daß Napoleon sie suchen ließe, um sie zu bestrafen, weil sie ohne seine Genehmigung geheiratet hatte.

«Nichts von alldem, M'dame! Dieser verflixte Savary bildet sich bloß ein, außer ihm gäb's keinen braven Untertan des Kaisers. Und deshalb sucht er und wühlt und verhört. Er will alles von allen wissen, der Kerl!»

Der Gemüsebauer hätte seine vertraulichen Mitteilungen zweifellos nicht so bald beendet, wenn der Gendarm mit dem Schnauzbart nicht wieder erschienen wäre, diesmal begleitet von einem sehr jungen, geschniegelten Unterleutnant, der an den Wagenschlag trat, lässig grüßte, Marianne mit einem unverschämt abschätzenden Blick musterte und fragte: «Ihr seid also Madame Sant'Anna, wie es scheint.» Außer sich über den von dem Grünschnabel angeschlagenen Ton, spürte Marianne, wie sie wütend wurde. «Ich bin allerdings die Fürstin Sant'Anna», erwiderte sie, jede Silbe einzeln betonend, «und man nennt mich Durchlaucht – oder Eure Herrlichkeit, ganz nach Wunsch, Leutnant! Es scheint, daß man euch bei der Gendarmerie nicht gerade Höflichkeit beibringt.»

«Solange man uns beibringt, unsere Pflicht zu tun, ist das vollauf genug», bemerkte der junge Mann, vom hochmütigen Ton seiner Widersacherin ungerührt. «Und meine Pflicht ist es, Euch unmittelbar zum Polizeiminister zu bringen, Durchlaucht. Wenn Ihr also die Güte hättet, Eure Kammerfrau anzuweisen, mir ihren Platz zu überlassen...»

Bevor die überraschte Marianne zu antworten vermochte, hatte der Leutnant den Schlag geöffnet und war in die Kutsche gestiegen, wo Agathe sich eilig erhob, um den Platz neben ihrer Herrin für ihn freizumachen.

Doch Marianne hielt das junge Mädchen energisch am Arm zurück. «Bleib, Agathe! Ich habe nicht gesagt, daß du aufstehen sollst, und ich habe auch nicht die Gewohnheit, irgend jemand sich neben mich setzen zu lassen. Was Euch betrifft, Monsieur, habe ich zweifellos nicht richtig verstanden. Wollt Ihr mir noch einmal wiederholen, was Ihr eben gesagt habt?»

Da er sich nicht setzen konnte, war der Leutnant zu einer höchst unbequemen, gebückten Haltung gezwungen und murrte: «Ich habe gesagt, daß ich Euch ohne Aufschub zum Polizeiminister zu bringen habe.

Euer Name ist schon vor mehr als einer Woche bei allen Schlagbäumen hinterlegt worden. Es ist ein Befehl.»
«Ein Befehl von wem?»
«Von wem wohl? Vom Polizeiminister, dem Herrn Herzog von Rovigo, also ein Befehl des Kaisers!»
«Das wird sich zeigen!» rief Marianne. «Fahren wir also zum Herrn Herzog von Rovigo, da Ihr darauf zu bestehen scheint. Ich bin übrigens keineswegs ärgerlich darüber, ihm sagen zu können, was ich von ihm und seinen Untergebenen halte – aber bis dahin möchte ich über mein Gefährt selbst verfügen. Erweist mir also die Gunst, Euch neben meinen Kutscher zu setzen, junger Mann. Sonst schwöre ich Euch, daß Ihr mich nicht von hier wegbringen werdet!»
«Schon gut! Ich gehe!»
Mürrisch zog sich der junge Offizier zurück und gesellte sich zu Gracchus, der ihn mit einem spöttischen Lächeln empfing.
«Hübsch von Euch, mir Gesellschaft zu leisten, Herr Leutnant! Ihr werdet sehen, wie gut es sich hier oben sitzt. Ein bißchen feucht vielleicht, aber dafür ist die Luft frischer als drin. Und wohin geht nun die Reise?»
«Nur immer los! Und spiel nicht den Witzbold! Es könnte dir übel bekommen. Vorwärts also!» knurrte der Leutnant.
Statt einer Antwort trieb Gracchus die Pferde an, und vorübergehend seine neue Würde als fürstlicher Kutscher beiseite lassend, begann er aus vollem Halse mit seinem schönsten Vorstadtakzent das alte Marschlied der Soldaten von Austerlitz zu singen:

> Wir stoßen in ihre Flanke,
> Ra ta plan tirili plan!
> Wir stoßen in ihre Flanke,
> und dann gibt's was zu lachen

Lachen? In die Polster ihres Wagens gedrückt, verspürte Marianne nicht die geringste Lust dazu, und trotzdem paßte dieser von der fröhlichen Stimme ihres Kutschers lauthals gesungene kriegerische Marsch durchaus zu ihrer Stimmung. Sie war viel zu zornig, um auch nur für eine Minute Angst vor diesem Savary und dem Anlaß zu haben, um dessentwillen er sie schon an den Toren von Paris hatte aufhalten lassen.

Auch im Hôtel de Juigné, das sie bald darauf erreichten, entdeckte Marianne Veränderungen. Offenbar wurde es neu hergerichtet. Überall waren Gerüste und von den Arbeitern bei Arbeitsschluß stehengelassene Gipströge und Farbtöpfe zu sehen. Trotzdem und trotz der späten Stunde – zehn Uhr hatte es vom Turm von Saint-Germain-des-Prés geschlagen – wimmelte es im Hof und in den Vorzimmern von Lakaien in prunkvollen Livreen und von Personen aller Art. Statt Marianne in das staubige Vorzimmer im ersten Stock zu geleiten, von dem aus man in das mit Akten vollgestopfte, so dürftig möblierte kleine Büro des Herzogs von Otranto gelangte, übergab sie der junge Gendarmerieleutnant einem hochgewachsenen Majordomus in rotem Plüschsamt und gepuderter Perücke. Er öffnete ihr majestätisch die Tür eines Salons im Erdgeschoß, eines Salons, der in allem von ungedingter Treue zum Geschmack des allerhöchsten Gebieters kündete: Möbel aus massivem Mahagoni, Siegesgöttinnen und Löwenklauen aus vergoldeter Bronze, mit Bienen durchwirkte dunkelgrüne Tapeten, pompejanische Lüster und auf allen Türfüllungen immer wieder in Stuck ausgeführte kriegerische Allegorien. Auf einem pfeilerartigen Sockel stand eine lorbeerumkränzte Büste des Kaisers, die auf Marianne den Eindruck eines Grabdenkmals machte.

Inmitten dieser Dekoration schritt eine Dame in einem Umhang aus schwarzem Samt über einer malvenfarbenen Taftrobe, hoch auf dem Haar einen mit Spitzen und Fliederdolden garnierten Kapotthut aus Reisstroh, vom seidigen Rascheln ihres Rocks begleitet, sichtlich erregt hin und her. Es war eine Dame mittleren Alters, deren nobles Gesicht mit der hohen, nachdenklichen Stirn zugleich Sanftheit und Strenge verriet. Marianne kannte dieses Gesicht. Sie hatte die Stiftsdame de Chastenay, ein schöngeistiges Fräulein von hohem Rang, das, wie es hieß, einst eine Schwäche für den jungen, mageren General Bonaparte gehabt haben sollte, häufig bei Talleyrand gesehen.

Bei Mariannes Anblick hielt sie in ihrem fiebrigen Auf und Ab jäh inne, musterte Marianne überrascht und stürzte ihr dann mit ausgestreckten Händen und einem freundlichen Aufschrei entgegen: «Teure große Künstlerin! Oh, verzeiht! Ich will sagen: meine teure Fürstin, welche Freude und welche Erleichterung, Euch hier zu finden!»

Nun war es an Marianne, überrascht zu sein. Woher wußte Madame de Chastenay von der Veränderung ihrer Situation?

Das Stiftsfräulein ließ ein kurzes, nervöses Lachen hören und zog die junge Frau zu einem von zwei abstoßenden Siegesgöttinnen aus Bronze verteidigten Kanapee. «Aber in ganz Paris spricht man nur von Eurer so romantischen Hochzeit! Fast ebensoviel wie von der Ungnade dieses armen Herzogs von Otranto! Wißt Ihr, daß keine Rede mehr davon ist, ihn zum Statthalter von Rom zu ernennen? Wie man sagt, ist der Kaiser wegen des großen Autodafés, das er mit seinen Geheimakten und allen Karteikarten seines Ministeriums veranstaltet hat, äußerst aufgebracht gegen ihn. Er ist verbannt, wirklich verbannt! Es ist nicht zu glauben! Aber – was hatte ich denn eigentlich sagen wollen?»

«Ihr sagtet, man spreche viel über meine Hochzeit, Madame», murmelte Marianne, benommen von diesem Wortschwall.

«Ah! O ja – sie ist so überaus ungewöhnlich! Wißt Ihr, meine Liebe, daß Ihr eine wahre Geheimniskrämerin seid? Einen der größten Namen Frankreichs so unter einem Pseudonym zu verstecken! Wie romantisch! Aber Ihr dürft mir glauben, daß ich mich niemals habe täuschen lassen. Ich ahnte schon lange, daß Ihr eine echte Aristokratin seid, und als wir die Neuigkeit erfuhren ...»

«Aber wie habt Ihr sie erfahren?» beharrte Marianne geduldig. Das Stiftsfräulein hielt inne, überlegte einen Moment und fuhr dann noch beredter fort: «Wie war das doch gleich? Ah ja! Die Großherzogin der Toskana hat dem Kaiser davon wie von etwas ganz und gar Außerordentlichem geschrieben! Und so rührend! Man bedenke: Eine junge, schöne Sängerin willigt ein, einen Unglücklichen zu heiraten, den die Natur so stiefmütterlich bedacht hat, daß er sich weigert, sich irgend jemandem, wer es auch sei, zu zeigen! Und noch mehr: Diese schöne Künstlerin erweist sich als Angehörige eines alten Geschlechts! Meine Liebe, Eure Geschichte dürfte um diese Zeit schon die Runde in ganz Europa machen. Madame de Genlis soll daran denken, einen Roman um Euch zu verfassen, und von Madame de Staël wird erzählt, daß sie davon träume, Euch zu begegnen.»

«Aber – der Kaiser? Was sagt der Kaiser?» fragte Marianne, zugleich verblüfft und beunruhigt über all dieses Aufsehen um eine Verbindung, die fast im Verborgenen geschlossen worden war. Der Hof von Toskana mußte ein gewaltiger Klatschverein sein, wenn die großen Wellen seines Geschwätzes schon einen so weiten Weg zurückgelegt hatten.

«Ehrlich gesagt, darüber kann ich Euch nicht allzuviel verraten», erwiderte das Stiftsfräulein. «Ich weiß nur, daß Seine Majestät mit Monsieur de Talleyrand darüber sprach und sich grausam über den armen Fürsten lustig machte, weil er der einstigen Madame Grand die leibhaftige Tochter des Marquis d'Asselnat als Vorleserin gegeben hat.»

Das war echt Napoleon! Er mußte über diese Ehe wütend sein und hatte es für richtig befunden, seinen Zorn an Talleyrand auszulassen –

zweifellos in der Erwartung, sich mit Marianne selbst anzulegen. Deshalb auch diese – dringende Einladung des neuen Polizeiministers. Um das Gesprächsthema zu wechseln, fragte sie: «Aber wie kommt es, Madame, daß wir uns hier zu dieser Stunde begegnen?»

Augenblicklich verlor Madame de Chastenay die unbeschwerte Heiterkeit der Dame von Welt und verfiel wieder in den unruhig-bedrückten Zustand, aus dem Mariannes Eintritt sie herausgerissen hatte. «Ah, sprecht mir nicht davon! Ich bin noch völlig erledigt! Stellt Euch vor, ich befand mich im Beauvoisis bei guten Freunden, die dort ein bezauberndes Gut besitzen, wo ich mich ... Kurz und gut, stellt Euch vor, daß heute morgen ein langer Kerl von Gendarm im Auftrag des Herrn Herzogs von Rovigo erschien, der dringend nach mir verlange! Und das Schlimmste ist, daß ich überhaupt nicht weiß, warum oder was ich getan haben soll! Ich ließ meine armen Freunde in äußerster Besorgnis zurück und fragte mich während der ganzen scheußlichen Reise, warum man mich wohl sozusagen arretiert haben mochte. Ich war so deprimiert, daß ich für einen Moment den Staatsrat Réal aufsuchte, um mich zu erkundigen, was er davon halte, und er riet mir dringend, mich ohne weiteren Verzug hierher zu begeben, da jeder Verzug ernstliche Konsequenzen haben könne. Ah, meine Teure, ich bin in einem Zustand ... Und ich bin sicher, daß es sich bei Euch genauso verhält.»

Nein, nicht genauso. Abgesehen davon, daß Marianne sich bemühte, kaltes Blut zu bewahren, hatte sie gewisse Gründe anzunehmen, daß die sie betreffenden Befehle nicht willkürlich waren – wenn sie auch nie auf den Gedanken gekommen wäre, daß Napoleon so weit gehen würde, sie nur deshalb verhaften zu lassen, weil sie sich ohne seine Erlaubnis verheiratet hatte. Doch ihr blieb keine Zeit, ihre eigenen Besorgnisse mit ihrer Leidensgefährtin zu teilen. Der majestätische Türhüter trat wieder in Erscheinung und informierte Madame de Chastenay, daß der Minister sie erwarte.

«Großer Gott!» stöhnte das Stiftsfräulein. «Was wird mir geschehen? Sprecht ein kleines Gebet für mich, meine teure Fürstin!»

Und die malvenfarbene Taftrobe verschwand im Kabinett des Ministers, Marianne ihrer Einsamkeit überlassend. Es war warm in diesem Raum, dessen Fenster hermetisch geschlossen waren, aber die Gipsspuren und Farbspritzer an den Scheiben bewiesen, daß es für den guten Zustand des Mobiliars besser war, sie wenigstens bis zur Beendigung des Außenputzes der Mauern geschlossen zu halten. Um unbeschwerter zu atmen, öffnete Marianne den weiten Staubmantel, den sie über einem Kleid aus leichter grüner Seide trug und lockerte die Satinbänder ihres

Kapotthuts. Sie fühlte sich müde, feucht und schmutzig, ein Zustand, der für die Begegnung mit einem Polizeiminister alles andere als günstig war, und sie hätte wer weiß was darum gegeben, ein Bad nehmen zu können. Aber wann würde es ihr möglich sein zu baden? Würde er ihr überhaupt erlauben, nach Hause zurückzukehren? Welcher Art Anklage würde sie sich gegenübersehen? Es gehörte zu den Gewohnheiten des Kaisers, nicht gerade nach Treu und Glauben zu handeln, wenn er Anlaß zu Groll zu haben glaubte, und Marianne erinnerte sich gewisser leidenschaftlicher, aber auch gewittriger Szenen ihrer einstigen Liebesaffäre, die ihr alles andere als beruhigend erschienen.

Die Tür öffnete sich von neuem. «Wenn Madame mir folgen wollen ...»

Der Türhüter war wieder erschienen und ließ sie in ein großes, luxuriöses Arbeitskabinett treten, das in nichts dem Fouchés ähnelte. Hinter dem mit Rosen geschmückten, von einem riesigen Porträt des Kaisers in ganzer Größe beherrschten Mahagoni-Schreibtisch saß ein schöner braunhaariger Mann mit samtenen Augen, aber ein wenig weichlichen Zügen, offensichtlich oder vielleicht auch nur zum Schein in ein Aktenstück vertieft. Sofort erinnerte sich Marianne, dem Herzog von Rovigo schon begegnet zu sein, sie erinnerte sich auch, daß er ihr ganz und gar nicht sympathisch gewesen war. Sein selbstgefälliges, arrogantes, geheime Befriedigung verratendes Gesicht gehörte zu denen, die ihr schon immer auf die Nerven gegangen waren. Die Tatsache, daß er bei ihrem Eintritt nicht einmal aufgesehen hatte, verstärkte ihre Abneigung und Verstimmung noch mehr. Obwohl dieses wenig höfliche Benehmen zweifellos Unheil kündete, beschloß Marianne, daß es an der Zeit sei, ihm ein wenig Respekt beizubringen, wenn schon nicht vor ihrer Person, so doch wenigstens vor ihrem Rang und Namen ...

Gelassen durchquerte sie den großen Raum, ließ sich in einem vor dem Schreibtisch stehenden Sessel nieder und sagte liebenswürdig: «Vor allem laßt Euch nicht durch mich stören, doch falls Ihr einen Moment erübrigen könntet, Herr Minister, wäre ich dankbar, wenn Ihr mir sagtet, aus welchem Grund ich die Ehre habe, mich hier zu befinden.»

Savary fuhr auf, ließ seine Feder fallen und starrte Marianne verdutzt an. Wenn seine Verblüffung nicht aufrichtig war, sprach sie zumindest für seine schauspielerische Begabung. «Mein Gott! Meine teure Fürstin! Aber Ihr seid ja schon eingetreten!»

«Es scheint so ...»

Er sprang von seinem Sessel auf, eilte um den Schreibtisch herum, griff nach ihrer Hand, die ihm zu reichen sie vermieden hatte, und hob sie respektvoll an seine Lippen. «Ich bitte tausendmal um Entschuldigung! Welche Freude, Euch endlich nach Paris zurückgekehrt zu sehen! Ihr könnt Euch nicht vorstellen, mit welcher Ungeduld man Euch erwartet!»

«Im Gegenteil, ich stelle es mir ganz gut vor», bemerkte Marianne halb scherzend, halb ernst, «wenigstens wenn ich dem Eifer glauben darf, mit dem Eure Gendarmen meinen Wagen am Schlagbaum von Fontainebleau durchsuchten! Aber wenn es Euch recht ist, lassen wir jetzt das Katz-und-Maus-Spiel. Ich erspare Euch alle Höflichkeitsformeln, denn ich habe eine lange Reise hinter mir und bin erschöpft ... Sagt mir also schnell, in welches Gefängnis Ihr mich schicken werdet und, nebenbei auch, aus welchem Grund!»

Savarys Augen wurden rund, und diesmal hätte Marianne geschworen, daß seine Überraschung nicht gespielt war. «Gefängnis? Euch? Aber warum nur, teure Fürstin? Es ist wirklich kurios! Heute abend höre ich von nichts anderem reden! Madame de Chastenay ...»

«Hätte vor wenigen Minuten ebenfalls geschworen, daß Ihr sie einsperren wolltet. Ja, so geht's, wenn man die Leute arretieren läßt!»

«Aber weder Ihr noch sie seid arretiert worden! Ich hatte lediglich meinen Leuten aufgetragen, mich zu benachrichtigen und Euch mitzuteilen, daß ich Euch unmittelbar nach Eurer Ankunft in Paris zu sehen wünschte, was ich gleichfalls der Stiftsdame de Chastenay ausrichten ließ. Versteht mich: Mein Amtsvorgänger hat bei Verlassen dieses Hauses ... nun, sagen wir, tabula rasa mit fast allen Akten und allen Karteiblättern gemacht, was bedeutet, daß ich so gut wie nichts weiß.»

«Tabula rasa?» fragte Marianne, die sich zu amüsieren begann. «Wollt Ihr damit sagen, daß er ...?»

«... alles verbrannt hat!» fiel Savary kläglich ein. «Ich vertraute ihm leichtgläubig. Er hatte mir vorgeschlagen, noch einige Tage hierzubleiben, um Ordnung zu schaffen, und während dreier Tage – dreier Tage! –, die er hier eingeschlossen verbrachte, warf er seine Geheimakten, die Karteiblätter seiner Agenten, die Korrespondenz, die er aufbewahrte, ja selbst die Briefe des Kaisers ins Feuer, was den Zorn Seiner Majestät in höchstem Maße erregt hat. Jetzt ist Monsieur Fouché nach Aix verbannt, wohin er eilends flüchten mußte, um dem gerechten Groll des Kaisers zu entgehen. Und ich versuche, mit dem wenigen, was mir bleibt, das Räderwerk der von ihm zerbrochenen Maschine wiederherzustellen. Deshalb also bitte ich Besucher zu mir, suche Kontakt mit denen, die, wie es heißt, schon früher Beziehungen zu diesem Haus unterhielten.»

Tiefe Röte, verursacht durch Zorn und Scham, stieg in Mariannes Gesicht. Jetzt hatte sie begriffen. Dieser Mann, der mit den Schwierigkeiten eines schweren Erbes zu kämpfen hatte, war bereit, alles zu tun, um seinem Herrn zu beweisen, daß er mindestens ebenso tüchtig war wie der Fuchs Fouché! Aber da er bei weitem nicht so gerissen war wie er, häufte er Ungeschicklichkeit auf Ungeschicklichkeit. Bildete er sich wirklich ein, daß sie sich wieder den Befehlen eines Polizisten unterwerfen würde, selbst wenn er Minister war?

Doch um sich zumindest Klarheit über ihre eigene Situation zu verschaffen, zwang sie sich zur Ruhe und fragte: «Ihr seid sicher, daß der Kaiser nichts mit der – nun, Einladung zu tun hat, die ich am Schlagbaum von Fontainebleau erhielt?»

«Aber ganz und gar nicht, teure Fürstin! Allein mein Wunsch, eine Persönlichkeit besser kennenzulernen, von der ganz Paris seit vierzehn Tagen spricht, hat mich veranlaßt, Befehle zu geben, die, wie ich nun sehe, falsch aufgefaßt worden sind ... und die Ihr mir, wie ich hoffe, vergebt.»

Er hatte seinen Sessel dicht neben den Mariannes gerückt und bemächtigte sich ihrer Hand, umschloß sie mit den seinen. Zugleich trat etwas Schmachtendes in seinen samtigen Blick, das der jungen Frau unheilkündend schien. Sie wußte, daß Savary viel Erfolg bei Frauen hatte, aber ihr Typ war er nicht. Es war deshalb sinnlos, ihn so in eine Sackgasse geraten zu lassen.

Sanft ihre Hand zurückziehend, fragte sie: «Alle Welt spricht also von mir?»

«Alle Welt! Ihr seid die Heldin aller Salons!»

«Das ehrt mich sehr. Ist auch der Kaiser in dieses ‹Alle Welt› eingeschlossen?»

Savary fuhr sichtlich ungehalten hoch.

«Oh, Madame! Seine Majestät kann in keinem Fall in solch einer Formulierung eingeschlossen sein!»

«Nun, meinetwegen», versetzte Marianne, die der Sache müde zu werden begann. «Der Kaiser hat Euch also nichts mich Betreffendes gesagt?»

«Meiner Treu – nein! Meint Ihr, es könnte anders sein? Ich glaube nicht, daß es gegenwärtig auf der Welt eine einzige Frau gibt, die imstande wäre, die Aufmerksamkeit Seiner Majestät abzulenken. Der Kaiser ist aufs innigste in seine junge Frau verliebt und widmet ihr jeden freien Augenblick! Ein zärtlicher vereintes Paar hat es nie gegeben. Wirklich, es ist ...»

Marianne erhob sich abrupt, unfähig, noch mehr davon zu hören. Diese Unterhaltung hatte für ihren Geschmack lange genug gedauert. Und wenn dieser Dummkopf sie nur herzitiert hatte, um ihr vom verliebten Geturtel des kaiserlichen Paares zu erzählen, mußte er noch stupider sein, als sie angenommen hatte. War ihm nie etwas von den Gerüchten über sie und Napoleon zu Ohren gekommen? Niemals hätte Fouché solch eine Ungeschicklichkeit begangen – es sei denn, daß sie ihm nützlich gewesen wäre ... «Wenn Ihr erlaubt, Herr Minister, werde ich mich zurückziehen. Wie ich Euch schon sagte, bin ich sehr erschöpft.»

«Aber gewiß doch, gewiß! Nichts ist natürlicher! Ich werde Euch zum Wagen bringen. Ihr könnt Euch nicht vorstellen, teure Fürstin, wie entzückt ich bin ...»

Er verlor sich in endlose, zweifellos äußerst schmeichelhafte Betrachtungen, die Mariannes Gereiztheit jedoch nur noch steigerten. Sie sah nur einen Grund dafür: Napoleon interessierte sich nicht mehr für sie, sonst hätte Savary es nicht gewagt, ihr den Hof zu machen. Sie hatte geglaubt, sich seinen Zorn zugezogen zu haben, hatte geglaubt, daß er versuchen würde, sich an ihr zu rächen, daß er sie ins Gefängnis werfen, sie grausam verfolgen würde – nichts von alldem! Er begnügte sich damit, vermutlich zerstreut dem über sie umgehenden Gerede zuzuhören, und sie war nur hierhergebracht worden, um die Neugier eines unerfahrenen Ministers zu befriedigen, der nach Beziehungen – oder auch nach Gesprächsstoff gierte. Zorn und Enttäuschung nahmen sie so völlig in Anspruch, daß sie Savary nur wie von weither sagen hörte, die Herzogin, seine Frau, empfinge montags und wäre sicherlich glücklich, die Fürstin Sant'Anna an einem der nächsten Tage zum Diner bei sich zu sehen. Wahrhaftig, das war die Höhe!

«Ich hoffe, Ihr habt auch Madame de Chastenay eingeladen», bemerkte sie ironisch, während er ihr die Hand bot, um ihr in den Wagen zu helfen.

Der Minister sah mit einem Blick unschuldiger Überraschung zu ihr auf: «Natürlich! Warum erkundigt Ihr Euch danach?»

«Nur so, aus schlichter Neugier. Jetzt war einmal ich an der Reihe, meint Ihr nicht? Auf bald, mein lieber Herzog! Auch ich war entzückt, Euch kennenzulernen.»

Als der Wagen anfuhr, ließ sich Marianne in die Polster sinken, noch unentschieden, ob sie ihre Wut hinausschreien, weinen oder in Gelächter ausbrechen sollte. Hatte man je etwas Lächerlicheres gesehen! Die Tragödie endete als Farce! Sie hatte geglaubt, dem dramatischen Schicksal einer Romanheldin entgegenzugehen – und hatte eine Einladung zum

Diner geerntet! War es nicht geradezu unfaßbar? Ein Polizeiminister, der keine andere Möglichkeit fand, jemandem zu begegnen, als ihn durch seine Gendarmen vorführen zu lassen? Und dazu versicherte er die verblüfften Unglücksmenschen auch noch seiner unverbrüchlichen Freundschaft!

«Ich bin sehr froh, Madame wiederzusehen», sagte Agathe neben ihr. «Ich habe mich so geängstigt, als dieser Gendarm uns hierherbrachte!»

Gerührt gewahrte Marianne, daß auf den Wangen ihrer Kammerfrau noch Spuren von Tränen glänzten und ihre Augen geschwollen waren. «Und du hast geglaubt, ich käme nur zwischen zwei Gendarmen, in Ketten und unterwegs nach Vincennes wieder heraus? Nein, meine arme Agathe! Ich bin keine so wichtige Person! Man hat mich nur kommen lassen, um sich zu überzeugen, wie ich aussehe! Wir müssen uns dran gewöhnen, mein liebes Kind, daß wir nicht mehr die Geliebte des Kaisers sind! Wir sind nur noch Fürstin.»

Und wie um das ganze Ausmaß solchen Verzichts zu beweisen, begann sie heiße Tränen zu weinen und versetzte damit die arme Agathe in einen Zustand äußerster Verwirrung. Sie weinte noch immer, als die Kutsche durch das Portal in den Hof des Hôtel d'Asselnat einfuhr, doch angesichts des Anblicks, der sich ihr bot, versiegten ihre Tränen mit einem Schlag: Das alte Haus war von den Gesindewohnungen bis hinauf zu seinem noblen Mansardendach hell erleuchtet.

Durch die von Kerzenschimmer erhellten Fenster sah man in die reich mit Blumen geschmückten Salons, in denen sich eine elegante Menge zum Klang von Violinen bewegte. Die Rhythmen eines mozartischen Tanzes drangen bis zu den Ohren der jungen Frau, die sich verblüfft zu fragen begann, ob sie sich nicht im Tor geirrt hatten. Aber nein, es war wirklich ihr Haus, ihr Haus, in dem ein Fest stattfand ... Und es waren wirklich ihre Diener, die sich, in großer Livree und mit Leuchtern bewaffnet, auf der Freitreppe reihten.

Ebenso überrascht wie sie, hatte Gracchus sein Gespann mitten auf dem Hof zum Halten gebracht, die Augen staunend weit aufgerissen, ohne an Weiterfahren oder auch nur Absteigen zu denken. Doch das Geräusch der eisenbeschlagenen Räder auf dem Pflaster des Hofs mußte den Klang der Geigen übertönt haben, denn plötzlich drang von irgendwoher aus dem Haus ein Schrei: «Sie ist da!»

Und im nächsten Moment füllte sich die Freitreppe mit Frauen und Männern in Abendkleidung, in deren Mitte sie das lächelnde, spitzmäusige Gesicht, das Bärtchen und die flinken schwarzen Augen Arcadius de Jolivals gewahrte. Aber nicht er war es, der zum Wagen trat. Aus der

Gruppe löste sich ein sehr eleganter, hochgewachsener Mann, der sich, leicht hinkend, auf einen Stock mit Goldknauf stützte. Stumm vor Verblüffung, sah Marianne Monsieur de Talleyrand in eigener Person die Lakaien mit einer Geste zur Seite winken, sich dem Wagen nähern, selbst den Schlag öffnen, sah ihn mit einem Lächeln, das sein arrogantes Gesicht, seine kalten blauen Augen erwärmte, ihr seine behandschuhte Hand bieten, hörte ihn mit lauter Stimme sagen:

«Seid willkommen im Hause Eurer Ahnen, Marianne d'Asselnat de Villeneuve! Willkommen auch unter Euren Freunden und Pairs! Ihr kehrt von einer weiteren Reise zurück, als Ihr Euch bewußt seid, aber wir sind an diesem Abend hier alle vereint, um Euch zu sagen, wie zutiefst glücklich wir darüber sind!»

Blaß geworden, ließ Marianne ihre verwirrten Augen über die glänzende Menge schweifen. In der ersten Reihe erkannte sie Fortunée Hamelin, die zugleich lachte und weinte, sie erkannte auch Dorothée de Périgord in weißer Seide und Madame de Chastenay, die ihr in ihrem malvenfarbenen Taft Zeichen machte, und sie entdeckte andere Gesichter, die ihr bis dahin nicht sehr vertraut gewesen waren, die sich aber mit den größten Namen Frankreichs verbanden: Choiseul-Gouffier, Jaucourt, La Marck, Laval, Montmorency, La Tour du Pin, Bauffremont, Coigny, alle die, die sie im Palais der Rue de Varenne gesehen hatte, als sie noch Vorleserin der Fürstin von Benevent gewesen war. Mit einem Schlag begriff sie, daß sie, durch Talleyrand veranlaßt, an diesem Abend nicht nur gekommen waren, um sie zu empfangen, sondern um ihr endlich den Platz zurückzugeben, der durch Geburtsrecht der ihre war und den nur Unglück und Not sie hatten verlieren lassen.

Die lichten Kleider und glitzernden Juwelen verschwammen vor ihren Augen. Marianne legte ihre plötzlich zitternden Finger in die ihr gebotene Hand, und, schwer auf diese Freundeshand gestützt, stieg sie aus dem Wagen.

«Und nun», rief Talleyrand, «macht Platz, meine Freunde, Platz für Ihre Durchlaucht die Fürstin Sant'Anna, der ich in Eurem und meinem Namen unsere herzlichsten Glückwünsche entbiete!»

Unter dem Beifall der ganzen Gesellschaft küßte er sie auf beide Wangen, bevor er ihre Hand an seine Lippen führte. «Ich wußte, daß Ihr zu uns zurückkehren würdet», flüsterte er ihr zu. «Erinnert Ihr Euch, was ich Euch einst an einem Gewittertag in den Tuilerien sagte? Ihr seid eine der Unseren, und Ihr vermögt nichts daran zu ändern.»

«Glaubt Ihr, daß der Kaiser ebenso denkt wie Ihr?»

Der Kaiser! Immer der Kaiser! Ob Marianne wollte oder nicht, es gelang ihr nicht, den quälenden Gedanken an den Mann zu verdrängen, dem noch immer ihre Liebe gehörte.

Talleyrand verzog das Gesicht zu einer kleinen Grimasse. «Mag sein, daß Ihr von dieser Seite einigen Ärger zu gewärtigen habt – aber kommt, Ihr werdet erwartet! Wir sprechen später darüber.»

Im Triumph führte er die junge Frau ihren Freunden zu. Einen Moment später fand sie sich umringt, bedrängt, beglückwünscht und glitt aus den reichlich mit Rosenessenz parfümierten Armen Fortunée Hamelins in die vertraut nach Tabak und Iris duftenden Arcadius de Jolivals. Sie ließ alles mit sich geschehen, unfähig, auch nur nachzudenken. All das war zu plötzlich gekommen, zu unerwartet, und Marianne vermochte kaum zu reagieren.

Während Talleyrand im großen Salon einen Toast auf ihre Rückkehr ausbrachte, zog sie Arcadius beiseite. «All das ist sehr rührend, sehr angenehm, mein Freund, aber ich möchte begreifen. Woher habt Ihr von meiner Rückkehr erfahren? Alles scheint vorbereitet, als hättet Ihr mich erwartet.»

«Aber ich habe Euch erwartet! Ich war sicher, daß Ihr heute zurückkehren würdet, als man dies brachte.»

«Dies» war ein zusammengefaltetes, durch ein Siegel verschlossenes Papier, bei dessen Anblick Mariannes Herz schneller zu schlagen begann. Das Siegel des Kaisers! Doch der recht trockene Text enthielt nichts Ermutigendes.

«Auf Befehl Seiner Majestät des Kaisers und Königs hat die Fürstin Sant'Anna sich am Mittwoch, den 20. Juni, um vier Uhr nachmittags im Palais von Saint-Cloud vorzustellen.» Unterzeichnet war es: «Duroc, Herzog von Friaul, Oberhofmarschall.»

«Mittwoch, der 20., das ist morgen», bemerkte Jolival, «und man hätte Euch nicht vorgeladen, wenn man nicht wüßte, daß Ihr zur Stelle sein würdet. Was bedeutete, daß Ihr heute zurückkehren würdet ... Im übrigen kam Madame de Chastenay sofort hierher, nachdem sie den Herzog von Rovigo verlassen hatte.»

«Wie konnte sie wissen, daß man mich nicht dortbehalten würde?»

«Ganz einfach. Sie hat Savary danach gefragt ... Aber kommt, meine liebe Marianne. Ich habe nicht das Recht, Euch so in Beschlag zu nehmen. Eure Gäste erheben Anspruch auf Euch. Ihr könnt Euch nicht vorstellen, eine welch große Berühmtheit Ihr geworden seid, seitdem aus Florenz die Nachricht von Eurer Hochzeit zu uns gelangte.»

«Ich weiß ... nur wäre es mir viel, viel lieber gewesen, allein mit Euch zu sein, wenigstens heute abend. Ich habe Euch so viel zu sagen!»

«Und ich habe so viel zu hören!» entgegnete Arcadius, zärtlich die Fingerspitzen seiner Freundin drückend. «Aber Monsieur de Talleyrand hatte mir das Versprechen abgenommen, ihn zu benachrichtigen, sobald ich etwas wüßte. Er legte Wert darauf, Eure Rückkehr hierher zu so etwas wie einem Triumph zu gestalten.»

«Eine Art wie irgendeine andere, mich – wenn auch ein wenig mit Gewalt – seinem Clan einzuverleiben, nicht wahr? Doch wird er hinnehmen müssen, daß sich in mir nichts geändert hat. Mein Herz vermag sich nicht so schnell zu wandeln.»

Nachdenklich betrachtete sie den kaiserlichen Befehl, den sie nicht aus der Hand gegeben hatte und versuchte abzuschätzen, was sich hinter den so kurzen, fast drohenden Worten verbarg. Sie hob ihn unter Jolivals Nase. «Was habt Ihr Euch gedacht, als Ihr ihn erhieltet?»

«Ehrlich gesagt, überhaupt nichts! Man kann nie wissen, was sich der Kaiser dabei denkt. Aber ich möchte wetten, daß er nicht gerade zufrieden ist.»

«Wettet nicht, Ihr würdet gewinnen», seufzte Marianne. «Ich kann mich zweifellos zumindest auf einen bösen Augenblick gefaßt machen. Aber jetzt tut mir den Gefallen, Arcadius, Euch weiter um meine Gäste zu kümmern, bis ich mich ein wenig erfrischt und umgezogen habe. Schließlich möchte ich dies erste Mal meine Rolle als Hausherrin würdig erfüllen. Ich schulde ihnen das.»

Sie wandte sich schon der Treppe zu, besann sich jedoch noch einmal: «Sagt noch eins, Arcadius, habt Ihr Nachrichten von Adelaide?»

«Keine.» Arcadius zuckte mit den Schultern. «Das Theater der Pygmäen ist im Moment geschlossen, und ich habe mir sagen lassen, daß es seine Tätigkeit vorübergehend an die Heilquellen von Aachen verlagert hat. Ich vermute, auch sie ist dort.»

«Was für eine dumme Geschichte! Nun, das ist ihre Sache! Und ...» Marianne zögerte einen kurzen Moment, bevor sie fortfuhr: «... und Jason?»

«Ebenfalls keine Nachricht», erwiderte Arcadius trocken. «Er muß auf dem Wege nach Amerika sein, und Euer Brief wartet sicherlich noch in Nantes auf ihn.»

«Ah!» Es war fast ein Seufzer, ein kaum hörbarer Ausruf, viel zu kurz, um ein Gefühl aus ihm heraushören zu können, und dennoch übersetzte sich in ihm ein seltsamer, winziger Stich ins Herz. Gewiß, der bei Patterson liegende Brief war unwichtig geworden, die Würfel waren gefallen, das Spiel war beendet, es gab keine Möglichkeit mehr, seinen Ausgang zu ändern, aber es waren Wochen der Hoffnung gewesen, die nun ins Leere mündeten. Marianne entdeckte, daß das Meer unermeßlich und ein Schiff nur ein Strohhalm in ihm war, daß sie einen Schrei ins Unendliche ausgestoßen hatte und daß es im Unendlichen kein Echo gab. Jason konnte nichts mehr für sie tun ... Und dennoch empfand Marianne, während sie langsam zu ihrem Zimmer hinaufstieg, noch immer das gleiche Verlangen, ihn wiederzusehen. Es war seltsam, da sie sich doch am nächsten Tag dem Zorn Napoleons zu stellen hatte, einer jener erschöpfenden Auseinandersetzungen standhalten mußte, bei denen die Liebe sie so verletzlich machte. Es würde eine schwierige Stunde werden, und trotzdem sorgte sie sich nicht. Hartnäckig kehrten ihre Gedanken aufs Meer zurück, auf der Suche nach einem Schiff, das nicht in den Hafen von Nantes eingelaufen war. Es war wirklich merkwürdig, mit welcher Beharrlichkeit die Erinnerung an den Seemann wiederkehrte! Es war, als klammerte sich Mariannes von närrischen Träumen und dem unbändigen Verlangen nach Abenteuern erfüllte Jugend an ihn, den Abenteurer par excellence, um sich der Realität zu verweigern und noch ein wenig zu überleben. Doch die Zeit des Abenteuers war vorbei. Während sie auf das gedämpfte Stimmengewirr lauschte, das, mit den Klängen einer Ariette von Mozart vermischt, durch das geöffnete Fenster hereindrang, sagte sich die Fürstin, daß dies das Vorspiel zu einem ganz anderen Leben sei, einem erwachsenen Leben der Ruhe und Würde, an dem das Kind teilhaben könnte. Sobald sie sich morgen mit dem Kaiser ausgesprochen hätte, bliebe ihr nichts anderes mehr zu tun, als die Tage verstreichen zu lassen, als zu leben wie jedermann! Leider! Es sei denn, daß Napoleon trotz seiner Ehe noch genug Liebe für sie bewahrt hätte, um die Mutter seines Kindes dem glanzlosen Dasein zu entreißen, das Marinanne sich nicht ohne Beklommenheit vorstellte! Es sei denn, daß Marianne sich noch als stark genug erwiese, um den Mann, den sie liebte, von neuem zu erobern ...

2. Kapitel

Der erste Riß

Viermal schlug die in die mittlere Giebelwand des Palais von Saint-Cloud eingelassene Uhr, als Marianne die im vergangenen Jahrhundert erbaute große Treppe hinaufstieg. Sie fühlte sich alles andere als wohl, weniger der Blicke wegen, von denen sie sich im Ehrenhof verfolgt fühlte, als wegen des Gedankens an das, was sie in diesem ihr unbekannten Palast erwartete. Zweieinhalb Monate waren seit der dramatischen Szene in den Tuilerien verstrichen, und es war das erstemal, daß sie Napoleon wiedersehen würde. Genug, um ihr Herz erzittern zu lassen ...

Eine der kaiserlichen Aufforderung beigefügte kleine Note hatte sie darauf hingewiesen, daß der Hof gegenwärtig um den Kronprinzen von Schweden Trauer trage, daß infolgedessen große Gala nicht statthaft sei und sie sich in kleiner Hofrobe und Phantasiefrisur vorzustellen habe. Sie hatte also ein Kleid aus dickem weißem Atlas ohne Schleppe gewählt, schmucklos bis auf die ziemlich umfänglichen Ballonärmel und die mit Perlen besetzte goldene Agraffe, die unter ihren Brüsten die schmale Gürtellinie markierte. Eine kleine Kappe aus gleichem Stoff, mit schwarzen und weißen Straußenfedern verziert, die ihren Hals umschmeichelten, bedeckte ihr üppiges dunkles Haar, und ein breiter schwarz-goldener Kaschmirschal war über eine ihrer Schultern drapiert und fiel schräg über ihren Rücken bis zur Beuge des anderen Arms. Birnenförmige Perlen an den Ohrläppchen und goldene Armbänder über den bis zum Rand der Ärmel reichenden langen weißen Handschuhen vervollständigten eine Toilette, die alle Frauen mit bewundernder Neugier betrachteten. In diesem Punkt war Marianne ohne Sorge. Sie hatte sich jede Einzelheit überlegt, von der bewußten Schlichtheit des Kleides, das die Anmut ihres Körpers betonte, bis zum Fehlen von Juwelen um ihren langen, biegsamen Hals, um die Harmonie seiner so graziös von den runden Schultern aufsteigenden Linie nicht zu unterbrechen. Bis zum schneeweißen Rand des Kleides ließ das gewagte Dekolleté den warmen, weichen Glanz ihrer Haut sehen, für den Napoleon immer empfänglich gewesen war, wie Marianne nur zu gut wußte. Was die Sinne betraf, war das Gelingen sicher und ihre Schönheit vollkommen. Blieb die Moral ... Der so nah bevorstehenden Begegnung wegen hatte sie in der vorangegangenen Nacht kaum ein Auge zugetan und Zeit genug gehabt, ihre Haltung zu überdenken. Dabei war sie zu dem Schluß gekommen, daß es die größte Dummheit wäre, in der Rolle der Schuldigen aufzutreten. Napoleon konnte ihr nichts anderes vorwerfen, als daß sie, ohne ihn zu fragen, die Zukunft ihres gemeinsamen Kindes gesichert hatte. Und diese Zukunft war glanzvoll gesichert! Als ihrer Wirkung bewußte Frau, als Geliebte, die entschlossen war, ihren Liebhaber zurückzuerobern, wollte sie sich ihm also nähern. Sie war all der lyrischen Ergüsse müde, die sie seit ihrer Rückkehr nach Frankreich über das Turteltäubchen-Paar Napoleon und Marie-Louise gehört hatte. Noch am gestrigen Abend hatte ihr Talleyrand mit einem Lächeln, das den alten Libertin verriet, zugeraunt, der Kaiser verbringe den größten Teil seiner Zeit wenn nicht im Bett seiner Frau, so doch wenigstens hinter verschlossenen Türen mit ihr. «Jeden Morgen wohnt er ihrer Toilette bei, wählt ihre Kleider, ihre Juwelen. Nie findet er sie prächtig genug geschmückt! Der Herr der Schlachten hat sich in den Herrn eines recht zärtlichen Krieges verwandelt.»

In diesen amourösen Krieg Unruhe und Ablenkung zu bringen war Marianne fest entschlossen. Sie hatte seit der ersten Ankündigung dieser Heirat zuviel durchgemacht, zuviel gelitten durch die Verheerungen einer unbeherrschbaren Eifersucht, wenn sie sich «deren» Nächte vorstellte, während ihre eigenen sich endlos dehnten. Sie wußte, daß sie sehr schön war, viel schöner als «die andere», und durchaus imstande, jeden Mann den Kopf verlieren zu lassen. Heute war sie entschlossen zu siegen. Nicht der Kaiser war es, den sie sehen würde, sondern ein Mann, den sie um jeden Preis behalten wollte. Und vielleicht war es deswegen, daß ihr Herz so schwer klopfte, als sie den zum Warten bestimmten Salon im ersten Stock erreichte, in dem sich, wenn Ihre Majestät empfingen, der Tradition entsprechend der Palastpräfekt und vier Damen der Kaiserin ständig aufhalten mußten.

Marianne wußte, daß sie an diesem Tag Madame de Montmorency und die Comtesse de Périgord dort vorfinden würde, die ihr am Abend zuvor erzählt hatten, daß sie Dienst hätten.

«Das Protokoll will», hatte Dorothée hinzugefügt, «daß eine der Palastdamen Euch der Ehrendame und dem Palastpräfekten vorstellt, bevor Ihr in den Empfangssalon geleitet werdet. Der Präfekt, der Marquis de

Bausset, ist ein charmanter Mann, aber die Ehrendame, die Herzogin von Montebello, ist meiner Meinung nach ein gräßliches Frauenzimmer. Das Unglück will, daß die Kaiserin nur mit ihren Augen sieht, nur sie mag und nur ihr vertraut, vielleicht um sie für die unglückliche österreichische Kugel zu entschädigen, die den armen Lannes getötet hat. Zum Glück werde ich da sein. Ich werde Euch ihr vorstellen, und bei mir zieht Madame de Montebello ihre Krallen ein.»

Marianne war nur zu gern bereit, es zu glauben, da sie den Charakter der jungen Gräfin kannte, die Madame Lannes gewiß nie vergessen lassen würde, daß sie eine geborene Prinzessin von Kurland war. So ging sie auch mit einem ungezwungenen Lächeln auf ihre Freundin zu, die ihr schon entgegenkam. Doch den beiden jungen Frauen blieb kaum Zeit, einander zu begrüßen, da sich unversehens Duroc zu ihnen gesellte.

«Sieh an, die Wiederauferstandene!» ließ er sich fröhlich vernehmen. «Und was für eine! Meine Liebe, es ist eine wahre Freude, Euch zu sehen! Und welche Schönheit! Welche Eleganz! Ihr seid – wirklich, ich finde keine Worte!»

«Sagt kaiserlich, und Ihr werdet nicht weit von der Wahrheit entfernt sein», bemerkte Dorothée mit ihrer ein wenig männlichen Stimme, während Duroc sich über Mariannes Hand neigte. «Man muß zugeben», fuhr sie ein wenig gedämpfter fort, «daß unsere teure Souveränin ihr nicht das Wasser reichen kann! Ich war übrigens immer der Meinung, daß Leroys Roben nicht dazu gemacht seien, von jemand beliebigem getragen zu werden.»

«Oh!» protestierte der Oberhofmarschall. «Von jemand beliebigem? Eine Habsburgerin? Eure offene Sprache wird Euch noch in Ungelegenheiten bringen, Gräfin!»

«Sagt lieber meine unvollkommene Kenntnis des Französischen», erwiderte Dorothée mit einem ihrer jähen lauten Gelächter. «Ich wollte sagen, daß nicht alle Figuren zu ihnen passen. Man muß schlank und geschmeidig sein und lange Beine haben», fügte sie mit einem beifälligen Blick auf ihre eigene Figur in einem benachbarten Spiegel hinzu, «und Ihre Majestät liebt die Süßigkeiten ein wenig zu sehr.»

Madame de Périgord selbst war von auserlesener Eleganz, und am Abend zuvor hatte die mit ihr vorgegangene Veränderung Marianne geradezu in Erstaunen versetzt: Der Backfisch mit den großen Augen, den manche für häßlich und zu mager hielten, war zu einer wirklichen Schönheit aufgeblüht. Selbst Marianne bewegte sich in den anspruchsvollen Schöpfungen Leroys nicht eleganter.

Das Kleid, das sie an diesem Tage trug, aus alternierenden Streifen dichter weißer Spitzen und schwarzen Samts gefertigt, hätte einen weniger rassig-nervösen Körper als den ihren erdrückt. Liebenswürdig schob sie ihren Arm unter den Mariannes. «Es ist wundervoll zu sehen, daß Ihr wieder Ihr selbst geworden seid!» sagte sie. «Wahrhaftig, wir sind weit entfernt von Mademoiselle Mallerousse und der Signorina Maria-Stella!»

Trotz ihrer Selbstbeherrschung spürte Marianne, daß sie errötete. «Ich komme mir wie eine Art von Chamäleon vor», seufzte sie. «Und ich bin nicht ohne Sorge, wie mich gewöhnliche Sterbliche beurteilen werden.»

Die schöngezeichneten schwarzen Brauen Madame de Périgords hoben sich in die Stirn. «Der gewöhnliche Sterbliche würde es sich nicht erlauben, über Euch zu urteilen, meine Liebe! Was Eure Pairs betrifft – nun, sie haben schon anderes gesehen. Wißt Ihr nicht, daß mein Großvater Stallbursche bei der Zarin Elisabeth war, bevor er ihr Geliebter wurde und schließlich die Herzogin von Kurland heiratete? Das hindert mich keineswegs, stolz auf ihn zu sein ... er ist mir sogar der liebste unter meinen Ahnen! Und von manchen Eurer Emigranten weiß ich, daß sie weit weniger elegante Berufe ausgeübt haben, als einer Fürstin als Vorleserin zu dienen oder Konzerte zu geben! Laßt Euch nun unserem Zerberus vorstellen.»

«Einen kleinen Moment!» sagte Marianne und wandte sich an Duroc. «Könnt Ihr mir Aufklärung über den Befehl geben, den Ihr mir geschickt habt, Herr Herzog? Warum bin ich hier?»

Über das runde, ein wenig nichtssagende Gesicht des Oberhofmarschalls zog ein breites Lächeln. «Aber – um Ihren Majestäten vorgestellt zu werden, nichts sonst – es ist so üblich! Normalerweise hätte es während einer Soirée stattfinden müssen, aber da wir in Trauer sind ...»

«Nichts sonst?» wiederholte Marianne argwöhnisch. «Seid Ihr dessen sicher? Seid Ihr sicher, daß Seine Majestät mir nicht eine kleine Überraschung nach seiner Art vorbehält?»

«Absolut sicher! Der Kaiser hat mir befohlen, Euch vorzuladen, und ich habe Euch in seinem Namen aufgefordert, Euch vorzustellen. Im übrigen», fügte er mit einem Blick auf seine Uhr hinzu, «ist es Zeit, den Empfangssalon zu betreten, und Madame de Montebello ist noch nicht erschienen. Offenbar ist sie bei der Kaiserin aufgehalten worden. Aber das ist nicht allzu wichtig. Ich habe wie sie das Vorrecht, die Neuankömmlinge bei Hofe vorzustellen. Kommt, Madame!»

Die Geladenen betraten langsam den benachbarten Salon, dessen Türflügel von zwei Lakaien in grün-goldener Livree geöffnet worden waren und reihten sich längs der Wände des Raumes auf, die Frauen vorn, die Herren dahinter. Duroc war bei Marianne geblieben, die er im übrigen ein wenig abseits und nicht weit von der Tür postiert hatte, durch die das kaiserliche Paar eintreten mußte. Es waren viele Leute da, doch die junge Frau, zugleich von Angst und der ungeduldigen Erwartung erfüllt, den Mann wiederzusehen, den sie noch immer liebte, verwandte nicht einmal einen Blick auf sie. Sie bildeten für sie eine Masse schimmernder Roben und glänzender Uniformen, französischer wie fremder, in der ein Gesicht zu unterscheiden sie nicht einmal versuchte. Sie hatte sich lediglich darauf beschränkt, im Vorbeigehen vor einem der hohen Spiegel ihre Toilette und ihre allgemeine Erscheinung zu überprüfen. Ein einziger Gedanke beherrschte sie: Wie würde er sie empfangen?

Anfangs hatte sie geglaubt, daß sie es nur allein mit ihm zu tun haben würde, daß er sie in sein Kabinett führen ließe, um ohne Zeugen mit ihr zu sprechen. Keinen Moment hatte sie vermutet, in eine der üblichen Vorstellungen eingereiht zu werden, und ihre Enttäuschung war um so grausamer. Es war, als wollte Napoleon ihr zu verstehen geben, daß sie ihm nichts mehr bedeute, daß sie für ihn nur eine Frau wie die andern sei! Hatte er sich wirklich so in diese dicke Österreicherin verliebt? Und dann war Napoleons Neigung zu Ausfällen und stachligen Komplimenten selbst in der Öffentlichkeit gewissen Frauen gegenüber nur allzu bekannt, als daß sie nicht den Moment fürchten mußte, in dem sie ihm gegenübertreten würde, während aller Blicke auf sie gerichtet waren, aller Ohren gierig lauschten.

«Ihre Majestäten der Kaiser und die Kaiserin!» posaunte die Stimme des Zeremonienmeisters.

Ein Zittern durchlief sie. Ihre Nerven spannten sich, die hohen Türflügel flogen auf, und das Herz der jungen Frau setzte für einen Moment aus. Die Hände auf dem Rücken, betrat Napoleon schnellen Schrittes den Raum.

Ein wenig hinter ihm und langsamer näherte sich Marie-Louise, rosiger denn je in einem mit Rosen von der gleichen Farbe und silbernen Litzen verzierten weißen Kleid. Sie ist dicker geworden! konstatierte Marianne schadenfroh.

Eine Gruppe hoher Persönlichkeiten folgte ihnen, verhielt jedoch im Hintergrund des Salons, während der Kaiser und die Kaiserin die Runde machten, von endlosen Reverenzen seidener Roben und bestickter Fräkke begleitet. In der Reihe der Geladenen war sie die dritte nach zwei distinguiert wirkenden, weit älteren Damen, doch drei Minuten später wäre sie nicht mehr imstande gewesen, sich der Namen ihrer Nachbarinnen zu erinnern oder zu wiederholen, was Napoleon zu ihnen gesagt hatte, denn ihre Ohren hatten sich mit einem tönenden Nebel gefüllt. Der lauten Stimme Durocs gelang es jedoch, ihn zu durchdringen.

«Geruhen Euer Majestät, mir zu gestatten, ihr wie befohlen Ihre Durchlaucht die Fürstin Corrado Sant'Anna vorzustellen, Marquise d'Asselnat de Villeneuve, Gräfin von Cappanori und Galleno ... von ... von ...»

Die lange Liste der Titel, die ihr durch ihre Ehe zugefallen waren, sank mit dem Gewicht einer Verurteilung auf sie herab. Zugleich beugten sich ihre Knie zu jener tiefen Reverenz, die fast ein Knien war und unendlich mehr Grazie, Geschmeidigkeit und Gleichgewichtssinn erforderte. Mit pochenden Schläfen und gesenkten Lidern vernahm Marianne das Ende ihrer Titelliste, als einzigen Ausblick vor sich zwei mit weißer Seide und Escarpins mit Silberschnallen bekleidete Beine. Schweigen folgte. Der Kaiser war ihr so nah, daß sie seine Atemzüge hörte, doch in ihrer Beklommenheit wagte sie nicht, den Blick zu heben. Was würde er sagen?

Plötzlich streckte sich ihr eine Hand entgegen, die sie nur zu gut kannte, um ihr beim Aufrichten zu helfen, während Napoleon mit ruhiger Stimme bemerkte: «Erhebt Euch, Madame! Wie mir scheinen will, ist es lange her, daß wir Euren Besuch erwarten.»

Jetzt wagte sie, ihn anzusehen, dem graublauen Blick zu begegnen, in dem kein Zorn zu finden war, eher eine Art Belustigung, und unversehens fragte sie sich, ob er sich nicht wirklich über sie lustig machte. Sein Lächeln schien es zu bestätigen.

«Wir freuen uns auch, Euch zu Eurer Vermählung beglückwünschen und feststellen zu können, daß sie Euch nicht verändert hat. Ihr seid noch immer ebenso schön!»

Es war kaum ein Kompliment, nur eine Feststellung! Dennoch überflog er mit schnellem Blick das entzückende errötende Gesicht, die Schultern und die ihm so freizügig gebotene Brust, aber die plötzlich ernüchterte Marianne konnte in diesem Blick nichts lesen. Zudem wandte er sich schon an Marie-Louise, um ihr die junge Fürstin vorzustellen, die wohl oder übel ihre Reverenz vor der Frau wiederholen mußte, die sie am meisten verabscheute. Bevor sie von neuem versank, gewahrte sie eben noch den verdrossenen Mund, der die berühmte Habsburger Unterlippe noch verstärkte.

«Guten Tag!» ließ sich die mürrische Stimme der Kaiserin vernehmen.

Weiter nichts! Hatte sie die wiedererkannt, die am Tage nach ihrer Hochzeit in den Tuilerien Anlaß jenes peinlichen Skandals gewesen war, die, die sie schluchzend zu Füßen des Kaisers überrascht und «die garstige Frau» genannt hatte? Marianne hätte es beschwören können. Während sie sich erhob, konnte sie ihre Augen nicht hindern, mit wilder Freude Marie-Louise stumm herauszufordern. Es war ein fast elektrischer Schock, den Marianne gierig genoß. Die Österreicherin haßte sie, sie war dessen sicher und fand darin ein berauschendes Gefühl des Triumphs. Haß – um so heftiger, da er ungreifbar war – vibrierte zwischen den beiden Frauen wie überhitzte Luft an einem Gewittertag. Marianne war sich bewußt, daß man um sie herum in fast ein wenig grausamer Erwartung den Atem anhielt. Würde man schon bei der ersten Begegnung einen Auftritt zwischen der neuen Gattin und der letzten Geliebten erleben?

Aber nein. Mit einem Nicken setzte Marie-Louise ihren Weg fort und gesellte sich wieder zu ihrem Gatten.

«Na also!» flüsterte Durocs Stimme an ihrem Ohr. «Die Sache ist besser abgegangen, als ich hoffte. Sobald dies hier beendet ist, kommt Ihr mit mir.»

«Und warum?»

«Ich bitte Euch – weil Ihr jetzt in Privataudienz empfangen werdet. Der Kaiser hat mich beauftragt, Euch nach der Vorstellung in sein Arbeitskabinett zu führen. Ihr habt Euch doch nicht eingebildet, daß er mit ein paar höflichen Worten mit Euch fertig sein würde?»

Mariannes Herz hüpfte vor Freude. Allein! Sie würde ihn allein sehen! Alles, was bisher geschehen war, war nur Etikette gewesen, die unerläßliche Zeremonie, zu der ihr neuer Rang verpflichtete, doch diesmal würde sie ihm im Tête-à-tête begegnen, ihn ein wenig allein für sich haben ... Und vielleicht war doch noch nicht alles verloren, wie sie bei seiner ironischen Begrüßung geglaubt hatte.

Duroc registrierte amüsiert ihren Blick, in dem tausend Sterne funkelten. «Ich wußte, daß Euch das besser gefallen würde. Aber – seid trotzdem nicht allzu hoffnungsvoll. Der Name, den Ihr tragt, schützte Euch vor Unannehmlichkeiten in der Öffentlichkeit. Das heißt jedoch nicht, daß man Euch unter vier Augen nur Liebenswürdigkeiten sagen wird.»

«Was veranlaßt Euch, derlei anzunehmen?»

Duroc brachte seine Tabatiere zum Vorschein, nahm eine Prise und klopfte sodann seinen prächtigen Rock aus violettem, silberbesticktem Samt ab, um die Tabakreste zu beseitigen. Danach lachte er kurz auf.

«Was Eure Frage am besten beantworten könnte, meine Liebe, wären die Trümmer einer der schönsten Sèvresvasen dieses Palais', die durch die erhabene Hand Seiner Majestät die totale Vernichtung erlitt, und dies an dem Tage, an dem Majestät von Eurer Vermählung erfuhr.»

«Und Ihr meint, mir damit Angst einzujagen?» fragte Marianne. «Im Gegenteil, Ihr wißt nicht, wieviel Vergnügen Ihr mir damit bereitet. Nichts könnte mich, glaube ich, glücklicher machen. Ich habe Angst gehabt, ja, aber das war vorhin ...»

Es war wahr. Angst vor seiner oberflächlichen Höflichkeit, Angst vor seinem geheuchelten Lächeln, Angst vor seiner Gleichgültigkeit ... Der schlimmste seiner Wutanfälle, aber nicht das! Es war das einzige, vor dem Marianne sich waffenlos fühlte.

Das Kabinett des Kaisers in Saint-Cloud ging unmittelbar auf die von Rosen und Pelargonien umblühte große Terrasse hinaus. Eine gestreifte Leinwand über den Fenstern und die Zweige alter Linden tauchten es in einen sanften Schatten, der die Sonne über den weiten Rasenflächen noch strahlender erscheinen ließ. Und obwohl die Einrichtung fast die gleiche wie in den Tuilerien war, war die Arbeitsatmosphäre hier durch die sommerlichen Düfte und die Schönheit dieser grüngoldenen, von Lebensfreude erfüllten Gärten spürbar gemildert.

Ihren Kaschmirschal auf der Armlehne eines Sessels lassend, trat Marianne zu einer der hohen Fenstertüren, um sich durch den Ausblick über die zu erwartende lange Wartezeit hinwegzutrösten. Aber sie hatte kaum die Schwelle erreicht, als auch schon der schnelle Schritt des Kaisers auf den Fliesen des Vorsaals erklang. Die Türe öffnete sich, schlug zu – und von neuem versank Marianne in ihre Reverenz. «Niemand macht die Reverenz so wie du!» bemerkte Napoleon. Er war an der Tür stehengeblieben, die Hände nach seiner Gewohnheit hinter dem Rücken verschränkt, und betrachtete sie. Doch er lächelte nicht. Wie eben war es kein zum Gefallen bestimmtes Kompliment gewesen, sondern die Feststellung einer Tatsache.

Bevor es Marianne gelungen war, eine Antwort zu finden, hatte er den Raum durchquert, sich hinter dem Schreibtisch niedergelassen und wies ihr nun einen Platz an. «Setz dich», sagte er knapp, «und berichte!»

Leicht verwirrt setzte sich Marianne mechanisch, während er, scheinbar ohne sie zu beachten, in den Stapeln von Papieren und Karten auf seinem Schreibtisch zu wühlen begann. Bei genauerem Zusehen fand Marianne ihn dicker als früher und abgespannt. Seine matte, fahle Haut war gelber, vom gleichen Gelb, das alterndes Elfenbein annimmt. Die volleren Wangen betonten die Ringe um die Augen und die ein wenig müden Falten der Mundwinkel. Diese Kavalkade von Fest zu Fest durch die Nordprovinzen muß aufreibend gewesen sein, dachte Marianne und schob entschlossen Talleyrands Andeutungen über die vorwiegende Beschäftigung des kaiserlichen Paars beiseite.

Aber nun hob er kurz den Blick zu ihr. «Nun? Ich warte.»

«Berichten – wovon?» fragte sie gelassen.

«Von allem – von dieser verblüffenden Eheschließung! Ich erspare dir den Grund. Ich kenne ihn.»

«Euer Majestät – kennt den Grund?»

«Natürlich. Es trifft sich, daß Constant eine Schwäche für dich hat. Als ich von – von dieser Hochzeit erfuhr, hat er mir alles gesagt, zweifellos, um die schlimmsten Folgen meines Zorns von dir abzuwenden.»

War es das Wachrufen dieses bei ihm immer leicht zu erregenden Zorns? Jedenfalls dröhnte Napoleons Faust plötzlich auf die Tischplatte nieder: «Warum hast du mir nichts gesagt? Ich hatte ein Recht darauf, verständigt zu werden, wie mir scheint, und das sofort!»

«Zweifellos, Sire! Aber darf ich Eure Majestät fragen, was das geändert hätte?»

«Geändert woran?»

«Sagen wir – an der Folge der Ereignisse? Und außerdem ... nach der Art, wie wir uns am Abend des Konzerts trennten, schien es mir kaum möglich, neuerlich eine Audienz bei Eurer Majestät zu erbitten, um ihr die Neuigkeit anzukündigen. Ich hätte gefürchtet, inmitten der Festlichkeiten Eurer Vermählung allzu ungelegen zu kommen. Besser war's, zu verschwinden und dem Ereignis durch meine eigenen Hilfsmittel zu begegnen.»

«Erstaunliche Hilfsmittel, wie mir scheint», spottete er. «Ein Sant'Anna! Bei Gott, kein kleiner Fund für eine ...»

«Ich erlaube mir zu unterbrechen, Sire!» fiel Marianne ihm trocken ins Wort. «Eure Majestät ist dabei zu vergessen, daß die Sängerin Maria Stella nur eine Maske war, Karnevalsplunder. Nicht sie hat der Fürst Sant'Anna geheiratet, sondern die Tochter des Marquis d'Asselnat. Angesichts unseres Adelsranges war diese Verbindung nur normal. Eure Majestät ist nach allem, was mir seit meiner Rückkehr zu Ohren gekommen ist, übrigens die einzige, die sich darüber verwundert. Die Spitzen der Pariser Gesellschaft haben es unendlich verwunderlicher gefunden ...»

Von neuem dröhnte die kaiserliche Faust auf den Tisch. «Es genügt, Madame! Ihr seid nicht hier, um mir beizubringen, wie das Faubourg

Saint-Germain reagiert oder nicht reagiert. Ich weiß es besser als Ihr! Was ich hören will, ist, wie Ihr dazu gekommen seid, einen Mann zu wählen, den niemand je gesehen hat, der sich, selbst vor seinen Dienern verborgen, auf seinem Besitz vergraben hat, eine Art lebendes Mysterium! Er ist wohl kaum hier erschienen, um Euch zu holen, denke ich mir.»

Marianne spürte es bis in ihre Nerven, wie sein Zorn wuchs. Sie hob den Kopf, preßte ihre behandschuhten Hände ineinander, wie sie es in schwierigen Momenten zu tun pflegte. Äußerlich ruhig, um ihre Nervosität zu bemänteln, antwortete sie:

«Einer meiner Verwandten hat diese Ehe arrangiert – im Namen der Ehre der Familie.»

«Einer Eurer Verwandten? Aber ich glaubte... Ah, ich hab's! Wetten wir, daß es sich um den Kardinal von San Lorenzo handelt, diesen Unverschämten, dem der Dummkopf Clary Euch zu Gefallen trotz meiner Befehle seinen Wagen anbot! Ein Intrigant wie alle seinesgleichen!» Marianne erlaubte sich ein Lächeln. Gauthier de Chazay war außer Reichweite des kaiserlichen Zorns. Er hatte durch das Geständnis, das sie machen würde, nichts zu verlieren. «Wettet, Sire, Ihr werdet gewinnen! Es war in der Tat mein Pate, der in seiner Eigenschaft als Haupt unserer Familie für mich gewählt hat. Was gleichfalls ganz normal war.»

«Ich bin anderer Ansicht.» Jäh erhob sich Napoleon und begann auf dem Teppich seines Kabinetts eine jener nervösen Auf-und-ab-Promenaden, die zu seinen Eigenarten gehörten. «Ich bin ganz und gar anderer Ansicht!» wiederholte er. «Mir, dem Vater, kam es zu, über die Zukunft meines Kindes zu entscheiden. Es sei denn», fügte er grausam hinzu, «ich täuschte mich über diese Vaterschaft!»

Im nächsten Moment stand Marianne mit glühenden Wangen und blitzenden Augen vor ihm. «Ich habe Euch niemals das Recht gegeben, mich zu beleidigen, noch an mir zu zweifeln! Und ich würde jetzt gern erfahren, welche Art Anordnungen Eure Majestät wegen dieses Kindes hätte treffen können außer der einen, seine Mutter zuvor zu irgendeiner Ehe zu zwingen.»

Im lastenden Schweigen räusperte sich der Kaiser und wich ihrem funkelnden Blick aus, der ihn nicht losließ. «Nun, schön! Es konnte nicht anders sein, da es mir unglücklicherweise nicht möglich wäre, das Kind anzuerkennen. Aber ich hätte beide, das Kind wie die Mutter, wenigstens einem meiner Getreuen anvertraut, einem, den ich von Grund auf gekannt hätte, dessen ich sicher gewesen wäre – sicher!»

«Irgendeinem, der mit geschlossenen Augen die Mätresse Cäsars übernommen hätte – samt der damit verbundenen Mitgift. Denn Ihr hättet mir doch eine Mitgift gegeben, nicht wahr, Sire?»

«Natürlich.»

«Mit anderen Worten: einem, der aus Gefälligkeit zu allem bereit ist! Versteht Ihr nicht», rief Marianne leidenschaftlich, «daß es gerade dies war, das ich niemals hätte ertragen können: übergeben – besser, verkauft zu werden durch Euch an einen Eurer Diener? Einen Mann akzeptieren zu müssen aus Eurer Hand?»

«Euer aristokratisches Blut hätte sich zweifellos empört», grollte er, «wenn Ihr Eure Hand in die eines jener Parvenus des Ruhms hättet legen müssen, aus denen ich meinen Hof gebildet habe, eines jener Männer, die alles ihrer Tapferkeit, dem vergossenen Blut verdanken...»

«... und Eurer Großmut! Nein, Sire, als Marianne d'Asselnat hätte ich mich nicht geschämt, einen dieser Männer zu heiraten, aber ich wäre lieber gestorben, als von Euch, Euch, den ich liebte, einem anderen ausgeliefert zu werden. Als ich dem Kardinal gehorchte, bin ich nur den Bräuchen des Adels gefolgt, die verlangen, daß eine Tochter blind den von den Ihren gewählten Gatten akzeptiert. Auf diese Weise habe ich weniger gelitten.»

«Das also wären Eure Gründe», bemerkte Napoleon mit kaltem Lächeln. «Nennt mir nun die Eures – Gatten! Was hat einen Sant'Anna dazu veranlassen können, eine von einem anderen geschwängerte Frau zu heiraten?»

Bewußt die rüde Absicht übersehend, antwortete Marianne ohne Zögern:

«Die Tatsache, daß der andere Ihr seid! O ja, Sire, ohne es zu ahnen, seid Ihr meine Mitgift gewesen! Es ist das Kind vom Blute Bonapartes, das Fürst Corrado in Wirklichkeit geheiratet hat.»

«Ich begreife immer weniger.»

«Und doch ist es ganz einfach, Sire! Wie es heißt, leidet der Fürst an einer schweren Krankheit, die er um nichts in der Welt zu übertragen wünscht. Er hatte sich also damit abgefunden, seinen alten Namen mit ihm selbst sterben zu sehen – bis ihm der Kardinal von San Lorenzo von mir sprach. Seinem Stolz auf sein Geschlecht widerstrebte jeder Gedanke an irgendeine Adoption, aber dieser Stolz wirkte nicht mehr, sobald es sich um Euch handelte! Euer Sohn kann den Namen der Sant'Annas tragen und seine Fortdauer sichern.»

Von neuem breitete sich Schweigen aus. Langsam wandte sich Marianne der offenen Fenstertüre zu. Es schien ihr plötzlich, als ersticke sie, von dem seltsamen Gefühl gepackt, gelogen zu haben, als sie von

Corrado Sant'Anna gesprochen hatte. War der Mann krank, den sie so meisterlich Ilderim hatte reiten sehen? Unmöglich! Aber wie sollte sie dem Kaiser erklären, was sie sich selbst nicht zu erklären vermochte? Diese freiwillige Zurückgezogenheit, diese Maske aus weißem Leder, die er bei seinen nächtlichen Ritten trug? Jetzt, vor dem sonnenhellen Hintergrund des kaiserlichen Parks, sah sie mit eigentümlicher Klarheit wieder die hohe, kraftvolle Gestalt vor sich, umweht von dem im Winde des schnellen Ritts flatternden weiten schwarzen Mantel. Ein Kranker? Nein! Aber ein Mysterium, und es war niemals gut, Napoleon ein Mysterium anzubieten.

Er war es, der das Schweigen brach. «Sei es!» sagte er endlich. «Ich gebe zu, diese Gründe sind annehmbar, und ich kann sie verstehen. Zudem haben wir dem Fürsten, der sich stets als loyaler Untertan verhalten hat, nie etwas vorzuwerfen gehabt. Aber – Ihr habt vorhin einen seltsamen Satz gesagt...»

«Welchen?»

«Diesen: Wie es heißt, leidet der Fürst an einer schweren Krankheit ... Bedeutet dies, daß Ihr ihn nicht gesehen habt?»

«Nichts könnte wahrer sein! Ich habe von ihm nur eine in einem Handschuh steckende Hand gesehen, Sire, die sich während der religiösen Zeremonie durch einen Vorhang aus schwarzem Samt nach der meinen ausstreckte.»

«Ihr habt den Fürsten Sant'Anna nie gesehen?» rief Napoleon ungläubig aus.

«Niemals!» bestätigte Marianne, wieder von dem Bewußtsein bedrängt, zu lügen.

Aber sie wollte um keinen Preis, daß er erfuhr, was in der Villa geschehen war. Wozu wäre es gut, ihm von dem gespenstischen Reiter zu berichten – und vor allem von ihrem seltsamen Erwachen nach der verhexten Nacht in einem mit Jasminblüten bestreuten Bett? Übrigens wurde sie für diese Lüge sofort belohnt, denn Napoleon lächelte endlich.

Langsam näherte er sich ihr, bis er sie fast berührte und senkte seine Augen in die der jungen Frau.

«Also hat er dich nicht berührt?» fragte er leise.

«Nein, Sire ... Er hat mich nicht berührt.»

Mariannes Herz erbebte. Die unerbittliche Kälte des kaiserlichen Blicks war unversehens warmer Zärtlichkeit gewichen. Endlich fand sie in ihm den Ausdruck wieder, den er in den Zeiten von Trianon gehabt und den wiederzufinden sie sich so gewünscht hatte, diesen Charme, den er so gut zu entfalten verstand, wenn er wollte, diese besondere Art, mit dem Blick zu streicheln, die so sanft zur Liebe überleitete. Es hatte Tage und Nächte gegeben, in denen sie von diesem Blick geträumt hatte! Woher kam es also, daß sie in dieser Minute nicht mehr Freude darüber empfand?

Plötzlich begann Napoleon zu lachen: «Sieh mich nicht so an! Auf mein Wort, man könnte schwören, daß ich dir Angst einjage! Beruhige dich, du hast nichts mehr zu fürchten. Alles recht bedacht, ist diese Verbindung eine ausgezeichnete Sache, und dir ist ein Meisterstreich gelungen! Bei Gott, ich hätte es nicht besser gemacht! Eine prächtige Heirat ... und vor allem eine ohne Verpflichtung! Weißt du, daß du mich hast leiden lassen?»

«Leiden? Ihr?»

«Ich! Bin ich nicht eifersüchtig auf das, was ich liebe? Ich habe mir damals so viel vorgestellt ...»

Und ich? dachte Marianne, sich mit Groll ihrer höllischen Nacht in Compiègne erinnernd. Ich, die ich glaubte, verrückt zu werden, als ich erfuhr, daß er nicht ein paar Stunden damit warten konnte, die Österreicherin in sein Bett zu legen, habe mir vermutlich nichts vorgestellt?

Wegen der Heftigkeit des jähen Schwalls von Groll war ihr nicht sofort klargeworden, daß er sie in seine Arme genommen hatte. Ihr nun ganz nah, murmelte er leiser und leiser mit wachsender Glut: «Du, meine Hexe mit den grünen Augen, meine schöne Sirene in den Händen eines anderen! Dein Körper anderen Zärtlichkeiten, anderen Küssen ausgeliefert ... Ich haßte dich fast dafür, daß du mir dies zufügtest, und als ich dich vorhin wiederfand – so schön, schöner als in meiner Erinnerung ... hatte ich Lust zu ...»

Ein Kuß erstickte das Wort. Es war ein gieriger, fordernder, fast brutaler Kuß voll egoistischen Verlangens, die Zärtlichkeit eines Herrn für die unterworfene Sklavin, doch er überwältigte deshalb die junge Frau nicht weniger. Die bloße Berührung dieses Mannes, den sie zum Zentrum all ihrer Gedanken, all ihrer Wünsche gemacht hatte, wirkte immer mit dem unerbittlichen Anspruch eines Tyrannen auf ihre Sinne. In Napoleons Armen schmolz Marianne wie in der kupplerischen Nacht von Butard ...

Dennoch löste er sich von ihr, entfernte sich, rief: «Roustan!» Der beturbante, prächtige Georgier erschien gleichmütig, um einen kurzen Befehl entgegenzunehmen: «Niemand hierher, bevor ich dich nicht rufe! Bei deinem Leben!»

Der Mameluck deutete durch ein Zeichen an, daß er verstanden habe und verschwand. Sofort griff Napoleon nach Mariannes Hand. «Komm!» sagte er nur.

Fast laufend zog er sie zu einer Tapetentür, die eine schmale Wendeltreppe freigab. Die Treppe führte in ein ziemlich kleines, aber auf die raffinierte, anmutig-lauschige Art von Liebesnestern eingerichtetes Zimmer. Die vorherrschenden Farben waren ein leuchtendes Gelb und daneben ein sanftes, ein wenig verblaßtes Blau.

Marianne blieb jedoch weder die Zeit, einen Blick auf ihre Umgebung zu werfen, noch an die zu denken, die ihr in diesem diskreten Schlupfwinkel vorangegangen sein mußten. Mit der Geschicklichkeit einer erfahrenen Kammerfrau hatte Napoleon schon die ihre weiße Atlas-Kappe haltenden Nadeln herausgezogen, das Kleid geöffnet, so daß es zu Boden glitt, bald von Unterrock und Hemd gefolgt, all das in unglaublicher Geschwindigkeit. Diesmal war nicht die Rede von tastenden, zärtlichen Vorspielen, von jener kunstvollen Entkleidung, die am Abend von Butard aus Marianne die nur allzu willige Beute eines berauschenden Verlangens gemacht und zu Zeiten des Trianon ihren Liebesspielen soviel Charme verliehen hatten. In kürzester Zeit fand sich die Durchlauchtigste Fürstin Sant'Anna, nur mit ihren Strümpfen bekleidet und quer über eine Steppdecke aus gelbem Atlas geworfen, im Handgemenge mit einer Art draufgängerischem Haudegen, der sie wortlos nahm und sich ansonsten darauf beschränkte, ihre Lippen mit verzehrenden Küssen zu bedecken.

So brutal und überhastet ging es vor sich, daß sich der Zauber diesmal nicht einstellen konnte. In wenigen Minuten war alles vorüber. Als Schlußpunkt versetzte Seine Majestät ihr einen Kuß auf die Nasenspitze und tätschelte ihr die Wange. «Meine brave, kleine Marianne», murmelte er in einer Art Rührseligkeit, «du bist entschieden die bezauberndste Frau, der ich je begegnet bin. Ich fürchte, du wirst mich mein Leben lang zu Dummheiten verführen. Du machst mich verrückt!»

Doch seinen gutgemeinten Worten gelang es nicht, die «brave, kleine Marianne» zu trösten, die, enttäuscht und in gleichem Maße wütend, noch dazu das unerfreuliche Gefühl verspürte, ein wenig lächerlich zu sein. Voller Zorn entdeckte sie, daß sie in dem Augenblick, in dem sie geglaubt hatte, ihren Geliebten wirklich wiederzufinden und ihre köstlichen, berauschenden Liebesstunden von einst wieder aufnehmen zu können, nur die ungestüme und unerwartete Begierde eines verheirateten Mannes befriedigt hatte, der vielleicht fürchtete, von seiner Frau überrascht zu werden und zweifellos schon bedauerte, den Kopf verloren zu haben. Gereizt riß sie die gelbe Steppdecke an sich, um ihre Nacktheit zu verhüllen, und erhob sich. Ihr gelöstes Haar fiel über ihre Hüften hinab.

«Eure Majestät sieht mich unendlich geschmeichelt, ihr angenehm gewesen zu sein!» sagte sie kühl. «Darf ich hoffen, daß sie mir ihr Wohlwollen bewahren wird?»

Er runzelte die Stirn, zog ein säuerliches Gesicht und erhob sich seinerseits. «Da haben wir's! Jetzt schmollst du mir! Hör zu, Marianne, ich weiß, daß ich dir nicht soviel Zeit gewidmet habe wie früher, aber ich denke, du bist vernünftig genug zu begreifen, daß sich hier manche Dinge geändert haben und ich mich dir gegenüber nicht mehr so verhalten kann wie ...»

«Wie ein Junggeselle! Ich weiß!» unterbrach Marianne, die ihm unverhohlen den Rücken kehrte, um vor dem Spiegel über dem Kamin ihr Haar zu ordnen.

Er folgte ihr, nahm sie in seine Arme, drückte einen Kuß auf ihre nackte Schulter und stieß ein kurzes Lachen aus. «Du solltest sehr stolz sein! Du bist die einzige Frau, die imstande ist, mich meine Pflichten der Kaiserin gegenüber vergessen zu lassen», sagte er ungeschickt.

«Aber – ich bin stolz, Sire», erwiderte sie ernst. «Ich bedaure nur, sie Euch nur sehr kurze Zeit vergessen zu lassen.»

«Die Pflicht, was willst du ...»

«Und Euer Wunsch, bald einen Erben zu haben!» ergänzte sie ironisch, um ihn zu reizen.

Es wirkte nicht. Napoleon lächelte ihr strahlend zu. «Ja, ich hoffe, er läßt nicht allzulange auf sich warten! Ich will einen Sohn! Wohlverstanden! Und ich hoffe, daß auch du mir einen kräftigen Jungen schenken wirst. Wenn du willst, werden wir ihn Charles nennen, nach meinem Vater.»

Nun sprach er wahrhaftig von Kindern, als wären sie seit langem verheiratet! Das heimliche, aber nicht zu unterdrückende Verlangen, ihn zu ärgern, überkam sie.

«Vielleicht wird es ein Mädchen!» sagte sie, zum erstenmal solch eine Möglichkeit ins Auge fassend, denn bis dahin war sie – Gott allein mochte wissen, warum – immer überzeugt gewesen, daß das erwartete Kind ein Junge würde.

Doch entschieden war es ihr nicht vergönnt, ihn an diesem Abend in Zorn zu versetzen. Höchst freudig erklärte er: «Ich wäre sehr glücklich über eine Tochter. Ich habe schon zwei Jungen, weißt du?»

«Zwei?»

«Ja. Seit ein paar Jahren einen kleinen Léon und den kleinen Alexander, der letzten Monat in Polen zur Welt gekommen ist.»

Marianne schwieg, verletzter, als sie es sich eingestehen wollte. Von der Geburt des Söhnchens Marie Walewskas wußte sie noch nichts, und es schockierte sie in höchstem Maße, sich auf diese Weise unter die Mätressen Napoleons eingereiht und ihr Kind, ob sie es wollte oder nicht, in eine Art Kindergarten für kaiserliche Bastarde versetzt zu finden. «Meinen Glückwunsch!» sagte sie gezwungen.

«Wenn du eine Tochter hast», fuhr Napoleon fort, «geben wir ihr einen korsischen Namen, einen hübschen Namen! Laetitia, wie meine Mutter, oder Vannina ... ich liebe diese Namen! Beeil dich jetzt mit dem Ankleiden. Man wird sich allmählich über die Dauer dieser Unterredung wundern.»

Er sorgte sich darum, was man darüber sagen könnte? Ah, wahrhaftig, er hatte sich verändert! Er hatte sich ganz und gar in seine neue Rolle als Ehemann gefunden! Wütend, doch schnell legte Marianne wieder ihren Staat an. Er hatte sie allein gelassen, vielleicht aus Diskretion, wahrscheinlich aber, weil er es eilig hatte, in sein Kabinett zurückzukehren, hatte sie lediglich aufgefordert herunterzukommen, sobald sie bereit wäre. Marianne bemühte sich um die gleiche Eile wie er. Sie wollte so schnell wie möglich dieses Palais verlassen, in dem – sie fühlte es wohl – ihre schöne Liebe einen gefährlichen Riß bekommen hatte. Es würde ihr schwerfallen, ihm dieses allzu flüchtige verliebte Intermezzo zu verzeihen, das so peinlich nach bürgerlichen Abwegen roch.

Als sie das Arbeitskabinett wieder betrat, erwartete sie Napoleon, ihren Schal schon über dem Arm. Er legte ihn ihr liebenswürdig über die Schultern, fragte, plötzlich schmeichlerisch wie ein Kind, das sich bemüht, Verzeihung für einen dummen Streich zu erlangen: «Liebst du mich noch?»

Sie antwortete mit einem Schulterzucken und einem ein wenig traurigen Lächeln.

«Dann bitte mich um etwas. Ich möchte dir eine Freude machen.»

Sie wollte schon ablehnen, erinnerte sich jedoch unversehens dessen, was Fortunée ihr am Abend zuvor zwischen Tür und Angel über etwas erzählt hatte, was ihr Kummer machte. Das war der Moment, ihrer treuesten Freundin einen Gefallen zu tun – und sicherlich den Kaiser ein wenig zu ärgern.

Sie sah ihn an, diesmal mit einem offenen Lächeln. «Es gibt jedenfalls jemand, dem Ihr über mich eine Freude bereiten könntet, Sire!»

«Wen?»

«Madame Hamelin. Als man bei ihr den Bankier Ouvrard verhaftete, hat man offenbar auch den General Fournier-Sarlovèze mitgenommen, der sich zufällig bei ihr befand.»

Wenn Marianne gehofft hatte, Napoleon zu verstimmen, war es ihr vollständig geglückt. Augenblicklich verdrängte die Cäsarenmaske sein eben noch liebenswürdiges Lächeln. Er trat zu seinem Schreibtisch, und ohne sie anzusehen, erklärte er barsch: «Der General Fournier hatte ohne Genehmigung nichts in Paris zu suchen. Sein Standort ist Sarlat! Dort hat er zu bleiben.»

«Man möchte meinen», sagte Marianne, «daß Eure Majestät nichts von den zärtlichen Beziehungen weiß, die ihn mit Fortunée verbinden. Sie beten sich an und . . .»

«Unfug! Fournier betet alle Frauen an, und Madame Hamelin ist auf alle Männer wild. Sie können ausgezeichnet ohne einander auskommen. Wenn er bei ihr war, dann zweifellos aus einem anderen Grund.»

«Natürlich», gab Marianne gleichmütig zu. «Er möchte um jeden Preis wieder einen Platz in den Reihen der Armee finden . . . und Eure Majestät weiß es sehr gut.»

«Ich weiß vor allem, was er ist: ein Unruhestifter, Aufwiegler und Querulant, der mich haßt und mir nicht verzeiht, daß ich die Krone trage!»

«Der aber Euren Ruhm so liebt!» bemerkte Marianne sanft, verwundert, solche Argumente zur Verteidigung eines Mannes zu finden, den sie persönlich verabscheute. «Und Fortunée wäre so glücklich!»

Napoleons Blick kehrte, unverkennbar argwöhnisch, zu ihr zurück. «Woher kennt Ihr diesen Mann?»

Eine diabolische Versuchung überkam Marianne. Wie würde er reagieren, wenn er erfuhr, daß Fournier in der Nacht seiner erhabenen Vermählung versucht hatte, ihr hinter einer Gartentür Gewalt anzutun? Zweifellos würde er wütend werden. Und diese Wut würde sie für manches entschädigen, aber Fournier würde sie vielleicht mit seinem Leben oder ewiger Ungnade bezahlen, und das hatte er nicht verdient, wenn er auch unerträglich und widerwärtig war. «Ihn kennen ist zuviel gesagt! Ich habe ihn eines Abends bei Madame Hamelin getroffen. Er kam aus seinem Périgord und bat sie, sich für ihn einzusetzen. Ich habe mich nicht gar so lange aufgehalten. Es schien mir, daß sich der General und meine Freundin sehr nach einem Augenblick ungestörter Einsamkeit sehnten.»

Das Gelächter des Kaisers zeigte an, daß es ihr geglückt war. Er kehrte zu ihr zurück, nahm ihre Hand, küßte sie und führte sie, ohne sie freizugeben, zur Tür. «Gut! Du hast gewonnen! Sag diesem Racker in Unterröcken, deiner Fortunée, daß sie ihren Dorfgockel bald wiedersehen wird. Ich werde ihn aus der Verbannung holen, und vor dem Herbst wird er sein Kommando zurückerhalten. Jetzt verschwinde schnell! Ich habe zu arbeiten.»

Sie verabschiedeten sich auf der Türschwelle voneinander, er mit einem kurzen Neigen des Oberkörpers, sie mit der üblichen rituellen Reverenz, beide so feierlich und unpersönlich, als hätte hinter dieser verschlossenen Tür nur eine Salonkonversation stattgefunden.

In der Apollo-Galerie stieß Marianne auf Duroc, der sie erwartete, um sie zum Wagen zurückzugeleiten.

«Nun? Zufrieden?»

«Sehr», erwiderte Marianne trocken. «Der Kaiser ist – charmant gewesen!»

«Ein voller Erfolg also», lobte der Oberhofmarschall. «Ihr seid wieder in Gnaden aufgenommen! Und Ihr wißt noch nicht einmal, in welchem Maße! Aber ich kann es Euch verraten, denn Ihr werdet Eure Ernennung sicherlich bald erhalten.»

«Meine Ernennung? Was für eine Ernennung?»

«Zur Palastdame, was sonst? Der Kaiser hat beschlossen, Euch als italienische Fürstin in die Gruppe der großen ausländischen Damen aufzunehmen, die in dieser Eigenschaft der Person der Kaiserin attachiert werden: die Herzogin von Dalberg, Madame de Périgord, die Fürstin Aldobrandini, die Fürstin Chigi, die Gräfin Bonacorsi, die Gräfin Vilain... Es kam Euch rechtens zu.»

«Aber ich will nicht!» rief Marianne wütend. «Wie hat er es wagen können, mir das anzutun? Mich seiner Frau zu attachieren, mich zu zwingen, ihr zu dienen, ihr Gesellschaft zu leisten? Er ist verrückt!»

«Pst!» machte Duroc hastig, einen besorgten Blick um sich werfend. «Ahmt Madame de Périgord in ihren Urteilen nicht allzusehr nach! Und vor allem, regt Euch nicht auf. Die Ernennungen sind beschlossen, aber fürs erste ist das Dekret noch nicht unterzeichnet, obwohl Gräfin Dorothée ihren Dienst schon versieht. Außerdem – wenn ich den exklusiven Charakter der Herzogin von Montebello richtig einschätze, wird dieses Amt Euch nicht viel Zeit kosten. Abgesehen von den großen Empfängen, denen Ihr beizuwohnen habt, werdet Ihr Euch der Kaiserin kaum nähern, kaum ihr Zimmer betreten, mit ihr sprechen oder in ihren Wagen steigen... Kurz, es ist in erster Linie ein Ehrenamt, aber es wird den Vorzug haben, Klatschereien zum Schweigen zu bringen!»

«Könnte man mich nicht einem anderen Mitglied der kaiserlichen Familie zuteilen, wenn ich absolut ein Amt bei Hofe übernehmen muß? Der Prinzessin Pauline zum Beispiel? Oder besser noch der Mutter des Kaisers?»

Diesmal ließ der Oberhofmarschall ein herzhaftes Gelächter hören. «Meine liebe Fürstin, Ihr wißt nicht, wovon Ihr redet! Ihr seid viel zu hübsch für diese charmante Närrin Pauline, und was Madame Mère betrifft – nun, wenn Ihr in kürzester Frist vor Langeweile umkommen wollt, rate ich Euch, zu dem Bataillon höchst ernsthafter, frommer Damen zu stoßen, die ihre Umgebung bilden. Fragt nur die Herzogin von Abrantès, sobald sie aus Portugal zurückkehrt, wie sie, die Madame Laetitia seit ihrer Kindheit kennt, die Atmosphäre des Hôtel de Brienne und die endlosen Reversino-Partien aushält, mit denen man sich dort vor allem zerstreut.»

«Schön», seufzte Marianne resigniert, «ich gebe mich einmal mehr geschlagen. Ich werde also Palastdame spielen. Aber überstürzt um Himmels willen nicht die Unterzeichnung dieses Dekrets, mein lieber Herzog! Je später es geschieht...»

«Oh, mit ein wenig Glück kann ich es bis August hinausziehen – vielleicht sogar bis zum September!»

«September? Mariannes Lächeln kehrte zurück. Im September würde ihr Zustand so offenkundig sein, daß man sie gewiß vom Erscheinen bei Hofe dispensieren würde, denn ihren Berechnungen nach war das Kind in den ersten Dezembertagen zu erwarten.

Sie waren auf der Freitreppe angelangt, und Marianne reichte dem Oberhofmarschall spontan ihre Finger zum Kuß. «Ihr seid ein Schatz, mein lieber Herzog! Und, was noch weit wertvoller ist, ein ausgezeichneter Freund.»

«Eure erste Definition wäre mir lieber», gestand er mit einer komischen Grimasse, «aber ich werde mich mit der Freundschaft begnügen. Auf bald, schöne Dame!»

Das Ende des Tages näherte sich in einem Übermaß orangener Glut, die hinter den Hügeln von Saint-Cloud, auf denen sich die Flügel der Windmühlen langsam in der leichten Brise drehten, eine wahre Feuersbrunst entzündete. Die Promenade von Longchamp war sehr belebt, ein schillerndes, fröhliches Getümmel von prächtigen Karossen, schönen Kavalieren zu Pferde, lichten Kleidern und Uniformen in leuchtenden Farben. Nichts als Federn, Spitzen, Schmuckstücke, Vergoldungen zu dieser eleganten Stunde, in der es der gute Ton erforderte, sich in einer der Kutschen zu zeigen, die in endlosen Reihen im Schritt aneinander vorüberrollten, oft bis elf Uhr abends, die lange Allee entlang, die von den einstigen prunkliebenden Besucherinnen der Abtei von Longchamp, den schönen Kokotten und den Opernmädchen der Regierungszeit Ludwigs des Vielgeliebten in Mode gebracht worden war und der die eleganten Schönen des Directoire nach dem revolutionären Sturm wieder zu Beliebtheit verholfen hatten.

Der Abend war so mild, daß Marianne sich entschloß, ohne Eile nach Hause zurückzukehren. Sie hatte an diesem Tag einen neuen Wagen eingeweiht, eine offene Kutsche, mit der sie von Arcadius bei ihrer Rückkehr überrascht worden war. Es war ein zugleich luxuriöses und bequemes Gefährt mit seinen mit grünem Samt bezogenen Polstern und seinen spiegelnden Kupferbeschlägen und wurde ebenso wie seine Insassin sehr beachtet. Von den Damen mit Neugier, von den Herren mit offensichtlicher Bewunderung, die der in den Kissen lehnenden entzückenden jungen Frau ebenso galt wie den von Gracchus in seiner neuen schwarz-goldenen Livree arrogant gezügelten vier schneeweißen Lippizanern. Man drehte sich nach dem Gespann um. Manche der Vorbeifahrenden, die Marianne erkannten, richteten einen Gruß an sie oder lächelten ihr zu. So Madame Récamier, die Baronin de Jaucourt, die Gräfin Kielmannsegge und Madame de Talleyrand, die sie im Vorbeifahren mit Besitzermiene stürmisch grüßte. Augenscheinlich hielt sie sich für die Entdeckerin dieses neuen Sterns der Pariser Gesellschaft. Einige Herren näherten sich mit gezogenen Hüten, um ihr die Hand zu küssen, während ihre Pferde sich geradezu an die Kutsche drängten, doch Marianne hatte keine Lust zu plaudern und begnügte sich mit einem Lächeln, einem liebenswürdigen Wort, hielt nicht einmal den charmanten Fürsten Poniatowski zurück, obwohl er, der sich auf dem Weg nach Saint-Cloud befand und vom Kaiser erwartet wurde, Miene machte, umzukehren und sie zu begleiten. Sie zog es vor, sich von der sanften Bewegung des Wagens dahinwiegen zu lassen und die laue, vom süßen Duft der blühenden Akazien und Kastanien erfüllte Luft zu atmen. Ihr zerstreuter Blick blieb eben lange genug auf der ihr entgegenkommenden Wagenreihe haften, um ein Gesicht zu erkennen und einen Gruß zu erwidern.

Unversehens jedoch wurde ihre unbestimmt schweifende Aufmerksamkeit von einem Reiter angezogen, der sich auffällig von der glänzenden Menge abhob. Weniger übrigens durch sein Kostüm als durch die bemerkenswerte Eigenart seiner Person und seiner Physiognomie. Gemächlich auf einem schönen Rotfuchs neben der Allee entlangtrabend, grüßte er von Zeit zu Zeit eine der zahlreichen Frauen, die ihm alle zulächelten.

An der dunkelgrünen Uniform mit roten Ärmelaufschlägen, in der er steckte, am Kreuz des heiligen Alexander, das den hohen Kragen schmückte, und an der besonderen Form des großen schwarzen, von einem Federbusch aus Hahnenfedern überragten Zweispitzes sah Marianne, daß es sich trotz des Kreuzes der Ehrenlegion auf seiner Brust um einen russischen Offizier handelte. Zweifellos war es einer der Attachés des Botschafters des Zaren, des alten Fürsten Kurakin, den sie oft bei Talleyrand bemerkt hatte. Doch diesen Offizier hatte sie noch nie gesehen, während die Gesichter Nesselrodes oder Rumianzows ihr vertraut waren. Wäre er ihr schon einmal begegnet, hätte sie ihn gewiß nicht so leicht vergessen.

Vor allem war er ein glänzender Reiter. Man spürte es an seiner ungezwungenen Haltung im Sattel, an einer Art von Anmut, die Kraft nicht ausschloß, sah es an der Muskulatur der unter dem weißen Leder der Hose sich abzeichnenden Schenkel. Auch die Figur war bemerkenswert: sehr breite Schultern und die schmale Taille eines jungen Mädchens. Doch das Ungewöhnlichste war das Gesicht: blond, mit schmal gehaltenen Favoris, die sich golden auf seinen Wangen kräuselten, die Züge wie von der strengen Reinheit griechischer Kunst geprägt, aber schräge, wilde Augen von intensivem Grün, die das asiatische Blut verrieten. Es war etwas von einem Tataren an diesem Mann, der jetzt den Schritt seines Pferdes verhielt, je mehr er sich der infolge einer weiter vorn eingetretenen Stockung zum Stillstand gekommenen Kutsche näherte.

Schließlich hielt er wenige Schritte von Marianne entfernt an – aber nur, um mit neugieriger Aufmerksamkeit ihre Pferde zu betrachten. Er prüfte jedes einzelne von den Ohren bis zum Schwanz, trieb seinen Fuchs ein wenig zurück, um das Gesamtbild besser ins Auge fassen zu können, näherte sich von neuem, und schon glaubte Marianne, daß er absteigen würde, um die Tiere aus nächster Nähe zu betrachten, als sein Blick zu der jungen Frau glitt. Und das gleiche Manöver begann.

Weniger als zwei Meter von Marianne entfernt ungezwungen im Sattel sitzend, begann der Offizier, sie mit der Aufmerksamkeit eines Forschers angesichts eines seltsamen Insekts zu mustern. Sein dreist abschätzender Blick wanderte von der dichten Fülle des dunklen Haars zum Gesicht, das sich bereits vor Entrüstung rötete, zum geschmeidigen Hals, zu den Schultern und zur Brust, über der Marianne rasch ihren schwarz-goldenen Kaschmirschal zusammenschlug. Empört und von dem ärgerlichen Eindruck bedrängt, eine Sklavin auf dem Schaupodest eines Händlers zu sein, blitzte sie den Mann an, der es, in seine Betrachtung vertieft, nicht einmal zu bemerken schien. Ja, er zog sogar ein Linsenglas aus einer Tasche und klemmte es in eine seiner Augenhöhlen, um sie bequemer bewundern zu können. Lebhaft beugte Marianne sich vor und berührte mit dem Ende ihres Schirms Gracchus' Schultern.

«Sieh zu», rief sie ihm zu, «daß wir schnellstens weiterkommen! Dieses Individuum scheint entschlossen, bis zum Jüngsten Gericht dort festzuwurzeln.»

Der junge Kutscher warf einen Blick zur Seite und lachte.

«Es sieht so aus, als hätte Eure Durchlauchtigste Hoheit einen Bewunderer gefunden! Ich werde sehen, was sich tun läßt. Übrigens glaube ich, daß es schon vorangeht.»

Die lange Reihe der Wagen setzte sich in der Tat in Bewegung. Gracchus ließ die Pferde anziehen, aber der russische Offizier rührte sich noch immer nicht. Er begnügte sich damit, sich leicht im Sattel zu drehen und mit den Augen dem Wagen und seiner Insassin zu folgen.

Wütend rief Marianne ihm zu: «Flegel!»

«Ihr müßt Euch nicht ärgern, Frau Fürstin», bemerkte Gracchus. «Das ist ein Russe, und alle Welt weiß, daß die Russen keine Lebensart haben. Es sind alles Wilde! Der da kennt vielleicht kaum drei Worte Französisch und konnte Euch auf andere Weise nicht sagen, daß er Euch sehr schön findet.»

Marianne unterließ es zu antworten. Der Mann sprach zweifellos Französisch. Das Studium dieser Sprache gehörte zur normalen Erziehung jedes vornehmen Russen, und dieser da war sichtlich nicht in einer Kate zur Welt gekommen. Er hatte Rasse, obwohl sein Verhalten nicht gerade für seine gute Erziehung sprach. Nun, die Hauptsache war, ihn loszuwerden. Ein Glück noch, daß er nicht in dieselbe Richtung ritt wie sie.

Doch als ihr Wagen das schöne, dreitorige Gitter, ein Meisterwerk Coustous, passierte, das die Pforte Mahiaux bildete und nach Neuilly zu die Umfassungsmauer des Bois de Boulogne öffnete, meldete ihr der Kutscher, der russische Offizier sei noch immer da.

«Wie? Aber er war doch unterwegs nach Saint-Cloud.»

«Er war's vielleicht, jetzt aber nicht mehr, da er hinter uns ist.»

Marianne drehte sich um. Gracchus hatte recht. Der Russe war wirklich da, folgte dem Wagen im Abstand von einigen Metern ebenso selbstverständlich, als wäre dort von jeher sein Platz. Als er bemerkte, daß die junge Frau ihn ansah, besaß er gar die Kühnheit, ihr breit zuzulächeln.

«Oh!» stieß sie hervor. «Das ist zuviel! Gib deinen Pferden die Peitsche, Gracchus! Galopp!»

«Galopp?» rief der junge Mann bestürzt. «Und wenn ich jemand überfahre?»

«Du bist geschickt genug, um es zu vermeiden. Ich habe gesagt: Galopp! Jetzt wirst du zeigen, was Tiere wie diese da können – und ein Kutscher wie du!»

Gracchus wußte, daß es nutzlos war, mit seiner Herrin zu diskutieren, wenn sie sich dieses Tons bediente. Die Peitsche knallte. Das Gespann stob in einem wahren Höllentempo davon, die Straße nach Neuilly entlang, überquerte die noch immer mit ihrem absurden Triumphbogen aus bemalter Leinwand geschmückte Place de l'Etoile und schoß die Champs-Elysées hinunter. Wie ein griechischer Wagenlenker auf seinem Kutschbock stehend, brüllte Gracchus aus Leibeskräften: «Platz da! Achtung!», sobald er nur das kleinste Hindernis, den bescheidensten Fußgänger gewahrte. Im übrigen blieben die Fußgänger ohnehin vor Staunen wie versteinert stehen, wenn sie die von vier schneeweißen Pferden gezogene Kalesche in Windeseile dahinrasen sahen, von einem Reiter in schärfster Gangart verfolgt. Denn das gemächliche Geleit des Russen hatte sich in ein wahnwitziges Wettrennen verwandelt. Als er die Kutsche im Galopp hatte davonfahren sehen, hatte der Offizier dem Fuchs die Sporen gegeben und sich mit einem Eifer an ihre Verfolgung gemacht, der deutlich sein Vergnügen an der Sache verriet. Sein Zweispitz war ihm vom Kopf geflogen, aber er hatte sich nicht darum gekümmert. Mit im Winde wehendem blondem Haar feuerte er sein Pferd durch wilde Schreie an, die Gracchus' Gebrüll antworteten. Die Situation hatte keine Chance, unbeachtet zu bleiben, und die Neugierigen starrten entsetzt dem geräuschvollen Höllenspuk nach.

Mit Donnergepolter rollte die Kutsche über die Concorde-Brücke und umrundete das Gebäude der Gesetzgebenden Körperschaft. Der Russe gewann an Boden, und Marianne war nahe daran zu explodieren.

«Wir werden ihn bis zum Haus nicht mehr loswerden können!» rief sie. «Wir sind fast da.»

«Hofft nur!» brüllte Gracchus zurück. «Da kommt Hilfe!»

Wirklich war hinter ihnen ein zweiter Reiter aufgetaucht, ein Hauptmann der polnischen Ulanen, der es beim Anblick der offensichtlich von einem russischen Offizier verfolgten eleganten Kalesche für nützlich gehalten hatte, sich einzumischen. Mit Genugtuung beobachtete Marianne, wie er dem Russen den Weg abschnitt, der wohl oder übel anhalten mußte, um nicht aus dem Sattel geworfen zu werden. Instinktiv hatte Gracchus sein Gespann gezügelt, die Kutsche fuhr langsamer.

«Dank, Monsieur!» rief Marianne, während die beiden Reiter ihre Pferde bändigten.

«Euch stets zu Diensten, Madame!» erwiderte der Hauptmann munter, eine behandschuhte Hand an seine blau-rote Tschapka führend. Im nächsten Moment klatschte sie auf die Wange des russischen Offiziers.

«Das gibt ein hübsches kleines Duell», bemerkte Gracchus. «Ein Degenstich für ein Lächeln, das ist teuer.»

«Wie wär's, wenn du dich in Dinge mischtest, die dich angehen?» ließ sich Marianne vernehmen, die nicht in der rechten Stimmung für die ungenierten Kommentare ihres Kutschers war. «Bring mich rasch nach Hause und kehre dann hierher zurück, um zu sehen, was geschieht. Versuch zu erfahren, wer diese Herren sind. Ich werde sehen, was ich tun kann, um dieses Duell zu verhindern.»

Einen Moment später stieg sie im Hof ihres Hauses aus, und Gracchus entfernte sich, doch als er ein paar Minuten später zurückkehrte, konnte er ihr nichts Neues berichten. Die beiden Gegner waren bereits verschwunden, und die durch den Auftritt verursachte kleine Ansammlung von Passanten hatte sich aufgelöst. Sehr verärgert über diesen Zwischenfall, da sie fürchtete, er werde mehr Aufsehen erregen, als die Beleidigung verdiente, und Napoleon könne Kenntnis davon erhalten, tat sie, was sie in ähnlichen Umständen immer getan hatte: Sie erwartete Arcadius' Rückkehr, um ihm ihr Problem anzuvertrauen.

Seit dem Vorabend und als Folge einer langen Unterredung, in deren Verlauf der Vicomte de Jolival über die jüngsten Ereignisse in Italien unterrichtet worden war, hatte dessen Situation in Mariannes Haushalt eine gewisse Veränderung erfahren: Vom Impresario einer Sängerin war Jolival zur doppelten Funktion des Ehrenkavaliers und Sekretärs der neuen Fürstin aufgerückt, eine zweifache Aufgabe, die seinem universellen Geist ebenso entsprach wie der festen Zuneigung, die ihn mit der jungen Frau verband. Er würde so ein gewichtiges Wort in allen Dingen des Hauses und besonders bei den finanziellen Angelegenheiten und den Beziehungen mit Lucca mitsprechen können. Mit ihm zur Seite hatte Marianne nichts von den Machenschaften Matteo Damianis zu fürchten, falls der Fürst Sant'Anna so schwach gewesen wäre, ihn als Sekretär zu behalten, oder auch von denen jedes anderen ihn ersetzenden Verwalters.

«Sicher ist», hatte Arcadius nach jenem Gespräch konstatiert, «daß Ihr Euch einen größeren Haushalt zulegen müßt als den Maria Stellas. Unter anderem werdet Ihr eine Dame zu Eurer Begleitung oder eine Vorleserin brauchen.»

«Ich weiß», hatte Marianne ihn unterbrochen, «aber ich werde trotzdem niemand dergleichen engagieren. Abgesehen davon, daß ich es verabscheue, wenn man mir vorliest, habe ich keinerlei Verwendung für eine Begleiterin, schon gar nicht, wenn unsere liebe Adelaide eines Tages auf ihre Marotten verzichten und sich daran erinnern sollte, daß wir existieren.»

Damit war die Debatte über diesen Punkt abgeschlossen, und Arcadius fand sich statt dessen zu Beginn seiner neuen Funktion mit einer Vertrauensmission betraut: ein törichtes Duell zwischen einem Offizier der kaiserlichen Garde und einem ausländischen Offizier zu verhindern, eine Mission, die er mit einem amüsierten Lächeln und der an Marianne gerichteten Frage übernahm, welchen der beiden Gegner sie persönlich bevorzuge.

«Was für eine Frage!» rief sie. «Den Polen natürlich! Hat er mich nicht von einem aufdringlichen Menschen befreit, noch dazu bei Gefahr für sein Leben?»

«Meine Liebe», entgegnete Arcadius ungerührt, «die Erfahrung hat mich gelehrt, daß bei den Frauen nicht immer die Retter Anrecht für den schönsten Teil der Dankbarkeit haben. Alles hängt davon ab, vor wem sie gerettet wurden. Nehmt Eure Freundin Fortunée Hamelin. Nun, ich bin bereit, meinen rechten Arm zu wetten, daß sie nicht nur höchst betrübt gewesen wäre, vor Eurem Verfolger gerettet zu werden, sondern in ihrem voreiligen Erretter auch für alle Zeiten ihren Todfeind gesehen hätte.»

Marianne zuckte die Schultern. «Oh, ich weiß, Fortunée betet alle Männer an, und die in Uniform besonders. In einem Russen sähe sie ein auserlesenes Wild.»

«Vielleicht nicht in allen Russen – aber in diesem Grafen bestimmt.»

«Man möchte wahrhaftig meinen, Ihr kennt ihn», sagte Marianne und sah ihn neugierig an. «Ihr wart doch nicht dabei, habt ihn also nicht gesehen.»

«Nein», erwiderte Jolival liebenswürdig, «aber wenn Eure Beschreibung zutrifft, weiß ich, wer er ist. Zumal mit der Ehrenlegion dekorierte russische Offiziere nicht gerade an jeder Straßenecke anzutreffen sind.»

«Dann ist es also ...»

«... Graf Alexander Iwanowitsch Tschernytschew, Oberst der Kosaken der kaiserlich-russischen Garde, Adjutant Seiner Majestät des Zaren Alexander I. und sein Verbindungsmann mit Frankreich. Er ist einer der besten Reiter der Welt und einer der unverbesserlichsten Schürzenjäger beider Hemisphären. Die Frauen schwärmen für ihn!»

«So? Nun, ich nicht!» rief Marianne, wütend über die offenbare Nachsicht, mit der Jolival von dem Offizier gesprochen hatte. «Und falls dieses Duell stattfindet, hoffe ich, daß der Pole Euren Kosaken ebenso sauber aufspießen wird wie einen Kurzwarenhändler der Rue Saint-Denis! Verführerisch oder nicht, er ist nichts weiter als ein Flegel!»

«Genau das sagen im allgemeinen die hübschen Frauen beim erstenmal von ihm. Aber es ist merkwürdig zu beobachten, wie dieser Eindruck in der Folge eine Tendenz zur Veränderung zeigen kann! Nun, ärgert Euch nicht», fügte er hinzu, da er bemerkte, daß es im grünen Blick seiner Freundin gewittrig blitzte. «Ich werde versuchen, das Massaker zu verhindern. Aber ich zweifle am Gelingen.»

«Warum?»

«Weil noch nie ein Pole und ein Russe auf eine so schöne Gelegenheit verzichtet haben, einander umzubringen. Gegenseitige Feindseligkeit ist ihr normaler Zustand.»

Wirklich kehrte Arcadius, der eine gute Weile vor Sonnenaufgang ausgeritten war, am nächsten Vormittag gegen zehn Uhr zurück und berichtete der in ihrem Garten promenierenden Marianne, daß das Duell an diesem selben Morgen im Pré-Catelan mit Säbeln stattgefunden habe und daß die Gegener unversöhnt den Kampfplatz verlassen hätten, der eine, Tschernytschew, mit einem Stich in den Arm, der andere, Baron Kozietulski, mit einer Schulterwunde. «Bedauert sie nicht zu sehr», fügte Jolival angesichts der bekümmerten Miene Mariannes hinzu. «Die Verwundung ist ziemlich leicht und hat zudem den Vorteil, ihm eine Ortsveränderung nach Spanien zu ersparen, wohin ihn der Kaiser unweigerlich geschickt hätte. Seid beruhigt. Ich werde mich im übrigen nach seinem Ergehen erkundigen. Was den andern betrifft . . .»

«Der andere interessiert mich nicht!» unterbrach ihn Marianne. Das sanft-ironische Lächeln, mit dem Jolival sie bedachte, verletzte Marianne, die ihm ohne ein weiteres Wort den Rücken zuwandte und ihren Spaziergang fortsetzte. Machte ihr alter Freund sich etwa über sie lustig? Was für Hintergedanken verbarg er in diesem ein klein wenig skeptischen Lächeln? Glaubte er, daß sie nicht aufrichtig sei, wenn sie versicherte, dieser Russe interessiere sie nicht, daß sie wie all diese Frauen sei, die der schöne Kosak so schnell erobert hatte? Oder auch, daß die Einsamkeit ihres Herzens aus ihr eine vorbestimmte Beute für leichte Abenteuer mache, in denen so viele Frauen den einfachen Widerschein der Liebe suchten?

Sie schritt über den feinen Sand der Wege, die alle zu dem Bassin führten, in dem der Springbrunnen sang. Es war nur ein kleiner Garten, bestehend aus einigen Linden und einer Fülle in der Sommersonne duftender Rosen. Es war auch nur ein kleiner Springbrunnen, ein bronzener Delphin, der einen rätselhaft lächelnden Amor umschlang. Nichts wahrhaftig, was sich hätte vergleichen lassen mit den Wundern der Villa Sant'Anna, mit ihren rauschenden Kaskaden, ihren sprudelnden Wassern, deren Quellen sich in Muscheln nachgebildetem Mauerwerk verbargen, das das Echo ihres Plätscherns zurückwarf, mit den üppigen Rasenflächen, über die die weißen Pfaue der Legende stolzierten, wo das mythische Einhorn regierte. Hier weckte kein wilder Hengst den Widerhall des Horizonts durch das Hämmern seines wütenden Galopps, kein gespensterischer Reiter ritt einsam durch die Finsternis, bis ans Ende der Nacht ein drückendes Geheimnis tragend, Verzweiflung vielleicht? Hier war Ruhe, die liebliche Ruhe eines kleinen Pariser Gartens: eben das rechte, um der melancholischen Träumerei einer alleingelassenen, hübschen Frau Nahrung zu geben.

Der Amor lächelte im kristallenen Sprühen der zurückfallenden Tropfen dem Delphin zu, und auch aus diesem Lächeln glaubte Marianne Ironie herauszulesen. Du machst dich über mich lustig, dachte sie, aber warum? Was habe ich dir getan, ich, die ich an dich glaubte und die du so grausam enttäuscht hast? Du hast mir nur zugelächelt, um mir dein Geschenk alsbald wieder fortzunehmen! Du hast nie gewollt, daß die Ehe für mich etwas anderes als eine Verhöhnung würde, obwohl ich in sie eintrat wie in eine Religion. Und nun bin ich zum zweitenmal verheiratet – und noch immer allein! Der erste war ein Bandit, der zweite ist nur ein Schatten – und der Mann, den ich liebe, ist der Mann einer anderen! Wirst du nie Mitleid mit mir haben?

Doch Amor blieb stumm und sein Lächeln unveränderlich. Mit einem Seufzer wandte Marianne ihm den Rücken und setzte sich auf eine bemooste steinerne Bank neben einen Strauch blutroter Kletterrosen. Sie fühlte die Leere ihres Herzens. Es war wie eine jener Wüsteneien, die ein jäher Sturm in einer einzigen Nacht verursacht, in seinen wirbelnden Böen alles mit sich reißend, selbst die Erinnerung an das, was gewesen war. Und als sie, um in sich das langsam erlöschende Feuer wieder anzufachen, ihre Liebeswonnen beschwor, die rauschhaften Freuden, die Augenblicke blinder Verzweiflung, in die der bloße Name, das Bild ihres Geliebten sie einst gestürzt hatten, stellte Marianne schmerzlich fest, daß sie nicht einmal mehr das Echo ihrer eigenen Schreie vernahm. Es war – ja, es war wie eine Geschichte, die man ihr erzählt hatte und deren Heldin eine andere war ...

Von sehr weit her, wie vom anderen Ende einer Flucht riesiger, leerer Säle, glaubte sie, die überredende Stimme Talleyrands zu hören: «Diese Liebe gehört nicht zu denen, die alt werden ...» Konnte es sein, daß er recht hatte, daß er schon recht hatte? War es möglich, wirklich möglich, daß ihre große Liebe zu Napoleon im Sterben lag und nur ein wenig Zärtlichkeit und Bewunderung blieb, die Scheidemünze, die die Flut des glühenden Goldes der großen Leidenschaften hinterläßt, wenn sie sich zurückzieht?

3. Kapitel

Der tragische Ball

Am Abend des 1. Juli zog sich eine endlose Kette von Wagen die ganze Rue du Mont-Blanc entlang, ergoß sich in die benachbarten Straßen und überschwemmte sogar die Höfe der großen Privatpalais', deren Tore geöffnet geblieben waren, um ein wenig mehr Raum zu schaffen und soweit wie möglich Stockungen zu vermeiden. Der von Österreichs Botschafter, dem Fürsten zu Schwarzenberg, veranstaltete Ball kündigte sich als ein Erfolg an. Man erwartete den Kaiser und vor allem die Kaiserin, zu deren Ehren die Festlichkeit stattfand, und die rund zwölfhundert Personen, die eingeladen waren, fühlten sich als Privilegierte, während die gut zwei- bis dreitausend Vergessenen über diese grausame Vernachlässigung untröstlich waren.

Im Schritt, einer hinter dem anderen, bogen die Wagen in die kurze Pappelallee ein, die zu der für diese Gelegenheit durch große antike Fackeln mit lustig flackernden Flammen erleuchteten Säulenhalle des Eingangs führte. Das Palais, das einst Madame de Montesson, der morganatischen Gattin des Herzogs von Orléans, gehört hatte, war nicht übermäßig groß und konnte an Pracht nicht mit dem benachbarten Hôtel Thélusson verglichen werden, das Napoleon für eine runde Million zur Unterbringung des russischen Botschafters von Murat zurückgekauft hatte, aber es war mit viel Geschmack ausgestattet und hatte einen sehr großen Park, in dem sich sogar eine kleine Meierei und ein Apollotempel befanden.

Dieser Park hatte übrigens dem Botschafter zu einem Einfall verholfen: Um ohne Rücksicht auf die relative Beengtheit seiner Salons all diejenigen empfangen zu können, die er einzuladen wünschte, hatte er in ihm aus leichtem Holz einen behelfsmäßigen, mit Wachsleinwand gedeckten Ballsaal errichten lassen, den eine ebenfalls nur für kurze Dauer aufgebaute Galerie mit den Empfangsräumlichkeiten verband. Und seit einer Woche sprach man in ganz Paris nur von der bezaubernden Dekoration dieses Saals.

Da dieser Abend in gewisser Weise ihren offiziellen Eintritt in die höchste Pariser Gesellschaft bedeutete, hatte Marianne Wert darauf gelegt, Talleyrand zu begleiten, in dessen zwischen dem Haus des Bankiers Perregaux und der Botschaft eingekeilten Wagen sie sich eine gute Stunde hatte gedulden müssen, bevor sie ihren Fuß auf die riesigen roten Teppiche setzen konnte, die die Säulenhalle schmückten.

«Ist es nicht die Hauptsache, vor dem Kaiser einzutreffen, he?» bemerkte der Fürst von Benevent, seiner Gewohnheit gemäß höchst dezent und elegant in einem schwarzen Frack, geschmückt nur mit österreichischen Orden, deren wichtigster, das Goldene Vlies, sich diskret im schneeigen Gefältel seiner Krawatte zeigte. «Für den Rest kommt man noch immer früh genug, wenn man bemerkt werden will. Und heute abend hoffe ich sehr, daß man nur Euch sehen wird.»

Marianne war in der Tat in dieser Nacht atemberaubend schön. Das golden schimmernde Gewebe ihres Kleides war nach langem Zögern von Leroy ausgewählt worden, in vollkommener Übereinstimmung mit dem bernsteinfarbenen Ton ihrer Haut und der Fassung der Juwelen, den märchenhaften Smaragden der Hexe Lucinda, die noch rechtzeitig für diesen Abend in einem Schmuck zu vereinen dem Juwelier Nitot durch ein wahres Wunder an Arbeit geglückt war. Sie versprühten grüne Blitze, als Marianne das Dunkel des Wagens mit dem Lichterglanz der Salons vertauschte. Sie weckten auch Staunen und Neid in den Augen der Damen und selbst in denen ihrer Begleiter. Doch die Begehrlichkeit der Männer galt ebenso der Frau wie ihrem herrlichen Geschmeide. Sie erschien ihnen wie eine köstliche Statue aus Gold, und all die Männer, die sie langsam im leisen Rascheln ihrer langen Schleppe dahinschreiten sahen, wußten nicht, was sie mehr bewundern sollten: die Makellosigkeit ihres Gesichts, die vollkommene Form ihrer Brust, auf der die schimmernden grünen Tränen zitterten, den Glanz ihrer Augen oder den Bogen ihrer lächelnden Lippen. Aber keiner von ihnen hätte gewagt, das Verlangen deutlich auszudrücken, das ihr Anblick in ihnen weckte, nicht einmal so sehr, weil man von ihrer Beziehung zum Kaiser wußte, als ihrer verschlossenen, wie abwesenden Haltung wegen.

Jede Frau wäre vor Stolz außer sich gewesen, hätte sie sich mit solchen Götzenbildjuwelen schmücken können. Nur an der neuerdings zur Fürstin erhobenen Madame de Metternich waren Edelsteine von ähnlicher Schönheit und Größe zu sehen. Doch die Fürstin Sant'Anna trug die ihren mit einer Gleichgültigkeit, die an Traurigkeit grenzte.

Eine Welle diskreten Gemurmels begleitete den Weg des seltsamen, doch eindrucksvollen Paars, das sie mit dem greisen hinkenden Teufel doch eindrucksvollen Paars, das sie mit dem greisen hinkenden Teufel bildete, dessen Alter den Glanz ihrer Schönheit noch stärker hervorhob. Talleyrand war sich ihrer Wirkung auch bewußt und lächelte innerlich unter seiner gleichmütigen Diplomatenmaske. Er entdeckte unter den schönen Geladenen außer den angesehensten und elgantesten Frauen des Kaiserreichs – der Herzogin von Ragusa etwa mit ihren von ihrem Vater, dem Bankier Perregaux, geschenkten Diamanten oder der Marschallin Ney, von deren Saphiren es hieß, zumindest einige hätten der verstorbenen Königin Marie-Antoinette gehört – auch österreichische und ungarische Damen von hohem Rang, so die Gräfin Zichy und ihre berühmten Rubine und die Fürstin Esterhazy, deren Schmuckkollektion als die berühmteste des ganzen Habsburgerreiches galt. Dennoch gelang es keiner von ihnen, die junge Frau zu übertrumpfen, die so anmutig an seiner Seite schritt und die er wie selbstverständlich als seine persönliche Schöpfung betrachtete. Selbst der alte Fürst Kurakin, der aussah, als sei er aus einem Diamantenfluß aufgetaucht, selbst einige vornehme russische Damen, deren Juwelen von barbarischer Größe und Pracht direkt aus dem Fabelreich Golkonda zu kommen schienen, konnten es an Glanz und königlicher Eleganz nicht mit seiner Begleiterin aufnehmen. Marianne trug einen stillen Triumph davon, den er als Künstler genoß.

Doch sie selbst sah nichts, hörte nichts. Ihr Lächeln war mechanisch, lag wie eine Maske auf ihrem Gesicht. Sie hatte den seltsamen Eindruck, daß der einzige Teil von ihr, der wirklich lebte, ihre leicht auf dem Arm des Fürsten von Benevent ruhende Hand sei. Alles andere war leer, leblos. Eine Art erstarrter Fassade, hinter der keine innere Flamme brannte.

Es gelang ihr nicht zu begreifen, weshalb sie hier war, in dieser ausländischen Botschaft, inmitten all der Unbekannten, deren zudringliche Neugier sie ahnte. Es lag ihr nichts an diesem lächerlichen mondänen Triumph unter all diesen Leuten, die bis zum Überdruß über ihre merkwürdige Geschichte geklatscht haben mußten und jetzt zweifellos das Geheimnis, das sie umgab, zu durchdringen suchten: das eines Mädchens von edler Herkunft, das um der Liebe eines Kaisers willen sogar die Bretter einer Bühne betreten hatte, jetzt jedoch höher gelangt war denn je, kraft einer Heirat, die an Seltsamkeit und Rätselhaftigkeit ihr sonstiges Leben noch übertraf.

Bitter dachte sie, daß sie zweifellos höhnisch lächeln würden, wenn sie hätten erraten können, daß diese beneidete Frau sich elend und einsam fühlte, weil das Herz in ihrer Brust stumm und schwer war wie ein Stück erkalteter Lava. Keine Liebe mehr! Keine Flamme ... kein Leben mehr! Nichts mehr! Ihre Weiblichkeit, ihr Charme, ihre vollkommene Schönheit, all das, was in ihr danach verlangte zu leben, sich in der Wärme einer Liebe so zu entfalten, diente nur dazu, das erstarrte Bildnis des Stolzes und der Einsamkeit zu schaffen. Und voller Melancholie folgte sie mit dem Blick einer kleinen Szene, die sich ganz in ihrer Nähe abspielte: Mit einem freudigen Ausruf stürzte ein junger Husarenleutnant einem sehr jungen Mädchen entgegen, das eben eingetreten war, begleitet von ihrer sich wichtig gebenden, mit Federn und Diamanten herausgeputzten Mutter. Die Kleine war offensichtlich verschüchtert und nicht eben schön: ein unreiner Teint, die Figur ein wenig zu voll, zudem in eine Robe aus steifer rosa Gaze gekleidet, die sie wie einen Federball aussehen ließ, doch die Augen des jungen Husaren glänzten bei ihrem Anblick wie Sterne, während er Marianne und andere hübsche Frauen kaum bemerkt hatte. Für ihn war die unbedeutende, linkische Kleine die schönste der Frauen, weil sie es war, die er liebte, und Marianne beneidete dieses Kind von ganzem Herzen, das nichts von dem hatte, was sie besaß und dennoch soviel reicher war! Mit einem Seufzer sah Marianne sie in der Menge verschwinden. Im übrigen war es Zeit für sie, die Gastgeber zu begrüßen, die ihre Gäste an der Tür des großen Salons empfingen, von dem aus die Galerie zum Ballsaal hinüberführte.

Der Botschafter, Fürst Karl Philipp zu Schwarzenberg, war ein Mann von etwa vierzig Jahren, braun und untersetzt, in eine weiße Uniform gezwängt, deren Nähte seine Ringkämpfermuskeln jeden Moment zu sprengen schienen. Sein Äußeres hinterließ einen Eindruck von Kraft und Starrköpfigkeit. Neben ihm bot seine Schwägerin, die Fürstin Pauline, ein Bild zerbrechlicher Anmut trotz einer fast bis zu ihrem Endpunkt gediehenen Schwangerschaft, die sie übrigens mit Geschick unter einer Art Peplum aus Musselin und einer goldgestickten Schärpe verbarg. Marianne betrachtete mit bewunderndem Staunen diese Mutter von acht Kindern, die wie ein junges Mädchen wirkte und deren ganzes Wesen Lebensfreude ausstrahlte. Und während sie den Gatten dieser charmanten Frau, den Fürsten Joseph, begrüßte, sagte sich Marianne erneut, daß die Liebe schon ein recht merkwürdiges Gefühl sei.

Obwohl mit ihren Gedanken woanders, gelang es ihr mühelos, auf die enthusiastische Begrüßung der Österreicher zu antworten. Sie ließ sich dann folgsam von Talleyrand zu der zum Ballsaal führenden Galerie geleiten, unablässig gegen die ihren Geist lähmende Betäubung ankämpfend, dieses seltsame Gefühl des Nicht-Seins. Sie mußte um jeden Preis hier etwas finden, wofür sie sich interessieren konnte. Sie mußte wenigstens so tun, als ob das Fest ihr Vergnügen mache, und sei es auch nur ihrem Freund Talleyrand zu Gefallen, der sie leise auf die von ihm bemerkten ausländischen Persönlichkeiten hinwies. Doch all diese Leute waren ihr unendlich gleichgültig!

Einer lauten Stimme gelang es indessen, den Nebel zu durchdringen, in dem sie schwamm, eine Stimme, die mit starkem russischem Akzent erklärte: «Ich fordere den ersten Walzer, mein lieber Fürst! Man schuldet ihn mir! Ich habe ihn schon mit meinem Blut bezahlt, und ich bin bereit, doppelt soviel dafür zu zahlen!»

Es war eine Baßbaritonstimme, in der alle Kiesel des Urals rollten, aber sie hatte immerhin den Vorzug, Marianne auf festen Boden zurückzubringen. Wie sie entdeckte, war der Eigentümer der Stimme kein anderer als ihr frecher Verfolger aus dem Bois de Boulogne, der, den sie bei sich schon den Kosaken getauft hatte. Der widerwärtige Tschernytschew!

Dreist hatte er sich ihnen in den Weg gestellt, aber wenn sich seine Worte auch an Talleyrand richteten, waren es Mariannes Augen, die sein Mongolenblick suchte.

Marianne zuckte unmerklich mit den Schultern, dachte jedoch nicht daran, die Verachtung in ihrem Lächeln zu verbergen. «Man schuldet ihn Euch? Ich kenne Euch nicht einmal, Monsieur.»

«Warum habt Ihr, wenn Ihr mich nicht kennt, die Stirn gerunzelt, wie man es angesichts eines lästigen Menschen tut? Sagt, daß ich Euch mißfalle, Madame – aber sagt nicht, daß Ihr mich nicht kennt!»

In Mariannes grünen Augen blitzte es zornig auf. «Ihr wart bisher nur aufdringlich, Monsieur. Jetzt werdet Ihr unverschämt. Wahrhaftig, Ihr macht Fortschritte! Muß ich mich noch deutlicher erklären?»

«Versucht es immerhin, Ihr werdet nichts erreichen! In meinem Land, in dem die dickschädeligsten Leute der Welt leben, ist meine Beharrlichkeit sprichwörtlich.»

«Möge es Euch bekommen! Aber Ihr werdet Euch sofort überzeugen, daß die meine es nicht weniger ist.»

Ihren Fächer in gereiztem Rhythmus bewegend, wollte sie weitergehen, als Talleyrand, der dem Geplänkel mit amüsiertem Lächeln schweigend zugehört hatte, sie sanft zurückhielt. «Wenn ich mich nicht einmische, werden wir gleich einen diplomatischen Zwischenfall haben», sagte er heiter. «Und ich liebe meine Freunde zu sehr, um zuzulassen, daß sie leichtfertig den schlüpfrigen Boden der Mißverständnisse betreten.»

Marianne wandte ihm einen überraschten Blick zu, ein wahres Meisterstück anmutiger Arroganz. «Monsieur ist Euer Freund? Oh, Fürst!

Ich wußte schon, daß Ihr alle Welt kennt, aber ich glaubte, Ihr zeigtet mehr Geschmack in Euren Freundschaften!»

«Nun, liebe Fürstin, senkt mir zu Gefallen ein wenig Eure Waffen. Ich gebe gern zu, daß Graf Tschernytschew eine kriegerische Ritterlichkeit besitzt, die dem raffinierten Geschmack einer hübschen Frau ein wenig zu direkt erscheinen mag. Was wollt Ihr? Er ist zugleich ein Mann von Wert – und eine wilde Seele.»

«Und ich rühme mich dessen!» rief der Russe, der jungen Frau einen unzweideutigen Blick zuwerfend. «Nur die Wilden verstehen es, die Wahrheit zu sagen und schämen sich ihrer Wünsche nicht. Mein glühendster ist, von der schönsten Dame, die ich je sah, einen Tanz zu erlangen und, wenn möglich, ein Lächeln! Ich bin bereit, auf den Knien darum zu bitten, hier und sofort, wenn es nötig ist.»

In Mariannes Zorn mischte sich Überraschung. Sie zweifelte keinen Augenblick, daß dieser sonderbare Mensch fest entschlossen war, mitten im Ballgetriebe vor ihr niederzuknien, völlig unbekümmert um den neuen Skandal, den er dadurch verursachen würde. Sie witterte in ihm eine jener ungezügelten, unvorhersehbaren und extremen Naturen, denen sie von jeher instinktiv mißtraute. Auch Talleyrand mußte diesen Eindruck gewonnen haben, denn er beeilte sich, neuerlich zu intervenieren. Lächelnd drückte er Mariannes Arm ein wenig fester.

«Ihr werdet Euren Tanz bekommen, mein lieber Graf ... wenigstens hoffe ich's, wenn die Fürstin Sant'Anna Euch Eure Tatarenmanieren verzeihen wird, aber drängt nicht allzusehr und laßt sie mir noch ein Weilchen. Es sind so viele Gäste hier, die sie zu begrüßen wünschen, daß sie noch nicht die Muße hat, sich dem Tanz zu überlassen.»

Tschernytschew trat sofort zur Seite und verbeugte sich tief auf eine Art, die Marianne ein ganz klein bißchen als Drohung empfand. «Ich füge mich», sagte er kurz, «aber ich komme wieder! Auf bald, Madame!»

Endlich ihren Weg zum Ballsaal fortsetzend, erlaubte sich Marianne einen leisen Seufzer der Erleichterung und lächelte ihrem Kavalier zu. «Seid bedankt für meine Befreiung, Fürst! Dieser Russe ist wahrhaftig aufdringlich!»

«Genau das behaupten die meisten Frauen. Allerdings sagen sie es seufzend und in einem ganz anderen Ton. Vielleicht werdet Ihr eines Tages ebenfalls seufzen. Er hat viel Charme, wie?»

«Zählt nicht darauf. Ich habe die Schwäche, zivilisierte Menschen vorzuziehen.»

Der überraschte Blick, den er ihr zuwarf, war zweifellos aufrichtig. «Ah!» sagte er nur. «Das hätte ich nicht geglaubt!»

Der berühmte, für diese eine Nacht errichtete Ballsaal war ein Wunder an Eleganz und Anmut. Die blaue Leinwand, aus der seine fragilen Wände bestanden, war locker mit einer schimmernden Gaze bespannt, in der Girlanden vielfarbiger Blumen aus Tüll oder dünner Seide hingen. Eine verschwenderische Fülle von Lüstern aus vergoldetem Holz erhellte ihn feenhaft. Die in ihm einmündende Galerie war auf die gleiche Weise geschmückt. Eine hohe Öffnung erlaubte den Durchblick in den erleuchteten Park. Außenherum war der Saal, den man über einem großen ausgetrockneten Wasserbecken errichtet hatte, ganz mit in kleinen Näpfen brennenden Öllämpchen dekoriert. Als Marianne ihn an Talleyrands Arm betrat, drehten sich zahlreiche Paare zu den Klängen eines Wiener Orchesters auf dem Parkett, glitzernde Roben und Uniformen vereint im Gewirbel eines Walzers, des Tanzes, der seit einigen Jahren ganz Europa erobert hatte.

«Ich biete Euch keinen Tanz an, denn für diese Übung bin ich ungeeignet», erklärte Talleyrand, «aber mir scheint, daß es Euch an Kavalieren nicht fehlen wird.»

In der Tat stürzte sich bereits ein Schwarm junger Offiziere diskret einander drängend und stoßend auf seine Begleiterin, sichtlich begierig, sie in einen für Verführungsversuche so geeigneten Rhythmus hineinzuziehen. Sie wies sie liebenswürdig ab, um dem Russen, von dessen beharrlichem Blick sie sich noch immer verfolgt fühlte, keinen Vorwand zu einem ärgerlichen Auftritt zu geben. Dann gewahrte sie ihre Freundin Dorothée de Périgord zwischen der Gräfin Zichy und der Herzogin von Dalberg und schickte sich eben an, sie zu begrüßen, als die Ankündigung Ihrer Majestäten sie auf ihrem Platz festhielt, das Orchester mitten im Takt zum Verstummen brachte und die Tänzer sich zu beiden Seiten des Saals aufreihen ließ. «Wir sind genau zur rechten Zeit gekommen», bemerkte Talleyrand lachend. «Ein wenig später, und der Kaiser wäre vor uns eingetroffen. Ich glaube nicht, daß ihm das gefallen hätte.»

Doch Marianne hörte ihn nicht. Ihre Aufmerksamkeit hatte sich unversehens auf einen Mann konzentriert, der drüben auf der anderen Seite des für die Prozession der Souveräne und ihres Gefolges freigelassenen Raumes die meisten anderen Gäste um einiges überragte. Einen Moment meinte sie, das Opfer einer Täuschung, einer unglaublichen Ähnlichkeit zu sein, einer Illusion, geboren vielleicht aus einem so tief im Grunde ihres Herzens schlummernden Verlangen, daß sie sich seiner nicht einmal bewußt gewesen war. Aber nein – dieses scharfe Profil, dieses magere Gesicht mit dem kühnen Knochenbau und der Haut von der Sonne fast so tief gebräunt wie die eines Arabers, diese in tiefen Höhlen liegenden blaufunkelnden Augen, diese zugleich humorige und freche schräge Falte, diese harten Lippen, dieses dichte schwarze, nicht allzu sorgsam frisierte Haar, in dem stets der Sturmwind zu hausen schien, diese breiten Schultern unter dem dunklen, lässig getragenen Rock – konnte es unter dem Himmel einen zweiten Mann geben, der diesem so ähnlich war? Und völlig unvorhergesehen rief Mariannes Herz in jäh auflodemdem Jubel und seiner selbst sicher den Namen, längst bevor die noch zögernden Lippen ihn zu murmeln wagten: «Jason!»

«He, bei Gott, es ist wahr!» hörte sie neben sich Talleyrands gelassene Stimme. «Da ist unser Freund Beaufort! Ich wußte, daß er kommen würde, aber ich wußte nicht, daß er schon da ist.»

Marianne riß sich für einen Moment vom Anblick des Amerikaners los, um den Diplomaten erstaunt anzusehen. «Ihr wußtet es?»

«Weiß ich nicht immer alles? Ich wußte, daß ein übrigens eher offiziöser als offizieller Abgesandter des Präsidenten Madison in diesen Tagen in Paris eintreffen sollte, angeblich um die Glückwünsche der Regierung der Vereinigten Staaten zu überbringen, und ich wußte, wer es sein würde.»

«Jason Botschafter? Das ist kaum glaublich!»

«Ich habe nicht Botschafter gesagt, ich habe Abgesandter gesagt und hinzugefügt: eher offiziös als offiziell. Die Sache ist leicht zu begreifen. Seit sein Bruder König von Spanien ist, wünscht der Kaiser die Hand auf die spanischen Kolonien in Amerika zu legen und betreibt drüben eine intensive Propaganda, die Präsident Madison nicht ungern sieht. Einerseits verspürt er keinerlei Achtung für den entthronten König, diesen Dummkopf Ferdinand VII., und andererseits glaubt er, daß seine wohlwollende Neutralität ihm als Belohnung Florida einbringen könnte, einen spanischen Besitz, der logischerweise amerikanisch werden müßte, da Bonaparte 1803 schon Louisiana den Amerikanern verkauft hat. Aber – pst! – da ist der Kaiser!»

Wirklich betrat Napoleon eben den Saal, wie üblich in der grünen Uniform eines Obersten der Gardejäger, und reichte Marie-Louise in rosafarbener, ganz von Diamanten überrieselter Seide die Hand. Ein glänzendes Gefolge, darunter die Schwestern des Kaisers, begleitete sie.

Wie alle anderen Damen versank Marianne in ihre Reverenz, konnte sich jedoch nicht entschließen, den Kopf zu beugen. Ihr grüner Blick blieb beharrlich auf Jason gerichtet, der sich drüben verneigte. Er hatte sie noch nicht entdeckt. Er sah nicht herüber. Seine ganze Aufmerksamkeit galt dem kaiserlichen Paar und vor allem dem Kaiser selbst, dessen fahles Cäsarengesicht er mit ungewöhnlicher Aufmerksamkeit musterte. Er schien in dieser römischen Maske nach einer Antwort zu suchen.

Doch ohne an jemanden das Wort zu richten, nur hin und wieder einen der Gäste leutselig mit einem raschen Zunicken begrüßend, schritt Napoleon vorbei, offensichtlich in Eile, den Park zu erreichen, in dem ein großes Feuerwerk vorbereitet worden war. Vielleicht war es auch der unter dem Dach aus Wachsleinwand herrschenden und stetig zunehmenden Hitze wegen. Er hatte nicht einmal einen Blick auf den für ihn aufgestellten Thron geworfen.

Hinter dem kaiserlichen Paar und seinem Gefolge schloß sich die Menge der Geladenen wie das Rote Meer nach dem Durchzug der Hebräer zusammen, und das in einer Hast, die sowohl die Höflingsgier verriet, den Souveränen so nah wie möglich zu sein, als auch das menschliche Bedürfnis, nichts von dem Schauspiel zu versäumen. Unversehens sah sich Marianne von einer Flut von Spitzen und Seidenzeug überschwemmt, von ihrem Begleiter getrennt und inmitten eines schnatternden, gackernden Schwarms nach draußen gerissen. Jason war im Gedränge verschwunden, und obwohl sie sich bemühte, ihn zu entdecken, wollte es ihr nicht gelingen. An Talleyrand dachte sie im Augenblick überhaupt nicht mehr. Er mußte ebenfalls in der menschlichen Flutwelle untergegangen sein.

Sie verspürte ein seltsames Fieber, ein Gefühl gereizter Ungeduld gegen all diese Leute, die sich in dem Moment, in dem sie zu ihrem Freund hatte laufen wollen, zwischen sie gedrängt hatten. Und erst später wurde sie sich der Gleichgültigkeit bewußt, mit der sie den Kaiser hatte an sich vorbeigehen sehen, den Mann immerhin, auf den sich noch vor kurzem jeder ihrer Gedanken bezogen hatte, und sie wunderte sich darüber. Selbst die Gegenwart Marie-Louises, deren blasse Augen voller befriedigter Eitelkeit über die Versammlung geglitten waren, hatte sie nicht wie sonst gereizt. Sie hatte im Grunde die Jungverheirateten kaum wahrgenommen, so sehr war sie von der so unerwarteten und wunderbar belebenden neuen Freude erfüllt gewesen, Jason wiederzusehen, Jason, den sie während so vieler Tage vergeblich erwartet hatte! Sie empfand nicht einmal Zorn bei dem Gedanken, daß er sich in Paris befand, ohne sofort zu ihr zu kommen, daß er zweifellos ihren Brief erhalten hatte und dennoch ausgeblieben war! Unbewußt suchte und fand sie für ihn alle möglichen Entschuldigungen. Sie wußte seit langem, daß Jason nicht wie alle Welt lebte und handelte.

Erst als die erste Rakete am schwarzen Himmel eine riesige Garbe rosafarbener Funken erblühen ließ, die langsam wieder zu Boden sanken, wo die Juwelen der Damen eine zweite schimmernde Milchstraße bildeten, erst als unter diesem leuchtenden Regen jede Einzelheit, jede Gestalt zwischen den blühenden Beeten sichtbar zu werden schien, gewahrte Marianne Jason von neuem. Er stand mit einer Gruppe anderer ein wenig abseits an der Balustrade einer Terrasse. Die Arme über der Brust verschränkt, sah er dem Steigen der Leuchtkörper zu, deren Vorbereitung die Gebrüder Ruggieri viel Arbeit gekostet hatte, ebenso ruhig, als stehe er auf der Brücke seines Schiffs und beobachte den Lauf der Sterne. Mit einer schnellen Bewegung die lange goldfarbene Schleppe des Kleides über ihren Arm werfend, machte sich Marianne, zwischen den einzelnen Gruppen hindurchgleitend, auf den Weg zu ihm.

Es war nicht einfach. Der größte Teil der Gäste hatte sich um die mit Teppichen und Sesseln hergerichtete Terrasse gedrängt, auf der Napoleon und Marie-Louise Platz genommen hatten, und bildete eine undurchdringliche Mauer zwischen Jason und Marianne. Sie mußte immer wieder Leute beiseite stoßen, die sie, die Nasen in der Luft, nicht im geringsten beachteten, völlig in Anspruch genommen von dem gelungenen Schauspiel. Ohne sich darüber Rechenschaft abzulegen, fühlte sie sich dabei wie ein erschöpfter Schwimmer, der unversehens mit den Fußspitzen den treibenden Sand eines Strandes berührt. Sie wollte zu Jason, und sie wollte sofort zu ihm! Vielleicht, weil sie schon zu lange gewartet hatte!

Als sie endlich die drei Stufen hinauflief, die zu der Grotte am Ende der Terrasse führten, setzte eben das gleichzeitige Bersten mehrerer Raketen den Himmel in Brand und umgab Marianne mit einer so strahlenden Aureole, daß die Gäste auf der kleinen Terrasse unwillkürlich die Blicke senkten, um diese schöne Frau zu betrachten, die in ihrem Kleid und dem märchenhaften Geschmeide den ganzen Glanz des Festes einzufangen schien.

Jason Beaufort, der, träumend an eine mächtige Amphore gelehnt, ein wenig getrennt von den anderen stand, sah sie ebenfalls. Einen Moment drückte sein gelassenes Gesicht eine Vielzahl von Gefühlen aus: Überraschung, Ungläubigkeit, Bewunderung, Freude ... Doch es war nur wie ein Blitz, der sofort erlosch. Und er schien sehr ruhig, sehr beherrscht, als er nun der jungen Frau entgegentrat, vor der er sich korrekt verneigte. «Guten Abend, Madame! Ich gestehe, daß ich mir auf der Reise nach Paris die Freude erhoffte, Euch wiederzusehen, aber ich dachte nicht, daß es hier sein würde. Darf ich Euch mein aufrichtiges Kompliment machen? Ihr seid heute abend bewunderungswürdig!»

«Aber ich ...» Aus der Fassung gebracht, sah Marianne ihn an, ohne zu begreifen. Dieser kalte, zeremonielle, fast amtliche Ton – während sie mit ausgestreckten Händen, das Herz voller Freude, fast bereit schon, sich in seine Arme zu werfen, zu ihm kam? Was war geschehen, das Jason, ihren Freund, Jason, den einzigen außer Jolival, dem sie in dieser gemeinen Welt Vertrauen schenkte, in diesen Fremden hatte verwandeln können, der so höflich war, daß es schon gleichgültig schien? Nicht einmal ein Lächeln? Nichts anderes als konventionelle, abgenützte Worte? Ihr Stolz befahl ihr, die schmerzliche Enttäuschung zu beherrschen. Lebhaft ihren Fächer bewegend, um das Zittern ihrer Finger besser verbergen zu können, hob sie den Kopf und zwang sich zu einem Lächeln. «Danke», sagte sie ruhig. «Aber für mich ist Eure Anwesenheit hier eine wirkliche Überraschung gewesen», fügte sie mit besonderer Bedeutung des Wortes «Eure» hinzu. «Seid Ihr schon lange in Paris?»

«Zwei Tage.»

«Ah!»

Leere Worte, rituelle, höfliche Phrasen, wie sie weitläufige Bekannte wechseln! Jäh empfand Marianne das Bedürfnis zu weinen, unfähig zu begreifen, was mit ihrem Freund geschehen war. Hatte dieser eiskalte Fremde je etwas mit dem Mann gemein gehabt, der sie im Kleinen Trianon des Hôtel Matignon angefleht hatte, ihm nach Amerika zu folgen, mit dem, der sie den Steinbrüchen von Chaillot entrissen, mit dem Mann schließlich, der geschworen hatte, sie nie zu vergessen, und von dem Gracchus beauftragt worden war, in jeder Stunde ihres Daseins über sie zu wachen?

Während sie vergeblich irgend etwas Unverbindliches zu sagen versuchte, war sie sich der gründlichen Musterung bewußt, der sie der Blick des Amerikaners unterwarf, und sie litt darunter wie unter einer Ungerechtigkeit. Seit so kurzer Zeit in Paris, konnte er von ihrer Heirat kaum erfahren haben und dachte zweifellos, daß Napoleon seine Mätresse wahrhaft großzügig aushalte. Seine scharfen Augen glitten von den Smaragden zu der goldfarbenen Robe, kehrten zu den Smaragden zurück...

Trotz des Knatterns und Prasselns des Feuerwerks wurde ihr Schweigen allmählich peinlich. Marianne wagte nicht einmal mehr, den Blick zu Jason zu heben, aus Angst, er könne Tränen in ihren Augen entdecken. In dem schmerzlichen Gefühl, daß sie sich nichts mehr zu sagen hätten, wandte sie sich ab, um in die Salons zurückzukehren, doch er hielt sie zurück.

«Erlaubt Ihr, Madame...?»

«Ja?» murmelte sie, überflutet von einer willkürlichen Hoffnung, sich instinktiv an diese drei kleinen Worte, die sie festhielten, klammernd.

«Ich würde Euch gern meine Frau vorstellen.»
«Eure ...?» Mariannes Stimme erlosch. Plötzlich verließ sie alle Kraft. Sie fühlte sich schwach, verloren, unfähig zu allem und suchte mechanisch nach etwas, um sich aufrecht zu halten. Ihre Hände krampften sich um den so heftig zusammenklappenden Fächer, daß seine dünnen Elfenbeinstäbchen knackend zerbrachen. Doch ohne ihren Zustand zu bemerken, streckte Jason die Hand aus und zog eine Frau zu sich heran, deren Gegenwart im Schatten des Amerikaners Marianne in ihrer Erregung bisher nicht bemerkt hatte. Aus diesem Schatten sah sie nun mit ebensoviel Entsetzen, als handle es sich um ein Gespenst, eine junge, kleine und schmale Frau in einem Kleid aus silbrig schimmerndem Tuch unter schwarzen Spitzen auftauchen. Nach spanischer Mode trug sie in ihrem dunklen Haar einen hohen Kamm, der ein Schleiertuch aus der gleichen Spitze und eine blasse Rose hielt, ähnlich denen, die die Tiefe ihres Dekolletés garnierten. Unter dem Schleier gewahrte Marianne ein junges, ernstes Gesicht mit klaren Zügen und einem feinen, jedoch von Schwermut gezeichneten Mund, erstaunlich bei einem Geschöpf dieses Alters, mit großen dunklen, melancholischen Augen und zart von der hellen Haut sich abhebenden Brauen. Ein Eindruck von Zerbrechlichkeit ging von ihr aus, aber der Ausdruck des Gesichts verriet Stolz und Eigensinn.

War sie hübsch, diese Frau, die unversehens aus einer Sommernacht aufgetaucht war, um Mariannes neue Freude zu vernichten? Um den Preis ihres Lebens hätte sie es nicht zu sagen vermocht. Ihr Geist, ihr Herz, ihre Augen waren nur noch von einer ungeheuren Enttäuschung erfüllt, die sich allmählich in Schmerz verwandelte. Es war wie das alltägliche Grau eines Novembermorgens nach dem Erwachen aus einem Traum voller Wärme, Freude und Licht, und einen Moment war Marianne versucht, die Augen zu schließen, um wieder einzuschlafen und zu ihrem Traum zurückzufinden ... Wie aus dichtem Nebel hörte sie Jason sich an die Unbekannte wenden, und trotz ihrer Verstörung stellte sie fest, daß er spanisch sprach.

«Ich möchte, daß Ihr eine alte Freundin kennenlernt. Erlaubt Ihr?»
«Natürlich – wenn es wirklich eine Freundin ist!»
Der irgendwie verächtliche und vor allem mißtrauische Ton empörte Marianne. Jäher Zorn verjagte augenblicklich den Schmerz und verhalf ihr wieder zu ihrer Selbstherrschung. In reinstem Kastilisch fragte sie mit einem spöttischen Lächeln, das Verachtung mit Verachtung vergalt: «Warum sollte ich nicht wirklich eine Freundin sein?» Die schön gezeichneten Brauen der anderen hoben sich leicht, aber sie entgegnete mit

großem Ernst: «Weil es scheint, daß man in diesem Land dem Wort Freundschaft nicht die gleiche tiefe Bedeutung beimißt wie bei uns.»

«Bei Euch? Ihr seid zweifellos Spanierin?»

Mit dem geschärften Instinkt der Seeleute, die selbst leichte Stürme zu wittern vermögen, nahm Jason die Hand seiner Frau, schob sie unter seinen Arm und erwiderte ruhig: «Pilar stammt aus Florida. Ihr Vater, Don Agostino Hernandez de Quintana, besaß große Ländereien bei Fernandina, nahe unserer Grenze. Wenn die Stadt auch klein ist, ist das Land doch riesig, mehr als halb wild, und Pilar sieht Europa zum erstenmal.»

Die junge Frau sah zu ihm auf, ohne daß sich ihre Augen erhellten. «Und zum letztenmal, so hoffe ich! Ich lege weder Wert darauf, hierher zurückzukehren noch hier zu bleiben, denn es gefällt mir nicht. Nur Spanien könnte mich reizen, aber leider können wir uns des schrecklichen Krieges wegen, der es verwüstet, nicht dorthin begeben ... Wollt Ihr mir jetzt den Namen dieser Dame sagen, querido mio?»

Diese ungezogene Person! wütete Marianne innerlich. Diese primitive, arrogante Frömmlerin! Und eine Feindin des Kaisers, möchte ich schwören! Ist es mir denn bestimmt, heute abend hier nur Wilden zu begegnen? Nach dem Mongolen nun dieses Mädchen!

Sie war erschöpft und kaum imstande, eine Gereiztheit zu unterdrücken, die in jeder Faser ihres Wesens zitterte. Und da Jason schon den Mund öffnete, um sie vorzustellen, und in Unkenntnis ihrer Heirat zweifellos einen gewaltigen Schnitzer begehen würde, kam sie ihm trokken zuvor: «Gebt Euch nicht die Mühe. Wie Ihr selbst sagtet, verfügt Mistress Beaufort über jede nur mögliche Entschuldigung, ihre Umwelt nicht zu kennen. Duldet also, daß ich selbst Auskunft gebe. Ich bin die Fürstin Corrado Sant'Anna, Madame, und für den Fall, daß ich von neuem den Vorzug haben sollte, Euch zu begegnen, nehmt zur Kenntnis, daß man mich mit Durchlauchtigste Hoheit anredet.»

Sie versagte es sich, Verblüffung in Jasons Blick aufsteigen zu sehen und wandte ihnen nach einer kurzen Reverenz resolut den Rücken, um sich auf die Suche nach Talleyrand zu machen. Eben ging, von rauschendem Beifall begleitet, das Feuerwerk zu Ende mit einer Art farbenprächtiger Apotheose zum Preise der beiden durch die Magie der Herren Ruggieri vereinten kaiserlichen Adler, des französischen und des österreichischen. Doch Marianne widmete diesem Meisterwerk der Pyrotechnik nur einen verächtlichen Blick. Lächerlich! dachte sie. Lächerlich und übertrieben! Genau wie ich, als ich dieser dummen Landpomeranze meine Titel an den Kopf warf. Aber es ist nur ihre Schuld. Ich wurde sie gern wieder unter der Erde verschwinden sehen! Ich wünsche ... ja, ich wünschte, sie wäre tot! Zu denken, daß sie seine Frau ist, seine Frau!

Das kleine Wort, das Pilar und Jason von nun an verband, verursachte Marianne einen schmerzhaften Stich. Das alte Verlangen zu fliehen überkam sie. Dieses primitive Bedürfnis, wahrscheinlich aus dem Abgrund der Zeiten durch Vermittlung irgendeines nomadischen Vorfahren aufgestiegen, das sich jedesmal ihrer bemächtigte, wenn ein Leid ihr Herz befiel, nicht aus Feigheit oder Angst, sich ihm zu stellen, sondern aus dem Verlangen heraus, ihre Gefühle vor fremden Blicken zu verbergen und in der Einsamkeit eine Art Beruhigung zu finden.

Mechanisch folgte sie der Menge zum Ballsaal, wo die Violinen in Erwartung des Soupers von neuem fiedelten, fest entschlossen, ihren Weg fortzusetzen bis zu ihrem Wagen, bis zum Frieden ihres Hauses und ihres Zimmers. Diese Botschaft und all die Leute, die sich in ihren Räumen drängten, erfüllten sie jetzt mit Widerwillen. Selbst die Gegenwart Napoleons auf dem für ihn und Marie-Louise im Hintergrund des Saals hergerichteten rotgoldenen Thron änderte nichts daran. Sie wollte fort. Doch plötzlich sah sie im Gewühl eine Gruppe von Damen mit Dorothée und der Gräfin Kielmannsegge auf sich zukommen, und dieser Anblick entriß ihr einen Ausruf des Ärgers. Sie würde plaudern, über Nichtigkeiten reden, überflüssige Worte wechseln müssen, während sie so nach Stille verlangte, um auf die seltsamen Schreie ihres Herzens zu hören und zu versuchen, etwas von ihnen zu verstehen. Nein, es war unmöglich, sie könnte es nicht ertragen ...

Fast gleichzeitig entdeckte sie zwei Schritte von sich entfernt die dunkelgrüne Uniform Tschernytschews, und ohne zu überlegen, wandte sie sich ihm zu. «Ihr habt mich um einen Tanz gebeten, Graf! Dieser gehört Euch, wenn Ihr ihn wünscht.»

«Das ist eine grausame Frage, Madame. Man fragt den Gläubigen nicht, ob er sich der Gottheit zu nähern wünscht.»

Kalt begegnete ihr grüner Blick dem des Russen. «Ich wünsche nicht, daß Ihr mir den Hof macht. Es genügt, daß wir diesen Walzer tanzen.»

Er entgegnete nichts, verneigte sich nur mit einem Lächeln, das seine weißen Zähne aufblitzen ließ. Am Rande der Tanzfläche ließ Marianne ihren zerbrochenen Fächer fallen, raffte gelassen die lange goldfarbene Schleppe über ihren Arm und überließ sich ihrem Kavalier. Er umschlang ihre Taille wie eine Beute und trug sie in leidenschaftlichem Überschwang, der ihr ein melancholisches Lächeln entlockte, fast bis in die Mitte der Tänzer.

Sie mochte diesen Mann nicht, aber er begehrte sie, ohne es zu verbergen, und in Mariannes Zustand schien es ihr irgendwie tröstlich, jemand zu begegnen, der etwas, selbst ein Gefühl dieser Art, für sie empfand. Er tanzte glänzend mit einem erstaunlichen Sinn für Rhythmus, und die in seinen Armen sich wirbelnd drehende Marianne hatte den Eindruck, durch die Lüfte zu schweben. Der Walzer erlöste sie vom Gewicht ihres Körpers. Warum nur weigerte sich ihr verstörter Geist, sich ebenfalls erlösen zu lassen?

Quer durch den Saal tanzend, gewahrte sie den Kaiser auf seinem Thron im Gespräch mit der Kaiserin an seiner Seite, doch ihr Blick verhielt nicht bei ihnen. Diese beiden interessierten sie nicht mehr. Schon wirbelte Tschernytschew sie weiter, und sie entdeckte Jason, der mit seiner Frau tanzte. Ihre Augen begegneten sich für einen Moment, doch Marianne wandte gereizt die ihren ab und lächelte plötzlich, von dem nur allzu weiblichen Trieb zur Koketterie, dem einfachen Bedürfnis jeder verletzten Frau ergriffen, Schlag mit Schlag und Schmerz mit Schmerz zu vergelten, dem Russen strahlend zu.

«Ihr seid recht schweigsam, mein lieber Graf!» sagte sie laut genug, um von dem amerikanischen Paar gehört zu werden. «Läßt Euch die Freude verstummen?»

«Ihr habt mir verboten, Euch den Hof zu machen, Fürstin, und da ich Euch nichts zu bieten wüßte als Worte, die ausdrücken, was ich empfinde ...»

«Kennt Ihr die Frauen so schlecht, daß Ihr ihre Verbote buchstäblich nehmt? Wißt Ihr nicht, daß wir es zuweilen lieben, wenn man sie übertritt, vorausgesetzt natürlich, daß es mit Grazie geschieht?»

Die Augen des Russen verdunkelten sich, bis sie fast schwarz waren. Er preßte sie mit einer Gier an sich, die keinerlei Zweifel an dem Vergnügen ließ, das ihm diese unerwartete Annäherung bereitete. Mariannes plötzliche Liebenswürdigkeit schien ihn vor Freude außer Rand und Band zu bringen, und einen Augenblick glaubte sie, daß er einen wilden Siegesschrei ausstoßen würde. Doch er bezwang sich und begnügte sich damit, seine Wange an die Schläfe der jungen Frau zu pressen und seinen heißen Atem über ihren Hals zu hauchen. An ihn gedrückt und seine harten Muskeln spürend, hatte Marianne unversehens den Eindruck, mit einer gut funktionierenden Maschine zu tanzen. «Treibt mich nicht zu sehr dazu, Euch nicht zu gehorchen», raunte er hitzig an ihrem Ohr. «Ich könnte mehr fordern, als Ihr mir zuzugestehen wünscht, und wenn ich etwas fordere, gebe ich nicht nach, bis ich es erhalten habe.»

«Aber mir scheint, Ihr habt schon erhalten, was Ihr Euch wünschtet!

Tanzen wir nicht miteinander? Und ich glaube sogar, Euch zugelächelt zu haben.»

«Eben! Von einer Frau wie Euch kann man nur immer mehr fordern, immer ein wenig mehr.»

«Was, zum Beispiel?» fragte die junge Frau mit herausforderndem Lächeln.

Doch es stand geschrieben, daß sie nicht erfahren sollte, bis wohin Tschernytschew an diesem Abend auf dem Wege ihrer Gunst zu gelangen wünschte. Mit einem unartikulierten Schrei, der ihre weich dem Rhythmus des Tanzes hingegebenen Nachbarn zusammenschrecken ließ, ließ er Marianne los, und das so jäh, daß sie nur mit Mühe das Gleichgewicht zu wahren vermochte. Und bevor sie protestieren oder auch nur eine Frage anbringen konnte, sah sie, wie der russische Offizier sich blindlings zwischen die tanzenden Paare warf, sie rücksichtslos zur Seite stieß, zu einer der Wände des Saales stürzte und mit beiden Händen eine Girlande aus leichtem Taft verfertigter künstlicher Rosen packte, die eine durch die Hitze weich gewordene, sich seitwärts neigende Kerze eines der Wandleuchter in Brand gesetzt hatte. Ohne auf die Verbrennungen an seinen Händen zu achten, riß Tschernytschew die Girlande herunter – aber es war schon zu spät! Die Flämmchen hatten die silbrige Gaze der Wanddrapierung erreicht und fraßen sich blitzschnell weiter. Im Nu hatte die ganze Wand Feuer gefangen.

Schreiend flüchteten die Tänzer zur anderen Seite des Saals zurück, wo sich der Thron befand. Vom wirbelnden Sog der Welle erfaßt, sah Marianne sich plötzlich ganz in der Nähe Napoleons, der Marie-Louises Arm ergriffen hatte und sie mit sich fortzuziehen suchte. Doch wie von dem Schauspiel fasziniert, blieb die junge Kaiserin auf ihrem Platz, die Augen auf die flammende Wand gerichtet. «Komm, Louise!» befahl der Kaiser, riß sie fast von ihrem Sitz und zog sie im Sturmschritt zur Galerie.

Marianne wollte ihm folgen, aber eine Strömung in der kopflos gewordenen Menge packte sie und trug sie wie einen Strohhalm in Richtung auf die in den Park führende Tür. Die von Panik befallene Menge war durch nichts mehr aufzuhalten. Schon entzündete sich der Plafond aus Wachsleinwand, fraß sich das Feuer mit erschreckender Geschwindigkeit auch an den anderen Wänden entlang. Einer nach dem anderen lösten sich die vergoldeten Lüster mit ihrer Fülle brennender Kerzen von der Decke und stürzten in das wilde Gewimmel darunter, hier jemand zu Boden drückend, dort Kleider in Brand setzend. Die blaue Tüllrobe einer jungen Frau stand mit einem Schlag in hellen Flammen. In eine lebende Fackel verwandelt, warf sie sich vor Schmerzen schreiend blind zwischen die Menschen, die, statt ihr zu helfen, sich vergeblich bemühten, ihr zu entkommen. Ein Offizier riß schließlich seinen Waffenrock von den Schultern, um ihn ihr überzuwerfen und so die Flammen zu ersticken, doch beide verschwanden bald im wahnwitzigen Geschiebe der Menge.

Sehr rasch waren die meisten Ausgänge, der durch die Galerie, durch den der Kaiser entkommen war, und die in die Leinwand geschnittenen falschen Fenster durch das Feuer unpassierbar geworden. Nur noch die hohe Tür in den Park bot eine Möglichkeit zur Flucht und ihr stürzte die Menge wie rasend zu, Ellbogen und Fäuste gebrauchend, einander zu Boden stoßend, das Leben mit einer Wildheit suchend, in der sich der nackte Selbsterhaltungstrieb zeigte. Frauen stürzten, alsbald von den Stärkeren mit Füßen getreten, von denen vielleicht, die sich kurz zuvor so formvollendet über Finger gebeugt hatten, auf die sie jetzt traten, oder die zärtliche Worte in Ohren geflüstert hatten, die sie schamlos niedertrampeln würden, nur um schneller vorwärtszukommen, um endlich freie Luft, atembare Luft zu erreichen.

Mitgerissen von der wilden Flucht ins Leben, gestoßen, halb erstickt durch den Rauch und die Bedrängung durch all diese Leiber, sah Marianne um sich herum nur verstörte Augen, vom Grauen entstellte Gesichter, aufgerissene, schreiende Münder. Die Hitze war unerträglich, und der Rauch, der den Saal wie dichter grauer Nebel füllte, ließ ihre Lunge fast bersten. Unter all den Gesichtern erkannte sie nur das Savarys, dessen reich betreßter Zweispitz wie ein absurdes Schiff auf einem tosenden Meer zu schwimmen schien. Der Polizeiminister brüllte fast unverständliche Befehle, versuchte ohne Erfolg, die kopflose Herde unter Kontrolle zu bekommen.

Die zum Park führende Tür war ganz nah, doch die Behänge, die sie zu beiden Seiten schmückten, begannen bereits zu brennen, und da alle zugleich die Schwelle zu erreichen suchten, bevor das Feuer den Ausgang versperrte, wurde das Gedränge mörderisch, die Verstopfung unauflöslich. Zum Glück für sie befand sich ein kleines Stück hinter ihr ein wahrer Riese, bärtig und behaart wie ein Bär, mit mächtigen Schultern in der prächtigen Uniform der berittenen Leibgarde des Zaren. Er gebärdete sich wie ein Teufel, schob die Menge mit beiden Armen vor sich her. Als sein Haar durch den Sturz eines Lüsters in Brand geriet, ließ er ein wildes Geheul vernehmen und stieß sich so gewaltsam nach vorn, daß der Stau vor der Tür zusammengepreßter Menschen sich in einen rauchumwirbelten Ausbruch löste.

An allen Gliedern wie zerschlagen, aber gerettet, fand Marianne sich außerhalb des Saals auf den in den Park führenden Stufen wieder. Doch kaum hatte sie einmal tief die kühlere Luft eingesogen, als ihr ein Schmerzensruf entfuhr. Neben ihr stieß eine Frau ein langes Stöhnen aus, und der Aufschrei einer dritten endete in einem Schluchzen: Das Öl der Lämpchen, die so fröhlich die Außenfront des Ballsaals erhellt hatten, ergoß sich brennend auf nackte Schultern und entblößte Busen, qualvolle Verletzungen verursachend. Marianne stürzte zu dem rötlich überleuchteten Wasserspiegel eines Bassins, zu dem schon Dienstboten mit Eimern und Kübeln liefen. Es war Zeit! Die Lohe hatte nun vollends die Tür ergriffen.

Auf der Treppe sah Marianne einen brennenden Balken auf den alten Fürsten Kurakin niederstürzen. Der russische Botschafter, ein schwerer, durch Gicht halb gelähmter Mann, brach knurrend wie ein verwundeter Bär zusammen, doch schon lief ein französischer General in zerfetzter Uniform zu ihm, um ihm zu helfen. Gegen eine Statue gelehnt, deren Stein ihren nackten Rücken kühlte, betrachtete Marianne mit vor Entsetzen geweiteten Augen das Schauspiel der Verwüstung und des Todes, das so brutal an die Stelle des festlichen Zaubers getreten war und versuchte, wieder zu Atem zu kommen. Ihre Brust schmerzte, auch ihre Schultern, deren verbrannte Haut geplatzt war. Die von Funken erfüllte Luft war kaum zu atmen. Der Ballsaal, nun völlig vom Feuer erfaßt, war nur noch ein riesiger Scheiterhaufen, dessen Flammen rauschend zum schwarzen Himmel loderten und nach neuer Nahrung suchten. Undeutliche Gestalten entrannen noch dieser Hölle und wälzten sich in ihrer brennenden Kleidung auf dem Boden, um sich vor dem Schlimmsten zu retten.

Überall verletzte, sterbende, von Panik ergriffene Menschen, die schreiend durcheinanderliefen, ohne zu wissen, wohin. Marianne gewahrte den Fürsten Metternich, der mit einem Eimer Wasser zum Brandort lief. Sie gewahrte auch einen Mann, der eine Frau in silbriger Robe auf seinen Armen trug, und erkannte Jason. Alles andere vergessend, trug er Pilar, seine Frau, aus dem Bereich der Gefahr. Ich existiere nicht mehr für ihn, dachte Marianne verzweifelt. Er denkt nur an sie! Er versucht nicht einmal zu erfahren, ob ich noch lebe ...

Unversehens fühlte sie sich so schwach und allein – war denn unter all diesen Leuten ein einziger Freund, einer, der auch nur an sie dachte? –, daß sie einen Arm um die Statue schlang, eine kleine Ceres aus weißem Marmor, und bitterlich weinte.

Ein herzzerreißender Schrei riß sie aus ihrem egoistischen Schmerz. «Antonia! Antonia!»

Mit ausgestreckten Armen lief eine Frau dicht an ihr vorbei, aufgelöstes Haar über Fetzen weißen Musselins, der Feuersbrunst zu, obwohl sie sichtlich hochgradig schwanger war. Entsetzt erkannte sie die Fürstin Schwarzenberg, die Schwägerin des Botschafters, lief ihr nach und zwang sie stehenzubleiben.

«Madame! Madame! Wohin wollt Ihr? Wohin?»

Mit vor Grauen und Angst geweiteten Augen starrte die Fürstin sie an, schien sie nicht einmal wahrzunehmen. «Meine Tochter ...», stammelte sie. «Meine Antonia! Sie ist dort!»

Mit einem jähen Ruck riß sie sich aus Mariannes Händen, in denen nur ein Stückchen zerdrückten Musselins zurückblieb und nahm ihren wahnwitzigen Lauf wieder auf. Unablässig rufend, erreichte sie den Brandort im gleichen Moment, in dem der über ein trockenes Bassin gelegte Fußboden des brennenden Ballsaals krachend zusammenbrach. Ein Schlund öffnete sich inmitten der hochlodernden Flammen, in dem Marianne die Gestalt der armen Mutter verschwinden sah.

Krank vor Grauen beugte sich Marianne vornüber und übergab sich. Ihre Schläfen pochten, Schweiß brach ihr aus. Als sie sich wieder aufzurichten vermochte, sah sie mit Abscheu, daß sich die gleichfalls in den Park geflüchteten Musikanten des Orchesters an die Verletzten heranmachten, um ihnen ihren Schmuck zu rauben. Und unglücklicherweise waren sie nicht die einzigen: Der Pöbel, der auf die Mauern des Parks geklettert war, um das Feuerwerk zu verfolgen, machte sich jetzt gleichfalls ans Plündern. Ganze Banden glitten in den Park hinab, die Augen glitzernd wie die hungriger Wölfe, lautlos wie Schlangen.

Trotz aller Bemühungen war das Botschaftspersonal wehrlos gegen diese schmutzige Flut, die nicht weniger gefährlich war als das Feuer. Ein paar Männer versuchten zwar, die angegriffenen Frauen zu verteidigen, aber sie waren nicht zahlreich genug, um wirksam Widerstand zu leisten.

Wo sind die Feuerwehrleute? dachte Marianne empört. Sie müßten längst hier sein! Auch Soldaten – die Eskorte des Kaisers!

Doch der Kaiser war fort und seine Eskorte mit ihm. Wie lange würde es dauern, bis ein Regiment eintraf, um Ordnung zu schaffen und die Banditen zu vertreiben? Plötzlich spürte sie eine Hand, die das Diadem aus ihrem Haar riß, dann nach ihrem Smaragdkollier griff und an ihm zerrte, um das Schloß zu sprengen.

Entsetzt schrie Marianne auf. «Zu Hilfe! Diebe!»

Eine zweite Hand verschloß ihr brutal den Mund. Instinktiv setzte sie sich gegen ihren Angreifer zur Wehr, einen Mann mit langem, blassem Gesicht in einer schmutzigen, nach Schweiß riechenden Bluse. Beißend und krallend gelang es ihr für einen Moment, seinen Händen zu entkommen, doch dann warf er sich mit seinem ganzen Gewicht auf sie und preßte sie an sich. An ihrem Hals spürte sie die Schärfe einer stählernen Klinge.

«Gib das her», befahl der Mann, «oder ich murks dich ab!»

Er drückte leicht zu. Die Klinge ritzte die zarte Haut. Halb gelähmt vor Schreck, hob Marianne zitternde Hände zu ihrem Hals, löste das Kollier, das über den Arm des Mannes glitt, dann nahm sie die glitzernden Gehänge von ihren Ohren. Das Messer entfernte sich. Marianne glaubte, daß er sie endlich loslassen würde, aber er lachte nur höhnisch auf und beugte sich über sie. Sein nach saurem Wein stinkender Atem strich über ihr Gesicht, und als sie vor Ekel aufschrie, preßte sich ein feuchter, kalter Mund auf den ihren und erstickte den Schrei in einem Kuß, von dem ihr übel wurde. Zugleich stieß sie der Mann, ohne sie aus seiner Umklammerung zu lassen, brutal zu einem Beet hoher Päonien, die den Zugang zu einer Baumgruppe bewachten. «Komm mit, Täubchen! Ein schönes Mädchen läßt man nicht aus den Fingern, ohne es zu kosten. Schon gar nicht eine von den ganz Feinen! Das ist zu selten!»

Befreit von dem widerlichen Mund, versuchte Marianne sich zu wehren und stieß gellende Schreie aus. Da es dem Banditen nicht gelang, sie zum Schweigen zu bringen, schlug er ihr mit aller Kraft ins Gesicht und schleuderte sie zu Boden. Schon bückte er sich, um sie unter die Zweige zu ziehen, als eine Gestalt aus dem Dunkel unter den Bäumen sprang, sich auf ihn stürzte, so daß er ein paar Schritte zurückwich.

Im rötlichen Widerschein des Brandes erkannte sie Tschernytschew. Er blutete aus einer Schramme auf der Stirn, und seine Uniform war halb verbrannt, aber er schien nicht ernstlich verletzt. «Zurück!» keuchte er. «Beim Heiligen Wladimir, ich werde diesen Muschik ausweiden!»

Er sah Marianne nicht an. Im huschenden, unheimlichen Schein der Flammen entdeckte sie in seinen grünen Augen wilde Freude, Freude auf den bevorstehenden Kampf. Mit gespreizten, zum Zupacken bereiten Fingern, gesammelt, waffenlos und völlig ohne Sorge um seine erst kürzlich im Duell erlittene Verwundung, stand er dem Banditen und dessen Schlächtermesser gegenüber.

Marianne tastete mit der Hand zu ihrem schmerzenden Hals, wo das Kollier bei dem Versuch des Mannes, es herunterzuzerren, eine blutige Spur hinterlassen hatte. «Er hat mir meinen Schmuck gestohlen», murmelte sie.

«Nichts sonst? Er hat Euch nicht vergewaltigt?»

«Er ist nicht dazu gekommen, aber ...»

«Bringt Euch in Sicherheit. Ich hole Euren Schmuck zurück ... Was diesen Schurken betrifft, kann er Unserer Lieben Frau von Kasan danken! In meinem Land würde ich ihn unter der Knute verenden lassen, nur weil er es wagte, Euch zu berühren.»

Der Mann spie eine gemeine Beschimpfung aus und packte sein Messer fester.

«Aber er ist bewaffnet!» warnte Marianne. «Er wird Euch töten!»

Mit zu schmalen, schrägen Schlitzen zusammengekniffenen Augen seinen Gegner aufmerksam beobachtend, brach der Kosakenoberst in Gelächter aus. «Der? Sein Messer wird ihm nicht das Leben retten. Meine Hände bändigen wilde Pferde und töten Bären! Ob Messer oder nicht, in zwei Minuten wird er erwürgt sein!»

Und jäh aus den Knien abschnellend, sprang er dem überraschten Burschen an die Gurgel, der schwer zu Boden schlug, ohne zuvor noch zustoßen zu können. Röchelnd, halb erstickt, zappelte er unter den unnachgiebigen Fäusten des Russen. Das Messer war ihm aus der Hand geglitten, und Marianne bückte sich rasch, um es an sich zu nehmen, aber trotz seiner Magerkeit war der Mann unerwartet kräftig. Schon hatte er es wieder gepackt und mit einem verzweifelten Aufbäumen seinen Hals befreit. Einer über den andern rollend, wie zwei wütende Schlangen ineinander verstrickt, lieferten sich die beiden einen wilden Kampf im feuchten Gras des Rasens.

Der Russe war im Kampf Mann gegen Mann erfahren, und Marianne sorgte sich seinetwegen nicht übermäßig. Sie war überzeugt, daß er als Sieger aus diesem Duell hervorgehen würde. Doch plötzlich bemerkte sie entsetzt zwei andere Männer, auch sie in Blusen und hohen Schirmmützen, die lautlos auf die Kämpfenden zukrochen: Kumpane des Briganten zweifellos, die ihm zu Hilfe kamen. Tschernytschew brauchte schnellstens Unterstützung. Sie wandte sich um und sah, daß inzwischen ein Trupp Soldaten mit Bahren und allerlei Hilfswerkzeug im Park aufgetaucht war. Die Fetzen ihres Kleides zusammenraffend, lief sie in ihre Richtung, stieß auf eine Gruppe von Männern in grünen Uniformen und packte einen von ihnen am Arm.

«Graf Tschernytschew!» rief sie atemlos. «Schnell! Er ist in Gefahr! Sie werden ihn töten!»

Der, dessen Arm sie gepackt hatte, wandte sich ihr zu – und so stark war die Atmosphäre der Irrealität dieser unheilvollen Nacht, daß Marianne kaum überrascht war, in ihm Napoleon selbst zu erkennen. Rußgeschwärzt, hatte er sich in seiner vielfach versengten Obristenuniform über eine offenbar verletzte Frau gebeugt, die leise stöhnend auf einer

Steinbank lag. Bei seiner Rückkehr in die vom Unheil betroffene Botschaft mußte er die Helfer mitgebracht haben, die jetzt Besitz vom Park ergriffen.

«Wer wird ihn töten?» fragte er nur.

«Männer – dort unter den Bäumen! Sie haben mich angegriffen, und der Graf ist mir zu Hilfe gekommen! Schnell! Es sind drei! Sie sind bewaffnet – und er ist allein und verteidigt sich nur mit bloßen Händen!»

«Wer sind diese Männer?»

«Ich weiß es nicht! Banditen, die über die Mauer gekommen sind...»

Der Kaiser richtete sich auf. Unter der gerunzelten Stirn waren seine grauen Augen hart wie Stein. Er rief: «Eugène! Duroc! Hierhier! Man scheint jetzt auch zu morden!»

Und vom Vizekönig Italiens und dem Herzog von Friaul gefolgt, flog der Kaiser der Franzosen so schnell ihn seine Beine trugen dem russischen Attaché zu Hilfe.

Über Tschernytschews Schicksal beruhigt, kehrte Marianne mechanisch zu den Bassins zurück. Sie wußte kaum, was sie tun noch wohin sie sich wenden sollte. Ohne Überraschung und ohne Freude sah sie endlich die Feuerwehrmänner eintreffen oder doch wenigstens einen Vortrupp von ihnen, denn es waren nur sechs – und unglaublicherweise waren sie auch noch betrunken. Sie hörte das Wutgebrüll Savarys. «Ihr seid nur sechs? Wo sind die andern?»

«Das wissen wir nicht, Herr – Herr General!»

«Und euer Chef? Dieser Dummkopf Ledoux? Wo ist er?»

«Auf – auf dem Lande, Herr General!»

«Sechs!» brüllte Savary, rasend vor Wut. «Sechs von zweihundertdreiundneunzig! Und wo sind die Spritzen?»

«Draußen – aber es gibt kein Wasser. Die Wasserkräne auf den großen Boulevards sind verschlossen, und wir haben den Schlüssel nicht!»

«Und wo ist dieser Schlüssel?»

Der Feuerwehrmann machte eine ins Unbestimmte ausweichende Handbewegung, die den Grimm des Polizeiministers auf den Höhepunkt trieb. Marianne sah ihn wie einen Pfeil davonstieben, den Unglücklichen mit sich zerrend, der sich krampfhaft bemühte, sich auf den Beinen zu halten, und sicherlich nicht daran zweifelte, es binnen kurzem mit einem weit schrecklicheren Zorn als dem eines Ministers zu tun zu kriegen.

Dennoch nahmen die Hilfeleistungen allmählich greifbare Formen an. Die von Napoleon herbeorderte Kaiserliche Garde machte sich jetzt gemeinsam mit einer Abteilung Schützen daran, die Botschaft und ihre

Gäste zu retten. Aus der Bibliothek der Rue de la Loi hatte man die große Leiter geholt, und die Bassins wurden für das Löschen reichlich in Anspruch genommen. Doch Marianne interessierte sich bald nicht mehr für das, was um sie herum vorging. Da der Kaiser die Leitung der Rettungsarbeiten übernommen hatte, würde schon alles in Ordnung kommen. Irgendwo im Park hörte sie seine metallisch klingende Stimme.

Ihr Geist war leer, ihr Kopf schmerzte. Sie fühlte sich am ganzen Körper wie zerschlagen, und dennoch fand sie nicht die Kraft zu dem Versuch, hinauszugehen, eine Kutsche zu suchen und nach Hause zurückzukehren. Irgend etwas in ihr war zerbrochen, und sie betrachtete das unglaubliche Bild der Verwüstung, das der Park ihr bot, mit einer Art von Gleichgültigkeit. Dieser Brand, der in wenigen Augenblicken eine fröhliche, elegante Gesellschaft dezimiert und eine Stätte des Todes zurückgelassen hatte, entsprach zu sehr dem Bild ihres eigenen Lebens, als daß sie nicht tief davon berührt gewesen wäre. Dieser tragische Ball hatte ihr den letzten Stoß versetzt, den sie nicht mehr ertragen zu können glaubte. Und niemand war dafür zu tadeln als nur sie selbst. Wie hatte sie ihren wahren Gefühlen gegenüber so blind sein können? So viele nutzlose Umwege waren nötig gewesen, soviel Widerstand gegen das Augenscheinliche, gegen die Meinung selbst ihrer besten Freunde, um endlich – zu spät – durch das grausame Bild Jasons, der eine fremde Frau davontrug, zu der ihre Augen blendenden Wahrheit zu gelangen, daß sie Jason liebte, ihn immer geliebt hatte, selbst als sie sich in einen anderen verliebt hatte und ihn zu hassen glaubte.

Warum hatte sie es nur nicht gemerkt, als er sie in ihrem Jungmädchenzimmer in Selton Hall in die Arme genommen hatte, um ihr jenen Kuß zu rauben, der sie fast ohnmächtig hatte werden lassen? Warum hatte ihre Freude es ihr nicht verraten, als er in den Kellern von Chaillot aufgetaucht war, ihr schmerzliches Bedauern, als er Paris verlassen hatte, ohne sie wiederzusehen, ihre Erregung angesichts des Kamelienstraußes in ihrer Garderobe am Abend ihres einzigen öffentlichen Konzerts, ihre Ungeduld und schließlich die grausame Enttäuschung ihres vergeblichen Wartens während der Fahrt über Italiens Straßen und bis zur letzten Minute, bevor sie sich auf eine verrückte Heirat eingelassen hatte? Sie hörte noch Adelaides zweifelnde Stimme: «Seid Ihr wirklich überzeugt, ihn nicht zu lieben?»

O ja, sie war damals überzeugt gewesen in ihrer Verblendung und in dem Stolz, den sie darüber empfand, den Giganten Europas durch die glühenden Ketten physischer Liebe an sich gefesselt zu haben! In dem schmerzlichen Erwachen, das sie nun durchlebte, gelang es Marianne endlich, in voller Klarheit die Empfindungen zu begreifen, die sie mit dem Kaiser verbanden. Sie hatte ihn mit Stolz und mit Furcht geliebt, mit einer durch ein köstliches Gefühl von verbotener Frucht und Gefahr gewürzten Freude, sie hatte ihn geliebt mit der Glut ihrer Jugend und eines begierigen Körpers, der durch ihn die berauschende Verzauberung des vollendeten Zusammenklangs zweier Körper entdeckt hatte. Doch nun begriff sie, daß ihre Liebe aus Bewunderung und Dankbarkeit bestand. Sie war jener seltsamen Verführung erlegen, die er auf Menschen ausübte, und als sie durch seine Abkehr von ihr gelitten hatte, war die Eifersucht, die sie verspürte, scharf, brennend und doch auch wiederum erregend gewesen. Es war nicht jener tiefe Riß, jene Angst, jene verwirrende Erschütterung ihres ganzen Seins angesichts des Doppelbildes Jasons und Pilars. Und jetzt, da sie das Glück, das das Schicksal so lange in ihrer Reichweite belassen hatte, für immer verlor, spürte Marianne, daß sie auch die Lust am Leben verloren hatte.

Stärker noch als bei ihrer Ankunft auf dem Ball erfüllte sie von neuem das Gefühl, nur noch eine leere Marionette zu sein, ihr Leben durch eigene Schuld verpfuscht zu haben. Aus Hochmut, aus Torheit und Verblendung hatte sie sich Jason entgehen, hatte sie ihn sich einer anderen zuwenden und sein Schicksal mit dieser anderen verbinden lassen. Pilar war es, die mit ihm leben würde in dem Land, in dem Baumwolle wuchs und die Schwarzen sangen, sie war es, die jeden Augenblick seines Lebens mit ihm teilen, die jede Nacht in seinen Armen schlafen und seine Kinder tragen würde ...

Rings um Marianne war der Park zum Schlachtfeld geworden. Die auf dem Schauplatz erschienenen Soldaten hatten den Kampf mit den Plünderern aufgenommen, während freiwillige Sanitäter Körper davontrugen, von denen einige schon Leichen waren. Andere Soldaten versuchten mit Eimern voll Wasser das Unheil einzudämmen und das Botschaftsgebäude zu retten. Niemand achtete auf die Frau, die im Schutz eines Gebüschs tatenlos die Dinge ihren Lauf nehmen sah.

Der riesige Brandherd, dessen Glut hoch über die Entfernung hinweg spürbar war, faszinierte sie. Die Bäume im nächsten Umkreis hatten Feuer gefangen und hohe Flammen loderten gefräßig und triumphierend aus dem Gewirr von Balken und gestürzten Stämmen hoch. Schreie und Gestöhn waren verstummt, allein die große Stimme des Feuers erfüllte die Nacht. Die Augen voller Tränen, lauschte ihr Marianne, als könne diese Glut der brennenden Qual ihres Herzens Antwort geben. Vom Grunde ihres Gedächtnisses stieg ein Satz Shakespeares auf: «Ein brennendes Feuer löscht ein anderes ...»

Ihre so plötzlich entdeckte Liebe zu Jason hatte ihre Liebe zum Kaiser gelöscht und nur Zuneigung und Bewunderung zurückgelassen wie glitzernde Steine in warmer Asche. Aber welches andere Feuer würde die Liebe löschen, die sie jetzt quälte, bevor die Verzweiflung sie an die Pforte des Wahnsinns führte? Jason war fern! Er hatte seine Frau von der Stätte des Todes getragen und war in dieser Minute zweifellos bei ihr, um ihr nachklingendes Entsetzen mit zärtlichen Gesten und Worten der Liebe zu besänftigen. Er hatte Marianne vergessen, und an diesem Vergessen würde sie sterben. Die Offenbarung war zu spät gekommen. Ihr blieb nur übrig, sich auf den Zehenspitzen davonzumachen. Aus ihrer Erinnerung tauchte plötzlich das Bild der sich auf der Suche nach ihrem Kind in die Flammen werfenden Fürstin Schwarzenberg. Sie war in das Feuer hineingegangen, wie man ein Heiligtum betritt, ohne Zögern, ohne zurückzuweichen, mit der für alles andere blind machenden Gewißheit, dort jemanden wiederzufinden. Und die schmale, erschreckende und grausame Pforte des Todes hatte sich für sie in eine Pforte des Ruhms verwandelt, des freiwillig auf sich genommenen Opfers und auch des Friedens und der Ewigkeit. Es genügte ein wenig – so wenig Mut dazu!

Die Augen weit geöffnet, verließ Marianne den Schutz des Gebüschs und schritt dem Brand zu. Sie zitterte nicht. Das Leid ist ein starkes Betäubungsmittel gegen die Angst, und ihre Qual war stärker als der indische Hanf, mit dem die Priester die Hindu-Witwen fütterten, um sie ohne Widerstand zum Scheiterhaufen ihrer Männer führen zu können. Sie wollte fortgehen, ohne daß jemand durch ihren Tod zu leiden hätte. Ein Unfall sollte es sein, ein Unfall, nicht mehr ... Und wie zuvor die Fürstin begann auch sie zu laufen, den Flammen entgegen. Ein Stein auf ihrem Wege brachte sie zu Fall, doch sie raffte sich trotz des Schmerzes sofort wieder auf und lief weiter, die Ohren vom Brausen eines Gewitterwindes erfüllt, in dem sie, als riefe sie jemand, ihren Namen zu hören glaubte. Auch das hielt sie nicht zurück. Wer es auch sein mochte, der sie da rief, er wollte sie doch nur von neuem der Monotonie eines Daseins ausliefern, nach dem sie nicht mehr verlangte, einem schon den Keim des Todes in sich tragenden langen Dahindämmern abseits des wahren Lebens, in dem sie sich allmählich in Einsamkeit verzehren würde. Der Tod, den sie wählte, grausam doch schnell, eröffnete ihr einen Frieden ohne Bedauern und Erinnern.

Die Hitze der Flammen war so stark, daß Marianne auf der Schwelle der Feuersbrunst instinktiv ihr Gesicht vor ihrem Gluthauch schützte und zurückwich. Sie schämte sich dessen, murmelte die ersten Worte eines Gebets, wollte sich vorwärtswerfen. Ihr zerrissenes Kleid fing Feuer. Eine sengende Zunge leckte über ihren Körper, und der wilde Schmerz entriß ihr einen Schrei. Doch im gleichen Moment, in dem sie sich in den Schlund der Flammen fallen lassen wollte, warf sich ein dunkles Etwas über sie, umschlang sie und rollte mit ihr auf den feuchten Boden. Jemand hatte sich im letzten Augenblick zwischen sie und den Tod geschoben und sie zum Leben verdammt . . .

Das Gewicht eines Körpers spürend, wehrte sie sich, versuchte, der lähmenden Umschlingung, die die Flammen erstickt hatte, zu entrinnen, versuchte, in die Hand zu beißen, die sie hielt. Der Unbekannte löste sich, hob sich auf die Knie, und zweimal klatschte seine Hand in ihr Gesicht . . . Gegen den roten Hintergrund des Brandes gewahrte sie nur eine schwarze Gestalt, gegen die sie sich verzweifelt warf, um Schlag für Schlag zurückzugeben. Doch der Mann packte ihre Handgelenke und zwang sie zur Ruhe. Zugleich befahl eine eisige Stimme:

«Rührt Euch nicht, oder ich fange wieder an! Bei Gott, Ihr müßt wahnsinnig sein! Eine Sekunde später, und von Euch wären nur noch verkohlte Reste geblieben! Närrin! Verdammte Närrin! Wird es in Eurem törichten Schädel je etwas anderes als Wind, Egoismus und Dummheit geben?»

Plötzlich entspannt wie die Sehne eines Bogens nach dem Abschnellen des Pfeils, lauschte Marianne mit einem Entzücken, als gelte es himmlischer Musik, einer wahren Flut von Beschimpfungen, die Jason über sie ausschüttete. Sie versuchte nicht einmal, sich zu fragen, durch welches beispiellose Wunder er da war und sie den Flammen hatte entreißen können, obwohl sie ihn erst vor kurzem hatte fortgehen sehen. Das einzige, was für sie zählte, war, daß sie ihn vor sich sah. Sein Zorn war nur Beweis für einen kleinen Rest von Interesse, und dafür, daß er so, neben ihr kniend, bei ihr blieb, war Marianne bereit, sich die ganze Nacht hindurch beschimpfen zu lassen. Selbst der Schmerz, den ihr sein harter Griff um ihre Handgelenke verursachte, war eine Freude mehr.

Ohne an ihre Verletzungen zu denken, ließ sie sich mit einem glücklichen Seufzer ins Gras zurücksinken und lächelte der dunklen Gestalt ihres Freundes zu. «Jason!» murmelte sie. «Ihr seid da . . . Ihr seid zurückgekehrt . . .»

Jäh ließ er ihre Handgelenke fahren, während er verstummte und die vor ihm liegende graziöse Gestalt anstarrte. Nur ein paar Fetzen goldfarbenen Stoffs bedeckten den Körper, zwischen denen die von Blutspuren überronnene Haut sichtbar war. Mit dem Ärmel wischte er mechanisch über seine schweißnasse Stirn, streifte verklebte Strähnen seines Haars zurück und suchte des mit Zorn vermischten Entsetzens Herr zu werden, das sich seiner bemächtigt hatte, als er in der wie wahnwitzig dem Brand zulaufenden Frau Marianne erkannte. Und nun sah sie ihn mit ihren großen grünen, von Tränen schimmernden Augen an wie eine himmlische Erscheinung, betrachtete ihn lächelnd, als spüre sie nichts von dem brennenden Schmerz ihrer Wunden, als sei ihr Körper unempfindlich. Aber auch er spürte vor Freude, noch zurechtgekommen zu sein, nichts von den Verbrennungen durch die Flammen, die er zwischen ihren beiden Körpern erstickt hatte. Noch niemals hatte er sich so unendlich erschöpft gefühlt. Es war, als hätten die letzten Minuten seine ganze Kraft gekostet ...

Marianne sah und hörte nichts von dem Lärm und der entfesselten Gewalt um sie her. Ihre Welt beherrschte allein diese dunkle Gestalt, die sie wortlos betrachtete, mühsam atmend, weil das Herz in ihrer Brust zu heftig schlug. Sie wollte ihn berühren, wollte in seiner Kraft die so lange erwartete Zuflucht finden und streckte ihre Arme aus, um ihn an sich zu ziehen. Doch der Versuch endete in einem Aufschrei der Qual. Ein schrecklicher, stechender Schmerz zerriß ihre Eingeweide.

Augenblicklich sprang Jason auf und starrte auf die sich zu seinen Füßen im Grase windende Marianne hinunter, ohne zu begreifen. «Was – was habt Ihr? Seid Ihr verletzt?»

«Ich weiß nicht ... Ich habe solche Schmerzen ... Ich habe ... Oh!»

Von neuem beugte er sich zu ihr, um ihren von einer Seite zur anderen rollenden Kopf anzuheben, doch ein langgezogener Klagelaut entrang sich ihren blassen Lippen, während ihr Körper sich unter einem neuen Ansturm von Schmerzen krümmte. Als der Anfall vorüber war, war Mariannes Gesicht aschenfarben, und sie keuchte wie ein krankes Tier. Sie warf Jason, der fast ebenso blaß war wie sie, einen erschreckten Blick zu ... Irgend etwas Warmes feuchtete ihre Beine, und im nächsten Moment wußte sie, was ihr geschah.

«Mein – mein Kind!» hauchte sie. «Ich – werde es verlieren!»

«Wie? Ihr seid schwanger?»

Nur mit den Lidern gab sie ein bejahendes Zeichen, um ihre Kräfte zu sparen, denn eine neue Schmerzwelle kündigte sich an.

«Richtig! Ihr seid ja verheiratet! Und wo ist Euer Fürst, Durchlauchtigste Hoheit?»

Wie konnte er sich nur über sie lustig machen, wenn er sie so leiden sah? Mit aller Kraft klammerte sie sich an seinen Arm, um besser standhalten zu können, und stöhnte: «Ich weiß es nicht! Sehr weit fort! In

Italien ... Seid barmherzig und holt Hilfe! Das Kind – der Kaiser – ich möchte...»

Alles weitere verlor sich in einem Schrei. Jason sprang auf die Füße, fluchte ausgiebig und stürzte einer Gruppe von Leuten zu, die nahe dem kleinen Tempel mit den Augen von Schlafwandlern zusahen, wie der Brand im großen Saal und der Galerie sein Vernichtungswerk vollendete. Jenseits der sterbenden Flammen sah man nun die geschwärzten Mauern der Botschaft und durch die scheibenlosen Fenster Scharen von Dienern und Soldaten, die in den vom Feuer erreichten Räumen zu löschen versuchten. Er bemerkte Napoleon und lief zu ihm. Hatte Marianne nicht im Zusammenhang mit dem Kind vom Kaiser gesprochen?

Wenige Augenblicke später sah Marianne, die eben aus einer neuen Woge von Qual auftauchte, über sich Napoleons und Jasons Gesichter. Sie hörte die erregte Stimme des Kaisers: «Sie hat eine Fehlgeburt! Schnell! Eine Bahre! Sie muß fortgeschafft werden! Jemand muß Corvisart suchen... Er muß hier irgendwo Verletzte behandeln! He, ihr da! Hierher!»

Marianne hörte nichts mehr, sah nicht, wen der Kaiser angerufen hatte. Sie war sich einzig der Tatsache bewußt, daß Jason sich entfernte, und sie versuchte, sich aufzurichten, um ihn zurückzurufen. Napoleons Hand zwang sie sanft, sich wieder auszustrecken, dann zog er rasch seinen Rock aus, rollte ihn zusammen und schob ihn unter ihren Kopf.

«Sachte, carissima mia! Beweg dich nicht! Man wird kommen, dir helfen, dich pflegen! Hab vor allem keine Angst! Ich bin bei dir!» Er tastete nach ihrer feuchten Hand und drückte sie. Dankbar hob sie ihren Blick zu ihm. Er liebte sie also noch ein wenig. Sie war also nicht ganz allein auf der Welt mit ihrem enttäuschten Herzen und ihrem gemarterten Körper. Diese feste, warme Hand, die die ihre umschloß, war gut und beruhigend ... Völlig vergessend, daß sie hatte sterben wollen, klammerte sich Marianne an sie, wie das verlorene Kind, das sie war, sich an die Hand seines Vaters geklammert hätte – mit dem Unterschied, daß der schöne Regimentskommandeur vielleicht nicht diese Sanftheit, diese Zärtlichkeit für seine in Not geratene Tochter aufgebracht hätte.

Obwohl sie wieder in einer Flut von Qual versank, spürte sie, daß man sie vorsichtig anhob und so schnell wie möglich durch den verwüsteten Park davontrug, in dem der Nachtwind die noch warme Asche aufwirbelte. Während eines schmerzlosen Moments suchte sie mit den Augen Jason, sah ihn nicht und murmelte seinen Namen.

Die Hand des Kaisers, die die ihre nicht losgelassen hatte, gab leisen Druck. Er beugte sich zu ihr. «Ich habe ihn zu seiner Frau zurückgeschickt. Du brauchst ihn nicht mehr, da ich bei dir bin ... Er ist ja nur ein Freund für dich.»

Ein Freund! Das Wort, das sie noch am Abend zuvor unbedenklich ausgesprochen hätte, bedeutete eine Qual für sie. Ein Freund – nur ein Freund, und vielleicht nicht einmal das, wenn diese Pilar es ihm verbot! Dennoch hatte sie eben noch geglaubt, daß er wieder zu ihr fände! Aber nein! Alles war zu Ende! Er war zu seiner Frau zurückgekehrt, und es gab nichts mehr zu erhoffen, es sei denn vielleicht den Tod, der sie vorhin nicht hatte haben wollen. Das Blut floß noch immer langsam aus ihrem verletzten Körper. Und mit ihm verließ sie das Leben ...

Ein kleiner, zitternder Seufzer kam über ihre Lippen, dann überließ sie sich von neuem dem Schmerz.

4. Kapitel

Die Schokolade Monsieur Carêmes

Baron Corvisart streifte die Ärmel seines Hemdes herunter, schloß sorgfältig die Manschetten aus gefälteltem Linnen, schlüpfte in den Rock aus feinem blauen Tuch, den Fortunée Hamelin ihm reichte, und kehrte nach einem schnellen Blick in den Spiegel, um sich des tadellosen Sitzes seines schönen weißen Haars zu versichern, langsam zu Mariannes Bett zurück. Einen Augenblick betrachtete er schweigend das abgemagerte Gesicht der jungen Frau und danach ihre Hände, die auf dem Weiß des Lakens wie zerbrechliche Gegenstände aus Elfenbein wirkten. «Ihr seid außerhalb jeder Gefahr, junge Dame», sagte er endlich. «Jetzt müßt ihr wieder zu Kräften kommen, tüchtig essen, allmählich anfangen aufzustehen ... Ihr seid gerettet, aber mir gefällt Euer Aussehen nicht. Das muß anders werden!»

Marianne bemühte sich zu lächeln und sagte mit schwacher Stimme: «Es tut mir schrecklich leid, glaubt mir, lieber Doktor, und ich möchte Euch gern den Gefallen tun. Ihr habt mich mit soviel Geduld und Hingabe gepflegt. Aber ich habe auf nichts Lust – am allerwenigsten auf Nahrung! Ich fühle mich so müde.»

«Und wenn Ihr nicht eßt, werdet Ihr Euch jeden Tag noch ein bißchen müder fühlen», schalt der Arzt des Kaisers. «Ihr habt viel Blut verloren, Ihr müßt neues schaffen! Zum Teufel, Ihr seid jung! Kräftig trotz Eures zarten Äußeren! In Eurem Alter kommt man nicht einer Fehlgeburt und einiger Verbrennungen wegen um! Was glaubt Ihr, wie mich der Kaiser empfangen wird, wenn ich ihm sage, daß Ihr meinen Verordnungen nicht gehorcht und Euch weigert, Euch zu erholen?»

«Das ist nicht Eure Schuld.»

«Was meint Ihr wohl, was Seine Majestät dazu sagen würde! Wenn sie Befehle erteilt, erwartet sie, daß ihnen gehorcht wird, und wir haben beide einen Befehl erhalten: ich – Euch zu heilen, Ihr – schnellstens wieder gesund zu werden. Wir haben keine Wahl. Und ich erinnere Euch daran, daß sich der Kaiser jeden Morgen, wenn ich bei seinem Lever erscheine, nach Euch erkundigt.»

Marianne wandte ihren Kopf auf dem Kissen ab, um ihn die Tränen nicht sehen zu lassen, die ihr in die Augen stiegen. «Der Kaiser ist sehr gut», erwiderte sie heiser.

«Er ist es vor allem zu denen, die er liebt», berichtigte Corvisart. «Aber wie auch immer, ich habe die Absicht, ihm morgen früh zu sagen, daß Ihr geheilt seid. Seht zu, daß Ihr mich nicht Lügen straft, verehrte Fürstin.»

«Ich werde es versuchen, Doktor. Ich werde es versuchen.»

Der Arzt lächelte, dann tätschelte er, einer impulsiven Regung folgend, liebevoll die Wange seiner Patientin. «Bravo, meine Kleine! Diese Sprache gefällt mir schon besser. Bis morgen! Ich werde Euren Leuten Anweisungen geben und zurückkehren, um mich zu überzeugen, wie Ihr sie befolgt habt! Madame Hamelin, ich bin Euer Diener.» Corvisart verneigte sich vor der schönen Kreolin, nahm von einer Konsole Hut, Stock und Handschuhe und verließ, leise die Tür hinter sich schließend, das Zimmer.

Fortunée erhob sich aus ihrem Sessel und setzte sich in einer Duftwolke von Rosenparfüm auf den Rand des Bettes ihrer Freundin. Ihr Kleid aus einfachem, mit vielfarbigen Blümchen besticktem Batist war der Wärme dieses Sommertages angepaßt und ließ sie wie ein junges Mädchen aussehen. In ihren aus weißen Halbhandschuhen lugenden Fingerspitzen hielt sie das Band eines großen Strohhuts. Ihr gegenüber fühlte sich Marianne seltsam alt und müde. Sie warf ihr einen so trostlosen Blick zu, daß Fortunée die Stirn runzelte.

«Ich verstehe dich nicht, Marianne», sagte sie endlich. «Seitdem du krank bist, seit einer Woche, verhältst du dich, als ob du mit allen Mitteln mit dem Leben Schluß machen möchtest. Das sieht dir nicht ähnlich.»

«Es sah mir nicht ähnlich. Jetzt, es ist wahr, habe ich keine Lust mehr zu leben. Warum? Für wen?»

«War – dieses Kind denn so wichtig?»

Von neuem stiegen Tränen in Mariannes Augen, und diesmal versuchte sie nicht, sie zurückzuhalten. Sie ließ ihnen freien Lauf. «Gewiß war es wichtig! Es war sogar alles, was es in meinem Leben noch Wichtiges geben konnte. Es war mein einziger Daseinszweck. Ich hätte für es, mit ihm, durch es gelebt. Es trug alle meine Hoffnungen – und nicht nur meine.»

Seitdem ihr am Morgen nach der tragischen Nacht und nach dem Erwachen aus ihrer Bewußtlosigkeit mitgeteilt worden war, daß sie das Kind verloren hatte, ergab sich Marianne der Verzweiflung und machte sich die bittersten Vorwürfe. Vor allem, daß sie während jener schrecklichen Stunden völlig vergessen hatte, daß sie Mutter sein würde. Von dem Moment an, in dem sie Jason wiedergesehen hatte, war alles, was ihr bis dahin wichtig gewesen war, plötzlich vor der jähen Entdeckung einer Liebe verschwunden, die sie während langer Monate in sich getragen hatte, ohne es je zu ahnen. Und indem sie ihr eigenes Leben aufs Spiel setzte, um ein Ende damit zu machen, hatte sie das Leben des Kindes auf törichte Weise gefährdet! Keine Sekunde hatte sie an es gedacht – noch an jenen anderen, der dort unten, in der Villa in der Toskana, auf die Nachricht von der Geburt eines Kindes warten würde, an das er sein ganzes elendes Leben, das Leben eines Eingemauerten, gehängt hatte.

Corrado Sant'Anna hatte sie nur wegen des Kindes von kaiserlichem Blut geheiratet, dem er seinen Namen geben konnte. Und nun hatte Marianne durch eigene Schuld jede Hoffnung verloren, ihren Teil des Vertrages zu erfüllen. Der Fürst war bei diesem Geschäft betrogen worden!

«Du denkst an deinen mysteriösen Gatten, nicht wahr?» fragte Fortunée leise.

«Ja. Und ich schäme mich, ich schäme mich, verstehst du, weil mir jetzt scheint, als hätte ich den Namen, den ich trage, gestohlen!»

«Gestohlen? Warum?»

«Ich habe es dir schon gesagt», murmelte Marianne müde und gereizt. «Fürst Sant'Anna hat mich nur dieses Kindes wegen geheiratet, weil es vom Blut des Kaisers war und er deshalb ohne Scham seine Vaterschaft anerkennen konnte.»

«Also hältst du dich, weil du es verloren hast, für unwürdig zu leben, und wenn ich deine gegenwärtigen Absichten richtig verstehe, hast du dich entschlossen, mir nichts dir nichts dahinzusiechen, bis der Tod dich ereilt!»

«So ungefähr... Aber glaube nicht, daß ich mich bestrafen will, wenn ich mir den Tod wünsche. Nein, ich habe es dir schon gesagt: Ich habe ganz einfach keine Lust mehr zu leben.»

Fortunée erhob sich, trat mit ein paar gereizten Schritten zum Fenster, das sie weit öffnete, dann kehrte sie zurück und stellte sich vor dem Bett auf. «Wenn deine Lust zu leben oder nicht zu leben nur von der Existenz eines Kindes von Napoleon abhängt, scheint mir die Angelegenheit leicht zu regeln: Napoleon wird dir ein anderes machen. Das ist alles!»

«Fortunée!» Empört starrte Marianne ihre Freundin an, doch die Kreolin hielt ihrem Blick mit einem aufbegehrenden Lächeln stand.

«Nun, was, Fortunée? Schockiert dich das Wort? Die Sache selbst hat auf dich nicht so gewirkt, wie mir scheint! Und wenn es eine Geisteshaltung gibt, die ich verabscheue, dann ist es Heuchelei. Überlaß sie den Spezialistinnen dieses Genres, der braven Madame de Genlis oder Madame Campan und ihrer Schwadron von Backfischen, es sei denn, du wünschst dich schnellstens zu der Kompanie aus dem Exil zurückgekehrter keifender Witwen von Stand zu gesellen, die ihre Zeit damit verbringen, auf die Rückkehr guter Sitten zu hoffen! Ich habe es gern, wenn man eine Katze eine Katze nennt und den Dingen ins Gesicht sieht! Wenn du ehrlich gegen deinen Gespenstergatten sein willst, mußt du ihm ein Kind geben, und zwar ein Kind Napoleons! Schlußfolgerung: Napoleon muß dir ein anderes machen! Höchst einfach, wie mir scheint! Übrigens flüstert man, die Österreicherin sei in der Hoffnung. Er wird also in dieser Hinsicht beruhigt sein und kann sich ganz und gar dir widmen.»

«Weißt du, daß du total unmoralisch bist, Fortunée?» hauchte Marianne verblüfft.

«Natürlich weiß ich's!» rief Madame Hamelin heiter. «Und du kannst dir nicht vorstellen, wie froh ich darüber bin! Die Moral, wie ich sie um mich herum praktizieren sehe, hat etwas, was mir Übelkeit erregt! Es lebe die Liebe, meine Schöne, und zum Teufel mit den erhabenen Prinzipien!»

Wie um diese Kriegserklärung an die geltenden Moralgesetze zu unterstreichen, dröhnte plötzlich draußen ein Kanonenschuß, von einem zweiten, dann von einem dritten gefolgt. Zugleich trug der warme Wind die Klänge einer martialisch-feierlichen Musik und die fernen Laute einer großen Menschenmenge herüber.

«Was ist das?» fragte Marianne.

«Richtig! Du kannst es ja nicht wissen! Es ist das Staatsbegräbnis Marschall Lannes'. Heute, am 6. Juli, läßt der Kaiser die Leiche seines alten Kampfgenossen vom Invalidendom ins Pantheon überführen. Das Geleit hat eben zweifellos den Dom verlassen.»

Die Kanonen dröhnten jetzt ohne Unterbrechung. Der düstere Ruf der Trompeten und das Wirbeln der Trommeln näherten sich, überschwemmten nach und nach den Garten und drangen mit dem Totengeläut aller Pariser Glocken in das friedliche Zimmer.

«Soll ich das Fenster schließen?» fragte Fortunée, sichtlich beeindruckt vom klanglichen Pomp dieses Leichenbegängnisses, das für einen

Tag die Hauptstadt vor einem der tapfersten Helden der Epoche in die Knie zwang.

Marianne lehnte mit einer Geste ab. Auch sie lauschte, ermaß vielleicht besser als durch die künstlich angeheizte Freude der Hochzeitsfeierlichkeiten die Größe des Mannes, der sich ihres Geschicks bemächtigt hatte und, so hoch er auch gestiegen war, trotzdem die Zeit fand, über sie zu wachen. Mit Rührung erinnerte sie sich der Hand, die während ihrer langen Qual die ihre gehalten hatte. Er hatte ihr versprochen, sie nicht zu verlassen, und er hatte Wort gehalten. Er hielt immer Wort!

Durch Fortunée und Arcadius hatte sie erfahren, daß er die österreichische Botschaft erst verlassen hatte, als das Feuer völlig erloschen war, ja daß er selbst Hand angelegt und sogar eine von den Flammen in einer Mansarde eingeschlossene Kammerfrau gerettet hatte. Auch von seinem Zorn am folgenden Tage und seinem Strafgericht war Kunde zu ihr gelangt: der Polizeipräfekt Dubois entlassen, Savary hart gescholten, der unvorsichtige Architekt, der den Ballsaal entworfen hatte, verhaftet, der Leiter der Feuerwehr abgesetzt und die völlige Umgestaltung dieser allzu dilettantisch organisierten Truppe unverzüglich in die Wege geleitet. Ja, es war gut und tröstlich, Gegenstand seiner Fürsorge zu sein, doch Marianne wußte nur zu gut, daß ihre Leidenschaft für ihn erloschen war wie eine Kerze, die man ausbläst, und daß sie vielleicht tiefere, aber erheblich weniger erregende Gefühle zurückgelassen hatte.

Laut ihren geheimen Gedanken folgend, murmelte Marianne: «Ich könnte ihm nie mehr gehören! Nie mehr!»

«Was soll das heißen?» erkundigte sich Fortunée beunruhigt. «Von wem sprichst du? Vom Kaiser? Du willst nicht mehr mit ihm ...?»

«Nein», sagte Marianne. «Es ist nicht mehr möglich.»

«Aber warum?»

Marianne blieb keine Zeit zu antworten. Jemand kratzte an der Tür. Agathe erschien, höchst adrett in ihrem Kleid aus gestreiftem Perkal und der gestärkten Schürze. «Unten ist ein Monsieur Beaufort, Euer Hoheit ... Er läßt fragen, ob die Frau Fürstin sich gut genug fühle, um ihn empfangen zu können.»

Eine Blutwelle schoß in Mariannes Gesicht. Ihre Wangen röteten sich. «Er hier? Aber ich kann doch unmöglich ...»

«Madame weiß es vielleicht nicht, aber dieser Herr ist seit dem Unfall jeden Morgen vorbeigekommen, und da ich ihm heute sagte, daß es Madame besser ginge ...»

Fortunée, deren scharfe Augen das Steigen der Erregung auf Mariannes Gesicht verfolgt hatten, hielt es für richtig, die Dinge in die Hand zu

nehmen. «Bitte diesen Herrn, einen Augenblick zu warten, Agathe, und komm dann zurück, um mir zu helfen, deine Herrin ein wenig herzurichten. Schnell, beeil dich!»
Bestürzt durch die Vorstellung, sich so plötzlich wieder dem Mann gegenüberzusehen, um den ihre Gedanken seit dem Ball so beharrlich kreisten, wollte Marianne protestieren. Sie sah scheußlich aus, sie wußte es, so blaß, so mager! Welchen normalen Mann würde der betrübliche Anblick, den sie bot, nicht erschrecken? Doch Madame Hamelin wollte nichts hören und hütete sich wohl, ihre Freundin darauf aufmerksam zu machen, daß für eine so entschieden zur Selbstvernichtung entschlossene Frau ihre Reaktion angesichts eines männlichen Besuchs mindestens zu denken gebe. Sie hatte sich lediglich erkundigt, ob es sich bei dem fraglichen Monsieur Beaufort um den berühmten Amerikaner handele, der so plötzlich aus dem Leben ihrer Freundin verschwunden war, als sie selbst es betreten hatte, dann hatte sie sich an die Arbeit gemacht.
Im Nu fand sich Marianne in ein verführerisches Nest aus rosa Bändern und schneeigen Spitzen gebettet, frisch frisiert, diskret geschminkt und so kräftig mit Monsieur Jean-Marie Farinas Kölnischem Wasser besprengt, daß sie niesen mußte. Das Zimmer begann köstlich nach Bergamotten, Rosmarin, Zitrone und Lavendel zu duften.
«Nichts ist abscheulicher als die undefinierbaren Gerüche, die immer in Krankenzimmern schweben!» versicherte Fortunée, während sie mit geschickten Fingern eine rebellische Locke zurechtschob. «So wird es gehen.»
«Aber wofür das alles, Fortunée?»
«Für nichts – bloß so eine Idee! Ich verlasse dich jetzt.»
«Nein!» rief Marianne. «Nein! Auf gar keinen Fall!»
Fortunée bestand nicht darauf, sondern setzte sich in einen Sessel nahe dem Fenster, und das mit einer Geschwindigkeit, die einigen Zweifel an ihrer eben noch geäußerten Absicht, sich zu entfernen, aufkommen lassen konnte. In Wirklichkeit brannte sie vor Neugier, und als Jason, von Agathe angekündigt, auf der Schwelle erschien, erwartete ihn die unermüdliche Männerjägerin äußerst gespannt in Deckung eines wahllos zur Hand genommenen Buchs und in der Haltung einer vollendeten Krankenwärterin. Doch über die Seiten hinweg waren ihre flinken schwarzen Augen schon dabei, die Erscheinung des Besuchers zu taxieren.
Dieser wandte sich nach einem der Unbekannten gewidmeten kurzen Gruß zum Bett, aus dem ihm Marianne in unterdrückter Erregung entgegensah. Mit seinem drahtigen Körper, seinem gebräunten Gesicht

und den hellen Augen schien er den ganzen Ozean mit in diesen Raum zu bringen, der in seinen Farben gehalten war.

Marianne war es, als müßten durch ihn die Wände einstürzen, so daß die Luft des weiten Meers in stürmischen Böen eindringen konnte ... Und doch hatte er ganz ruhig das Zimmer durchquert, sich vor ihr verneigt und drückte nun höflich seine Befriedigung aus, sie so weit wiederhergestellt zu finden, daß sie ihn einen Moment empfangen könne.

Von ihrer Verwirrung halb erstickt, gelang es Marianne nur mit Mühe, ihre Stimme hören zu lassen. «Ich wollte Euch dafür danken, daß Ihr mich gerettet habt», stammelte sie und bemühte sich um den leichten Ton einer Salonplauderei. «Ich weiß nicht, was ohne Euch geschehen wäre ...»

«Ich weiß es», sagte Jason gelassen. «Es wäre Euch genauso ergangen wie Madame de Schwarzenberg und einigen anderen. Was ich dafür zum Beispiel gern wissen möchte, wäre, was Ihr in dieser Feuersbrunst zu suchen hattet? Auf jeden Fall nicht den Kaiser! Seine Majestät befand sich im Park und half den Rettern.»

«Gibt es nur den Kaiser, den ich bis ins Feuer hinein hätte suchen können? Ich glaube, ich suchte etwas ganz anderes.»

«Einen Euch teuren Menschen zweifellos! Vielleicht – einen Verwandten Eures neuen Gatten? Bei dieser Gelegenheit –», das spöttische Lächeln deutete sich nur in einem fast unmerklichen Verziehen eines seiner Mundwinkel an, während seine blauen Augen eisig blieben, «erzählt mir doch die Geschichte dieser unerwarteten Ehe! Wo habt Ihr diesen Namen und diesen eindrucksvollen Titel aufgestöbert? Ein neues Geschenk des Kaisers? Diesmal hat er sich wahrhaftig großzügig gezeigt, aber schließlich hat er Euch nur Gerechtigkeit widerfahren lassen: Es paßt besser zu Euch, Fürstin als Sängerin zu sein!»

«Der Kaiser hat nichts damit zu tun. Diese Ehe ist durch meine Familie zustande gekommen. Vielleicht habt Ihr Euch eine Erinnerung an den Abbé de Chazay, meinen Paten, bewahrt, der in Selton ...»

«Was Ihr nicht sagt! Er ist es also, der Euch diesmal zu einem anderen Namen verholfen hat? Wißt Ihr, teure Freundin, daß Ihr die unvorhersehbarste Frau seid, die ich kenne? Wenn man Euch verläßt, weiß man nie, in welchem Personenstand man Euch wiederfinden wird.»

Er unterbrach sich und sah zu Fortunée hinüber, die, nachdem sie ihre Neugier befriedigt hatte, den Eindruck gewonnen haben mußte, daß die Dinge eine seltsame Wendung nahmen und es besser sei, sich zu entfernen. Sie erhob sich und begab sich würdig zur Tür. Marianne hob die

Hand, um sie zurückzuhalten, ließ sie aber wieder sinken. Da Jason nur gekommen war, um sich unangenehm zu erweisen, zog sie es vor, es allein mit ihm zu tun zu haben. Fortunée mußte jetzt auch eingesehen haben, daß sie mit ihren Bemühungen, sie vorteilhaft herzurichten, nur ihre Zeit vergeudet hatte.

Mit hochgezogener Braue beobachtete Jason ihren Auszug, dann wandte er sich Marianne von neuem zu und bemerkte mit einem herausfordernden Lächeln: «Eine sehr hübsche Frau! Was sagte ich doch? Ach ja, daß man nie weiß, welchen Namen Ihr annehmen werdet. Ich habe Euch als Mademoiselle d'Asselnat kennengelernt, doch gleich danach wart Ihr Lady Cranmere. Als wir uns beim Fürsten von Benevent wiedertrafen, war aus Euch Mademoiselle Mallerousse geworden. Nicht für sehr lange allerdings. Noch vor meiner Abreise hatte Euch ein kaiserlicher Zaubertrick in eine bewunderungswürdige italienische Sängerin namens Maria Stella – war es nicht so? – verwandelt. Jetzt seid Ihr noch immer Italienerin, wenn ich richtig verstanden habe, aber zur Abwechslung eine Fürstin und – wie habt Ihr gesagt? – Durchlauchtigste Hoheit! Ein Titel, den sich ein Bürger des freien Amerika wie ich nur schwer vorstellen kann.»

Ungläubig lauschte Marianne dieser mit halblauter Stimme und in einem Ton liebenswürdigen Scherzens geäußerten Flut von Sarkasmen und fragte sich, welches unbekannte Ziel ihr Besucher verfolgen mochte. War es bloße Neckerei oder versuchte er, ihr begreiflich zu machen, daß die in den Kellern von Chaillot entstandene warme Freundschaft sich zu ruhiger, lächelnder Verachtung gewandelt hatte? Wenn es das war, würde sie es wahrscheinlich nicht ertragen können, aber sie mußte sich Klarheit darüber verschaffen. Ihren Kopf auf dem mit Spitzen besetzten Kissen müde abwendend, schloß sie die Augen, seufzte und sagte leise: «Man hat mir gesagt, daß Ihr seit dem Ball jeden Morgen gekommen seid, um Euch nach meinem Ergehen zu erkundigen, und ich habe diese Aufmerksamkeit naiv der Freundschaft zugeschrieben. Ich merke nun, daß es nicht so ist und daß Ihr Euch nur zu überzeugen wünschet, ob ich bald stark genug sei, um mich in einem Wettstreit der Ironie mit Euch zu messen. Bedauerlicherweise ist dies, wie Ihr seht, nicht der Fall. Ich bin noch nicht soweit, um gegen Euch zu kämpfen. Verzeiht mir!»

Ein kurzes Schweigen folgte, das Marianne hinter dem Schirm ihrer geschlossenen Lider endlos erschien. Einen Moment glaubte sie, er sei gegangen. Beunruhigt öffnete sie ein wenig die Augen und hörte ihn lachen. Entrüstet wandte sie sich ihm wieder zu, blitzte ihn an. «Ihr lacht?»

«Aber ja! Ihr seid eine außerordentliche Komödiantin, Marianne, und ich wäre fast auf Eure Schwäche hereingefallen. Es genügt jedoch, Eure Augen funkeln zu sehen, um zu begreifen, daß es nichts damit auf sich hat.»

«Und doch ist es so! Baron Corvisart...»

«Hat Euch eben verlassen. Ich weiß. Ich habe ihn gesehen. Er sagte mir, daß Ihr erschöpft seid, aber ich weiß jetzt, daß nur Eurer Körper geschwächt ist. Der Geist ist gottlob intakt, und das ist alles, was ich in Erfahrung bringen wollte. Verzeiht mir meine Ironie. Sie hatte kein anderes Ziel, als Euch zu einer Reaktion zu provozieren. Seit jenem Abend habe ich in der Angst gelebt, Ihr könntet dazu nicht mehr fähig sein.»

«Aber – warum?»

«Weil», sagte er ernst, «die Frau, die ich während des Balls und der Feuersbrunst sah, nicht mehr die war, die ich gekannt hatte. Es war eine erstarrte, weit entrückte Frau mit leerem Blick – eine Frau, die sterben wollte. Denn obwohl Ihr alles besaßet, was sich ein Mensch nur wünschen kann: Schönheit, Reichtum, Ehren, dazu die Liebe eines außerordentlichen Mannes – und überdies schwanger wart, habt Ihr sterben wollen, noch dazu einen grausamen Tod. Warum, Marianne?»

Eine warme Welle durchlief den Körper der jungen Frau, weckte die durch physische Leiden und moralische Verzweiflung betäubten tieferen Bereiche ihres Innern. Seine Gleichgültigkeit und Ironie waren also nur Komödie gewesen? Ihn ihr so nahe zu sehen, mit diesem gespannten Ausdruck, der seine Besorgnis verriet, verlieh ihr ein noch stärkeres Gefühl ihrer Liebe für ihn. Dieses Gefühl war so überwältigend, daß sie einen Moment das tolle Verlangen verspürte, ihm die ganze Wahrheit zu sagen, ihm zu sagen, daß sie nur wegen des Schmerzes, ihn verloren zu haben, hatte sterben wollen. Sie war im Begriff, ihm in dieser Minute einzugestehen, wie sehr sie ihn liebte und wie sehr diese Liebe sie überwältigte. Doch sie besann sich rechtzeitig. Der Mann dort vor ihr war verheiratet. Er hatte weder das Recht noch zweifellos die Lust, sich Liebesbeteuerungen anzuhören, denn allein die Freundschaft hatte ihn hierhergeführt. Und Marianne war zu anständig, um nicht die Ehe anderer zu respektieren, selbst wenn ihre eigenen Erfahrungen in dieser Hinsicht ein doppeltes Debakel ergeben hatten.

Sie brachte jedoch den Mut auf, zu lächeln, ohne zu merken, daß ihr Lächeln trauriger als Tränen war, und als er wiederholte: «Warum?», antwortete sie endlich: «Vielleicht wegen all diesem oder wenigstens dem, was davon in Wirklichkeit nur Illusion gewesen ist. Der Kaiser ist verheiratet, Jason, und glücklich, es zu sein. Und ich bin für ihn nur noch eine gute, ergebene Freundin. Ich glaube, er liebt seine Frau. Was mich betrifft ...»

«Ihr liebt ihn noch immer, nicht wahr?»

«Ich liebe ihn – ja, und vor allem bewundere ich ihn leidenschaftlich.»

«Aber das Kind? Ist es auch nur eine Illusion gewesen?»

«Nein. Es war das einzige, was uns unwiderruflich verband. Vielleicht ist es besser so, wenigstens für ihn, denn für mich kompliziert es die Dinge mit dem Fürsten Sant'Anna außerordentlich ... Aber wenn Ihr jeden Tag hergekommen seid», rief Marianne plötzlich, «seid Ihr doch sicher Arcadius begegnet!»

«Natürlich.»

«Dann sagt mir nicht, daß er Euch nichts erzählt hat! Ich bin überzeugt, er hat Euch alles über diese Ehe gesagt!»

«Allerdings», entgegnete Jason ruhig. «Er hat mir alles gesagt – aber ich wollte Eure Version der Dinge hören. Und er hat mir auch gesagt, daß mich noch immer ein Brief bei Patterson in Nantes erwartet – in Nantes, das ich nicht anlaufen konnte, weil mich ein englischer Korsar verfolgte und ich fliehen mußte, um einen Kampf zu vermeiden.»

«Einen Kampf vermeiden? Ihr?»

«Die Vereinigten Staaten befinden sich nicht im Krieg mit England. Doch ich hätte mich darüber hinwegsetzen, den Engländer vernichten und nach Nantes zurückkehren müssen. Ihr wißt nicht, wie sehr ich mir meinen Gehorsam den Gesetzen gegenüber vorgeworfen habe!» Er hatte sich erhoben und ging wie zuvor Fortunée langsam zum Fenster. Sein hartes Profil und seine breiten Schultern hoben sich vom Grün des Gartens ab.

Marianne stockte der Atem. Eine süße und zugleich ängstigende Erregung überkam sie vor dem diesmal echten Zorn, den Jasons Stimme verriet. «Habt Ihr bedauert, diesen Brief nicht erhalten zu haben? Hättet Ihr – getan, um was ich Euch bat?»

Mit drei Schritten kehrte er zu ihr zurück, nahm ihre beiden Hände in die seinen und kniete neben dem Bett nieder, um in gleicher Höhe mit Marianne zu sein. «Und Ihr?» fragte er rauh. «Hättet Ihr loyal Euer mir gegebenes Versprechen erfüllt? Wäret Ihr mir gefolgt? Hättet Ihr alles verlassen? Wärt Ihr wirklich ohne Hintergedanken, ohne Reue meine Frau geworden?»

Bis ins Innerste aufgewühlt, versenkte Marianne ihren Blick in den des Freundes, auf der Suche nach einer wundervollen Wahrheit, an die sie nicht zu glauben wagte. «Ohne Reue, ohne Hintergedanken, Jason ... und sogar mit einer Freude, deren ich mir erst vor kurzem bewußt geworden bin. Ihr werdet nie wissen, wie sehr ich Euch erwartet habe – bis zur letzten Sekunde, Jason, bis zur letzten Sekunde. Und als dann alles zu spät war ...»

«Schweigt!» Er grub plötzlich sein Gesicht in die weißen Laken, und auf ihrer Hand spürte Marianne die Wärme seiner Lippen. Ganz langsam, fast bebend, legte sie ihre freie Hand auf das dichte schwarze Haar des Seemanns, strich zärtlich über die rebellischen Locken, glücklich über diese Schwäche, die er zeigte, glücklicher noch über ihre eigene Erschütterung.

«Versteht Ihr jetzt», sagte sie ganz leise, «warum ich an jenem Abend sterben wollte? Als ich Euch sah mit ... Oh, Jason! Jason! Warum habt Ihr geheiratet?»

Ebenso brüsk, wie er zu ihr gekommen war, riß er sich los, erhob sich und wandte ihr den Rücken. «Ich glaubte Euch für immer für mich verloren», sagte er dumpf. «Man kämpft nicht gegen Napoleon, vor allem nicht, wenn er liebt. Und ich wußte, daß er Euch liebte. Pilar hingegen brauchte Hilfe. Sie war in Lebensgefahr. Ihr Vater, Don Agostino, hatte nie seine Sympathien für die Vereinigten Staaten verborgen. Nach seinem Tode vor einigen Wochen ließ der spanische Gouverneur seinen Grimm an Pilar, seiner einzigen Erbin, aus. Er konfiszierte ihre Ländereien, und sie wäre ohne die geringste Hoffnung, je wieder herauszukommen, ins Gefängnis geworfen worden. Die einzige Möglichkeit, sie zu retten und endgültig in Sicherheit zu bringen, bestand darin, ihr zur amerikanischen Staatsbürgerschaft zu verhelfen. Ich habe sie also geheiratet.»

«Wart Ihr verpflichtet, so weit zu gehen? Konntet Ihr sie nicht in Euer Land bringen, dort für sie sorgen?»

Jason hob die Schultern. «Sie ist Spanierin. Mit diesen Leuten sind die Dinge nicht so einfach. Und ich schuldete ihrem Vater viel. Als meine Eltern starben, bot mir Don Agostino als einziger seine Hilfe an. Ich kannte Pilar schon ewig.»

«Und sicher liebt sie Euch – schon ewig.»

«Ich glaube – ja!»

Überwältigt durch das Geständnis seiner Liebe, wurde ihr nun erst klar, daß sie nichts oder fast nichts von Jason Beauforts Leben wußte, bevor er eines Herbstabends im Salon von Selton Hall aufgetaucht war. Er hatte so viele Jahre ohne sie gelebt, ohne etwas von ihrer Existenz zu ahnen! Bis zu diesem Augenblick hatte Marianne an ihn nur in Beziehung zu sich und der Rolle gedacht, die er in ihrem Leben spielte, aber in jenem riesigen, für sie geheimnisvollen, ja vage beunruhigendem Land hinter ihm hatte er Verbindungen geknüpft, eine Spur hinterlassen, die ihm allein gehörte. Seine Erinnerung war voller Landschaften, die Mariannes Fuß nie berührt, voller Gesichter, die sie niemals gesehen hatte und die dennoch bei Jason die verschiedensten Gefühle weckten, Haß vielleicht oder auch Liebe. Diese Welt war, zum Teil wenigstens, auch die Pilars. Sie war ihr vertraut, sie bewegte sich ungezwungen in ihr, und diese gemeinsamen Bilder mußten zwischen ihr und Jason eine jener aus den gleichen Vorlieben, den gleichen Erinnerungen gewebten Bindungen schaffen, die sich oftmals als enger und fester erweisen als die glühenden Ketten der Leidenschaft. Und Marianne faßte, was sie empfand, in einem kleinen, traurigen Satz zusammen: «Ich liebe Euch, und dennoch kenne ich Euch nicht!»

«Mir ist, als hätte ich Euch schon immer gekannt», rief er, sie mit einem von Leid schweren Blick umfangend, «und doch nützt es mir nichts! Wir haben den vom Schicksal bestimmten Augenblick verstreichen lassen, in dem sich unsere Wege kreuzten. Jetzt ist es zu spät!»

Ein jäher Anflug von Auflehnung riß Marianne aus ihrer gewohnten Zurückhaltung. «Warum zu spät? Habt Ihr nicht gesagt, daß Ihr diese Pilar nicht liebt?»

«Wie Ihr den Mann nicht liebt, der Euch seinen Namen gegeben hat, aber das Faktum bleibt deswegen doch. Ihr tragt diesen Namen wie Pilar den meinen. Gott weiß, wie mir davor graut, den Moralisten zu spielen, und ich komme mir restlos lächerlich vor, es Euch gegenüber zu tun, aber uns bleibt keine Wahl, Marianne. Wir müssen die respektieren, die uns Vertrauen schenken – oder dürfen wenigstens nichts tun, worunter sie leiden könnten.»

«Ah!» murmelte Marianne. «Sie ist eifersüchtig...»

«Wie eine Spanierin. Sie weiß, daß ich sie nicht wirklich liebe, aber sie erwartet von mir Achtung, Zärtlichkeit und daß ich unserer Ehe wenigstens äußerlich die Farben wenn nicht der Liebe, so doch vollkommenen Einvernehmens gebe.»

Von neuem Schweigen, das Marianne dazu nutzte, Jasons Worte zu wägen. Die Freude, die sie noch eben verspürt hatte, verging vor der harten Wirklichkeit. Obwohl ein Mann der Abenteuer, der Risiken und Verwegenheiten, würde Jason – und Marianne wußte es nur zu gut – in diesem Punkt nie mit sich handeln lassen und erwartete, daß die Frau, die er liebte, die gleiche Kraft bewies. Bei dieser Art Entschlossenheit konnte es keine weitere Diskussion geben. Marianne seufzte. «Wenn ich recht verstanden habe, seid Ihr gekommen, um mir adieu zu sagen... Ich vermute, Ihr werdet bald abreisen. Eure Frau schien an ihrem Aufenthalt hier keinen sonderlichen Gefallen zu finden.»

Ein amüsierter Funke glänzte für einen Moment in den Augen des Amerikaners auf. «Sie findet die Frauen hier zu schön und zu dreist. Natürlich vertraut sie mir, aber wenn ich nicht bei ihr bin, würde sie mich hundertmal lieber auf dem Meer als in einem Salon wissen. Wir bleiben noch vierzehn Tage. Ein Freund meines Vaters, der Bankier Baguenault, hat uns in seinem Haus in der Rue de Seine in Passy Gastfreundschaft angeboten. Ein in einem großen Garten gelegenes, sehr schönes Haus, das einst einer Freundin Königin Marie-Antoinettes gehört hat. Pilar fühlte sich dort wohl unter der Bedingung, daß sie es nicht zu verlassen braucht, und ich habe noch einige Angelegenheiten zu regeln. Danach kehren wir nach Amerika zurück. Mein Schiff erwartet uns in Morlaix.»

Seine Stimme hatte wieder zum Ton gesellschaftlicher Plauderei zurückgefunden, wie die in ihre Spitzen gebettete Marianne mit Bedauern konstatierte. Der leidenschaftliche Akzent von vorhin war durch Jasons unbeugsamen Willen erloschen. Zweifellos für immer. Dieser Wille trennte sie so unwiderruflich wie der ungeheure Ozean, der sich bald zwischen ihnen ausbreiten würde. Das Schiff, von dem sie zuweilen geträumt hatte, würde eine andere mit sich nehmen. Etwas ging zu Ende, das niemals begonnen hatte, und Marianne spürte, daß sie ihre Tränen nicht länger würde zurückhalten können. Sie schloß für einen Moment die Augen, preßte die Zähne zusammen, sog tief die Luft ein und murmelte endlich: «Sagen wir uns also adieu, Jason! Ich wünsche Euch – daß Ihr glücklich werdet.»

Er hatte sich erhoben, griff nach seinem Stock und Hut, doch die zu Boden gewandten Augen vermieden es, sie anzusehen. «Ich verlange nicht soviel», entgegnete er mit unbewußter Härte. «Wünscht mir nur inneren Frieden! Das dürfte genügen. Was Euch betrifft...»

«Nein! Habt Mitleid – wünscht mir nichts!»

Er wandte sich ab, ging zur Tür, Mariannes fassungsloser Blick folgte seiner hohen Gestalt. Er würde gehen, aus ihrem Leben verschwinden, in die Welt Pilars, obwohl die Summe ihrer gemeinsamen Erinnerungen noch so winzig war. Eine Art Panik bemächtigte sich ihrer, und sie konnte einen Schrei nicht unterdrücken, als er die Hand auf den Türknopf legte. «Jason!»

Langsam, sehr langsam glitt der blaue Blick zu ihr zurück, erfüllt von einer Müdigkeit, die Marianne erschütterte.

«Ja?» fragte er mit beherrschter Stimme.

«Da wir uns nicht wiedersehen werden – wollt Ihr mich nicht küssen, bevor Ihr geht?»

Sein jäh aufflackerndes Verlangen, zu ihr zurückzukommen, war fast greifbar. Doch er bezwang sich mit einer Anstrengung, die die Gelenke seiner den elfenbeinernen Knauf des Stocks umklammernden Hand weiß werden und seine Augen wütend funkeln ließ. «Habt Ihr nichts begriffen?» knurrte er mit zusammengepreßten Zähnen. «Was glaubt Ihr, was geschähe, wenn ich Euch jetzt auch nur mit den Fingerspitzen berührte? In wenigen Sekunden wärt Ihr meine Geliebte, und ich könnte mich nicht mehr von Euch losreißen. Wenn ich dieses Zimmer verließe, hätte ich jede Achtung vor mir selbst verloren – und vielleicht auch vor Euch. Ich wäre nur noch Euer Sklave – und ich würde es Euch nicht verzeihen!»

Marianne, die sich halb aufgerichtet und ihre Hand nach ihm ausgestreckt hatte, ließ sich erschöpft in die Kissen zurückfallen. «Dann geht also! Geht schnell, weil ich weinen werde, und ich will nicht, daß Ihr meine Tränen seht.»

Sie wirkte so wehrlos, so bemitleidenswert, daß Jason, unlogisch, wie alle Liebenden, im gleichen Moment einen Schritt auf sie zu tat, in dem sie ihn darum bat, zu gehen. «Marianne...»

«Nein! Ich flehe Euch an! Geht, wenn Ihr mich nur ein klein wenig liebt! Seht Ihr nicht, daß ich Eure Gegenwart nicht mehr ertragen kann? Ich weiß, daß ich töricht gewesen bin, daß ich früher hätte begreifen, früher klar in mir sehen müssen, aber da alles unwiederbringlich verloren ist, ist es besser, schnell ein Ende zu machen. Kehrt zu Eurer Frau zurück, da Ihr meint, daß Ihr ihr ganz gehören müßt, und laßt mich!»

Und da Jason, durch die Mischung aus Schmerz und Zorn in der Stimme der jungen Frau verblüfft, noch immer auf der Türschwelle zögerte, rief sie: «Aber so geht doch! Worauf wartet Ihr noch? Daß ich mich ganz und gar lächerlich mache?»

Diesmal stürzte er hinaus, schloß nicht einmal die Tür hinter sich. Marianne hörte das Geräusch seiner Stiefel auf den Treppenstufen leiser werden. Sie stieß einen kleinen schmerzlichen Seufzer aus, schloß die Augen und ließ die so lange zurückgehaltenen Tränen fließen. Zu ihrem Kummer fügte sich ein Gefühl von Absurdität, das sie erstaunte und ein wenig erschreckte. Wenn sie aufrichtig mit sich war, mußte sie sich eingestehen, daß die moralischen Gipfel, auf denen Jason schwebte, ihr ein wenig übertrieben erschienen – und daß es ihr weder Scham noch Gewissensbisse verursacht hätte, ihm zu gehören. War es nicht albern, sich in dem Moment auf ewig Lebewohl zu sagen, in dem sie gemeinsam entdeckt hatten, daß sie sich liebten? Wenigstens würde Fortunée so darüber urteilen. Für die elastische Moral der Kreolin, für ihre offenherzig zur Schau getragene Passion für Liebe um jeden Preis wäre eine Szene wie die, die sich eben zwischen Jason und ihr abgespielt hatte, der Gipfel des Grotesken. Sie würde kreischen vor Lachen, Marianne mit einer Flut von Ironie überschwemmen – was Marianne für ihr Teil völlig berechtigt finden würde. Und das war der Punkt, der ihr Angst machte: dieses instinktive und ein wenig peinliche Bedauern, daß Jason der Bindung der Herzen nicht die der Körper hinzugefügt, daß er die vielleicht rühmliche, zweifellos seiner amerikanischen Erziehung und seinem hugenottischen Blut gemäße Flucht den unvergleichlichen Wundern gemeinsamer Liebesstunden vorgezogen hatte. War Fortunées Einfluß auf sie etwa schon so stark geworden, daß sie sich deren Lebensauffassung zu eigen gemacht hatte? Oder war sie weit weniger kompliziert, als sie es sich eingebildet hatte und gehörte zu jenen Frauen, für die lieben und dem geliebten Mann gehören nur ein und dieselbe, sehr einfache und sehr natürliche Sachen sind?

Es war zweifellos äußerst schmeichelhaft, im innersten Herzen eines Mannes die beneidenswerte Rolle einer unantastbaren, endgültig auf ein hohes Piedestal entrückten Gottheit zu spielen, doch Marianne verhehlte sich nicht, daß sie mehr Leidenschaft und weniger Anbetung vorgezogen hätte. Sich ihrer verunglückten Hochzeitsnacht erinnernd, dachte sie, daß Jason sich sehr verändert habe. In Selton war er nahe daran gewesen, der Liebhaber einer erst seit wenigen Stunden verheirateten jungen Frau zu werden, ja an die Stelle des Gatten zu treten. Woher rührte nur diese sonderbare puritanische Aufwallung, die, um nur das mindeste zu sagen, sich höchst ungelegen eingestellt hatte? Und wenn die Flucht der größte Sieg in der Liebe war, wie Napoleon behauptete, hatte Jason unbestreitbar auf der ganzen Linie gewonnen, nur hätte Marianne sich gewünscht, daß ihr von diesem schönen Sieg nicht dieses wunderliche Gefühl der Niederlage geblieben wäre. Schließlich fragte sie sich, ob er etwa gar nicht vor seiner Leidenschaft geflohen sei, sondern des jeden verheirateten Mann beherrschenden Bedürfnisses wegen, vor allem den häuslichen Frieden zwar ohne Momente des Gefühlsüberschwangs, dafür aber auch ohne häßliche Szenen zu sichern. Diese Pilar war allem Anschein nach eifersüchtig wie eine Xanthippe, und um sie nicht zu verstimmen, fand Jason es offenbar einfacher, eine Frau, die er zu vergöttern behauptete, wie ein lästiges Paket am Wege zurückzulassen. Und sie hatte das akzeptiert! Und sie hatte für einen flüchtigen Augenblick sogar diesen Höhenflug der Gefühle bewundert! Und sie hatte hingenommen, daß er sich geradezu entsetzt den ihm gebotenen unschuldigen

Kuß versagte, als handele es sich um den tückischsten aller Liebestränke! Was, glaubte er, würde sie jetzt tun? Sich in ihr Bett zurücksinken lassen und den Tod erwarten, um einen unvergänglichen Platz in den Legenden der großen Liebenden und Opfer ihrer Liebe zu erlangen und ein leiser Duft wie nach verwelkten Blüten in Jasons Erinnerung zu werden? Wäre es nicht zu töricht und zu ...?

Das Aufgehen der von Madame Hamelin mit lässiger Hand geöffneten Tür unterbrach den zornigen Monolog.

«Nun?» fragte die Kreolin mit einem einschmeichelnden Lächeln. «Glücklich?»

Das Wort war zumindest unglücklich gewählt. Marianne warf ihr einen düsteren Blick zu. «Nein! Er liebt mich zu sehr, um seiner Frau untreu zu werden. Wir haben uns auf ewig adieu gesagt.»

Im ersten Moment sprachlos, reagierte Fortunée genauso, wie Marianne vorhergesehen hatte. Von einem tollen Gelächter geschüttelt, sank sie auf ein zierliches Kanapee, das unter der plötzlichen Belastung aufstöhnte. Sie lachte, lachte so anhaltend und herzlich, daß Marianne es schließlich übertrieben fand.

«Findest du das so komisch?» fragte sie vorwurfsvoll.

«Oh – o ja! Es ist unbezahlbar! Und es ist so lächerlich!»

«Lächerlich?»

«Absolut lächerlich!» rief Fortunée, deren Heiterkeit unversehens heiliger Empörung gewichen war. «Und mehr als lächerlich: total ungereimt, einfach grotesk! Aus was für Stoff seid Ihr beide eigentlich gemacht? Da ist ein prachtvoller, verführerischer, faszinierender Bursche – du weißt, ich kenne mich in dieser Beziehung aus! –, für den du allem Anschein nach die einzige, die Frau mit dem großen F bist, und der dich um so heftiger begehrt, als er nicht den Mut hat, es dir zu gestehen. Und da bist du, die ihn liebt – denn du liebst ihn, nicht wahr? So ist es doch?»

«Ich weiß es noch nicht lange», gestand Marianne errötend, «aber es ist wirklich wahr: Ich liebe ihn – mehr als alles auf der Welt!»

«Ich hätte meine Hand dafür ins Feuer gelegt, aber du hast reichlich viel Zeit gebraucht, es zuzugeben. Also ihr liebt euch – und alles, was ihr als Antwort darauf findet, ist – was für eine alberne Redensart hast du gebraucht? –, euch auf ewig adieu zu sagen! Ist es so?»

«So ist es!»

«Es gibt aber keine fünfzig Antworten! Entweder liebt ihr euch nicht so, wie ihr's euch vormacht, oder ihr seid es nicht wert zu leben!»

«Er ist verheiratet – und ich bin verheiratet!»

«Na und? Ich bin auch verheiratet, ziemlich wenig, das stimmt, aber ich bin's immerhin. Irgendwo existiert ein gewisser Hamelin, wie es irgendwo auch einen gewissen Fürsten Sant'Anna gibt. Und du möchtest...»

«Du kannst es nicht verstehen», unterbrach sie Marianne. «Das ist nicht dieselbe Sache.»

«Und warum ist es nicht dieselbe Sache?» fragte Fortunée mit beunruhigender Sanftheit. «Du denkst, ich sei ein leichtes Tuch, weil ich mir den Mann, auf den ich Lust habe, nehme, ohne mir groß Fragen zu stellen? Ich bestreite es ebensowenig, wie ich mich dessen schäme. Siehst du, Marianne», fügte sie, plötzlich ernst, hinzu, «die Jugend ist eine Zeit der Gnade, zu wundervoll und zu kurz, um vergeudet zu werden. Ebenso ist die Liebe, die große, die wirkliche Liebe, die, die sich alle Welt erhofft und an die doch niemand zu glauben wagt, ist diese Liebe es wert, anders erlebt zu werden als in von ewiger Reue erfüllter Rückschau von beiden Seiten des Ozeans auf das, was hätte sein können. Wenn wir erst alt sind, wird es erfreulicher sein, sich an Seufzer der Liebe als an Seufzer des Kummers zu erinnern... Und komm mir nicht mit der Behauptung, du dächtest nicht ebenso wie ich!» schloß Fortunée. «Dein Bedauern steht dir in großen Buchstaben im Gesicht geschrieben.»

«Es ist wahr», gab Marianne ehrlich zu. «Vorhin bat ich ihn, mich zu küssen, bevor er ging. Er weigerte sich, weil – weil er sich unfähig fühlte, sich zu beherrschen, wenn er mich nur berührte. Und es ist auch wahr, daß ich es bedauerte und noch immer bedauere, weil es mir im Grunde total gleichgültig ist, daß eine Pilar oder ein Sant'Anna existiert. Er ist es, den ich liebe, und er ist es, den ich will. Keinen anderen – nicht einmal den Kaiser! Nur – in vierzehn Tagen wird Jason abgereist sein, wird er Frankreich mit seiner Frau verlassen, vielleicht für immer.»

«Wenn du es richtig anstellst, wird er vielleicht abreisen, aber ich verspreche dir, daß er zurückkehren wird – und das schnell! Vielleicht, sobald er Madame nach Hause zurückgebracht hat.»

Marianne schüttelte zweifelnd den Kopf. «Jason ist nicht so. Er ist strenger, ernster, als ich mir vorgestellt habe.»

«Liebe versetzt Berge und verdreht die solidesten Köpfe.»

«Was soll ich denn tun?»

«Zuerst endlich dieses Bett verlassen.» Flink streckte Fortunée die Hand aus und zog kräftig an der Klingelschnur. Die in der Tür auftauchende Agathe fragte sie, ob unten alles bereit sei. Und als das junge Mädchen nickte, befahl sie, es sofort heraufbringen zu lassen. «Danach schleunigst wieder zu Kräften kommen!» erklärte sie, von neuem zu

Marianne gewandt. «Unten ist alles, was dazu nötig ist. Der liebe Talleyrand hat dafür gesorgt.»

Marianne blieb keine Zeit mehr, Fragen zu stellen. Eine wunderliche Prozession betrat soeben ihr Zimmer. Voran Agathe, die beide Flügel der Tür aufstieß, sodann der Majordomus Jérémie, der seiner Leichenbittermiene nach ein Trauergeleit anzuführen schien, obwohl er nur zwei Dienern mit Töpfen, Schachteln und Tassen auf einem großen silbernen Tablett sowie einem dritten mit einem kleinen tragbaren Ofen voranschritt. Ihnen folgten zwei Küchengehilfen, die mit geradezu religiöser Ehrfurcht einen kleinen, offenbar sehr heißen Kessel aus vergoldetem Silber trugen. Und zum Schluß erschien mit dem gravitätischen Ernst eines zum Vollzug eines besonders heiligen Ritus zum Altar schreitenden Priesters der berühmte Antonin Carême, persönlicher Koch des Fürsten von Benevent, ein außergewöhnlicher Mann, um den ihn ganz Europa, den Kaiser inbegriffen, beneidete.

Marianne war sich nicht recht darüber klar, was der berühmte Koch mit all diesem Aufwand an Gerät und Menschen in ihrem Zimmer wollte, aber sie hatte lange genug in Talleyrands Haus gelebt, um zu verstehen, daß die Entsendung Carêmes eine ungeheure Ehre bedeutete und daß der gute Ton ihr gebot, sich dieser Auszeichnung ganz besonders bewußt zu zeigen, wenn sie nicht wollte, daß der wie alle wahren Künstler entsetzlich empfindliche Carême sich ärgerte und sie ein für allemal unter die «nicht in Frage kommenden» Leute einreihte.

Sie beeilte sich deshalb, den Gruß des Königs der Köche zu erwidern und machte es sich zur Pflicht, aufmerksam der Ansprache zu lauschen, die er, in der Mitte des Raums angelangt, an sie richtete. In wohlgesetzten Worten teilte er ihr mit, daß Monsieur de Talleyrand, zutiefst um die Gesundheit der Durchlauchtigsten Fürstin besorgt, als er mit Schmerz vernommen habe, daß sie jede Nahrung verweigere, geraume Zeit mit ihm, Carême, darüber konferiert habe, worauf sie beide schließlich zu dem Schluß gekommen seien, der Durchlauchtigsten Fürstin sorglichst ausgewählte Speisen anzubieten, um ihr schnellstens Kraft und Gesundheit wiederzugeben, und sie ihr auf eine Weise vorzusetzen, die es ihr unmöglich mache, sie abzulehnen. «Ich habe deshalb Seiner Hoheit zugesagt, daß ich mich persönlich ans Krankenlager der Frau Fürstin begeben würde, um ihr mit eigener Hand ein unfehlbares Rezept zuzubereiten, das dank seiner stärkenden Tugenden bisher selbst in schlimmsten Fällen versagender Kräfte geholfen hat. Ich wage zu hoffen, daß die Frau Fürstin geruhen wird, das anzunehmen, was ich die Ehre haben werde, ihr vorzusetzen.»

Da sich zu weigern unter diesen Umständen eine Katastrophe bedeutet hätte, ließ sich die durch den erhabenen Ton des berühmten Küchenchefs amüsierte Marianne in ebenso blumiger Redeweise dahingehend vernehmen, daß sie nur allzu glücklich sei, wieder einmal von einer der unvergleichlichen Köstlichkeiten zu kosten, die wie aus wundersamem Quell dem erfindungsreichen Kopf, den zaubernden Händen und der Küche Monsieur Carêmes entsprängen. Darauf erkundigte sie sich höflich, was sie denn nun zu erwarten habe.

«Eine Schokolade, Madame, eine einfache Schokolade, deren Rezept, um bei der Wahrheit zu bleiben, von Monsieur Brillat-Savarin erfunden wurde, das zu vervollkommnen ich jedoch die Ehre hatte. Ich wage zu behaupten, daß die Frau Fürstin sich nach einer einzigen Tasse dieses magischen Getränks wie eine ganz andere Frau fühlen wird.»

Das nun war genau das, was Marianne sich wünschte! Sich wie eine andere Frau zu fühlen, was für ein Traum! Vor allem, wenn diese andere Frau wie durch ein Wunder ein völlig freies, unbekümmertes Herz besitzen sollte. Doch inzwischen hatte Carême eine Redepause eingelegt, hatte sich von einem seiner Gehilfen zum vorsorglichen Schutz seines schönes Habits aus pflaumenblauem Samt mit einer gewaltigen, makellos weißen Schürze drapieren lassen und begann, seines Amtes zu walten. Der kleine Kessel wurde auf das Öfchen gestellt, sein feierlich angehobener Deckel ließ einen duftenden Dunst entströmen, der belebend durchs Zimmer schwebte. Sodann schickte Carême sich an, einen goldenen Löffel in die verschiedenen Töpfe zu tunken, die seine Gehilfen ehrerbietig für ihn öffneten, und sein Tun mit einem kommentierenden Vortrag zu begleiten:

«Ich wage zu versichern, daß diese Schokolade, Frucht der Meditationen mehrerer hervorragender Persönlichkeiten, für sich allein ein wahrhaftes Kunstwerk darstellt. So ist die Schokolade selbst, die sich in diesem Kessel befindet, bereits gestern abend gekocht worden, wie es Madame d'Aresterel, Oberin des Klosters zur Heimsuchung in Belley und große Sachkundige auf diesem Gebiet, empfiehlt, um ihr durch vierundzwanzigstündige Ruhe ein Höchstmaß an samtener Weichheit zu verleihen. Zu ihrer Herstellung wurden drei Sorten Kakao verwendet: der Caraque, der Sainte-Madeleine und der Berbice. Aber um das zuzubereiten, was Monsieur Brillat-Savarin mit Recht die ‹Schokolade der Heimgesuchten› nennt, mußten wir das subtile Wissen der Chinesen zu Hilfe rufen und Vanille, feinen Zimt, ein wenig Muskat, pulvrig gemahlenen Rohrzucker und vor allem, vor allem einige Körner grauer Ambra hinzutun, die das wichtigste Element der fast magischen Kräfte dieses Getränks sind. Was meine ganz persönliche Hinzufügung betrifft, setzt sie sich zusammen aus Narbonner Honig, gerösteten und fein zerstoßenen Mandeln, frischer Sahne und einigen Tropfen ausgezeichneten Kognaks. Wenn Frau Fürstin mir die große Ehre erweisen wollen...»

Während seines Vortrags hatte Carême seiner Schokolade jeweils die verschiedenen Zutaten beigefügt, hatte sodann nach kurzem Aufkochen mit unendlicher Sorgfalt eine Tasse aus feinem Porzellan gefüllt und brachte sie nun auf einem kleinen Tablett majestätisch zum Bett der Kranken. Der Duft der Schokolade stieg zum blaugrünen taftenen Betthimmel auf, Marianne in seinen wogenden Schwaden förmlich ertränkend.

Der Tatsache bewußt, unter Carêmes gestrengem Blick – einem Blick, der sie geradezu herausforderte, es zu wagen, sein Werk etwa nicht gut zu finden – eine Art Ritus zu vollführen, tauchte die junge Frau ihre Lippen in das dickflüssige, heiße Gebräu. Sein der Temperatur wegen schwierig zu beurteilender Geschmack war zuckersüß, angenehm übrigens, obwohl nach ihrer Meinung das Aroma der grauen Ambra ruhig hätte fehlen dürfen.

«Es ist sehr gut», wagte sie nach zwei, drei mühseligen Schlucken zu äußern.

«Ihr müßt alles trinken!» befahl Carême gebieterisch. «Eine gewisse Menge ist notwendig, damit die volle Wirkung sich einstellt.»

Marianne nahm all ihren Mut zusammen, verbrannte sich heroisch den Mund und schluckte den ganzen Inhalt der Tasse. Ein Schwall von Wärme überschwemmte ihren ganzen Körper. Es war, als durchflute sie ein Feuerstrom. Mit gerötetem Gesicht, in Schweiß gebadet, doch seltsam gekräftigt, ließ sie sich in ihre Kissen sinken, nachdem sie Carême ein, wie sie hoffte, dankbares Lächeln gewidmet hatte.

«Ich fühle mich schon besser», sagte sie. «Ihr seid ein Zauberer, Monsieur Carême!»

«Nicht ich, Frau Fürstin. Die Kochkunst, ja! Ich habe drei solcher Tassen vorbereitet, und ich hoffe, Frau Fürstin werden sie trinken. Morgen kehre ich zur gleichen Stunde zurück, um die gleiche Menge zu bereiten. Nein, nein, es bedeutet keine Mühe! Es ist ein Vergnügen!»

Majestätisch befreite sich Carême aus seiner Schürze, warf sie mit unnachahmlicher Geste seinen Gehilfen zu und verließ nach einem Gruß, der einem Hofgeistlichen Ehre gemacht hätte, Mariannes Zimmer, vom selben Gefolge wie bei seinem Eintritt begleitet.

«Wie fühlst du dich?» fragte Fortunée lachend, als sie wieder mit ihrer Freundin allein war.

«Kochend – aber weniger schwach! Trotzdem ist mir ein bißchen schlecht.»

Ohne zu antworten, goß Fortunée einen Schluck der Schokolade Monsieur Carêmes in eine Tasse und trank mit sichtlichem Vergnügen, die Augen wie eine Milch schleckende Katze genießerisch schließend.

«Du magst das?» fragte Marianne. «Kommt es dir nicht ein bißchen zu gezuckert vor?»

«Wie alle Kreolen bin ich in Zucker vernarrt», lachte Madame Hamelin. «Aber ich würde diese Schokolade sogar dann trinken, wenn sie bitter wie Zichorie wäre. Weißt du, warum Monsieur Brillat-Savarin dieses Getränk ‹Schokolade der Heimgesuchten› genannt hat? Weil die Ambrakörner ihr höchst schätzenswerte aphrodisische Eigenschaften mitteilen – und ich in kurzem mit einem prachtvollen Russen soupieren werde.»

«Aphrodisische?» rief Marianne entrüstet. «Aber ich brauche so etwas nicht!»

«Glaubst du?»

Lässig war Fortunée zum Toilettentisch ihrer Freundin getreten. Unter den zahlreichen Flakons, Tiegeln und Utensilien aus Gold und Silber, die ihn bedeckten, befand sich eine Schatulle, die sie aufnahm und öffnete. Die Smaragde, die Marianne auf dem Ball der Botschaft getragen und die Tschernytschew ihr tags darauf zurückgebracht hatte, funkelten im Schein der sinkenden Sonne auf. Madame Hamelin hob das Kollier heraus und drehte und wendete es mit sichtlichem Vergnügen im Licht.

«Talleyrand ist ein alter Filou, Marianne – und er hat sehr gut begriffen, daß dir Lust zur Liebe zu machen noch immer die beste Art ist, dir den Geschmack am Leben zurückzugeben.»

«Lust zur Liebe? Du hast vorhin gesehen, wohin die Liebe mich geführt hat.»

«Eben! Hast du mir nicht gesagt, daß dein schöner Korsar sich noch vierzehn Tage bei uns aufhalten wird?»

«Allerdings, und das ist nicht viel. Was könnte ich tun?»

Ohne direkt eine Antwort zu geben, fuhr Madame Hamelin fort, mit den Edelsteinen zu spielen und verfolgte zugleich ihren Gedankengang weiter: «Auf eine aus dem Tritt geratene, in ihrem Bett jammervoll einsame Frau zu verzichten, ist, alles in allem ziemlich einfach, aber auf ein strahlendes Geschöpf zu verzichten, dem man begegnet, während es einen der gefürchtetsten Verführer Europas an der Leine führt, ist erheblich weniger leicht. Warum solltest du dem lieben Sascha Tschernytschew nicht gestatten, dich während der nächsten Tage zur Promenade, ins Theater, überallhin zu begleiten, wo es gut ist, gesehen zu werden?

Nach allem, was man mir erzählt, ist das eine kleine Belohnung, die er vollauf verdient – und wäre es nur, weil er sich diese Prachtsteine nicht in die eigene Tasche gesteckt hat! Ich weiß nicht, ob ich dieser Versuchung widerstanden hätte! Wenn man sich allerdings so für eine Frau interessiert, daß man innerhalb von acht Tagen leichtherzig einen Degenstoß und einen Dolchstich für sie riskiert...»

Langsam glitten die Steine aus Fortunées braunen Fingern in ihr Nest aus schwarzem Samt zurück. Als interessiere sie die Frage nicht mehr und als lege sie ihren Worten kein Gewicht bei, ließ sich die schöne Kreolin sodann vor dem Frisiertisch nieder, strich ordnend über ihre schwarzen Locken, legte ein wenig Puder auf, zog den Bogen ihrer Lippen nach und begann schließlich, einen der Parfümflakons nach dem anderen zu öffnen, um an ihnen zu riechen. Mit ihrem rassigen Gesicht, ihrem voll aufgeblühten, wollüstigen Körper, der die jungfräuliche Linie ihres Sommerkleides Lügen strafte, bot die schöne Kreolin ein so vollkommenes Bild von Weiblichkeit und ihrer Allmacht, daß Marianne davon angerührt wurde. Unbewußt oder vielleicht auch beabsichtigt zeigte ihr Fortunèe, daß dies auch ihre besten Waffen waren, die, denen selbst die nobelsten und energischsten Entschlüsse der Männer selten widerstehen.

Sich auf einen Ellbogen aufstützend, beobachtete Marianne einen Moment ihre Freundin, die eben mit streichelnden Fingern eine Spur Parfüm in die warme Vertiefung zwischen ihren Brüsten tupfte. «Fortunée!» rief sie.

«Ja, mein Herz?»

«Ich möchte... Gib mir doch den Rest dieser Schokolade. Warum soll ich sie schließlich nicht trinken?»

5. Kapitel

«Britannicus»

Sechs Tage später hielt Marianne in einer Robe aus feuerfarbenem Musselin, von Federn gleicher Farbe helmartig gekrönt, sensationellen Einzug in eine Loge des ersten Ranges der Comédie Française. Graf Alexander Tschernytschew begleitete sie mit Siegermiene.

Der zweite Akt des «Britannicus» hatte schon begonnen, doch unbekümmert um Stück oder Schauspieler trat das Paar an die Logenbrüstung und musterte mit gelassener Unverschämtheit das Publikum, das nur noch Augen für sie hatte. Ohne anderen Schmuck als einen erstaunlichen Fächer aus chinesischer Lackarbeit und zu ihrem Kopfputz passenden Federn war Marianne in all dem Rot, das den warmgoldenen Ton ihrer Haut und den Glanz ihrer mandelförmigen Augen noch erhöhte, ungewöhnlich und bezaubernd wie eine exotische Blume. Alles an ihr war Herausforderung, einschließlich des verbotenen Gewebes ihrer Robe, eines geschmuggelten, seidig fließenden Musselins, von Leroy für einen wahren Wucherpreis erworben, der auffallend von den dicken Seidensatins und Brokaten der anderen Frauen abstach und jeder Linie des Körpers der Fürstin Sant'Anna Gerechtigkeit widerfahren ließ.

Eingezwängt in seine mit glitzernden Orden übersäte grüne und goldene Uniform, arrogant sich in die Brust werfend, war Tschernytschew außer sich vor Stolz, während er mit herausforderndem Blick den Saal umfaßte.

Das Paar war mehr als auffallend. Talma, der den Nero spielte und eben bei den Worten angelangt war:

> Von einem so schönen Anblick entzückt,
> wollte ich zu ihm sprechen, und meine Stimme verlor sich.
> Reglos, von einem langen Erstaunen gepackt...

erstarrte offenen Mundes mitten in seiner Tirade, und das durch das Zusammentreffen dieser so gut auf die in der Loge Erschienenen passenden Verse erheiterte Publikum brach in Beifall aus. Amüsiert lächelte Marianne dem Tragöden zu, der sich, eine Hand aufs Herz legend, alsbald in Richtung der Loge wie vor der Kaiserin selbst verneigte und darauf seinen Dialog mit Narziß wiederaufnahm, während Marianne und ihr Begleiter sich endlich entschlossen, sich zu setzen.

Doch Marianne, die sich noch nicht völlig wiederhergestellt fühlte, war an diesem Abend nicht ins Theater gekommen, um den größten Tragöden des Kaiserreichs auf der Bühne zu sehen. Das Gesicht halb hinter dem Fächer verborgen, glitt ihr Blick aufmerksam durch den Raum auf der Suche nach dem, den sie zu finden hoffte. Die Vorstellungen, in denen der große Talma spielte, waren immer von einem glänzenden Publikum besucht, und Marianne hatte ihren Freund Talleyrand diskret wissen lassen, daß er ihr einen Gefallen erweise, wenn er den Beauforts für diesen Abend zwei Plätze in seiner Loge überließe.

Und tatsächlich waren sie da – in einer Loge, die der ihren fast gegenüberlag. Pilar, spanischer denn je in einem Kleid aus schwarzer Spitze, saß vorn an der Brüstung neben dem Fürsten, der, beide Hände auf dem Knauf seines unvermeidlichen Stocks, mit in die Halsbinde vergrabenem Kinn vor sich hinzudämmern schien. Jason stand hinter ihr, leicht auf die Rücklehne ihres Stuhls gestützt. Die anderen Insassen der Loge waren eine dem Alter sich nähernde Frau und ein Mann, der es seit langem erreicht hatte. Die Frau bewahrte noch Reste einer Schönheit, die einstmals eindrucksvoll gewesen sein mußte. In ihren schwarzen Augen funkelte noch das Feuer der Jugend, und der rote Bogen ihres Mundes wirkte zugleich sinnlich und entschlossen. Auch sie war in strenges, aber luxuriöses Schwarz gekleidet. Das Gesicht des bis auf ein paar rötliche Strähnen kahlköpfigen Mannes wies die lebhafte Färbung und leichte Gedunsenheit eines getreuen Freundes der Flasche auf, doch war trotz seiner gebeugten Schultern zu erkennen, daß dieser Mann eine starke Konstitution und mehr als durchschnittlich Kraft besessen haben mußte. Sein Anblick erinnerte unwillkürlich an eine vom Blitz getroffene alte Eiche, die sich beharrlich aufrecht hielt.

Mit Ausnahme Jasons, der von den Vorgängen auf der Bühne gefesselt schien, galten die Blicke all dieser Leute Marianne und ihrem Begleiter; Pilar hatte sogar eine Lorgnette auf sie gerichtet, die so freundschaftlich wie ein Pistolenlauf wirkte. Talleyrand lächelte auf seine lässige Weise, grüßte Marianne mit einer diskreten Geste und schien trotz der Bemühungen seiner anderen Nachbarin, der Frau mit den schwarzen Augen, wieder in seinen Dämmerzustand zu versinken. Ganz offensichtlich bombardierte sie ihn mit Fragen über die Ankömmlinge. Marianne hörte Tschernytschew spöttisch lachen.

«Es sieht so aus, als ob wir Aufsehen erregten.»

«Wundert Euch das?»

«In keiner Weise.»

«Es mißfällt Euch also?»

Diesmal ließ der Russe ein herzliches Gelächter hören. «Mir mißfallen? Nehmt zur Kenntnis, teure Fürstin, daß ich nichts mehr liebe, als Aufsehen zu erregen, wenigstens solange es meine Pflicht als Offizier nicht tangiert. Doch was ich an Eurer Seite erregen möchte, ist nicht nur bloßes Aufsehen, sondern Skandal!»

«Skandal? Gerede!»

«Keineswegs! Ich wiederhole: Skandal, um Euch unwiderruflich und für immer an mich zu binden, ohne die geringste Hoffnung auf Befreiung für Euch.»

Im affektiert-galanten Ton der Worte schwang eine leise Drohung mit, die Marianne unangenehm berührte. Zwischen ihren Fingern schloß sich der Fächer mit einem trockenen Geräusch. «Das also», sagte sie langsam, «ist die große Liebe, mit der Ihr mich seit unserer ersten Begegnung belästigt: Ihr wünscht mich an Euch zu ketten, Euer persönliches Eigentum aus mir zu machen – und ein mit allen Mitteln abgeschirmtes Eigentum, wie ich vermute. Mit anderen Worten: Das Leben, das Ihr für mich wünscht, ist das Gefängnis.»

Tschernytschews Zähne entblößten sich in einem Lächeln, das anders als grausam zu nennen Marianne schwerfiel, doch seine Stimme war weich wie Samt, als er antwortete: «Ihr wißt ja, daß ich Tatare bin. Eines Tages fand ein armer Kameltreiber auf dem Wege nach Samarkand, auf dem kein Gras mehr wächst, seitdem Dschingis Khans Reiter es zertrampelt haben, den schönsten aller Smaragde, der zweifellos aus der Beute eines Plünderers stammte. Er war arm, er hatte Hunger, er fror, und der Stein stellte ein riesiges Vermögen für ihn dar. Dennoch behielt der arme Kameltreiber seinen Smaragd, statt ihn zu verkaufen und von Stund an herrlich und in Freuden zu leben, behielt ihn und verbarg ihn in einer Falte seines schmutzigen Turbans und verspürte von diesem Tage an weder Hunger noch Durst, denn er hatte den Geschmack am Trinken und Essen verloren. Der Smaragd allein zählte, und um ganz sicher zu sein, daß niemand ihn ihm nehmen könne, verkroch er sich in die Wüste, weiter und immer weiter bis in tiefe, unzugängliche Höhlen, in denen es nichts anderes mehr gab als das Warten auf den Tod. Und der Tod kam – der langsamste, grausamste Tod, doch er sah ihn lächelnd nahen, denn der Smaragd ruhte an seinem Herzen.»

«Die Geschichte ist hübsch», sagte Marianne ruhig, «und das Gleichnis überaus schmeichelhaft, aber, mein lieber Graf, Ihr werdet mich noch dahin bringen, mich über Eure baldige Abreise nach Petersburg zu freuen. Ihr seid wahrhaftig ein zu gefährlicher Freund!»

«Ihr irrt Euch, Marianne, ich bin nicht Euer Freund! Ich liebe Euch, und ich will Euch, sonst nichts! Und freut Euch nicht zu sehr über meine Abreise: Ich kehre bald zurück. Übrigens ...»

Er kam nicht weiter. Ein allgemeines entrüstetes «Pst!» umschwirrte sie von überallher, und auf der Bühne hob Talma einen vorwurfsschwangeren Blick zu ihrer Loge. Sie verbarg ein Lächeln hinter ihrem Fächer und zwang sich zur Aufmerksamkeit. Befriedigt wandte sich Talma-Nero wieder Junie zu und rief mit prachtvollem Pathos:

> Bedenkt, Madame, und erwägt bei Euch selbst
> diese Wahl, würdig der Dienste eines Fürsten, der Euch liebt,
> würdig Eurer schönen, zu lange gefangen gehaltenen Augen,
> würdig des Universums, dem Ihr Euch schuldet ...

«Hört doch, Madame», spottete der Russe leise, «heute abend spricht Nero wie ein Buch! Man möchte meinen, er hätte mich gehört.»

Marianne beschränkte sich darauf, mit den Schultern zu zucken, da sie sehr wohl wußte, daß die kleinste Antwort zur Fortsetzung des Dialogs und der Unmutsäußerungen der Zuschauer führen mußte. Doch an diesem Abend schien Racine ihr langweilig, und sie verspürte keine Lust, ihm zuzuhören. Im übrigen war sie nicht wegen Britannicus und nicht einmal wegen Talma ins Theater gekommen, sondern einzig und allein, um Jason zu sehen und vor allem von ihm gesehen zu werden. Unauffällig begann sie ihre Umgebung zu mustern.

Da der Kaiser mit der Kaiserin nach Compiègne zurückgekehrt war, befanden sich kaum Angehörige des Hofs unter den Anwesenden, und die kaiserliche Loge wäre zweifellos leer geblieben, wenn die Fürstin Pauline sie nicht eingenommen hätte. Die jüngste Schwester Napoleons hatte für die Festivitäten von Compiègne nicht viel übrig und zog es vor, den Sommer in ihrem Schloß in Neuilly zu verbringen, dessen Einrichtung sie eben beendete. An diesem Abend strahlte sie geradezu vor Lebensfreude zwischen Metternich in dunkelblauem Frack, der seine elegante Gestalt und sein blondes Haar prächtig hervorhob und Conrad

Friedrich, einem jungen deutschen Offizier, dem augenblicklichen Liebhaber dieser Hübschesten der Bonaparte.

Außer Marianne war die Fürstin die einzige Frau unter den Zuschauern, die es gewagt hatte, gegen die kaiserlichen Anordnungen zu verstoßen. Ihr bis zu den Grenzen der Schicklichkeit dekolletiertes Kleid aus schneeigem Musselin schien vor allem dazu bestimmt, einen mit Recht berühmten Körper raffiniert zu enthüllen und einen herrlichen Schmuck aus Türkisen von leuchtendem Blau, Napoleons letztes Geschenk, zur Geltung zu bringen.

Marianne wunderte sich keineswegs über das strahlende Lächeln, das Pauline Tschernytschew widmete. Der forsche Kurier des Zaren hatte den Alkoven der Fürstin schon vor geraumer Zeit kennengelernt. Im übrigen endete das Lächeln bei Talma, der vor Aufregung fast einen Vers unterschlug. Auch Pauline kam nicht ins Theater, um zuzuhören, sondern um sich bewundern zu lassen und die Wirkung ihrer Gegenwart auf die anwesenden Herren zu registrieren.

Nicht weit von der kaiserlichen Loge schlummerte der Fürst von Cambacérès in seinem Sessel, ganz der Glückseligkeit einer guten Verdauung hingegeben, während neben ihm der in seinem Frack nach der letzten Mode und seiner altertümlichen Perücke zugleich elegante und archaisch wirkende Finanzminister Gaudin in seiner Tabatiere weit mehr Vergnügen zu finden schien als auf der Bühne. In einer etwas verdunkelten Loge entdeckte Marianne Fortunée Hamelin in offenbar zärtlichem Geplauder mit einem Husaren, den zu identifizieren ihr nicht gelang, den jedoch die schöne Madame Récamier mit gespielter Lässigkeit und sehr echter Aufmerksamkeit überwachte. Beim Generalzeugmeister der Armee nebenan träumte dessen Frau, die attraktive Gräfin Daru, in pflaumenblauem Atlas an der Seite ihres Vetters, eines jungen Beisitzers im Staatsrat namens Henri Beyle, dessen großflächiges, unschönes Gesicht durch eine prächtige Stirn, durchdringende Augen und einen spöttisch gekerbten Mund vor Vulgarität bewahrt wurde. In einer der großen vorderen Logen endlich verausgabte sich der Marschall Berthier, Fürst von Wagram, in dem Bemühen, gleichzeitig seine Frau, eine häßliche, gutmütige bayerische Prinzessin, und seine Mätresse, die geräuschvolle, viel zu dicke, garstige Marquise Visconti, eine alte Liaison, mit der sich Napoleon nie abgefunden hatte, mit Liebenswürdigkeiten zu überhäufen. Die Mehrzahl der übrigen Zuschauer waren Ausländer – Österreicher, Polen, Russen, Deutsche –, von denen gut die Hälfte offensichtlich kaum ein Wort Racines verstand. Unter ihnen gebührte die Palme der Schönheit der bezaubernden blonden Gräfin Potocka, der jüngsten

Eroberung Flahauts. Sie saßen in einer der unauffälligsten Logen, sie strahlend, er noch blasser Rekonvaleszent, und hatten nur füreinander Augen.

Talma hatte kein Glück, dachte Marianne, während der Akt nichtsdestoweniger in einem wahren Beifallsdonner endete, da die, die nicht zugehört oder nicht verstanden hatten, sichtlich auf diese Weise Vergebung zu finden suchten. Der Kaiser muß da sein, damit sich die Zuschauer wirklich bemühen zuzuhören. Wenn er hier ist, wagt sich niemand zu rühren ...

In der Pause füllte sich der Saal der Comédie Française mit Lärm, Gelächter und dem an- und abschwellenden Gewirr der Gespräche. Der gute Ton verlangte, daß die Herren die Frauen ihrer Freunde in deren Logen begrüßten und daß diese die Huldigungen und Besuche mit ebensoviel Anmut und Würde empfingen wie bei sich zu Hause. In einigen mit kleinen Salons verbundenen Logen wurden Bonbons geknabbert und Sorbetts oder Liköre getrunken. Das Theater war zu einem Vorwand für Geschwätz, zu einer Manifestation mondänen Lebens wie jede andere geworden.

Marianne kannte diesen Brauch nur zu gut, und sobald der Vorhang vor den sich verbeugenden Schauspielern gefallen war, hatte sie fiebrig die weitere Entwicklung der Dinge erwartet. Würde Jason herüberkommen, um sie zu begrüßen, oder mit den anderen Gästen des Fürsten in Talleyrands Loge bleiben? Sie brannte vor Verlangen, ihn von nahem zu sehen, seine Hand zu berühren, in seinen Augen einen Blick zu suchen, wie er ihr während des tollen Streichs von Malmaison gegolten hatte. Und würde er zu ihr kommen, wenn er die Loge verließe, oder würde er diesen kostbaren Besuch einer anderen Dame vorbehalten? Vielleicht genierte ihn Tschernytschews Anwesenheit bei ihr? Vielleicht hätte sie besser daran getan, sich nicht von diesem störenden Menschen begleiten zu lassen? Aber sie hatte unrecht, sich zu quälen.

Dem Beispiel der anderen Herren folgend, hatte Tschernytschew sich erhoben. Verdrossen entschuldigte er sich bei Marianne, sie einen Moment verlassen zu müssen: Mit einer unmißverständlichen gebieterischen Handbewegung hatte die Fürstin Pauline ihn zu sich gerufen.

«Geht nur», sagte die junge Frau unachtsam, da anderweitig in Anspruch genommen und nur bemüht, ihre Freude zu verbergen.

Sie beobachtete Talleyrands Loge, in der der Fürst sich auf seinen Stock gestützt mühsam erhoben hatte und sich anschickte, sie in Jasons Gesellschaft zu verlassen. Mariannes Augen glänzten vor Ungeduld. Wenn Jason Talleyrand begleitete, könnte dieser gar nicht anders, als ihn zur Fürstin Sant'Anna führen! Sie würde ihn also sehen!

Tschernytschew entging nicht, daß Marianne ihn nicht beachtete, runzelte die Stirn und bemerkte verstimmt: «Ich lasse Euch nur ungern allein.»

«Ich werde es nicht lange sein ... Geht! Die Fürstin wird ungeduldig.»

In der Tat wiederholte Pauline Borghese ihre für den Russen bestimmte einladende Geste. Seinen Ärger unterdrückend, wandte sich Tschernytschew zur Tür der Loge und mußte auf der Schwelle zur Seite treten, um Fortunée Hamelin an sich vorbeizulassen. Frisch wie eine Pflanze in einer Robe aus mit kleinen Kristallperlen besticktem grünen Brokat, die sie aussehen ließ, als träte sie eben unter einem Springbrunnen hervor, lächelte ihm die Kreolin herausfordernd zu. «Offensichtlich schätzt Ihre Hoheit es nicht, daß einer ihrer Lieblingshengste auf benachbarten Wiesen herumspringt!» sagte sie fröhlich. «Lauft, mein lieber Graf, wenn Ihr nicht schnöde empfangen werden wollt!»

Der schöne Oberst beeilte sich zu gehorchen, ohne wohlweislich Aufhebens von ihrer Bemerkung zu machen. Fortunée war ziemlich bekannt für eine gewisse Saftigkeit des Ausdrucks, die ihr übrigens nicht übel anstand. Strahlend näherte sie sich ihrer Freundin, und Marianne gab sich lächelnd Mühe, sie nicht merken zu lassen, wie gereizt sie darüber war, nicht mehr allein zu sein. Mit einem Schlag war die Loge von Rosenduft erfüllt.

«Ehrlich gesagt», seufzte Madame Hamelin, während sie sich neben ihr niederließ, «ich konnte der Versuchung nicht widerstehen, die Entwicklung der Dinge von nahem zu besehen, als ich unsern Amerikaner in der Loge des teuren Fürsten erkannt habe.»

«Und dein Husar?» erkundigte sich Marianne ironisch. «Was hast du mit ihm gemacht?»

«Ich hab ihn Kaffee trinken geschickt. Er neigte mir ein wenig zu sehr zum Einschlafen, und ich liebe es nicht, wenn man döst, solange ich dabei bin. Es ist beleidigend. Aber sag mir, mein Herz, sollte dieser in schwarze Spitzen drapierte Murillo die legitime Gattin unseres interessanten Piraten sein? Man riecht ihr auf zehn Meilen das sehr katholische Spanien an, und ich wette, sie parfümiert sich mit Weihrauch.»

«Ja, das ist die Señora Pilar. Aber Jason ist kein Pirat.»

«Erlaube mir, es zu bedauern. Er würde sich dann nicht mit veralteten Vorurteilen belasten, die so staubig wie eine spanische Sierra sind. Aber wie auch immer, Pirat oder nicht, ich hoffe, daß er jetzt Kurs auf diese Loge nimmt, um dich zu begrüßen.»

«Vielleicht tut er's», erwiderte Marianne mit einem blaßen Lächeln, «aber nichts ist weniger gewiß.» Es schien ihr in der Tat, als brauchten die beiden Männer viel Zeit, um die Galerie zu durchschreiten.

«Ach was! Talleyrand kennt seine Leute, und da er ihn ins Schlepptau genommen hat, bin ich sicher, daß wir sie jeden Moment erscheinen sehen werden. Hab keine Angst», fügte sie hinzu, beruhigend eine Hand auf die Knie ihrer Freundin legend, «ich hab meine Rolle als Vertraute im kleinen Finger, und ich habe dem teuren Fürsten eine Unmenge Fragen zu stellen. Ihr könnt plaudern ...»

«Vor diesen auf uns gerichteten schwarzen Augen? Hast du bemerkt, wie die Señora mich betrachtet?»

«Schwarze Augen sind immer schwarze Augen!» sagte die Kreolin mit einem philosphischen Achselzucken, «und ich persönlich fände das eher amüsant. Du ahnst nicht, welch köstliches Vergnügen es bereitet, eine Eifersüchtige in Wut zu bringen.»

«Apropos schwarze Augen, wer ist die andere Parze im schwarzen Kleid neben dem Fürsten von Benevent, diese reife, aber noch schöne Frau?»

«Wie? Du kennst sie nicht?» rief Fortunée ehrlich überrascht. «Sie und ihr Mann, dieser alte rothaarige Schotte, der wie ein auf einem Bein eingeschlafener Reiher aussieht, sind doch Talleyrands beste Freunde! Hast du nie von Mrs. Sullivan, der schönen Eleonora Sullivan, und dem Schotten Quintin Crawford reden hören?»

«Ah, ist sie das?» Marianne erinnerte sich jetzt einer bitteren vertraulichen Mitteilung Madame de Talleyrands, damals, als sie sich noch als Vorleserin bei ihr betätigt hatte. Die Fürstin hatte zornig von einer gewissen Mrs. Sullivan gesprochen, einer Intrigantin, die mit dem Herzog von Württemberg morganatisch verehelicht und in alle möglichen Verschwörungen verstrickt gewesen war und dann mit einem englischen Agenten, Quintin Crawford, zusammengelebt und ihn schließlich zu seinem großen Glück geheiratet hatte. Marianne erinnerte sich auch, daß diese Abneigung vor allem von der Tatsache herrührte, daß Mrs. Sullivan-Crawford trotz ihres schon mehr als gewissen Alters auf die Männer einen eigenartigen Einfluß ausübte. Besonders auf Talleyrand, dessen Beziehungen zu ihr die Fürstin äußerst undurchsichtig nannte, da sie physische Verlockung mit Immobiliengeschäften zu verbinden schienen. Die Crawfords waren es, die dem Fürsten das prächtige Matignon-Palais verkauft hatten und nun dafür sein einstiges Haus in der Rue d'Anjou bewohnten. «Es gefällt mir nicht, diese Frau hier zu sehen», hatte Madame de Talleyrand geschlossen. «Sie riecht nach anrüchigen Geschäften.»

Madame Hamelin hatte ihrer Freundin Zeit gelassen, in aller Ruhe Mrs. Crawford zu mustern, die sie zu faszinieren schien. Gleich Pilar war sie schwarz gekleidet.

«Wie findest du sie?» fragte Fortunée leise.

«Seltsam! Noch schön, gewiß, aber in einer weniger düsteren Farbe wäre sie's noch mehr.»

«Das kommt daher, weil sie in Trauer ist», erklärte die Kreolin mit einem kurzen, amüsierten Lachen, «in Trauer ihres bevorzugten Liebhabers wegen. Vor kaum einem Monat erst haben die Schweden den Grafen Fersen niedergemacht, du weißt doch, den Schatz der armen Marie-Antoinette.»

«Er war der Geliebte dieser Frau?»

«Aber ja. Die arme Königin hatte Konkurrenz und wußte es nicht. Ich muß sagen, daß die drei, Eleonora, Fersen und Crawford, eine Zeitlang eine recht angenehme Ehe zu dritt geführt haben, aber eine Ehe dreier Verschwörer, denn Quintin und Eleonora haben am Abenteuer von Varennes großen Anteil gehabt. Sie taten alles, damit die königliche Familie aus Paris flüchten konnte, das erkenne ich an. Überflüssig, dir zu sagen, daß man den Kaiser in der Rue d'Anjou nicht eben liebt.»

«Und er duldet sie? Obwohl dieser Mann Engländer ist?» fragte Marianne entrüstet.

«Und obwohl er lange ein Agent Pitts war! Aber ja, mein Herz, er duldet sie: eine Auswirkung der persönlichen Magie unseres teuren Fürsten. Er hat sich für sie verbürgt. Allerdings trifft es zu, daß er jetzt dringend jemand brauchen könnte, der sich für ihn verbürgt! Kurzum, so ist es ...»

Mariannes Augen vermochten sich offenbar nicht mehr von dieser Loge zu lösen, in der zwei Frauen in Schwarz zu beiden Seiten eines leeren Sessels irgendwie bedrohlich Wache zu halten schienen. Endlich murmelte sie: «Wie sie mich anstarrt, diese Mrs. Crawford! Als versuchte sie, sich meine Züge ins Gedächtnis zu graben. Warum interessiere ich sie wohl so?»

«Oh», erwiderte Fortunée, ihre Handtasche öffnend, um mit Schokolade umkleidete Veilchenpastillen herauszuholen, für die sie schwärmte, «ich habe den Eindruck, daß es vor allem die Fürstin Sant'Anna ist, die sie interessiert. Weißt du, daß diese Frau, mit Mädchennamen Eleonora Fanchi, in Lucca geboren ist? Sie muß die Familie deines mysteriösen Gatten gut gekannt haben.»

«Das wäre möglich.» Plötzlich gewann die eigenartige Frau in ihren Augen eine neue Dimension. Wenn sie sich dem erregten Geheimnis verband, das Corrado Sant'Anna umgab, hörte sie für Marianne auf, verdächtig zu sein und wurde höchst interessant. Seit dem Verlust ihres Kindes hatte sie sich zu oft schon gefragt, wie der Fürst reagieren würde, und sie war bald bereit, sich jedem zuzuwenden, wer es auch sein mochte, der ihr helfen konnte, das Rätsel zu lösen, das er für sie war. Es gab Augenblicke, in denen sie es sich trotz der entsetzlichen Angst, die sie aus der Villa getrieben hatte, ernstlich vorwarf, feige gewesen zu sein. Mit der Zeit hatte sich das in der Ruine des kleinen Tempels empfundene Grauen abgeschwächt. Während ihrer Krankheit und vor allem während jener Nächte, die kein Ende zu nehmen schienen, hatte sie die phantastische Gestalt des Reiters mit der weißen Ledermaske beschworen ... Er führte nichts Böses gegen sie im Schilde. Im Gegenteil, er hatte sie vor dem verbrecherischen Wahnsinn Matteo Damianis gerettet, hatte sie in ihr Zimmer zurückgetragen, sie vielleicht gepflegt, sich aber in ihr Bett gelegt ... und bei der Erinnerung an ihr Erwachen in dem mit Blüten bestreuten Bett geriet Mariannes Herz noch immer in Verwirrung. Er liebte sie vielleicht, und sie war geflohen wie ein verängstigtes Kind, statt zu bleiben und dem Fürsten mit seiner Maske auch das Geheimnis seines einsiedlerischen Lebens zu entreißen. Sie hätte nicht fliehen dürfen – ja, sie hätte bleiben müssen! War sie etwa an der Chance vorbeigegangen, Frieden zu finden – Frieden und, wer konnte es wissen, ein wenig Glück?

«Träumst du?» raunte Fortunées spöttische Stimme. «Woran denkst du? Jetzt starrst du die Sullivan an, als ob du sie hypnotisieren wolltest.»

«Ich möchte sie kennenlernen.»

«Nichts leichter als das! Zumal sie sicherlich die gleiche Lust in umgekehrter Richtung verspürt. Aber ...»

Das Öffnen der Logentür schnitt ihr das Wort ab. Von Jason begleitet, trat Talleyrand ein. Nach der Begrüßung, den Reverenzen und Handküssen und nachdem die unverbesserliche Kreolin Beaufort mit einem Lächeln beschenkt hatte, das zu strahlend gewesen war, um nicht eine gehörige Portion Koketterie zu enthalten, nahm sie den Arm des Fürsten und zog ihn, ohne ihm Zeit zum Verschnaufen zu lassen, nach draußen, wobei sie erklärte, sie habe ihm etwas von äußerster Wichtigkeit anzuvertrauen, selbstverständlich unter dem Siegel tiefster Verschwiegenheit. Marianne und Jason sahen sich unversehens allein.

Instinktiv hatte Marianne ihren Stuhl in den relativen Schatten im Hintergrund der Loge zurückgestoßen. Seitdem sie nicht mehr im vollen Licht saß, fühlte sie sich weniger verwundbar, und es war leichter, Pilars auf sie gerichteten Blick zu übersehen. Es war wenig genug: ein

Moment der Einsamkeit zu zweit inmitten dieses riesigen plappernden Vogelbauers, aber für Marianne war alles, was Jason betraf, alles, was von ihm kam oder sich auf ihn bezog, von nun an unendlich kostbar ... Von einer Sekunde zur anderen existierte nichts mehr von dem, was sie umgab: das rotgoldene Dekor, die glitzernde Menge und ihr belangloses Gerede, die künstlich-raffinierte Atmosphäre. Jasons schien die seltsame Macht zu besitzen, die Kreise zu sprengen, in denen er sich bewegte und sie durch seine eigene Welt, seine eigenen Dimensionen und die kräftigen Gerüche des Meerabenteuers zu ersetzen.

Unfähig, auch nur ein einziges Wort zu sprechen, begnügte sich Marianne damit, ihn mit vor Freude leuchtenden Augen zu betrachten. Sogar die Anwesenheit Tschernytschews im Theater, den sie doch absichtlich als Begleiter für diesen Abend gewählt hatte, war ihr entfallen. Da Jason hier war, bei ihr, war alles gut. Die Zeit konnte stillstehen, die Welt zugrunde gehen, nichts hätte die geringste Wichtigkeit.

Während sie, von tiefer Freude erfüllt, zu ihm aufsah, versuchte sie vergeblich zu begreifen, warum sie trotz jener ungreifbaren Fäden, die geheime Verwandtschaften zwischen zwei füreinander bestimmten Wesen spinnen, nicht geahnt, nicht gespürt hatte, daß sie nur ihn und keinen anderen lieben könnte. Und selbst dem Wissen, daß er an eine andere Frau gebunden war, gelang es nicht, diese Freude zu ersticken, als gehöre die Liebe, die sie für Jason empfand, zu denen, die nichts Menschliches zu erreichen vermochte.

Der Amerikaner schien jedoch Mariannes stummes Glück nicht zu teilen. Sein Blick hatte sie bei der Begrüßung kaum gestreift. Danach hatte er sich dem Saal zugewandt, als habe er ihr nichts zu sagen. Mit über der Brust verschränkten Armen, das magere Gesicht der kaiserlichen Loge zugewandt, schien er dort die Lösung eines Rätsels zu suchen, das seine gespannten Züge noch mehr härtete und seinen Blick verdüsterte.

Dieses Schweigen wurde für Marianne allmählich unerträglich und beleidigend. War Jason nur in ihre Loge gekommen, um in aller Öffentlichkeit zu zeigen, wie wenig er sich für sie interessierte? Mit unbewußter Traurigkeit murmelte sie: «Warum seid Ihr hierhergekommen, Jason, wenn Ihr nicht einmal ein Wort für mich habt?»

«Ich bin gekommen, weil der Fürst mich bat, ihn zu begleiten.»

«Nur deshalb?» fragte Marianne, deren Herz sich zusammenzog. «Soll das heißen, daß Ihr mir ohne Monsieur de Talleyrand nicht die Ehre eines Besuchs erwiesen hättet?»

«Genauso ist es.»

Die Trockenheit des Tons reizte Marianne maßlos. Ihr Fächer begann sich in nervösem Rhythmus zu bewegen. «Wie überaus liebenswürdig!» erwiderte sie mit einem kleinen Lachen. «Fürchtet Ihr etwa, Eurer Frau zu mißfallen, deren Blick uns nicht verläßt? Nun, mein Lieber, ich halte Euch nicht zurück! Geht nur zu ihr!»

«Hört auf, dummes Zeug zu reden!» knurrte Jason zwischen den Zähnen. «Mrs. Beaufort hat mir nichts zu erlauben oder zu verbieten, was es auch sein mag, und würde nicht einmal daran denken. Ich wäre nicht gekommen, weil Ihr meine Anwesenheit nicht braucht. Ich glaube, Ihr habt heute abend Eure Neigungen und Eure Liebschaften deutlich genug zur Schau gestellt.»

«Zur Schau gestellt?» protestierte Marianne empört. «Ihr scheint Euch neuerdings mit Klatsch und Tratsch abzugeben. Wer kann mir vorwerfen, in Begleitung eines galanten Mannes auszugehen, dem ich zudem noch mein Leben verdanke?»

Diesmal begegnete Jasons mit Zorn und Verachtung geladener Blick dem wütend funkelnden Mariannes. Er stieß ein trockenes Lachen aus. «Wer? Euer Gatte, meine Teure! Der neue ... Dieser toskanische Fürst, der in Eurem Leben nur eine nebensächliche Episodenrolle zu spielen scheint! Ihr seid kaum drei Monate verheiratet, und statt auf Euren Ländereien zu bleiben, wie der Anstand es Euch zur Pflicht macht, stellt Ihr Euch, ich wiederhole es, halbnackt und in einer unsinnigen Toilette an der Seite des berüchtigsten Frauenhelden beider Hemisphären zur Schau, der behauptet, daß ihm nie etwas verweigert worden sei!»

«Wenn ich noch zweifelte, daß Amerika ein ungesittetes Land ist», entgegnete Marianne, die so rot wie die Federn ihres Kopfputzes geworden war, «wäre ich jetzt gründlich darüber aufgeklärt. Wollt Ihr, nachdem Ihr Pirat, Seeräuber oder ich weiß nicht was gewesen seid, dazu ein, wie mir scheint, reichlich geheimnisvoller offiziöser Gesandter, etwa auch noch den Pastor spielen? Reverend Beaufort! Wie prächtig das klingt! Und ich versichere Euch, wenn Ihr Euch ein wenig Mühe gebt, werden Eure Predigten vorzüglich sein! Wie könnte es auch anders sein, wenn man unter seinen Vorfahren...»

«Ich habe vor allem respektable Frauen darunter! Frauen, die ihren Platz zu bewahren wußten!»

Jasons Züge waren hart wie Stein geworden, und die spöttischen Fältchen in seinen Mundwinkeln verlockten Marianne unwiderstehlich, ihn zu schlagen. «Wenn man Euch hört, möchte man meinen, ich hätte mein Schicksal selbst gewählt! Als ob Ihr nicht wüßtet...»

«Ich weiß alles – eben! Solange Ihr gezwungen wart, für Euer Leben oder für Eure Freiheit zu kämpfen, hattet Ihr alle Rechte – und ich bewunderte Euch! Jetzt habt Ihr nur noch ein einziges: das, dem Mann zu danken, der Euch seinen Namen gegeben hat, indem Ihr wenigstens diesen Namen respektiert.»

«In welcher Weise respektiere ich ihn nicht?»

«In dieser: Vor kaum drei Monaten hielt man Euch noch für die Mätresse des Kaisers. Jetzt hält man Euch für die eines Kosaken, der seinen Ruf mehr in den Alkoven als auf den Schlachtfeldern erworben hat!»

«Übertreibt Ihr nicht ein wenig? Ich erinnere Euch, daß der Kaiser selbst ihn bei Wagram auszeichnete, und daß es nicht zu Napoleons Gewohnheiten gehört, seine Orden auf gut Glück zu verteilen.»

«Ich bewundere die Glut, mit der Ihr ihn verteidigt! Welch größeren Liebesbeweis könnte er fordern?»

«Liebesbeweis? Ich soll Tschernytschew lieben?»

«Wenn Ihr ihn nicht liebt, tut Ihr immerhin so. Und ich fange an zu glauben, daß dieses So-tun-als-Ob Euch eine liebe Gewohnheit ist. Habt Ihr Eurem mysteriösen Gatten gegenüber ebenfalls nur so getan?»

Marianne ließ einen Seufzer des Überdrusses hören. «Ich glaubte, ich hätte Euch alles über meine Hochzeit gesagt! Muß ich Euch wiederholen, daß ich dem Fürsten Sant'Anna außerhalb der Kapelle, in der wir getraut wurden und in der ich von ihm nur seine in einem Handschuh steckende Hand sah, nie begegnet bin? Muß ich Euch auch wiederholen, daß ich den Fürsten nicht geheiratet hätte, wenn ein gewisser Brief rechtzeitig bei Euch eingetroffen wäre?»

Jason begann zu lachen, aber es war ein so trockenes, so hartes Lachen, daß es ihr weh tat wie das Quietschen eines ungeschickt geführten Bogens über die Saiten einer Geige. «Nach dem, was ich heute abend hier gesehen habe, möchte ich dem Himmel dafür danken, daß er diesen Brief nicht zu mir hat gelangen lassen. So konnte ich Pilar vor einem unverdienten Los retten, während Euch Euer Schicksal, das Ihr meiner Meinung nach völlig verdient habt, wenn man die Leichtigkeit betrachtet, mit der Ihr Eure Lieben wechselt, nicht allzusehr zu mißfallen scheint.»

«Jason!» Marianne hatte sich aufgerichtet. Sie war zuerst rot, dann blaß geworden, und zwischen ihren verkrampften Fingern waren die dünnen Stangen des kostbaren Fächers mit einem kleinen traurigen Knacken zerbrochen. Mit all ihren Kräften versuchte sie, die ihr Herz füllenden Tränen daran zu hindern, in ihre Augen zu quellen. Um keinen Preis wollte sie ihm zeigen, daß er ihr so weh getan hatte ... Zu verletzt war sie, um zu begreifen, daß die beleidigenden Worte nur von einer bitteren – und tröstlichen Eifersucht diktiert worden waren. Einen Moment suchte sie vergeblich nach einer schneidenden Entgegnung, um Schlag für Schlag, Verletzung für Verletzung zurückzugeben – aber es blieb ihr keine Zeit. Eine hohe grüne Gestalt drängte sich zwischen Jason und sie.

Das R mehr als sonst rollend, mehr Kampfhahn denn je, erklärte Tschernytschew mit sichtlicher Bemühung, ruhig zu bleiben: «Ihr habt soeben zugleich Ihre Durchlaucht und mich selbst insultiert! Das ist zuviel, Monsieur, und Ihr laßt mich bedauern, Euch nur einmal töten zu können!»

Jason maß den Russen mit einem unverschämten Lächeln, das Tschernytschews Grimm auf den Gipfelpunkt trieb. «Kommt Euch nicht der Gedanke, daß auch ich Euch töten könnte?»

«Absolut nicht! Der Tod ist eine Frau, er gehorcht mir.»[1*]

Jason begann zu lachen. «Auf eine Frau zählen heißt, sich auf grausame Enttäuschungen gefaßt machen müssen. Wie dem auch sei, Monsieur, ich ziehe keins meiner Worte zurück und stehe Euch zur Verfügung. Aber ich hätte Euch nicht das interessante Talent zugetraut, an Türen zu horchen!»

«Nein!» rief Marianne und glitt zwischen die beiden Männer. «Ich verbiete Euch, Euch meinetwegen zu schlagen!»

Tschernytschew nahm ihre Hand, die sie instinktiv auf seinen Arm gelegt hatte und streifte sie mit einem schnellen Kuß. «Für diesmal, Madame, werdet Ihr mir erlauben, Euch nicht zu gehorchen.» – «Und wenn auch ich Euch darum bäte, he?» ließ sich die träge Stimme Talleyrands vernehmen, der hinter dem Russen in die Loge zurückgekehrt war. «Ich habe es nicht gern, wenn meine Freunde sich untereinander umbringen.»

Diesmal antwortete Jason: «Ihr kennt uns beide zu gut, Fürst, um nicht zu wissen, daß dies früher oder später kommen mußte.»

«Vielleicht, aber ich hätte es später vorgezogen. Kommt, Madame», fügte er, zu Marianne gewandt, hinzu. «Ich vermute, daß Ihr nicht mehr länger zu bleiben wünscht. Ich werde Euch zu Eurem Wagen bringen.»

«Wollt Ihr dort einen Augenblick auf mich warten?» fragte der Russe. «Nur, bis ich diese Angelegenheit geregelt habe.»

Schweigend ließ sich Marianne von ihm die breite Stola aus purpurfarbenem Samt um die Schultern legen, die sie auf der Rücklehne ihres Sessels gelassen hatte, legte eine Hand auf den Arm des Fürsten von Be-

---

* Der Tod = la mort ist im Französischen weiblich.

nevent und verließ ohne einen Blick für einen der beiden Gegner die Loge. Eben hob sich im übrigen der Vorhang über dem nächsten Akt, so daß sich ihr Auszug so diskret wie nur möglich vollzog.

Doch während sie langsam die verlassene große Treppe hinabschritt, auf der zu Statuen erstarrte Lakaien bei den großen Leuchtern wachten, ließ Marianne ihrem Groll und ihrem Kummer freien Lauf. «Was habe ich ihm getan?» rief sie. «Warum verfolgt mich Jason mit dieser nie nachlassenden Verachtung, diesem Zorn? Ich glaubte...»

«Man muß schon sehr alt oder von höchsten philosophischen Grundsätzen durchdrungen sein, um sich nicht von Eifersucht hinreißen zu lassen. Unter uns, habt Ihr nicht ein wenig gerade das zu erreichen versucht? Oder woher habt Ihr sonst die teuflische Idee gehabt, allein mit dem Grafen Tschernytschew herzukommen?»

«Es ist wahr», gab Marianne zu. «Ich wollte Jason eifersüchtig machen. Diese dumme Ehe mit dieser Pilar hat ihn so verändert...»

«Und hat auch Euch verändert, wie es scheint. Nun, Marianne, hört auf, Euch so zu quälen. Man muß die Folgen seiner Handlungen hinzunehmen wissen, he? Übrigens, wenn Tschernytschew auch zu kämpfen versteht, wird er einen Gegner seines Zuschnitts vorfinden, der ihm eine unangenehme Überraschung bereiten könnte.»

Aufhören, sich zu quälen! Talleyrand hatte gut reden! Endlich allein in der gepolsterten Dunkelheit ihrer Kutsche, ließ sich Marianne von ihrem Zorn überwältigen. Sie grollte der ganzen Welt; Tschernytschew, der sich ihrer Meinung nach in etwas gemischt hatte, was ihn nichts anging; Jason, der sie nichtswürdig behandelt hatte, als sie so sehr nach einem zärtlichen Wort, einem Blick, einer Winzigkeit Trost verlangte; all diesen Leuten, die sicherlich dem Streit mit skandalgierigen Augen gefolgt waren und sich die Mäuler darüber zerreißen würden... und mehr noch sich selbst, die aus kindischer Eitelkeit all dieses Unheil verursacht hatte.

Ich muß verrückt sein, dachte sie traurig, aber ich wußte auch noch nicht, daß Liebe so weh tun kann. Und wenn Tschernytschew Jason je verwundet oder gar...

Sie wagte nicht einmal, das Wort zu denken, doch plötzlich fiel ihr ein, daß sie hier töricht saß und den Russen erwartete, den sie doch in diesem Moment von ganzem Herzen haßte, und sie beugte sich vor, um Gracchus Befehl zum Abfahren zu geben. «Nach Hause, Gracchus! Und schnell!»

Die Kutsche rollte an, als Tschernytschew zwischen den Säulen der Vorhalle des Theaters auftauchte, aufs Trittbrett sprang und mehr in die Kutsche fiel, als sie betrat. «Ihr fahrt ohne mich? Warum?»

«Weil ich keine Lust mehr habe, Euch heute abend zu sehen. Und ich bitte Euch auszusteigen. Gracchus, halt an!» rief sie.

Halb zu ihren Füßen kniend, sah Sascha Tschernytschew verblüfft zu ihr auf: «Ihr wollt, daß ich aussteige? Aber warum? Seid Ihr mir böse? Dabei habe ich nur meine Pflicht getan, als ich den Unverschämten forderte, der Euch beleidigt hat.»

«Eure Pflicht war es keineswegs, Euch in ein privates Gespräch einzumischen. Ich habe mich immer allein zu verteidigen gewußt! Merkt Euch in jedem Fall dies: Sollte Jason Beaufort auch nur verletzt werden, werde ich es Euch nie verzeihen noch Euch mein Leben lang wiedersehen!»

«Wirklich?» Tschernytschew hatte sich nicht gerührt, doch im Dunkel der Kutsche sah Marianne seine zu schmalen grünen Schlitzen verengten Augen glänzen wie Katzenaugen in der Nacht. Langsam richtete er sich auf, und Marianne schien es, als fülle der Schatten eines riesigen Raubvogels das mit parfümiertem Atlas bezogene enge Wagengehäuse, als drohe er, sich auf sie zu stürzen. Doch der Russe öffnete schon den Wagenschlag und sprang auf die Straße. Einen Moment lagen seine in weißen Handschuhen steckenden Hände noch auf dem Rand des Schlages, und er betrachtete die junge Frau mit einem schwachen Lächeln. Dann sagte er mit unendlich sanfter Stimme: «Ihr hattet recht, mich zu warnen, Marianne. Ich verspreche Euch, Monsieur Beaufort nicht zu verletzen...»

Und zurücktretend, nahm er seinen Zweispitz ab, fegte ironisch grüßend mit seinem gewaltigen Federbusch über das Pflaster und schloß noch sanfter: «Ich werde die Ehre haben, ihn morgen früh zu töten!»

«Wenn Ihr es wagt...»

«Ich werde es wagen – denn offenbar ist es das einzige Mittel, ihn Euch aus dem Sinn zu schaffen. Ist dieser Mann erst tot, werde ich Euch mich lieben zu lehren wissen.»

Trotz Angst und Zorn, die ihr Herz bedrückten, straffte sich Marianne, hob den Kopf und maß Tschernytschew von der Höhe ihres Sitzes mit einem eisigen Lächeln: «Zählt nicht darauf! Ihr werdet keine Gelegenheit dazu haben, mein lieber Graf – denn nehmt zur Kenntnis: Wenn morgen Jason Beaufort von Eurer Hand stirbt, werde ich, bevor ich mit einem Leben ein Ende mache, das mich nicht mehr interessiert, mir die Zeit nehmen, Euch mit eigener Hand zu töten. Ihr wißt es vielleicht nicht, daß ich mit Waffen umzugehen verstehe wie ein Mann... Ich wünsche Euch eine gute Nacht. Gracchus, fahr zu!»

Der junge Kutscher ließ die Peitsche knallen und trieb sein Gespann zu schnellem Trab. Der Wagen tauchte in die schmale Rue Saint-Honoré, ohne daß Marianne den Glockenschlag der Turmuhr von Saint-Roch vernahm. Die Tuilerienbrücke wurde überquert, während sie noch immer um ihre Ruhe rang und zugleich eine Möglichkeit zu finden suchte, Jason vor den Waffen des Russen zu retten. Mit der grenzenlosen Großmut, die wahre Liebe verleiht, schrieb sie sich allein die Verantwortung für das Drama zu, das sich abgespielt hatte. Sie ging sogar so weit, sich selbst Jasons Härte vorzuwerfen, jenes von Talleyrand ausgesprochenen magischen, beunruhigenden und doch so tröstlichen Wortes Eifersucht wegen. Wenn Jason eifersüchtig war, eifersüchtig genug, um sie öffentlich zu beleidigen, bedeutete das vielleicht, daß noch nicht alles verloren war.

Was kann ich tun, um dieses Duell zu verhindern? dachte sie verzweifelt.

Das Rollen des Wagens durch die verödeten Straßen des nächtlichen Paris füllte ihre Ohren mit einem betäubenden, bedrohlichen Dröhnen. Sie sah die stummen Fassaden all der Häuser vorübergleiten, in denen brave Leute friedlich schliefen, für die die Stürme des Herzens zweifellos nur zweitrangige Bedeutung hatten.

Schon war die Kutsche fast in der Rue de Lille angelangt, als Marianne ein Gedanke kam. Sie warf sich jetzt auch vor, Tschernytschew verletzt zu haben, weil sie törichterweise geglaubt hatte, mehr Gewalt über ihn zu besitzen. Statt ihm ruhig begreiflich zu machen, daß es ihr Schmerz bereiten würde, wenn einem ihrer Freunde etwas geschähe, hatte sie ihn erraten lassen, daß sie Jason liebte, und damit natürlich den ganz normalen Zorn jedes Mannes geweckt, der eine Frau begehrt und feststellen muß, daß sie ihm einen anderen vorzieht. Wenigstens von dieser Seite her mußte sie etwas versuchen. Sie zog an der Schnur, die am kleinen Finger ihres Kutschers befestigt war. Er beugte sich zu ihr herunter.

«Dreh um, Gracchus!» sagte sie. «Wir fahren nicht sofort nach Hause.»

«Gut, Madame. Wohin soll's gehen?»

«Chaussée d'Antin, zur russischen Botschaft. Kennst du sie?»

«Das frühere Hôtel Thélusson? Gewiß doch – man kennt sein Paris.»

Nach einer geschickten Wendung schlug die Kutsche die Richtung zur Seine ein, doch jetzt im Galopp. Die menschenleeren Straßen erlaubten es. Bei so schneller Gangart brauchten sie nur wenige Minuten, um die Entfernung zu bewältigen. Bald kam der riesige, an die zehn Meter hohe und ebenso breite Triumphbogen in Sicht, der der russischen Botschaft als Portal diente. Jenseits dieses Portals dehnte sich ein großer, von Statuen und Säulen bevölkerter Park, und ganz im Hintergrund strahlten die Fenster des Palais' wie bei einem Fest. Doch vor dem Portal hielten Kosaken mit langen Schnurrbärten in langen Röcken unerbittlich Wache. Marianne konnte ihren Namen und ihre Titel herunterbeten, so oft sie wollte, konnte mehrfach wiederholen, daß sie den Botschafter, Fürst Kurakin, zu sprechen wünsche – die Posten blieben unnachgiebig: kein Passierschein, keine Durchfahrt. Nicht jeder, der wollte, betrat die Botschaft Rußlands, schon gar nicht bei Nacht.

«Pest!» knurrte Gracchus. «Das ist mal eine gut bewachte Botschaft! Ich frage mich, was diese Bartfritzen da drin wohl auskochen, wenn sie so mißtrauisch sind. Man kommt leichter zum Kaiser als da hinein. Was machen wir jetzt, Frau Fürstin?»

«Ich weiß es nicht», erwiderte Marianne bedrückt. «Ich muß auf jeden Fall hinein oder wenigstens ... Hör zu, Gracchus, geh und frag sie, ob Graf Tschernytschew schon zurückgekehrt ist. Wenn nicht, werden wir auf ihn warten, wenn ja ...»

«Wenn ja?»

«Geh nur erst! Es wird uns später etwas einfallen.»

Folgsam kletterte Gracchus von seinem Bock und näherte sich dem Kosaken zur Linken, dessen Gesicht ihm besser gefiel als das seines Kameraden. Er begann mit ihm eine lebhafte Unterhaltung, bei der Gesten die größte Rolle spielten. Trotz ihrer Sorgen konnte Marianne sich nicht hindern, den Kontrast zwischen dem untersetzten, in seinem weiten Livreemantel ebenso breit wie hoch wirkenden Gracchus und dem riesigen Russen, der seinen mit einer gewaltigen Pelzmütze geschmückten Schädel über ihn neigte, erheiternd zu finden. Das Gespräch dauerte einen Moment, dann kehrte Gracchus zu seiner Herrin zurück, um sie zu unterrichten, daß der Graf noch nicht zurückgekehrt sei.

«Gut», sagte Marianne. «Steig auf deinen Bock und fahr zur Seite. Wir werden ihn erwarten.»

«Haltet Ihr das wirklich für eine gute Idee? Ihr seid doch nicht gerade als gute Freunde auseinandergegangen und ...»

«Seit wann erörterst du meine Befehle? Fahr zur Seite! Wir warten!»

Doch bevor Gracchus das gewünschte Manöver ausführen konnte, ließ sich das Rollen eines sich nähernden Wagens im Park vernehmen, und Marianne befahl ihrem Kutscher, sich nicht von der Stelle zu rühren. Wenn ihre Kutsche nicht Platz machte, mußte sie jedes andere Gefährt hindern, die Botschaft zu verlassen. Und wenn sie Glück hatte, war der ankommende Wagen vielleicht der des Botschafters.

Es war Talleyrands Wagen. Marianne erkannte sehr bald die großen Anglo-Araber, auf die der Fürst so stolz war, und die Farben seiner Livree. Auch Talleyrand hatte die Kutsche der jungen Frau erkannt und befahl seinem Kutscher, neben ihr zu halten. Sein fahler Kopf mit den Saphiraugen erschien über dem Schlag. «Ich wollte eben zu Euch», sagte er lächelnd, «aber da Ihr nun hier seid, werde ich mich im Gefühl erfüllter Pflicht ohne Umwege zu Bett begeben können ... Ihr Euch übrigens auch, denn ich glaube nicht, daß Ihr hier noch viel zu tun habt, he?»

«Ich weiß nicht. Ich wollte ...»

«Den Botschafter aufsuchen? Das war's doch? Oder wenigstens Tschernytschew treffen?... Ich hatte also recht. Ihr könnt schlafen gehen, ohne böse Träume fürchten zu müssen. Graf Tschernytschew wird noch diese Nacht nach Moskau aufbrechen ... mit ... hm ... dringenden Depeschen.»

«Er sollte morgen abreisen.»

«Er wird in einer Stunde aufbrechen ... Fürst Kurakin hat begriffen, daß gewisse Missionen nicht aufgeschoben werden können, falls sie nicht durch die Zufälle eines Säbelduells in Gefahr geraten sollen. Der Säbel ist ein Werkzeug, mit dem unser Freund Beaufort ebensogut umzugehen versteht wie unser schöner Oberst, und die Chancen wären gleich. Es trifft sich aber, daß der Zar das dringendste Bedürfnis verspürt, seinen bevorzugten Kurier zu sehen ... Seid also ohne Furcht.»

«Und das Duell?»

«... Ist auf eine lange Bank geschoben ... oder wenigstens bis zur ersten Wiederbegegnung der Herren am selben Ort vertagt, was gewiß nicht morgen sein wird, denn in einer Woche kehrt Beaufort nach Amerika zurück.»

Eine Welle von Wärme überflutete Mariannes erstarrtes Herz. Die Erleichterung, die sie verspürte, war so tief, daß ihr Tränen in die Augen stiegen. Über den Schlag ihrer Kutsche hinweg streckte sie spontan dem alten Freund die Hand entgegen. «Wie soll ich Euch danken? Ihr seid mein guter Geist.»

Doch Talleyrand schüttelte mit plötzlich verdüsterter Miene den Kopf. «Ich fürchte, nein! Daß Ihr Euch in diesem scheußlichen Durcheinander herumplagt, das Euer Leben ist, habe ich zum großen Teil zu verantworten. Nicht erst seit heute bedaure ich, Euch ... Ihr wißt schon, wem ... vorgestellt zu haben. Ohne diesen fatalen Einfall wärt Ihr heute vielleicht glücklich. An dem Abend, an dem Ihr Jason Beaufort bei mir begegnet seid, hätte ich es begreifen müssen. Jetzt ist es zu spät ...»

«Ich werde nie auf ihn verzichten! Auch ich hätte früher begreifen müssen, aber ich weigere mich, Eure Behauptung zu akzeptieren, daß es zu spät sei. Es ist nie zu spät für die Liebe!»

«Doch, meine Teure ... wenn man so alt ist wie ich.»

«Selbst dann nicht!» rief Marianne mit solcher Leidenschaft, daß der skeptische Staatsmann erbebte. «Wenn Ihr es wirklich wolltet, könntet Ihr noch lieben – das, was sich lieben nennt! Und vielleicht, wer weiß, die größte, die einzige Liebe Eures Lebens erfahren.»

Der Fürst antwortete nicht. Die Hände um den goldenen Knauf seines Stocks geschlungen, das Kinn auf seine Hände gestützt, schien er in eine Art Wachtraum versunken. Marianne gewahrte ein schwaches Aufblitzen in seinen für gewöhnlich so kalten Augen und fragte sich, ob er wohl während ihrer Worte ein Gesicht, eine Gestalt heraufbeschworen habe ... vielleicht eine Liebe, an die zu denken er nicht wagte, weil er sie für unmöglich hielt. Als habe er etwas gesagt, doch in Wirklichkeit nur sich selbst antwortend, murmelte sie:

«Die unmöglichen Lieben sind die einzigen, an die ich glaube ... weil sie die einzigen sind, die dem Leben Würze verleihen, die einzigen, die es verdienen, daß man um sie kämpft.»

«Was nennt Ihr unmögliche Lieben, Marianne? Eure Liebe zu Jason – denn Ihr liebt ihn doch, nicht wahr? – ist keine von denen, die man so bezeichnen kann. Schwierige Liebe allenfalls.»

«Ich fürchte, das trifft es nicht. Ihre Verwirklichung scheint mir ebenso unmöglich, als ...» Sie suchte einen Moment und fuhr sehr rasch fort: «... als hättet Ihr Euch, zum Beispiel, in Eure Nichte Dorothée verliebt und wolltet sie zu Eurer Geliebten machen.»

Talleyrand wandte sich ihr zu, sein Blick traf den ihren. Er war wieder kälter und unergründlicher denn je. «Ihr habt recht», sagte er ernst. «Das ist in der Tat ein gutes Beispiel unmöglicher Liebe. Gute Nacht, meine Teure ... Ich weiß nicht, ob ich Euch schon gesagt habe, daß ich Euch sehr liebe.»

In stummem Einverständnis trennten sich die beiden Wagen. Marianne ließ sich mit einem glücklichen Seufzer in die Kissen sinken und schloß die Augen, um den wiedergefundenen Frieden besser genießen zu können. Sie war jetzt sehr müde. Die weichende nervöse Spannung ließ sie erschöpft und voller Verlangen nach ihrem stillen Zimmer und der Frische ihres Bettes zurück. Sie würde gut schlafen können, da Jason nun nicht mehr in Gefahr war und Talleyrand ihren dummen Fehler repariert hatte.

Sie war noch immer voller Dankbarkeit, als sie nach Hause zurückkehrte. Halblaut vor sich hinsingend, stieg sie flink die Flucht der steinernen Stufen zum ersten Stock hinauf und wandte sich ihrem Zimmer zu. Wenn ihr Kopf wieder klar wäre, würde sie schon ein Mittel finden, Jason Beaufort zur Vernunft zu bringen und ihm begreiflich zu machen, daß er sie nicht zwingen könne, sich für immer von ihm zu trennen. Wenn er erst erführe, wie sehr sie ihn liebte, würde er vielleicht ...

Ein Paar blanker Männerschuhe auf einer mit blaugrünem Taft bezogenen Fußbank war das erste, was sie bemerkte, als sie die Tür ihres Zimmers aufstieß.

«Arcadius», rief sie im Glauben, der Besitzer der Schuhe sei ihr unerwartet von seiner Reise zurückgekehrter Freund Jolival, «ich bin heute wirklich zu müde ...»

Doch die Worte erstarben ihr auf den Lippen. Unter ihrer Hand hatte sich die Tür völlig geöffnet und den Blick auf den Mann freigegeben, der sie, in einem Sessel ausgestreckt, erwartete. Und Marianne begriff, daß die Stunde des Schlafs noch nicht gekommen war, denn der, der sich nun lässig zu einer ebenso tiefen wie ironischen Verbeugung erhob, war Francis Cranmere ...

Zweiter Teil
Die Falle einer Sommernacht

6. Kapitel

Ein offenes Fenster und die Nacht

Mariannes Nerven waren im Laufe dieses Abends zu sehr beansprucht worden, als daß sie beim Anblick ihres ersten Mannes etwas anderes als ein Gefühl des Überdrusses hätte empfinden können. Wie gefährlich dieser Mensch auch sein konnte und welchen Grund sie auch haben mochte, ihn noch immer zu fürchten, sie war an jenem Punkt der Gleichgültigkeit angelangt, an dem man nicht einmal mehr Angst verspürt. Deshalb schloß sie ohne das leiseste Zeichen von Erregung die Tür ihres Zimmers hinter sich, wandte sich, dem ungebetenen Besucher nur einen eisigen Blick schenkend, ihrem Toilettentisch zu, warf ihre Stola über den samtbezogenen Schemel und machte sich daran, ihre langen Handschuhe abzustreifen, ohne deshalb Francis' Bild im hohen Spiegel aus den Augen zu verlieren.

Sie empfand eine gewisse Befriedigung bei der Feststellung, daß er sichtlich enttäuscht schien. Zweifellos hatte er angenommen, daß sie erschrecken, vielleicht sogar einen Schrei ausstoßen würde. Diese Kälte und dieses Schweigen kamen ihm völlig unerwartet ... Das Spiel auf die Spitze treibend, ordnete Marianne mit zerstreuten Fingern flüchtig ihre Frisur, wählte einen der Kristallflakons auf dem Tisch und betupfte Hals und Schultern mit ein wenig Parfüm. Danach erst fragte sie: «Wie seid Ihr hereingekommen? Meine Dienstboten haben Euch sicherlich nicht gesehen, sonst hätten sie mich unterrichtet.»

«Warum? Dienstboten lassen sich kaufen.»

«Nicht meine. Sie würden ihre Stellung nicht für ein paar Taler aufs Spiel setzen. Also?»

«Durchs Fenster natürlich», seufzte Francis, wieder in seinen Sessel zurücksinkend. «Die Mauern Eures Gartens sind nicht allzu hoch ... und es trifft sich, daß ich seit drei Tagen Euer Nachbar bin.»

«Mein Nachbar?»

«Ist Euch unbekannt, daß Ihr eine englische Nachbarin habt?»

Es war Marianne keineswegs unbekannt. Sie unterhielt mit Madame Atkins, bei der ihre Kusine Adelaide einst Zuflucht gefunden hatte, als sie von Fouchés Polizei gesucht worden war, sogar ziemlich gute Beziehungen. Sie war eine ehemalige Schauspielerin des Drury Lane-Theaters, die sich Charlotte Walpole nannte und sich zugleich Anrecht auf Achtung und das Pariser Bürgerrecht durch den Versuch erworben hatte, nach Ludwigs XVI. Tod unter Gefahr für ihr eigenes Leben und ihr Vermögen die königliche Familie aus ihrer Haft im Temple zu befreien. Die kaiserliche Polizei duldete sie. Was Marianne vor allem erstaunte, war, daß diese sanfte, distinguierte und mit großer Güte begabte Frau freundschaftliche Beziehungen mit einem Mann wie Francis unterhalten konnte, und sie hielt mit dieser Meinung nicht hinter dem Berge. Lord Cranmere lachte.

«Ich gehe sogar so weit zu sagen, daß die gute Charlotte mich sehr liebt. Wißt Ihr, Marianne, daß Ihr eine der seltenen Frauen seid, die mich hassenswert finden und mich verabscheuen? Die meisten Eurer Zeitgenossinnen finden mich charmant, liebenswürdig, galant ...»

«Vielleicht haben sie nicht das Vergnügen genossen, Euch zu heiraten! Daher der Unterschied ... Im übrigen wäre es mir lieb, wenn wir unser Gespräch beendeten. Ich bin sehr müde.»

Francis Cranmere legte die Spitzen seiner Finger aufeinander und betrachtete sie angelegentlich. «Es stimmt allerdings, daß Ihr nicht lange in der Comédie Française geblieben seid. Liebt Ihr ‹Britannicus› nicht?»

«Ihr wart also ebenfalls im Theater?»

«Aber ja. Und ich konnte als Kenner Euren Auftritt in Gesellschaft dieser prächtigen Bestie Tschernytschew bewundern. Wahrhaftig, ein besser zueinander passendes Pärchen läßt sich nicht erträumen ... es sei denn vielleicht das, das Ihr mit Beaufort bilden könntet. Aber es sieht ja so aus, als gäbe es in dieser Richtung Schwierigkeiten. Offenbar steht ihr euch nach wie vor auf Hauen und Stechen, wie? Ist es immer noch diese alten Selto-Geschichte? Oder haltet Ihr nichts von seiner spanischen Gattin?»

Sein bewußt seichtes Gewäsch begann Marianne zu reizen. Sie wandte sich ihm zu, und ihn voll ins Auge fassend, unterbrach sie ihn schroff:

«Genug! Ihr seid heute abend gewiß nicht zum Schwätzen hergekommen, sondern in bestimmter Absicht. Sagt es also und verschwindet! Was wollt Ihr? Geld?»

Lord Cranmere umfing die junge Frau mit einem amüsierten Blick und ließ dann ein herzliches Lachen hören. «Ich weiß, Ihr habt genug davon und es bedeutet Euch nicht viel, während ich gerne zugebe, daß bei mir das Gegenteil der Fall ist, aber so weit sind wir noch nicht ...»

Er hörte auf zu lächeln, erhob sich und trat zwei Schritte auf Marianne zu. Sein schönes Gesicht hatte einen Ausdruck von tiefem Ernst angenommen, wie ihn die junge Frau noch nie bei ihm gesehen hatte, denn ihm war weder Arroganz noch Drohung beigemischt. «In Wahrheit, Marianne, bin ich gekommen, um Euch einen Friedensvertrag anzubieten, wenn Ihr ihn annehmen wollt.»

«Einen Friedensvertrag? Ihr?»

Langsam schritt Francis zu einem kleinen Tisch, auf dem Agathe einen Imbiß vorbereitet hatte, falls ihre Herrin bei ihrer Rückkehr vom Theater noch Hunger verspüren sollte. Er goß sich ein Glas Champagner ein, leerte es zur Hälfte und nahm mit einem Seufzer der Befriedigung das Gespräch wieder auf: «Gewiß doch. Ich glaube, wir können beide dadurch nur gewinnen. Bei unseren letzten Begegnungen habe ich mich Euch gegenüber nicht richtig verhalten. Ich hätte mehr Sanftmut, mehr Fingerspitzengefühl an den Tag legen sollen. Es ist mir nicht geglückt.»

«In der Tat, und um Euch nichts zu verbergen, hielt ich Euch bereits für tot.»

«Schon wieder! Meine Teure», sagte er mit einer kleinen Grimasse, «es wäre mir lieb, wenn Ihr die Gewohnheit aufgeben würdet, mich ständig zu den Verstorbenen zu zählen. Auf die Dauer ist es höchst deprimierend. Aber falls Ihr auf diesen Wachhund anspielen solltet, den die Polizei meiner Person attachiert hatte, sollt Ihr wissen, daß ich ihn unterwegs verloren habe. Was wollt Ihr, die besten Spürhunde geraten in die Irre, wenn sie an jemand kommen, der die Jagd kennt. Aber wo war ich stehengeblieben? Ah ja! Ich sagte, ich hätte es bedauert, mich zu Euch so brutal benommen zu haben. Es wäre unendlich viel besser, sich zu verständigen.»

«Und welche Art Verständigung schlagt Ihr vor?» fragte Marianne, die die Anspielung auf die von ihrem Freund Black Fish unternommene Verfolgung zugleich verärgert und beruhigt hatte.

Verärgert, weil der Polizist sein Wild offensichtlich hatte entwischen lassen, und beruhigt, weil Black Fish wenigstens noch am Leben sein mußte, wenn er Francis nur aus den Augen verloren hatte. Als sie vorhin des Engländers ansichtig geworden war, hatte sie geglaubt, die wütende Stimme des Bretonen wie damals versichern zu hören: «Ich werde ihn kriegen, oder ich lasse meine Haut dabei!» Und ihr Herz hatte sich bei dem Gedanken an das, was Francis' lebendige Gegenwart bedeutete, für einen Moment schmerzlich zusammengekrampft. Ihre Befürchtungen waren unnütz.

Indessen hatte Francis in aller Ruhe sein Glas Champagner völlig geleert und sich dem zierlichen Sekretär zwischen den beiden auf den nächtlichen Garten geöffneten Fenstern zugewandt. Unter den Papieren, die ihn bedeckten, hatte er eine Petschaft aus Jade und Gold gefunden, die Marianne zum Versiegeln ihrer Briefe diente.

«Ein herzliches Einverständnis natürlich», erklärte er langsam, «und auch ein – Verteidigungsbündnis. Ihr habt nichts von mir zu befürchten, Marianne. Unsere Ehe ist gelöst, Ihr seid wieder verheiratet und tragt nun einen der größten Namen Europas. Ich kann Euch nur dazu gratulieren, denn mir hat sich das Glück weniger großzügig gezeigt. Ich muß gejagt, versteckt, im Schatten leben, und all das, um meinem Land zu dienen, das mich überdies schlecht genug bezahlt. Mein Leben ist...»

«... das ganz normale Leben eines Spions!» unterbrach ihn Marianne, die die neuen, merkwürdig selbstlosen und edlen Gefühle ihres einstigen Mannes mißtrauisch und skeptisch ließen.

Ein schwaches Lächeln glitt über seine Züge, ohne seine Augen zu erreichen.

«Ihr legt so leicht nicht die Waffen nieder, wie? Nun schön, sei's so! Das Leben eines Spions! Das mir jedoch erlaubt, manche Dinge zu erfahren, mich manchen Geheimnissen zu nähern, die, glaube ich, auch Euch interessieren könnten.»

«Politik interessiert mich nicht, Francis, und ich beabsichtige mehr als je, mich davon fernzuhalten. Besser wäre es für Euch, dieses Haus schnellstens zu verlassen... bevor ich vergesse, daß ich Euren Namen getragen habe und mir nur noch der Tatsache bewußt bin, daß Ihr ein Feind meines Landes und meines Souveräns seid!»

Francis hob die Arme gen Himmel. «Unglaublich! Ihr seid jetzt also Bonapartistin? Ihr, eine Aristokratin! Es ist wahr, daß ein Kopfkissen noch immer das beste Mittel ist, feindselige Überzeugungen zu bekämpfen. Aber beruhigt Euch, es ist nicht diese Art Politik, über die ich mich mit Euch unterhalten möchte. Ihr interessiert Euch nicht dafür? Bitte!... Aber interessiert Ihr Euch auch nicht für die, die Beaufort angeht?»

«Was kann Euch veranlassen zu glauben, daß Monsieur Beaufort mich interessiert?» fragte Marianne, die Schultern zuckend.

«Nein, Marianne, nicht so mit mir! Ich kenne die Frauen, und Euch kenne ich besser, als Ihr annehmt. Beaufort interessiert Euch nicht nur, Ihr liebt ihn – und er liebt Euch, trotz dieser mürrischen Backpflaume, die zu heiraten er sich verpflichtet glaubte. Ihr hattet vorhin so eine gewisse Art, Euch wütend anzusehen, die einen kundigen Beobachter nicht täuscht. Aber genug drumherum geredet! In zwei Worten: Beaufort gerät morgen in große Gefahr. Die Frage ist zu wissen, ob Ihr ihn retten wollt oder nicht.»

«Wenn Ihr auf das Duell anspielt ...»

«Aber nein! Guter Gott! Wegen eines Duells hätte ich mich nicht herbemüht. Beaufort ist zweifellos der beste Fechter ganz Amerikas. Wenn ich sage, daß er in Gefahr ist, handelt es sich um eine wirkliche Gefahr.»

«Warum sagt Ihr es dann nicht ihm?»

«Weil er nicht auf mich hören würde – und weil er nichts zahlen würde, um zu erfahren, aus welcher Gefahr er gerettet werden muß. Während Ihr zahlen werdet, nicht wahr?»

Sprachlos vor Verblüffung und Entrüstung, blieb Marianne stumm. Zugleich empfand sie eine eigentümliche Erleichterung. Francis' scheinbar neue Persönlichkeit verwirrte sie. Irgend etwas stimmte da nicht mit seiner wahren Natur überein. Jetzt fand sie sich wieder auf bekanntem Boden. Er war noch immer derselbe, und diese Idee, zu ihr zu kommen und aus der Rettung eines Freundes Geld zu schlagen, war ganz er. Sie konnte nicht umhin, ihn ihre Meinung wissen zu lassen. «Ich glaubte, er sei Euer Freund», sagte sie verächtlich. «Freundschaft scheint Euch nicht allzuviel zu bedeuten.»

«Ein Freund? Das wäre zuviel gesagt ... Die Tatsache, daß er sich Euer Vermögen durch die Finger hat gehen lassen, schafft nicht gerade eine innige Bindung. Und die Zeiten sind zu hart, um in Gefühlen zu schwelgen. Wieviel bietet Ihr mir also im Austausch gegen das, was ich weiß?»

Aus der scheinbaren Ungezwungenheit der Worte war die Gier herauszuhören. Marianne musterte den unbestreitbar schönen, nobel auftretenden, in seinem Frack aus dunkelgrünem Samt sehr eleganten jungen Mann mit Abscheu. Sein blondes Haar war auf eine Art frisiert, die zu den fast zu vollkommenen Zügen paßte, und seine schmalen Hände waren ebenso schön, ebenso weiß wie die des Kardinals von San Lorenzo. Sein Lächeln war trotz der kalten Gleichgültigkeit des grauen Blicks voller Charme. Und dennoch war die Seele, die diesen schönen Edelmann belebte, nichts als eisiger Schlamm, ein hoffnungsloser Sumpf von Egoismus, Grausamkeit, Heuchelei und Gemeinheit. Eine Seele, die ihr Besitzer ohne Zögern für ein wenig Geld verkauft hätte ... Und diesen Mann habe ich geliebt, dachte Marianne angewidert. Dieser Mann hat monatelang alle Helden der Romane für mich verkörpert, alle Ritter der Tafelrunde des Königs Artus! Und Tante Ellis sah in ihm das Muster aller Tugenden! Wie lächerlich!

Doch vor allem ging es jetzt darum, Ruhe zu bewahren, obwohl wirkliche Furcht in ihr aufzusteigen begann. Sie kannte Cranmere zu gut, um nicht zu wissen, daß er nie ohne Anlaß drohte. Seiner Erpressung lag sicherlich eine schreckliche Realität zugrunde, eine Realität, deren Kosten Jason tragen würde, wenn sie nicht zahlte. Und nun, da Francis ihre Gefühle für Beaufort entdeckt hatte, würde er nicht so leicht wieder loslassen. Um ihre Nervosität nicht sichtbar werden zu lassen, preßte Marianne die Hände hinter ihrem Rücken fest ineinander. So zeigte ihr Gesicht nur Gleichmut, als sie fragte: «Und wenn ich mich weigerte zu zahlen?»

«Würde ich meine Informationen für mich behalten – aber ich glaube, daß es nicht dazu kommen wird, nicht wahr? Sagen wir – fünfundzwanzigtausend Livres? Der Preis ist bescheiden, wie mir scheint.»

«Bescheiden? Ihr wißt offenbar nicht, was Ihr da sagt! Für wen haltet Ihr mich? Für die Bank von Frankreich?»

«Tut nicht so knickerig, Marianne! Ich weiß, daß Ihr sehr reich geheiratet habt und daß fünfundzwanzigtausend Livres eine Lappalie für Euch sind! Übrigens würde ich mich weit anspruchsvoller zeigen, wenn ich nicht dringend Geld brauchte, aber ich muß Paris vor Morgengrauen verlassen haben. Also laßt die Winkelzüge beiseite! Wollt Ihr, ja oder nein, wissen, was Beaufort bedroht? Ich schwöre Euch, wenn Ihr nicht einwilligt, wird er morgen um diese Zeit tot sein.»

Ein Schauer lief Marianne den Rücken herunter. Sie sah plötzlich eine Welt ohne Jason vor sich, und sie begriff, daß sie dann nichts mehr hindern könnte, sich im Tod mit ihm zu vereinen. Was bedeutete schon Geld neben einem solchen Unglück, dieses Geld, das für Cranmere das höchste Glück war und für sie selbst weniger als nichts. Seit ihrer Hochzeit wurden in der Tat durch die Geschäftsbeauftragten des Fürsten Sant' Anna riesige Summen zu ihrer Verfügung gehalten. Sie wandte sich mit einem Blick voller Abscheu an den Engländer: «Geduldet Euch einen Moment! Ich werde das Geld holen.»

Während sie zur Tür ging, runzelte Cranmere die Stirn und streckte unwillkürlich die Hand aus, wie um sie zurückzuhalten. Sie lächelte ihm frostig zu. «Was habt Ihr zu fürchten? Daß ich um Hilfe rufe und Euch verhaften lasse? Ich vermute, nichts könnte in diesem Fall Jason Beaufort retten?»

«Nichts, in der Tat. Geht nur, ich warte.»

Marianne bewahrte in ihrem Zimmer niemals Geld auf. Der vom Impresario zum Range eines Kassenverwalters aufgestiegene Arcadius de Jolival tat es für sie. Eine in eine Wand seines Zimmers eingelassene Kassette enthielt stets eine ziemlich große Geldsumme sowie Mariannes Schmuck. Nur er und Marianne besaßen einen Schlüssel dazu. Marianne ging also zu seinem Zimmer, nachdem sie sich davon überzeugt hatte, daß Francis ihr nicht folgte.

Arcadius war abwesend. Er war nach Aachen gereist, um dort, wie er vorgab, eine Kur in den warmen, chlorhaltigen Quellen zu machen, die den Ruhm der einstigen Hauptstadt Karls des Großen bildeten und Leidende aus ganz Europa dorthin lockten. Als Marianne, über sein plötzliches Verlangen nach einer Thermalkur leicht erstaunt, sich besorgt nach seiner Gesundheit erkundigte, hatte Arcadius erklärt, durch Rheumatismus halb gelähmt und allenfalls zwei Finger von einem dramatischen und endgültigen Erlöschen seiner Stimme entfernt zu sein. Marianne war es ein wenig überraschend gekommen, doch sie hatte sich damit begnügt, ihm gute Reise zu wünschen und hinzugefügt: «Umarmt Adelaide für mich – und sagt ihr, daß sie mir sehr fehlt. Wenn sie zurückkehren könnte ...»

Die plötzlich strahlende Miene ihres alten Freundes hatte ihr verraten, daß sie richtig gesehen hatte, und es hatte sie sehr gerührt, bei Arcadius etwas wie verborgene Zärtlichkeit zu entdecken.

Marianne betrat rasch das leere Zimmer, schloß sorgsam die Tür hinter sich, schob sogar den Riegel vor und blieb einen Augenblick an ihr Holz gelehnt stehen, um sich ein wenig zu beruhigen. Ihr Herz schlug heftig, als sei dieses Zimmer ein fremdes Zimmer, in das sie wie ein Einbrecher eingedrungen sei. Sie hatte Angst, ohne recht zu wissen, warum. Vielleicht nur deshalb, weil Francis Cranmere überall, wo er war, eine undurchsichtige, gefährliche Atmosphäre um sich verbreitete. Sie wünschte sich jetzt nur eins: ihn verschwinden zu sehen. Danach könnte sie Jason aufsuchen, um ihn vor der mysteriösen Gefahr zu warnen. Wieder einigermaßen imstande, ihre Nerven zu kontrollieren, nahm Marianne den Schlüssel zum Fach aus einer winzigen, durch ein drehbares Ornament aus vergoldeter Bronze verdeckten Höhlung im massiven Mahagoni-Fußende des Bettes. Dann öffnete sie eins der mit grüner Seide bespannten Paneele, mit denen die Wände verkleidet waren, indem sie die Verzierung einer Leiste verschob, und hatte endlich die eiserne Truhe vor sich. Sie enthielt Stapel von Schmuckkästchen, Bündel von Noten der Bank von Frankreich und zwei Säcke mit Gold. Ohne zu zögern, nahm Marianne drei Notenbündel, legte sie beiseite, zählte das dritte, tat den Rest zurück, schloß sorgfältig wieder Truhe, Paneel und Schlüsselversteck und verließ das Zimmer, fest an ihre Brust drückend, was sie als Jasons Lösegeld ansah.

Im Hause war es noch immer still. Die Dienstboten im Gesindetrakt und Agathe in ihrer kleinen Kammer nahe den Räumen ihrer Herrin schliefen friedlich, meilenweit von dem Drama entfernt, das sich unter ihrem Dach abspielte. Aber um nichts auf der Welt hätte Marianne gewünscht, sie in diese Geschichte verwickelt zu sehen.

Francis Cranmere zog ein saures Gesicht, als er die Banknoten in Mariannes Hand bemerkte. «Gold wäre mir lieber gewesen», sagte er.

«Ich habe die Summe nicht in Gold zur Hand. Und macht mir nichts vor, Francis! Ich bin sicher, daß Ihr einen Bankiersfreund habt, der sie Euch diskontieren wird – und wär's auch nur Euer Freund Baring in London.»

«Sieh an! Ihr wißt das?»

«Ich weiß vieles. Zum Beispiel, wieso Ihr so ungehindert in Paris spazierengehen konntet, als Fouché Polizeiminister war. Aber Fouché ist nicht mehr Minister.»

«Deshalb habe ich's auch eilig. Gebt mir diese Banknoten, ich komme schon zurecht.»

Rasch zog Marianne ihre Hände zurück und barg sie hinter ihrem Rücken, die Noten auf einer Konsole ablegend. «Einen Moment! Ihr könnt sie nehmen, wenn Ihr geht. Aber zuvor habt Ihr mir etwas zu erzählen.»

Ihr Herz setzte einen Schlag aus. Francis' Augen, zu schmalen grauen Schlitzen verengt, spähten nach den Bündeln. Auch Röte war in sein Gesicht gestiegen, und sie begriff, daß das Fieber des Geldes ihn ergriffen hatte. Nichts hinderte ihn, sich auf sie zu stürzen, sie niederzuschlagen, die Banknoten an sich zu nehmen und zu fliehen. Vielleicht hatte er ihr gar nichts zu sagen.

Von jähem Zorn gepackt, lief sie zu einer kostbaren Kommode aus westindischem Holz, öffnete den auf ihr stehenden flachen Kasten, riß eine der auf rotem Plüsch gebetteten, stets geladenen Duellpistolen heraus und fuhr mit gehobener Waffe zu ihm herum. «Wenn Ihr dieses Geld anrührt, ohne zuvor gesprochen zu haben, werdet Ihr keinen weiteren Schritt zur Tür tun. Ihr wißt, daß ich gut schieße!»

«Was für eine Mücke sticht Euch? Ich habe nicht die Absicht, Euch zu bestehlen, und ich werde auch nur wenige Worte brauchen.» Er brauchte in der Tat nicht viele Worte. Jason sollte sich am nächsten Abend zu Quintin Crawford in die Rue d'Anjou begeben, angeblich um dessen berühmte Gemäldesammlung zu sehen, in Wirklichkeit, um dort einen geheimen Boten Fouchés zu treffen, der zwar exiliert, doch keineswegs von seinem Machthunger geheilt und entschlossen war, mit allen Mitteln, selbst dem des Hochverrats, zurückzukehren, außerdem zwei der fanatischsten Anhänger des im Exil lebenden Königs, den Marianne nur allzu gut bekannten Chevalier de Bruslart und den Baron de Vitrolles. «Savary ist unterrichtet», fügte Cranmere hinzu. «Noch bevor sie Crawfords Schwelle überschritten haben, werden die vier Herren unauffällig verhaftet, sofort nach Vincennes geschafft und noch vor Morgengrauen füsiliert werden.»

Marianne fuhr erregt auf: «Ihr seid verrückt! Vier Männer will man ohne Richterspruch, ohne ausdrücklichen Befehl des Kaisers exekutieren?»

Francis' schönes Gesicht verzog sich zu einem mokanten Lächeln. «Habt Ihr vergessen, daß Savary der Mann ist, der den Herzog von Enghien ermordet hat? Bonaparte ist in Compiègne, und diesmal handelt sich's um feindliche Agenten.»

«Jason ein feindlicher Agent? Wem wollt Ihr das erzählen?»

«Euch, meine Liebe. Wie viele Männer von gesundem Verstand ist er der Meinung, daß der Frieden mit England aus einer ganzen Reihe von Gründen, vor allem aber des ungehinderten Handels wegen, notwendig ist. Diesen Frieden wird man mit oder ohne Boney schließen. König Ludwig XVIII. ist schon für ihn gewonnen.»

Rasende Wut schoß in Marianne hoch. Sie empfand die Gleichsetzung Jasons, des Mannes, den sie liebte, mit diesen im Dunkeln wirkenden, skrupellosen politischen Abenteurern, die um ihrer eigenen Interessen willen bereit waren, Reiche zu stürzen und irgendeine verbrauchte Marionette auf einen noch blutbeschmierten Thron zu setzen, als eine persönliche Beleidigung.

«Es gibt da etwas, das Ihr vielleicht nicht wißt! Jason bewundert und liebt Napoleon. Vergeßt Ihr, daß er als Gesandter seiner Regierung bei ihm ist?»

«Als offiziöser Gesandter, eine in vieler Hinsicht recht praktische Situation. Vergeßt Ihr Eurerseits, daß Beaufort immer Geld braucht? Wir beide, Ihr und ich, haben allen Grund, es zu wissen.»

«Er ist nicht der einzige!»

«Vergeßt Ihr», fuhr Francis fort, die Unterbrechung großzügig überhörend, «unter welchen Umständen Ihr ihn kennenlerntet? In Selton, in England – und im Kreis der intimen Freunde des Prinzen von Wales! Wollt Ihr noch einen weiteren Beweis? Jener englische Korsar, den er vor kurzem erst unter dem Vorwand, daß Amerika sich nicht im Krieg mit England befinde, hat entkommen lassen, dieser Korsar war in Wirklichkeit sehr wichtig, denn er kehrte aus Spanien zurück und beförderte Depeschen von Wellington, die dieser einem schnellen Schiff anzuvertrauen für klug gehalten hatte. Nun, für ein Handelsschiff ist die ‹Meerhexe› auffallend gut bewaffnet, besser als die ‹Revenge› und schneller dazu. Seid Ihr überzeugt?»

Marianne fand nicht den Mut zu antworten. Sie wandte sich ab. Gewiß, sie konnte Jason nicht vorwerfen, die Interessen seines Landes denen Frankreichs vorzuziehen, aber der Gedanke, daß er in der Maske des Freundes nach Frankreich zurückkehren, sich vom Kaiser empfangen und mit Ehren behandeln lassen konnte und sich gleichzeitig mit den schlimmsten Feinden des französischen Souveräns zusammentat, war ihr unerträglich. Doch es war unleugbar, daß es Francis' Argumenten nicht an Gewicht fehlte. Bevor er sich Napoleon genähert hatte, war Jason wirklich ein Freund des englischen Prinzen und offenbar sogar einer seiner Vertrauten gewesen.

Nachdem sie die Frage von allen Seiten bedacht hatte, bemerkte sie: «Eins verstehe ich nicht. Ihr kommt hierher, um mir eine Information zu verkaufen, die Monsieur Beaufort retten kann – aber diese Information betrifft nicht nur ihn. Da ist Crawford, und da sind die drei anderen.»

«Falls Crawford Schwierigkeiten hat, wird er mit ihnen allein fertig werden», erwiderte Francis mit einem trockenen Lachen. «Denn wenn Savary Wind von der Sache bekommen hat, braucht man nicht weiter nach seiner Quelle zu suchen.»

«Wollt Ihr damit sagen . . .»

«Daß Crawford sich in Paris wohlfühlt und daß er in seinem Alter erheblich mehr Wert auf seine Ruhe als auf Überzeugungen legt, für die er, und das sicherlich mit einigem Recht, genug mit seiner Börse und seiner Person bezahlt zu haben glaubt. Beruhigt Euch, Crawford hat nichts zu fürchten. Mit den andern werde ich mich befassen.»

«Einer von ihnen kann auf den barmherzigen Gedanken verfallen, Beaufort zu warnen.»

«Sie werden eben genug Zeit haben, sich selbst in Sicherheit zu bringen. Habe ich mein Geld verdient?»

Marianne nickte. Die Hand mit der Waffe sank herab, und während Francis langsam zu der Konsole trat, legte sie die Pistole in ihren Kasten zurück. Schweigend stopfte er das Geld in seine geräumigen Taschen, verneigte sich tief und wandte sich zum Fenster. Marianne konnte es kaum erwarten, bis er fort war. Wenn der Handel, den sie miteinander geschlossen hatten, ihren Haß gegen diesen Mann auch nicht steigerte, hatte er wenigstens die Furcht beseitigt, die sie seit dem Abend im Feydeau-Theater vor ihm empfand, und ihrer Verachtung für ihn beträchtlich Auftrieb gegeben. Sie wußte jetzt, daß es ihr immer möglich sein

Schweigend...

... stopfte er das Geld in seine Taschen. Und sie konnte ihm damit das Maul stopfen. Geld ist schon ein Allerweltsmittel. Es kostet manchen das Leben, es rettet manchem das Leben. Und manche drücken für Geld beide Augen zu – anderen.

Geld schafft nicht das Glück herbei, aber es hält eine Menge Unglück fern.

Pfandbrief und Kommunalobligation

Meistgekaufte deutsche Wertpapiere - hoher Zinsertrag - schon ab 100 DM bei allen Banken und Sparkassen

Verbriefte  Sicherheit

würde, Cranmere mit ein wenig Gold das Maul zu stopfen und ihn zu hindern, ihr zu schaden. Und an Gold würde es ihr von nun an gewiß nicht fehlen! Schwieriger würde es sein, mit den Enthüllungen über Jason fertig zu werden. Den Tatsachen zum Trotz brachte Marianne es nicht über sich zuzugeben, daß ihr Freund nur ein Spion war. Und doch...

Der Engländer war schon auf den Balkon getreten, um die Brüstung zu überklettern und sich in den Garten hinunterzulassen, als er sich eines anderen besann.

«Ah, ich vergaß! Wie wollt Ihr Beaufort benachrichtigen? Werdet Ihr ihm schreiben?»

«Ich denke, das geht Euch nichts an. Ich werde ihn so verständigen, wie es mir richtig scheint.»

«Kennt Ihr seine Adresse?»

«Er hat mir gesagt, er bewohne in Passy das Haus eines Freundes, des Bankiers Baguenault.»

«In der Tat. Es ist ein großes, schönes Haus am Ufer der Seine, von einem in Terrassen abfallenden Park umgeben. Vor der Revolution gehörte es der Prinzessin Lamballe, und unter diesem Namen ist es noch im Viertel bekannt. Aber wenn Ihr mir erlaubt, Euch einen Rat zu geben?»

«Geben? Ihr»

«Warum nicht? Ihr seid großzügig gewesen, ich werde es auch sein, indem ich Euch eine Dummheit erspare. Schreibt nicht. Bei dieser Art von Angelegenheiten weiß man nie, was passieren kann, und falls die Polizei Beauforts Wohnung durchsuchen sollte, wäre es gefährlich für Euch, wenn ein Brief von Euch gefunden würde. Wo es keine Spuren gibt, gibt's auch keine Beweise, Marianne, und in gewissen Fällen könnte sich Eure Intimität mit dem Kaiser gegen Euch wenden. Das beste ist, Ihr begebt Euch persönlich zu Beaufort – sagen wir, morgen abend gegen neun Uhr. Das Rendezvous bei Crawford soll um elf stattfinden. Beaufort wird sich also noch im Haus befinden.»

«Woher wollt Ihr das wissen? Er könnte durchaus den ganzen Tag über abwesend sein.»

«Gewiß, aber ich weiß aus sicherer Quelle, daß er morgen abend gegen acht einen wichtigen Besuch erwartet.»

Marianne betrachtete Cranmere mit Neugier. «Wie bringt Ihr es fertig, so gut unterrichtet zu sein? Man möchte schwören, daß Jason keine Entscheidung trifft und kein Rendezvous vereinbart, ohne Euch darüber zu unterrichten.»

«Meine Liebe, in dem Metier, das ich betreibe, ist es oft eine schlichte

Frage von Leben oder Tod, soviel wie nur möglich über Freund oder Feind zu wissen. Schließlich seid Ihr völlig frei, mir nicht zu glauben und nach Euerm Gutdünken zu verfahren – aber klagt mich nicht an, wenn Ihr durch leichtfertiges Handeln eine Katastrophe auslöst.»

Marianne machte ein ungeduldige Bewegung. Sie hatte jetzt nur einen Wunsch: ihn gehen zu sehen und danach sofort Jason aufzusuchen, ohne eine Minute zu verlieren, um auch ganz sicher zu sein, daß er nicht zu Crawford gehen würde. Doch ihre Gedanken verrieten sich so deutlich auf ihren ausdrucksvollen Zügen, daß Cranmere keine Mühe hatte, sie zu erraten. Als handele es sich um etwas total Unwichtiges, bemerkte er lässig, während er mit einem Finger flüchtig eine Falte seiner hohen Halsbinde glättete:

«Um diese Stunde nach Passy zu fahren, würde Euch nicht viel einbringen, denn ihr hättet teuflische Mühe, empfangen zu werden. Die Señora Pilar – so heißt sie doch wohl? – wacht über ihr eheliches Glück ebenso eifersüchtig wie der erste Jason über sein berühmtes Goldenes Vlies. Ihr würdet nur sie sehen... Während ich Euch versichern kann, daß sich diese liebenswürdige Dame morgen abend in Mortefontaine befinden wird, bei dieser seltsamen Königin von Spanien, die man aus einer kleinen Marseiller Bürgerin fabriziert hat. Diese jämmerliche Königin Julie – da man sie nun einmal so nennen muß – hält es für ihre Pflicht, alles in ihren Kreis zu ziehen, was auch nur die leiseste Beziehung zu Spanien hat, wohin sie übrigens zweifellos nie ihren Fuß setzen wird, da ihr nobler Gatte es vorzieht, sie in ihrem Winkel zu lassen. Wobei war ich doch?»

«Ihr wart soeben im Begriff, endlich zu gehen!» rief Marianne verärgert.

«Noch ein wenig Geduld! Ich war im besten Zuge, mich wie ein edler Ritter zu benehmen, und das ist es schon wert, ein paar Augenblicke dabei zu verlieren. Ich sagte also... ah ja! Daß morgen die Señora nicht zu Hause sei, daß Ihr freie Bahn haben werdet, teure Fürstin, und daß es, falls Beaufort kein vollendeter Schafskopf sein sollte, nur an Euch liegen dürfte, wenn Ihr vor dem Morgen hierher zurückkehrt.»

Mariannes Wangen erglühten, während ihr Herz einen Schlag aussetzte. Die Bedeutung, die Cranmere seinen letzten Worten unterlegte, war nur allzu klar! Aber wenn die Aussicht, die sie heraufbeschworen, sie auch vor Glück erbeben ließ, bekamen sie in diesem zynischen Mund doch einen zweideutigen, zweifelhaften Sinn, der ihr mißfiel. Diese Art von Segen, den ihr Francis da erteilte, schien ihr ihre Liebe zu beschmutzen.

«Wie aufmerksam!» sagte sie mit bitterer Ironie. «Mein Wort, man möchte schwören, die Leitidee Eures Lebens sei es, mich um jeden Preis in Monsieur Beauforts Arme zu werfen!»

Cranmere knisterte in der Tasche mit dem Banknotenbündel. «Fünfundzwanzigtausend Livres sind eine schöne Summe», erwiderte er lässig.

Doch im nächsten Moment änderte sich schlagartig sein Verhalten. Er warf sich auf Marianne, packte ihr Handgelenk so fest, daß es sie schmerzte und knurrte wütend: «Heuchlerin! Schmutzige, kleine Heuchlerin! Du hast nicht einmal den Mut, deine Liebe einzugestehen! Dabei brauchte man nur den Ausdruck deines Gesichts in der Theaterloge zu sehen, um zu begreifen, daß du vor Lust vergingst, ihm zu gehören! Aber es wäre wohl zu demütigend, nicht wahr, nach der Posse von Selton, nach all deiner Vornehmtuerei und deiner tugendhaften Entrüstung zu bekennen, daß du dich in ihn verliebt hast? Verrate mir, wie oft du schon dein törichtes Benehmen bereut hast! Wie viele einsame Nächte hast du damit vergeudet, diese eine Nacht zu bedauern? Sag! Wie viele?»

Mit einem jähen Ruck befreite sich Marianne aus der Umklammerung seiner Hand, lief zu ihrem Bett und packte den Griff ihres Glöckchens. «Verschwindet! Ihr habt Euer Geld, also geht endlich! Und zwar schnell, sonst rufe ich meine Leute!»

Der Zorn schwand wie eine Wolke aus Francis' verzerrtem Gesicht. Er sog einmal tief Luft ein, hob die Schultern und wandte sich langsam zum Fenster. «Nicht nötig. Ich gehe schon. Gleich werdet Ihr mir sagen, daß mich das nichts angeht, und letzten Endes habt Ihr auch recht. Aber ich kann mich nicht hindern zu denken, daß ... alles vielleicht hätte anders sein können, wenn Ihr weniger töricht gewesen wärt.»

«Und Ihr weniger verächtlich! Laßt es Euch gesagt sein, Francis: Ich habe nie bedauert, was geschehen ist, und ich bedaure es noch immer nicht.»

«Warum? Weil Napoleon Euch das Lieben gelehrt und Euch zur Fürstin gemacht hat?»

Ohne die Frage zu beachten, schüttelte Marianne den Kopf. «In Selton habt Ihr mir einen unermeßlichen Dienst erwiesen, als Ihr mir den Geschmack an der Freiheit beibrachtet. Eure einzige Entschuldigung, wenn es überhaupt eine gibt, ist die, daß Ihr nichts von mir wußtet. Ihr glaubtet mich aus demselben Holz geschnitzt wie Ihr oder Eure Freunde, und das war ein Irrtum. Was Jason angeht, bin ich bereit, der ganzen Welt ins Gesicht zu schreien, daß ich ihn liebe, und auch dafür kann ich

Euch danken, denn wenn ich mich Eurem widerlichen Handel gefügt hätte, würde ich ihn nicht so lieben! Wenn ich schließlich etwas zu bedauern habe, dann nur, daß ich nicht sofort begriff, was für ein Mensch er ist, und ihm nicht sofort gefolgt bin, wie er es in der ersten Nacht von mir verlangte ... aber, Gott sei gedankt, habe ich noch Liebe und Jugend genug, um auf das Glück zu warten, solange es nötig ist! Weil ich weiß, ich spüre es, daß ich es eines Tages erreichen werde ...»

«Nun – Schlimmeres kann ich Euch nicht wünschen!» Und ohne noch etwas hinzuzufügen, trat er auf den Balkon hinaus, schwang sich über die Balustrade und ließ sich vorsichtig nach unten gleiten. Einen Moment sah Marianne, die sich dem Fenster genähert hatte, noch seine um die schmiedeeiserne Brüstung geklammerten, auffallend weißen Hände. Dann hörte sie einen dumpfen Aufprall, unmittelbar gefolgt von leichten, schnellen Schritten, die sich zur Mauer des Nachbargartens entfernten. Mechanisch trat Marianne gleichfalls durch die Fenstertür und auf den Balkon hinaus, um ihr erregtes Herz zu beruhigen und ein wenig Ordnung in ihre Gedanken zu bringen.

Ihr erster Impuls trieb sie dazu, nach Gracchus zu läuten, die Pferde anspannen und sich ohne Verzug nach Passy bringen zu lassen, doch Francis' Worte fanden ihren Weg in ihr Bewußtsein, und trotz allem, was sie von ihm wußte, konnte sie nicht umhin, ihre Richtigkeit einzusehen. Wer konnte im voraus ahnen, wie die Spanierin reagieren würde, wenn sie mitten in der Nacht bei ihr erschiene? Würde sie auch nur bereit sein, ihren Mann zu warnen? Oder fände sie in der Abneigung, die Marianne ihr einflößte, einen ausgezeichneten Grund, kein Wort von dem zu glauben, was sie ihr sagte? Und würde, falls Marianne Spektakel machte, um trotzdem Jasons Aufmerksamkeit auf sich zu lenken, nicht ein Skandal entstehen, der niemand guttäte? Die Idee, nur Gracchus mit einem Briefchen zu schicken, verlockte sie ebensowenig, da sie wußte, daß sie weder Rast noch Ruhe finden würde, solange sie über Jasons Verhalten nicht die letzte Gewißheit erlangt hätte. Vielleicht genügten weder Bitten noch Tränen, um ihn auf eine Begegnung verzichten zu lassen, von der er sich möglicherweise viel versprach... Das beste wäre zweifellos, den Tag abzuwarten und sich gleich nach ihrer Morgentoilette zu Beaufort fahren zu lassen.

Bedrückt fuhr sich Marianne mit zitternder Hand über die Stirn und atmete zwei- oder dreimal tief die Nachtluft ein, um zu versuchen, so das unregelmäßige Schlagen ihres Herzens zu besänftigen. Die Nacht war still und milde. Die hohe Himmelswölbung glitzerte von Sternen, und aus dem Garten stieg mit dem silbrig-melancholischen Geplätscher des kleinen Wasserstrahls der Duft der Rosen und des Geißblatts. Es war eine Nacht, wie dazu geschaffen, zu zweit erlebt und genossen zu werden, und Marianne stieß einen Seufzer aus, während sie an die seltsame, hartnäckige Laune des Schicksals dachte, die sie, die von so vielen Männern Begehrte, zu dauernder Einsamkeit zu verurteilen schien. Frau ohne Gatten, Geliebte ohne Liebhaber, Mutter, des Kindes beraubt, dessen zarte, so oft in ihrer Vorstellung beschworene Gestalt sie schon im voraus so zärtlich geliebt hatte – war es nicht eine Ungerechtigkeit des Geschicks, eine Art Verhöhnung? Was taten in dieser Stunde die Männer, die etwas in ihrem Leben bedeuteten? Der, der eben so schnell verschwunden war, in den Augen einen seltsamen Ausdruck von Müdigkeit, was tat er jetzt bei Madame Atkins, dieser sanften, schwärmerischen Frau, deren ganzes Dasein nur noch ein langes Warten auf die Rückkehr des Kindes aus dem Temple war, jenes kleinen Ludwigs XVII., den seinem Gefängnis mit entrissen zu haben sie überzeugt war? Was tat der weiß maskierte Zentaur der Villa Sant'Anna, dessen furchtbare Einsamkeit sich in der seiner vorgeblichen Gattin widerspiegeln zu wollen schien? Was Napoleon in Gesellschaft seiner Österreicherin unter den goldverzierten Decken Compiègnes tun mochte, falls er nicht gerade damit beschäftigt war, eine der häufig wiederkehrenden Magenverstimmungen seiner die Süßigkeiten allzusehr liebenden Gemahlin zu pflegen, konnte Marianne sich unschwer vorstellen, doch sie litt nicht mehr darunter. Der Glanz und und die Glut der kaiserlichen Sonne hatten sie eine Zeitlang geblendet, aber die Sonne war nun in einem Ehebett überaus bürgerlich zur Ruhe gekommen und hatte dadurch etliches an Faszination verloren.

Unendlich schmerzlicher war der Gedanke an Jason, bedroht von tödlicher Gefahr, doch in dieser Minute noch geborgen mit Pilar in jenem entzückenden Haus am Ufer der Seine, das Marianne mehr als einmal bewundert hatte. Der in Terrassen abfallende weitläufige Garten mußte um diese nächtliche Stunde zauberhaft sein – aber war die nüchterne, gestrenge Pilar, die Frankreich nicht liebte, überhaupt imstande, die Verführung dieses altmodisch-anmutigen Parks zu erspüren? Vermutlich zog sie es vor, in der einsamen Zurückgezogenheit einer Kapelle zu einem Gott des Hochmuts und der unerbittlichen Gerechtigkeit zu beten!

Plötzlich wandte Marianne in einer Bewegung voller Groll dieser allzusehr von Sehnsucht erfüllten Nacht den Rücken und kehrte ins Zimmer zurück. In einem der Kandelaber auf dem Kamin drohte eine Kerze qualmend zu erlöschen, und Marianne blies auch die anderen Kerzen des Leuchters aus. Nur die Öllämpchen am Kopfende des Bettes erhellten noch den Raum und tauchten ihn in rötliches Dämmerlicht. Doch weder sein Charme noch die Verlockung des weichen Bettes wirkten auf Marianne. Sie hatte sich entschlossen, sofort nach Passy aufzubrechen, was auch die Folgen sein mochten. Sie wußte, daß sie keine Ruhe fände, solange sie Jason nicht gesehen hätte, und wenn sie, um das zu erreichen, die verhaßte Pilar überrennen und das ganze Viertel in Aufruhr versetzen müßte. Doch zuvor mußte sie sich erst umziehen ...

Marianne begann sich zu entkleiden, indem sie den Helm aus roten Federn abnahm, der schon schmerzhaft an ihren Haaren zog, dann fuhr sie mit beiden Händen lockernd in ihre Frisur. Gelöst fiel das Haar wie eine schwarze Schlange bis zu ihren Hüften herab. Sich des Musselinkleides zu entledigen war schwieriger. Durch die zahlreichen Häkchen nervös gemacht, war sie schon nahe daran, Agathe zu rufen, als sie sich unversehens erinnerte, daß Jason dieses Kleid mißfallen hatte, und mit einem zornigen Ruck die Verschlüsse aus dem zarten Gewebe riß. Nur noch mit einem kurzen, von schmalen Satinbändern gehaltenen Batisthemd bekleidet, setzte sie sich, um ihre Schuhe zu wechseln. In diesem Moment ließ das Gefühl einer fremden Gegenwart sie aufblicken. Wirklich zeichnete sich die Gestalt eines Mannes im Rahmen der Fenstertür ab, der sie stumm betrachtete.

Mit einem empörten Ausruf griff Marianne nach einem über die Lehne des Sessels gebreiteten Morgenkleid aus grünem Moiré und schlüpfte hastig hinein. Im ersten Moment hatte sie geglaubt, Francis sei zurückgekehrt. Sie hatte im Schatten der Fensternische nur blondes Haar bemerkt. Doch beim zweiten Blick schon stellte sie fest, daß die Ähnlichkeit damit ein Ende hatte, und sehr schnell, noch bevor er sprach, erkannte sie ihn. Es war Tschernytschew. Reglos wie eine düstere Statue in seiner dunkelgrünen Uniform, verschlang der Kurier des Zaren sie mit den Blicken. Aber mit so glänzenden, so starren Blicken, daß sich in ihrer Kehle etwas beklemmend zusammenzog. Sichtlich war der Russe nicht in seinem normalen Zustand. Hatte er vielleicht getrunken? Sie wußte schon, daß er Alkohol in erstaunlichen Mengen konsumieren konnte, ohne auch nur einen Zoll an Haltung zu verlieren.

Mit leiser, von Unruhe halb erstickter Stimme befahl sie: «Geht! Auf der Stelle! Wie könnt Ihr es wagen, bei mir einzudringen?»

Er antwortete nicht, näherte sich nur um einen Schritt, einen zweiten, dann drehte er sich um und schloß rasch das Fenster. Als er sich anschickte, auch das andere zu schließen, warf sich Marianne dazwischen und klammerte sich an den Riegel.

«Ich habe Euch schon aufgefordert zu verschwinden!» zischte sie.

«Seid Ihr taub? Wenn Ihr Euch nicht sofort entfernt, werde ich rufen!»
Noch immer keine Antwort, doch Tschernytschews Hand packte die junge Frau an der Schulter, schleuderte sie beiseite, so daß sie, stürzend, bis zum Fuß des Kanapees über den Teppich rollte, während der Russe das zweite Fenster schloß und dann zu ihr zurückkehrte. Seine Bewegungen waren die eines Automaten, und die erschreckte Marianne zweifelte keinen Moment, daß er völlig betrunken war. Als er sich ihr genähert hatte, war ihr ein starker Alkoholgeruch in die Nase gestiegen.

Um sich ihm zu entziehen, versuchte sie, sich unter das Kanapee zu schieben, doch er war schon bei ihr. Mit derselben unwiderstehlichen Kraft hob er sie vom Boden und trug sie trotz heftigen Widerstands zum Bett. Zu schreien vermochte sie nicht mehr: Seine Hand hatte sich brutal auf ihren Mund gepreßt, und zudem schimmerten die schrägen grünen Augen des Russen im Dunkel wie die einer Katze in einem so unheimlichen Glanz, daß sie vor Angst erstarrte.

Einen Moment ließ er sie los, doch nur, um die aus Goldfäden gewirkten Kordeln herunterzureißen, die die blaugrünen Moirévorhänge des Baldachins hielten. Im Fallen hüllten sie das Bett in meergrünen Schatten, in den nur das Nachtlämpchen einen goldenen Lichtpunkt setzte, aber Marianne blieb keine Zeit zu protestieren. Im Nu waren ihre Handgelenke am Kopfende des Bettes festgebunden. Sie wollte schreien, doch ihre Stimme erstickte in der Kehle: Eine herrische Hand hatte ihr ein zur Kugel zusammengerolltes Taschentuch in den Mund gezwängt.

Kaum noch einer Bewegung fähig, wand sich Marianne dennoch wie eine Natter in dem gegen jede Hoffnung unternommenen Versuch, doch noch ihrem Peiniger zu entrinnen, obwohl die Goldfäden schmerzhaft in ihre Handgelenke schnitten. Es war verlorene Mühe. Tschernytschew gelang es ohne Schwierigkeit, ihre Beine stillzulegen, indem er sich über sie warf und die Fußgelenke an den beiden unteren Bettpfosten festband. Arme und Beine auseinandergezerrt und gefesselt, vermochte sich Marianne nicht mehr zu rühren. Der Russe stand auf und musterte sie befriedigt.

«Du hast dich über mich lustig gemacht, Anjuschka!» sagte er mit so dumpfer Stimme, daß seine Worte nur schwer zu verstehen waren. «Aber du siehst, mit dem Lachen ist es nun aus! Außerdem bist du auch zu weit gegangen. Mich zu zwingen, darauf zu verzichten, den Mann zu töten, den du liebst, war eine große Dummheit, weil ich nie eine Herausforderung unerledigt hinter mir gelassen habe. Du hast an meine Ehre gerührt, indem du dich meiner Pflicht bedientest, um deinen Liebhaber zu schützen, und dafür werde ich dich bestrafen.» Er sprach bedächtig, langsam, jedes Wort betonend, mit der Eintönigkeit eines Kindes, das auswendig Gelerntes hersagt.

Er ist verrückt! dachte Marianne, die sich keinen Augenblick darüber im Zweifel war, auf welche Weise Tschernytschew sie zu bestrafen gedachte. Vergewaltigen würde er sie. Und wirklich öffnete der Russe, der in seiner Betrunkenheit zu der Ansicht gekommen sein mußte, daß nun genug geredet war, das grüne Morgenkleid, zerriß das Hemd in seiner ganzen Länge und schlug die Fetzen auseinander, doch selbst jetzt nicht, nicht einmal mit den Fingerspitzen, die nackte Haut Mariannes berührend. Dann richtete er sich zu seiner ganzen Größe auf und begann sich so ruhig zu entkleiden, als sei er in seinem Zimmer, ohne auch nur einen Blick auf die junge Frau zu werfen.

Fast erstickt durch das Taschentuch, das ihr, zu tief in den Rachen gestoßen, Übelkeit verursachte, starrte Marianne voll Abscheu auf den Körper, der sich vor ihr enthüllte: ebenso weiß und ebenso gut gebaut wie der eines griechischen Marmorgottes, aber auch fast ebenso behaart wie ein Rotfuchs. Dieser Körper warf sich ohne Umschweife auf den ihren. Was folgte, war unvorstellbar gewaltsam, schnell und für Marianne ebenso unerfreulich wie peinlich. Der betrunkene Kosak vollzog den Liebesakt mit der gleichen Besessenheit und Wut wie die Bestrafung eines widerspenstigen Muschiks mit der Knute. Nicht nur, daß er bei seiner Gefährtin nicht einmal den kleinsten Anflug von Lust zu wecken versuchte, er schien es darauf anzulegen, sie so viel wie nur möglich leiden zu lassen. Glücklicherweise kam die Natur Marianne zu Hilfe, und die Marter, die sie klaglos über sich ergehen ließ, dauerte nicht lange.

Halb ohnmächtig, glaubte sie wiederaufzuleben, als ihr Peiniger sich erhob, da sie annahm, daß er sie nun befreien und sich endlich entschließen würde, seine Reise nach Moskau anzutreten. Doch Tschernytschew verkündete, noch immer so monoton wie zuvor: «Jetzt werde ich für immer verhindern, daß du mich vergißt. Kein Mann wird sich dir mehr nähern können, ohne zu wissen, daß du mir gehörst.»

Offenbar war er noch nicht fertig mit ihr, und Marianne sah bestürzt, daß er bedächtig einen jener großen goldenen Siegelringe, deren eingraviertes Wappen zum Versiegeln von Briefen dient, vom Finger zog und die Gravur an die Flamme der Nachtlampe hielt. Zugleich musterte er den Körper der jungen Frau, als ob er auf der schweißglänzenden Haut noch irgend etwas suche. Marianne, die seine Absicht erriet, begann zu wimmern und sich in ihren Fesseln so heftig zu winden, daß der Russe, dessen Hand vielleicht nicht ganz sicher war, sein Ziel verfehlte. Er hatte den Bauch treffen wollen, doch das erhitzte Siegel landete auf Mariannes Hüfte ...

Der Schmerz war so grausam, daß sich ihrer Kehle trotz des Knebels ein qualvoller Schrei entrang. Als Echo folgten ihm ein trunkenbefriedigtes Hohngelächter – und das Geräusch einer zersplitternden Scheibe. Marianne hörte, daß ein Fenster stürmisch aufgestoßen wurde, und wie in einem Traum sah sie die ihr Bett schützenden Vorhänge mit einem Schlag herabsinken und an ihrer Stelle die dunkle Gestalt eines Mannes in Husarenuniform auftauchen, dessen rechte Faust einen blitzenden Säbel hielt. Angesichts des sich ihm unerwartet bietenden Schauspiels stieß der Ankömmling einen ellenlangen Fluch aus und rief dann im reinsten Tonfall des Périgord, der Marianne wie die schönste Musik der Welt erschien: «Alle Wetter! Ich habe schon viele Verrückte in meinem Hundeleben gesehen, aber so was wie dich...!»

Marianne litt zu sehr und hatte während dieser unglaublichen Nacht zu viele Aufregungen erlebt, um sich noch über irgend etwas zu wundern. Es überraschte sie nicht einmal, am Fuß ihres Bettes mit gezücktem Säbel den hitzigen Fournier-Sarlovèze, den bevorzugten Liebhaber Fortunée Hamelins, zu entdecken... Der schöne François kam ihr sofort zu Hilfe, nachdem er dem verdutzten Russen befohlen hatte, sich anzuziehen, «und zwar ein bißchen fix», bevor er mit ihm abrechnen werde. Er befreite sie endlich von ihrem Knebel, durchschnitt die goldenen Fesseln und breitete züchtig die zerrissene Wäsche wieder über den geschundenen Körper, all das, ohne auch nur einen Moment seine Suada zu unterbrechen.

«Es war wirklich eine gute Idee, den Umweg über die Rue de l'Université zu machen», sagte er heiter. «Ich dachte übrigens an Euch, schöne Dame, und nahm mir gerade vor, Euch bald einen Besuch abzustatten, um Euch dafür zu danken, daß Ihr mir aus dem Gefängnis verholfen habt, als ich diesen Herrn da im besten Zuge sah, über die Mauer Eures Gartens zu klettern. Zuerst dachte ich, er käme vielleicht als ungeduldig erwarteter Galan. Aber ein Liebhaber, der von einer allein lebenden Dame erwartet wird, braucht nicht beim Klettern über Mauern seine Kleidung zu ruinieren. Wenn ich zu Fortunée gehe, gehe ich wie alle Welt – durch die Tür. Seine Kraxelei hat mich deshalb neugierig gemacht. Und um Euch erst gar nichts zu verheimlichen: Ich hab für die Russen nicht viel übrig und für den da noch weniger als für alle seine Brüder. Nach einigem Zögern hab ich mich also entschlossen, denselben Weg zu nehmen, wäre jedoch im Garten fast umgekehrt. Keine Spur von etwas Besonderem und die Fenster geschlossen, wenn auch Licht dahinter war. Der Teufel mag wissen, warum ich hier heraufgestiegen bin! Aus Neugier vermutlich! Ich liebe es, mich in Dinge zu mischen, die mich nichts angehen», schloß er, während Tschernytschew sich noch immer mit den gleichen mechanischen Gesten anzog und dem, was um ihn herum vorging, auch nicht die geringste Beachtung schenkte.

Doch er wurde jäh in die Wirklichkeit zurückgerufen. Kaum ein wenig erholt und unbekümmert um ihren Schmerz, war Marianne vom Bett gesprungen und verabreichte ihrem Peiniger zwei schallende Ohrfeigen. Dann packte sie ein kostbares chinesisches Porzellangefäß, das nicht wenig wog, hob es, von ihrer Wut beflügelt, hoch und schlug es ihm über den Schädel.

Die Vase zersprang in tausend Stücke, doch der Russe fiel nicht. Seine Augen öffneten sich wie im Nachhall einer ungeheuerlichen Überraschung, und er taumelte nur leicht. Dann sank er schwer auf den Rand des Bettes, während Fournier-Sarlovèze in dröhnendes Gelächter ausbrach, in dem die Flut der Beschimpfungen unterging, mit der Marianne ihren Widersacher überschüttete. Als sie sich jedoch, einmal im Zuge, auf die andere, die Zwillingsvase stürzte, legte sich der Husarengeneral ins Mittel.

«Heda! Sachte, junge Dame! So schöne Dinge verdienen kein so trauriges Ende!»

«Und ich? Habe ich etwa verdient, was dieses wilde Tier mir angetan hat?»

«Eben! Es gibt keinen Grund, Euch auch noch um Gegenstände zu bringen, auf die Ihr ein wenig halten solltet. Warum nehmt Ihr nicht den Schürhaken oder einen Feuerbock? Nein», fügte er hastig dazu, als er bemerkte, daß Marianne tatendurstig den schweren bronzenen Schürhaken ins Auge faßte, «laßt das! Recht besehen, ist es mir lieber, ich töte ihn selbst.»

Ihrer Wunde wegen, die ihr grausam zusetzte, vermochte Marianne dem unerwarteten Paladin nur mit Mühe zuzulächeln. Sie begriff nicht mehr, weshalb ihr François Fournier bisher so zuwider gewesen war. «Ich weiß nicht, wie ich Euch danken soll», murmelte sie.

«Dann versucht's erst gar nicht, sonst werden wir nie damit fertig werden, uns gegenseitig zu danken. Wie ruft man Eure Kammerfrau? Sie muß wohl taub sein.»

«Nein. Vor allem: ruft sie nicht! Sie schläft in der Tat so gut, daß sie die Klingelschnur an ihren kleinen Finger bindet, falls ich sie in der Nacht brauche. Aber für diesmal paßt es mir ausgezeichnet. Ich – ich bin nicht sehr stolz auf das, was passiert ist.»

«Ich sehe nicht ein, warum. Nehmt es wie eine Kriegsverletzung. Mit solchen Burschen liegt man immer ein bißchen im Krieg, aber ich werde ihm jede Lust austreiben, wieder anzufangen. Seid Ihr endlich soweit?» wandte er sich an den Russen.

«Einen Moment noch», sagte der andere. Gemessenen Schritts begab er sich zu einem Tisch, auf dem eine Karaffe mit Wasser stand und goß sich deren Inhalt ohne Zögern über den Schädel. Das Wasser rann über die schöne grüne Uniform und überschwemmte den Teppich, aber Tschernytschews Augen verloren sofort ihren starren Ausdruck. Er schüttelte sich wie ein großer Hund, dann warf er das feuchte Haar zurück, zog seinen Säbel und lächelte Fournier verbissen zu. «Wenn Ihr wollt!» sagte er kalt. «Ich liebe es nicht, wenn man mich bei meinen Vergnügungen stört.»

«Merkwürdige Vergnügungen! Aber wenn's Euch recht ist, werden wir das im Garten abmachen. Mir scheint», fügte er hinzu, indem er mit seiner Waffe auf die heruntergerissenen Vorhänge, das eingeschlagene Fenster, die Scherben der Vase und die Wasserlache wies, die allmählich im Teppich versickerte, «für diese Nacht haben wir genug Schaden angerichtet.»

Mit einem kleinen, verächtlichen Lachen bemerkte Marianne: «Der Graf hat kein Recht, sich zu beklagen. Er müßte schon auf dem Wege in seine Heimat sein. Er ist mit einer Mission beauftragt.»

«Ich bin ohnehin zu spät», erklärte Tschernytschew. «Ein bißchen mehr oder weniger ... Überdies nehme ich mir nur die Zeit, diesen Eindringling zu töten – einen Eurer Liebhaber zweifellos!»

«Nein», korrigierte Fournier bedrohlich liebenswürdig, «der ihrer besten Freundin. Und nun hört auf, Euch dümmer zu geben, als Ihr seid, Tschernytschew! Ihr wißt genau, wer ich bin. Man vergißt den besten Säbelfechter des Kaiserreichs nicht, wenn man ihm einmal auf einem Schlachtfeld begegnet ist», setzte er mit naivem Stolz hinzu. «Erinnert Euch an Austerlitz!»

«Und Ihr», warf Marianne ein, «erinnert Euch an Eure augenblickliche Situation! Beim Andenken meines Vaters, ich würde zehn Jahre meines Lebens geben, um diesen Menschen auf der Stelle tot zu sehen, aber habt Ihr daran gedacht, was geschehen würde, wenn Ihr ihn tötet? Ihr kommt aus dem Gefängnis! Der Kaiser würde Euch sofort dorthin zurückschicken.»

«Und das mit Freuden», bestätigte Fournier. «Er verabscheut mich.»

«Ich weiß nicht, ob er glücklicher darüber wäre, aber er würde Euch zurückschicken – und für wie lange? Dieser Mensch muß durch diplomatische Immunität geschützt sein. Es wäre das Ende Eurer Karriere –

und ich schulde Euch zuviel, um Euch das tun zu lassen, selbst wenn ich vor Verlangen danach stürbe.»

Fournier-Sarlovèze peitschte die Luft mit seiner nackten Klinge und zuckte sorglos die Schultern. «Ich werde versuchen, ihn nicht ganz und gar zu töten. Ich hoffe, eine anständige Lektion wird ihm genügen, und da er sich gleichfalls im Unrecht weiß, wird er den Mund zu halten wissen! Besteht also nicht länger auf Eurer Weigerung, Fürstin. Keine Macht der Welt kann mich hindern, die Klinge mit einem Russen zu kreuzen, wenn ich einen finde! Begreift, daß es Kuchen für mich ist! Ihr da, kommt Ihr?»

Die letzten Worte richteten sich an Tschernytschew, dem er nicht einmal Zeit ließ zu antworten. Fournier-Sarlovèze hatte sich schon blitzschnell über die Balkonbrüstung geschwungen und in den Garten fallen lassen.

Sein Gegner folgte langsamer und nicht ohne einen Moment vor Marianne haltzumachen, die ihn, die Arme über der Brust gekreuzt, mit haßglühenden Augen anstarrte. «Er wird mich nicht töten», sagte er, in seiner Stimme noch immer letzte Spuren der kaum verflogenen Trunkenheit, «und ich werde wiederkommen.»

«Ich rate es Euch nicht!»

«Ich komme trotzdem wieder, und du wirst mir folgen! Ich habe dich mit meinem Siegel gezeichnet!»

«Eine Brandwunde vergeht – notfalls durch eine neue Verbrennung! Ich werde mir eher die Haut herunterreißen lassen», rief Marianne in einem jähen Ausbruch ungezügelter Wut, «als das kleinste Zeichen von Euch zu bewahren! Geht! Setzt nie wieder den Fuß hierher! Falls Ihr es dennoch tut, wißt, daß der Kaiser es in der nächsten Stunde erfahren würde, und wenn ich ihm zeigen müßte, was Ihr zu tun gewagt habt!»

«Was kümmert's mich? Der Zar ist mein einziger Herr!»

«Wie ich keinen anderen Herrn als den Kaiser habe! Und es ist möglich, daß dem Euren der Zorn des meinen nicht gefällt!»

Tschernytschew hätte zweifellos geantwortet, doch aus dem Garten drang die ungeduldige Stimme Fourniers herauf: «Kommt Ihr endlich, oder soll ich Euch holen?»

«Geht, Monsieur», sagte Marianne, «aber merkt Euch noch dies: Ich verstehe wie ein Mann mit Waffen umzugehen, und wenn Ihr es wagt, von neuem die Schwelle dieses Hauses zu überschreiten, vorausgesetzt, Ihr kommt jetzt lebend hinaus, werde ich Euch niederschießen wie einen Hund!»

Statt einer Antwort zuckte Tschernytschew nur die Schultern und verschwand in den Garten, mehr hinabtauchend als kletternd. Einen Moment später gingen die beiden Männer auf dem kleinen runden Rasenplatz im Zentrum des Gartens in Stellung. Das Morgenkleid um sich zusammenraffend, trat Marianne auf den Balkon hinaus, um dem Duell zuzusehen. Ihre Gefühle waren dabei geteilt. Ihr Groll ließ sie ohne Zaudern den Tod ihres feigen Vergewaltigers wünschen, doch die Dankbarkeit, die sie für den General empfand, ließ sie hoffen, daß er seine Karriere durch die Bestrafung des Sadisten nicht unwiderruflich zerstören würde.

Die Lampen im Zimmer, die Marianne kurz zuvor wieder angezündet hatte, warfen ihren Schein auf die beiden Duellanten und ließen die Säbelklingen aufblitzen, die beim klirrenden Zusammenprall Funken sprühten. Die Gegner waren sichtlich gleich stark. Der Russe, ein wenig größer als der Franzose, wirkte kraftvoller, doch unter seiner südfranzösischen Schlankheit verbarg der General äußerste Behendigkeit und Ausdauer. Er war überall zugleich, umtanzte seinen Gegner in einem tödlichen Ballett und hüllte ihn in ein glitzerndes Spinnennetz.

Fasziniert und wider ihren Willen gepackt von dem seltsamen Reiz, den das gefährliche Spiel der Waffen schon immer auf sie ausgeübt hatte, folgte Marianne leidenschaftlich den verschiedenen Phasen des Duells, als plötzlich über der Mauer im Hintergrund des Gartens, die ihn von der Rue de l'Université trennte und über die nacheinander schon Tschernytschew und Fournier geklettert waren, ein mit einem beunruhigenden Zweispitz gezierter Kopf erschien. Gleich darauf ein zweiter und dritter.

Die Gendarmen! dachte Marianne. Die haben uns gerade noch gefehlt! Sie beugte sich rasch über die Brüstung, um die beiden Männer zu warnen, aber es war schon zu spät.

Eine grobe Stimme ließ sich vernehmen: «Duelle sind verboten, Messieurs! Ihr solltet es wissen! Im Namen des Kaisers, Ihr seid verhaftet!»

Ruhig schob sich Fournier den Säbel unter den Arm und bot dem Unteroffizier, der noch damit beschäftigt war, zweifellos vom Rücken seines Pferdes aus die Mauer zu überklettern, ein Lächeln von entwaffnender Unschuld. «Ein Duell? Wie, zum Teufel, kommt Ihr darauf, Sergeant? Mein Freund und ich haben nur ein paar Übungsgänge gemacht, nicht mehr.»

«Um vier Uhr morgens? Und vor den Augen einer Dame, die nicht so aussieht, als fände sie es besonders angenehm?» fragte der Sergeant, die Augen zu einer eher ratlosen Marianne hebend. Sehr schnell hatte sie begriffen, daß das Erscheinen der Gendarmen erst die wirkliche Katastrophe dieser Nacht war: Ein Duell bei ihr, fast schon im Morgengrauen, zwischen Tschernytschew und Fournier, nach dem, was in der Comédie Française vorangegangen war, bedeutete den sicheren Skandal, den Zorn des Kaisers, der hinsichtlich der Respektabilität seiner näheren Umgebung so hohe Maßstäbe hatte, seitdem er seine Erzherzogin geheiratet hatte, bedeutete strenge Maßnahmen gegen die Schuldigen und für Marianne eine schwere Schädigung ihres Rufs. Nahm man hinzu, daß Tschernytschew Russe und mit einer Mission betraut war, konnte sich die Affäre zudem noch zu einem diplomatischen Zwischenfall auswachsen. Man mußte versuchen, sich irgendwie zu arrangieren, und das sofort! Und da der Unteroffizier, der endlich von seiner Mauer gesprungen war, eben den beiden Gegnern mitteilte, daß er sie zum nächsten Polizeikommissariat bringen werde, beugte sie sich hastig über die Balustrade.

«Einen Moment, Sergeant! Ich komme hinunter! Wir können bequemer im Salon miteinander plaudern.»

«Ich sehe nicht recht, was es noch zu sagen gäbe, Madame. Duelle sind formell verboten. Und glücklicherweise für diese Herren haben wir, während wir uns auf Streife befanden, Waffenlärm gehört. Der Fall liegt klar.»

«Vielleicht weniger, als Ihr meint! Aber erweist mir die Freundlichkeit, mich zu erwarten. Übrigens muß ich Euch die Pforten öffnen lassen – falls Ihr diese Herren nicht wiederum über die Mauer abzuführen wünscht.» Während sie so schnell, wie es die Wunde an der Hüfte erlaubte, die große Marmortreppe hinunterlief, bemühte sich Marianne nachzudenken. Offensichtlich hatte der Sergeant Fourniers ein wenig zu simple Erklärung nicht geglaubt. Etwas anderes mußte gefunden werden, und da ihre Gedanken auf Jason und die ihn bedrohende Gefahr konzentriert waren, fiel es ihr schwer, den Gegenstand ihrer Sorge zu wechseln. Sie brannte darauf, zu ihm zu fahren und ihn zu warnen, und nun war diese dumme Duellaffäre dazwischengekommen und würde sie noch wer weiß wie lange aufhalten!

Als sie in den Garten hinaustrat, war die Nacht schon weniger dunkel, ein schmaler Streifen fahlen Lichts erhellte den Horizont – und zwischen Gendarmen und Gefangenen war ein Tumult ausgebrochen. Fournier sträubte sich wie ein Teufel in den Händen zweier Repräsentanten der Ordnung, die alle Mühe zu haben schienen, mit ihm zu Rande zu kommen, während der Sergeant Anstrengungen unternahm, um zum zweitenmal eine Mauer zu erklettern, die sich ohne die Pferde, durch die der Anstieg beim erstenmal erleichtert worden war, für einen leicht beleibten und zudem noch mit mächtigen Stiefeln ausgerüsteten Mann als erheblich widerspenstiger erwies. Tschernytschew war verschwunden, und jenseits der Mauer entfernte sich der Galopp eines Pferdes . . .

Angesichts der Vergeblichkeit seiner Bemühungen verzichtete der Sergeant auf die Bewältigung des Hindernisses und kehrte höchst aufgebracht zu Fournier zurück, der sich noch immer wacker verteidigte. «Ihr braucht Euch nicht mehr anzustrengen! Euer Komplize ist schon fort! Aber wir werden ihn finden, und was Euch betrifft, mein Junge, werdet Ihr für zwei bezahlen!»

«Ich bin nicht Euer Junge!» explodierte Fournier entrüstet. «Ich bin der General Fournier-Sarlovèze, und ich wäre Euch dankbar, Sergeant, wenn Ihr Euch dessen erinnern würdet!»

Der Unteroffizier korrigierte seine Haltung, grüßte militärisch und erklärte: «Entschuldigt, Herr General, ich konnte es nicht ahnen! Aber zu meinem aufrichtigen Bedauern bleibt Ihr nichtsdestoweniger mein Gefangener. Ich hätte lieber den anderen behalten, und ich verstehe nicht, warum Ihr ihm die Flucht ermöglicht habt, indem Ihr Euch plötzlich auf meine Männer warft.»

Fournier zuckte mit den Schultern und widmete dem Gendarmen ein spöttisches Lächeln. «Ich sagte Euch doch, es sei ein Freund! Warum wollt Ihr mir nicht glauben?»

«Weil Ihr es nicht wagen würdet, mir auf Euer Offizierswort zu wiederholen, daß Ihr Euch nicht im Duell schlugt, Herr General!»

Fournier schwieg. Marianne fand, es sei für sie an der Zeit, sich ins Mittel zu legen. Sie trat heran und legte mit einer zugleich begütigenden und überredenden Geste ihre Hand auf den Arm des Sergeanten. «Und wenn ich Euch bäte, für dieses eine Mal die Augen zu schließen? Ich bin die Fürstin Sant'Anna, eine treue Freundin des Kaisers. Der Herzog von Rovigo will mir wohl, wie ich glaube», fügte sie in Erinnerung an Savarys Einladung hinzu, «und schließlich gibt es weder einen Toten noch einen Verletzten. Wir könnten . . .»

«Bedaure tausendmal, Frau Fürstin, aber ich muß meine Pflicht tun. Abgesehen davon, daß meine Leute nicht begreifen würden und ich ihnen peinliche Erklärungen geben müßte, möchte ich nicht, daß es mir wie einem meiner Kollegen ergeht, der in einer ähnlichen Situation Nachsicht übte. Der Herr Herzog von Rovigo ist, was die Disziplin betrifft, von äußerster Strenge, aber ich sage Frau Fürstin damit gewiß nichts Neues, da sie ihn kennt . . . Herr General, wenn Ihr mir folgen wollt?»

Nicht bereit, sich geschlagen zu geben, wollte Marianne noch weiter verhandeln und hätte dabei vielleicht eine Dummheit begangen, denn Fournier ins Gefängnis zurückkehren zu sehen, nur weil er sie verteidigt hatte, betrübte sie so, daß sie drauf und dran war, dem Mann Geld anzubieten.

Fournier sah es voraus und mischte sich ein. «Ich komme», sagte er laut, dann leiser, zu Marianne gewandt: «Macht Euch keine Sorgen, Fürstin! Ich schlage mich nicht zum erstenmal im Duell, und der Kaiser kennt mich. Mir war's lieber, den Kosaken entkommen zu lassen. Mit ihm hätte die Angelegenheit zu weit führen können. So wird's schlimmstenfalls mit ein paar Tagen Gefängnis abgehen und einem kleinen Aufenthalt in meinem lieben Sarlat.»

Mariannes Ohr war zu fein, um nicht den winzigen Unterton von Bedauern herauszuhören, der in der Stimme des Husaren mitschwang. Sarlat bedeutete für ihn vielleicht den Zauber der engsten Heimat, aber zugleich auch Untätigkeit, Entfernung von jenen Schlachtfeldern, für die er geschaffen war und zu denen er ohne diese dumme Geschichte in den nächsten Tagen nach Spanien aufgebrochen wäre. Gewiß, Marianne erinnerte sich auch dessen, was ihr Jean Ledru über das Grauen des Krieges in diesem Land ohne Hoffnung anvertraut hatte, aber sie wußte, daß solche Berichte das Feuer des besten Säbelfechters des Kaiserreichs nicht zu dämpfen vermochten. Das Gegenteil war der Fall. Spontan reichte sie ihm beide Hände. «Ich werde den Kaiser aufsuchen», versprach sie. «Ich werde ihm sagen, was geschehen ist und was ich Euch schulde. Er wird verstehen. Ich benachrichtige auch Fortunée, aber ich bin nicht sicher, ob sie gleichfalls verstehen wird.»

«Wenn es sich um eine andere als Euch handelte, gewiß nicht!» erwiderte Fournier lachend.

«Aber in Eurem Fall wird sie es nicht nur verstehen, sondern auch billigen. Dank für Euer Versprechen. Ich werde es vielleicht nötig haben.»

«Ich bin es, die Euch zu danken hat, General.»

Ein paar Minuten später überquerte Fournier-Sarlovèze, die Hände in den Taschen, die Schwelle des Hôtels d'Asselnat unter dem verdutzten, vage entrüsteten Blick des verschlafenen Majordomus Jérémie, der die Gendarmen mit einer Art heiligem Schrecken betrachtete. Einer von ihnen hatte das Pferd, das Fournier ebenfalls hinter der Mauer in der Rue de l'Université gelassen hatte, zum Tor geführt, und der General schwang sich so unbeschwert in den Sattel, als ginge es zur Parade. Dann warf er Marianne, die ihm von der Freitreppe aus nachsah, mit den Fingerspitzen einen Kuß zu. «Auf Wiedersehen, Fürstin Marianne! Und vor allem bedauert nichts! Ihr könnt Euch nicht vorstellen, wie berauschend es ist, für eine so schöne Frau ins Gefängnis zu gehen!»

Der kleine Trupp entfernte sich in den beginnenden Tag. Die Morgenröte zauberte rosige Töne auf die weißen Mauern des Hauses, und aus den nahen Gärten stiegen mit den ersten Vogelliedern duftende Frische und ein zarter Nebel. Marianne fühlte sich zum Sterben müde, und ihre Hüfte schmerzte scheußlich. Hinter ihr bewahrten ihre Domestiken, noch in Nachthauben und mit verschlafenen Augen, vorsichtig Schweigen. Nur Gracchus, der als letzter auf nackten Füßen und nur mit einer Hose bekleidet erschienen war, wagte seine Herrin zu fragen: «Was ist Euch geschehen, Frau Fürstin?»

«Nichts, Gracchus! Zieh dich an und spann die Pferde vor den Wagen. Ich muß ausfahren. Und Ihr, Jérémie, statt mich anzustarren, als ob ich Euch aufs Schafott schicken wollte, geht und weckt lieber Agathe! Sie würde vermutlich nicht einmal merken, wenn das Haus über ihr zusammenfiele!»

«Und – was – was soll ich ihr sagen?»

«Daß Ihr ein Schafskopf seid, Jérémie!» rief Marianne wütend. «Und daß ich künftig auf Eure Dienste verzichten werde, wenn sie nicht in fünf Minuten in meinem Zimmer ist!»

Wieder in ihre vier Wände zurückgekehrt und völlig gleichgültig für das trostlose Bild, das der sonst so bezaubernde Raum mit seinen heruntergerissenen Vorhängen und den überall verstreuten Porzellanscherben bot, salbte Marianne ihre Brandwunde mit Perubalsam, trank ein großes Glas frischen Wassers und befahl der erschrocken eintretenden Agathe, ihr einen sehr starken Kaffee zu brauen. Doch das junge Mädchen blieb angesichts des sich ihm bietenden Schauspiels stocksteif auf der Türschwelle stehen.

«Nun?» fragte Marianne ungeduldig. «Hörst du nicht?»

«Ma – Madame!» stammelte Agathe, die Hände faltend. «Wer ist heute nacht hiergewesen? Man möchte meinen, der – der Teufel selbst!»

Marianne stieß ein kleines, unfrohes Gelächter aus, dann nahm sie ein Kleid aus ihrem Garderobenschrank. «Genau das!» sagte sie. «Der Teufel in Person! Oder genauer gesagt – in drei Personen! Jetzt meinen Kaffee, und zwar schnell!»

Agathe verschwand im Laufschritt.

7. Kapitel

Das Haus des sanften Gespenstes

Der Abend entzündete den blutroten Widerschein von Bränden hinter dem Hügel von Chaillot, als Mariannes Wagen erneut die Concorde-Brücke auf der Fahrt nach Passy überquerte. Die nahende Nacht, beschleunigt durch die dunklen Wolken, die zum Tagesende den Himmel von Paris überzogen hatten, schien das Aufglühen des letzten Lichts der untergehenden Sonne wie unter einem grauen Tuch ersticken zu wollen. Die drückende, feuchte Hitze war unerträglich. Trotz der heruntergelassenen Scheiben drang kaum Luft in den Wagen, und Marianne hatte in der erstickenden Atmosphäre Mühe zu atmen. In die zu warmen Samtpolster gelehnt, erhoffte sie sich ein wenig Frische und Ruhe für ihre bis zum Äußersten gespannten Nerven.

Zum zweitenmal fuhr sie nach Passy hinaus. Als sie, notfalls sogar zu einem Skandal entschlossen, um Jason wenn auch nur für einen Moment zu sehen und ihn zu warnen, morgens dort angekommen war, hatte sie das Tor verschlossen gefunden. Nur ein verschlafener, brummiger Schweizer Pförtner in Pantoffeln war erschienen, nachdem Gracchus am Strang der Torglocke gezogen hatte. In holprigem Französisch hatte der Mann der Kantone ihnen erklärt, daß sich niemand im Haus befinde. Monsieur und Madame Beaufort seien in Mortefontaine, wohin sie sich nach dem Theater begeben hätten.* Der Anblick eines Goldstücks hatte den guten Mann schließlich zu der Auskunft veranlaßt, daß der Amerikaner gegen Abend zurückkehren werde. Und die enttäuschte Marianne hatte kehrtmachen lassen und höchlichst bedauert, dieses eine Mal wenigstens Francis' Rat nicht gefolgt zu sein. Aber die Wahrheit war so selten seine Sache!

---

* Die Vorstellungen begannen viel früher als in unseren Tagen und waren entsprechend früher zu Ende, was den Besuchern erlaubte, zu zuweilen recht entfernten Besitzungen in der Umgebung zurückzukehren.

Trotz ihrer Müdigkeit nach durchwachter Nacht und der schmerzenden Wunde an ihrer Hüfte, der sie ein leichtes Fieber verdankte, war es der jungen Frau nicht gelungen, Ruhe zu finden. Sie war zwischen Zimmer und Garten hin und her geirrt und hundertmal in den Salon gelaufen, um auf die Uhr in dem anmutigen Bronzerahmen zu sehen. Die einzige Unterbrechung dieses endlosen Tages hatte der Besuch des Polizeikommissars gebracht, der gekommen war, um ihr verlegene, aber beharrliche und hinterlistige Fragen über das Duell am frühen Morgen zu stellen. Marianne hatte sich an Fourniers Version gehalten: Es habe sich gar nicht um ein Duell gehandelt. Der Beamte war sichtlich unbefriedigt abgezogen.

Den Cours la Reine verlassend, rollte der Wagen jetzt in schnellem Tempo die große Straße nach Versailles entlang, die unter Bäumen dem Lauf der Seine folgte und der Barrière de la Conférence zustrebte. Einmal hatte sich auf der Höhe der nun fast beendeten gewaltigen Konstruktionsarbeiten an der Jena-Brücke ein Aufenthalt ergeben, weil ein Karren mit Steinen im Laufe des Tages umgestürzt war und noch einen Teil der Chaussee versperrte. Doch dem wie ein Tempelritter fluchenden Gracchus war es geglückt, das Hindernis zu überwinden, indem er sein Gefährt einen Moment in reichlich unsicheres Gleichgewicht versetzt hatte. Danach hatte er seine Pferde mit einem schnellen Drüberhinstreifen der Peitsche zum Galopp in Richtung des Schlagbaums angetrieben.

Die Nacht war völlig hereingebrochen, als sie die ersten Häuser des Dorfes Passy erreichten, eine Nacht, die die drohend heranziehenden Gewitterwolken besonders dunkel machten. In dem über die Zäune der Besitzungen quellenden dichten Buschwerk war nirgends ein Lichtpunkt zu sehen, außer dem gelben Schein in einem dicht neben einen Torweg geduckten Häuschen, der anzeigte, daß der Pförtner der Zuckerrüben-Raffinerie des Bankiers Benjamin Delessert auf seinem Posten war. Daneben bot der einst von Lärm und Leben erfüllte ehemalige Kurpark von Passy nur ein drückendes Schweigen, eine sich lang hinziehende Dunkelheit, in der die reglosen Bäume in der unbewegten Luft wie versteinert schienen.

Gracchus lenkte seine Pferde nach rechts in eine leicht ansteigende Straße zwischen dem Kurpark und der Mauer eines sehr großen Besitzes. Am Ende dieser Straße erhellten an schwarzen, eisernen Stäben hängende elegante vergoldete Laternen das hohe Gittertor und zwei kleine Torpavillons, die Zwillingswächter des Hôtels de Lamballe. Marianne ließ ihren Wagen jedoch schon auf halbem Anstieg halten und befahl Gracchus, ihn so zu rangieren, daß er so wenig wie möglich sichtbar sei. Und da der junge Kutscher sich wunderte, fügte sie hinzu: «Ich möchte versuchen, dieses Haus zu betreten, ohne gesehen zu werden.»

«Aber heute morgen ...»

«Heute morgen war es Tag, und es wäre unsinnig gewesen, Heimlichkeiten zu versuchen. Jetzt ist es Nacht, es ist spät, und ich möchte soweit wie möglich vermeiden, daß man von meiner Anwesenheit in diesem Hause erfährt. Es könnten sich daraus nur Unannehmlichkeiten für alle und besonders für Monsieur Beaufort ergeben», sagte sie in Gedanken an die mögliche eifersüchtige Reaktion Pilars, wenn sie erführe, daß Jason in ihrer Abwesenheit des Nachts eine Frau empfangen habe, noch dazu eine Frau namens Marianne.

Als sie sah, daß Gracchus mit genierter Miene den Blick abwandte, wurde ihr klar, daß er sie mißverstand und glaubte, es handele sich um ein Liebesrendezvous. Deshalb stellte sie sofort die Dinge richtig. «Jason ist in dieser Nacht in großer Gefahr, Gracchus. Nur ich habe die Möglichkeit, ihn zu retten. Darum muß ich ins Haus. Willst du mir helfen?»

«Monsieur Jason zu retten? Das möchte ich meinen!» rief der brave Bursche in freudigem Ton, der für das Ausmaß seiner Erleichterung zeugte. «Nur wird es nicht leicht sein: Die Mauer ist hoch, die Gitter sind fest, und was den Eingang an der Straße nach Versailles betrifft ...»

«Heute morgen habe ich in der Mauer eine kleine Pforte bemerkt, die nicht weit von hier sein dürfte. Kannst du sie öffnen?»

«Womit? Ich hab nur meine Hände, und wenn ich versuchte, sie aufzubrechen ...»

«Hiermit.»

Und Marianne zog unter ihrem Umhang aus leichter dunkelgrüner Seide einen Dietrich hervor, den sie in die Hand des Kutschers legte.

Gracchus spürte die Form des Gegenstands zwischen seinen Fingern und ließ einen erstickten Ausruf hören. «Na so was! Wo habt Ihr ...?»

«Pst! Das ist meine Angelegenheit», murmelte Marianne, die den Dietrich in dem kleinen persönlichen Arsenal Jolivals entdeckt hatte. Wie König Ludwig XVI. hatte der Vicomte Arcadius für die Amateurschlosserei immer eine leise Schwäche gehabt und verwahrte in seinem Zimmer ein hübsches Päckchen Werkzeuge, die bei einem weniger respektablen Mann Zweifel an seiner Ehrlichkeit geweckt hätten. «Glaubst du, eine Tür damit öffnen zu können?»

«Wenn sie nicht durch eine Eisenstange dahinter gesichert ist, wird's ein Kinderspiel sein», versicherte Gracchus. «Ihr werdet sehen.»

«Einen Moment! Geh zuerst leise bis zum Tor und versuch festzustellen, ob Licht im Haus ist. Überzeug dich auch, ob eine Equipage oder

Pferde im Vorhof sind. Ich weiß, daß Monsieur Beaufort gegen acht Uhr einen Besuch erwartet», fügte sie hinzu. «Es kann sein, daß der Besucher noch da ist.»

Durch ein Zeichen gab Gracchus zu verstehen, daß er verstanden habe. Er nahm seinen Hut ab und legte ihn zusammen mit seiner Livreejacke in den Wagen, dann brachte er diesen in einer von den mächtigen Zweigen eines alten Baums noch verdunkelten Einbuchtung des Kurparks unter, und nachdem er sich überzeugt hatte, daß er für jeden, der von seinem Vorhandensein nichts wußte, so gut wie unsichtbar geworden war, lief er geräuschlos wie eine Katze zum Tor hinauf.

Sobald sich Mariannes Augen so weit an die Dunkelheit gewöhnt hatten, daß sie die kleine Pforte in der Mauer erkennen konnte, ging sie hinüber, überzeugte sich, daß sie fest verschlossen war, und drückte sich in die Mauernische, um Gracchus' Rückkehr zu erwarten.

Die Hitze war erstickend, und das Gewitter kündigte sich bereits an. Im Süden ließ sich dumpfes Grollen vernehmen, und ein noch ferner Blitz zuckte über den Horizont und enthüllte für einen Moment das feuchte Band der Seine. Irgendwo in der Nachbarschaft, zweifellos von der kleinen Kirche Notre-Dame-des-Grâces, schlug eine Turmuhr neunmal, und Mariannes Herz begann in angstvollem Rhythmus zu pochen. Unbestimmte Ängste bedrängten sie. Wenn Jason vor dem Rendezvous mit Crawford nun nicht aus Mortefontaine zurückgekehrt wäre? Wenn er dem Besucher, von dem Francis gesprochen hatte, abgesagt hätte? Oder wenn Jason gegen jede Voraussicht, entgegen allen Informationen, die Francis zu besitzen glaubte, schon fortgefahren wäre? Wenn morgen in der Frühe in den Gräben von Vincennes...?

Das Bild in Mariannes Vorstellung war so lebendig und grausam zugleich, daß sie nur mit Mühe ein Stöhnen unterdrückte. Zitternd lehnte sie sich an die Mauer, um durch die Kühle des Steins das Fieber zu besänftigen, dessen Klopfen sie in ihren Schläfen spürte. Sie hatte sich von ihrer kürzlichen Krankheit noch nicht völlig erholt, und die rohe Behandlung durch Tschernytschew in der vergangenen Nacht hatte das ihre dazugetan. Doch die Erinnerung an den Mann, den sie jetzt von ganzem Herzen haßte, belebte ihre Kräfte von neuem, und sie suchte nach ihrem Taschentuch und tupfte sich mechanisch die über die Wangen rieselnden Schweißtropfen ab. Der frische Duft des Eau de Cologne, mit dem sie es vor ihrem Aufbruch reichlich durchtränkt hatte, tat ihr gut. Überdies kehrte Gracchus zurück. «Nun?»

«Es ist Licht im Haus», raunte der junge Bursche, «und im Vorhof hält eine Kutsche, die gleich abfahren wird. Mir kam es so vor, als hätte jemand eilig das Haus verlassen und wäre hineingeklettert. Hört!»

Tatsächlich ließ sich das Rollen eines Wagens vernehmen. Dann folgten das Knarren eines Tors, der laute Hufschlag von Pferden, und schließlich wurde die Silhouette einer großen Kutsche sichtbar, die aus dem Tor in die Straße einbog. Rasch drückten sich Marianne und Gracchus in die Mauernische. Übrigens war es so dunkel, daß der Kutscher des Gefährts ohnehin weder die kleine Pforte noch die beiden versteckten menschlichen Wesen hätte bemerken können. Am Ende der Straße angelangt, wandte sich die Kutsche nach rechts. Der Kutscher ließ die Peitsche knallen, und die Pferde schlugen im Galopp die Richtung nach Versailles ein.

«Ich glaube, wir können es wagen», murmelte Gracchus. «Hören kann uns hier niemand. Wollen sehen, was Euer Werkzeug wert ist!»

Tastend suchte er nach dem Schloß, schob den Dietrich hinein. Eisen knirschte auf Eisen, dann gab der Riegel nach, doch die Pforte, die vermutlich seit langem nicht mehr geöffnet worden war, blieb zu. Gracchus stemmte sich mit der Schulter dagegen, und endlich tat sich die Pforte auf. Ein Winkel des Parks tauchte auf und zwischen den von Efeu überwucherten Baumstämmen der fahle Fleck eines großen weißen, über drei Terrassen sich erstreckenden Gebäudes mit hohen, erhellten Fenstern. Vor den höchsten und verziertesten, denen des Mittelbaus, begleitete kunstvoll geschmiedetes Spitzenwerk anmutig die doppelte Flucht einer geschwungenen, schwerelosen Steintreppe, an deren Fuß marmorne Nymphen träumten.

Mariannes Herz hüpfte in ihrer Brust, bevor sie noch die ersten Schritte dieser Helligkeit entgegengetan hatte, denn deutlicher als Worte verriet sie ihr, daß Jason dort war. Ein Donnerschlag, näher als der vor kurzem, dröhnte über den Himmel, und Gracchus, der zu dem dichten Laubdach über sich aufsah, sagte:

«Das Gewitter kommt näher. Zweifellos wird es in ein paar Augenblicken regnen, und ich ...»

«Bleib hier!» befahl die junge Frau. «Ich brauche dich nicht. Oder warte besser im Wagen auf mich, aber achte darauf, daß diese Pforte nur angelehnt bleibt.»

«Wäre es nicht besser, wenn ich Euch begleitete?»

«Nein. Such dir Schutz, vor allem, wenn es regnet. Ich bin hier nicht in Gefahr – oder wenn ich's wäre», fügte sie mit einem unbewußten Lächeln hinzu, das die Nacht verschluckte, «könntest du mir nicht helfen. Bis nachher.»

Ohne sich weiter aufzuhalten, raffte sie ihre Röcke zusammen, um nicht an irgendwelchen niedrigen Ästen hängenzubleiben und wandte sich leichten Schritts dem Haus zu. Je mehr sie sich ihm näherte, desto deutlicher unterschied sie seine vollkommene Anmut und unaufdringliche Eleganz. Es war in Wahrheit das Haus einer charmanten und raffinierten Frau, von denen so viele während der blutigen Schreckensherrschaft umgekommen waren. Und die sacht ansteigenden Stufen, die Marianne geräuschlos wie ein Hauch hinaufstieg, schienen für das längst verwehte Rascheln von seidenen Schleppen und Reifröcken geschaffen zu sein.

Auf der Höhe der Freitreppe angelangt, mußte sie unter ihrer Hand das unregelmäßige, wie durch einen langen Aufstieg verursachte Klopfen ihres Herzens dämpfen. Die mittlere Fenstertür war um einen Spalt geöffnet, und dank der in vergoldeten Leuchtern vor der Täfelung der Wände brennenden Kerzenbündel gewahrte Marianne den vorderen Teil eines großen Salons, dessen renovierte Malereien und Tapeten verrieten, wie sehr er unter den revolutionären Stürmen gelitten haben mußte; als Möblierung einige Sessel, ein hoher Bücherschrank mit vergilbten Bänden, der gesprungene Firnis eines stummen Cembalos ...

Sie streckte die Hand aus und stieß vorsichtig den Fensterflügel ein wenig auf, im Innersten befürchtend, daß der Raum leer sei und das Licht nur die Rückkehr eines Abwesenden erwarte. Doch unmittelbar darauf erblickte sie Jason, und eine Welle der Freude durchlief sie und verjagte Müdigkeit, Ängste, Schmerz und Fieber.

Er war eben dabei, einen Brief zu schreiben. Ein wenig schräg vor einem Sattelschreibtisch sitzend, den eine Kerze in einem Silberleuchter erhellte, ließ er die lange Gänsefeder rasch über das Papier gleiten. Der Schein der Kerze verlieh seinem seltsamen Falkenprofil Sanftheit, hob den schmalen Grat der Nase hervor, das kräftige Kinn, vertiefte jedoch den Schatten der Falte im Winkel des zusammengepreßten Mundes und der Höhle des unter der gesenkten Braue verborgenen Auges. Auch die mageren, starken und schönen Hände gewannen prägnantes Profil: Die eine hielt die Feder fest wie eine Waffe, die andere spannte mit zwei Fingern das Blatt Papier ...

Der drückenden Hitze wegen trug der Amerikaner über Hose und Stulpenstiefeln nur ein Hemd aus weißem Batist, dessen offener Kragen den Ansatz der Hals- und Schultermuskeln sehen ließ. Die aufgekrempelten Ärmel zeigten Arme, die aus altem Mahagoniholz zu bestehen schienen. In diesem eleganten, ein wenig zu preziösen Salon mit seinen Bibelots aus Silber und Porzellan und der femininen Note des Cembalos wirkte Jason ebenso ungewöhnlich wie ein Entersäbel auf einem Nähtisch, doch Marianne, die mit angehaltenem Atem auf der Schwelle verharrte, hatte alles vergessen, weswegen sie gekommen war, und betrachtete nur ihn, nun sicher, daß er ihr nicht mehr entkommen und zu seinem gefährlichen Rendezvous gehen würde, und naiv gerührt durch die schwarze Strähne, die dem Korsaren immer wieder über die Augen fiel.

Vielleicht wäre sie wer weiß wie lange dort geblieben, ohne sich zu rühren, hätte Jasons fast animalischer Instinkt ihn nicht die Nähe eines anderen Menschen ahnen lassen. Er hob die Augen, wandte den Kopf und erhob sich so jäh, daß sein Stuhl polternd umfiel. Mit gerunzelter Stirn spähte er nach der schattenhaften Gestalt auf der Schwelle. «Marianne!» rief er. «Was tut Ihr hier?» Der Ton hatte nichts Zärtliches, und die aus ihren Träumen gerissene Marianne konnte sich eines Seufzers nicht erwehren.

«Wenn ich einen Moment hoffte, daß mein Besuch Euch Vergnügen machte, bin ich jetzt eines Besseren belehrt», erwiderte sie bitter.

«Darum geht es nicht! Ihr erscheint hier ohne Ankündigung, ohne daß jemand Euch auch nur hätte kommen sehen, und Ihr wundert Euch, daß ich frage, was Ihr hier tut? Wenn eins der Dienstmädchen in diesem Moment den Raum betreten hätte, wäre sie schreiend vor Euch geflüchtet!»

«Ich sehe wirklich nicht, warum.»

«Weil sie Euch unfehlbar für das Gespenst Madame de Lamballes gehalten hätte, das in diesem Haus umgeht – wenigstens sagt man es, denn ich bin ihm noch nie begegnet. Aber die Leute hier sind sehr empfindlich in diesem Punkt. Seitdem ihre Guillotine reihenweise Menschen vom Leben zum Tode befördert hat, sehen sie überall Gespenster!»

«Jedenfalls hoffe ich, Euch keine Angst gemacht zu haben!»

Jason zuckte nur mit den Schultern und näherte sich der Besucherin, die, auf ihrem Platz wie festgewurzelt, nicht einmal auf die Idee kam, ihm einen Schritt entgegen zu tun.

«Dies gesagt, wiederhole ich meine Frage: Was tut Ihr hier? Nachsehen, ob der Russe mich getötet hat? Das Duell hat nicht stattgefunden. Fürst Kurakin hat Euren Kämpen gezwungen, einstweilen darauf zu verzichten und statt dessen eine Mission zu übernehmen. Ich bedaure es übrigens sehr.»

«Warum? Liegt Euch soviel daran zu sterben?»

«Ihr haltet mich wahrhaftig für einen Stümper», bemerkte Jason mit einem bitteren Lächeln. «Aber merkt Euch dies: Euer Kosak war in größerer Gefahr als ich, denn ich hätte alles getan, um ihn zu töten. Übrigens – solltet zufällig Ihr der Anlaß dieses – Aufschubs sein? Ich halte

Euch durchaus für fähig, Kurakin mitten in der Nacht aus seinem Bett zu holen, um ihn zu bitten, ‹das zu verhindern›.»

Marianne errötete. Gewiß, sie hatte diese Idee gehabt, und ohne Talleyrand hätte sie versucht, genau das zu tun, als sie in der vergangenen Nacht zum Hôtel Thélusson gefahren war. Die Intervention des Fürsten von Benevent bewahrte sie davor, nun einen Schritt eingestehen zu müssen, den Jason weiß Gott wie ausgelegt hätte. «Nein. Ich war es nicht. Ich gebe Euch mein Wort!»

«Gut. Ich glaube Euch. Darf ich Euch sodann zum drittenmal fragen...?»

«Fragen, was ich hier tue? Ich werde es Euch sagen: Ich bin gekommen, Euch vor einer unendlich viel größeren Gefahr zu retten als vor der, die Euch durch Tschernytschews Säbel drohte.»

«Einer Gefahr? Welcher, mein Gott?»

Ein Donnerschlag schnitt ihr das Wort ab. Er dröhnte so laut, als habe er sich unmittelbar über dem Haus entladen. Zugleich drang ein Windstoß durch die Tür und die offenen Fenster, blähte die Vorhänge, wirbelte die Papiere vom Schreibtisch. Die Fensterrahmen klapperten. Jason beeilte sich, alles zu schließen, sammelte die verstreuten Papiere auf, zündete einige vom Wind ausgeblasene Kerzen von neuem an und kehrte endlich zu Marianne zurück, die einige Schritte in den plötzlich stickig gewordenen Raum hinein getan hatte. Der leichte Seidenumhang, den sie über ein einfaches, frisches, mit Gänseblümchen besticktes Kleid aus weißem Leinen geworfen hatte, erschien ihr plötzlich unerträglich warm, und sie nahm ihn von den Schultern und legte ihn über einen Sessel. Als sie sich Jason wieder zuwandte, sah sie, daß er sie mit Neugier betrachtete und empfand etwas wie leichte Verlegenheit.

«Warum betrachtet Ihr mich so?» fragte sie. Sie wagte nicht, ihn anzusehen.

«Ich weiß nicht. Oder vielmehr... doch! In diesem Kleid, mit diesem Tuch, das Euer Haar zurückhält, erinnert Ihr mich an das Mädchen aus Selton, das ich vor kaum einem Jahr zum erstenmal gesehen habe. Eine kurze Spanne Zeit für all das, was Ihr durchlebt habt! Wenn man bedenkt, daß Ihr bei Eurem zweiten Gatten angelangt seid, daß Napoleon Euer Geliebter ist – und vielleicht nicht der einzige! Es ist unglaublich!»

«Läßt sich's nicht schon eher glauben, wenn man in Betracht zieht, daß keiner meiner Gatten mich zu seiner Frau gemacht hat?» fragte Marianne bitter.

«Ich weiß. Euren Worten nach scheint der Kaiser es auf sich genommen zu haben.»

Der Ton war ironisch, voller kalten Hohns und Verachtung. Jäher Zorn wallte in Marianne auf, rötete ihre Wangen, ließ ihre Augen blitzen. Während sie voller Angst und fast närrisch bei dem Gedanken, daß er im Morgengrauen durch die Kugeln eines Exekutionspelotons sterben könnte, zu ihm gekommen war und ihn gewarnt hatte, daß er in Gefahr sei, war alles, was er ihr anzubieten fand, Spott und verfängliche Fragen nach der Art und Weise, wie sie zur Frau geworden war ... Die Enttäuschung ließ sie den Kopf verlieren, und sie wagte es, ihm entgegenzuschleudern, was sie ihm so gern verschwiegen hätte.

«Ich habe das nie behauptet!» rief sie mit zornbebender Stimme. «Und da Ihr alles wissen sollt: Der Kaiser ist nur mein zweiter Liebhaber gewesen. Der erste war ein den Gefangenenschiffen von Plymouth entsprungener bretonischer Seemann, mit dem ich aus England geflohen bin. Er rettete mich nach dem Schiffbruch vor den Strandräubern, und er war's, der mich als erster auf dem Stroh einer Scheune besaß. Und ich ließ ihn gewähren, weil ich ihn noch brauchte und weil er so sehr danach verlangte! Wollt Ihr auch, daß ich Euch seinen Namen nenne? Er hieß ...»

Die Ohrfeige benahm ihr den Atem und riß sie aus dem Rausch ihres Zorns. Wie ein bestraftes Kind hob sie die Hand an ihre brennende Wange und richtete in Tränen schwimmende Augen auf Jason. Sein wutentstelltes Gesicht ließ sie unwillkürlich zurückweichen. Der maßlose Zorn, der ihn erfüllte, verwandelte ihn so erschreckend, daß sie zu fliehen versuchte, doch er hielt sie zurück und ohrfeigte sie von neuem mit aller Kraft. «Schmutzige kleine Hure! Und wie viele andere sind es seitdem gewesen? Wie vielen hast du dich hingegeben, he? Wenn ich denke, daß ich dich liebte! Was sage ich? Liebte? Ich betete dich an – ich war verrückt nach dir ... so verrückt, daß ich dich nicht einmal zu berühren wagte! So verrückt, daß ich einen Moment versucht war, den Mann zu töten, der dich besaß, und daß ich dich dennoch von ganzem Herzen bewunderte! Aber er, er, wie oft hast du ihn betrogen? Mit wem? Diesem Russen zweifellos!»

Das Toben des Gewitters grollte in seiner keuchenden Stimme. Halb wahnsinnig vor Verzweiflung, weil sie sich in diesen törichten Zorn hatte hineinreißen lassen, begriff Marianne, daß sie in diesem Mann ungeahnte Kräfte einer leidenschaftlichen Seele ausgelöst hatte, die um so schrecklicher waren, als er sie für gewöhnlich mit seinem unerbittlichen Willen bezwang, und klammerte sich, um ihn zu beruhigen, an seine harten Hände, die ihre Schultern umspannten und sie unerbittlich schüttelten. «Jason», flehte sie, «beruhigt Euch! Hört mich wenigstens an!»

Doch er schüttelte sie nur noch mehr. «Gewiß, ich höre dich an! Du wirst antworten! Dieser Russe also? Kannst du auf das Andenken deiner Mutter schwören, daß er dich nie besessen hat?»

Die fürchterliche Erinnerung an die vergangene Nacht überflutete Mariannes Bewußtsein. «Nicht das!» stöhnte sie.

«Antworte! Du wirst mir antworten ... Du wirst ...»

Nur ein Röcheln kam von ihr. Rasend vor Wut, hatte Jason Mariannes Gurgel gepackt und preßte sie allmählich zusammen. Sie schloß die Augen, wehrte sich nicht mehr. Sie würde sterben, sterben von seiner Hand! Alles würde soviel einfacher sein! Sie brauchte ihn nur gewähren zu lassen, nichts mehr zu sagen ... Und morgen würden Savarys Leute sie im Tod vereinen.

Schon war sie einer Ohnmacht nahe. Rote Blitze flammten vor ihren Augen. Sie wurde schlaff zwischen den grausam würgenden Händen, und Jason begriff, daß er nahe daran war, sie zu töten. So jäh gab er sie frei, daß sie taumelte und zu Boden gestürzt wäre, hätte ein hinter ihr stehender Sessel sie nicht aufgefangen. Einen Moment überließ sie sich der wohligen Weichheit der Polster, während sie nach Luft rang, die nach und nach in ihre Lungen zurückkehrte. Behutsam massierte sie ihre mißhandelte Kehle. Das Schluchzen, das sich ihr entrang, spürte sie wie eine feurige Kugel. Auf seinem Höhepunkt angelangt, schloß das Gewitter sie in ein höllisches Universum, doch es war nicht höllischer als ihr eigenes. Schmerzlich, verzweifelt murmelte sie: «Ich liebe dich ... Vor Gott, der mich hört, schwöre ich, daß ich dich liebe und daß ich niemand gehöre!»

«Geh!»

Die Augen öffnend, sah sie, daß er ihr den Rücken wandte, und daß er die ganze Länge des Salons zwischen sie gelegt hatte. Aber sie sah auch, daß er zitterte und daß Schweiß sein Hemd an seine braune Haut klebte. Mühsam erhob sie sich aus dem Sessel, mußte sich einen Moment an ihn klammern. Sie fühlte sich glühen wie im Fieber, und alles drehte sich um sie. Aber sie konnte nicht gehen, bevor sie ihm endlich gesagt hatte, wovor sie ihn warnen wollte. Denn da er sie nicht getötet hatte, durfte auch er nicht sterben! Er mußte leben, leben! Selbst wenn sie während des Restes ihrer Tage langsam erlöschen würde, weil sie ihn verloren hatte. Schließlich hatte sie in ihrem blinden Zorn eine schreckliche Dummheit begangen; es war nur gerecht, dafür zu zahlen.

Um den Preis einer gewaltsamen Willensanstrengung näherte sie sich ihm quer über Hunderte von Meilen veröderter Steppe, die der Salon in ihren Augen darstellte. «Ich kann nicht fort», stammelte sie, «noch nicht! Du mußt erfahren ...»

«Ich habe nichts zu erfahren! Ich will dich nie mehr wiedersehen! Geh!»

Trotz der Härte der Worte hatte Jasons Stimme ihre zornige Intensität verloren. Sie klang schwer und düster, plötzlich seltsam ähnlich der, die Marianne eines Abends in einem Spiegel gehört hatte ...

«Nein – höre! Du darfst heute abend nicht fortgehen! Um dir das zu sagen, bin ich gekommen! Wenn du zu Quintin Crawford gehst, bist du verloren, wirst du die Sonne nicht mehr aufgehen sehen!»

Jäh fuhr Jason herum und betrachtete Marianne mit nicht gespielter Überraschung. «Zu Crawford? Was ist das für eine Geschichte?»

«Ich wußte, daß du es nicht zugeben würdest, aber es ist nutzlos zu leugnen, es wäre nur verlorene Zeit. Ich weiß, daß der Schotte dich mit anderen Männern um elf Uhr erwartet, aus einem Grund, den ich nicht wissen will, weil er nur dich angeht – und weil du in meinen Augen nicht völlig Unrecht haben kannst.»

«Mit was für Männern?»

Marianne senkte den Kopf, peinlich berührt, die Namen von Verschwörern nennen zu müssen. «Der Baron de Vitrolles, der Chevalier de Bruslart.»

Völlig unvorhergesehen begann Jason zu lachen. «Diesen Monsieur de Vitrolles kenne ich nicht, aber ich weiß, wer der Chevalier de Bruslart ist ... Ihr übrigens auch, wenn meine Erinnerung mich nicht täuscht! Wollt Ihr mir verraten, was ich mit Verschwörern zu schaffen habe? Wollt Ihr mich glauben machen, daß Ihr mir die Ehre erweist, mich zu ihnen zu rechnen?»

«Was könnte ich anderes tun? Solltet Ihr nicht in die Rue d'Anjou zu Crawford kommen?» fragte Marianne, durch seinen von Heiterkeit nicht ganz freien Gleichmut leicht aus der Fassung gebracht.

«Allerdings! Ich soll in die Rue d'Anjou zu Crawford kommen – morgen vormittag, zum Frühstück. Und außerdem, um seine sehr bemerkenswerte Bildersammlung zu bewundern. Aber – wenn ich Euch recht verstehe, erwartet Ihr, daß ich mich noch heute abend zu ihm begebe, um dort seltsame Personen zu treffen? Wollt Ihr mir sagen, warum ich das sollte?»

«Was weiß ich? Ich habe erfahren, daß Ihr in eine royalistische Verschwörung verwickelt seid, die um jeden Preis Frieden mit England schaffen will; daß die Verschwörer sich heute nacht bei Crawford treffen, der im übrigen mehr oder weniger ein Doppelspiel treiben soll, und daß Savary in dieser Nacht die ganze Gruppe verhaften wird, um sie sofort nach Vincennes überführen und dort ohne Verhandlung erschießen zu lassen. Deshalb bin ich hierhergekommen: um Euch zu bitten, nicht hinzugehen – damit Ihr Euer Leben behaltet, selbst wenn dieses Leben einer anderen gehört.»

Jason sank auf einen Stuhl, die Ellbogen auf den Knien, und hob zu Marianne einen Blick, in dem sich Verblüffung mit Belustigung mischte. «Ich möchte wirklich wissen, wo Ihr dieses Ammenmärchen herhabt! Ich schwöre Euch, daß ich in nichts verwickelt bin! Ich soll mit Royalisten konspirieren, den Leuten jener emigrierten Fürsten, die nur ihre Haut zu retten wußten, den König das Schafott besteigen und den kleinen Ludwig XVII. im Elend im Temple umkommen ließen? Ich auf seiten der Engländer?»

«Warum nicht? Habe ich Euch nicht in England kennengelernt? Wart Ihr nicht ein besonders guter Freund des Prinzen of Wales?»

Jason zuckte die Schultern, erhob sich und tat ein paar Schritte zur Bibliothek. «Jeder konnte ein Freund ‹Georgies› sein, wenn er nur ein bißchen originell und nicht nach der üblichen Schablone zugeschnitten war. Aufgenommen hat er mich in seine Bande meiner Freundschaft mit Orlando Bridgeman wegen, der zu seinen Intimen gehört. Orlando war's, der mir geholfen und mich wieder in den Sattel gesetzt hat, als ich nach dem Verlust meines Schiffs an der Küste von Cornwall völlig mittellos war. Wir kennen uns seit langem. Ich habe also einen englischen Freund. Aber wie mir scheint, bedeutet das nicht, daß ich dafür verpflichtet wäre, mir die Ideen ganz Englands zu eigen zu machen. Schon gar nicht jetzt, da mein Land, ohne sich in erklärtem Krieg mit ihm zu befinden, mit jedem Tag deutlicher spürt, wie die Beziehungen gespannter und schlechter werden. Bis zum Krieg ist es nicht mehr weit.»

Während er sprach, hatte er eins der kleinen Schrankfächer im unteren Teil der Bibliothek geöffnet und einen Flakon, ein Tablett und zwei Gläser herausgenommen, die er nun füllte. Draußen entfernte sich das Getöse des Gewitters. Nur noch dumpfes Grollen war zu hören, vermischt mit dem Brausen des sintflutartigen Regens, der auf die Stadt niederging, das Laub der Bäume peitschte und wütend an die Scheiben und auf die Schieferdächer prasselte.

Von unsagbarer Erleichterung ergriffen, hatte Marianne sich auf die Bank des Cembalos gesetzt und spürte, wie das Klopfen ihres Herzens sich nach und nach beruhigte. Von dem absurden Abenteuer dieser Stunde begriff sie nur, daß Jason sich nicht in Gefahr befand, daß er nie in Gefahr gewesen war – und daß er nie daran gedacht hatte, gegen Napoleon zu konspirieren. Auch bemerkte sie, daß sein Blick sehr viel sanfter geworden war ... Das Fieber pochte in ihren Schläfen. Niemals hatte sich Marianne so erschöpft gefühlt, und dennoch suchte sie hartnäckig die Stücke der scheinbar sinnlosen Bruchstücke zusammenzufügen, in die sich die letzten Ereignisse verwandelt hatten.

«Schließlich», sagte sie langsam, mehr laut denkend, als sich direkt an Jason wendend, «schließlich wart Ihr mit Eurer – mit Señora Pilar in Mortefontaine und seid ohne sie zurückgekommen.»

«Stimmt. Ich war dort und bin heute abend zurückgekehrt.»

«Weil Ihr einen Besucher erwartetet, einen Besucher, den ich dieses Haus verlassen sah.»

«Soweit ist nichts einzuwenden», entgegnete Jason. «Ihr seid bestens unterrichtet, aber ich wiederhole es: nur soweit! Die Crawford-Angelegenheit entspringt einer erfindungsreichen Phantasie, und ich meine, daß es nun an mir ist, zu diesem Punkt Fragen zu stellen. Hier, nehmt das! Mir scheint, Ihr braucht es!» Er gab ihr eins der beiden mit spanischem Wein gefüllten Gläser. Marianne nahm es mechanisch, trank einen kleinen Schluck, der in ihrer Kehle brannte, aber guttat. «Danke», sagte sie und stellte das Glas auf eine Ecke des Cembalos. «Ihr könnt mich fragen. Ich werde antworten.»

Auf einen neuen Zornausbruch gefaßt, sobald sie ihm den Namen ihres Gewährsmannes nennen würde, senkte sie, von vornherein resigniert, den Blick und faltete mit einem Seufzer die Hände über ihren Knien. Ein Moment der Stille folgte, während Marianne in der Annahme, Jason wählte seine Fragen, den Kopf nicht zu heben wagte. Aber er beschränkte sich darauf, sie zu betrachten.

«Schön», sagte er endlich. «In diesem Fall habe ich Euch nur eine einzige Frage zu stellen: Wer ist die Person, von der Ihr diese phantastische Geschichte habt, denn ich muß versuchen, in all diesem Schwindel klarzusehen. Ihr habt das nicht allein erfunden. Wer hat Euch gesagt, daß ich zu Crawford ginge, um zu konspirieren?»

«Francis ...»

«Francis? Ihr meint Cranmere? Euren Gatten?»

«Den ersten meiner Gatten», präzisierte Marianne nachtragend.

«Lassen wir das jetzt!» fuhr Jason fort. «Aber wo habt Ihr ihn hergeholt? Wo und wann habt Ihr ihn gesehen?»

«Gestern abend, bei mir. Als ich vom Theater zurückkehrte, erwartete er mich in meinem Zimmer. Er war über die Gartenmauer gestiegen und über den Balkon hineingeklettert.»

«Das ist unglaublich! Verrückt! Doch erzählt! Ich will alles wissen.

Wenn dieser Mensch sich in irgend etwas mischt, kann man auf alles gefaßt sein.»

Wirklich war auch die letzte Spur von Amüsement aus Beauforts gespanntem Gesicht gewichen. Auf das Cembalo gestützt, beherrschte er die sitzende Marianne nicht nur mit seiner hohen Gestalt, sondern auch mit seinem gebieterisch auf das gesenkte hübsche Antlitz gehefteten Blick. Knapp befahl er: «Und vor allem: Seht mich an! Ich muß wissen, ob Ihr die ganze Wahrheit sagt!»

Immer wieder dieser von Verachtung getönte Verdacht! Was müßte ich tun, dachte Marianne schmerzlich, damit er endlich einsieht, daß ich ihn liebe und daß es für mich nur noch ihn auf der Welt gibt? Doch sie gehorchte, hob den Kopf. Ihr grüner, völlig ruhiger und klarer Blick begegnete dem des über sie geneigten Mannes. «Ich werde alles sagen», erklärte sie einfach. «Ihr werdet urteilen.»

Nur wenige Worte genügten ihr, um die Szene zu skizzieren, in der sie sich in der vergangenen Nacht Francis Cranmere gegenübergesehen hatte. Während sie sprach, konnte sie auf dem scharfgeschnittenen Gesicht des Korsaren den raschen Wechsel der Eindrücke verfolgen: Überraschung, Zorn, Entrüstung, Verachtung, auch Mitleid, doch weder das kleinste Wort noch der flüchtigste Ausruf kam über seine Lippen, solange ihr Bericht währte. Doch als sie schließlich geendet hatte, bemerkte sie mit Freude, daß die blauen Augen des Seemanns fast all ihre Härte verloren hatten.

Einen Moment betrachtete er sie schweigend, dann zuckte er mit einem Seufzer die Schultern, wandte sich ab und entfernte sich einige Schritte. «Und Ihr habt gezahlt!» grollte er. «Obwohl Ihr ihn so gut kennt, habt Ihr blind gezahlt! Ihr seid nicht auf die Idee gekommen, daß er lügen könnte, daß es nur ein Vorwand war, um Geld von Euch zu erpressen!»

Und du, dachte Marianne traurig, wärst nicht auf die Idee gekommen, daß ich dich genug lieben könnte, um den Kopf zu verlieren. Daß ich, um dein Leben zu retten, ihm alles gegeben hätte, was ich besitze ... Doch sie äußerte diesen bitteren Gedanken nicht laut, sondern antwortete nur melancholisch: «Er gab so genaue Einzelheiten, daß ich ihm einfach glauben mußte. Er war's, der mir gesagt hat, daß Ihr Euch den ganzen Tag in Mortefontaine aufhalten und allein zurückkehren würdet. Von ihm erfuhr ich, daß Ihr heute abend einen wichtigen Besucher erwartetet ... und all das hat sich als exakt erwiesen, denn ich bin heute früh im Morgengrauen hierhergefahren, um es mir durch den Mund Eures Pförtners bestätigen zu lassen. Alles traf zu ... ausgenommen das Wichtigste, aber konnte ich das ahnen?»

«Ich ein Verschwörer!» warf Jason zornig ein. «Und Ihr habt das geglaubt? Kennt Ihr mich nicht gut genug?»

«Nein», erwiderte Marianne ernst, «nein ... Um die Wahrheit zu sagen, kenne ich Euch überhaupt nicht! Bedenkt, daß Ihr zuerst ein Feind für mich gewesen seid, dann ein Freund und Retter, bis ich Euch endlich... gleichgültig wurde.»

Das Wort kam ihr nur mit Mühe über die Lippen, aber Marianne sprach es dennoch klar aus. Dann fügte sie sehr sanft hinzu: «Welcher dieser Männer ist der wahre, Jason, denn mir scheint, von der Gleichgültigkeit seid Ihr inzwischen zur Feindschaft ...wenn nicht gar zum Haß zurückgekehrt.»

«Redet nicht so dummes Zeug!» antwortete er grob. «Wer könnte einer Frau wie Euch gegenüber gleichgültig sein? In Euch ist etwas, das zu den schlimmsten Exzessen treibt. Man kann Euch nur leidenschaftlich lieben ... oder danach verlangen, Euch zu töten! Es gibt kein Mittelding.»

«Offenbar habt Ihr die zweite Lösung gewählt ... Ich kann es Euch nicht verdenken. Doch bevor ich Euch verlasse, möchte ich eines wissen.»

Er drehte ihr den Rücken zu, sah durch die vom Regen gepeitschten Scheiben in die dunkle Welt des Parks hinaus. «Was?»

«Dieser Besucher ... so wichtig, daß er Euch von der Königin von Spanien hat zurückkehren lassen ... verzeiht mir! Ich möchte wissen, ob es eine Frau war.»

Von neuem wandte er sich ihr zu und betrachtete sie, aber diesmal war in seinen Augen etwas wie der Widerschein unbewußter Zärtlichkeit. «Ist das so wichtig?»

«Mehr als Ihr glauben würdet. Und ich ... ich werde Euch dann nie mehr etwas fragen. Ja, Ihr werdet nie mehr von mir hören.»

Ihre Stimme klang so schmerzlich resigniert, so demütig, daß sie die Lücke in seinem Panzer fand. Ein Impuls, dessen er nicht Herr war, warf den Korsaren vor der jungen Frau auf die Knie und ließ ihn nach ihren Händen greifen: «Närrin, die du bist! Dieser Besuch war nur in kommerzieller Hinsicht wichtig für mich, und es war der eines Mannes, eines Amerikaners wie ich: mein Jugendfreund Thomas Sumter, der abgereist ist, um für die Beladung meines Schiffs zu sorgen. Du weißt oder du weißt nicht, daß sich gewisse große französische Produzenten der Blockade wegen an amerikanische Schiffe wenden, um den Transport ihrer Waren zu sichern. So auch eine liebenswürdige Dame, die in Reims große Champagner-Kellereien leitet, und diese Madame Veuve Nicole

Clicquot-Ponsardin schenkt mir ihr Vertrauen, seitdem ich zur See fahre. Thomas hat für mich den Handel endgültig abgeschlossen und reist noch diese Nacht nach Morlaix, um die Verschiffung nach ... außerhalb des Kaiserreichs in die Wege zu leiten. Das sind alle meine Verschwörungen! Bist du zufrieden?»

«Champagner!» rief Marianne, lachend und weinend zugleich. «Um Champagner ist es gegangen? Und ich glaubte ... Oh, mein Gott! Das ist zu schön! Das ist zu wundervoll! Und das ist zu komisch! Ich habe allen Grund zu sagen, daß ich dich überhaupt nicht kenne!»

Doch Jason hatte über die Freude der jungen Frau nur gelächelt. Seine düsteren, ernsten Augen verschlangen gierig ihr von Glück überstrahltes Antlitz. «Marianne, Marianne! Wer bist du selbst mit deiner kindlichen Naivität und deinen Listen einer erfahrenen Frau? Du bist bald klar wie der Tag, bald beunruhigend wie die Finsternis, und ich werde vielleicht nie wissen, was wahr in dir ist.»

«Ich liebe dich ... das ist wahr in mir.»

«Du hast die Macht, mich die Hölle erdulden zu lassen oder mich selbst in einen Dämon zu verwandeln. Bist du eine Frau oder eine Hexe?»

«Ich liebe dich ... ich bin nur die, die dich liebt.»

«Und ich hätte dich fast getötet! Und ich habe dich töten wollen ...»

«Ich liebe dich ... ich habe schon vergessen!»

Sanft waren die starken braunen Hände an Mariannes Armen aufwärtsgeglitten, schlossen sich um sie, zogen sie an seine harte, warme Brust, während Jasons Lippen über Lider und Wangen streiften und ihren Mund suchten. Zitternd vor so überwältigender Freude, daß sie einen Moment sterben zu müssen glaubte, überließ sich Marianne den sie nun fest umspannenden Armen, schmiegte sich eng an Jason und schloß die von Tränen glänzenden Augen, so daß die Tränen im Schließen ihr Antlitz feuchteten. Ihr Kuß schmeckte nach Salz und Feuer, nach Süße und Strenge, nach Glut und der Zärtlichkeit, die man lange erwartet, lange ersehnt, lange vom Himmel erfleht hat, ohne wirklich auf Erfüllung zu hoffen. Es war eine Ewigkeit von wenigen Sekunden, nur unterbrochen, um mit noch größerer Leidenschaft neu begonnen zu werden. Es war, als gelänge es weder Jason noch Marianne, den intensiven, schmerzlichen Durst zu löschen, den sie nacheinander verspürten, als versuchten sie, in diesem flüchtigen Augenblick des Glücks ihren ganzen Anteil am Paradies auf Erden zusammenzupressen.

Als sie sich endlich ein wenig lösten, nahm Jason Mariannes Kinn zwischen seine Finger und bog ihren Kopf leicht zurück, um den Schein der Kerzen in den meerfarbenen Tiefen ihrer Augen spielen zu sehen. «Was für ein Idiot ich gewesen bin!» seufzte er. «Wie konnte ich mir auch nur einen Moment einbilden, mein Leben fern von dir, ohne dich leben zu können? Denn du bist Teil von mir wie mein Blut und mein Fleisch! Was werden wir tun? Ich habe nicht das Recht, dich bei mir zu behalten, wie du es nicht hast, bei mir zu bleiben. Da ist...»

«Ich weiß!» Marianne legte rasch ihre Hand auf die Lippen des Freundes, um ihn zu hindern, Namen auszusprechen, die den Zauber endgültig gebrochen hätten. «Aber diese Stunden gehören nur uns. Sollte es nicht möglich sein, die Welt und ihre Realitäten noch für ein paar Momente zu vergessen?»

«Ich möchte es auch, wie du ... möchte es so gern!» sagte er in verzweifeltem Ton. «Aber da ist diese seltsame Einmischung Cranmeres, Marianne, diese verlogene Behauptung, die dich soviel gekostet hat.»

«Das Geld ist nichts. Ich weiß nicht mehr, was ich damit anfangen soll.»

«Trotzdem werde ich es dir wiedergeben. Doch ich denke nicht nur an das Geld. Warum hat er dir nur diese alberne Geschichte erzählt?»

Marianne begann zu lachen. «Eben dieses Geldes wegen! Du hast es selber gesagt. Er brauchte es gewiß, und er hat da ein ausgezeichnetes Mittel gefunden. Das einzige, was uns bleibt, ist nicht mehr daran zu denken.» Zärtlich legte sie die Arme um den Hals ihres Freundes, um ihn von neuem fest an sich zu ziehen, doch Jason löste sich sanft aus ihrer Umschlingung.

«Hörst du nichts? Im Nebenraum schlägt ein Fenster gegen die Mauer.»

«Ruf einen Diener.»

«Ich habe sie alle ins Bett geschickt, bevor Thomas kam. Meine Geschäfte gehen nur mich an.»

Er wandte sich zur Tür des benachbarten Zimmers, und Marianne folgte ihm mechanisch. Jetzt, da der Regen aufhörte und Stille sie umgab, erschien auch ihr die Atmosphäre dieses Hauses seltsam. Sie vermeinte das Rascheln seidener Roben, das Geflüster von Stimmen zu hören, zweifellos nur die letzten Regentropfen in den Blättern und auf dem Kies des Gartens. Der Salon mit dem auf- und zuschlagenden Fenster, ein fast leerer Raum, war dunkel, aber durch die Scheiben glaubte Marianne in dem bis zur Straße nach Versailles sich senkenden Park huschende Lichter zu sehen, die der dichten Finsternis eine unheimliche Note verliehen. Sie trat zu Jason, der das Fenster geschlossen hatte.

«Mir war, als hätte ich verschwimmende Lichter im Park bemerkt. Hast du nichts gesehen?»

«Gar nichts. Deine an Helle gewöhnten Augen haben dir in der Dunkelheit einen Streich gespielt.»

«Und diese Geräusche?... Hörst du nichts? Man möchte meinen, das Rascheln von Seide, Seufzer...»

War es die Wirkung der fast völligen Dunkelheit, denn aus dem Nebenzimmer fiel nur ein schwacher Schein durch die halb offene Tür, doch Marianne spürte, wie ihre Ohren und ihr Geist sich mit winzigen, beunruhigenden Lauten füllten. Es war, als sei jede Holztäfelung, jedes Parkett, jedes Möbel im Haus zum Leben erwacht – und das war erschreckend!

Besorgt wegen des seltsamen Klangs ihrer Stimme, zog Jason sie wieder in seine Arme, drückte sie wie einen zerbrechlichen Gegenstand sanft an sich und fühlte plötzlich die glühende Hitze ihres Gesichts. «Du hast ja Fieber!» rief er. «Das läßt dich sehen und hören, was es gar nicht gibt! Komm, ich merke, wie du zitterst... Jemand muß sich um dich kümmern! Mein Gott, und ich stehe hier herum...»

Er wollte sie fortziehen, doch sie widerstrebte, die Augen weit in die Finsternis geöffnet, die ihr jetzt weniger undurchdringlich schien. «Nein ... Hör doch! Es klingt, als weine jemand! Eine Frau... Sie weint, um uns zu warnen...»

«Gleich wirst du mir erzählen, auch du hättest das Gespenst der armen Prinzessin gesehen! Genug Marianne! Du ziehst dir Böses zu, und ich fürchte, ich habe das meine dazugetan! Bleiben wir nicht hier.»

Und ohne sich auf weiteren Wortwechsel einzulassen, hob er sie hoch und trug sie in seinen Armen in den großen Salon hinüber, dessen Tür er sorgfältig hinter sich schloß, bevor er seine Last auf ein kleines Kanapee bettete. Er hüllte Marianne in ihren seidenen Umhang, schob ein Kissen unter ihren Kopf und erklärte, daß er die Köchin wecken werde, die ihr warme Milch geben solle. Darauf begab er sich zur Bibliothek, wo sich der Strang der Glocke befand, und zog an ihm. Bis zur Nase in die grüne Seide gewickelt, folgte ihm Marianne mit dem Blick.

«Es ist nicht nötig», seufzte sie. «Das beste ist, ich kehre nach Hause zurück. Aber, weißt du – wenn ich das Gespenst auch nicht gesehen habe, habe ich es doch gehört! Ich bin dessen sicher!»

«Du bist närrisch! Es gibt kein Gespenst, es sei denn in deiner Phantasie.»

«Doch... es sagte, daß wir uns in acht nehmen müßten.»

Unversehens schien das Haus zu erwachen. Türen wurden geöffnet und heftig geschlossen, dann war das Geräusch eilig sich nähernder Schritte zu hören. Bevor Jason noch die ins Innere des Hauses führende Tür zu erreichen vermochte, um sich zu erkundigen, was vorging, wurde diese aufgestoßen, und ein halbbekleideter, sichtlich bestürzter Diener erschien auf der Schwelle. «Die Polizei, Monsieur! Die Polizei ist hier!»

«Hier? Im Haus? Um diese Zeit? Weshalb sind sie denn gekommen?»

«Ich ... ich weiß nicht! Sie haben den Pförtner gezwungen, das Tor zu öffnen, und sind schon im Park.»

Von einer schrecklichen Vorahnung ergriffen, hatte Marianne sich aufgerichtet. Mit bebenden Händen legte sie sich hastig den Umhang um die Schultern, verknüpfte die Seidenbänder und sah verängstigt zu Jason auf. Die Idee kam ihr, daß Francis ein übles Spiel mit ihr getrieben haben könnte und Jason vielleicht ohne jeden Beweis als Verschwörer denunziert hatte. «Was wirst du tun?» murmelte sie voller Angst. «Du siehst, daß ich Grund hatte, etwas zu fürchten.»

«Es gibt nichts zu fürchten!» versicherte er bestimmt. «Ich habe mir nichts vorzuwerfen und sehe nicht, warum man sich mit mir befassen sollte.»

Dann wandte er sich dem Diener zu, der noch immer zitternd auf der Türschwelle stand: «Sagt dem Chef dieser Herren, daß ich ihn erwarte. Zweifellos handelt es sich um ein Mißverständnis. Aber versucht, ihn einen Moment aufzuhalten.»

Während er sprach, schloß er den Kragen seines Hemdes, knotete seine Krawatte und schlüpfte in den Rock, den er der Wärme wegen zuvor über einen Stuhl gelegt hatte, und kehrte zu Marianne zurück. «Wie bist du hereingekommen?»

«Durch die kleine Pforte in der Mauer der Rue de Seine. Gracchus erwartet mich dort mit meiner Kutsche, die er versteckt hat.»

«Dann mußt du sofort zu ihm ... Ich hoffe, der Weg ist noch frei. Und glücklicherweise regnet es nicht mehr. Komm. Die andern dürften den Weg über den Hof nehmen.»

Doch sie schlang ihre Arme verzweifelt um seinen Hals. «Ich will nicht gehen! Wenn du in Gefahr bist, will ich sie teilen.»

«Sei nicht kindisch! Ich bin nicht in Gefahr! Aber du oder zumindest dein Ruf wird es ernstlich sein, wenn die Polizisten dich hier finden. Man darf nicht wissen ...»

«Das ist mir egal!» rief Marianne leidenschaftlich. «Sag lieber, du willst nicht, daß Pilar weiß ...»

«Um Himmels willen, Marianne, hör auf, dummes Zeug zu reden!

Ich schwöre dir, ich denke nur an dich, wenn ich dich bitte zu gehen.»

Er verstummte jäh und gab die junge Frau, die er an sich gezogen hatte, frei. Es war schon zu spät ... Die Tür hatte sich geöffnet, und ein großer, kräftig gebauter, ganz in Schwarz gekleideter und bis zum Kinn zugeknöpfter Mann mit einem langzipfligen Schnurrbart nach gallischer Art war eingetreten. In der Hand hielt er einen gleichfalls schwarzen samtenen Zylinder, und im Licht der Kerzen begegnete Marianne dem härtesten, kältesten Blick, den sie je gesehen hatte. Der Ankömmling grüßte kurz: «Inspektor Pâques! Ich bedaure, Euch stören zu müssen, Monsieur, aber wir sind heute abend benachrichtigt worden, daß in diesem Haus ein Verbrechen begangen worden ist und daß wir eine Leiche finden würden.»

«Ein Verbrechen?» riefen Jason und Marianne gleichzeitig.

Doch während der Korsar auf den Polizisten zutrat, suchte die junge Frau Halt an einem Stuhl, da sie sich schwach werden fühlte. Die bedrohliche Absurdität, die seit jenem verfluchten Abend im Theater ihre Existenz überschattete, schien sich auf Dauer einzurichten. Was hatte diese Geschichte von einem Verbrechen und einer Leiche nun wieder zu bedeuten? Das Eindringen der Polizei mitten in ihr Liebesduett nahm den Aspekt einer bösartigen Farce an, eines Spektakels für junge bäuerische Eheleute.

Indessen erhob sich Jasons Stimme ruhig und ein wenig amüsiert: «Seid Ihr Eurer Informationsquelle sicher, Monsieur? Dieses Haus gilt als Spukhaus, das wußte ich, nur heißt das noch nicht, daß hier Leichen in Freiheit herumspazieren ... Ich möchte die Angaben Eures Gewährsmanns nicht in Zweifel ziehen, aber Ihr seht mich doch sehr erstaunt.»

Die Zurückhaltung und Höflichkeit des Korsaren gefielen dem Polizisten zweifellos, denn er machte ihm eine kleine, steife Verbeugung, bevor er antwortete: «Ich gebe gern zu, Monsieur, daß die fragliche Information anonym zu uns gelangt ist, aber sie ist so formell – und so schwerwiegend, daß ich nicht länger zögern konnte.»

Er hob in einer Geste des Bedauerns die Arme.

«So schwerwiegend? Ihr wißt also, wessen Leiche Ihr hier zu finden erwartet?»

«Nein. Wir wissen nur, daß es sich um einen treuen Diener Seiner Majestät des Kaisers handelt und – um einen Mann, der zur geheimen Polizei gehört. Ich konnte diese Meldung um so weniger ignorieren, als es sich in diesem Fall um einen politischen Mord handeln würde.»

Jason verneigte sich seinerseits. «Nur zu wahr – obwohl es mich ebenso verblüfft wie meine Neugier weckt. Nun, Monsieur, ich überantworte Euch das Haus! Sucht! Ich werde Euch mit Interesse folgen, sobald ich mit Eurer Erlaubnis Madame zu ihrem Wagen geleitet habe. Solche Angelegenheiten sind nichts für eine junge Frau.»

Der Inspektor hatte sich schon der Tür zugewandt, um zu seinen Leuten zurückzukehren, besann sich jedoch und wandte sich erneut dem Paar zu. «Unmöglich, Monsieur! Ich muß Euch sogar bitten, diesen Raum nicht zu verlassen, bevor die Durchsuchung nicht beendet ist. Madame ist die Fürstin Sant'Anna, nehme ich an?»

Marianne war es, die ihm diesmal antwortete. Sie war mit wachsender Angst dem höflichen Dialog Jasons mit seinem unerwarteten Besucher gefolgt, und die Nennung ihres Namens verdoppelte noch die vagen Befürchtungen, die sie bedrängten. Nichtsdestoweniger sprach sie mit Würde und scheinbarer Kälte: «In der Tat. Darf ich wissen, wieso Ihr mich kennt?«

«Ich habe nicht diese Ehre, Madame», erwiderte Pâques in eisigem Ton. «Aber die Denunziation besagte, daß man Euch bei Monsieur Beaufort finden würde – dessen Geliebte Ihr seid!»

Bevor Marianne zu entgegnen vermochte, trat Jason zwischen sie und den Polizisten. Mühsam beherrschter Zorn verkrampfte seine Kiefer und flammte in seinen Augen. «Genug, Monsieur!» grollte er. «Übt Euer Metier aus, da Euch offenbar eine anonyme Denunziation genügt, um ein achtbares Haus zu überfallen, aber beleidigt niemand!»

«Ich beleidige niemand! Ich sage nur, was ich gelesen habe.»

«Wenn Ihr alles glaubt, was Ihr lest, tut Ihr mir leid. Doch wie dem auch sei, vorderhand sind Madame und ich keiner Untat angeklagt. Respektiert also, wenn ich mir schon nichts daraus mache, wenigstens eine persönliche Freundin des Kaisers, falls Ihr nicht wollt, daß ich Klage gegen Euch führe! Schließlich bin ich amerikanischer Bürger und, wie Ihr vielleicht wißt...»

«Lassen wir's dabei, Monsieur!» unterbrach ihn der Inspektor schroff. «Wenn ich einen Fehler begangen habe, als ich hierherkam, bin ich bereit, mich zu entschuldigen, aber fürs erste bitte ich Euch, diesen Raum nicht zu verlassen.»

Er ging hinaus. Alleingeblieben, sahen Marianne und Jason einander an, er mit einem Schulterzucken und einem Lächeln, das sich sorglos geben wollte, aber nicht bis in seine Augen drang, sie mit einer Unruhe, die sie nicht zu verbergen suchte.

«Was für eine verrückte Geschichte!» sagte Jason.

Marianne schüttelte den Kopf. «Nein – ich fürchte, es ist eine Geschichte Lord Cranmeres. Und der ist leider nicht verrückt.»

Jason fuhr auf und runzelte die Stirn. «Ihr haltet den anonymen Brief, den dieser Polizist erhielt, für sein Werk? Möglich, aber nach allem, was man uns gesagt hat, bin ich es, auf den er sich vor allem bezieht, und ich sehe nicht, warum Cranmere es auf mich abgesehen haben sollte.»

«Weil er nur zu gut weiß, daß die beste Art, mir etwas anzutun, darin besteht, Euch zu treffen!» erklärte die junge Frau mit einer Leidenschaft, die ihrem Verlangen entsprang, dem Freund eine ihr mit jedem Augenblick klarer werdende Überzeugung zu vermitteln. Alles verwies sie darauf, selbst die seltsamen Geräusche, die nur sie dank der äußersten Empfindlichkeit ihres Nervensystems und jenes vom Übernatürlichen so leicht angerührten englischen Teils ihres Wesens gehört hatte. «Überlegt doch, Jason! Seid Ihr nicht betroffen durch die Folge von Ereignissen, seit ich letzte Nacht diesen Mann in meinem Hause fand? Durch dieses Gemisch aus Wahrem und Falschem, das sich unaufhörlich wiederholt?»

«Aus Wahrem?» widersprach der Amerikaner. «Was seht Ihr an Wahrem außer Eurer Anwesenheit hier heute abend in dieser verdammten Anzeige ohne Unterschrift?»

«Nur Lord Cranmere wußte, daß ich kommen würde.»

«Vielleicht, aber das ist auch alles! Ihr seid nicht meine Geliebte, wie mir scheint, und was dieses erfundene Verbrechen betrifft, diese Leiche, die nur in der Phantasie existiert...»

Die plötzliche Rückkehr des Inspektors Pâques schnitt ihm das Wort ab. Diesmal erschien der Polizist durch die Fenstertür, durch die auch Marianne Einlaß gefunden hatte, und seine Haltung war, wenn überhaupt möglich, noch frostiger als bei seinem ersten Auftritt. «Wollt Ihr mir folgen, Monsieur! Auch Ihr, Madame!»

«Und wohin?» fragte Jason.

«In den Billardsaal, der sich im kleinen Pavillon im Park befindet.»

Das Vorgefühl einer bevorstehenden Katastrophe war jetzt für Marianne zur Gewißheit geworden. Sie las das Unheil in den verschlossenen Zügen des Polizisten und glaubte, in seinem Blick eine Drohung zu sehen. Auch Jason hatte Pâques überrascht gemustert, ließ sich jedoch durch seine verbissene Miene nicht sonderlich beeindrucken. Die Schultern zuckend, nahm er Mariannes Hand und knurrte: «Gehen wir also, da Ihr solchen Wert darauf legt.»

Sie gingen in den Park hinunter. Die unerträgliche Hitze, die das Ende des Tages so unerfreulich gemacht hatte, war einer angenehmen Kühle gewichen, und von der nassen Erde und dem feuchten Laub stiegen erneut die Düfte des Grases und der frisch gewaschenen Blätter auf. Doch zwischen den Rosenbeeten, die die drei Terrassen säumten, zeichneten sich unheimlich die dunklen Gestalten der Polizisten ab. Mit angstvollem Schauder dachte Marianne bei sich, daß sie ausgereicht hätten, ein ganzes Dorf zu umzingeln, und wunderte sich über den personellen Aufwand für eine einfache Hausdurchsuchung – es sei denn, Inspektor Pâques hätte geglaubt, es mit einer ganzen Bande zu tun zu haben, und um jeden Preis deren in einem Park dieses Umfangs immer mögliche Flucht verhindern wollen. Die Männer rührten sich nicht. Einige trugen Blendlaternen, um den Weg zu beleuchten, aber alle schienen irgendwie bedrohlich Wache zu halten. Vielleicht durchlief Marianne einen Moment lang ein Zittern, denn sie spürte, daß Jasons Finger sich fester um ihre Hand schlossen, und sie schöpfte aus diesem warmen Kontakt ein wenig Trost.

Der kleine Pavillon, der einst als Billardzimmer gedient hatte, erhob sich zur Rechten des Hauses. Von innen erleuchtet, wirkte er wie eine in die Nacht gestellte übergroße Laterne. Zwei Männer mit gebogenen Knüppeln, die in ihrer Hand eine furchtbare Waffe waren, bewachten den Eingang. In ihrer Stummheit schienen sie Unheil zu künden, waren schwarz wie die Diener des Todes, und Mariannes Finger krampften sich in Jasons Griff nervös zusammen. Pâques öffnete die Tür und trat beiseite, um sie einzulassen.

«Tretet ein! Seht!»

Jason betrat den Raum als erster, zuckte zusammen und versuchte instinktiv, seiner Gefährtin den Zugang zu verwehren, teils um ihr den schrecklichen Anblick zu ersparen, teils um sie zu hindern, in das Blut zu treten, das in Lachen den Fußboden des kleinen Raums bedeckte. Doch es war zu spät. Sie hatte gesehen...

Ein Schreckensschrei entrang sich ihrer Kehle. Sie taumelte, wandte sich jäh, um diesem Alptraum zu entfliehen, und prallte gegen die stämmige Gestalt des Inspektors, der den Ausgang versperrte.

Inmitten des Raums lag, die Beine halb unter einem Billardtisch mit zerrissenem Tuch verborgen, ein riesiger Leichnam mit durchschnittener Kehle, die Augen weit geöffnet. Doch trotz der blutleeren Blässe des Gesichts, trotz der entsetzlichen Starrheit des in einem Ausdruck der Überraschung geronnenen Blicks, war es unverkennbar: Der Mann, der dort lag, in diesem einst dem Vergnügen gewidmeten, nun so tragisch in ein Schlachthaus verwandelten Raum, war Nicolas Mallerousse, der fingierte Onkel Mariannes, war Black Fish, der Seemann, der heimliche Helfer der aus den englischen Kerkerschiffen entflohenen Gefangenen, war der Mann, der auf sein Leben geschworen hatte, Francis Cranmere zu vernichten ...

«Wer ist dieser Mann?» fragte Jason mit tonloser Stimme. «Ich kenne ihn nicht.»

«Ah, wirklich?» ließ sich der Inspektor vernehmen, während er vergeblich bemüht war, sich Mariannes zu entledigen, die sich laut schluchzend und von einer Nervenkrise geschüttelt an ihn klammerte. «Immerhin befinden sich Eure Initialen auf dem Rasiermesser, das gefunden und mit dem Nicolas Mallerousse getötet wurde! Nun, nun, Madame! Ich bin nicht hier, um Euch zu helfen, Euren Nerven freien Lauf zu lassen!»

«Laßt sie in Ruhe!» wetterte Jason und entriß ihm Marianne, von der sich Pâques gewaltsam zu befreien suchte. «Niemand hat je daran gedacht, von einem Polizisten Mitgefühl zu erwarten. Wenn dieser Unglückliche, wie Ihr behauptet, Nicolas Mallerousse ist, hat diese junge Frau eben einen furchtbaren Schock erlitten, und ich bitte Euch, sie gehen zu lassen und ihr den weiteren Anblick dieses Blutbads zu ersparen, sonst schwöre ich Euch, daß der Kaiser von Eurem Verhalten erfahren wird. Kommt, Marianne, kommt hinaus!»

Er nahm die zitternde junge Frau in seine Arme und trug sie aus dem Pavillon. Pâques ließ sie passieren und begnügte sich damit, auf eine steinerne Bank am Rand des Weges und eines Beets großer weißer Lilien zu verweisen, deren Duft diesen ganzen Winkel des Parks mit Wohlgeruch erfüllte. Nachdem Jason seine Last abgesetzt hatte, bat er darum, jemand zu Gracchus-Hannibal Pioche zu schicken und ihn zu veranlassen, mit Mariannes Kutsche vorzufahren und seine Herrin abzuholen.

Doch der Inspektor erhob Einspruch: «Einen Moment! Ich bin mit dieser Dame noch nicht fertig. Warum meint Ihr, daß sie einen Schock erlitten habe, als sie Nicolas Mallerousses Leiche sah?»

Er starrte Jason herausfordernd an.

«Weil er einer ihrer besten Freunde war! Sie liebte ihn sehr und ...»

«Wen wollt Ihr das glauben machen? Der Schock ist durch den Anblick des Bluts eingetreten, vielleicht auch, weil sie nicht erwartete, so unmittelbar mit Eurer Tat konfrontiert zu werden.»

«Meiner Tat? Ihr klagt mich dieser schändlichen Schlächterei an? Und das nur, weil Ihr ein Rasiermesser mit meinen Initialen gefunden habt? Ein Rasiermesser kann man stehlen.»

«Aber keinen Grund zu töten! Und ihr habt gleich wenigstens zwei und ausgezeichnete dazu.»

«Zwei Gründe? Ich soll zwei Gründe haben, einen Mann so abzuschlachten, den ich nicht einmal kenne?»

«Wenigstens!» bestätigte Pâques. «Und jeder ist besser als der andere. Mallerousse überwachte Euch, seitdem Ihr in Frankreich seid, um Beweise für die umfangreichen Schmuggelgeschäfte beizubringen, die Ihr betreibt. Ihr habt ihn getötet, weil er Euch in dem Moment verhaftet hätte, in dem Ihr bereit gewesen wärt, Frankreich mit vollen Laderäumen zu verlassen.»

«Voll von Champagner und Burgunder!» knurrte Jason aufgebracht. «Man bringt keinen Menschen wegen ein paar Flaschen Wein um!»

«Wenn der Brief die Wahrheit sagt, werden wir auch etwas anderes finden, und damit wäre der Beweis erbracht. Was den zweiten Grund betrifft, wird er durch Madame verkörpert. Ihretwegen, um sie zu retten, habt Ihr getötet!»

«Sie zu retten? Wovor? Ich wiederhole Euch, daß sie ihn sehr liebte...»

«Vor dem da! Wir haben es bei der Leiche gefunden. Ich bezweifle nicht, daß sie Mallerousse sehr gut gekannt hat und daß der Unglückliche weit mehr über sie wußte, als ihr lieb war... aber ich bezweifle sehr, daß sie soviel Liebe für einen Mann empfand, der ein Papier wie dieses besaß! Eine Laterne, Germain!»

Ein Polizist trat heran. Seine Laterne erhellte ein gelbliches Stück Papier, dessen Anblick Marianne jäh der Woge aus Grauen und Schmerz entriß, die sie während einiger Momente überwältigt hatte. Noch von Schluchzen geschüttelt, hatte sie die Anklagen des Inspektors und Jasons wütende Erwiderungen gehört, ohne sich in ihrer Verstörung einmischen zu können. Dieses Papier jedoch, dieses gelbliche Blatt Papier, von dem sie vor vielen Tagen auf der Place de la Concorde schon ein Zwillingsexemplar in den Händen ihres schlimmsten Feindes gesehen hatte, wirkte wie ein erneuter Schock auf sie, weil es ihr den unwiderleglichen Beweis, die Unterschrift sozusagen, für die Urheberschaft des Alptraumes brachte, in dessen Verstrickungen Jason und sie zappelten.

Sie nahm das Blatt Papier aus der Hand es Inspektors, entfaltete es und überflog es rasch. Es war das gleiche! Genau das gleiche, sah man davon ab, daß es auf den Stand des Tages gebracht und der Name «Maria Stella» durch «die Fürstin Marianne Sant'Anna» ersetzt worden war. Doch in ihrer Anklage, daß nämlich die Mätresse des Kaisers eine von der englischen Polizei gesuchte Mörderin und eine Spionin sei, blieb die Schmahschrift sich treu, das hieß, unverändert infam...

Angeekelt gab Marianne das Blatt dem Polizisten zurück. «Ihr hattet recht, Monsieur, von mir zu fordern, daß ich bliebe. Niemand kann Euch besser über die Geschichte dieses widerlichen Elaborats, das mir schon einmal gezeigt wurde, aufklären als ich. Ich werde Euch auch berichten, wie ich Nicolas Mallerousse kennenlernte, welche Wohltaten er mir erwies und warum ich ihn liebte, was für Vorstellungen Ihr Euch auf Grund eines anonymen Briefes und einer in bezug auf ihren Verfasser ebenso diskreten Schmähschrift von unseren Beziehungen auch gemacht haben mögt.»

«Madame...», begann der Polizist ungeduldig.

Marianne brachte ihn mit einer Handbewegung zum Schweigen. Ihr stolzer Blick traf den Inspektor so hochmütig und klar zugleich, daß dieser ihm auswich.

«Erlaubt, Monsieur! Wenn ich geendet habe, werdet Ihr sehen, daß es Euch unmöglich sein wird, Monsieur Beaufort länger zu beschuldigen, denn in meinem Bericht werdet Ihr die Namen der wirklichen Schuldigen an dieser... dieser entsetzlichen Untat finden.»

Ihre Stimme brach, während der unfehlbare Aufnahmeapparat ihrer Erinnerung ihr von neuem zeigte, was sie vorhin gesehen hatte. Ihr Freund Nicolas, so gut und so tapfer, umgebracht auf scheußliche Weise von eben jenen, die er hätte unschädlich machen sollen! Marianne fragte sich nicht, wie das Verbrechen in dem von Jason bewohnten Hause hatte stattfinden können, diesem Hause, das einem Mann von makelloser Ehrenhaftigkeit gehörte. Aber sie wußte mit aller klarsichtigen Gewißheit ihres Schmerzes, ihres Zorns und auch ihres Hasses, wer es getan hatte! Sie würde die wahren Schuldigen verfolgen und Gerechtigkeit erlangen, und wenn sie es ganz Paris ins Gesicht schreien und ihren Ruf dabei für immer verlieren würde...

Indessen schien die Haltung Inspektor Pâques' eine Spur von Nachgiebigkeit, etwas wie leichtes Zögern angesichts dieser Frau anzuzeigen, die mit soviel offener Festigkeit und Überzeugung sprach.

«All das ist schön und gut, Fürstin, aber nichtsdestoweniger bleibt die Tatsache, daß das Verbrechen begangen, der Leichnam hier entdeckt wurde...»

«Das Verbrechen wurde begangen, aber nicht von Monsieur Beaufort! Der wirkliche Mörder ist der Autor dieses Wischs», rief sie, auf das gelbliche Papier deutend, das Pâques noch immer in der Hand hielt. «Es ist der Mann, der mich seit dem unglückseligen Tage, an dem ich ihn heiratete, mit seinem wütenden Haß verfolgt. Es ist mein erster Gatte, Lord Francis Cranmere, ein Engländer – und ein Spion.»

Sofort spürte Marianne, daß Pâques ihr nicht glaubte. Mit merkwürdiger Miene betrachtete er abwechselnd das Papier und Marianne und hielt sich schließlich an das Papier, das er leicht vor dem Gesicht der jungen Frau schwenkte: «Anders herum gesagt: der Mann, den Ihr getötet habt? Ihr haltet mich offenbar für einen Dummkopf, Madame!»

«Aber er ist nicht tot! Er ist in Frankreich und verbirgt sich unter dem Namen des Vicomte...»

«Findet etwas anderes, Madame», unterbrach sie der Inspektor zornig, «und unterlaßt den Versuch, mit Ammenmärchen abzulenken! Es ist immer leicht, Gespenster anzuklagen! Ich erinnere Euch daran, daß dieses Haus ebenfalls als Spukhaus gilt, falls es Euch an Phantasie mangeln sollte. Ich meinerseits glaube nur an die Wirklichkeit.»

In ihrer Entrüstung hätte sich Marianne vielleicht noch auf weitere Erörterungen eingelassen und den mißtrauischen Beamten an ihren Einfluß beim Kaiser erinnert, an ihre hohe Stellung in der Gesellschaft, ihre Beziehungen, ja sogar an ihre Rolle in den geheimsten Zirkeln der Agenten Fouchés, so sehr sie sich auch dieser schwärzesten Stunden ihres Lebens schämte – wenn nicht vier Polizisten auf dem Wege erschienen wären, zwei mit Laternen und zwei, die zwischen sich einen ziemlich ärmlich auf Seemannsart gekleideten großen Burschen führten.

«Chef, wir haben diesen Mann in den Gebüschen nahe der Mauer an der Straße nach Versailles gefunden. Er wollte eben drüberklettern und flüchten», sagte einer von ihnen.

«Wer ist es?» knurrte Pâques.

Höchst unerwartet war es Jason, der die Frage beantwortete. Er hatte einem der Polizisten die Laterne entrissen und sie den Zügen des Gefangenen genähert. Ein knochiges Gesicht mit kohlschwarzen Augen und eingeschlagener Nase tauchte zugleich aus der Nacht und einem schmierigen Hemdkragen auf. «Perez! Was machst du hier?»

Der Mann sah verschreckt aus. Trotz seines stämmigen Äußeren zitterte er so stark, daß er ohne die Fäuste, die ihn hielten, vielleicht gefallen wäre.

«Ihr kennt diesen Mann?» fragte Pâques mit gerunzelter Stirn.

«Er ist einer meiner Leute. Das heißt, er gehörte zu meiner Mannschaft, bis ich ihn nach der Landung in Morlaix von Bord jagte... Ein widerlicher Lump!» rief Jason entrüstet. «Ich begreife nicht, was er hier tut.»

Der Mann brüllte auf wie ein gestochener Stier und ließ sich, ohne daß es die überraschten Polizisten zu verhindern vermochten, zu Boden fallen. Auf den Knien schleppte er sich zu Jason, dessen Arm er jaulend packte. «Nein, Patron... nein, nicht das! Habt Mitleid! Laßt mich nicht im Stich... sonst bin ich verloren! Daß ich keine Zeit mehr hatte, ihn wegzuschaffen, war nicht meine Schuld ... Jones und ich wollten uns gerade daran machen, als wir diese Leute aufkreuzen sahen ... die Leute von der Polizei!»

Bestürzt hörte Marianne diese in schlechtem Französisch mit starkem spanischem Akzent scheinbar ohne logischen Zusammenhang hervorgestoßenen Worte, die ihr schrecklich erschienen. Sie begriff, daß sich das Schicksal hartnäckig gegen sie wandte, daß Pâques weniger denn je auf sie hören würde, da er sich nun auf einen angeblichen Zeugen berufen konnte. Zornig hatte Jason indessen den Mann an seinem schmierigen Kragen allein mit der Kraft seiner Fäuste vom Boden hochgerissen.

«Wegschaffen wen? Wegschaffen was?»

«Aber – den Kerl, Patron! Die – die Leiche!» jammerte der andere, halb erwürgt. «Jones ist verduftet, als er sah, daß wir in der Tinte saßen ... Ich hab länger gebraucht, weil ich Schiß hatte ... und als ich am Ende des Parks ankam, hatte er die Tür zur großen Straße schon zugeschlagen. Da hab ich versucht, über die Mauer zu klettern! Erbarmen, Patron! Ihr bringt mich um!»

Der letzte Satz war kaum mehr als ein Röcheln. Rasend vor Wut, preßte der Korsar die Kehle des Mannes so gewaltsam zusammen, daß der Mann zu ersticken drohte. Das scharfe Profil dicht vor dem hochgeröteten Gesicht des Matrosen, fauchte er: «Lügner!... Wann hab ich dir irgendeinen Befehl gegeben, seitdem ich dich auspeitschen und wegen Diebstahls von Bord jagen ließ? Sag's, Kanaille! Du wirst gestehen, daß du lügst, oder ...»

«Genug!» kam der Inspektor Perez in trockenem Befehlston zu Hilfe. «Laßt diesen Mann los! Ihn töten zu wollen, heißt zugeben, daß er die Wahrheit sagt! He, ihr da!»

Die vier Polizisten hatten die Aufforderung nicht erst abgewartet, um sich gemeinsam auf Jason zu stürzen. Unvermittelt befreit, fiel Perez schwer auf die Knie und machte sich jammernd daran, seinen schmerzenden Hals zu massieren. «Mich kaltmachen wollen! Mich! Nach allem, was ich für Euch tun wollte! Wenn das nicht eine Gemeinheit ist!»

Vor dem von mehreren Fäusten gebändigten Jason rappelte sich der Schurke langsam hoch und schüttelte gewichtig den Kopf, wie von abgrundtiefer, heiliger Empörung ergriffen. «Mit den vornehmen Leuten ist es immer dasselbe! Wenn ihnen was schiefgeht, schieben sie's immer auf die armen Teufel! Was hat man schon von seiner Anhänglichkeit!»

«Aber der Mann lügt!» rief Marianne, die mit von Ekel gesättigter Verachtung der widerlichen Komödie dieses Unbekannten gefolgt war, denn es konnte nur eine Komödie sein, ein Akt des diabolischen Stücks, das Francis inszeniert hatte, um Jason zu vernichten und sie mit ihm. Wie? Auf welche Weise? Sie hätte es nicht zu sagen vermocht, aber ihr Instinkt, die geschärfte Einfühlsamkeit der liebenden Frau, sagten ihr, daß all das geschickt und planvoll vorbereitet worden war.

«Natürlich lügt er!» warf Jason kalt ein. «Doch offenbar wird heute nacht nur den Lügnern geglaubt... Ich weiß nicht, was dieser Schurke hier tut, aber zweifellos ist er von irgend jemand gekauft worden!»

«Was zu beweisen ist!» unterbrach ihn der Inspektor scharf. «Und das wird die Aufgabe des kaiserlichen Richters sein! Bis dahin, Monsieur, erkläre ich Euch im Namen des Kaisers und Königs für verhaftet!»

«Nein!» schrie Marianne außer sich auf. «Das könnt Ihr nicht! Er ist unschuldig! Ich weiß es! Ich weiß alles! Ich sage Euch, daß ich alles weiß», wiederholte sie und stürzte hinter Jason her, den die Polizisten bereits abführten. «Laßt ihn los! Ihr habt kein Recht dazu!» Wie eine Furie wandte sie sich gegen Pâques, der Perez eben einem seiner Männer übergab, nachdem er ihm Handfesseln angelegt hatte. «Hört Ihr nicht? Ihr habt kein Recht dazu! Morgen werde ich mich dem Kaiser zu Füßen werfen! Morgen wird er alles erfahren! Er wird mich anhören!»

Die Faust des Polizisten packte die junge Frau und preßte ihren Arm so brutal, daß sich ihr ein Stöhnen entrang. «Genug davon, Madame! Schweigt, wenn Ihr nicht wollt, daß ich Euch gleichfalls mitnehme! Eure Mitschuld an diesem Verbrechen ist nicht völlig erwiesen, und ich lasse Euch daher in Freiheit, wenn auch nur in überwachter Freiheit – unter der Bedingung, daß Ihr schweigt! Man wird Euch zu Eurem Wagen und dann zu Euch nach Hause geleiten, von wo Ihr Euch unter keinerlei Vorwand fortrühren werdet! Und wißt, daß man Euch im Auge behalten wird!»

Mariannes Nerven gaben mit einem Schlage nach. Sie ließ sich auf die Steinbank sinken und begann, das Gesicht in den Händen verborgen, krampfhaft zu schluchzen, so das wenige an ihr verbliebener Kraft völlig erschöpfend. Im selben Moment traten aus dem Billardpavillon zwei Männer, die auf einer Bahre unter einem darübergebreiteten, schon von dunklen Spuren gezeichneten Tuch eine mächtige, reglose Gestalt trugen. Geist und Blick von jedem Gedanken entleert, sah sie sie an sich vorbeigehen, ohne recht zu wissen, ob ihre verzweifelten Tränen mehr dem mutigen und guten Menschen galten, der sie zweimal gerettet hatte und den man nun davontrug, oder dem Mann, den sie von ganzem Herzen liebte und den man so ungerecht des von einem Schurken begangenen Verbrechens anklagte. Denn für sie gab es an Cranmeres Schuld keinen Zweifel. Er allein hatte alles in die Wege geleitet, hatte jeden der dünnen, klebrigen Fäden des tödlichen Spinnennetzes gespannt und mit der Ermordung Nicolas Mallerousses gleich zwei Fliegen mit einer Klappe geschlagen: Er hatte sich eines lästig werdenden Feindes entledigt und Mariannes wie Jasons Leben in einem Blutbad ertränkt. Wie hatte sie so dumm, so blind sein können, auch nur ein einziges seiner Worte zu glauben? Aus Liebe hatte sie sich zur Komplizin eines Banditen gemacht, war sie zur Todesursache für die geworden, die sie am meisten auf der Welt liebte.

Langsam erhob sie sich und folgte der Bahre wie eine Schlafwandlerin, ein zarter Schemen in ihrer weißen Robe, deren Saum die düsteren Spuren des Verbrechens trug. Zuweilen zerriß ein Schluchzen ihre Brust, nur schwach zu hören in der nun milden, duftenden Nacht. Stumm, vielleicht angerührt durch den Schmerz dieser Frau, deren Glück und Schönheit Paris noch vor so kurzem neidisch bewundert hatte und die jetzt wie eine in tiefste Not geratene Waise diesem Trugbild eines Leichenzugs folgte, schlug der Inspektor auch seinerseits den Weg zum Hause ein, nachdem er der Bahre einige Schritte Vorsprung gelassen hatte.

Das große, für Heiterkeit und Lebensfreude geschaffene weiße Palais, in dem Marianne dennoch das untröstliche Weinen einer abgeschiedenen Seele zu hören vermeint hatte, tauchte wie für ein Fest erleuchtet zwischen den Bäumen auf, doch Marianne sah nur das blutbefleckte Tuch vor sich, vernahm nur die Stimmen ihres Kummers und ihrer Verzweiflung. Mit dem gleichen automatischen Schritt durchquerte sie die schwarzen Gruppen der Polizisten auf den Terrassen, stieg sie die flachen, sanften Stufen der Treppe hinauf, als sei es die Leiter zum Schafott, trat sie in den Salon, in dem sie einen so kurzen, so wundervollen Moment des Glücks erfahren hatte, und gelangte ins Vestibül, mechanisch dem Inspektor gehorchend, dessen wie von fern zu ihr dringende Stimme ihr mitteilte, daß ihr Wagen sie im Hof erwarte.

Sie war so abwesend, daß sie nicht einmal ein Beben durchlief, als eine schwarze Gestalt – eine weitere, doch es waren seit einer Stunde schon so viele gewesen! – ihr in den Weg trat. Ohne Erregung, ja ohne sich zu fragen, wie es möglich war, daß sich auch Jasons spanische Frau hier befand, begegnete sie Pilars haßglühendem Blick und ließ es zu, daß die wenigen rachsüchtigen Worte, die die Spanierin ihr zuzischte, bis an ihr Ohr drangen: «Mein Mann hat für dich getötet! Aber nicht darum wird er sterben! Er stirbt an dir! Weil er dich geliebt hat, Verfluchte!» Ohne einen Blick für Pilar zuckte Marianne müde die Schultern und schob mit flüchtiger Geste den aufdringlichen Schatten beiseite. Diese Frau phantasierte! Jason würde nicht sterben! Er konnte nicht sterben ... wenigstens nicht ohne sie. Welche Bedeutung konnte folglich dieses Wort vom Tode haben, das man wie eine unheimliche Kinderklapper vor ihr schüttelte?

In der Menge der Polizisten, Dienstboten und Neugierigen gewahrte Marianne die rundliche Gestalt des von Unruhe verzehrten Gracchus und, alles überragend, das Verdeck ihrer Kutsche. Instinktiv streckte sie die Hand nach ihm aus, nach dem Freundesgesicht, der vertrauten Insel, und rief mit schwacher Stimme: «Gracchus!»

Beiseitedrängend, was ihn von seiner Herrin trennte, stürzte der junge Bursche zu ihr. «Ich bin hier, Mademoiselle Marianne!» Sie klammerte sich an seinen Arm und hauchte: «Bring mich fort, Gracchus ... bring mich fort!»

Dann begann sich die Welt um sie zu drehen, Gesichter, Bäume, das weiße Haus und seine Lichter in einem wirbelnden, Übelkeit erregenden Mahlstrom mit sich reißend. An die äußerste Grenze ihrer selbst gelangt, glitt Marianne in barmherzige Bewußtlosigkeit. Sie hörte nicht einmal mehr Gracchus' wütende Stimme, der, bevor er sie vom Boden hob, weinend und instinktiv das Argot seiner heimischen Markthallen wiederfindend, dem verdutzten Inspektor entgegenschleuderte: «Wenn du sie kaltgemacht hast, du dreckiger Bulle, werd ich deinen Kürbis vom kleinen Korsen fordern, und du kannst Gift drauf nehmen, daß er ihn mir geben wird!»

8. Kapitel

Der Schraubstock verengt sich ...

Unter reichlich ungehobelten Umgangsformen, die er dem ständigen Kontakt mit Strolchen, Banditen, Mördern und sonstigen Übeltätern jeder Art verdankte, verbarg der Inspektor Pâques eine nicht geringe Portion Raffinesse. Jason Beauforts Verhaftung erregte keineswegs das Aufsehen, das man hätte erwarten können. Nur einige wenige, durch den Lärm angelockte Dorfbewohner Passys waren deren Zeuge gewesen, und die vier durch die Polizei und eine unerbittliche Zensur fest an der Kandare gehaltenen Zeitungen des Kaiserreichs brachten kein Wort darüber. Zudem befand sich der größte Teil der Pariser Gesellschaft unterwegs zu ihren Schlössern oder zu beliebten Badeorten und erfuhr daher die Nachricht erst viel später. Abgesehen vom Polizeiminister, von der Königin von Spanien, bei der Pilar Beaufort Zuflucht gefunden hatte, von Talleyrand, den die fassungslose Marianne noch im Morgengrauen hatte unterrichten lassen, und natürlich vom Kaiser selbst war niemand verständigt worden.

Was Marianne betraf, war das Schweigegebot übrigens unmittelbar und ausdrücklich erfolgt. Bereits am folgenden Abend erschien Savary bei der jungen Frau und bedeutete ihr, daß seine Behörde auf Anordnung Napoleons Befehl erhalten habe, keinesfalls den Namen der Fürstin Sant'Anna in Verbindung mit der fraglichen Affäre zu bringen, ein Entgegenkommen, das Marianne nicht ohne weiteres anzunehmen bereit war. «Wie könnte man meinen Namen nicht erwähnen, wenn ein gemeiner anonymer Brief Monsieur Beaufort beschuldigt, für mich getötet zu haben?»

Der Herzog von Rovigo hüstelte und rückte sichtlich unbehaglich auf seinem Stuhl hin und her. Er hatte im Kabinett des Kaisers eine jener peinvollen Viertelstunden verbracht, deren Geheimnis Napoleon zu besitzen schien, und die gereizten Töne der kaiserlichen Stimme hallten noch in seinen Ohren nach. «Seine Majestät meint, der Angeklagte hätte wohl für Euch töten können, Fürstin, aber sie hat geruht, mich über die – hm – freundschaftlichen Beziehungen zu informieren, die Euch mit dem Opfer verbanden, und sie hat mir erklärt, daß es absolute Torheit sei, Euch in welcher Weise auch immer für dessen Tod verantwortlich zu halten.»

Napoleon hatte in Wirklichkeit einen weit energischeren und militärischeren Ausdruck gebraucht, doch Savary war der Ansicht, daß der genaue Wortlaut, so erhaben der Mund auch sein mochte, dem er entstammte, in einem Salon nicht am Platze war. Marianne verwunderte sich indessen: «Hat geruht, Euch zu informieren? Nun, Herzog, Ihr seid doch wohl Minister der Polizei? Wie kann der Nachfolger Monsieur Fouchés nichts davon wissen, daß ich unter dem Namen Marianne Mallerousse in Paris ankam und als Vorleserin bei Madame de Talleyrand-Périgord eintrat ... und daß ich in den Karteien des Quai Malaquais unter dem Pseudonym ‹Stern› aufgeführt bin?»

«Ihr scheint, Madame – ebenso wie der Kaiser leider zu vergessen, daß der Herzog von Otranto mir kaum die nötigen Materialien hinterließ, um seine Nachfolge anzutreten, und daß er drei Tage lang seine Akten und Karteiblätter verbrannt hat – drei ganze Tage!» seufzte der Polizeiminister schmerzlich. «Und der Kaiser wirft es mir vor, als ob ich solche Niedertracht hätte voraussehen können! Ich muß alles vom Nullpunkt aus neu beginnen, geduldig zu erkunden suchen, wer für uns arbeitete, auf wen ich noch zählen kann!»

«Nicht auf mich jedenfalls!» unterbrach ihn Marianne, wenig an den Kümmernissen des Ministers interessiert und nur allzu gut mit Fouchés Charakter vertraut, um sich mühelos das boshafte Vergnügen vorstellen zu können, das er empfunden haben mußte, als er reinen Tisch für seinen Nachfolger machte. «Aber das ist nicht die Frage! Ich muß den Kaiser sehen, Herr Herzog, es ist absolut notwendig. Es ist undenkbar für mich, einen so ungerechten und abscheulichen Akt wie die Anklage gegen Monsieur Beaufort zuzulassen. Ihn eines so schmutzigen Mordes zu beschuldigen, während er sich stets als aufrichtiger Freund unseres Landes verhalten hat, ist eine Ungeheuerlichkeit! Monsieur de Talleyrand, der ihn ebensogut kennt wie ich, könnte Euch sagen ...»

«Nichts, Madame!» warf Savary, bekümmert den Kopf schüttelnd, ein. «Seine Majestät hat vorausgesehen, daß Ihr sie zu sehen wünschen würdet – und hat mich damit beauftragt, Euch mitzuteilen, daß es keinesfalls in Frage kommt!»

Dieser ihr von einer mitleidigen, doch festen Stimme verabreichte direkte Schlag ließ Marianne erbleichen. «Der Kaiser – weigert sich, mich zu sehen?»

«Ja, Madame. Er sagte mir, daß er Euch rufen lassen werde, wenn er es für angebracht halte, was augenblicklich nicht der Fall sei, denn gewissen Wahrnehmungen zufolge sei Monsieur Jason Beaufort weniger unser Freund, als Ihr meint!»

«Und selbst wenn es so wäre!» rief Marianne leidenschaftlich. «Selbst wenn er uns haßte! Wäre das Grund genug, ihn unter einer ungerechten und törichten Anklage zu belassen?»

«Meine teure Fürstin, es handelt sich um eine sehr ernste Angelegenheit, die dringend der völligen Aufklärung bedarf. Überlaßt also der Justiz die Sorge, die ganze Wahrheit über das Verbrechen von Passy herauszufinden!»

«Eben! Die Justiz kann durch meine Aussage nur gewinnen. Ich war bei Monsieur Beaufort, während das Verbrechen geschah, und ich weiß darüber hinaus, wer der oder vielleicht die wahren Mörder Nicolas Mallerousses sind. Wenn also der Kaiser sich weigert, mich zu empfangen, müßt wenigstens Ihr, Herzog, Euch anhören, was ich zu sagen habe. Der Mann, der getötet und sorgsam sein Verbrechen getarnt hat, um es einem anderen in die Schuhe zu schieben, ist . . .»

Doch es stand geschrieben, daß niemand auf Marianne hören wollte. Mit beschwichtigender Geste legte Savary seine Hand kurz auf die ihre und fiel ihr ins Wort:

«Meine teure Fürstin, ich erklärte bereits, daß der Kaiser es untersagt hat, Euch mit dieser Affäre in Verbindung zu bringen! Vertraut also meiner Behörde, daß sie den wirklichen Mörder finden wird . . . falls es nicht der ist, den wir dafür halten.»

«Aber hört mich wenigstens an! Ihr müßt zugeben, daß ich ein wichtiger Zeuge bin, da ich dabei war, und da ich alles weiß! Selbst wenn es unter uns bleiben müßte, würde es Euch helfen, falsche Spuren zu meiden.»

«Wichtig vielleicht, aber gewiß nicht unparteiisch! Madame», fügte Savary hastig hinzu, um einem neuerlichen Protest der jungen Frau zuvorzukommen, «ich bin mit den Euch betreffenden Befehlen noch nicht zu Ende!»

«Befehlen?» wiederholte sie, unangenehm berührt.

Der Herzog von Rovigo wich dieser halben Frage aus, die vielleicht zu einer grausamen Klarstellung geführt hätte, und begnügte sich mit der Erläuterung seiner Mission, darauf bedacht, die Formulierungen möglichst zu mildern. «Seine Majestät wünscht, daß Ihr Paris in den nächsten Tagen verlaßt und Euch an einen Ort begebt, der Euch angenehm ist.»

Ungerührt durch die Bemühung des Ministers, die Härte des Befehls – denn nichts anderes war es – zu bemänteln, richtete Marianne sich auf. «Genug, Herzog. Der Kaiser verbannt mich? Dann sagt es offen!»

«Keineswegs, Madame», erwiderte Savary mit einem kleinen Seufzer, der nur allzu deutlich seinen innigsten Wunsch verriet, woanders zu sein, «keineswegs! Seine Majestät wünscht nur, daß Ihr den Sommer außerhalb von Paris verbringt, wo es Euch gefällt, doch mindestens fünfzig Meilen entfernt – den Sommer und vielleicht auch den Herbst! Es gibt nichts Selbstverständlicheres übrigens: Die Mehrzahl unserer Schönen verläßt Paris, um sich zu einem Badeort zu begeben ... meine eigene Frau reist demnächst zu den Quellen von Plombières, Ihr werdet lediglich der allgemeinen Bewegung folgen. Richtig betrachtet, ist es nur eine allzu natürliche Ortsveränderung, wenn man bedenkt, daß Ihr als Folge des Dramas in der österreichischen Botschaft ernsthaft krank gewesen seid. Ist Eure Gesundheit völlig wiederhergestellt, Fürstin, werdet Ihr schöner denn je zu uns zurückkehren, und niemand wird glücklicher sein, Euch wiederzusehen, als Euer ergebener Diener.»

Mit gerunzelter Stirn und ohne die unnütze Galanterie zu beachten, hatte Marianne aufmerksam jedem der Worte ihres Besuchers gelauscht. Sie begriff das ebenso plötzliche wie dringliche Bedürfnis nicht, sie in einen Badeort zu schicken, und das nur für relativ kurze Zeit, wenn man in Rechnung stellte, daß sie sich den kaiserlichen Zorn zugezogen hatte. Wenn Napoleon einem seiner bei ihm in Ungnade gefallenen Untertanen befahl, sich zu entfernen, galt das im allgemeinen für eine weit längere Frist. Und da sie es nicht liebte, eine Frage ohne Antwort zu lassen, wenn es möglich war, eine solche zu erhalten, sprach sie ihren Gedanken klar aus: «Die Wahrheit, Herr Minister, ich bitte Euch darum! Sagt mir, weshalb Seiner Majestät so sehr daran liegt, mich zu den Bädern zu schicken.»

Die gebieterische Forderung der grünen Augen war nicht weniger stark als ihr Flehen, und Savary gab mit einem neuerlichen Seufzer nach: «Die Wahrheit ist dies: Wie ich Euch schon sagte, will der Kaiser nicht, daß Euer Name in diese Affäre verwickelt wird. Nun, je nachdem, welche Wendung sie nimmt, wird Monsieur Beaufort vor Gericht erscheinen oder nicht. Falls es einen Prozeß gibt, dürfte er zweifellos im Oktober oder November stattfinden – und der Kaiser will Euch nicht in Paris wissen, bevor alles beendet ist!»

«Der Kaiser will, daß ich meinen besten Freund im Stich lasse? Mehr noch, Ihr konnt es ihm sagen, Herzog, denn ich halte ihn für fähig, diese Wahrheit zu hören: den Mann, den ich liebe!»

«Seine Majestät erwartete Eure Reaktion. Deshalb befiehlt sie – und weigert sich, Euch zu sehen!»

«Und wenn auch ich mich weigere?» rief die junge Frau bebend aus. «Wenn ich trotz allem bleiben will?»

Der friedfertige, sanft resignierte Ton Savarys härtete sich plötzlich. Die Drohung in ihm blieb leicht verschleiert. «Ich rate es Euch nicht! Ihr habt keinerlei Interesse, den Kaiser zu der Feststellung zu zwingen, daß Ihr in diese Affäre verwickelt seid. Bedenkt, daß er Euch durch diese, wie Ihr nicht leugnen könnt, leichte Bestrafung vor allem aus einem Skandal heraushalten will, von dem sich der Name, den Ihr tragt, nicht mehr erholen würde. Muß ich Euch daran erinnern, daß sich außer Monsieur Beaufort gegenwärtig noch ein zweiter Mann Euretwegen in Haft befindet? Wenn eine Frau, die einen großen Namen trägt, fern von ihrem Gatten lebt, schätzt man es wenig, wenn innerhalb von vierundzwanzig Stunden zwei Männer wegen ihr den Weg ins Gefängnis antreten: der eine wegen Mord, der andere wegen eines skandalösen Duells mit einem ausländischen Offizier, der zufällig auch noch den ersten dieser beiden Männer auf den Duellplatz gebeten hatte. Überdies», schloß der Minister, «würde ein Eklat, der zur Anwendung äußerster Strenge gegen Euch zwänge, Euch nicht einmal Eurem Freunde näherbringen: Die Entfernung ist groß zwischen dem Gefängnis Saint-Lazare, in das man die Frauen steckt, und der Force, wohin Monsieur Beaufort gebracht worden ist! Ist es nicht besser, frei zu bleiben, selbst fünfzig Meilen entfernt, für ihn wie für Euch? Glaubt mir, Madame, gehorcht, auch im Interesse Eures Freundes.»

Besiegt senkte Marianne den Kopf. Zum erstenmal behandelte Napoleon sie als Untertanin und noch dazu als widerspenstige Untertanin. Sie mußte ihm gehorchen und Paris verlassen, während sie sich doch von ganzem Herzen wünschte, so nah wie möglich den geschwärzten Mauern des alten Gefängnisses bleiben zu können, hinter denen Jason nun lange Wochen verbringen würde. Man schickte sie aufs Land wie ein leicht hysterisches Mädchen, das Luftveränderung brauchte, während die bloße Vorstellung Jasons als Gefangenem sie krank machte und ihr geradezu die Lust nahm, die sonnige Luft dieses schönen Julimonats zu atmen. «Jason von den vier Meeren und den vier Horizonten», wie sie ihn insgeheim bei sich, in der zärtlichen und stolzen Wärme ihrer Liebe nannte, Jason, in dem sich der mächtige Albatros und die schnelle Schwalbe wiedererkennen mußten, Jason Gefangener eines schmutzigen Gefängnisses, stumpfsinniger Kerkermeister und einer widerlichen Kumpelschaft mit Verbrechern, das war für Marianne wie eine Dreckspur am azurnen Himmel, wie ein Schimpfwort in einem Gebet.

«Nun, Madame?» fragte Savary.

«Ich werde gehorchen», murmelte sie widerwillig.

«Gut. Ihr reist – sagen wir, in zwei Tagen ab?»

Es war nutzlos, den geringsten Widerstand zu versuchen, wenn der Herr befahl. Vielleicht wollte sich die schwere Hand des Kaisers leicht und schutzwillig zeigen, doch unter ihrem Druck spürte Marianne nichtsdestoweniger das Splittern ihrer Knochen und Reißen der Fasern ihres Seins ebenso schmerzhaft wie auf einer mittelalterlichen Folterbank. Unfähig, länger die feierlich und heuchlerisch teilnahmsvolle Miene des Ministers zu ertragen, deutete sie eine rasche Verabschiedung an und überließ es ihrem trübseligen Haushofmeister Jérémie, den hohen Beamten zu seinem Wagen zurück zu geleiten. Sie empfand das dringende Bedürfnis, allein zu sein – um nachzudenken.

Savary hatte recht. Offen zu rebellieren führte zu nichts. Besser war es, so zu tun, als gäbe sie nach, doch keine menschliche Macht würde sie dazu bringen können, den Kampf aufzugeben! Zwei Tage später verließ Marianne mit Agathe und Gracchus Paris auf dem Wege nach Bourbonl'Archambault. Ihr erster Gedanke war es gewesen, Arcadius de Jolival in Aachen zu treffen, doch der große Badeort war in diesem Jahr sehr in Mode, und die junge Frau fühlte sich wenig geneigt, nach dem hinter ihr liegenden und bis zur endgültigen Freilassung Jason Beauforts noch fortdauernden Drama viel Gesellschaft um sich zu sehen. Talleyrand, der unmittelbar nach Savary bei ihr erschienen war, hatte ihr übrigens ausdrücklich von der einstigen Hauptstadt Karls des Großen abgeraten. «Man sieht dort vielleicht viele Leute, aber sehr wenig erquickliche Leute, wenn man bedenkt, daß die Mehrzahl der Unzufriedenen und Exilierten sich dort um den König von Holland drängt, den der Kaiser durch Annexion seines Königreichs sozusagen in Pension geschickt hat. Louis Bonaparte ist der am meisten zum Jammern neigende Mensch, den ich kenne, und er benimmt sich, als habe ihn ein grausamer Eroberer von der Erde seiner Ahnen verjagt. Auch Madame Mère ist da, die viel betet und an allem spart. Gewiß, mein lieber Freund Casimir de Montrond hat die Erlaubnis erhalten, sich dorthin zu begeben, und ich liebe ihn unendlich, aber er ist ein Mann, der unentwegt Katastrophen hinter sich herzieht, und, weiß Gott, Ihr habt schon genug davon. Nein, kommt lieber mit mir.»

Seit acht Jahren pflegte der Fürst von Benevent in der Tat mit großer Regelmäßigkeit die Quellen von Bourbon aufzusuchen. Da sich sein krankes Bein und sein Rheuma dadurch wenn auch nicht gebessert, so doch immerhin weniger verschlimmert hatten, hätte ihn keine menschliche Macht, keine europäische Umwälzung daran hindern können, im Juli dort seine Kur zu machen. Er hatte seiner jungen Freundin die Reize des kleinen, so hübschen und friedlichen Ortes gerühmt, nicht ohne hinzuzufügen, daß er von Paris weit weniger entfernt sei als Aachen, daß siebzig Meilen schneller zurückzulegen seien als hundertfünfzig, daß es um vieles besser sei, Jolival zu schreiben, ebenfalls nach Bourbon zu kommen, daß es in einem kleinen Nest viel leichter falle, in Vergessenheit zu geraten, sich also eines Stückchens geheimer Freiheit zu erfreuen, als in einer mondänen Stadt, und endlich, daß man sich unter in Ungnade Gefallenen Hilfe und Unterstützung schulde. «Ihr werdet zu meiner Whistpartie gehören, ich werde Euch die Werke Madame du Deffands vorlesen, wir werden unter uns beiden Europa neu aufbauen und von all denen Böses reden, die von uns Böses reden. Was darauf hinausläuft, daß wir alle Hände voll zu tun haben werden, he?»

Marianne hatte eingewilligt. Während Agathe ihr Gepäck richtete und Gracchus sich um die Reisekutsche kümmerte, hatte sie ihrem Freund Jolival einen langen Brief geschrieben, in dem sie von den letzten Geschehnissen berichtete. Zum Abschluß bat sie ihn, so schnell wie möglich mit oder ohne Adelaide zurückzukehren und sie in Bourbon aufzusuchen. Obwohl ihr nur allzu klar war, daß der vizegräfliche Literat nicht viel für Jasons Sache tun konnte, hatte sie nichtsdestoweniger das Gefühl, daß sich die Dinge besser entwickeln würden, sobald er nur da sei. Sie wußte nur zu gut, daß in seiner Anwesenheit die von Cranmere so geschickt vorbereitete Falle mit weit geringerem Erfolg funktioniert hätte, denn, weniger naiv und vor allem weniger gefühlsbetont als Marianne, hätte er den Hinterhalt gewittert und entsprechende Vorkehrungen getroffen.

Doch das Unheil war nun einmal geschehen, und es mußte nun alles ins Werk gesetzt werden, um es wiedergutzumachen und die wirklichen Mörder Nicolas Mallerousses zu bestrafen. Bei solcher Art Unternehmung war Arcadius ein wertvoller Helfer, weil niemand besser als er die unheimlichen Bewohner der Pariser Unterwelt kannte, mit denen sich der Engländer verbündet hatte.

Der Brief war Fortunée Hamelin anvertraut worden, die eben im Begriff stand, in aller Eile nach Aachen aufzubrechen. Ebenso wie ihr Freund Talleyrand hatte die schöne Kreolin erfahren, daß sich der verführerische Graf de Montrond zur Kur dorthin begab, und keine Macht der Welt hätte die heißblütige Frau davon abbringen können, mit dem Mann zusammenzutreffen, der mit Fournier-Sarlovèze ihr leicht entzündliches Herz teilte. Der Umstand, daß Fournier noch im Gefängnis saß, störte sie nicht. «Wenigstens wird er mich während dieser Zeit nicht betrügen», hatte sie mit unbewußtem Zynismus erklärt, völlig vergessend, daß sie sich schon so gut wie unterwegs zu dem Rivalen des schönen Generals befand.

Fortunée war also am Vortag abgereist und hatte geschworen, den Brief Jolival noch vor ihrem Zusammentreffen mit Montrond zu übergeben. Über diesen Punkt beruhigt, hatte sich auch Marianne ohne Hast aufgemacht. Talleyrand war ihr vorausgefahren, da er einen oder zwei Tage auf seinem Gut Valençay zu verbringen gedachte, teils um seine Zwangsdauergäste, die spanischen Prinzen, zu begrüßen, teils um mit seinem Verwalter über Geldangelegenheiten zu reden. Der kürzliche Konkurs der Simons-Bank in Brüssel hatte in der Tat den Finanzen des Fürsten von Benevent einen empfindlichen Schlag versetzt.

Nicht ohne Schmerz verließ Marianne an diesem 14. Juli 1810 Paris. Abgesehen von dem Gedanken, Jason in den Händen der Polizei zurückzulassen, erfüllte es sie mit unbezwinglichem Widerwillen, ihr liebes Haus zu verlassen. Trotz Savarys beschwichtigender Worte fragte sie sich, wieviel Zeit wohl vergehen würde, bis sie es wiedersähe, denn sie wußte, daß sie früher oder später den Befehl des Kaisers mißachten würde und daß keine Macht der Welt sie hindern könnte, bei Jason zu sein, falls die Richter ihn verurteilen und die Bemühungen, um die sie Jolival bitten wollte, vergeblich sein sollten. Früher oder später würde sie sich Napoleons Zorn zuziehen – und Gott allein wußte, wohin dieser Zorn führen würde! Der Kaiser war durchaus imstande, der Fürstin Sant'Anna zu befehlen, in die Toskana zurückzukehren mit der Weisung, dort zu bleiben. Er konnte sie zwingen, sich auf jenem schönen und zugleich erschreckenden Besitz einzuschließen, dem sie am Morgen nach einer Nacht des Alptraums entflohen war ...

Schon die bloße Vorstellung trieb Schauer über Mariannes Haut. Seitdem sie ihr Kind verloren hatte, konnte sie nicht ohne Panik den Moment ins Auge fassen, in dem der Fürst mit der weißen Maske erführe, daß der langerwartete Erbe nicht kommen würde, niemals kommen würde. Und Tag für Tag hatte sie die Abfassung des fatalen Briefes aufgeschoben, so sehr fürchtete sie seine Reaktion. Etwas sagte ihr, daß es ihr nicht mehr gelingen würde, dem Hexenspuk des Palais' Sant'Anna zu entrinnen, wenn Napoleon sie in seinem Zorn dorthin zurückführen ließe. Die Erinnerung an Matteo Damiani war durchaus noch nicht aus ihrem Gedächtnis geschwunden.

Oft hatte sie sich gefragt, was aus ihm wohl geworden sei. Donna Lavinia hatte ihr in der Stunde ihres Aufbruchs mitgeteilt, daß Fürst Corrado ihn im Keller eingesperrt habe und daß er ihn zweifellos bestrafen werde. Aber welche Strafe hatte er einem Mann auferlegen können, der ihm und seiner Familie sein ganzes Leben lang ergeben gedient hatte – und der vor allem gewiß sein Geheimnis kannte? Den Tod? Marianne konnte nicht glauben, daß Matteo Damiani getötet worden war, da er selbst niemand getötet hatte ...

Während ihre Pferde auf der Straße nach Fontainebleau dahintrotteten, auf die die Sonne durch den zitternden Laubvorhang der Bäume so fröhliche Tupfen warf, achtete Marianne nicht auf die vorübergleitende Landschaft jenseits der Scheiben. Ihr Geist blieb hinter ihr zurück und lief auf zwei getrennten Wegen. Ein Teil strebte nach Deutschland zu ihrem Freund Jolival, von dem sie soviel erhoffte, und der andere, der größere, irrte unermüdlich um das alte Gefängnis La Force, das sie so gut kannte.

Adelaide hatte sie nämlich eines Tages in das alte Marais-Viertel geführt, um ihr ihr einstiges Haus zu zeigen, ein sehr schönes Gebäude im Stil Ludwigs XIII. aus rosafarbenen Ziegeln und weißen Quadern neben dem Hôtel de Sévigné, doch abscheulich entstellt und heruntergekommen durch die Speicher und Werkstätten des Seilers, der sich während der Revolution seiner bemächtigt hatte. La Force war ganz nah, und Marianne hatte mit einem Blick voller Widerwillen den nur einstöckigen, von Mansarden gekrönten Bau, die räudigen, aber festen Mauern und das schwer mit Eisen beschlagene, niedrige Tor zwischen zwei verrosteten Laternen gestreift. Wahrlich ein unheilkündendes Tor, rötlich und schmutzig, wie durchtränkt von den Blutströmen, die hier während der Massaker des Septembers 1792 geflossen waren.

Ihre alte Cousine hatte ihr von diesem Massaker erzählt, das sie, in einer Mansarde ihres Hauses versteckt, mitangesehen hatte. Sie hatte von dem grausamen Tod der armen Prinzessin de Lamballe berichtet, und nun drängte dieser Bericht mit all seinen schauerlichen Einzelheiten wieder in Mariannes Erinnerung zurück. Und die junge Frau konnte sich nicht hindern, angesichts dieser Art Schicksalhaftigkeit, die Jason Beaufort unerbittlich auf den tragischen Weg der Märtyrer-Prinzessin zu führen schien, vor Angst zu zittern. Er war so rasch von ihrem Haus zu ihrem Gefängnis gelangt! Und hatte Marianne nicht ihre geschiedene Seele dort weinen hören, wohin Madame de Lamballe sich geflüchtet hatte, um eine königliche Undankbarkeit zu vergessen? Der leicht beeindruckbare, zu Aberglauben neigende Geist der jungen Frau sah darin eine unheilkündende Warnung. Wenn nun auch Jason La Force nur verlassen würde, um dem Tode entgegenzugehen?

Solche Gedanken, verbunden mit dem an ihre Unfähigkeit, ihrem Freund zu helfen, und an das, was die «die Grausamkeit des Kaisers» nannte, hatten nichts Tröstliches, und als sie am übernächsten Tage in Bourbon eintraf, befand sich Marianne, die seit Paris nicht geschlafen und nur ein wenig in Milch getauchtes Brot zu sich genommen hatte, in einem so elenden Zustand, daß man sie, kaum angelangt, zu Bett bringen mußte.

Bourbon-l'Archambault war eine recht charmante kleine Stadt. Am Ende eines von einem lebhaften Flüßchen durchquerten großen Teichs gelegen, türmten sich seine weißen und rosafarbenen Häuser im Schatten eines mächtigen felsigen Kegels übereinander, auf dem sich einst die siebzehn stolzen Türme der Herzöge von Bourbon erhoben, von denen nur vier die Zeiten überdauert hatten. Die Stadt war reich und sehr besucht gewesen, als im Jahrhundert des großen Königs die Schöngeister des Hofs dort Heilung von ihren rheumatischen Leiden zu suchen pflegten. Aber auch darüber war die Schreckensherrschaft hinweggegangen. Die Schatten des Poeten Scarron, Madame de Sévignés und der Marquise de Montespan, die dort tapfer ein umstrittenes Dasein beendet hatte, waren mit den Nebeln über dem Allier-Fluß verschmolzen, während die Türme des Schlosses, sein schönes Herrenhaus und seine Kapelle zusammenstürzten. Doch Marianne hatte weder einen Blick für die vier Überlebenden, die sich so hübsch im schimmernden Gewässer des Teiches spiegelten, noch für die sanften Hügel rings um die Stadt, noch für deren Bewohner, die sich in ihrer malerischen Tracht neugierig um die elegante Kutsche und die dampfenden Pferde drängten.

Man brachte sie im Sévigné-Pavillon unter, in dem Zimmer, das die charmante Marquise selbst bewohnt hatte, aber weder Agathes Bemühung noch das respektvolle, ungezwungene Willkommen des Hoteliers vermochte die düstere Stimmung zu überwinden, in die Marianne sich freiwillig verschloß. Sie wünschte nur eins: zu schlafen, so lange wie möglich zu schlafen, bis jemand käme und ihr Nachricht von Jason brächte. Ihr von etwas anderem, was es auch sei, zu sprechen oder den Reiz der Landschaft zu rühmen, war sinnlos. Sie war taub, stumm, blind für alles, was sie umgab. Sie wartete.

So vergingen vierzehn Tage. Recht merkwürdige Tage, die in der Folge spurlos aus Mariannes Erinnerung verschwinden sollten, so sehr hatte sie es sich angelegen sein lassen, sie nicht zu leben, sondern in eine lange Folge gleichförmiger und eintöniger Stunden zu verwandeln, die sich nicht voneinander unterschieden. Ihre Tür war selbst und vor allem den Ärzten des Kurorts verschlossen, die das seltsame Verhalten des sonderbaren Kurgasts nicht begriffen.

Talleyrands Ankunft zerbrach dieses Grau in Grau, wie sie auch der kleinen Stadt eine ganz neue Belebung – und Marianne eine unvorhergesehene Unannehmlichkeit brachte. Sie hatte erwartet, den Fürsten ohne jedes Gepränge erscheinen zu sehen, nur etwa von einem Sekretär und seinem Diener Courtiade begleitet. Doch als sich das Nachbarhaus mit ganzen Scharen von Leuten füllte, mußte sie zugeben, daß Talleyrand von den Notwendigkeiten eines fürstlichen Lebensstils eine der Mariannes diametral entgegengesetzte Vorstellung hatte. Während sich die Fürstin Sant'Anna mit einer Kammerfrau und einem Kutscher begnügte, reiste der Fürst von Benevent mit einer Armee von Dienern und Küchenjungen, seinem Koch, seinen Sekretären, seiner von ihrem Lehrer, dem kurzsichtigen Monsieur Fercoc, begleiteten Adoptivtochter Charlotte, seinem um zehn Jahre jüngeren, aber stocktauben Bruder Boson und endlich seiner Frau! Zuweilen hatte er auch noch Gäste mit.

Es war jedoch die Fürstin, deren Ankunft Marianne am meisten erstaunte. Während Talleyrand sich im Hôtel Matignon bemühte, so wenig wie möglich mit seiner Frau in Berührung zu kommen, und sie im allgemeinen zu Beginn der schönen Jahreszeit zur Sommerfrische in das ihr gehörende kleine Schloß Pont-de-Sains schickte, wohin er nie den Fuß setzte, da er die Gesellschaft der Herzogin von Kurland und ihren Sommerwohnsitz in Saint-Germain bei weitem vorzog, nahm er sie regelmäßig nach Bourbon mit.

Marianne sollte erfahren, daß es sich um eine von Talleyrand eingeführte Tradition handelte, der der Meinung war, daß er nicht weniger tun könne, als drei Sommerwochen in der Gesellschaft seiner Frau zu verbringen.

Sie war tief gerührt durch den Empfang ihrer einstigen Herrin, die sie warmherzig umarmte und sich aufrichtig freute, sie wiederzusehen.

«Ich weiß von Eurem Unglück, mein Kind», sagte sie ihr, «und Ihr könnt meines Verständnisses und meiner Unterstützung absolut sicher sein.»

«Ihr seid unendlich gut, Fürstin, und es ist nicht das erste Mal, daß ich mir dessen bewußt bin. Die Nähe eines Freundes ist ein kostbares Ding.»

«Ganz besonders in diesem Loch», seufzte die Fürstin. «Man kommt hier vor Langeweile um, aber der Fürst behauptet, daß diese drei Wochen der ganzen Familie außerordentlich guttäten. Wann werden wir wohl die Sommer von Valençay wiederfinden?» schloß sie, die Stimme senkend, um nicht von ihrem Gatten gehört zu werden.

Der Aufenthalt in Valençay war ihr in der Tat formell untersagt, seitdem das zur prachtvoll-romantischen Zwangsresidenz der spanischen Infanten gewordene Schloß das Idyll seiner Herrin mit dem verführerischen Herzog von San Carlos begünstigt hatte. Die Sache wäre vielleicht unbemerkt vorübergegangen, wenn Napoleon es nicht für richtig gehalten hätte, höchstpersönlich Talleyrand über sein Mißgeschick aufzuklären, und das in einer äußerst saftigen Sprache, die die bösen Zungen entzückt hatte. Der Fürst hatte intervenieren müssen, und die arme Fürstin war untröstlich über den Verlust ihres persönlichen Paradieses.

Während die Fürstin daranging, sich unter aufdringlichen Geräuschen wie zugeschlagenen Türen, polternd herumgezogenen Gepäckstücken, scharrenden Füßen und Rufen nach Dienstboten sowie vor den interessierten Blicken eines halben Hunderts von Stadtbewohnern einzurichten, die sich um die Reisekutschen versammelt hatten, suchte Talleyrand unter dem Vorwand, sich ihres guten Unterkommens versichern zu wollen, Marianne auf. Doch kaum hatte sich die Tür ihres kleinen Salons hinter ihm geschlossen, als das sorglose Lächeln vom Gesicht des Fürsten wich und Marianne mit Schrecken die Sorgenfalten auf seiner Stirn und die plötzliche Mattigkeit seiner Schultern bemerkte. Um die in ihr aufsteigende Angst zu bezwingen, klammerte sie sich an die Armlehne des Sessels, in dem sie saß.

«Steht es ... so schlecht?»

«Schlechter noch, als Ihr Euch vorstellen könnt! Deshalb komme ich so verspätet. Ich wollte soviel wie nur möglich in Erfahrung bringen und habe mich aus diesem Grund kaum in Valençay aufgehalten. Um die Wahrheit zu sagen, liebe Freundin – ich weiß nicht, mit welcher all der schlimmen Nachrichten ich beginnen soll.»

Mit einem Seufzer ließ er sich schwer in einen anderen Sessel sinken, streckte das kranke Bein von sich, das die lange Fahrt hatte steif werden lassen, lehnte den Stock gegen sein Knie und strich sich mit der schmalen weißen Hand über das blasse Gesicht. Und Marianne sah, daß diese Hand zitterte.

«Habt Erbarmen und sagt mir alles! Sofort und wie es Euch gerade kommt! Schont mich nicht, denn keine Qual ist schlimmer als nichts zu wissen! Kann es denn sein, daß Jasons Unschuld sich noch nicht erwiesen hat?»

«Seine Unschuld?» spottete Talleyrand. «Ihr wollt sagen, daß jeder neue Tag ihn ein wenig tiefer in Schuld verstrickt! Wenn das so weiter-

geht, wird uns nur noch übrigbleiben, verzweifelt zu versuchen, wenigstens eins zu verhindern...»
«Was?»
«Das Schafott!»
Mit einem Schreckensschrei fuhr Marianne von ihrem Sitz hoch, als hätten die Armlehnen, an die sie sich noch eben geklammert hatte, plötzlich Feuer gefangen. Ihre eisigen Hände an die glühenden Wangen pressend, umrundete sie zwei- oder dreimal das Zimmer wie ein in die Enge getriebenes Tier und sank schließlich neben dem Fürsten in die Knie.
«Ihr könnt kein fürchterlicheres Wort aussprechen», sagte sie tonlos. «Das Schlimmste weiß ich nun! Ich flehe Euch an, sprecht jetzt, wenn Ihr nicht wollt, daß ich den Verstand verliere!»
Sanft legte Talleyrand eine Hand auf das glatte Haar der jungen Frau. Er schüttelte den Kopf, während seine gewöhnlich so kalten und spöttischen Augen unermeßliches Mitleid verrieten. «Ich kenne Euren Mut, Marianne. Und ich werde sprechen, aber bleibt nicht so. Kommt – setzt Euch neben mich. Hier – auf diesem kleinen Kanapee werden wir einander näher sein, he?» Als sie sich Seite an Seite und Hand in Hand wie Vater und Tochter auf das kleine Kanapee aus geflochtenem Stroh neben dem zum Park geöffneten Fenster niedergelassen hatten, begann der Fürst von Benevent seinen Bericht.
Die auf Jason Beaufort lastende Anklage wegen Mordes, ursprünglich gestützt auf den so an die Polizei gerichteten anonymen Brief und auf die Aussage des Matrosen Perez, der nach wie vor beschwor, von dem Korsaren den Befehl erhalten zu haben, die Leiche Nicolas Mallerousses fortzuschaffen und in die Seine zu werfen, fand sich nun durch andere Tatsachen bestätigt. Zunächst war der Matrose Jones, von dem Perez behauptete, daß er ihm helfen sollte, den Ermordeten zu beseitigen, der jedoch bei Eintreffen der Polizisten geflüchtet sei, zwei Tage später in den Auffangnetzen von Saint-Cloud ertrunken aufgefunden worden. Da die Leiche keinerlei Verletzung aufwies, hatte die Polizei daraus geschlossen, daß Jones bei der Flucht aus dem Park von Passy in dunkler Nacht in die Seine gestürzt sein müsse, deren Ufer durch das abendliche Gewitter besonders glitschig gewesen seien, und so den Tod gefunden habe.
«Was für eine Idiotie!» protestierte Marianne. «Jeder Seemann, der aus Versehen in die Seine fällt, würde sich, selbst mitten in der Nacht, schwimmend retten. Schon gar im Sommer!»
«Perez sagt, sein Kamerad habe nicht schwimmen können. Jason ver-

sichert allerdings, daß Jones, der einer seiner besten Leute gewesen sei, wie ein Fisch schwamm!»

«Und natürlich wird diesem Schuft Perez geglaubt?»

«Ein Angeklagter hat nie die schöne Rolle!» seufzte Talleyrand. «Und die Geschichte ist um so bedauerlicher, als das Zeugnis dieses Jones die lügnerischen Behauptungen von Perez hätte entkräften und unsern Freund retten können. Wenn Ihr meine Ansicht wissen wollt, hat sich Jones nie mit diesem Perez eingelassen, den Beaufort, wie er sagt, auspeitschen und von Bord jagen ließ. Aber denen, die diese tödliche Mechanik so sorgsam in Gang gesetzt haben, kommt es auf eine Leiche mehr oder weniger nicht an! Übrigens bin ich noch nicht zu Ende: Zöllner und Gendarmen haben in Morlaix die Laderäume der ‹Meerhexe› durchsucht und pünktlich zur rechten Zeit dabei etwas entdeckt, das Jasons Fall noch verschlimmern muß.»

Marianne zuckte gereizt die Schultern. «Eine Ladung Champagner und Burgunder! Wahrhaftig, was für ein Prachtverbrechen! Es reicht aus, nicht wahr, einen Mann um seinen Kopf zu bringen! Und die hochheilige Kontinentalsperre ...»

«Es reicht aus, einen Mann um seinen Kopf zu bringen», unterbrach der Diplomat sanft, «wenn man bei der Gelegenheit auch Falschgeld findet.»

«Falschgeld? Das ist nicht wahr!»

«Daß es Jason gewesen ist, der es dort versteckt hat, glaube ich in der Tat nicht, aber daß man es dort entdeckt hat – daran besteht unglücklicherweise kein Zweifel. Man hat ungefähr hunderttausend Pfund Sterling in Scheinen der Bank von England gefunden – bedauerlich neuen Scheinen! Ich sagte Euch schon: Dieser Streich ist bestens aufgezäumt worden!»

«Nun, dann muß man ihn zerpflücken!» rief Marianne. «Ihr und ich, wir sind sicher, daß dieses Verbrechen und alles, was mit ihm zusammenhängt, das Werk einer Bande ist, die die Polizei kennt und die zweifellos allein über die Mittel verfügt, falsche Geldscheine herzustellen. Denn die wird man nun suchen müssen: die, die diese Sterlingnoten fabriziert haben. Aber man möchte glauben, daß die Polizei nur Augen hat, um nicht zu sehen, und Ohren, um nicht zu hören. Als ich diesem Inspektor Pâques die Wahrheit sagen wollte, fehlte nicht viel, daß er mich als Verrückte behandelt hätte, und was den Herzog von Rovigo angeht, hat er nichts hören wollen.»

«Ich kenne keinen dickschädeligeren und dümmeren Menschen als den Herzog von Rovigo – es sei denn Monsieur Savary, he?» bemerkte Talleyrand, der selbst unter den düstersten Umständen ungern die Gelegenheit zu einem Scherz ausließ. «Unser Gendarm lebt in der ständigen Furcht, seinem Idol, dem Kaiser, zu mißfallen. Doch für diesmal kann ich ihn nicht einmal tadeln. Bedenkt, mein Kind, daß Ihr gegen die Beaufort belastenden Verdachtsmomente nur Eure innere Überzeugung und Euer Wort aufzubieten habt – und nicht den Schatten eines Beweises!»

«Was haben sie mehr als ich?» empörte sich Marianne. «Ihre Verdachtsgründe sind nur Verleumdungen so verächtlicher Kreaturen, daß man sie nicht einmal anhören dürfte. Und im übrigen will mir nicht in den Kopf, daß Lord Cranmere und seine Komplizen sich soviel Mühe gemacht haben sollten, nur um sich dafür zu rächen, daß ich ihn verhaften ließ. Um so mehr, als ich nur mittelbar betroffen bin. Das wahre Opfer ist Jason Beaufort! Warum er?»

«Weil er Amerikaner ist. Mein liebes Kind», seufzte Talleyrand, «ich bin untröstlich, Euch Eure Illusionen nehmen zu müssen, aber Eure Zwistigkeiten mit Lord Cranmere sind in dieser Affäre absolut zweitrangig. Wie Ihr sagt, hätte man sich gewiß nicht soviel Mühe gemacht, nur um sich an Euch zu rächen. Aber einen diplomatischen Zwischenfall mit den Vereinigten Staaten zu schaffen, eine durch die Kontinentalsperre heikel gewordene Situation zu verschlechtern, das ist wichtig für einen englischen Spion, das verdient, daß man sich einige Mühe gibt!»

Daß sich die Politik in ihre privaten Angelegenheiten mischte, war das letzte, was Marianne hatte erwarten können. Sie sah ihren Besucher so rat- und verständnislos an, daß er mit einem nachsichtigen Lächeln erklärte: «Ihr werdet es gleich begreifen. Seit dem letzten Jahr hat der Handel zwischen England und den Vereinigten Staaten trotz ihrer politischen Meinungsverschiedenheiten wieder zugenommen. Napoleons Erlasse von Berlin und Mailand haben die Amerikaner sehr schockiert, vor allem der von Mailand, der bereits ausländische Schiffe als Prisengut deklariert, die nur einen englischen Hafen angelaufen oder Kontakt mit einem englischen Schiff aufgenommen haben. Lord Wellesley hat von der amerikanischen Verstimmung profitiert, und zu Beginn dieses Jahres sind gewaltige Mengen englischer Waren in die Vereinigten Staaten eingeführt worden, zum größten Nutzen des englischen Handels, mit dem es nicht zum besten steht. Doch Präsident Madison, der ein Freund Frankreichs ist, sähe die guten Beziehungen zum Lande La Fayettes nur zu gern wiederhergestellt und wäre glücklich, wenn der Erlaß von Mailand wenigstens in bezug auf die Vereinigten Staaten wieder aufgehoben würde. Er hat seinem Pariser Botschafter Anweisungen in diesem Sinne gegeben, und John Armstrong bemüht sich seit mehreren Wochen darum. Ich weiß aus sicherer Quelle, daß er kürzlich an Champigny, meinen Nachfolger in den Auswärtigen Angelegenheiten, geschrieben hat, um sich zu erkundigen, unter welchen Bedingungen die Dekrete von Berlin und Mailand annulliert werden könnten, soweit sie die Vereinigten Staaten betreffen. Diese Schmuggel- und Mordaffäre zielt viel eher darauf ab, diese Bemühungen zunichte zu machen – als Lord Cranmere zu rächen. Ihr seid ein Vorwand, Marianne, und Beaufort ist nur ein Werkzeug.»

Marianne senkte den Kopf. Cranmeres Spinnennetz war kunstvoll gewoben. Er hatte seine Aufgabe als englischer Spion und hochklassiger Bandit glänzend erfüllt, denn es war ihm sogar geglückt, seinem Opfer Geld zu entlocken. Marianne hatte noch dafür gezahlt, um mit Jason in die Falle zu stürzen, die der Engländer unter ihren Füßen geöffnet hatte. Sie begriff jetzt den Umfang der aufgewendeten Mittel, die seltsame Narrheit dieses Perez, der sich selbst auslieferte – zweifellos, nachdem er reichlich belohnt und von seiner Sicherheit überzeugt war –, um seinen Kapitän zu vernichten. Von dem Moment an, in dem internationale Interessen im Spiele waren, mußten sich Jasons Chancen vermindern.

«Aber», sagte sie, «Ihr spracht eben vom amerikanischen Botschafter. Kann er nichts für Jason tun?»

«Seid versichert, daß John Armstrong schon alles getan hat, was er tun konnte. Doch wenn Beaufort der Spionage, der Falschmünzerei und des Mordes überführt ist, könnte er nur noch den Kaiser um Gnade bitten.»

«Der Kaiser!» explodierte Marianne. «Das wäre das Rechte! Wenn er mich empfinge, hätte er in ein paar Minuten alles erfahren, und Jason wäre schon frei!»

«Ich bin dessen nicht so sicher, Marianne. In einem solchen Fall kann der Kaiser nur handeln, wenn die ganze Affäre ans Licht gekommen ist. Die Interessen, um die es geht, sind zu gewichtig. Zudem dürfte er nicht böse darüber sein, Euch eine Lektion erteilen zu können – und Euch dafür zu bestrafen, daß Ihr Euch so leicht darüber hinweggetröstet habt, nicht mehr seine Favoritin zu sein. Er ist ein Mann, was wollt Ihr! Und schließlich ist da ein Beaufort belastendes Zeugnis, das er nicht unbeachtet lassen kann, wenn er sich nicht offen als Gegner der schlichten Moral erklären will, und Ihr wißt, wieviel Wert er auf die Respektabilität seines Hofes legt. Gewiß, der Schreiber des anonymen Briefs und der Matrose Perez mögen nur Schurken sein, aber könnt Ihr dasselbe von der Señora Beaufort sagen?»

Totenstille senkte sich über das kleine Zimmer. Bestürzt wiederholte

Marianne bei sich die letzten Worte, die Talleyrand gesprochen hatte, und versuchte, ihnen einen Sinn zu geben, der nichts Erschreckendes enthielt. Es gelang ihr nicht, und sie fragte in einem Ton, der noch ungläubig scheinen wollte, aber schon rauh wurde: «Wollt Ihr mir zu verstehen geben, daß...?»

«Daß Jasons Frau sich gegen ihn wendet? Genau das, leider! Diese vor Eifersucht rasende Frau glaubt fest wie Eisen, daß Ihr die Geliebte ihres Mannes seid. Nicht einmal für einen Moment hat sie an seiner Schuld gezweifelt! Wenn man sie hört – und keine Furie vermöchte es mit ihrer Wut aufzunehmen – ist Beaufort zu allem fähig, wenn es sich um Euch dreht, selbst zu einem Verbrechen!»

«Aber sie ist wahnsinnig, verrückt – und ihr Wahnsinn ist verbrecherisch! Werdet Ihr es noch wagen, mir zu sagen, daß sie Jason liebt?»

Talleyrands Seufzer klang skeptisch. «Vielleicht! Seht Ihr, Marianne, sie gehört zu einer ungezügelten, leidenschaftlichen Rasse, bei der Beleidigungen der Liebe nur mit Blut zu mildern sind und die verratene Geliebte ihren ungetreuen Liebhaber ohne schwach zu werden dem Henker ausliefern kann, selbst wenn sie sich danach im unerbittlichsten Kloster lebendig begräbt, um dort sühnend auf den Tod zu warten! Ja, diese Pilar ist eine schreckliche Frau, und unglücklicherweise weiß sie, daß Beaufort Euch liebt. Sie hat Euch auf den ersten Blick erkannt.»

«Mich erkannt? Woran? Sie hatte mich nie gesehen!»

«Glaubt Ihr? Ich habe erfahren, daß die Galionsfigur, die die ‹Meerhexe› ziert, mehr als einen Zug mit Euch gemein hat. Es gibt allzu geschickte Kunsthandwerker – und ungeschickte Ehemänner! Doch vielleicht dachte Jason, daß Pilar nie in Verlegenheit käme, Euch zu erkennen, da ihr Aufenthalt nur kurz sein sollte, oder daß ihr die Ähnlichkeit nicht auffallen würde...»

Einen Moment starrte Marianne ihren alten Freund an. Dieser unerwartete Liebesbeweis erschütterte sie. Immer hatte sie gewußt, daß Jason sie liebte, selbst als sie ihn in der Nacht von Selton aus ihrem Zimmer gejagt hatte, und dieses fast kindliche Zeugnis berührte sie im tiefsten, empfindlichsten. Dabei hatte sie dieses Schiff verabscheut, das sie ständig Jason zum Vorwurf gemacht hatte, weil es von ihm erworben worden war, nachdem er Selton verkauft hatte! Und nun hatte er mit diesem Schiff unerwartet seine Gefühle für sie offenbart...

Langsam erhob sie sich, ohne daß Talleyrand versuchte, sie aufzuhalten. Er sah sie nicht an. Das Kinn in das makellose Gefältel seiner Krawatte gedrückt, zog er zerstreut mit dem Ende seines Stocks die Linien des Rosenmusters nach, das den Teppich schmückte.

Das Parkett knackte, als sich Marianne der auf einen kleinen Balkon führenden Fenstertür näherte, fröstelnd ihre Schultern mit einem blauen Schal bedeckend, den sie von einem Stuhl genommen hatte. Trotz der kräftigen Augustsonne war ihr bis in die Seele kalt, und als sie sich auf das abgenutzte Eisengerank der Balustrade stützte, durchdrang sie keinerlei Wärme.

Und doch atmete draußen alles die einfache, ruhige Freude eines schönen Sommertages. Im Nachbarhaus war die klare Stimme der kleinen Charlotte zu hören, die einen jener Abzählreime sang, die Kinder begeistern. Unten, nahe dem Springbrunnen, plauderten drei Frauen in den blauen Röcken und geblümten Unterröcken der anmutigen burgundischen Tracht in ihrem heimischen Dialekt, ab und zu in herzhaftes Gelächter ausbrechend, die roten Gesichter voller Fröhlichkeit unter der zweifachen Kopfbedeckung, der gefältelten Haube, auf der kokett ein vorn und hinten hochgeschlagenes Hütchen saß. Unter einem Baum spielten Kinder mit einer Wurfscheibe, während die Diener des Fürsten von Benevent ihre abgeschirrten Pferde zum Stall führten und ein Stückchen weiter eine alte Sänfte mit geschlossenen Vorhängen vorüberschwankte, in der sich irgendein unsichtbarer Kurgast vom Badehaus zum Gasthof zurücktragen ließ. Über all dies verströmte die Sonne Fluten goldenen Lichts – über all dies, ausgenommen Marianne, die nicht begreifen konnte, warum sie sogar an diesem friedlichen, ländlichen Ort, wo jedermann glücklich schien, eine solche Last von Leiden und Angst zu tragen hatte. Sie glaubte, es nur mit einer Handvoll Schurken, mit der Dummheit der Polizisten und der üblen Laune Napoleons zu tun zu haben, und fand sich statt dessen unversehens im Mittelpunkt einer ausgedehnten und gefährlichen politischen Intrige, in der weder Jason noch sie selbst von Wichtigkeit waren. Es war ein wenig, als ob sie, zu ewigem Gefängnis verdammt, die Welt der Lebenden aus der Tiefe eines Kellers und durch Gitter betrachten müßte. Und vielleicht war es so, weil sie nicht für diese friedliche Welt geschaffen war. Die ihre war ein Universum der Gewalt und des Schreckens, entschlossen, sie nicht in Frieden leben zu lassen ... Sie mußte dorthin zurückkehren.

Den Balkon verlassend, wandte sie sich plötzlich zu Talleyrand, der sie unter halbgeschlossenen Lidern aufmerksam beobachtete. Ihr Blick suchte den der blaßblauen Augen. «Ich werde zurückfahren. Ich muß diese Frau sehen, muß mit ihr sprechen! Ich muß ihr begreiflich machen ...»

«Was? Daß Ihr ihren Gatten ebenso liebt, wie er Euch liebt? Glaubt Ihr wirklich, daß sie das veranlassen könnte, ihre Meinung zu ändern? Diese Pilar ist wie eine Mauer ... Und Ihr könnt Euch ihr nicht einmal nähern. Sie hat als Schutz die ganze Wachtruppe der Königin von Spanien, dieser Bürgerin Julie Clary, die nur allzu glücklich ist, sich vor der einzigen ihrer Untertaninnen, die ihre Hilfe begehrt, als Souveränin aufzuspielen. In Mortefontaine ist Pilar umringt, eingekreist von Damen und Herren des Hofs, die sie wirksamer abschirmen als eine Festung. Sie hat darum gebeten, nie alleingelassen zu werden, was ihr gewährt worden ist. Kein Besuch, nicht einmal eine Botschaft, die sich nicht zunächst an die Königin richtet. Glaubt Ihr», schloß Talleyrand voller Überdruß, «ich hätte es nicht versucht? Ich habe mich wie irgendein lästiger Zudringling hinauskomplimentieren lassen müssen! Was würde mit Euch geschehen? Das mindeste, was sich sagen läßt, ist, daß Eure Reputation bei diesen heiligen Frauen nicht gerade die beste ist!»

«Um so schlimmer. Ich werde trotzdem gehen – nachts, verkleidet, ich werde über die Mauern klettern, wenn es nötig ist, aber ich will diese Pilar sehen! Es ist undenkbar, daß niemand versucht, ihr Räson beizubringen, ihr begreiflich zu machen, daß ihre Haltung das schlimmste Verbrechen ist.»

«Ich glaube, sie weiß es genau, aber es ist ihr egal. Wenn Jason sein Verbrechen gesühnt haben wird, wird sie das ihre sühnen!»

«Das schlimmste Verbrechen ist für sie der Verrat an ihr selbst», ließ sich plötzlich eine Stimme von der Tür her vernehmen.

Gleichzeitig wandten Marianne und der Fürst sich ihr zu, und zum erstenmal seit langem stieß die junge Frau einen Freudenschrei aus. «Jolival! Da seid Ihr endlich!»

Sie war so glücklich, ihren treuen Gefährten wiederzusehen, daß sie ihm impulsiv um den Hals fiel und wie ein kleines Mädchen schallende Küsse auf beide Wangen drückte, ohne Anstoß daran zu nehmen, daß diese Wangen seit zwei Tagen kein Rasiermesser gesehen hatten und daß Arcadius selbst zum Fürchten schmutzig war.

«Nun», rief der Fürst, dem Ankömmling die Hand reichend, «Ihr könnt Euch rühmen, genau im richtigen Moment gekommen zu sein! Ich war so ziemlich am Ende der Argumente, mit denen ich diese junge Dame hindern wollte, sich in die schlimmsten Tollheiten zu stürzen! Sie will nach Paris zurück!»

«Ich weiß. Ich habe es gehört», seufzte Jolival und ließ sich ohne Umstände in einen unter der jähen Belastung ächzenden Sessel fallen. «Aber sie darf nicht zurück nach Paris, und das aus zweierlei Gründen: Der erste ist, daß das Haus sorgfältig überwacht wird. Der Kaiser kennt sie gut und zieht es vor zu verhindern, daß sie sein Verbot übertritt, statt sie deswegen bestrafen zu müssen. Der zweite ist, daß ihre Entfernung als einziges imstande ist, die rachsüchtigen Wünsche der Spanierin ein wenig zu dämpfen. Königin Julie muß ihr eingeredet haben, Napoleon würdige durch die Verbannung seiner Ex-Favoritin die Tugend der verhöhnten Gattin.»

«Das besagt nichts», murmelte Marianne zwischen den Zähnen.

«Vielleicht. Aber Eure Rückkehr, meine Liebe, würde eine Reihe von Katastrophen auslösen. Monsieur Beaufort mag gut und gern im Gefängnis sitzen, doch wird er deswegen nicht weniger sorgsam von den Freunden seiner Frau überwacht ... und besonders von einem gewissen Don Alonso Vasquez, der offenbar von seinen Ländereien in Florida gehört hat und sichtlich wünscht, sie in den Schoß Spaniens zurückkehren zu sehen.»

«Mein Gott, Arcadius», rief Marianne, «woher wißt Ihr das alles?»

«Aus Mortefontaine, meine Freundin, wo ich ohne die leiseste Scham Eure Feindin ausspioniert habe, während ich, so gut es eben ging, die Rosenstöcke der Königin Julie beschnitt. O ja, für Euch habe ich mich drei Tage als Gärtner der Königin von Spanien betätigt.»

«Wißt Ihr, daß man Rosenstöcke nicht im Juli beschneidet, he?» bemerkte Talleyrand mit einem schwachen Lächeln.

«Deswegen bin ich eben nur drei Tage geblieben! Des Massakers müde, zog der Obergärtner es vor, mich meine Talente woanders ausüben zu lassen. Aber wenn Ihr wollt, daß ich mehr davon berichte, laßt mir zuerst ein Bad und eine Mahlzeit geben! Ich ersticke vor Hitze und Staub, während ich gleichzeitig vor Durst und Hunger sterbe, was bewirkt, daß ich nicht weiß, was mich nun als erstes dahinraffen wird.»

«Ich verlasse Euch», sagte Talleyrand, indem er sich erhob, während Marianne aus dem Zimmer stürzte, um Befehle zu erteilen. «Überdies habe ich alles gesagt, was ich zu sagen hatte, und ich muß zu mir hinüber. Habt Ihr noch andere Neuigkeiten?» fügte er in gedämpftem Ton hinzu.

Arcadius de Jolival schüttelte traurig den Kopf. «Kaum. Die wirklichen Urheber des Verbrechens scheinen sich wie durch Zauberei in Luft aufgelöst zu haben, und das überrascht mich nicht. Fanchon ist eine alte, gerissene Schurkin. Sobald die Sache erledigt war, haben sich ihre Leute und sie sofort in irgendein Loch verkrochen. Und was den Engländer betrifft, ob nun in der Maske des Vicomte d'Aubécourt oder in welcher Gestalt auch immer, ist er so restlos verschwunden, daß man glauben könnte – und unglücklicherweise tut man das! –, er habe niemals woanders als in der Phantasie unserer Freundin existiert. Ah, die Dinge sehen schlecht aus – sehr schlecht sogar!»

«Schweigt! Da ist sie! Sie ist ohnedies unglücklich genug. Auf bald.»
Eine Stunde später war der gebührend gesäuberte und gestärkte Jolival imstande, auf Mariannes Fragen zu antworten. Er berichtete, daß er Aachen kaum eine Stunde nach Erhalt ihres Briefes durch Fortunée Hamelin in Gesellschaft Adelaide d'Asselnats verlassen habe.
«Adelaide ist mit Euch zurückgekehrt?» rief Marianne erstaunt. «Warum ist sie dann nicht hier?»
Jolival erklärte, das alte Fräulein habe keine Sekunde gezögert, als sie von den Prüfungen erfuhr, die ihre junge Cousine heimsuchten. «Sie braucht mich. Ich kehre zurück!» hatte sie in einer Aufwallung großherziger Entschlossenheit gesagt.
Zudem schien die leise Verzauberung, die sie ins Gauklerdasein gelockt hatte, um für einen Moment die Welt des Hanswursts Bobèche zu teilen, viel von ihrer Intensität verloren zu haben. Abgesehen davon, daß das Metier des Possenreißers verbunden mit dem des Geheimagenten nicht nur Reize zu bieten hatte, war es Adelaide endlich klar geworden, daß ein Altersunterschied von mehr als zehn Jahren zwischen ihr und dem Mann ihrer Träume ein schweres Hindernis bedeutete. Allerdings spielte auch die erst kürzlich angesponnene Romanze Bobèches mit einem frischen Blumenmädchen des Kurparks von Aachen beim Zustandekommen dieser weisen Einsicht eine gewisse Rolle. «Sicherlich», fuhr Jolival fort, «ist sie ein wenig enttäuscht, ein wenig ernüchtert, ein wenig melancholisch zurückgekehrt, aber im Grunde doch zufrieden, ihren Rang und ihr normales Dasein wiederzufinden – und die französische Küche dazu. Sie liebte Bobèche, doch sie verabscheute Sauerkraut! Und außerdem meint sie, ihr Platz sei an Eurer Seite, sobald die Dinge schlecht für Euch stehen. Ich füge hinzu: Sie ist ungeheuer stolz darauf, daß Ihr Fürstin seid, obwohl sie sich lieber in kleine Stücke hacken ließe, bevor sie es zugäbe.»
«Warum ist sie dann nicht mit Euch gekommen?»
«Weil sie meint, Euch in Paris nützlicher zu sein, während sie hier nur die Seufzerei vermehren würde. Man weiß bei Euch von Eurem Exil, und es ist gut, daß jemand im Haus für Ordnung sorgt. In dieser Rolle wirkt Mademoiselle Adelaide wahre Wunder, und Euer Hauspersonal gibt klein bei.»
Die Nacht war schon seit langem hereingebrochen, und die beiden Freunde plauderten noch immer. Sie hatten sich soviel zu sagen! Arcadius de Jolival beabsichtigte keineswegs, sich länger in Bourbon aufzuhalten. Schon am folgenden Tag gedachte er, nach Paris zurückzukehren, da er Marianne nur über seine Rückkehr und die bisher geleistete

Hilfe hatte informieren wollen. Zugleich wünschte er, von ihr selbst den vollständigen Bericht aller Ereignisse zu hören, um die nötigen Folgerungen ziehen zu können.

«Wenn ich richtig verstanden habe», sagte er, mit halbgeschlossenen Augen ein Glas alten Armagnacs schlürfend, den Talleyrand noch am Abend für ihn hatte herüberbringen lassen, «hat also weder Inspektor Pâques noch Savary Euch anhören wollen, als Ihr versuchtet, Lord Cranmere zu beschuldigen?»

«Genauso war es! Der eine hat mich für eine Närrin gehalten, und der andere hat nichts hören wollen.»

«Ihre Überzeugung wurde durch den Umstand bestärkt, daß es unmöglich gewesen ist, auch nur die geringste Spur seiner Anwesenheit zu entdecken. Der Mann muß außerordentlich geschickt in der Kunst sein, seine Spuren zu verwischen. Dennoch ist er in Paris gewesen. Es muß also irgendwo jemand existieren, der ihn gesehen hat.»

«Mir kommt eine Idee!» rief Marianne plötzlich. «Hat man bei unserer Nachbarin gesucht? Diese Mrs. Atkins, mit der sich Adelaide sehr gut verstand und bei der Francis wohnte, muß doch imstande sein, uns zu sagen, ob er sich noch bei ihr aufhält und, wenn nicht, wie lange er bei ihr geblieben ist!»

«Prächtig!» stieß Jolival hervor. «Seht Ihr, deshalb habe ich kommen müssen! In Eurem Brief habt Ihr Mrs. Atkins nicht erwähnt. Eurer Cousine, die sich einst bei ihr versteckt gehalten hat, wird es leichtfallen, sie zu einem Geständnis zu bewegen. Ihr Zeugnis kann von um so größerer Wichtigkeit sein, als auch sie Engländerin ist.»

«Bleibt abzuwarten», fiel Marianne unversehens verdüstert ein, «ob sie bereit sein wird, gegen einen Landsmann zu zeugen.»

«Wenn Mademoiselle Adelaide sie nicht dazu bringt, wird es niemand gelingen, und wir müssen es jedenfalls versuchen. Andererseits hat sich Lord Cranmere nach seiner Verhaftung durch Nicolas Mallerousse am Boulevard du Temple kurz in Vincennes aufgehalten. Vielleicht wird es möglich sein, seine Spur im Gefangenenregister zu finden.»

«Glaubt Ihr? Er ist so mühelos entwischt! Vielleicht ist er nicht einmal eingetragen worden.»

«Nicht eingetragen, obwohl Nicolas Mallerousse in Person ihn brachte? Ich wette mit Euch, daß man's getan hat! Und diese Eintragung im Register ist der formelle Beweis für die Art der Beziehung zwischen Lord Cranmere und Eurem armen Freund. Wenn wir es fertigbringen, das Register prüfen zu lassen, haben wir eine Chance, zunächst von der Polizei, dann von der Justiz angehört zu werden. Und nötigenfalls werden wir bis zum Kaiser gehen. Er untersagt Euch jede Annäherung, meine Freundin, aber mir hat er nichts untersagt! Und ich werde eine Audienz erbitten. Und er wird mich hören! Und wir werden siegen!» Arcadius ließ sich von den neuen Hoffnungen mitreißen, die sich aus den von ihm und Marianne gefundenen Möglichkeiten ergaben. Seine kleinen, lebendigen Augen funkelten wie glühende Kohlen, und die bizarren Linien seines vor kurzem noch von Sorge geprägten Gesichts fügten sich nun fast zu einem Lächeln. Auf Marianne ging von diesem ansteckenden Enthusiasmus ein jäher Schwall von Freude und Hoffnung über, belebend wie ein Kräftigungsmittel. Impulsiv warf sie sich ihrem Freund an die Brust. «Arcadius, Ihr seid wundervoll! Ich wußte, wenn ich Euch wieder um mich hätte, würde ich auch wieder hoffen und kämpfen können! Dank Euch weiß ich jetzt, daß noch nicht alles verloren ist, daß es uns vielleicht gelingen wird, ihn zu retten!»

«Vielleicht? Warum vielleicht?» überbot sie Jolival, dessen Begeisterung der Armagnac des Fürsten noch verdoppelte. «Wir müssen sagen, daß wir ihn sicher retten werden!»

«Ihr habt recht: Wir werden ihn retten – um jeden Preis!» fügte Marianne mit so leidenschaftlicher Gewißheit hinzu, daß Arcadius, glücklich, sie ihre Zuversicht wiederfinden zu sehen, sie umarmte.

In dieser Nacht ging Marianne zum erstenmal seit ihrer Abreise aus Paris ohne das unerfreuliche Gefühl von Niedergeschlagenheit und Ohnmacht zu Bett, das sie gewöhnlich noch heftiger und schmerzlicher befiel, wenn der Abend sank. Ihr Vertrauen war wenigstens zurückgekehrt, und sie wußte, daß sie selbst hier, in der Verbannung, etwas tun konnte, durch eine Mittelsperson vielleicht, aber doch zu Jasons Bestem. Und das war der tröstlichste aller Gedanken.

Als Jolival am Morgen mit einer Entschlossenheit, die seiner Ausdauer und seinen reiterlichen Qualitäten alle Ehre machte, wieder nach Paris aufbrach, nahm er außer einem Brief Mariannes an Adelaide alle wiedergekehrten Hoffnungen seiner jungen Freundin mit sich. Dafür ließ er eine Frau hinter sich zurück, die von neuem Geschmack am Leben gefunden hatte.

Die folgenden Tage wurden für Marianne zu einer wohltätigen Zeit der Besinnung. Im Vertrauen auf die miteinander verbundenen Aktionen Jolivals und Adelaides gab sie sich ganz dem Charme des kleinen Badeorts hin und ließ die Stunden auf der Uhr des Quiquengrogne-Turms gemächlich verstreichen. Sie fand sogar ein gewisses Vergnügen darin, das hier in weit größerer Freiheit als in Paris sich abspielende Leben des Talleyrandschen Haushalts zu beobachten.

Vom Morgen bis zum Abend waren das Lachen und Singen der kleinen Charlotte zu hören, die es sich zur Aufgabe gemacht zu haben schien, ihrem ernsthaften Monsieur Fercoc neue Jugendlichkeit zu bescheren, und die ihrem Erzieher einen Tagesablauf aufzwang, in dem Spiele und Ausflüge aufs Land unendlich mehr Raum einnahmen als Latein oder Mathematik.

Jeden Morgen wohnte Marianne an ihrem Fenster amüsiert dem Aufbruch des Fürsten zur Badekur bei. Der Sitte des Ortes entsprechend, nahm er in einer geschlossenen Sänfte Platz, nachdem er sich in eine unglaubliche Menge von Schals, Unterhemden und wollenen Kleidungsstücken gehüllt hatte, die ihn in einen riesigen, höchst erheiternden Kokon verwandelten; waren jedoch die verschiedenen Phasen des Ritus überstanden, kleidete der Fürst sich wie alle Welt. Und es wurde mit keiner Silbe mehr nach Verhaltens- oder Diätvorschriften gefragt, sobald sich die ganze Gesellschaft zu Tisch begab – Marianne nahm alle Mahlzeiten mit ihren Freunden zusammen ein –, um die Köstlichkeiten zu genießen, die Carême einer Küchenausrüstung abrang, über deren Bescheidenheit er jeden Sommer von neuem in einen Zustand unablässigen Zorns geriet, der erst mit der Rückkehr zu seinen gewohnten Prunkküchen nachließ.

Auch Boson war da, der taube Bruder, der Marianne auf diskrete, altmodische und völlig zusammenhanglose Art den Hof machte, weil er kaum die Hälfte dessen verstand, was man ihm sagte. Zudem fand seine Werbung nur in Abschnitten statt, da Boson den größten Teil des Tages mit dem Kopf im Wasser verbrachte, in der irgendwo aufgelesenen Hoffnung, auf diese Weise seiner Taubheit ein Ende zu bereiten.

Die Nachmittage vergingen mit Spazierfahrten in Gesellschaft der Fürstin oder mit Vorlesungen beim Fürsten. Man fuhr nach Souvigny, diesem Saint-Denis der Herzöge von Bourbon, um die Abtei und die Gräber zu bewundern, quer durch die buschreiche Landschaft des Bourbonnais, in der große weiße Rinder die mit Bäumen bestandenen und von lebenden Hecken gesäumten Wiesen fleckten. Ein Klima von unendlicher Milde ließ die heitere Schönheit dieses kraftvollen, reichen Landes üppig erblühen. Und selbst das kindische Geschwätz Madame de Talleyrands erschien Marianne entspannend und erholsam.

Wie er es ihr versprochen hatte, las Marianne mit Talleyrand die Briefe der Madame du Deffand, die den Fürsten sehr amüsierten, da sie ihn an seine erste Jugend erinnerten, «an den Eintritt in die Gesellschaft und an all die Personen, die damals in ihr hohen Rang einnahmen». Und die junge Frau tauchte in seiner Begleitung mit staunender Überraschung in dieses charmante und frivole 18. Jahrhundert, in dem ihre Eltern ihre Liebe erlebt hatten. Oft endete die Lektüre mit einer Plauderei, in der es dem Fürsten gefiel, für die junge Freundin seine Erinnerungen an «dieses schönste und wie kein anderes zueinander passende Paar» zu beschwören. Aus einer Schilderung, die ihm besonders eindringlich und zärtlich gelang, glaubte Marianne ihre Mutter hervortreten zu sehen, blond, entzückend in einem Kleid aus weißem Musselin, einen mit Bändern geschmückten hohen Stab in der Hand, promenierend in den Alleen des Trianon oder in einem tiefen Sessel in der Kaminecke ihres Salons sitzend, wo sie voller Anmut die sich drängenden Gäste ihrer «Tees auf englische Art» empfing, die sie selbst für fünfzig Personen intim und charmant zu gestalten wußte. Sodann ließ Talleyrand für einen Moment Pierre d'Asselnat und das hochmütige, nur zwei Lieben zulassende Gesetz erstehen, dem er sein Leben unterstellt hatte: seine unbeugsame Hingabe an das Königtum und die glühende Leidenschaft für seine Frau. In solchen Augenblicken geschah es, daß das große, kriegerische Porträt aus der Rue de Lille in der Phantasie der staunenden, doch ein wenig eifersüchtigen Marianne zum Leben erwachte.

Eine Liebe wie diese erfahren, dachte sie, während sie ihrem alten Freund lauschte. Lieben und geliebt werden, wie es ihnen zuteil wurde ... und dann sterben, zusammen, wenn es sein mußte, selbst im Grauen des Schafotts! Aber zuvor einige Jahre – einige Monate wenigstens eines nicht wiederholbaren Glücks! Oh, wie sehr begriff sie, daß ihre Mutter, ohne an das Kind zu denken, das sie zurückließ, angesichts der Verhaftung ihres Gatten hochmütig das Recht gefordert hatte, ihm in den Tod zu folgen, um ihrer Liebe bis zum bitteren Ende zu leben! Sie selbst hatte während der langen Nächte, die sie seit dem Drama von Passy durchwachte, tausendmal gedacht, daß sie Jason nicht überleben werde. Sie hatte sich hundert tragische Abschlüsse ihrer armseligen Geschichte vorgestellt. Sie sah sich im Moment der tödlichen Salve aus der Menge vor die Gewehre des Exekutionspelotons springen, falls Jason das Recht auf einen soldatischen Tod erhielt, oder sich am Fuß des Schafotts die Kehle durchschneiden, wenn er als gemeiner Verbrecher behandelt würde. Doch jetzt, da Jolival ihr wieder Hoffnung verlieh, richtete sie ihre ganze Willenskraft auf die gegen alle und jeden zu erzwingende Verwirklichung dieses Glücks, das bisher so beharrlich vor ihnen floh. Wenn sie mit Jason ihrer Liebe leben konnte, mochte die Welt danach ruhig zugrunde gehen, vorausgesetzt, daß sie den Zaubertrank bis zum letzten Tropfen geleert hätten.

Die Tage verstrichen also verhältnismäßig angenehm, doch mit jedem neuen Morgen spürte Marianne mehr und mehr, daß ihre Nervosität zurückkehrte. Sie wartete ungeduldig auf die Post, belauerte selbst Talleyrands Benehmen, um aus ihm herauszulesen, ob die Briefe, die er aus Paris bekam, nicht irgendeine Nachricht über die Affäre Beaufort enthielten.

Eines Vormittags hatte sich Marianne in Begleitung des Fürsten zu einer Promenade auf der am Schloßteich entlangführenden schattigen Allee aufgemacht. Wegen seines kranken Beins waren Talleyrands Spaziergänge stets ziemlich kurz, aber das Wetter war so schön, der Morgen so klar und frisch, daß es beide unwiderstehlich danach verlangt hatte, ein Stück Wegs zu gehen. Die Wiesen dufteten nach Heu und Thymian, der Himmel war weiß von Tauben, die einander spielerisch um die drei grauen Schloßtürme jagten, und über das kaum bewegte Wasser des Teichs glitten schillernde blausilberne Reflexe.

Der Fürst und die junge Frau wanderten gemächlich am Ufer des Teichs dahin, warfen den Enten Brotstückchen zu und amüsierten sich über das aufgeregte Quaken einer Entenmutter, die sich bemühte, eine besonders ausgelassene Brut im Zaum zu halten, als sie einen Diener eilig sich nähern sahen. In seiner behandschuhten Hand trug er etwas Weißes.

«Offenbar Post, he», sagte Talleyrand, kaum spürbaren Ärger in der Stimme. «Es muß etwas Dringliches sein, daß man uns hinterherläuft!»

Es waren zwei Briefe, einer für Talleyrand, der andere für Marianne. Der des Fürsten war mit dem kaiserlichen Wappen gesiegelt und ließ ihn erstaunt die Brauen heben, doch die junge Frau war völlig beschäftigt mit ihrem, auf dem sie das extravagante Gekritzel erkannte, das Jolival als Schrift diente. Sie brach das Siegel mit den heraldischen Amseln ihres Kavaliers und Mädchens für alles und überflog die wenigen Zeilen, die der Brief enthielt. Sie entrissen ihr einen schmerzlichen Schrei. Arcadius berichtete, daß Mrs. Atkins am gleichen Tage, an dem Adelaide in das Heim ihrer Familie zurückgekehrt sei, ihre Wohnung in der Rue de Lille verlassen und sich «aufs Land» begeben habe, ohne daß es möglich gewesen wäre, in Erfahrung zu bringen, wo sich dieses «Land» befand. Was die Register des Schlosses von Vincennes betraf, enthielten sie keine andere Spur des vorübergehenden Aufenthalts Francis Cranmeres in einem der Kerker des Staatsgefängnisses – als die Reste einer herausgerissenen Seite. Diejenigen, die sich zu Jasons Untergang und zur Untergrabung der französisch-amerikanischen Beziehungen verschworen hatten, überließen offenbar nichts dem Zufall!

Mit Tränen in den Augen knüllte Marianne nervös Jolivals Brief zwischen ihren Fingern zusammen, als sie ihren Begleiter mißmutig murmeln hörte: «Was braucht er mich, um seine lächerliche Säule einzuweihen? Das wird mich zwingen, meine Kur zu unterbrechen! Und ich habe nicht die leiseste Lust, nach Paris zurückzukehren, he?»

Doch von alldem hatte Marianne nur drei Worte, die letzten, bewußt aufgenommen: «Nach Paris zurückkehren? Ihr werdet zurückkehren?»

«Es wird sich nicht umgehen lassen. Ich muß am 15. August dort sein. Wie Ihr wißt, ist das das Datum des Geburtstages des Kaisers. Nun, um diesem Fest mehr Glanz zu verleihen, hat Seine Majestät beschlossen, die Säule zum Ruhm der Großen Armee einzuweihen, die er auf der Place Vendôme aus der Bronze der bei Austerlitz eroberten 1250 Kanonen hat errichten lassen. Ich weiß nicht recht, ob diese Einweihung eine so glänzende Idee ist. Der neuen Kaiserin jedenfalls wird sie kein sonderliches Vergnügen bereiten, denn die gute Hälfte der fraglichen Kanonen sind österreichische gewesen. Aber der Kaiser ist so beglückt über die Statue, die ihn als römischen Kaiser darstellt und die schmückende Krönung der Säule bilden soll, daß er sie, wie mir scheint, von ganz Europa bewundern lassen möchte.»

Marianne war jedoch weit davon entfernt, sich für die Säule der Place Vendôme zu interessieren. Sie setzte sich sogar über jedes Gebot der Höflichkeit hinweg, indem sie schroff sein Geplauder unterbrach: «Nehmt mich mit, wenn Ihr nach Paris zurückkehrt!»

«Euch mitnehmen, he? Aber warum?» Statt einer Antwort reichte sie ihm Jolivals Brief, den Talleyrand aufmerksam las. Als er geendet hatte, gab er das Blatt Papier wortlos der jungen Frau zurück. Eine tiefe Falte hatte sich zwischen seinen Brauen eingegraben.

«Ich muß zurück», begann sie nach einem Moment mit rauh gewordener Stimme von neuem. «Ich kann nicht hierbleiben, in der Sonne – in Sicherheit, während sich über Jason schwere Gefahren zusammenballen. Ich – ich glaube, ich würde verrückt, wenn ich bliebe! Laßt mich mit Euch reisen!»

«Ihr wißt, daß Ihr kein Recht dazu habt – und daß ich nicht das Recht habe, es Euch zu gestatten! Fürchtet Ihr nicht, Beauforts Angelegenheit zu verschlimmern, wenn der Kaiser von Eurem Ungehorsam erfährt?»

«Er wird es nicht erfahren. Ich werde meine Leute samt meinem Gepäck und der Weisung hierlassen, meine Zimmer zu schließen und zu sagen, daß ich krank im Bett liege ... daß ich niemand sehen will! Es wird keine Überraschung sein: Ich habe dieses Leben schon vor Eurer Ankunft geführt. Man hält mich im Ort zweifellos für ein wenig närrisch. Bei Gracchus und Agathe weiß ich, daß niemand meine Schwelle überqueren und meinen Betrug entdecken wird. Währenddessen kehre ich in einer Verkleidung nach Paris zurück – in der eines jungen Burschen, zum Beispiel. Ich könnte als einer Eurer Sekretäre gelten.»

«Und wohin geht Ihr in Paris?» wandte der Fürst ein, dessen Stirnfalten sich noch nicht geglättet hatten. «Euer Haus wird von der Polizei überwacht, das wißt Ihr. Wenn man Euch dort eintreten sieht, werdet Ihr sofort verhaftet!»

«Ich hätte gedacht...», begann Marianne mit plötzlicher Schüchternheit.

«... daß ich Euch bei mir Gastfreundschaft gewähren könne? Natürlich, ich dachte auch einen Moment daran, aber es ist unmöglich. In der Rue de Varenne kennt Euch jeder, und ich bin mir all dieser Leute nicht unbedingt sicher. Ihr liefet Gefahr, verraten zu werden, und das wäre Euren Angelegenheiten nicht gerade dienlich – auch nicht den meinen! Ich erinnere Euch daran, daß ich mich mit Seiner Majestät nicht gerade bestens stehe – auch wenn sie mich zur Einweihung ihrer Säule einlädt.»

«Um so schlimmer also! Ich werde irgendwo unterkommen – in einem Gasthof, zum Beispiel.»

«Wo Eure Verkleidung in spätestens einer Stunde durchschaut würde? Ihr seid närrisch, mein Kind! Nein, ich glaube, ich habe eine bessere Idee. Geht jetzt und trefft Eure Vorbereitungen. Wir werden Bourbon noch heute bei sinkender Nacht verlassen. Ich werde ein Burschenkostüm für Euch bereithalten, und Ihr werdet bis zu unserer Ankunft in Paris meinen Sekretär spielen. Sobald wir angelangt sind, bringe ich Euch – nun, Ihr werdet schon sehen. Überflüssig, jetzt darüber zu reden. Nehmt trotzdem ein oder zwei Kleider mit. Besteht Ihr wirklich auf dieser Torheit?»

«Ich bestehe darauf!» versicherte Marianne, rosig vor Freude über die Hilfe, auf die sie kaum zu hoffen gewagt hatte. «Mir scheint, wenn ich in seiner Nähe bin, müßte ich mehr Glück dabei haben, ihm zu helfen.»

«Er ist es, der Glück hat, so geliebt zu werden!» seufzte der Fürst mit einem schwachen Lächeln. «Es steht also geschrieben, daß ich Euch nie etwas verweigern kann, Marianne. Und dann wird es in der Tat vielleicht besser sein, sich unmittelbar am Ort zu befinden. Wer weiß, ob sich nicht irgendeine Gelegenheit ergeben wird? Ihr werdet dann imstande sein, sie zu ergreifen. Und nun zurück! Gehen wir... Was macht Ihr denn da?» fügte er in dem vergeblichen Versuch, seine Hand zurück zuziehen, auf die Marianne dankbar ihre Lippen gepreßt hatte, hinzu.

«Seid Ihr nicht ein wenig meine erwählte Tochter? Wir werden versuchen, uns ganz einfach als annehmbarer Vater zu erweisen. Doch ich frage mich, was der Eure dazu sagen würde?»

Einer auf den Arm des andern gestützt, schlugen der hinkende Fürst und die junge Frau in aller Ruhe wieder den Weg zum Ort ein und ließen den Teich in der alleinigen Gesellschaft von Enten und Tauben zurück.

Elf Uhr schlug es vom Quiquengrogne-Turm, als Talleyrands Kutscher seine Pferde auf die Straße nach Paris trieb. Im Moment des Anfahrens sah Marianne zum Fenster ihres Zimmers hinauf. Hinter den geschlossenen Läden schimmerte das gelbliche Licht ihrer Nachtlampe, wie es jeden Abend seit ihrer Ankunft geschimmert hatte. Niemand würde auf den Gedanken kommen, daß es auf ein leeres Bett in einem verlassenen Zimmer fiel. Agathe, und vor allem Gracchus, hatten strenge Weisungen erhalten, die zu akzeptieren den jungen Burschen schwer ankam, empört wie er war, seine geliebte Herrin sich ohne die Unterstützung seiner stämmigen Person in ein gefährliches Abenteuer stürzen zu sehen. Marianne hatte ihm versprechen müssen, ihn in kürzester Frist nachkommen zu lassen und ihn in jedem Fall beim geringsten Anzeichen von Gefahr zu rufen.

Die nächtliche Landschaft begann hinter den Scheiben der Kutsche vorüberzugleiten, deren Schaukeln schon bald den Sieg über die junge Frau davontrug. Sie schlief ein, den Kopf an Talleyrands Schulter gelehnt, und träumte, daß sie ganz allein mit bloßen Händen die Pforten des Gefängnisses vor Jason öffnete.

9. Kapitel

Der Anbeter der Königin

Als Marianne in Talleyrands Begleitung das Haus betrat, war es dunkel und still. Ein Lakai in schmuckloser brauner Livree hatte sie mit einem Leuchter die von einem Geländer aus vergoldetem Schmiedeeisen gesäumte breite schwarzmarmorne Treppe bis zum Vorplatz des ersten Stockwerks hinaufgeleitet. Hier öffnete sich außer mehreren dunklen Salons ein großes Arbeitszimmer, so vollgestopft mit Möbeln, Bildern, Büchern und Kunstwerken aller Art, daß Marianne und ihr Begleiter zweifellos einige Mühe gehabt hätten, die schwerfällige Gestalt und den kahlen Schädel des Schotten Crawford zu entdecken, wenn er ihnen nicht entgegengekommen wäre.

«Zu der Zeit, als ich dieses Haus bewohnte», hatte der Fürst mit ein wenig gezwungener Heiterkeit bemerkt, «war dies meine Bibliothek. Crawford hat ein Heiligtum ganz anderer Art daraus gemacht.»

Im spärlichen Schein einiger Kerzen gewahrte Marianne erstaunt, daß fast alle Bilder und Plastiken ein und dieselbe Person darstellten. In Bronze, auf Leinwänden, in Marmor – überall war es das entzückende und hochmütige Antlitz der Königin Marie-Antoinette, das die Eintretenden anblickte. Selbst die Möbel mußten zur Einrichtung des Petit Trianon gehört haben, und fast alle Gegenstände, die auf diesen Möbeln lagen, Tabatieren, Fächer, Taschentücher, Einbände, trugen entweder Wappen oder Monogramm der Souveränin. An den mit grauer Seide bespannten Wänden wechselten in goldenen Rahmen Billette von ihrer Hand mit Porträts und Miniaturen.

Während Talleyrand nach amerikanischer Sitte Quintin Crawfords Hand drückte, lächelte dieser, als er die offenbare Verblüffung bemerkte, mit der Mariannes Augen durch den Raum glitten. Er erklärte mit seiner rauhen Stimme, in der noch eine Spur des Akzents seiner Heimat mitschwang: «Von dem Tag an, an dem mir die Ehre zuteil wurde, ihr vorgestellt zu werden, empfinde ich für die Märtyrerkönigin tiefe Verehrung. Ich habe alles getan, um sie ihren Feinden zu entreißen und ihr wieder Glück zu geben. Jetzt verehre ich ihr Andenken.»

Da die Leidenschaft, die in den Worten des alten Mannes spürbar war, Marianne sprachlos machte, fügte er hinzu: «Eure Eltern sind für sie gestorben, und überdies war Eure Mutter Engländerin. Mein Haus wird für Euch ein unverletzliches Asyl sein, denn wer auch immer versuchen sollte, Euch ihm zu entreißen oder Euch zu schaden, würde nicht mehr lange genug leben, um sich dessen zu rühmen.»

Er wies auf ein paar riesige Pistolen auf einem Tisch und auf ein quer über einem Sessel liegendes breites, altertümliches schottisches Schwert, einen Claymore, dessen blitzende Klinge bewies, daß man ihn sorglich pflegte und jeden Moment erwartete, sich seiner zu bedienen. Es lag etwas Melodramatisches und Theatralisches in Crawfords Empfang, doch Marianne konnte nicht umhin, etwas wie Größe und in jedem Fall unleugbare Aufrichtigkeit mit seiner Person zu verbinden: Dieser Mann würde sich eher töten lassen, als seinen Gast auszuliefern! Obwohl stark beeindruckt, gelang es ihr, ein paar höfliche Worte zu finden, um ihm zu danken, aber er fiel ihr ins Wort: «Nichts da! Das Blut der Euren und die Freundschaft des Fürsten lassen Euch hier doppelt zu Hause sein. Kommt, meine Frau erwartet Euch, um Euch Euer Zimmer zu zeigen.»

Marianne war nicht gerade begeistert gewesen, als Talleyrand sie kurz vor der Ankunft in Paris davon unterrichtet hatte, daß er vorhabe, die Gastfreundschaft der Crawfords für sie zu erbitten. Sie bewahrte eine leicht beunruhigende Erinnerung an das seltsame Paar, das sie am Abend des «Britannicus» in der Loge des Fürsten von Benevent bemerkt hatte. In erster Linie war es die Frau, die ihre Neugier reizte und sie zugleich ein wenig erschreckte. Wie sie wußte, hatte sie vor ihren verschiedenen Ehen – der morganatischen mit dem Herzog von Württemberg, der mit dem Engländer Sullivan und der mit Crawford – die ersten Jahre ihres Lebens in Lucca verbracht und mußte die Sant' Anna kennen. Doch vor allem hatte sie das eigentümliche Gewicht des dunklen Blickes Eleonora Crawfords empfunden, der über den Zuschauerraum der Comédie Française hinweg lange auf ihr geruht hatte. Ein anerkennender Blick, gewiß, und voller Neugier, aber auch ein kalt-ironischer Blick, den sie sich nur schwer freundschaftlich vorstellen konnte. Eben dieses Blickes wegen hatte sie einen gewissen Widerwillen verspürt, als Talleyrands Reisekutsche am Abend des 14. August im Hof des ehemaligen Hôtels de Créqui, Rue d'Anjou-Saint-Honoré, anhielt, eines reizvollen Gebäudes aus dem vorangegangenen Jahrhundert, das zwei Jahre zuvor noch Talleyrands Residenz gewesen war, während der reiche

Crawford seit 1806 das Hôtel Matignon bewohnte. Der Tausch hatte sich teils aus persönlichen Gründen – das Matignon war zu groß für den Crawford-Haushalt –, teils auf Anordnung des Kaisers ergeben, der seinen Minister der Auswärtigen Angelegenheiten in größerem Stil untergebracht sehen wollte, was übrigens dem Geschmack des Ministers in jeder Hinsicht entsprach.

Doch Talleyrand hatte sich eine gewisse zärtliche Vorliebe für seine frühere Behausung in der Rue d'Anjou bewahrt und hätte es nicht verstanden, wenn Marianne ihre Abneigung geäußert hätte, dort in der Obhut von Leuten zu wohnen, die er zu seinen ältesten und treusten Freunden zählte. Von Eleonora, einst seine Geliebte, bevor sie die des unglücklichen Grafen Fersen wurde, behauptete er, sie repräsentierte die Quintessenz des Charmes jenes 18. Jahrhunderts, in dem er eine für immer verlorene Anmut des Lebens verkörpert sah. Und das, obwohl sie ihre abenteuerliche Karriere auf den Brettern einer Theaterbühne begonnen hatte, wo sie ihr Talent als Tänzerin bewies. Es traf allerdings zu, daß der Diplomat immer Tänzerinnen bewundert hatte!

Folgsam und bemüht, vor allem an das Bett zu denken, das man ihr bieten würde und das sie mehr als alles andere brauchte, folgte sie ihrem Gastgeber zu einem benachbarten Salon, in dem Mrs. Crawford neben einem Büschel langer rosa Kerzen an einem Gobelin arbeitete. In ihrem Kleid aus schwarzem Moiré, dessen Falten das Licht einfingen, mit der das silberne Haar wie mit einem Heiligenschein umgebenden Haube aus weißem Musselin, passend zu dem nach vergangener Mode über einem noch schönen Busen gekreuzten Schultertuch, mit langen, anmutigen Locken, die die Linie des Halses betonten, erinnerte die Hausherrin so nachhaltig an ein Porträt der Königin im Temple, daß Marianne, durch diese Erscheinung gebannt, auf der Schwelle des Salons verharrte, als sähe sie sich unversehens einem Gespenst gegenüber.

Doch die Ähnlichkeit beschränkte sich auf diesen ersten Eindruck, denn die lebendigen, neugierig forschenden schwarzen Augen, die sich auf die Eintretende richteten, und der rote, ein wenig grausame Bogen des Mundes gehörten ebensowenig zu Marie-Antoinette wie die weit zerbrechlichere, abgemagerte Gestalt und die Hände, die trotz der fingerlosen Handschuhe aus schwarzer Spitze und der prächtigen Diamanten, die sie bedeckten, abgezehrt und knochig wirkten.

«Da ist also unser Flüchtling!» rief Eleonora Crawford, indem sie sich erhob und ihrem Gast entgegentrat. «Ich bin glücklich, Euch bei mir zu empfangen, meine Liebe, und ich wünsche, daß Ihr dieses Haus als das Eure anseht. Ihr könnt Euch in ihm nach Eurem Belieben bewegen, denn haben wir auch wenig Dienstboten, so besitzt doch jeder einzelne unser ganzes Vertrauen.» Die Stimme, ein dunkler Alt, in dem noch Spuren toskanischen Akzents mitschwangen, klang tief, warm und überaus eindringlich.

«Ihr seid gütig, Madame», erwiderte Marianne, die sich mit einem Lächeln und einem leichten Nicken begnügte, da sie nicht wußte, wie sie grüßen sollte. Ihre männliche Ausstaffierung hätte in der Tat eine Reverenz lächerlich erscheinen lassen, und ein männlicher Gruß wäre nicht glücklicher gewesen. «Ich bedauere nur, Euch zur Last zu fallen und Euch vielleicht in Gefahr zu bringen.»

«Ta, ta, ta! Wer spricht hier von Gefahren? Quintin und ich haben uns unser ganzes Leben lang mit Gefahren herumgeschlagen, und diese, falls es überhaupt eine ist, scheint mir im Vergleich dazu recht gering. Ich hoffe übrigens, daß Eure Mißhelligkeiten nicht von Dauer sind und daß Ihr bald in Euer Haus zurückkehren könnt. Solltet Ihr nicht nur einen – Sommeraufenthalt in einem Badeort verbringen? In diesem Herbst werdet Ihr wieder bei Euch sein. Bis dahin sollt Ihr Euch hier wohlfühlen. Nehmt also zunächst mit dem lieben Fürsten eine leichte Mahlzeit bei uns ein. Ihr habt es sicher nötig. Danach werde ich Euch Eure Zimmer zeigen.»

Die Mahlzeit, die der späten Stunde wegen gleich an Ort und Stelle serviert wurde, bestand aus prächtigen Pfirsichen, Milchspeisen, leichtem Gebäck und herrlichem Briekäse, wie Talleyrand ihn liebte, das Ganze begleitet von einem besonders feurigen alten Burgunder.

Doch die offensichtliche Müdigkeit der beiden Gäste ließ die Unterhaltung allmählich stocken. Sie belebte sich erst wieder ein wenig, als Crawford in scheinbar nebensächlichem Ton erklärte: «Es scheint, als habe Champigny dem Botschafter Armstrong eine Nachricht zukommen lassen.»

Talleyrand hob eine Braue, während sich Marianne durch die bloße Nennung des amerikanischen Diplomaten aus ihrer Schläfrigkeit gerissen fühlte.

«Eine Nachricht, he?» fragte der Fürst. «Und was besagt diese Nachricht?»

«Wie soll ich das wissen? Alles, was ich erfuhr, ist, daß ein Brief aus dem Ministerium für Auswärtige Angelegenheiten eingetroffen ist und daß die Stirn des Botschafters seit diesem Brief, der, glaube ich, das Datum des 5. August trägt, weniger umwölkt sein soll.»

«Weniger umwölkt? Wie versteht Ihr das, Crawford? Könnte es bedeuten, daß der Kaiser beschlossen hat, sich in der Affäre Beaufort milde zu zeigen? Es wäre tatsächlich das einfachste, ihn schlicht laufen zu lassen ...«

«Glaubt nicht daran! Die Affäre läßt sich unmöglich vertuschen. Der Matrose Perez, der, unter uns gesagt, für einen unwissenden, gemeinen Seemann erstaunlich gut über die hohe Politik informiert scheint, behauptet, daß Beaufort beabsichtigte, Portsmouth anzulaufen, um dort einen Teil des Champagners zu liefern, und fordert auf Grund des Mailänder Dekrets als Belohnung für die Anzeige ein Drittel der Ladung. Es berührt übrigens seltsam, festzustellen, wie in dieser Angelegenheit, die im Prinzip geheim bleiben sollte, ein Echo aus allen interessierten Behörden dringt. Ich frage mich, was der Kaiser davon denkt!»

«Das eben müßte man wissen!» rief Talleyrand, indem er sich von der Tafel erhob und mit der flachen Hand ungeduldig aufs Tischtuch schlug. «Allmählich wird eine wahre Tollhausgeschichte daraus, und man spricht viel zu viel von dem Matrosen Perez. Habt keine Angst, Marianne», fügte er hinzu, als er bemerkte, daß die junge Frau blaß geworden war und ihre Augen in Tränen schwammen, «ich werde versuchen, Seine Majestät zu sehen, und falls es mir nicht gelingt, werde ich ihr schreiben. Es wird Zeit, daß die ehrlichen Leute ihre Stimme erheben! Fürs erste geht schlafen, mein Kind. Ihr haltet Euch ja kaum mehr aufrecht. Eure Gastgeberin wird sich um Euch kümmern, und morgen früh werde ich die Euren von Eurer Anwesenheit benachrichtigen.»

Es war wahr. Marianne war am Ende ihrer Kräfte angelangt. Und während der Fürst von Benevent sich zu seiner Kutsche begab, um sich zum Hôtel Matignon fahren zu lassen, ließ sie sich von Eleonora Crawford folgsam zu einem im zweiten Stock des Hauses gelegenen schönen Zimmer führen, dessen Wände mit rosafarbenem Leinen bespannt waren. Der hübsche Garten, auf den die beiden Fenster hinausgingen, war dem vor Mariannes Haus nicht unähnlich.

Geschickt schlug Mrs. Crawford das Bett auf und zündete die auf dem Nachttisch stehende Öllampe an. «Ein wenig Kamille wird Euch guttun», sagte sie. «Kamille ist unübertrefflich für die Nerven. Wollt Ihr, daß ich Euch beim Auspacken helfe?»

Marianne verneinte mit einer Geste und dankte ihr mit einem müden Lächeln. Es verlangte sie jetzt danach, allein zu sein, doch ihre Gastgeberin schien es nicht eilig zu haben, sie zu verlassen. Sie machte sich im Zimmer zu schaffen, richtete eine Blume in einer Vase auf, überzeugte sich, daß die Vorhänge ohne Hindernis über die Stangen glitten, stellte einen Stuhl um, als versuchte sie, ihr Zusammensein bis ins Endlose zu verlängern. Marianne war schon fast so weit, die schlimmste aller Unhöflichkeiten zu begehen und sie unumwunden zu bitten, sie endlich allein zu lassen, als Mrs. Crawford sich ihr jäh zuwandte und sie halb bestürzt, halb mitleidig ansah.

«Armes, armes Kind», sagte sie in einem Ton, dessen Mitgefühl Marianne ein wenig bemüht schien, «es wäre so sehr mein Wunsch gewesen, daß Ihr das Glück hättet finden können... wenigstens Ihr!»

«Warum: wenigstens ich?»

«Weil Ihr charmant seid, so jung, so schön, so... Oh, Gott ist mein Zeuge, daß ich, als ich von Eurer Hochzeit erfuhr, darum gebetet habe, von ganzem Herzen gebetet habe, der Fluch, der sich an die Fürstinnen Sant'Anna zu heften scheint, möge Euch verschonen!»

«Der – Fluch?» wiederholte Marianne nicht ohne Hemmung, denn selbst in ihrem deprimierten Zustand schien ihr das Wort ein wenig zu geschwollen. «Was für ein Fluch? Wenn Ihr Donna Lucinda meint, die...»

«Oh, die Großmutter Eures unglücklichen Gatten hat in gewisser Weise nur den traurigen Stand der Dinge illustriert, der bis ins 15. Jahrhundert zurückreicht. Seitdem ein Sant'Anna seine Frau wegen Ehebruchs grausam ermordet hat, sind alle Frauen dieser Familie – oder fast alle – eines gewaltsamen Todes gestorben! Es erfordert Mut oder auch viel Liebe, um sich bereit zu finden, diesen großen Namen zu tragen. Aber wußtet Ihr das etwa nicht?»

«Nein! Ich wußte es nicht!» bestätigte Marianne, die, nun ganz wach, sich fragte, worauf ihre Gastgeberin hinauswollte, denn es wäre recht verwunderlich gewesen, wenn der Kardinal de Chazay ihr eine so tragische Legende verheimlicht hätte – es sei denn, er hielte sie als entschiedener Gegner abergläubischer Vorstellungen für kindisch. Und da diese letzte Hypothese zweifellos zutraf, fügte sie hinzu: «Wäre es mir bekannt gewesen, hätte es auch nichts geändert. Ich glaube an Gespenster – aber nicht an Flüche, die Unschuldige verfolgen. Und ich bin in der Villa dei cavalli nicht einmal einem Gespenst begegnet!» versicherte sie unbekümmert um die Verfälschung der Wahrheit, so seltsam sie dieses unerwartete Gespräch in einem Moment, in dem sie nach nichts anderem verlangte, als zu schlafen.

Wenn es ihre Absicht gewesen war, damit die lästige Unterhaltung abzubrechen, war Mrs. Crawford jedenfalls nicht die Frau, sich so leichten Kaufes von dem im übrigen völlig dunklen Ziel abbringen zu lassen, das sie sich mit der Erwähnung der Sant'Annas gesetzt hatte. «Keinem Gespenst?» fragte sie mit einem Lächeln, das ihre Ungläubigkeit verriet. «Ihr verwundert mich! Nicht einmal dem des...»

«Wessen?»

«Niemandes», sagte Eleonora plötzlich, indem sie sich Marianne näherte und sie auf die Stirn küßte. «Wir werden später über all das plaudern – wir haben Zeit genug, und im Moment fallt Ihr um vor Müdigkeit.»

«Aber nein!» rief Marianne, diesmal aufrichtig, da sie es nicht erwarten konnte, mehr zu erfahren. «Danach werde ich Zeit genug zum Schlafen haben. Sagt mir...»

«Nicht das geringste, mein Kind! Es ist eine lange Geschichte, und... ich bin gleichfalls müde. Ich hatte unrecht, von dieser Angelegenheit anzufangen, aber sagt mir nicht, Ihr hättet keine Ahnung davon, daß nach der Geburt des Fürsten Corrado, Eures Gatten, sein Vater Don Ugolino seine Mutter getötet hat!»

Und ebenso lautlos wie eins jener Gespenster, an die auch sie zu glauben schien, verließ Eleonora Crawford das Zimmer, schloß sacht die Tür und ließ Marianne in völliger Verwirrung, aber hellwach zurück. Sie begriff diese Frau immer weniger. Zu welchem Zweck hatte sie das Gespräch auf dieses merkwürdige Thema gebracht, wenn sie sich nicht darüber äußern wollte? Falls es geschehen war, um Marianne von den ständigen und so quälenden Sorgen abzulenken, die Jasons Geschick ihr verursachte, war es ihr nur halb geglückt, denn keine Geschichte, so aufregend sie auch sein mochte, konnte die junge Frau von der Angst um ihre Liebe befreien. Doch wenn sie Marianne ein Gefühl von Unbehagen, von Unsicherheit und Ungewißheit hatte einflößen wollen, dann hatte sie vollen Erfolg gehabt. Wie sollte sie nicht auf den Gedanken kommen, daß dieser auf den Frauen ihres Namens liegende Fluch sich nicht auch auf denjenigen auswirken könnte, den sie liebte? Und wie hing die Ermordung Donna Adrianas, der Mutter Corrados, mit dem seltsamen Schicksal zusammen, das der Fürst freiwillig auf sich genommen hatte?

Völlig unfähig, Ruhe zu finden, umkreisten ihre überreizten Gedanken die Frage unter allen nur möglichen Gesichtspunkten, ohne eine befriedigende Antwort zu finden. Dieses Verbrechen schien die Version zu bestätigen, daß Don Corrado ein Monstrum war... Doch das in ihrer Erinnerung bewahrte Bild der schlanken, kraftvollen Gestalt des nächtlichen Reiters wich allzusehr von dieser Vorstellung ab. Dann mußte also das Gesicht abstoßend sein? Aber man tötet eine Frau nicht wegen eines Gesichts, auch wenn es scheußlich war! Man tötet aus Grausamkeit, aus Wut – auch aus Eifersucht. War dem Kind eine auffallende Ähnlichkeit mit einem anderen Mann anzusehen gewesen? Doch Marianne glaubte nicht an Ähnlichkeiten von Babys, in deren Gesichtern man mit ein wenig Phantasie gemeinsame Züge mit jedem beliebigen finden konnte.

Und warum dann in diesem Fall das zurückgezogene Dasein, warum die Maske? Um für immer auch den leisesten Verdacht von einer Mutter abzuwenden, deren Andenken dem Fürsten kaum teuer sein konnte, da er sie nicht gekannt hatte? Nein, es war unmöglich ...

Als sich gegen vier Uhr das erste Frühlicht des neuen Tages zeigte, hatte Marianne in ihrem Sessel neben dem offenen Fenster noch kein Auge zugetan und ebensowenig eine Antwort auf ihre Fragen gefunden. Ihr Kopf schmerzte, und sie war zum Sterben müde. Mühsam erhob sie sich und beugte sich hinaus. Das Viertel war ruhig. Nur erste Vogellaute ließen sich hören, und kleine Federbällchen hüpften von einem Ast zum andern, ohne daß sich auch nur ein Blatt bewegte. Der Himmel war rosig-orange mit korallenfarbenen Reflexen und Spuren von Gold, die die Sonne ankündigten. Auf der Straße unten polterten die eisenbeschlagenen Räder eines Karrens über die großen, runden Pflastersteine, während der langgezogene klagende Ruf des Holzkohlenhändlers zwischen den Mauern heraufdrang. Dann dröhnte auf der anderen Seite der Seine ein Kanonenschuß im selben Moment, in dem die Sonne über den Horizont stieg und von den Kirchtürmen die ersten Glockenschläge des Angelusläutens erklangen.

Dieser mächtige Lärm, der während des ganzen Morgens anhalten sollte, verkündete dem guten Volk von Paris, daß sein Kaiser heute einundvierzig Jahre alt würde, daß Festtag sei und daß man sich entsprechend zu verhalten habe.

Doch für Marianne konnte es kein Fest geben, und um sicher zu sein, nichts von der allgemeinen Fröhlichkeit zu hören, die sich nach und nach in der ganzen Hauptstadt ausbreiten würde, schloß sie sorgsam Läden und Fenster, zog die Vorhänge vor, warf sich, von Müdigkeit übermannt, in voller Kleidung aufs Bett und schlief sofort ein.

Die Unterhaltung, die Marianne am Abend dieses 15. August mit Arcadius führte, während man auf den öffentlichen Plätzen die Becher auf die Gesundheit Napoleons hob und unter Lampions tanzte, verlief fast tragisch. Das Gesicht wie ausgeleert von der Müdigkeit mehrerer schlafloser Nächte, in denen er überall herumgeirrt war, wo er hoffen konnte, Hinweise auf die Anwesenheit Lord Cranmeres zu finden, warf Jolival Marianne mit einiger Bitterkeit ihren Mangel an Vertrauen vor:

«Was habt Ihr es nötig gehabt, hierher zurückzukommen? Und was wollt Ihr hier tun? Euch in diesem Haus mit diesem alten Narren vergraben, der nur noch in der Erinnerung an eine Königin lebt, und mit dieser alten Intrigantin, die Trauer um ihren gemordeten Geliebten und ihre dahingegangene wilde Jugend trägt? Was fürchtet Ihr? Daß ich nicht alles tue, was menschenmöglich ist? Nun, beruhigt Euch: Ich tu's! Ich suche unentwegt. Ich suche die Spur Mrs. Atkins', ich streife jede Nacht in Chaillot umher oder am Boulevard du Temple rund um den Bewaffneten Mann und die Schenke Zur Ährensäge. Ich verbringe dort Stunden, verkleidet, immer in der Hoffnung, einen der Männer Fanchons oder Fanchon selbst erscheinen zu sehen. Aber umsonst ... Glaubt Ihr, ich hätte diesen Zuwachs an Sorgen gebraucht: Euch hier, versteckt, jeder Denunziation ausgeliefert?»

Marianne hatte das Gewitter vorbeiziehen lassen. Sie begriff nur zu gut, wie erschöpft und entmutigt er sein mußte, und nahm ihm deshalb seinen nur der Zuneigung zu ihr entspringenden Zorn nicht übel. Und um ihn zu beschwichtigen, gab sie sich sanft, fast demütig. «Ihr müßt mir deswegen nicht böse sein, Arcadius. Ich konnte nicht mehr dort unten bleiben und friedlich-ländliche Tage verleben, während Ihr Euch hier herumschlugt, während Jason Gott weiß was erduldete ...»

«Das Gefängnis!» präzisierte Jolival trocken. «Das politische Gefängnis, und das ist gewiß nicht das Zuchthaus. Und ich weiß, daß er gut behandelt wird.»

«Ich weiß es! All das weiß ich – oder vermute es wenigstens, aber ich wurde verrückt! Und als der Fürst mir sagte, daß er nach Paris zurück müsse, konnte ich einfach nicht bleiben. Ich flehte ihn an, mich mitzunehmen.»

«Es war ein Fehler von ihm! Aber die Frauen machen mit ihm immer, was sie wollen. Was werdet Ihr jetzt tun? Tagein, tagaus zuhören, wie Crawford die Tugenden Marie-Antoinettes herbetet, wie er Euch ausführlich von der Schmach der Halsband-Affäre oder den Greueln des Temple und der Conciergerie erzählt? Falls Ihr es nicht vorzieht, den vollständigen Bericht der Abenteuer seiner Frau zu hören?»

«Gewiß, ja, ich werde hören, was ich von ihr erfahren kann, denn sie ist in Lucca geboren und scheint besser als jeder andere die Geschichte der Sant'Annas zu kennen, aber wenn ich zurückgekehrt bin, mein Freund, dann vor allem, um sobald wie möglich die mich interessierenden Nachrichten zu erfahren, um vielleicht selbst die eine oder andere notwendige Entscheidung zu treffen ... Nach Monsieur de Talleyrand stehen die Dinge schlecht, und er würde Euch sagen ...»

«Ich weiß! Ich komme von ihm. Er sagte mir, daß er um eine Audienz beim Kaiser gebeten habe, um zu versuchen, für ihn Licht in diese dunkle Geschichte zu bringen. Aber ich fürchte, daß er auf Schwierigkeiten stoßen wird, sich Gehör zu verschaffen. Sein Verhältnis zum Kaiser ist nicht das beste in diesem Moment.»

«Warum? Er ist zwar nicht mehr Minister, aber er ist noch immer Oberkammerherr.»

«Ein Titel ohne jede Bedeutung! Nein, ich will damit sagen, daß das Gerücht von seinen finanziellen Scherereien und vor allem von dem, was sie verursacht hat, zu Napoleons Ohren gedrungen ist. Unser Fürst war an den französisch-englischen Verhandlungen der Fouché, Ouvrard, Laborchère und Wellesley mehr oder weniger tüchtig beteiligt. Außerdem ist da der Verlust von anderthalb Millionen durch den Zusammenbruch der Bank des Herrn Simons, dessen Frau, die einstige Demoiselle Lange, seine Freundin gewesen ist ... Und schließlich und vor allem sind da die vier Millionen aus Hamburg, die diese Stadt ihm gezahlt hat, um ihre Annektierung zu verhindern. Wenn Napoleon seine Absicht, sie zu annektieren, weiterverfolgt, wird Talleyrand sie zurückzahlen müssen. Ich sehe in alldem keinen rechten Grund für seine gute Stellung bei Hof!»

«Um so verdienstlicher ist seine Bemühung. Übrigens, wenn er Geld brauchen sollte, werde ich ihm welches geben.»

«Glaubt Ihr, so viel zu haben? Ich wollte Euch nichts davon sagen, um Eure Sorgen nicht zu vermehren, aber vor fünf Tagen schon ist dieser Brief aus Lucca eingetroffen. Eingetroffen ohne die vierteljährliche Unterhaltszahlung, die ihn eigentlich hätte begleiten müssen. Ihr werdet mir vergeben, hoffe ich, daß ich keinerlei Bedenken hatte, ihn zu lesen.»

Neuen Ärger ahnend, griff Marianne mit einigem Widerwillen nach dem Brief. Sie warf sich vor, den Fürsten nicht selbst schon von dem Unfall unterrichtet zu haben, dessen Opfer das Kind geworden war. Sie fürchtete die Reaktion ihres Gatten, ohne sich recht vorstellen zu können, worin sie bestehen mochte. Und etwas sagte ihr, daß der Brief in ihrer Hand das enthielt, was sie fürchtete.

In der Tat informierte Fürst Corrado Marianne in wenigen eisig höflichen Zeilen, daß er von dem Verlust ihrer gemeinsamen Hoffnungen erfahren habe, zeigte sich kurz um ihre Gesundheit besorgt und fügte hinzu, daß er ihre baldige Ankunft in Italien erwarte, «um gemeinsam die durch den Unfall geschaffene neue Situation und die zu treffenden Maßnahmen zu prüfen».

«Der Brief eines Notars!» grollte Marianne, indem sie das Blatt zu einer Kugel zusammenknüllte und wütend in eine Ecke warf. «Die Situation prüfen! Maßnahmen treffen! Was will er tun? Sich scheiden lassen? Ich bin durchaus darauf vorbereitet!»

«Ein Italiener läßt sich nicht scheiden, Marianne», bemerkte Arcadius ernst, «und ein Sant' Anna schon gar nicht. Zudem hoffe ich, daß Ihr allmählich genug davon habt, alle paar Tage Eure Gatten zu wechseln! Hört also auf, Unsinn zu reden!»

«Was soll ich Eurer Meinung nach tun? Etwa abreisen, während hier ... Nein! Tausendmal nein! Um keinen Preis!» Der Zornausbruch, der sie schüttelte, verbarg die Verwirrung ihrer Gedanken, aber in diesem Moment haßte sie mit all ihrer Kraft jenen fernen Unbekannten, den sie im Glauben geheiratet hatte, ihre volle Freiheit bewahren zu können, und der es nun wagte, sogar über die Entfernung hinweg seinen Willen als Herr und Meister kundzutun und sie den Zügel spüren zu lassen. Nach Lucca zurückkehren? In dieses Haus voller verborgener Gefahren, in dem ein Wahnwitziger eine Statue anbetete und ihr sogar menschliche Opfer darbrachte, in dem ein seltsamer Mensch nur des Nachts und mit einer Maske sein Wesen trieb? In jedem Fall war es nicht der richtige Moment! Für die Aufgabe, die sie hier zurückhielt, mußte Marianne frei sein – frei! Aber andererseits war gewiß, daß diese Art, ihre materiellen Verhältnisse einzuschränken, ein bedrohliches Hindernis bedeutete! Dies war gerade jetzt sehr ungelegen, da sie vielleicht Gewissen würde kaufen müssen, Männer, Waffen, eine Armee vielleicht, um Jason der ungerechten Verurteilung zu entziehen, die ihn erwartete ... Außerdem ergab sich durch diesen Brief, den ersten, den sie vom Fürsten Sant'Anna erhalten hatte, eine weitere Gefahr. Wenn er durch Zufall vom Schwarzen Kabinett des Kaisers geöffnet worden war und dieser Kenntnis von seinem Wortlaut erlangt hatte, konnte er ihm einen nur allzu erwünschten Gedanken eingeben: der, Marianne endgültig von der Affäre Beaufort fernzuhalten, indem er sie an ihren fernen Wohnort zurückschickte. Und was erwartete sie dort? Vor allem dieser Punkt des Briefs war es, den sie erschreckend fand. Wie mochten jene «Maßnahmen» aussehen, die der Fürst zu treffen beabsichtigte? Wollte er sie zwingen, wieder Napoleons Mätresse zu werden, um um jeden Preis das ersehnte Kind zu erlangen? Das schien die einzige Lösung zu sein, da es dem Fürsten nicht möglich war, sich scheiden zu lassen; wäre ihm daran gelegen gewesen, sich selbst um seine Nachkommenschaft zu bemühen, so hätte er schließlich gewiß nicht so lange damit gewartet. Was bedeutete also dieser Brief, dieser kaum verhüllte Befehl, nach Lucca zurückzukehren?

Ein eisiger Gedanke durchzuckte Marianne. Wollte Fürst Corrado über sie verhängen, was nach Eleonora Crawford das den Fürstinnen Sant'Anna gemeinsame Schicksal war? Ein gewaltsamer Tod, der ihn für das rächen sollte, was er, in jeder Hinsicht berechtigt, einen betrügerischen Handel nennen konnte? Rief er sie, um sie hinzurichten? Um die tragische Tradition seiner Familie fortzuführen?

Laut denkend, sagte sie mit tonloser Stimme: «Ich will nicht dorthin zurück – weil ich Angst vor diesen Menschen habe.»

«Niemand verlangt es von Euch, wenigstens nicht im Moment! Ich habe bereits geantwortet, daß Ihr Euch Eures durch den Unfall geschwächten Zustands wegen auf Anordnung des Kaisers zu den Quellen von Bourbon begeben habt, wo man nicht nur Rheumatismus, sondern auch Frauenkrankheiten behandelt. Da Ihr die gute Idee gehabt habt, von dort zurückzukommen, bleibt uns jetzt nur zu hoffen, daß niemand hingeschickt wird, um sich zu überzeugen, ob Ihr wirklich dort seid. Aber darum geht es nicht. Ich wollte Euch nur zu verstehen geben, daß Ihr mit Geld nicht unbedenklich um Euch werfen könnt. Wenn Ihr auch von jeglicher Not weit entfernt seid, müßt Ihr doch ein wenig achtgeben und dürft nicht aus dem Fenster werfen, was Ihr besitzt. Damit, liebe Freundin, sage ich Euch adieu.»

«Adieu?» rief Marianne beunruhigt. «Ihr wollt doch nicht sagen, daß – Ihr mich verlaßt?» Es war undenkbar! Ihr alter Arcadius konnte sie nicht aus Verärgerung im Stich lassen! Es war unmöglich, daß ihr Streich ihn so gegen sie aufgebracht hatte!

Sie war plötzlich so blaß, daß Jolival, zumal er Tränen in ihren großen, klaren Augen schimmern sah, ein Lächeln nicht zu unterdrücken vermochte. Nett beugte er sich über sie, nahm ihre Hand und streifte ihre Finger mit einem liebevollen Kuß. «Wo ist Euer klares Urteil geblieben, Marianne? Ich verlasse Euch nur für ein paar Tage und in Eurem Dienst. Mir will scheinen, als ob der Bürger Fouché, falls er bereit wäre, sich zu äußern, und falls der Kaiser auf ihn hören wollte, viel zur Aufklärung seiner einstigen Untergebenen am Quai Malaquais zu tun vermöchte. Und da ich es nicht wage, der Post einen Brief anzuvertrauen, der zweifellos nicht ankommen würde, schicke ich mich selbst.»

«Und wohin?»

«Nach Aix-en-Provence, wo unser Herzog von Otranto sein Exil auf seinem Senatorsitz abbüßt. Und dort habe ich allerlei Hoffnung. Abgesehen davon, daß er sicherlich einige Freundschaft für Euch empfindet, wird er entzückt sein, Savary einen Streich zu spielen. Also wartet brav auf mich, seid artig – und vor allem: macht keine Dummheiten!»

«Dummheiten? Hier? Ich sehe nicht recht, was für Dummheiten ich hier machen könnte.»

«Wer weiß», sagte Arcadius mit einer Grimasse. «Zum Beispiel – Zugang zum Kaiser zu erzwingen!»

Marianne schüttelte den Kopf, und während sie ihren Arm unter den ihres Freundes schob, um ihn zur Tür zu begleiten, erwiderte sie ernst: «Nein! Diese Dummheit, das verspreche ich Euch, werde ich nicht begehen – wenigstens nicht jetzt! Versprecht Ihr mir dafür, schnell zu machen, sehr schnell? Ich werde allen Mut, alle Geduld haben, die man nur haben kann, denn ich bin sicher, daß Ihr dieses Zeugnis Fouchés zurückbringen werdet. Ich werde brav sein. Ich werde nur warten ...»

Aber es war unendlich viel schwieriger, als Marianne es sich vorstellte. Jolival hatte Paris kaum verlassen, während die vielfarbigen Garben des Feuerwerks noch den Himmel in Flammen setzten, als auch schon die Angst heimtückisch schleichend zurückkehrte und von neuem von ihr Besitz nahm, als sei allein die Gegenwart ihres Freundes imstande, die Dämonen zu verjagen und das Unheil abzuwenden. Und es wurde schlimmer, je mehr Zeit verstrich.

Auf das Haus der Crawfords beschränkt, auf Besuche der sehr schönen Bildergalerie ihres Gastgebers und endlos-melancholische Spazierrunden im Garten wie eine Gefangene im Hof des Gefängnisses Saint-Lazare als einzige Zerstreuung beschränkt, sah Marianne, wie ihre Träume sich nach und nach im bitteren Wind schlechter Nachrichten auflösten.

Zunächst erfuhr sie, daß der Kaiser, wie sie befürchtet hatte, nicht bereit war, Talleyrand zu empfangen, und daß man das Ergebnis des «sehr diplomatischen» Briefes abwarten mußte, den dieser daraufhin abgeschickt hatte. Sodann wurde bekannt, daß Jason Beauforts Prozeß in den ersten Oktobertagen vor dem Pariser Schwurgericht beginnen würde. Und es bedeutete nichts Gutes, daß man bereits ein Datum festgesetzt hatte.

«Die Richter», kommentierte der Fürst von Benevent, «scheinen es eilig zu haben, diese Angelegenheit zu verhandeln, ohne sich schon nach dem neuen Strafgesetzbuch vom 12. Februar dieses Jahres richten zu müssen, das erst nächsten Januar in Kraft tritt.»

«Mit anderen Worten: Der Prozeß wird schludrig durchgeführt, und Jason ist von vornherein verurteilt.»

Talleyrand hatte die Schultern gezuckt. «Vielleicht nicht! Aber diese Herren finden die alten Gesetzesbestimmungen weit komfortabler, wie die Engländer sagen. Es ist immer so lästig, dem Geist neue Texte einprägen zu müssen.»

So begann Marianne angesichts solch niederdrückender Gedanken allmählich zu ersticken, hatte sie doch, um ihnen zu entfliehen, nur die Wahl, die Gesellschaft der beiden ausschließlich in der Vergangenheit lebenden Alten zu suchen. Wie Jolival vorausgesehen hatte, war sie, die eben selbst ein Drama durchlebte, in der Tat für ihre Gastgeber die ideale Vertraute ihrer einstigen Dramen geworden.

Doch wenn sie auch wenig Interesse für die Beschwörung der Erinnerung an Marie-Antoinette aufzubringen vermochte, abgesehen von der schrecklichen Zeitspanne, in der ihre Eltern für sie gestorben waren, hörte Marianne dafür gern den Geschichten Eleonoras zu, die nur von Lucca und der seltsamen Familie berichteten, mit der ihr Geschick sie verstrickt hatte.

Und doch bewahrte diese merkwürdige Frau, die von ihrer italienischen Herkunft her eine ausgesprochene Vorliebe für Klatschereien hatte, tiefes Schweigen über alles, was ihr eigenes intimes Dasein und vor allem den Mann betraf, den sie mehr als alle anderen geliebt hatte, jenen Fersen, in dem so viele Frauen, von der Königin ganz abgesehen, das Bild ihrer Träume wiedererkannten. Die einzige Gefühlsäußerung, die Mrs. Crawford sich gestattete, beschränkte sich auf ein Stirnrunzeln und ein leichtes Zucken der Lippen, als ihr Gatte im Verlauf eines seiner endlosen Berichte von der eleganten Gestalt des zwei Monate zuvor tragisch ums Leben gekommenen schwedischen Grafen gesprochen hatte. Doch wenn sie über die Sant'Anna sprach, zeigte sich Eleonora unermüdlich und fand ihre ganze Beredsamkeit wieder. Und so groß war die Beschwörungskraft ihrer an Farben reichen Sprache, daß Marianne, Stunden hindurch in einen Sessel nahe dem Gobelin gekuschelt, auf dem die Hände der alten Dame immer wieder zur Ruhe kamen, die Personen nacheinander aus den dunklen Ecken des Salons hervortreten zu sehen glaubte.

Marianne erfuhr auf diese Weise, daß Eleonora selbst in einem der Nebengebäude der Villa Sant'Anna geboren war. Ihr Vater war der oberste der Stallknechte, ihre Mutter Kammerfrau der Fürstin gewesen, wie übrigens auch die Mutter Donna Lavinias, die, fast gleichaltrig mit ihr, gegenwärtig die Haushälterin des Besitztums war und die Marianne gut kannte. Es kostete sie keine Mühe, in ihrer Erinnerung das schöne, sanfte, im Rahmen des grauen Haars so traurige Gesicht wiederzufinden, das die ganze in Haus und Park spürbare Melancholie in sich zu tragen schien. Offenbar hatte sich Lavinia im Lauf der Jahre nicht verändert: Sie war immer schweigsam, melancholisch und eine vollkommene Frau fürs Haus gewesen.

Natürlich waren Eleonora und Lavinia von Kindheit an Freundinnen, aber mit dem, den Marianne als den Verwalter Matteo Damiani kennengelernt hatte, mit dem unheimlichen Statuenanbeter, der sie im Laufe einer schrecklichen Nacht hatte töten wollen, als ihm die Aufdeckung seiner diabolischen Geheimnisse durch sie offenbar geworden war, verhielt es sich anders. Eleonora war zehn Jahre alt gewesen, als Matteo zur Welt kam, hatte aber, frühreif wie alle Töchter des Südens, sofort gewußt, daß das gefährliche Blut der Sant'Anna in den Adern des Neugeborenen floß, den ihre Mutter an einem Winterabend in den Falten ihres Mantels ins Haus gebracht hatte.

«Fürst Sebastiano, der Großvater Eures Gemahls, hatte ihn mit Fiorella gezeugt, einem armen, aber hübschen Mädchen aus Bagni di Lucca, das sich, kaum daß das Kind geboren war, im Serchio ertränkte. Fiorella war ein wenig einfältig, aber sie schien das Leben zu lieben, und niemand begriff ihre Verzweiflungstat – es sei denn, sie wäre nicht ganz freiwillig gewesen.»

«Ihr meint – man hätte nachgeholfen?»

Mrs. Crawford wich in eine vage Geste aus. «Wer kann das wissen? Don Sebastiano war ein schrecklicher Mensch ... und ich nehme doch an, daß Ihr von seiner Frau gehört habt, der berühmten Lucinda, der Hexe, der Venezianerin, der, deren boshafter Schatten noch über dem Besitz liegen muß?»

In der ruhigen Stimme der alten Dame schwang plötzlich soviel Entsetzen und Haß, daß Marianne glaubte, für einen Augenblick in ihr wieder das kleine, leichtgläubige und abergläubische Bauernmädel zu sehen, das sie einst gewesen sein mußte. Doch auch sie selbst konnte ein Schaudern nicht unterdrücken, als sie sich des Tempels und der sinnlichen Statue entsann, die über die Ruinen herrschte. Instinktiv senkte sie die Stimme, um mit unwiderstehlicher Neugier, der ein Quentchen Angst und Schauder beigemischt war, zu fragen: «Ihr habt also diese Lucinda wirklich gekannt?»

Mrs. Crawford nickte und schloß einen Moment die Augen, wie um sich deutlicher zu erinnern. «Sie ist sogar die einzige Fürstin Sant'Anna, die ich kannte. Sie vergessen? Ich glaube, selbst wenn es mir gegeben wäre, mehrere Leben zu leben, wäre es mir nicht möglich, sie aus meiner Erinnerung zu löschen! Ihr könnt Euch keine Vorstellung davon machen, wie diese Frau war! Was mich betrifft, habe ich niemals eine der ihren vergleichbare Schönheit gesehen ... so seltsam und so vollkommen – so auf satanische Weise vollkommen! Gott weiß, daß Ihr schön seid, meine Liebe, aber neben ihr wärt Ihr verschwunden!» rief die alte Dame offen. «Wenn sie da war, sah man nur sie. Venus selbst hätte neben dieser Pracht wie eine Bauerndirne ausgesehen!»

«Liebtet Ihr sie?» hauchte Marianne, zu sehr von ihrem Wissensdurst gepackt, um auch nur einen Augenblick lang an der Verächtlichkeit Anstoß zu nehmen, mit der Eleonora von ihrem eigenen Äußeren gesprochen hatte. Die Antwort kam wie eine Kanonenkugel.

«Ich haßte sie! Gott, wie ich sie haßte! Und ich glaube, daß ich sie heute, nach so vielen Jahren, noch immer verabscheue! Ihretwegen bin ich mit fünfzehn Jahren aus dem Haus meiner Eltern geflohen – mit einem neapolitanischen Tänzer, der mit seiner Truppe eine Vorstellung in der Villa gegeben hatte. Aber als kleines Mädchen versteckte ich mich hinter den Bäumen im Park, um sie vorbeigehen zu sehen, immer in strahlendes Weiß gekleidet, immer mit Perlen oder Diamanten bedeckt, immer von ihrem Sklaven Hassan gefolgt, der ihren Schal, ihren Schirm oder den Beutel trug, in dem sich das Brot befand, das sie den weißen Pfauen im Park zuwarf...»

«Sie hatte einen Sklaven?»

«Ja, einen gigantischen Neger aus Guinea, den Don Sebastiano aus Accra an der Sklavenküste mitgebracht hatte. Lucinda hatte ihn zu ihrem Leibwächter, ihrem Hund und, wie ich später erfuhr, zu ihrem Henker gemacht!»

Mrs. Crawfords Stimme schwankte wie die Flamme einer Lampe, der es an Brennstoff fehlt. Sie kramte in dem Täschchen aus schwarzer Seide, das immer an ihrem Sessel hing, nahm eine Pastille aus einer silbernen Bonbonniere und lutschte sie lange mit halbgeschlossenen Augen, während Marianne kaum zu atmen wagte, um ihre Gedanken nicht zu stören. Nach einer Weile nahm sie den Faden mit neuer Kraft wieder auf. «Zu jener Zeit glaubte ich, daß ich sie liebte, weil ihr Anblick mich blendete. Aber später...»

«Wie war sie?» flüsterte Marianne, der diese Frage seit einer Weile auf den Lippen brannte. «Ich habe von ihr nur eine Statue gesehen...»

«Ah, die berühmte Statue! Sie existiert also noch? Sicher gibt sie ihre Züge und die Form ihres Körpers vollkommen wieder, aber von der Farbe, den Nuancen des Lebens läßt sie nichts ahnen!... Wenn ich Euch sagte, daß Lucinda rothaarig war, wäret Ihr enttäuscht. Ihr Haar war zugleich flüssiges Gold und Flamme, wie ihre riesigen schwarzen Augen Samt und Glut waren und ihre Haut Elfenbein und Rosenblätter vereinte. Ihr Mund wirkte wie eine Wunde, in der sich Perlen verbargen. Nein, niemand kam ihr gleich! Auch nicht in ihrer Verderbtheit und Grausamkeit. Wer immer, Mensch oder Tier, ihr mißfiel, war in Gefahr. Ich habe gesehen, wie sie kaltblütig die schönste Stute des Stalls töten ließ, weil sie von ihr gestürzt war, wie Hassan auf ihren Befehl ein Kammermädchen bis aufs Blut peitschen mußte, nur weil sie beim Bügeln eine Spitze verbrannt hatte. Meine Mutter näherte sich ihr nie, ohne in der Schürzentasche den Rosenkranz zwischen den Fingern zu pressen. Und selbst ihr Gatte, Fürst Sebastiano, der sie, obwohl dreißig Jahre älter als sie, geliebt hatte und noch immer leidenschaftlich liebte, fand nur in der Flucht vor ihr Ruhe und Frieden des Herzens. Deshalb die zahlreichen Reisen, die ihn drei Viertel des Jahres von Lucca fernhielten.»

«Dennoch», warf Marianne ein, «hat er wenigstens ein Kind von ihr gehabt.»

«Ja, und sie hat es hingenommen, da sie einsah, daß sie das Geschlecht fortsetzen müsse, doch als sie sich schwanger fand, wurde ihre Laune so übel, daß ihr Gatte sich einmal mehr entfernte und sie als alleinige Herrin des Besitztums zurückließ. Eine Herrin, die sieben Monate hindurch von niemand gesehen wurde.»

«Von niemand? Aber warum?»

«Weil niemand die Möglichkeit haben sollte, festzustellen, sie sei nun ein bißchen weniger schön. Alle diese Monate hat sie in ihrem Zimmer eingeschlossen verbracht, ohne auszugehen, ohne jemand anders zu sich zu lassen als meine Mutter, Anna Franchi, und Maria, die Mutter Lavinias, ihre Kammerfrauen. Und auch an sie richtete sie kaum ein Wort! Und ich erinnere mich noch, daß meine Mutter meinem Vater mit leiser Stimme erzählte, als die Nacht angebrochen sei, habe Donna Lucinda befohlen, Türen und Fenster sorgsam zu schließen und die Kerzen in allen Leuchtern anzuzünden, ohne daß ein Grund für diese nächtliche Illumination ersichtlich gewesen sei, die andauerte, bis die Kerzen niederbrannten.

Eines Abends war die Neugier stärker als ich. Ich war zehn Jahre alt und so flink und geschmeidig wie eine Katze. Ich stieg aus dem Fenster meiner Kammer, sobald meine Eltern eingeschlafen waren, und lief auf bloßen Füßen zum Haus. Dank der Kletterpflanzen erreichte ich ohne allzu große Schwierigkeiten den Balkon Donna Lucindas. Mein Herz hüpfte wie ein Zicklein in meiner Brust, denn ich war überzeugt, daß meine Eltern mich nicht lebendig wiedersehen würden, wenn man mich entdeckte. Aber ich wollte wissen – und ich hab's erreicht!»

«Was tat sie?»

«Nichts! Durch einen Vorhangspalt sah ich sie. Die Leuchter hatte sie im Kreis auf den Boden gestellt, und sie stand in ihrer Mitte, der Statue gegenüber, die Ihr gesehen habt, und ebenso nackt wie diese. Die Spiegel mußten die zweifache Gestalt, die weiße und die rosige, bis ins Unendliche vervielfacht widerspiegeln, und Lucinda verbrachte so Stunden auf der Suche nach der geringsten, von der Schwangerschaft verursachten

Veränderung ihres Körpers, sich unablässig mit ihrer Doppelgängerin in Marmor vergleichend, das Haar aufgelöst, mit tränennassen Wangen ... Und dieses Schauspiel, glaubt mir, hatte etwas so Wahnwitziges, daß ich diese Expedition nie wieder unternahm! Als dann die letzten Wochen kamen, wurden übrigens keine Kerzen mehr angezündet. Auf ihr Geheiß wurden die Spiegel verhängt, und Dunkelheit herrschte Tag und Nacht bei ihr ...»

Marianne war atemlos und mit weit geöffneten Augen dem seltsamen Bericht ihrer Gastgeberin gefolgt. «Sie war verrückt, wie?»

«Verrückt nach sich selbst, ja, zweifellos! Aber davon abgesehen, abgesehen von dieser wahnwitzigen Leidenschaft, die sie für ihre eigene Schönheit empfand, handelte sie fast normal. So wurde die Geburt ihres Sohnes, Don Ugolino, mit endlosen Festen gefeiert. Ein wahrhafter Strom von Gold und Wein ergoß sich über die Dienerschaft und die Bauern der Umgebung. Donna Lucinda strahlte sichtlich wenigstens ebensosehr ihrer wiedergewonnenen Schönheit wegen wie um der Tatsache willen, daß sie nun einen Erben hatte! Ein Weilchen glaubten wir alle, eine Ära des Glücks sei nun endlich für das Haus angebrochen. Doch drei Monate später brach Fürst Sebastiano wieder in irgendein fernes Land auf, wo er den Tod finden sollte. Der Bau des kleinen Tempels wurde sofort nach seiner Abreise begonnen. Es war wenig mehr als ein Jahr her, daß Matteo Damiani in die Villa gebracht worden war.»

«Duldete Donna Lucinda seine Gegenwart?»

«Sie duldete sie nicht nur. Als ihr Kind geboren war, hörte sie auf, sich mit ihm zu beschäftigen, und begann eine seltsame Vorliebe für den kleinen Bastard an den Tag zu legen. Sie spielte mit ihm wie mit einem jungen Hündchen, kümmerte sich darum, wie man ihn behandelte, ihn kleidete, aber vor allem fand sie ein seltsames Vergnügen daran, die wilden Instinkte des Kindes zu entwickeln, das sie abwechselnd streichelte und quälte, um so seine Lust an Grausamkeit und Blut zu wecken. Es war übrigens nicht sehr schwierig; der Boden war gut vorbereitet. Ich kann Euch sagen, daß Matteo mit fünf Jahren, als ich die Villa dei cavalli verließ, schon ein kleiner Dämon war, der Tücke mit Brutalität verband ... Nach allem, was ich habe erfahren können, hat er diese beiden Charakterzüge noch erheblich weiterentwickelt. Aber wollt Ihr bitte läuten, Kleine, damit man uns den Tee bringt? Meine Kehle ist trocken wie Pergament, und wenn Ihr wollt, daß ich noch erzähle ...»

«Ja! Ihr habt vorhin gesagt, Donna Lucinda sei der Grund Eures Aufbruchs gewesen.»

«Ich spreche nicht gern über diese Geschichte, aber Ihr nehmt ja jetzt ihren Platz ein. Ihr habt ein Recht darauf, alles zu wissen! Dennoch – zuerst den Tee, bitte.»

Tiefes Schweigen herrschte, während die beiden Frauen den chinesischen Tee tranken, den ein Diener ihnen schnell und fast geräuschlos serviert hatte. Wie ihr Gegenüber trank Marianne ihn mit Vergnügen, da das aromatische Gebräu diesem eleganten, lauschigen Raum ein wenig vom Duft der Vergangenheit zutrug. Sie sah sich wieder als kleines, dann als junges Mädchen auf einem Schemel zu Füßen ihrer Tante Ellis sitzen, um mit ihr den geheiligten Ritus zu zelebrieren, den Lady Selton um nichts auf der Welt vernachlässigt hätte. Diese alte Frau in ihrer Haube von einst, diese Möbel aus dem vergangenen Jahrhundert, ja selbst der Rosenduft, der durchs geöffnete Fenster drang, alles erinnerte Marianne an die zärtlichen Stunden ihrer Kindheit, und sie verspürte zum erstenmal seit vielen Tagen ein Gefühl der Besänftigung und Entspannung, wie sie es damals empfand, wenn auf dem Höhepunkt eines Anfalls von Kummer oder Zorn Tante Ellis ihr Haar gestreichelt und dabei mit ihrer mürrischen Stimme gesagt hatte: «Schon gut, Marianne! Du solltest wissen, daß es nichts auf dieser Welt gibt, mit dem man nicht mit Mut und Ausdauer fertig wird – vor allem mit sich selbst!»

Die Wirkung war magisch, und es war zugleich seltsam und tröstlich, sie auf dem Grund einer in einem fremden Hause servierten Tasse Tee wiederzufinden! Als sie das geblümte Porzellan auf das silberne Tablett zurückstellte, begegneten Mariannes Augen denen Mrs. Crawfords, die sie beobachtete.

«Was läßt Euch lächeln, meine Liebe? Ich glaubte doch, Euch reichlich düstere Dinge zu erzählen.»

«Es hat nichts damit zu tun, Madame. Es kam mir nur vor, als hätte mich der Tee mit Euch für einen Augenblick ins Haus meiner Kindheit in England zurückversetzt! Aber ich bitte Euch, fahrt fort!»

Einen Atemzug lang verharrte der dunkle Blick der alten Dame noch auf der jungen Frau, die in ihm Herzlichkeit und Sympathie wie nie zuvor zu sehen meinte. Doch Eleonora Crawford sagte nichts, wandte die Augen zum Fenster und bot Marianne nur noch ein durch den Musselinvolant ihrer Haube verschleiertes Profil. Dann nahm sie ihren Bericht wieder auf, aber mit so tonloser Stimme, daß Marianne Mühe hatte, sie zu verstehen.

«Es ist merkwürdig festzustellen, wie lebendig die Erinnerungen an eine erste Liebe bleiben können – lebendig und schmerzlich trotz so vieler vergangener Jahre! Ihr werdet es erfahren, wenn Ihr an die Reihe kommt, alt zu werden. Wenn ich an Pietro denke, scheint es mir, als sei es gestern gewesen, daß ich in der malvenfarbenen Dämmerung und im Duft frisch geschnittenen Grases zur San Cristoforo-Kapelle lief, um ihn zu treffen ... Ich war vor kurzem fünfzehn Jahre alt geworden, und ich liebte ihn. Er war siebzehn. Er war schön und stark. Er wohnte im Dorf Capanori, lebte dort seit dem Tod seines Vaters, eines Kupferschmiedes, allein. Er wollte mich heiraten, und jeden Abend trafen wir uns – bis zu jenem Abend, an dem er nicht kam. Ein Abend – zwei Abende! ... Niemand im Dorf konnte mir sagen, wohin er gegangen war, aber ich hatte sofort Angst, ohne recht zu wissen warum – vielleicht, weil er nie etwas vor mir verheimlicht hatte! In der dritten Nacht irrte ich, unfähig, Ruhe zu finden, durch den Park, ich wollte nur eines – versuchen, meine Angst zu überwinden. Es war eine Hitze wie im Backofen. Selbst das Wasser der Bassins war lau, und die Pferde in den Ställen rührten sich nicht mehr. Da hörte ich, als ich mich dem Nymphentempel näherte, plötzlich jemand singen – wenn man es singen nennen konnte! Es war mehr ein monotones Klagen, rhythmisch untermalt von einer dumpf in Synkopen geschlagenen Trommel, zuweilen unterbrochen von einer Art Schrei. Nie hatte ich etwas Ähnliches gehört, aber um mich so nah zum Haus und vor allem zum Nymphentempel zu wagen, der der Dienerschaft streng verboten war, muß ich schon nicht mehr in meinem normalen Zustand gewesen sein ... Welcher Instinkt hat mich damals auf den verbotenen Weg zur Lichtung und zum kleinen Tempel getrieben? Ich weiß es noch immer nicht. Doch ich schlug ihn ein, tastete mich voran, die Hände am Fels, den Körper so fest an ihn gepreßt, daß auch ich hätte zu Stein werden können ... Und als das Licht des Tempels mir ins Gesicht schlug, wich ich zurück und schob dann von neuem ganz sacht den Kopf vor – und sah es!»

Wieder breitete sich Stille aus. Marianne wagte kaum zu atmen, aus Angst, die Trance, in der Eleonora sprach, könnte schwinden. Sie erinnerte sich nur allzugut ihres eigenen Grauens, als sie die Ruinen und die Statue entdeckt hatte, die Matteo umschlang. Aber sie ahnte, daß die dieser Frau auferlegte Prüfung schlimmer gewesen war als die ihre, und sie hauchte ganz leise: «Was habt Ihr gesehen?»

«Hassan zuerst. Er war es, der sang. Er hatte sich auf die Marmorstufen gehockt, eine Art kleiner Trommel in Gestalt einer Kalebasse zwischen den Knien. Seine großen schwarzen Hände begleiteten auf ihr seinen Sprechgesang. Mit hochgerecktem Kopf schien er in den Sternen irgendeinem dunklen Traum zu folgen, doch die Fackeln, die das Innere des Tempels erhellten, ließen seine schwarze Haut wie Bronze leuchten und röteten den goldfarbenen Lendenschurz und den barbarischen

Schmuck, den er trug. Er saß mit dem Rücken zum Tempel, zwischen dessen Säulen hindurch ich ein vergoldetes, mit schwarzem Samt bezogenes Bett sehen konnte, ein Bett, auf dem zwei Körper sich der Liebe hingaben ... Die Frau war Lucinda – und der Mann war Pietro! Mein Pietro! Ich weiß nicht mehr, warum ich nicht auf der Stelle gestorben bin, wie ich die Kraft finden konnte zu fliehen! Aber ich weiß, daß ich Pietro nie lebend wiedergesehen habe! Am folgenden Tag fand man ihn erhängt am Ast eines Baums in den Hügeln. Und drei Tage später verließ ich mit den Komödianten die Villa ...»

Diesmal ließ Marianne eine ganze Weile verstreichen, ohne einen Ton zu sagen. Sie kannte den Besitz so gut, daß sie fast glaubte, die Ereignisse dieses dramatischen Berichts wenn nicht selbst erlebt, so doch wenigstens mit eigenen Augen in ihrem Ablauf beobachtet zu haben. Und sie wunderte sich nicht, als sie die alte Dame eine flüchtige Träne mit einer Fingerspitze zerdrücken sah. Als sie den Eindruck gewann, daß sich ihr Gegenüber ein wenig erholt hatte, bereitete sie eine neue Tasse Tee und reichte sie ihr, bevor sie fragte: «Ihr seid niemals dorthin zurückgekehrt?»

«Doch, im Jahre 1784, um meine Mutter sterben zu sehen, die niemals die Besitzung verlassen hat. Sie hatte mir meine Flucht seit langem verziehen. Im Grunde war sie glücklich, daß ich diesem verfluchten Hause entkam, in dem sie Zeugin so vieler Tragödien geworden war. Sie war es, die Fürst Ugolino erzogen hatte. Sie hatte auch den Brand des Tempels erlebt, in dem Lucinda einen ebenso entsetzlichen wie freiwilligen Tod gefunden hatte. Damals hatte sie auf eine bessere Zukunft gehofft, da der Dämon der Villa endlich verschwunden war, und eine Zeitlang schienen ihr die Ereignisse recht zu geben. Ein Jahr nach ihrem Tode heiratete ihr Sohn Ugolino die bezaubernde Adriana Malaspina. Er war neunzehn, sie sechzehn, und seit langem hatte man in der Gegend kein besser zueinander passendes und kein verliebteres Pärchen gesehen. Für Adriana, die er anbetete, bändigte Ugolino seine natürliche Heftigkeit und seinen schwierigen Charakter. Er ähnelte leider in vielem seiner Mutter, aber der Wolf, der er war, zeigte sich seiner jungen Frau als Lamm, und meine Mutter hat wirklich geglaubt, daß die Zeit des Unheils vorüber sei ...

Als Adriana sich nach ein wenig mehr als einem Ehejahr guter Hoffnung fühlte, umgab Ugolino sie mit aller nur erdenklichen Fürsorglichkeit, wachte Tag und Nacht über sie und trieb seine Aufmerksamkeit so weit, die Hufe der Pferde bandagieren zu lassen, damit ihre Ruhe nicht gestört würde. Und dann wurde das Kind geboren – und das Unheil kehrte zurück. In ihrer Todesstunde wollte meine Mutter ihr Herz ein wenig von der Last befreien, die es bedrückte, und bevor der Priester kam, bevor sie die letzte Ölung erhielt, gestand sie mir die doppelte Tragödie des Frühlings von 1782.»

«Eine – doppelte Tragödie?»

«Ja. Im Augenblick der Geburt des Fürsten Corrado befanden sich nur zwei Frauen bei Donna Adriana: meine Mutter und Lavinia. Aber glaubt nicht», fügte sie hinzu, als sie in Mariannes Augen einen Funken aufglimmen sah, «daß meine Mutter mir das Geheimnis dieser Geburt enthüllt hätte! Dieses Geheimnis gehörte nicht ihr, und sie hatte auf das Kreuz schwören müssen, es nie preiszugeben, selbst nicht in der Beichte. Sie hat mir nur gesagt, daß Ugolino während der Nacht, die der Geburt folgte, seine Frau erwürgt habe. Das Kind berührte er jedoch nicht: Lavinia, die für sein Leben fürchtete, hatte es fortgetragen und versteckt. Zwei Tage später fand man die Leiche des Fürsten Ugolino mit zerschmettertem Schädel in einer der Boxen des Stalls. Sein Tod wurde natürlich einem Unfall zugeschrieben, aber in Wirklichkeit war es Mord.»

«Wer hatte ihn getötet?»

«Matteo! Seitdem Donna Adriana Ugolinos Frau geworden war, hatte sie bei Matteo leidenschaftliche Liebe geweckt. Er lebte nur noch für sie, und er tötete seinen Herrn, um die zu rächen, die er liebte. Von diesem Tage an haben er und Lavinia gemeinsam mit eifersüchtiger Sorge über das Kind gewacht ...»

Ein Gedanke drängte sich Marianne plötzlich auf. Konnte es sein, daß Adriana trotz allem, was Eleonora von ihrer Liebe zu ihrem Gatten erzählte, Matteos Leidenschaft erwidert hatte? War es sein Kind, und hatte eine gewisse Ähnlichkeit die Wut des Gatten entfesselt? Aber warum hatte er in diesem Fall nicht zuerst Matteo getötet?

Ihr blieb keine Zeit, ihre letzte Frage zu formulieren. Die Tür des Salons hatte sich geöffnet, um Quintin Crawford in Talleyrands Begleitung einzulassen, und die tragischen Schatten der Sant'Anna wichen jäh vor den Sorgen der gegenwärtigen Stunde zurück. Denn wenn der Schotte, der sich samt einem umfangreich verbundenen Fuß und einem stattlichen Gichtanfall auf zwei Stöcke stützte, auch einen eher belustigenden Anblick bot, ließ die düstere Miene des Fürsten von Benevent ahnen, daß wieder einmal schlimme Nachrichten zu erwarten waren.

Er grüßte in der Tat die beiden Frauen wortlos und reichte sodann Marianne einen geöffneten Brief, unter dessen wenigen Zeilen die rasch hingeworfene Unterschrift Napoleons drohend zu erkennen war.

«Herr Fürst von Benevent», schrieb der Kaiser, «ich habe Euren Brief erhalten. Seine Lektüre war mir unerfreulich. Solange Ihr an der Spitze der Auswärtigen Angelegenheiten standet, war ich bereit, die Augen vor vielen Dingen zu verschließen. Ich finde es daher ärgerlich, durch Euren Schritt an etwas erinnert zu werden, was ich zu vergessen wünsche...»

Der Brief kam aus Saint-Cloud und trug das Datum des 29. August 1810. Ohne ein Wort gab Marianne ihn dem Fürsten zurück.

«Ihr seht», sagte dieser bitter, das Papier zusammenfaltend, «ich stehe so schlecht bei Hof, daß man es mir als Verbrechen anrechnet, wenn ich den Versuch wage, einen ausländischen Freund zu verteidigen! Es tut mir sehr leid, Marianne, aufrichtig leid!»

«Er wünscht zu vergessen!» grollte die junge Frau, die Zähne zornig zusammengepreßt. «Zweifellos wünscht er auch mich zu vergessen! Aber es wird ihm nicht so leicht gelingen! Ich lasse nicht zu, daß er Jason vernichtet! Ob er es will oder nicht, ich werde ihn aufsuchen, ich werde mir den Zugang zu ihm erzwingen, selbst wenn man mich danach ins Gefängnis werfen sollte, aber ich schwöre auf die Ehre meiner Mutter, daß Seine Majestät der Kaiser und König mich anhören wird! Und das nicht später als...«

«Nein, Marianne!» warf Talleyrand ein und hielt die junge Frau, die aus dem Zimmer stürzen wollte, zurück. «Nein! Nicht jetzt! Wenn ich die gegenwärtige Stimmung des Kaisers richtig einschätze, werdet Ihr Beauforts Verurteilung nur um so sicherer herbeiführen!»

«Soll ich etwa sitzen und warten, bis man ihn mir tötet?»

«Ihr sollt wenigstens warten, bis man ihn richtet. Nach dem Urteil bleibt Zeit genug zu handeln! Glaubt mir! Ihr wißt, daß ich ebenso wie Ihr unsern Freund zu befreien wünsche. Ich beschwöre Euch also, beruhigt Euch und wartet!»

«Und er? Habt Ihr daran gedacht, was er in seinem Gefängnis denken mag? Gibt es da jemand, der ihm auch nur ein einziges Mal geraten hätte zu warten, Mut zu fassen? Er ist allein – oder glaubt es zu sein –, in eine teuflische Affäre verstrickt! Darum soll er wenigstens wissen, daß ich ihn nicht verlassen werde, solange Leben in mir ist... Sei es! Ich bin bereit zu verzichten – sehr vorübergehend darauf zu verzichten, Napoleon zu sehen, aber ich will dafür Jason sehen, ich will La Force betreten.»

«Marianne!» rief Talleyrand, über die Erregung seiner Freundin beunruhigt. «Wie wollt Ihr das tun?»

«Es ist die einfachste Sache der Welt!» unterbrach ihn Crawfords ruhige Stimme. «Seit geraumer Zeit bezahle ich einen oder mehrere Wärter in allen Gefängnissen von Paris.»

«Ihr?» Talleyrand schien aufrichtig überrascht.

Crawford zuckte die massiven Schultern, ließ sich dann mit einem Seufzer der Erleichterung in den Sessel sinken, den Marianne verlassen hatte, und zog einen kleinen Schemel zu sich heran, auf dem er seinen schmerzenden Fuß unterbrachte.

«Eine nützliche Vorsichtsmaßnahme», erklärte er mit einem kurzen Auflachen, «wenn man Freunde hinter Gittern gehabt hat oder haben wird. Ich habe mit dieser Art Politik schon vor einer ganzen Weile begonnen. Meine ersten – Kunden waren zwei Kerkermeister im Temple, dann – in der Conciergerie! Seitdem habe ich nie aufgehört, derlei Beziehungen zu unterhalten oder mir neue zu schaffen. Mit Gold ist es nicht schwierig. Ihr wollt Euren Freund sehen, kleine Fürstin? Schön! Ich, Crawford, verspreche Euch, daß Ihr ihn sehen werdet!»

Vor Freude zitternd, gelang es Marianne kaum, an die Art Wunder zu glauben, von der da die Rede war: Die Tore des Gefängnisses sich öffnen zu sehen, Jason zu sehen, mit ihm zu sprechen, ihn zu berühren, ihm zu sagen ... Oh, sie hatte ihm so viel zu sagen! «Wollt Ihr das für mich tun?» fragte sie, wie um sich selbst zu überzeugen, in einem Ton, den ihre Erregung rauh machte. Crawford hob seine porzellanblauen Augen zu ihr und lächelte ihr zu:

«Ihr habt allen meinen Geschichten so geduldig zugehört, mein Kind, daß Ihr eine Belohnung verdient. Und außerdem vergesse ich nicht, was meine Königin den Euren schuldet! Es ist eine Art wie jede andere, ein wenig von seinen Schulden zu bezahlen. Laßt mich das arrangieren! Bald werdet Ihr das Gefängnis La Force betreten!»

10. Kapitel

Ein seltsamer Gefangener

Der Fiaker verließ die Rue Saint-Antoine und bog in rechtem Winkel in eine kurze Sackgasse ab – dreißig Schritte lang, zehn breit –, die im Hintergrund über die ganze Breite von einem niedrigen, düsteren Gebäude abgeschlossen wurde, nur Erdgeschoß und ein fast ebenso hohes Mansardendach darüber, hinter dem ein hohes Bauwerk aufragte. Die wenigen Häuser, die diesen Rue des Ballets genannten Schlauch bildeten, wirkten im Nachtdunkel unheimlich. Am entferntesten Ende, fast dem Eingang des Gefängnisses gegenüber, brannte über einem hohen, von einem eisernen Ring umgürteten Prellstein eine Laterne, in deren dürftigem Schein die schmierigen, runden Pflastersteine aufglänzten, die der gegen Tagesende gefallene Regenguß vom Sttaub freigewaschen hatte. Durch eine in der Mitte der Gasse verlaufende tiefe Rinne sollten Schmutz und Wasser abfließen, aber sie machte das unregelmäßige Auf und Ab des Pflasters nur noch gefährlicher. Die Kutsche neigte sich zur Seite. Der Kutscher ließ sein Pferd nahe dem Prellstein unter der Laterne halten und beugte sich müde, wie automatisch, vor, um den Schlag auf der Seite Mariannes zu öffnen.

Doch Crawford zog den geöffneten Schlag mit der Zwinge seines Stocks rasch wieder zu. «Nein!» knurrte er. «Ihr steigt auf meiner Seite aus! Laßt mich zuerst hinaus.»

«Warum? Auf diesen Stein hätte ich mich bequem ...»

«Dieser Stein», unterbrach sie der alte Mann schroff, «ist derselbe, auf dem Maillards Mörder die Leiche Madame de Lamballes zerstückelten! Ihr würdet Eure Handschuhe beschmutzen!»

Schaudernd wandte sich Marianne von dem Stein ab und nahm die Hand, die ihr Begleiter ihr reichte, um ihr beim Aussteigen zu helfen, sorglich darauf bedacht, sich nicht allzusehr auf diese Hand zu stützen. Crawford hatte seinen Gichtanfall zwar fast überwunden, aber das Gehen fiel ihm noch immer schwer.

Als der Wachtposten, der mit dem Gewehr zwischen den Knien in dem schmutzigen Schilderhäuschen neben dem Eingang vor sich hingedämmert hatte, Leute aus der Kutsche aussteigen sah, erhob er sich und rückte seinen Tschako zurecht. «Was wollt Ihr? Macht Euch fort!»

«Nun, nun, Soldat», murmelte Crawford, dessen Stimme zur größten Überraschung Mariannes augenblicklich einen normannischen Akzent annahm, «sprecht nicht so laut! Der Pförtner Ducatel ist mein Landsmann, und meine Tochter Madeleine und ich sind zu einem kleinen Souper bei ihm geladen.»

Eine große Silbermünze, die einen Moment im kümmerlichen Schein der Laterne aufglänzte, weckte alsbald einen nicht weniger glänzenden Widerschein im Auge des Postens, der mit einem satten Lachen die Hand ausstreckte und die Münze einsteckte. «Warum sagt Ihr das nicht gleich, Bürger? Papa Ducatel ist ein braver Mann, und in all der Zeit, die er hier ist, hat er viel Zeit gehabt, sich Freunde zu machen. Ich gehöre auch dazu. Man wird Euch öffnen!» Mit der Faust schlug er kräftig an die niedrige Pforte unter einem vergitterten Oberlicht, zu der zwei ausgetretene Stufen hinaufführten. «He, Papa Ducatel! Hier ist Besuch für Euch...»

Während der Kutscher des Fiakers sein Pferd in die schmale Rue du Roi-de-Sicile einbiegen ließ, um nahe Saint-Paul zu warten, öffnete sich die Pforte und ein mit einer braunen Wollmütze geschmückter Biedermann erschien mit einer Kerze in der Hand auf der Schwelle. Er hob die Kerze bis unter die Nasen seiner Besucher, und als er erkannte, mit wem er es zu tun hatte, rief er aus: «Ah, Cousin Grouville! Du hast dich verspätet! Wir sind schon ohne dich zu Tisch gegangen! Komm nur herein, meine kleine Madeleine. Sieh an, wie schön du geworden bist!»

«Guten Tag, Cousin», stotterte Marianne und bemühte sich, so provinziell wie nur möglich auszusehen.

Ducatel unterbrach seine Begrüßungsrede für einen Moment, um dem Posten zu versprechen, ihm einen guten Schoppen Calvados zur Gesellschaft herauszuschicken, als Belohnung für seine Freundlichkeit, dann schloß sich die Pforte wieder. Marianne sah, daß sie sich in einem engen Vorraum mit einem Türchen im Hintergrund befanden. Zur Linken lag das Wachlokal, dessen halbgeöffnete Tür in das von zwei Öllampen erhellte Innere sehen ließ, wo vier Soldaten Karten spielten und dazu ihre Pfeifen rauchten. Unentwegt laut weitersprechend, führte Ducatel seine «Landsleute» zum Türchen und ließ sie hindurchgehen. Ein weiterer dunkler Raum tat sich ihnen auf, den am anderen Ende wiederum eine kleine Tür abschloß.

Bevor sie weitergingen, blieb Ducatel stehen. «Mein Logis geht auf die Rue du Roi-de-Sicile hinaus», raunte er. «Ich werde Euch hinführen, Monsieur, und wir werden ein wenig Lärm machen, damit die Posten nicht an unserem kleinen Abendessen zweifeln. Ich hätte Euch gern durch meine separate Tür eintreten lassen, aber es ist immer besser, scheinbar in aller Öffentlichkeit zu handeln.»

«Ich gehe gern allein, mein braver Ducatel», murmelte Crawford. «Führt jetzt lieber Madame zu dem Gefangenen.»

Ducatel gab durch ein Zeichen zu erkennen, daß er verstanden hatte und öffnete die Tür. «Hier entlang also ... Da er ein Häftling von Rang ist, hat man ihn nicht ins neue Gebäude gesteckt. Er liegt mit ordentlichen Leuten in der Condé-Stube ... und fast allein.»

Während er noch sprach, schloß Ducatel eine vierte Pforte auf. Sie führte auf einen Hof, den er mit Marianne überquerte, während Crawford sich nach links zum sogenannten Küchenhof wandte, erkennbar an seinem mehr als aufdringlichen brenzligen Fettgeruch, an dem das Logis des Pförtners lag.

Dem Kerkermeister folgend, musterte Marianne mit Abscheu die niedrigen Gebäude, die diesen baumlosen Hof mit seinen auseinanderklaffenden Steinplatten umgaben, jenseits dessen sich das eigentliche Gefängnis erhob: hohe, düstere, morsch bröckelnde Mauern, von vergitterten Fensterscharten durchbrochen, hinter denen Grunzen, Alptraumstöhnen, widerlich schmieriges Gelächter und dumpfe Schnarchtöne zu hören waren, Geräusche einer schäbigen und gefährlichen, durch Verbrechen und Angst hierher verschlagenen, hier eingepferchten Menschheit. Vier Stockwerke voller Gauner, Diebe, Bankrotteure, durchgebrannter und wieder eingefangener Zuchthäusler, Mörder, alles, was die Unterwelt von Paris und anderswo in die Netze der Polizei gespien hatte. Das war nicht die feudale, doch alles in allem noch saubere Härte von Vincennes, das war nicht das Staatsgefängnis, in das man politischer Verbrechen wegen geriet. Das war der gemeine, ganz gewöhnliche Kerker, in dem man sich in entsetzlichem Durcheinander drängte.

«Es war schwierig, ihn in einem halbwegs ruhigen Winkel unterzubringen», vertraute Ducatel Marianne an, während er sie eine Treppe hinaufgeleitete, deren geschmiedetes Geländer verriet, daß sie zur Zeit des Herzogs von La Force schön gewesen sein mußte. Jetzt machten die zerbrochenen, glitschigen Stufen das Steigen gefährlich. «Unnötig zu sagen, daß das Gefängnis überfüllt ist. Leer wird es übrigens nie! So, da wär's ...», fügte er hinzu, indem er auf eine schwer mit Eisen beschlagene Tür wies, die in einer tiefen Nische sichtbar wurde. Durch das Guckloch, das der Pförtner öffnete, sickerte schwacher Lichtschein in den Flur.

«Besuch, M'sieur Beaufort!» rief er in die Öffnung, bevor er die Riegel zurückschob.

Dann fügte er leise für Marianne hinzu: «Ihr dürft mir nicht zürnen, M'dame, aber ich kann Euch nicht länger als eine kleine Stunde hierlassen. Ich werde Euch holen, bevor die Runde kommt.»

«Es ist gut so, und ich danke Euch.»

Die Pforte öffnete sich fast ohne Geräusch, und Marianne trat über die Schwelle, ein wenig erstaunt über den Anblick, der sich ihr bot. An einem wackligen Tisch saßen zwei Männer einander gegenüber und spielten im Schein einer Kerze Karten. Ein dritter Mann, in der Ecke auf einer der drei Pritschen wie ein Bündel zusammengerollt, schien unruhig zu schlafen. Einer der beiden Spieler war Jason, der andere ein Mann von etwa fünfunddreißig Jahren, groß, brünett, von kraftvoller Erscheinung, mit einem fast schönen Gesicht, regelmäßigen Zügen, einem spottlustigen Mund und schwarzen, durchdringenden Augen. Als er eine Frau eintreten sah, erhob er sich sofort, während der durch Mariannes Erscheinen allzu überraschte Jason nicht einmal daran dachte, es ihm nachzutun, sondern mit den Karten in der Hand sitzen blieb.

«Marianne!» rief er. «Ihr? Aber ich glaubte ...»

«Ich meinerseits glaubte, daß du gut erzogen wärst, Kamerad!» spottete sein Gefährte. «Hat man dir nie beigebracht, dich zu erheben, wenn du eine Dame begrüßt?»

Mechanisch richtete Jason sich auf, um, kaum auf den Füßen, in seinen Armen eine Marianne zu halten, die sich lachend und weinend zugleich an seine Brust warf. «Mein Liebster! Ich konnte nicht mehr anders! Ich mußte kommen!»

«Es ist Wahnsinn! Du bist doch verbannt, wirst vielleicht gesucht ...» Er protestierte, doch seine Hände umfingen sie bereits, um sie noch näher an sich heranzuziehen. In seinem Gesicht, das die Wetter des Ozeans zu sehr gebräunt hatten, als daß ein paar Wochen Haft seiner Farbe hätten etwas anhaben können, blitzten seine blauen Augen in einer Freude, die einzugestehen sein Mund sich zu weigern schien. Sein Ausdruck, rührend bei einem so kraftvollen Mann, war der eines unglücklichen Kindes, das nichts erwartet und das dennoch mit dem schönsten Spielzeug überschüttet wird. Er betrachtete Marianne, ohne noch ein Wort sprechen zu können, preßte sie dann jäh an sich und begann, sie mit der Gier eines Ausgehungerten zu küssen. Sie überließ sich ihm mit geschlossenen Augen, zum Sterben glücklich. Sie merkte nicht einmal, daß der Mann, der sie in seinen Armen hielt, schmutzig und schlecht rasiert war, denn der Barbier kam nicht jeden Tag bis zu ihm, so viel war in diesem scheußlichen Hotel für ihn zu tun, und daß es in der Zelle unerfreulich roch.

Ducatel und der Gefangene waren stehengeblieben, wo sie standen, mit angehaltenem Atem, und beobachteten lächelnd diese unerwartete Liebesszene. Doch da sie sich zu verlängern schien, zuckte der Gefangene die Schultern, warf die Karten auf den Tisch und erklärte: «Na, schön! Ich bin hier zuviel! Lädst du mich zum Souper ein, Ducatel?»

«Gewiß doch, mein Junge! Dein Besteck ist schon aufgelegt.»

Der Wortwechsel ließ die beiden Verliebten augenblicks auseinanderfahren. Ein wenig geniert, so völlig den Rest der Welt vergessen zu haben, sahen sie die beiden andern mit so verlegenen Mienen an, daß der Gefangene in Gelächter ausbrach.

«Was ist? Macht nicht so ein Gesicht! Unsereins weiß schließlich auch, was Liebe ist, und hat schon andere gesehen!»

Doch Marianne blitzte ihn verärgert an und wandte sich entrüstet zum Pförtner: «War es unbedingt nötig, Monsieur Beaufort zu allem anderen noch die Gesellschaft...»

«... von Leuten wie mir aufzudrängen? Was wollt Ihr, Madame, das Gefängnis ist voll, und wir sind nicht wählerisch! Aber wir hausen hier gar nicht so übel zusammen, nicht wahr, Freund?»

«Nein», sagte Jason, der angesichts von Mariannes empörter Miene ein Lächeln nicht unterdrücken konnte, «es könnte viel schlimmer sein. Ich möchte ihn dir sogar vorstellen...»

«Laß!» unterbrach ihn der Gefangene. «Ich möchte es gern selber tun. Ihr seht vor Euch, schöne Dame, einen garantiert echten Galeerenvogel, wie man sie in den Salons selten findet: François Vidocq aus Arras, bereits dreimal zur Strafkolonie verurteilt und wieder einmal unterwegs dorthin! Ich entbiete Euch meine Huldigung... und verschwinde! Komm, Ducatel! Ich habe Hunger.»

«Und der da?» fragte Marianne wütend und wies auf das schwarze Bündel, das sich, noch immer Undeutliches grunzend, auf seiner Pritsche hin und her warf. «Nehmt Ihr ihn nicht mit?»

«Wen? Den Abbé? Er ist halb verrückt und spricht nur spanisch. Er wird Euch nicht belästigen! Und außerdem wär's schade, ihn zu wecken: Er träumt so schöne Alpträume! Auf bald!»

Und fast respektvoll vom Pförtner eskortiert, verließ der seltsame Gefangene, der sich hier ganz zu Hause zu fühlen schien, die Zelle, um bei seinem Kerkermeister zu soupieren, als sei das die natürlichste Sache der Welt.

«Das ist wirklich stark!» rief Marianne, die den Vorgang verdutzt beobachtet hatte. «Wer ist denn dieser Mann?»

«Er hat's dir gesagt», antwortete Jason, während er sie von neuem in die Arme nahm. «Er ist ein Stammgast der Strafkolonie, ständig flüchtend, ständig wieder eingefangen, das, was man hier einen Rückfälligen nennt.»

«Etwa ein – Mörder?»

«Nein, nur ein Dieb. Der Mörder bin ich», fügte Jason traurig hinzu. «Er ist ein merkwürdiger Bursche, und ich verdanke ihm mein Leben.»

«Du?»

«Ja ... Du weißt nicht, was dieses Gefängnis ist! Es ist eine von Dämonen bevölkerte Hölle! Alles, was feige, grausam, gemein ist, ist hier eingeschlossen, und das Gesetz, das hier herrscht, ist das Gesetz des Stärkeren. Ich war ein Fremder, gut gekleidet – das genügte, sie sofort gegen mich einzunehmen. Ohne François hätte man mich heimlich ermordet. Er hat mich unter seinen Schutz genommen, und sein Ruf ist hier groß. Er versteht es, diese wilden Tiere zu bändigen. Auch der arme Teufel, der dort schlecht genug schläft, verdankt es nur ihm, daß er noch existiert! Ah, es heißt schon etwas, ein Ausbrecherkönig zu sein! Sogar die Kerkermeister respektieren ihn, du hast es selbst erlebt!»

Marianne begriff die Gefahr, in der er bei seiner Ankunft in La Force geschwebt hatte, besser, als Jason es sich vorstellte. Die einzige einst im Gefängnis Saint-Lazare verbrachte Nacht hatte unauslöschliche Spuren in ihrer Erinnerung hinterlassen, und in ihren schlimmsten Träumen tauchte zuweilen das scheußliche Gesicht der Strickerin wieder auf, des Mädchens, das sie zu töten versucht hatte, nur weil sie jung und schön war. Von neuem sah sie ihre gelben Augen vor sich, ihr böses Lächeln und das große Messer, mit dem sie so gut umzugehen wußte.

Plötzlich fuhr das schwarze Bündel, das ein Abbé war, mit einem Schrei auf der Pritsche hoch und setzte sich auf. Marianne gewahrte ein abgezehrtes, vom Bart überwuchertes Gesicht, zwei verstörte Augen, die sie voller Schrecken anstarrten.

«Tranquilo!» flüsterte Jason schnell. «Es un' amiga!»

Der Abbé nickte, stieß einen Seufzer aus und legte sich wieder mit dem Rücken zu ihnen folgsam nieder.

«Siehst du», sagte Jason heiter, «er wird sich nicht mehr rühren. Er ist gut erzogen ... aber lassen wir das. Komm, setz dich neben mich! Laß mich dich ansehen! Du bist so schön! Sprechen wir nicht mehr!»

Er zog sie zu ein paar Brettern, auf denen nur eine von Motten zerfressene Decke lag, und ließ sie sich setzen, während er sie mit den Augen verschlang. Das bescheidene Kleid aus geblümtem Perkal, in dem Marianne steckte, hochgeschlossen und so provinziell wie nur möglich, rechtfertigte seine Begeisterung kaum; doch niemals, selbst nicht, als sie Feenroben und Traumjuwelen getragen hatte, hatte er sie so betrachtet. Es war zugleich wundervoll und zutiefst verwirrend, so verwirrend, daß Marianne zu reagieren versuchte. Sanft küßte sie Jasons rauhe Wange.

«Ich bin doch gerade deshalb gekommen, um mit dir zu sprechen! Und wir haben so wenig Zeit ...»

«Nein. Schweig! Ich will diese Minuten nicht mit Worten vergeuden, weil uns dieser Augenblick vielleicht nie mehr geschenkt wird ... und ich bitte den Himmel schon lange darum, dich wiederzusehen ... wenigstens ein einziges Mal!» Er wollte sein Gesicht an ihrem Hals bergen, aber sie stieß ihn erschrocken zurück.

«Was willst du damit sagen? Warum sollten wir uns nicht wiedersehen? Dieser Prozeß ...»

«Ich mache mir keine Illusionen über diesen Prozeß», erklärte er mit einer Geduld, zu der er sich zwingen mußte. «Man wird mich verurteilen.»

«Wozu? Doch nicht ...?»

Sie vermochte das Wort nicht auszusprechen, das in diesem Gefängnis so entsetzlich greifbare Gestalt annahm. Doch Jason nickte. «Es ist möglich! Ja, ich werde mich darauf gefaßt machen müssen. Nein, schrei nicht!» fügte er hinzu, ihren Protest schnell unter seiner Hand erstickend. «Es ist immer besser, den Dingen ins Gesicht zu sehen! Alle Beweise sind gegen mich. Falls man nicht den wahren Schuldigen findet, was unwahrscheinlich ist, werden die Richter mich verurteilen. Ich weiß es!»

«Das ist doch wahnwitzig! Das ist verrückt! Noch ist nicht alles verloren, Jason! Arcadius ist zu Fouché nach Aix gereist, um eine Aussage von ihm zu erlangen. Fouché kann sagen, welche Beziehungen zwischen Black Fish und mir bestanden.»

«Aber er kann nicht versichern, daß ich ihn nicht umgebracht habe! Siehst du, diese Affäre ist das Ergebnis eines gefährlichen politischen Spiels. Ich bin gefangen wie in einem Netz.»

«Dann muß dein Botschafter dich verteidigen!»

«Er wird es nicht tun! Er hat es mir selbst gesagt, Marianne, hier an diesem Ort, weil mich zu verteidigen das sicherste Mittel wäre, die im Gange befindlichen Verhandlungen zwischen Präsident Madison und Frankreich zum Scheitern zu bringen, bei denen es um die Aufhebung der die Kontinentalsperre regelnden Dekrete für die Vereinigten Staaten geht. Es ist ziemlich kompliziert ...»

«Nein», unterbrach Marianne ihn heftig, «ich weiß. Talleyrand hat mir von den Dekreten von Berlin und Mailand gesprochen.»

«Welch kostbarer Mann!» sagte Jason mit schwachem Lächeln. «Nun schön, Frankreichs Bedingungen sind die folgenden: Mein Land muß von England, mit dem wir uns ziemlich schlecht stehen, die Widerrufung seiner Gegenmaßnahmen auf die Dekrete erlangen ... und natürlich ist die erste Bedingung, daß die Vereinigten Staaten die mich betreffende Aktion der Gerichtsbehörden in keiner Weise behindern, denn die Angelegenheit der falschen Banknoten ist zu ernst. Der Herzog von Cadore hat in diesem Sinne an John Armstrong geschrieben. Der Botschafter ist untröstlich, aber er kann nichts tun. Er ist fast ebenso ein Gefangener wie ich. Verstehst du?»

«Nein», entgegnete Marianne halsstarrig. «Ich werde nie verstehen, daß man dich opfert, denn darum handelt es sich doch, nicht wahr?»

«Eben darum! Aber wenn man bedenkt, daß mein Land bis zu einem Krieg gegen England gehen wird, um Napoleon seine Verläßlichkeit zu beweisen, wenn die Gegenmaßnahmen nicht widerrufen werden, kannst du dir vorstellen, daß mein Leben nicht mehr die geringste Wichtigkeit hat. Und daß ich es im übrigen auch nicht anders wünschte. Siehst du, Liebste, jeder dient, wie er kann ... und ich liebe mein Land mehr als alles auf der Welt.»

«Mehr als mich, nicht wahr?» murmelte Marianne, den Tränen nahe.

Doch Jason antwortete nicht. Seine Arme schlossen sich wieder um die junge Frau, deren Lippen er suchte. Sein Herz schlug so stark, daß es Marianne schien, als schlüge es in ihrer eigenen Brust. Sie spürte das Zittern seines an sie gepreßten Körpers, und sie spürte auch, daß er das allzu lange unterdrückte Verlangen nach ihr nicht mehr zu beherrschen vermochte. Einen Moment gab er ihren Mund frei und murmelte flehend: «Ich bitte dich – es wird vielleicht das einzige Mal sein – aber jetzt bin ich's, der dich bittet, mir zu erlauben, dich zu lieben ...»

Mariannes Herz tat einen Doppelschlag. Sanft drängte sie ihn weiter zurück, und als er einen klagenden Laut ausstieß, flüsterte sie: «Einen Augenblick, Liebster, nur einen Augenblick!» Ihre Liebe war stärker als alle Zurückhaltung und alle Scham, und nur ein paar Schritte von dem unbekannten Priester entfernt, der ihnen schlafend oder auch nicht den Rücken kehrte, Blick in Blick mit Jason, der sie, halb kniend, leidenschaftlich betrachtete, ließ Marianne ihre Kleider auf die schmierigen Steinplatten gleiten und bot ihren nackten Körper den Händen, die sich nach ihm ausstrecken. Und die schmutzigen, rauhen Bretter, die Jason als Bett dienten, verwandelten sich für Marianne augenblicklich in ein so luxuriöses Lager, daß sich kein anderes mit ihm vergleichen ließ, nicht einmal das des fürstlichen Palais', in dem sie während einsamer Nächte geschlafen hatte. Sie segnete die Dunkelheit des Gefängnisses, denn Jason hatte die Kerze ausgeblasen, und das wenige Licht rührte von einem blassen Mondstrahl her, so konnte sie ihrem Geliebten die noch gerötete Narbe der Brandwunde verbergen, die Tschernytschew ihr zugefügt hatte. Sie wollte weder gezwungen sein, ihn zu belügen, noch ihm eine Erklärung geben, die seine heiße Freude, sie zu besitzen, geschmälert hätte. In diesem Augenblick, in dem Marianne hingerissen endlich begriff, was es bedeutete, eins mit dem Geliebten zu sein, mußte die Vergangenheit außer Kraft gesetzt und mit der Zukunft Waffenstillstand geschlossen werden.

Als die Tür sich nach einer Weile wieder öffnete, war die Kerze von neuem angezündet, und Marianne hatte mit Jasons Hilfe ihr Kleid angelegt. Aber es war nicht Ducatel, der erschien. Der François Vidocq genannte Gefangene blieb auf der Schwelle stehen, lehnte sich lässig mit der Schulter gegen den Türpfosten, warf einen kurzen Blick zum Abbé hinüber, der wie eine Orgelpfeife zu schnarchen begonnen hatte, und musterte Marianne und Jason mit amüsierter Miene.

«Ihr müßt ein guter Mensch sein, Madame», bemerkte er, zu Marianne gewandt. «Ihr habt ihm das einzige gegeben, was seiner Moral aufhelfen kann.»

«Wo mischt Ihr Euch ein?» fuhr ihn Marianne um so wütender an, als er nur zu richtig geraten hatte. Sie spürte, daß sie bis an die Haarwurzeln errötete, und ihrem alten Prinzip getreu, im Zorn ein wirksames Mittel gegen jedes Gefühl von Peinlichkeit zu suchen, brauste sie auf: «Ihr wißt nicht, was Ihr sagt! Das einzige, was seiner Moral aufhelfen könnte, wie Ihr Euch auszudrücken beliebt, wäre die Anerkennung seiner Unschuld und damit die Wiedererlangung seiner Freiheit!»

«Wir sind alle in Gottes Hand!» versicherte Vidocq ein wenig zu frömmlerisch, als daß man ihn hätte wirklich ernst nehmen können.

«Niemand kann wissen, was morgen sein wird, und wie der Dichter sagt, bewirken Geduld und die Länge der Zeit mehr als Gewalt oder Zorn.»

«Glaubt Ihr, daß ich hergekommen bin, um mir Sprichwörter anzuhören? Jason!» rief sie und wandte sich leidenschaftlich an ihren Freund. «Jason, sag ihm, daß du verloren bist, daß du nur eine Hoffnung hast – die Flucht! Und wenn er dein Freund ist, wie er vorgibt, und zugleich

König in der Kunst, der Polizei zu entfliehen, muß er begreifen...»

Ein langes, unverschämtes Gähnen des seltsamen Gefangenen bereitete Mariannes Ausbruch ein jähes Ende. Ihre schwungvolle Rede war unterbrochen, und dafür bedachte sie ihn mit einem wütenden Blick, während er, mit dem Daumen zur offenen Tür weisend, hinzufügte: «Ich möchte nicht Spielverderber sein, aber Ducatel erwartet Euch, schöne Dame – und die Runde kommt in fünf Minuten vorbei.»

«Du mußt gehen, Marianne», sagte Jason ernst und zog sie an sich. «Und wir müssen vernünftig sein! Du hast mir das größte Glück geschenkt! Ich werde nicht aufhören, an dich zu denken. Aber wir müssen uns adieu sagen!»

«Adieu? Niemals! Nur auf Wiedersehen! Ich werde wiederkommen und...»

«Nein, es wäre nicht klug, und ich verbiete es dir! Du vergißt, daß du selbst verbannt bist! Ich muß wenigstens ohne Sorge um dich sein können!»

«Du willst mich nicht wiedersehen?» fragte sie fast weinend und drückte sich an ihn.

Sanft küßte er die Spitze ihrer Nase, ihre Augen, ihre Lippen. «Närrchen! Ich brauche nur die Augen zu schließen, um dich wiederzusehen – und du verläßt mich nicht! Aber ich muß für zwei vernünftig sein, ... wenigstens jetzt, weil es vielleicht um dein Leben geht!»

«Nur vier Minuten noch!» rief der Kerkermeister, dessen ängstliches Gesicht im Türspalt erschien, gedämpft. «Wir müssen uns beeilen, M'dame!»

Endlich riß sich Marianne nach einem letzten Kuß tapfer von Jason los. Auf dem Weg zur Tür hielt Vidocq sie am Arm zurück und murmelte: «Kennt Ihr die persischen Poeten, Madame?»

«N – nein! Aber...»

«Einer von ihnen hat geschrieben: ‹Mitten in der Angst verliere nie die Hoffnung, denn das köstlichste Mark findet sich im härtesten Knochen...› Und nun macht Euch fort!»

Sie sah unsicher zu ihm auf, dann warf sie Jason mit den Fingerspitzen noch einen Kuß zu und eilte zu Ducatel.

«Schnell!» flüsterte er und schloß hastig die Tür. «Wir haben nur noch drei Minuten! Nehmt meine Hand! Wir müssen laufen!»

Beide rannten der Treppe zu, während weit hinten in der Tiefe der Flure schon der Gleichschritt der Gendarmen der Runde widerhallte. Zugleich schien das Gefängnis durch das harte Geräusch der schweren genagelten Stiefel zu erwachen. Überall waren Flüche, Schimpfworte, gräßliche Schreie zu hören, als verberge jede dieser schmutzigen Türen eine eigene Hölle. Der schon in Jasons Zelle spürbare Gestank wurde beim Passieren mancher Kerker geradezu unerträglich, und als Marianne endlich in den Kanzleihof hinaustrat, sog sie die frische Nachtluft in tiefen Zügen ein. Sie und ihr Begleiter waren wieder in ruhigen Schritt verfallen. Nun ließ er auch ihre Hand los und bemerkte: «Ich glaube, ein Gläschen würde Euch wie mir guttun, M'dame! Ihr wart recht bläßlich, als Ihr herauskamt, und ich hab ganz hübsch Angst gehabt!»

«Verzeiht mir! Aber sagt, ist dieser François Vidocq wirklich ein entsprungener Sträfling?»

«Gewiß doch! Die Aufseher können anstellen, was sie wollen, es gelingt ihnen nie, ihn zu halten. Jedesmal geht er ihnen durch die Lappen. Nur ist er unverbesserlich, und irgendeine Dummheit bringt ihn immer hierher zurück. Aber täuscht Euch nicht, er ist kein Raubmörder, er hat nie jemand umgebracht! Also schickt man ihn ins Bagno. Er kennt sie alle: Toulon, Rochefort, Brest ... Oh, ich glaube nicht, daß er für das eine oder andere eine Vorliebe hat! Diesmal wird's genau wie sonst sein: Man wird ihn auf Transport schicken – und wie gewöhnlich wird er in einem günstigen Moment entwischen! Und es wird wieder von vorn beginnen: Gefängnis, Verurteilung, Transport ... bis ihn ein nervös gewordener Aufseher totschlägt! Es wäre übrigens schade! Er ist kein übler Kerl!»

Doch Marianne hörte ihn nicht mehr. Tief in ihrem Innern wog sie jedes der Worte, die der seltsame Gefangene gemurmelt hatte. Er hatte von Hoffnung geredet ... und das war das einzige Wort, das sie wirklich hören wollte und das Jason nicht ausgesprochen hatte. Schlimmer noch, fast kalt oder doch zumindest erschreckend ruhig schien er sich mit der Todesstrafe abgefunden zu haben, da es zum Besten seines Landes war. Er wird nicht sterben, grollte sie innerlich. Ich will nicht, daß man mir tötet, und er wird nicht sterben! Wenn die Richter ihn zu verurteilen wagen, wird der Kaiser mich anhören, ob er will oder nicht, und er wird mir sein Leben gewähren!

Es war das einzige, was zählte. Selbst wenn die Rettung seines Lebens jenen langsamen Tod bedeutete, den man Bagno nannte. Bis dahin hatte sie es für eine Art Vorzimmer der Hölle gehalten, aus dem man nicht lebendig herauskam. Doch dieser Mann, dieser Vidocq, war der lebende Beweis für das Gegenteil. Und sie wußte, daß sie, Marianne, solange Jason lebte, jeden Augenblick ihres Daseins dem Ziel widmen würde, ihn dem ungerechten Geschick zu entreißen, auf das er sich gefaßt machen mußte. Mit all ihren Kräften wies sie jetzt Befürchtungen und Ängste von sich, vor allem jedoch jeden Gedanken an endgültigen Abschied! Es gab keinen noch so kleinen Teil ihrer selbst, der nicht Jason Beaufort gehörte, aber im Austausch dafür verlangte sie, daß von nun an Jason auch ihr gehörte und nur ihr allein. Noch nie hatte sie solche Kampfeslust erfüllt, auch damals nicht, als sie mit dem Degen in der Faust Francis Cranmere herausgefordert hatte, ihr Genugtuung für ihre in den Schmutz gezogene Ehre zu geben. Die Glut des alten Auvergne-Bluts und die unerbittliche Hartnäckigkeit des englischen Bluts verliehen ihr, in ihr vereint, all die kriegerischen Tugenden jener Frauen, von denen sie abstammte und die die Geschichte ihrer Lieben, ihrer Rachetaten und ihrer Leidenschaften der Nachwelt hinterlassen hatten: Agnès de Ventadour, die zum Kreuzzug aufgebrochen war, um sich an einem ungetreuen Geliebten zu rächen, Cathérine de Montsalvy, die aus Liebe zu ihrem Gatten hundertmal den Tod riskiert hatte, Isabelle de Montsalvy, ihre Tochter, der es gelungen war, im Grauen des Kriegs der weißen und der roten Rose das Glück zu finden, Lucrèce de Gadagne, die bewaffnet auszog, um ihre Burg Tournoel zurückzuerobern, Sidonia d'Asselnat, die während der Fronde wie ein Mann gekämpft, aber wie zehn Frauen geliebt hatte, und so viele andere mehr! Soweit Marianne die Geschichte der Frauen ihrer Familie zurückverfolgen konnte, fand sie immer die gleichen Dinge: Waffen, Krieg, Blut und Liebe. Nur das Schicksal veränderte das Muster der Geschichte jeder von ihnen. Und während sie dem Pförtner des Gefängnisses La Force durch den feuchten Flur folgte, der zu seinem Logis führte, fühlte Marianne, daß sie endlich die drückende Last dieses Erbes akzeptierte, daß sie sich als Tochter und Schwester all dieser Frauen erkannte, weil sie endlich ihren Grund zu kämpfen und vor allem zu leben gefunden hatte. Deshalb empfand sie auch keinerlei Trauer, keinen Schmerz, sondern ein überwältigendes Gefühl von Glück und Triumph, das ihr aus der eben durchlebten leidenschaftlichen Stunde erwuchs, und einen tiefen inneren Frieden. Alles war so einfach geworden! Sie und Jason waren nur noch ein einziges Herz, ein Körper. Wenn einer starb, würde der andere ihn begleiten.

Beim Verlassen des Gefängnisses bedankte sie sich herzlich bei dem Pförtner und schob ihm dabei ein paar Goldmünzen in die Hand, die ihm das Blut in die Wangen trieben, dann schlüpfte sie in die Rolle der kleinen Provinzlerin zurück, die ein gutes Abendessen samt einen Schluck Wein in Stimmung versetzt hat, und hängte sich an Crawfords Arm, um den kurzen Weg zur Saint-Paul-Kirche zurückzulegen. Der Schotte hatte den Fiakerkutscher dort warten lassen, um das Aufsehen zu vermeiden, das eine unmittelbar vor dem Gefängnis haltende Kutsche erregen mußte. Der Wachtposten rief ein fröhliches «Gute Nacht!» hinter ihnen her, dann entfernten sich die beiden mit kleinen, vorsichtigen Schritten, um nicht über das Pflaster zu stolpern.

«Ich spüre, daß Ihr glücklich seid», murmelte Crawford, als sie die Rue Saint-Antoine erreichten. «Täusche ich mich?»

«Nein. Es ist wahr, ich bin glücklich! Dabei hat mich Jason kaum zu Hoffnungen ermutigt. Er erwartet, verurteilt zu werden, und was schlimmer ist, er hat sich damit abgefunden, weil die Politik seines Landes es befiehlt.»

«Das wundert mich nicht. Diese Amerikaner entsprechen noch dem Bild ihres herrlichen Landes: einfach und groß! Gebe Gott, daß sie sich nie ändern! Nichtsdestoweniger, wenn er sich abgefunden hat, ist das noch kein Grund, daß es jedermann tut, he, wie unser Freund Talleyrand sagen würde.»

«Das ist auch meine Ansicht. Aber ich wollte Euch noch sagen...»

Quintin Crawford sollte Mariannes Dankesworte nicht so bald hören. Denn in dem Augenblick, in dem sie den wenigen Ulmen zustrebten, die den kleinen Vorplatz der alten Jesuitenkirche beschatteten, preßte Crawford plötzlich ihre auf seinem Arm liegende Hand. «Pst!» raunte er. «Da ist etwas...»

Ein leichter Wind hatte sich erhoben und jagte schwere Regenwolken über den Himmel. Eine von ihnen war eben halb vor den Mond geglitten, in dessen schwachem, ungewissem Schein die Bäume, denen sie sich näherten, seltsam wehende Formen annahmen, als versteckten sich Männer hinter ihnen, deren Mäntel die Brise blähte. Nahe der Kirche war zwar der viereckige Umriß des Fiakers zu sehen, aber der Kutscher saß nicht auf dem Bock. Durch ein Wiehern alarmiert, wandte Marianne den Kopf nach rechts. In einem Mauerwinkel waren mehrere Pferde versammelt. Es bedurfte weder erklärender Worte noch der umständlichen Bewegung, mit der Crawford die unter seinem Rock verborgene Pistole zog, um sie einen Hinterhalt wittern zu lassen, doch ihr blieb keine Zeit, sich zu fragen, wer es wohl war.

Die Bäume schienen sich in Bewegung zu setzen, und im Nu waren die beiden Spaziergänger von einem Kreis stummer schwarzer Gestalten mit großen Hüten und weiten Capes umringt.

Quintin Crawford hob seine Pistole. «Was wollt ihr? Wenn ihr Banditen seid, wir haben kein Gold.»

«Steckt Eure Waffe ein, Señor», sagte einer der schattenhaften Männer mit starkem spanischen Akzent. «Andere, stärkere sind auf Euch gerichtet! Und wir wollen kein Gold!»

«Was wollt ihr dann?»

Doch der Spanier, dessen Gesicht im Schatten des breitkrempigen Huts zu erkennen unmöglich war, würdigte ihn keiner Antwort. Auf ein Zeichen von ihm wurde der Schotte gefesselt und geknebelt. Dann wandte sich der Mann an seinen Nachbarn. «Ist sie es?» fragte er.

Der viel kleinere, zartere Nachbar trat zwei Schritte vor, brachte unter seinem Mantel eine Blendlaterne zum Vorschein, schob deren Verschluß zur Seite, während er sie an Mariannes Gesicht hob, die im Lichtschein entdeckte, daß der Unbekannte eine Frau und daß diese Frau Pilar war. «Sie ist es!» rief sie triumphierend. «Dank für all Euer geduldiges Warten, mein lieber Vasquez! Ich war sicher, daß sie früher oder später zum Gefängnis kommen würde.»

«Wollt Ihr etwa sagen», fragte Marianne verächtlich, «daß dieser Mensch wochenlang vor dem Gefängnis auf der Lauer gelegen hat, einzig und allein in der Hoffnung, Euch diese angenehme Begegnung zu verschaffen?»

«Eben das will ich sagen. Seit mehr als einem Monat erwarten wir Euch! Genaugenommen, seitdem wir aus Bourbon-l'Archambault erfuhren, daß Fürst Talleyrand nach Paris zurückgereist und daß die Fürstin Sant'Anna so leidend sei, daß sie ihre Zimmer nicht mehr verlasse. Darauf mietete Don Alvaro ein Haus in der Rue des Ballets und richtete dort einen Wachdienst ein. Wir wußten, daß Ihr Euch weder beim Fürsten noch in Eurem Haus aufhieltet. Doch irgendwo mußtet Ihr sein. Das Gefängnis zu überwachen war das einzige Mittel, Euch zu fassen.»

«Mein Kompliment!» bemerkte Marianne. «Ich hätte Euch weder für so intelligent – noch für so geschwätzig gehalten. Und – was gedenkt Ihr mit uns zu tun? Wollt Ihr uns töten?»

Pilars blasses Gesicht näherte sich bis auf wenige Zentimeter dem ihren. Tiefer Haß funkelte in den schwarzen Augen, doch Marianne betrachtete kaltblütig das schöne Gesicht, das eine verzweifelte Wut schon verheert hatte. Wenn sie je die Zeichen ihres Todes in menschlichen Zügen gesehen hatte, dann in diesen, doch sie fühlte sich in ihrer erfüllten Liebe so stark, daß sie keinerlei Furcht empfand. Pilar zischte: «Das wäre zu leicht! Nein, wir werden Euch nur mitnehmen, Euch sorgsam bewachen, um zu verhindern, daß Ihr die geringste Dummheit begeht. Um keinen Preis soll eine leichtfertige Maßnahme von Eurer Seite den Lauf der Gerechtigkeit hemmen. Ich hatte zuerst daran gedacht, Euch der Polizei zu übergeben, aber es scheint, daß Euer Napoleon eine Schwäche für Euch hat!»

«Wenn ich an Eurer Stelle wäre, würde ich mit dieser Schwäche rechnen. Er liebt es nicht, daß man seine Freunde entführt oder gar widerrechtlich einsperrt!»

«Er wird es nicht erfahren. Seid Ihr nicht noch immer verbannt? Vorwärts, Messieurs, knebelt Madame, denn in einer Sekunde wird sie anfangen zu schreien ...«

Es traf zu. Marianne sog schon Luft in ihre Lungen, um mit aller Kraft Lärm zu schlagen und wenigstens die Bewohner der benachbarten Häuser zu alarmieren, aber es gelang ihr nicht mehr, ihre Absicht auszuführen. Einen Augenblick später war sie gründlich geknebelt, dann gefesselt und wurde zu dem Fiaker getragen, in den schon Crawford geschleppt worden war. Einer der Männer in den schwarzen Umhängen schwang sich auf den Kutschbock, Pilar und Vasquez stiegen bei den Gefangenen ein. Sie hatte kaum ihrer Feindin gegenüber Platz genommen, als Señora Beaufort auch schon die Stirn runzelte: «Es wäre besser, ihnen die Augen zu verbinden, mein Freund. Ich möchte nicht, daß sie wissen, wohin wir sie bringen.»

Der Spanier folgte ihrer Aufforderung, und der stumm und blind gewordenen Marianne verblieben als einziger Halt nur ihre Gedanken. Die Dinge waren nicht mehr so einfach, wie sie es sich vorgestellt hatte. Seit dem Abschied von Jason hatte sie sich in einer überaus tröstlichen, alle Angst verscheuchenden Illusion gewiegt: Sie war fest entschlossen, alles zu tun, um ihren Geliebten dem Tod zu entreißen und ihm die Freiheit wiederzugeben, eine Freiheit, die sie von nun an mit ihm zu teilen gedachte. Falls jedoch der Plan mißlang, hatte sie sich geschworen zu sterben, wenn nicht mit ihm, so doch wenigstens zur selben Zeit wie er, um Hand in Hand mit ihm eine Ewigkeit der Liebe beginnen zu können. Sie war sogar so weit gegangen, sich den Brief vorzustellen, durch den sie Jolival bestimmen würde, ihrer beider Leichen im selben Grab vereinen zu lassen, und sie fand eine gewisse Befriedigung darin, sich die Gewissensbisse und reuigen Klagen Napoleons auszumalen, wenn er erführe, daß seine Härte seine «Nachtigall» in den Tod getrieben hatte ... Bei alldem hatte sie, wie sie sich nun verbittert eingestehen mußte, die unerfreuliche Realität in Gestalt Pilars völlig vergessen.

Bis dahin hatte sie in ihr eine bigotte, ungebildete Frau gesehen, unfähig, auch nur zwei wirklich vernünftige Ideen in ihrem Hirn zu hegen, und vor allem anderen bemüht, das Beste aus dieser Sache zu machen, indem sie sich von der merkwürdigen Königin von Spanien verwöhnen ließ, die in Mortefontaine residierte. Sie hatte sie für töricht, gehässig und auch gemein gehalten, denn um ein niedriges Rachegelüst zu befriedigen, ging sie so weit, ihren eigenen Mann vor der Polizei zu belasten. Aber sie hätte nie damit gerechnet, daß dieser Haß auch grausam wirkungsvoll sein könnte. Was hatte diese Wahnwitzige gesagt? Daß ihre Maßnahmen die Aktion der Justiz nicht behindern dürften? In anderen Worten: Sie entführte Marianne, damit diese nichts tun konnte, um Jason zu retten ... Marianne glaubte, Talleyrand zu hören: «Pilar gehört zu einer ungezügelten, leidenschaftlichen Rasse, deren verratene Geliebte den ungetreuen Liebhaber dem Henker ausliefern können, ohne schwach zu werden, und sich hinterher lebendig in einem Kloster begraben, um ihr Verbrechen aus Liebe zu sühnen ...»

Das war es, genau das war es! Man würde Marianne in irgendein Loch sperren, aus dem sie erst herauskäme, wenn Jason hingerichtet wäre. Vielleicht erwiese man ihr dann die Gnade, auch sie zu töten. Den Weg zur Buße würde dies für die fromme Pilar zweifellos sehr erleichtern!

Wäre ich an ihrer Stelle, dachte Marianne, würde ich sicherlich meine Rivalin töten, aber um nichts auf der Welt würde ich den Mann antasten, den ich liebe.

Ihre Fesseln schmerzten, und ihr Knebel drohte sie zu ersticken. Sie bewegte sich, um eine bequemere Stellung zu finden.

«Bleibt ruhig!» befahl die kalte Stimme Pilars. «Gleich werden wir den Wagen wechseln!»

Sie fuhren noch nicht lange in dem Fiaker, doch er hielt in der Tat nach kurzem an. Mehrere Hände packten Marianne unsanft, zerrten sie heraus, ließen sie nur kurz Boden unter den Füßen spüren. Dann wurde sie von neuem gehoben und auf viel weichere Polster als zuvor gesetzt. Ihre Ellbogen berührten seidigen Samt. Aber sie merkte sofort, daß nicht Quintin Crawford neben ihr saß. Es war Pilar. Marianne hatte ihr schweres, nach Jasmin und Veilchen duftendes Parfüm wiedererkannt. Sonst stieg niemand in den Wagen, und die Gefangene begann sich ernstlich um ihren Begleiter zu sorgen, dessen durch den Knebel erstickten Protest sie in einiger Entfernung hörte.

Jemand sagte dicht am Schlag: «Was machen wir mit dem anderen?»

«Ich habe Euch schon gesagt, wohin Ihr ihn bringen sollt», entgegnete Pilar. «Die Polizei wird ihn dort gewiß nicht finden, vorausgesetzt, daß sie ihn überhaupt sucht.»

«Seid überzeugt, daß sie's daran nicht fehlen lassen wird, Doña Pilar. Sobald seine Frau bemerkt, daß er nicht zurückgekehrt ist, wird sie Himmel und Hölle in Bewegung setzen.»

«Das ist nicht sicher. Sie müßte dann eingestehen, einer Verbannten Asyl gewährt zu haben. Das wichtigste ist, daß sie vor dem von uns gesetzten Datum nichts aufdecken kann. Er ist kein Feind für uns. Habt Ihr übrigens den Kutscher des Fiakers bezahlt?»

Die kehlige Stimme des Vasquez genannten Mannes ließ als Antwort ein leises, unheilvolles Lachen hören. Pilar protestierte: «Das hättet Ihr aber nicht tun dürfen! Wir sind hier nicht bei uns!»

«Bah! Das ergibt nur einen verdammten Franzosen weniger! Fahrt jetzt ab! Drei von uns begleiten Euch, und wir treffen uns dort wieder! Aber wär's nicht besser, wenn man Eure Begleiterin nicht sähe? Wenn Ihr erlaubt...»

Von neuem wurde Marianne gepackt, in etwas Warmes, Rauhes gehüllt, das dem Geruch nach eine Pferdedecke sein mußte, dann wurde sie nicht eben zart auf den Boden gelegt.

«Ich wollte das kurz vor der Ankunft tun», sagte Pilar.

«Habt Ihr etwa noch Güte übrig? Liebt Ihr diese Hure so sehr, die Euch Euren Gatten gestohlen hat?»

«Wie Ihr mich versteht, Don Alvaro!» säuselte Pilar in einem engelhaften Ton, der in Marianne kalte Wut aufsteigen ließ. «Dank! Tausend Dank! Euch verdanke ich es, daß diese Fahrt sehr angenehm sein wird – wenigstens für mich!»

Die auf dem Teppich des Wagens liegende, keiner Bewegung fähige Marianne begriff alsbald, wie angenehm sie für sie selbst sein würde, als Pilar die Füße auf ihre Brust stellte. Und nur, um Pilars Vergnügen nicht noch zu erhöhen, hielt sie einen Wutschrei zurück.

Du wirst mir das bezahlen, grollte sie innerlich. Du wirst es mir hundertfach bezahlen wie alles andere auch! Widerliche Mauleselin! An dem Tag, an dem du mir in die Hände fallen wirst, werde ich dir zeigen, wozu auch ich imstande bin, Mörderin! Die weiteren Beschimpfungen, mit denen Marianne in ihrer ohnmächtigen Wut Pilar bedachte, waren von erheblich weniger feiner Art. Sie entstammten alle dem Repertoire des alten Dobs, des Stallknechts von Selton, der ihr beigebracht hatte, sich im Sattel zu halten. Sie begriff nicht immer, was sie bedeuteten, aber sie fand eine gewisse Erleichterung darin, sich ihrer zu bedienen. Kein Schimpfwort erschien ihr gemein genug für eine Frau, die ungerührt einen unschuldigen Fiakerkutscher opfern ließ, ganz zu schweigen von der Verbissenheit, mit der sie Jason dem Henker zutrieb.

Wütend, eingequetscht und halb erstickt, spürte Marianne, daß der Wagen in schneller Fahrt davonfuhr. Eine Weile noch wurde sie vom Pariser Pflaster geschüttelt, dann schien es ihr unter ihrer Decke, als ob sie eine Wache passierten, denn sie hörte Waffengeklirr und ein kurzes Kommando. Offenbar hatten sie eins der Tore von Paris passiert, obwohl der Wagen nicht einmal sein Tempo verlangsamt hatte. Im Gegenteil, der Kutscher trieb jetzt seine Pferde zum Galopp über eine ziemlich ebene Straße, und die Stöße des Wagens wurden seltener.

Über sich hörte sie, daß Pilar erleichtert aufseufzte, dann wurde die Decke von ihrem Gesicht entfernt. «Ich möchte nicht, daß Ihr erstickt», sagte die Señora mit höhnischer Besorgnis. «Das ginge wahrhaftig zu schnell! Übrigens solltet Ihr zu schlafen versuchen, meine Liebe! Wir haben noch gut zwei Stunden Fahrt vor uns.»

Die Füße der Spanierin kehrten in ihre Position zurück, doch Marianne war es geglückt, sich halb umzudrehen, so daß sie sie wenigstens nicht mehr vor der Nase hatte. So konnte sie auch freier denken.

Zwei Stunden? In diesem Tempo und wenn man in Rechnung stellte, daß man die Pferde würde wechseln müssen, falls Pilar es beibehalten wollte, bedeutete das eine Strecke von ungefähr sieben Meilen; aber die Kenntnis der Entfernung des Ortes, wo man sie einsperren würde, besagte noch nicht viel über diesen Ort selbst, da sie nicht wußte, durch welches Tor sie Paris verlassen hatten. Immerhin wußte sie, daß sie, wenn es ihr zu fliehen gelänge, entweder ein Pferd stehlen oder sich damit abfinden müßte, den Weg zu Fuß zurückzulegen – was sie keineswegs schreckte. Wenn es darum ging, diesen Leuten zu entwischen und Jason zu Hilfe zu kommen, war sie bereit, ohne zu jammern von Marseille nach Paris zu laufen.

Um ihre Energie nicht nutzlos zu verschwenden, bemühte sich Marianne, sich zu entspannen, soweit es in ihrer unbequemen Lage möglich war. Die Ratschläge des alten Dobs kehrten wieder in ihr Gedächtnis zurück, vielleicht weil sie sich vor kurzem seiner erinnert hatte: «Entspannt Euch, Miss Marianne. Das ist eins der wichtigsten Geheimnisse eines guten Fechters wie eines guten Schützen. Es schont die Nerven, fördert die Kaltblütigkeit. Ihr müßt Euren Muskeln beibringen, sich auszuruhen.»

Der Alte hatte sie gelehrt, wie man Arme und Beine entspannte, wie man tief atmete, und Marianne bemühte sich trotz ihrer Fesseln, die Lektionen von damals in die Praxis umzusetzen. Zugleich versuchte sie, Leere in ihrem Kopf zu schaffen, indem sie alles, sogar die Erinnerung an die beglückende Stunde im Gefängnis La Force verdrängte, weil sie wie ein Reizmittel auf ihre Nerven wirkte. Und es gelang ihr so gut, daß sie endlich in tiefen Schlaf fiel.

Sie wurde dadurch geweckt, daß jemand die Decke wieder über ihr Gesicht warf. Fast unmittelbar danach waren das Knarren eines Tors und erneut Waffengeklirr zu hören, als hielte man vor einem Torhaus.

Dann setzte sich der Wagen wieder auf weichem, glatten Boden in Bewegung: der mit Sand bestreuten Allee eines Parks vielleicht ... Die Fahrt dauerte noch eine Weile, während Marianne unter ihrer zu dicht über dem Gesicht liegenden Decke kaum etwas hörte und verzweifelt nach Luft rang. Glücklicherweise kam der Wagen endlich zum Stehen.

Marianne nahm an, daß man ihre Fesseln lösen, sie von Knebel und Augenbinde befreien würde, aber es war nicht der Fall. Zwei Paar Hände zerrten sie aus dem Wagen. Ein Plätschern war zu vernehmen, das Klirren einer Kette, dann ein dumpfer Aufprall wie der eines Boots gegen einen Pfahl oder einen Landesteg. Holz klang hohl unter den Schritten derer, die sie trugen, und gleich darauf spürte sie das leise Schaukeln eines Schiffs, auf dessen Boden man sie legte. Zweifellos wollte man sie über einen Fluß bringen ... es sei denn ... Eine erschreckende Vorstellung drängte sich ihr einen Moment auf und schwand wieder. Seit ihrer Entführung hatte Pilar mehrfach wiederholt, daß man sie nicht töten würde, nicht jetzt jedenfalls, da sie länger leiden sollte ...

Jemand nahm die Ruder, das Boot bewegte sich voran. Wellen waren nicht zu spüren. Die Oberfläche des Gewässers mußte völlig glatt sein. Ein See vielleicht oder ein Teich? Mit angespannten Nerven lauschte Marianne auf jedes Geräusch, das einen Hinweis hätte geben können, doch außer dem leisen Plätschern der Ruder und dem angestrengten Atem des Ruderers hörte sie nur den Ruf einer Schleiereule in der Ferne.

Das Boot lief auf ein weiches Ufer auf und lag still. Von neuem griffen Hände nach Marianne, diesmal, um sie wie einen Sack Mehl auf eine harte Schulter zu werfen, die ihr in den Magen drückte, während ihr Kopf bei jedem Schritt auf und nieder tanzte.

Der Mann, der sie trug, roch durchdringend nach Stall, und dieser Geruch verband sich mit einem unangenehmen Gestank nach ranzigem Öl. Bevor Marianne ihre Wahrnehmungen weiter ordnen konnte, begann der Mann etwas zu ersteigen, das eine Leiter oder eine besonders steile Treppe sein mußte. Die Stufen oder Sprossen ächzten gefährlich bei jedem Schritt, und es schien eine Ewigkeit zu dauern, bis ihr Träger sich wieder auf ebenem Boden bewegte. Zugleich drang ein ländlicher Geruch, Stroh und Heu mit Staub vermischt, in ihre Nase und übertönte den Geruch des Mannes, der sie unversehens in etwas fallen ließ, das ein Heuhaufen sein mußte. Im nächsten Moment wurden ihre Fesseln gelöst, Augenbinde und Knebel abgenommen.

Im Schein der Blendlaterne, die einer der Männer trug, sah Marianne einen struppigen Riesen vor sich, der wie ein Seehund prustete und augenscheinlich der Mann war, der sie getragen hatte. Sein Begleiter trug noch immer seinen breitkrempigen Hut, seinen Umhang und seine schwarze Maske. Schließlich sah sie durch eine schmale Öffnung, die durch Entfernung zweier starker Planken aus einer Bretterwand entstanden zu sein schien, Pilar eintreten. Der Raum war, wie Marianne es sich gedacht hatte, ein zu drei Vierteln mit Heu gefüllter Speicher.

«Ihr seid angelangt!» sagte der Mann. «Ihr werdet Euch hier nicht allzu schlecht fühlen. Es ist trocken, und im Heu liegt sich's weicher als auf einer Pritsche im Gefängnis.»

«Erwartet Ihr, daß ich mich bei Euch bedanke?» fragte Marianne, die sich bemühte, ihre Wut zu unterdrücken. «Ich habe Heugeruch immer geliebt, aber ich würde trotzdem gern wissen, wie lange Ihr mich hier einzusperren gedenkt?»

Der Mann wollte antworten, doch Pilar zog ihn am Arm zurück, gebot ihm durch ein Zeichen, zu schweigen, und übernahm selbst die Antwort: «Ihr wißt es bereits: Ich will Euch daran hindern, der Tätigkeit des Gerichts zu schaden. Ihr werdet hierbleiben, bis ein gewisses Urteil gefällt – und vollstreckt ist!»

«Und Ihr behauptet, eine Frau zu sein?» rief die Gefangene, unfähig, ihre Empörung länger bei sich zu behalten. «Ihr wagt es, Euch seine Frau zu nennen, obwohl Ihr eine gemeine Mörderin, eine Lügnerin und halbverrückte Fanatikerin seid? Belohnt Ihr so Jason für das Gute, das er Euch getan hat? Denn ich weiß sehr wohl, warum er Euch geheiratet hat! Er wollte Euer Leben retten, das der pro-amerikanischen Sympathien Eures verstorbenen Vaters wegen bedroht war!»

«Die Sympathien meines Vaters deckten sich nicht mit den meinen. Ich hätte meine Landsleute von meiner Anhänglichkeit überzeugt, und Señor Beaufort hätte mich deswegen nicht zu heiraten brauchen.»

«Warum habt Ihr ihn dann geheiratet? Sagt es, wenn Ihr den Mut dazu habt! Nein, Ihr wagt es nicht? Dann werde ich es Euch sagen: Ihr brachtet ihn dazu, Euch zu heiraten, indem Ihr das grausam verfolgte Mädchen spieltet. Ihr habt ihn um seinen Schutz angefleht, weil das Eure einzige Chance war, ihn ganz für Euch zu haben! Ihr wart verrückt danach, nicht wahr? Aber Ihr wußtet genau, daß er Euch nicht liebte!»

Pilars in einem spitzen Schuh steckender Fuß trat schmerzhaft in Mariannes Seite, die einen Aufschrei unterdrückte und im nächsten Moment, hochschnellend, ihre Feindin anzugreifen suchte, aber nur in die Arme der beiden hinzuspringenden Männer fiel. Pilar stieß ein kurzes Lachen aus: «Ich hatte Euch gesagt, daß sie gefährlich ist! Vergeßt nicht: Sie ist eine Mörderin, die schon eine Frau getötet hat. Und Ihr seht nun, daß ich recht hatte, für ihre sichere Unterbringung zu sorgen. Kettet sie an, Sanchez!»

Der Riese packte mit einer Hand beide Arme Mariannes und schleifte sie über das Heu zu einem starken Balken, in den eine ganz neue Kette eingelassen war. Die Kette war so kurz, daß sie nur einen Bewegungsraum von etwa zwei Metern erlaubte, und endete in einem eisernen Reif, dessen Verschluß ein großes Vorhängeschloß sicherte. Im Nu wurde der Reif um Mariannes rechtes Handgelenk gelegt, und das Schloß schnappte zu.

«Das wär's!» sagte Pilar befriedigt. «So wird es möglich sein, mit Euch zu plaudern, ohne Euren Angriff fürchten zu müssen. Trotzdem werdet Ihr in Euren Bewegungen nicht allzu behindert sein und könnt artig das Ende dieses schönen Abenteuers erwarten.»

«Plaudern mit Euch?» grollte Marianne verächtlich. «Gebt diese Hoffnung auf, Señora, denn Ihr werdet von mir kein Wort mehr hören, ausgenommen dieses: Wie Ihr sagt, habe ich eine Frau getötet, weil sie mich beschimpfte, ebenso wie ich einen Mann zum Duell gefordert und besiegt habe, der mich verhöhnt hatte. Ihr habt es gewagt, mich zu entführen und zu mißhandeln, um mich daran zu hindern, den Mann zu retten, den Ihr unschuldig wißt und dem Ihr vor Gott Treue geschworen habt...»

«Er hat als erster den Schwur gebrochen – als er vergaß, daß ich seine Frau bin, und Euer Geliebter wurde! Er ist der Eidbrecher!»

«Das ist eine Angelegenheit zwischen Euch und Eurem Gewissen... und ich kenne kein Kloster, dessen Mauern dick genug wären, um die Schreie eines gequälten Gewissens zu ersticken. Doch das einzige, was ich Euch sagen will, ist dies: Nehmt Euch in acht, denn ich werde Euch entkommen – und ich werde mich an Euch rächen! Und jetzt tut mir den Gefallen, zu verschwinden und mich schlafen zu lassen. Ich bin müde.»

Als habe sie in der Tat plötzlich jedes Interesse an ihren Entführern verloren, begann Marianne maßlos zu gähnen, schob das Heu zu einem möglichst bequemen Lager um sich zurecht, rollte sich wie eine Katze zusammen, bettete ihren Kopf auf einen Arm und schloß die Augen. Gleich darauf hörte sie den Mann mit dem Hut flüstern: «Es ist besser, jetzt zurückzukehren, Doña Pilar. Man könnte sich wundern... Habt Ihr dieser Frau noch irgend etwas zu sagen?»

«Nein, nichts mehr. Ihr habt recht, kehren wir zurück. Aber paßt gut auf sie auf!»

«Seid ohne Furcht, Sanchez wird in der Scheune nebenan bleiben. Und angekettet, wie sie ist, sehe ich nicht, wie sie fliehen könnte.»

Marianne glaubte, daß ihre Plagegeister sie endlich verließen, aber schon im Begriff, sich zu entfernen, besann Pilar sich noch einmal und wies den Riesen Sanchez auf die Gefangene hin, die so tat, als ob sie schliefe.

«Einen Moment! Zieht ihr alle Nadeln aus dem Haar! Nichts ist nützlicher als eine Haarnadel, um ein Schloß zu öffnen.»

«Ihr denkt wirklich an alles, Doña Pilar», bewunderte sie der Mann mit dem Hut, unterwürfig lachend. «Ich bin zutiefst glücklich, daß Ihr nun zu den Unseren gehört.»

Wohl oder übel, wenn auch vor zurückgehaltener Wut fast erstickend, mußte Marianne zulassen, daß Sanchez' schwere Pranken ihr Haar nach den Nadeln durchwühlten, doch ihrer Absicht getreu, kein Wort mehr an Pilar zu richten, ließ sie es ohne Widerrede geschehen. In wenigen Sekunden verschwanden die drei durch die schmale Bretterpforte. Marianne hörte, daß Riegel einschnappten und wie in einem richtigen Gefängnis eine Sperrstange aus Eisen vorgelegt wurde. Danach war ein trockenes Rascheln zu vernehmen, als würden Strohballen vor die Tür geschleift. Genau das war es, denn sie hörte den Mann mit dem Hut lobend sagen: «So ist es gut! Die Tür ist völlig unsichtbar. Paßt trotzdem gut auf, Sanchez. Man hat mir gesagt, vor dem Winter käme hier nie jemand her, aber man kann nie wissen.»

Auf ihrem duftenden und alles in allem ziemlich weichen Lager segnete Marianne im stillen ihre Tante Ellis, die darauf bestanden hatte, daß sie mehrere fremde Sprachen lernte. An diesem Abend war ihr ihre Kenntnis des Spanischen um so kostbarer, als Pilar sich wohl kaum der Tatsache erinnerte, daß sie ein ebenso reines Kastilisch sprach wie sie, so daß sie die Worte hatte verstehen können, die ihre Entführer verschiedentlich in ihrer Sprache gewechselt hatten. Eins war gewiß: Man hatte sie an einem Ort eingesperrt, wo keine Gefahr bestand, daß man sie entdecken würde, aber man schien jede nur mögliche Vorkehrung getroffen zu haben, damit kein anderer außer denen, die an dem Überfall teilgenommen hatten, etwas von ihrer Anwesenheit in diesem Speicher erfuhr. Blieb zu wissen, wer die «anderen» in diesem Fall waren? In Mariannes überhitztem Gehirn keimte schon eine Idee, die ihre Nahrung in gewissen Feststellungen fand, zunächst der Dauer der Fahrt, die ihr ländliches Gefängnis in eine Entfernung von etwa sieben Meilen von Paris verlegte, dann dem Waffengeklirr beim vermutlichen Durchqueren des Tors, darauf der Größe des Parks, durch den sie eine Weile gefahren waren, bevor man sie ins Boot geschleppt hatte, schließlich den Vorsichtsmaßregeln, die man getroffen zu haben schien, um ihre Anwesenheit zu verheimlichen ... Wenn man die vertraulichen Mitteilungen

Talleyrands und Jolivals bezüglich der Pilar von der Königin von Spanien gewährten Gastfreundschaft und der Umwerbung der jungen Frau durch einen gewissen Alvaro Vasquez hinzufügte, mußte man ganz ohne Frage zu dem Schluß kommen, daß man sie auf den riesigen Besitz Mortefontaine gebracht hatte, den die Gattin Joseph Bonapartes bewohnte, während ihr Mann sich bemühte, in Madrid zu regieren. Ein Nebengebäude der Behausung eines Bonaparte in ein Gefängnis zu verwandeln, war Beweis für eine erstaunliche Kühnheit und Ungeniertheit, doch Marianne war überzeugt, daß es weder Pilar noch ihren Komplizen daran fehlte. Zudem war das Versteck ideal! Welcher Polizist wäre kühn genug, auf dem Besitz des ältesten Bruders Napoleons herumzuschnüffeln? Nur Fouché wäre dazu imstande gewesen, aber Fouché war fern, und zum erstenmal bedauerte Marianne es wirklich.

In der sie umgebenden dichten Finsternis, an die ihre Augen sich noch nicht gewöhnt hatten, spürte Marianne, daß mit diesem nutzlosen Bedauern eine schleichende Angst zurückkehrte, und sie bemühte sich, sie zu verdrängen. Sie durfte nicht allzusehr an die Verschärfung der Gefahr denken, die ihre Entführung für Jason bedeutete. Sie mußte im Gegenteil einen kühlen Kopf und klare Gedanken bewahren, um besser kämpfen zu können. Und vor allem brauchte sie ein wenig Ruhe... Sie mußte schlafen. Ihr wie gerädeter Körper, ihre vor Müdigkeit brennenden Augen geboten es ihr...

Marianne wühlte sich tiefer ins Heu und schloß von neuem die Lider, bemühte sich wie einst, wenn sie als kleines Mädchen vor etwas Angst gehabt hatte, mit den Gebeten ihrer Kindheit die beunruhigenden Schatten der Nacht zu bannen, doch ihre Gedanken kehrten immer wieder zu Jason zurück, zu jenen Minuten, die sie miteinander durchlebt hatten, zu der überwältigenden Lust, gleich weit von Ekstase und Schmerz entfernt, die sie in seinen Armen mit ihm geteilt hatte, zu der Süße seiner Küsse, als die Besänftigung über sie gekommen war, bevor ihr Verlangen sich erneuert hatte, und schließlich zur Qual ihrer Trennung... Sie hatten so wenig Zeit gehabt! Frei, hätten sie sich Tage und Nächte hindurch lieben, hätten sie sich im Rausch völlig verzehren können, um eben genug wieder aufzuleben, um die Vollkommenheit ihrer Liebe zu genießen und wiederum vor Lust zu sterben...

Und trotz der Drohung, die über ihr hing, trotz ihrer Fessel schlief Marianne endlich mit einem seligen Kinderlächeln ein, flüsterte ganz zuletzt noch: «Ich liebe dich, Jason... ich liebe dich, ich liebe dich, ich liebe dich...»

11. Kapitel

Über die rationelle Verwendung des Heus und dessen, was man in ihm findet

Der neue Tag erlaubte Marianne, ihren beschränkten Lebensraum genauer zu mustern. Der Heuspeicher lag unmittelbar unter einem steilen Giebeldach. Er mußte riesig sein, wenn man die Länge des Firstbalkens und das gewaltige hölzerne Spinnennetz in Betracht zog, das den Dachstuhl bildete. Aber er war zu mehr als drei Vierteln mit mächtigen Heuballen gefüllt, die nicht erst von der letzten Ernte herrühren konnten, denn das Heu war sehr knistrig und trocken. Bei der geringsten Berührung mit Feuer würde es mit einem Schlage in Flammen aufgehen, und Marianne begriff, weshalb man ihr für die Nacht kein Licht zurückgelassen hatte.

Bei Tage war es ziemlich hell, dank eines länglichen Spalts in der Rückwand, einer Art Schießscharte, die die Stärke der Mauer erkennen ließ. Auch befand sich in der Dachschräge eine kleine, verschlossene Luke, die jedoch keinerlei Möglichkeit zum Entweichen bot, da man allenfalls den Kopf durchzwängen konnte, auf die Gefahr hin steckenzubleiben. Immerhin erlaubte ihr die Länge der Kette, die sie an einen Balken des Dachstuhls fesselte, sich sowohl dem Spalt wie der Luke zu nähern. Obwohl das Glas sehr schmutzig war, konnte sie über die Kronen der Bäume hinweg die hohen Schieferdächer, noblen Kamine und vergoldeten Wetterfahnen eines großen Schlosses bemerken. Auf einem Turm flatterte ein Banner in den Farben Spaniens, das ihr bestätigte, daß sie richtig geraten hatte: Sie befand sich in Mortefontaine. Zur Rechten verrieten Rauchfahnen ein Dorf.

Der Spalt, durch den frische Morgenluft angenehm hereindrang, zeigte ihr seinerseits eine ausgedehnte Wasserfläche mit sich rundenden Ufern, auf der kleine bewaldete Inseln schwammen, in deren Laub der nahende Herbst helle Flammen auflodern ließ. Im Licht des frühen Tages nahm das Wasser, von dem leichter Dunst aufstieg, opalene Töne an, und die schlanken Stämme der hohen, raschelnden Pappeln, die silbrigen Schäfte der von blassem Gold gekrönten Birken schienen ein verzaubertes Reich zu bewachen. Ringsum dehnten sich nur buschige Hügel und sanfte Täler, und Marianne sagte sich, daß sie selten eine so schöne, so poetische Landschaft gesehen habe. Wenn es wirklich der Besitz Königin Julies war, verstand sie, daß sie es nicht eilig hatte, ihn gegen die düstere Prachtentfaltung Madrids und die Kargheit der Sierras einzutauschen. Dies war ein besonderer, ein privilegierter Ort, an dem zu leben schön sein mußte ... und man mußte schon besonders bösartigen und grausamen Geistes sein, um hier Gewalttätigkeit und Willkür einzuführen.

Ihr Speicher nahm den oberen Teil eines offenbar ziemlich hohen Gebäudes ein, einer Scheune vielleicht, auf einer Insel gelegen, da man ein Boot hatte benützen müssen, um zu ihm zu gelangen.

Von dem Heugebirge abgesehen, war die Einrichtung ihrer Unterkunft reichlich dürftig. In der dunkelsten Ecke befanden sich ein eisernes Waschbecken, ein angeschlagener großer, irdener Krug, der offenbar Wasser enthielt, ein Stück schwarzer Seife, zwei fast saubere, aber ausgefranste Lappen, vermutlich für diese Gelegenheit zum Range von Handtüchern befördert, und ein großer Eimer für das benutzte, schmutzige Wasser. Immerhin durfte die Gefangene sich glücklich schätzen: Ihre Kerkermeister hatten daran gedacht, daß sie das Verlangen verspüren könnte, sich ein wenig zu waschen.

Um die Tagesmitte erschien Sanchez und brachte ihre Verpflegung, die aus kaltem Fleisch, altbackenem Brot, einem so harten Käse, daß man ihm allenfalls mit einer Enteraxt zu Leibe rücken konnte, und einigen Früchten bestand, die schon vor geraumer Zeit von ihrem Baum gefallen sein mußten. Trotzdem langte die ausgehungerte Marianne tüchtig zu, während Sanchez die Hausarbeit verrichtete. In anderen Worten: Er leerte den Eimer aus, erneuerte das Wasser im Krug und erklärte zum Schluß mit einem grimmigen Blick auf die Gefangene, indem er mit knotigem Finger auf die Nahrung wies: «Alles für Tag ... ich wiederkommen morgen!»

Offenbar war das seine Art, ihr zu raten, mit den Vorräten bis zum nächsten Tag hauszuhalten. Doch im Grunde war es eher eine gute Nachricht, da Marianne so fast sicher sein konnte, ihren Kerkermeister nur einmal am Tage zu sehen, was ihr Zeit genug ließ, an die beste Art ihres Entkommens zu denken. Die Frage war nur, ob Pilar oder deren Komplizen sie nicht von Zeit zu Zeit aufsuchen würden, um ihr Gesellschaft zu leisten.

Um ihre Freiheit wiederzuerlangen, mußte sie sich vor allem der Kette entledigen, aber trotz Mariannes zäher Bemühungen, ihre schmale, lange Hand aus dem Eisenreif zu ziehen, brachte sie es nur zuwege, sie so zu quetschen, daß sie trotz der schwarzen Seife, mit der sie sie reichlich eingeschmiert hatte, weil sie hoffte, daß sie so besser rutschen würde, am Abend stark angeschwollen war. Die einzige Möglichkeit, sich zu befreien, bestand eben darin, das Schloß des Reifs zu öffnen. Aber wie? Womit? Diese betrübliche Feststellung führte zu einem Tränenausbruch, der wenigstens den Vorteil hatte, ihre Nerven zu entspannen. Es war jetzt vierundzwanzig Stunden her, daß sie und Crawford entführt worden waren. Eleonora hatte inzwischen sicherlich Talleyrand, wenn nicht gar die Polizei alarmiert. Sie würden zu erkunden suchen, was aus ihnen geworden war, und Talleyrand wußte, wo Pilar Zuflucht gefunden hatte. Würde er aber überhaupt auf die Idee verfallen, daß die Entführung von dieser düsteren jungen Frau veranlaßt worden sein könnte, die keine anderen Sorgen zu haben schien, als allen Scherereien aus dem Weg zu gehen und sich eines mächtigen Schutzes zu versichern? Eher würde er vermuten, daß Crawford den Einfluß seiner Gefängnisbeziehungen überschätzt hatte und daß die beiden unvorsichtigen Besucher erkannt, verhaftet und eingesperrt worden waren. Da Marianne ohne Erlaubnis nach Paris zurückgekehrt war, war es schwierig, Aufklärung von Savary zu fordern. Was Napoleon betraf, ließ sein kürzliches unerfreuliches Schreiben an den Fürsten von Benevent jeden Versuch, sich an ihn zu wenden, von vornherein aussichtslos erscheinen. Blieb Jolival – aber er würde nicht so bald zurückkehren, und wieviel Zeit würde verstreichen müssen, bevor er auch nur die kleinste Spur fand, selbst wenn er sich, kaum aus dem Sattel gestiegen, sofort auf die Suche machte? Und wie sollte er es zuwege bringen, den Besitz einer Königin von Spanien zu durchsuchen, vorausgesetzt, daß diese Spur ihn nach Mortefontaine führte? Wahrlich, Pilars Plan war geschickt ausgeheckt und angemessen in die Tat umgesetzt... So waren es die denkbar düstersten Gedanken, die sie bedrängten, bevor sie endlich einschlief...

Mehrere Tage vergingen so, trübsinnig und einander zum Verzweifeln ähnlich. Pünktlich erschien Sanchez, um seinen Pflichten nachzugehen, aber er blieb nur wenige Minuten, und Marianne wünschte seine Gegenwart auch nicht. Er schien keine zwei Gedanken im Kopf zu haben, und wenn sie das Wort an ihn richtete, erhielt sie als Antwort nur ein unverständliches Knurren. Was Pilar und ihre Komplizen anging, machte sich keiner von ihnen die Mühe, nach ihr zu sehen, was die Gefangene mit einem seltsamen und widersprüchlichen Gefühl von Erleichterung und Verlassenheit aufnahm.

Je mehr Zeit verstrich, desto mehr verließ sie jede Hoffnung. Sie besaß kein Mittel, sich allein zu befreien, und auf die Hilfe ihres Kerkermeisters konnte sie nicht rechnen. Zugleich versetzten sie die Mutmaßungen ihres erregten Gehirns nach und nach in einen merkwürdigen, durch Fatalismus und Resignation bestimmten geistigen Zustand. Sie war jetzt aus der Zahl der Lebenden gestrichen, und zweifellos würde es Jason in kurzem auch sein ... An dem Tag, an dem Pilar triumphierend, doch von Kopf bis Fuß in Trauerschleier gehüllt bei ihr erschiene, um ihr Jasons Tod mitzuteilen, bliebe ihr nur die Möglichkeit, die rachsüchtige Spanierin so zum Zorn zu reizen, daß sie ihren, Mariannes Tod nicht länger hinauszögern würde. Hinter den Mauern ihres Kerkers hoffte Marianne nur noch auf ein besseres Leben ...

Trotz allem, und ohne sich dessen recht bewußt zu werden, arbeitete ihr Gehirn. In diesem Speicher gab es etwas Merkwürdiges, und es dauerte einige Zeit, bis ihr klar wurde, worin es bestand. Dieses Etwas hatte mit dem Umfang der mächtigen Heuballen zu tun, von denen einige noch durch Weidenruten zusammengehalten wurden.

Wenn man diese Ballen mit den mehr als kärglichen Maßen der Tür verglich, durch die Sanchez bei ihr eintrat, wurde es offensichtlich, daß das Heu nicht durch diesen Zugang heraufgeschafft worden sein konnte und es infolgedessen einen anderen geben mußte, zweifellos eine in den Boden des Speichers eingelassene Falltür ... Natürlich könnte sie, selbst wenn sie diese Falltür entdeckte, nicht darauf hoffen, sich zu befreien, denn da war ja noch immer die Kette, und die Höhe des Scheunenraums unten mußte einen Sprung unmöglich machen, aber es war dennoch, wenn auch nicht eine echte Hoffnung, so doch wenigstens eine Beschäftigung, und im Rahmen der Freizügigkeit, die ihre Kette ihr ließ, machte sie sich daran, das Heu beiseite zu räumen, um den Fußboden zu erreichen, indem sie auf einer Seite aufhäufte, was sie von der anderen fortnahm, und die erforschte Stelle wieder bedeckte, wenn sich kein Anzeichen einer Öffnung fand.

Es war eine langwierige und mühsame Arbeit, die viel Staub aufwirbelte und sie ermüdete, aber am dritten Tag entdeckte Marianne im Holz des Bodens zwei große Scharniere, unwiderlegliche Beweise für das Vorhandensein einer Falltür.

Sanchez' Besuch stand kurz bevor, und Marianne beeilte sich, ihren Fund wieder zu bedecken, dann warf sie sich atemlos in ihre übliche Ecke und gab vor zu schlafen. Der spanische Kerkermeister erledigte wie gewöhnlich seine Pflichten und zog sich wieder zurück. Marianne verschlang ein Stück Brot, eine Scheibe Fleisch, trank einen Schluck Wasser und machte sich von neuem an die Arbeit. Nach und nach tauchte die Falltür auf. Ihr Umfang erklärte in der Tat die Größe der Ballen. Doch die Gefangene vermochte ein verzweifeltes Stöhnen nicht zu unterdrükken, als sie feststellte, daß die Länge der Kette ihr nicht erlaubte, die Tür völlig freizulegen.

Niedergeschlagen ließ sie sich auf die Knie sinken und begann, durch die unnütze Arbeit erschöpft, zu weinen. Wenn ihr auch bewußt gewesen war, daß die Kette sie an den Speicher fesselte, hatte sie doch eine absurde Hoffnung auf die Falltür gesetzt. Gewiß, sie existierte – aber sie war so nutzlos! Mit schmerzendem Rücken und schmutzigen, von den splittrigen Bodenbrettern geschundenen Händen ging sie dennoch mechanisch daran, das Heu wieder über die Tür zu häufen. Und plötzlich spürte sie, daß sich unter ihren Fingern etwas Hartes rollend bewegte ... Fieberhaft wühlte sie im Heu und brachte einen langen eisernen Stachel zum Vorschein, den sie ungläubig anstarrte: Es war der Zinken einer Heugabel, der beim Einbringen der Ballen abgebrochen und liegengeblieben sein mußte – ein unverhofftes Werkzeug!

Mit geschlossenen Augen schickte Marianne ein Dankgebet zum Himmel. Mit diesem soliden Stück Eisen würde es ihr zweifellos möglich sein, mit dem Schloß fertigzuwerden, da Pilar schon eine einfache Haarnadel gefürchtet hatte.

Unverzüglich wollte sie ihren Gabelzinken ausprobieren, als hinter der Wand Schritte zu hören waren. Sanchez kehrte zurück, aber diesmal war er nicht allein. Wie gewöhnlich hörte Marianne, wie die Strohballen jenseits der Pforte beiseite gezogen wurden, und verbarg schleunigst ihr Werkzeug unter dem Heu, nachdem sie die Falltür wieder bedeckt hatte. Zur größeren Sicherheit setzte sie sich auf den Heuhaufen, unter dem der Zinken versteckt lag, und in der Hoffnung, daß die Freude, die ihr Herz schneller schlagen ließ, sich nicht zu sehr auf ihrem Gesicht zeigte, begann sie an einem Halm zu kauen. Es war Pilar, die erschien. Jasons Frau war ganz in Schwarz, wie stets. Diesmal trug sie einen Hut, von dessen breitem Rand statt eines Schleiers ein sehr schönes Chantilly-Spitzengewebe herabfiel. Sie trat zu Marianne heran, die ihr nicht einmal das Gesicht zuwandte. «Nun, meine Liebe? Wie fühlt Ihr Euch nach diesen Tagen des Insichgehens?»

Fest entschlossen, kein Wort zu sagen, blieb Marianne stumm. Als sei dieses Treffen die natürlichste Sache der Welt, begann Pilar von neuem: «Ich hoffe, es fehlt Euch an nichts. Übrigens seht Ihr gut aus, und Sanchez hat mir gesagt, daß Ihr Euch sehr ruhig verhaltet. Nichtsdestotrotz liegt mir am Herzen, mich von Euch zu verabschieden ...»

Nun brauchte Marianne doch ihre ganze Selbstbeherrschung, um nicht wenigstens Überraschung verraten. Pilar reiste ab? Vielleicht war das eine gute Nachricht, und dieser Tag mochte ihr Glückstag sein. Doch sie fuhr fort, so ruhig an ihrem Halm zu kauen, als sei Pilar nicht vorhanden. Sie wünschte sich nur eins: daß diese Frau fortginge und sie ihre Vorbereitungen zur Flucht treffen ließe, die nun möglich sein mußte. Pilar schien es jedoch nicht eilig zu haben. Sie zog aus ihrem Retikül ein mit Jasmin befeuchtetes Taschentuch und hielt es sich vors Gesicht, als belästigten sie die Gerüche des Speichers.

«Ihr wißt, nehme ich an, daß wir den 1. Oktober schreiben und daß am heutigen Nachmittag der Prozeß gegen Monsieur Beaufort beginnen soll. Ich begebe mich deshalb nach Paris, wo man mich morgen als Zeugin hören will.»

Mariannes Finger krampften sich um eine Handvoll Heu zusammen. Trotz ihrer Entschlüsse mußte sie gegen das heimliche Verlangen ankämpfen, sich auf diese eiskalte Frau zu stürzen, die vom Prozeß ihres Mannes wie von einer gesellschaftlichen Veranstaltung sprach. Mit welch wilder Freude hätte sie den Gabelzinken, von dem sie ihre Freiheit erwartete, in dieses mit Hochmut und Grausamkeit gepanzerte Herz gestoßen! Doch Sanchez stand wachsam mit über der Brust verschränkten Armen nahe der Tür.

Pilar schwieg jetzt. Zweifellos suchte sie auf dem abgewandten Gesicht ihrer Feindin die Wirkung ihrer Worte zu erspähen, doch Marianne gähnte auf überaus natürliche Weise und drehte ihr ostentativ den Rücken zu. Schon in der Nacht der Entführung hatte sie die Wirkung dieser stummen Unverschämtheit festgestellt, und sie erhoffte sich ein gleiches Ergebnis. Wirklich konnte Pilar einen zornigen Ausruf nicht unterdrücken und wandte sich heftig zur Tür.

«Wie es Euch beliebt!» rief sie mit vor Wut bebender Stimme.

«Wir werden sehen, ob Ihr noch Euren schönen Gleichmut bewahrt, wenn ich Euch nach meiner Rückkehr berichten werde, daß der Kopf Eures Geliebten über die Bretter des Schafotts gerollt ist, und wenn ich Euch ein mit seinem Blut durchtränktes Taschentuch in die Hand drücken werde!»

Mit geschlossenen Augen und zusammengepreßten Zähnen betete Marianne mit all ihrer Kraft um Stärkung ihres Willens, der ihrer Empörung zu unterliegen drohte: «Habt Erbarmen, Herr! Bringt sie zum Schweigen! Bringt sie dazu zu gehen! Habt Erbarmen! Gebt mir den Mut, sie nicht zu beschimpfen! Erlaubt mir, weiter zu schweigen! Ich hasse sie! Ich hasse sie so sehr!» Ihre verstörten Gedanken liefen in alle

Richtungen auf der Suche nach der einzigen wahrhaft wirksamen Hilfe! Niemals war sie einer solchen Anspannung ausgesetzt gewesen wie der, der sie dieses unversöhnliche Geschöpf unterwarf, das ihr genußvoll die Jason drohende tödliche Gefahr ausmalte. Als ob sie es wirklich nötig gehabt hätte, an diese schreckliche Drohung erinnert zu werden, die sie seit Wochen unaufhörlich quälte! Sie kam fast um vor Verlangen, dieser Frau zu sagen, was sie von ihren melodramatischen Reden hielt, aber sie wollte ihrem Entschluß zu schweigen unbedingt treu bleiben.

Doch als Pilar in ihrem grausamen Wunsch, die Wirkung ihrer Worte zu beobachten, wieder nähertrat, hob Marianne ihren eisigen Blick zu ihr und spie mit aller Kraft in die Richtung ihrer Feindin. Pilar erstarrte. Einen Moment sah es so aus, als würde sie sich auf sie stürzen, so verzerrt waren ihre Züge, und Marianne erwartete ihren Angriff mit wilder Freude, entschlossen, dieses verstockte Gesicht zu zerfetzen. Doch von der Tür her ließ sich Sanchez' mahnende Stimme vernehmen: «Die Señora wird ihr Kleid verderben! Und der Wagen wartet...»

«Ich komme! Aber morgen, Sanchez, und auch übermorgen wirst du vergessen, ihr etwas zu essen oder zu trinken zu bringen! Du wirst ihr nichts geben, bis ich zurückkehre! Verstanden?»

«Ich habe verstanden.»

Darauf verschwand das Paar, von der Gefangenen mit einem verächtlichen Schulterzucken verabschiedet. Morgen war sie, wenn Gott mit ihr war, schon weit... Dennoch war sie klug genug, sich nicht zu rühren, bevor sie das Klirren der Kette hörte, das das Ablegen des Bootes ankündigte. Pilar entfernte sich. Sie fuhr nach Paris, ihrer Rache wegen, und Sanchez würde nicht vor zwei oder drei Tagen zurückkommen, da Pilar entschieden hatte, daß Marianne hungern sollte!

Als sie endlich sicher war, ganz allein zu sein, zog Marianne ihren Gabelzinken hervor und machte sich an das Schloß, in der Hoffnung, daß es möglich sein würde, die Sperrvorrichtung auszulösen; sonst müßte sie versuchen, die Kette aus dem Balken herauszuheben, in dem sie verankert war. Geduldig, langsam, sich zur Ruhe zwingend, um zu verhindern, daß ihre Hände zitterten, bohrte Marianne wieder und wieder die Spitze des Zinkens in die Schlüsselöffnung des Schlosses. Es war nicht leicht, und eine Zeitlang glaubte sie, daß sie es nicht schaffen würde, denn wenn die Kette auch neu war – das Schloß war es nicht. Während endlos sich dehnender Minuten mühte sie sich ab, immer von neuem... Endlich ließ sich ein Schnappen vernehmen, von einem freudigen Ausruf begrüßt. Das Schloß öffnete sich...

Es aus der Zange des Reifs zu lösen und ihn abzunehmen, war Sache eines Augenblicks, und Marianne, die ihr geschwollenes, schmerzendes Handgelenk rieb, war wieder frei. Ihre Freude überwältigte sie so, daß sie sich wie ein Kind im Heu hin und her wälzte, glücklich, endlich ihre Muskeln und Nerven entspannen zu können, die seit so vielen Tagen zur Untätigkeit gezwungen gewesen waren. Als sie aufsprang, war ihr warm, und ihr Blut floß schnell und kraftvoll durch die Adern. Sie mußte jetzt die Falltür öffnen und sich überzeugen, wie sie diese Scheune würde verlassen können, solange es noch ein wenig hell war, denn das Tageslicht schwand mit dem beginnenden Herbst jeden Abend früher.

Geschwind ging sie ans Freilegen der Falltür, die bald in voller Größe erschien. Sie mußte schwer sein, doch ein durch zwei Löcher gezogener Seilgriff diente dazu, sie zu heben. Marianne packte ihn, raffte alles, was sie an Stärke besaß, zusammen und zog ... Die Falltür rührte sich nicht, aber von einer nervösen, durch den Ansporn der Freiheit verstärkten Kraft erfüllt, spannte Marianne ihre Muskeln, biß die Zähne zusammen und gab nicht nach, so sehr auch der rauhe Hanf in die zarte Haut ihrer Hände schnitt. Langsam, langsam hob sich die Tür bis zur Senkrechten, dann fiel sie mit einem dumpfen Aufprall ins Heu, und Marianne kniete sich an den Rand der gähnenden Öffnung ...

Unter ihr dehnte sich ein riesiger Scheunenraum, so hoch, daß sie für einen Moment Schwindel befiel. Sie hatte auf eine unter der Falltür angebrachte Leiter gehofft, die den Abstieg leicht machte, aber da war nichts ... und an einen Sprung, ohne sich alle Knochen zu brechen, war nicht zu denken.

Mit angriffslustig klopfendem Herzen hockte sich Marianne auf die Fersen und suchte fieberhaft nach einem Strick, nach irgend etwas, das ihr erlaubte, sich hinunterzulassen. Die Kette, mit der sie gefesselt worden war, war leider viel zu kurz und das Weidenzeug um die Ballen zu schwach, um das Gewicht ihres Körpers zu tragen. Doch Marianne wollte mit aller Leidenschaft aus ihrem Gefängnis heraus, und endlich kam ihr auch die befreiende Idee: Sie würde das Heu, das hier heraufgebracht worden war, hinunterwerfen, bis es unten eine Art Matratze ergab, dick genug, um sich gefahrlos darauffallen zu lassen ...

Hastig, denn das Tageslicht schwand mehr und mehr, begann sie, Heu durch die gähnende Öffnung zu werfen, nachdem sie mit ihrem Gabelzinken die Weidenbänder gesprengt hatte, die die dicken Ballen zusammenhielten. Im Nu erfüllten den Speicher ganze Wolken von Hälmchen und Staub, da die Verschiebung einiger Ballen andere ins Rollen und das ganze Gebirge zum Einsturz brachte. Mehrmals wäre Marianne um ein

Haar durch das Loch gestürzt, doch allmählich ragte auf dem Boden der Scheune ein großer Heuhaufen auf.

Als er ihr ausreichend erschien, trank Marianne mit vor Durst brennender Kehle das bißchen Wasser, das sich noch in ihrem Krug befand, und aß den letzten Apfel. Dann setzte sie sich auf den Rand der Falltür und ließ sich fallen ...

Beim Aufprall wurde sie noch einmal wie ein Ball hochgeschleudert, ohne sich wehzutun, und rollte bis zum Ende des Haufens. Nun endlich hatte sie festen Boden unter den Füßen. Blieb zu erkunden, ob die Tür der Scheune sich leicht öffnen würde, oder ob sie noch einmal ihren Zinken zu Hilfe nehmen müßte, den sie vorsichtshalber vor ihrem Sprung hinuntergeworfen hatte. Doch entweder hatten Mariannes Entführer dem für sie vorbereiteten Gefängnis voll vertraut oder waren wegen der Bauern der Domäne zur Vorsicht gezwungen, die sich darüber hätten wundern können, eine fast leere Scheune fest verschlossen zu finden, wenn sie sie hätten betreten wollen – jedenfalls war die Tür nur zugeklinkt.

Vorsichtig öffnete Marianne den kaum knarrenden Türflügel um einen Spalt und hielt Umschau. Soweit sie es in der nun fast völlig hereingebrochenen Nacht feststellen konnte, war keine lebende Seele draußen zu sehen, aber drüben, jenseits der Wasserfläche, die sich vor ihr breitete, schimmerten Lichtpunkte durch das dichte Dunkel der Vegetation, sicher das große Schloß mit seinen erleuchteten Fenstern. Zugleich bemerkte sie, daß es regnete, ein Umstand, der ihr bei allem, was sie seit dem Morgen beschäftigt hatte, noch gar nicht bewußt geworden war.

Es war auch sehr viel kälter als auf dem Speicher. Der Oktober war gekommen, und die schöne Sonne, die den ganzen September über gestrahlt hatte, war einem den Winter ankündigenden Wetter gewichen. Ein Frösteln überlief Marianne in ihrem Kleid aus Perkal, doch sie mußte so schnell wie möglich diesen Ort verlassen und trat deshalb mutig hinaus, um die Umgebung zu erkunden. Wie sie angenommen hatte, erhob sich die Scheune auf einer ziemlich großen Insel, und Marianne begann auf der Suche nach einem Boot dem Ufer zu folgen. Doch leider gab es dort außer der Scheune, Bäumen und Dickicht absolut nichts und schon gar kein Boot.

Ich werde schwimmen müssen, dachte Marianne mit einem Schauder. Vor allem muß ich die schmalste Stelle finden, in der Hoffnung, daß sie auch am weitesten vom Schloß entfernt ist.

Einen Moment hatte sie daran gedacht, sich kühn zu diesem Schloß zu begeben, ihren Namen zu nennen und vernehmlich um den Schutz Königin Julies zu bitten, auf die Gefahr hin, alsbald der Polizei übergeben zu werden. Pilar war nach Paris gereist. Ein solches Vorgehen konnte zu guten Ergebnissen führen.

Doch Marianne überlegte auch, daß die Mehrzahl ihrer Entführer zur Umgebung der Königin gehören mußte und daß nichts leichter wäre, als sich unter dem Vorwand, sie zu verteidigen, von neuem ihrer Person zu versichern, und diesmal ohne Hoffnung auf Flucht. Auf jeden Fall würde sie in ihrem schmutzigen, zerrissenen Kleid und in dem Zustand, in dem sie sich befand, für eine Irre gehalten werden, und die Diener würden sie abweisen, ohne daß sie die Königin überhaupt gesehen hätte. Das beste war also, sich unauffällig zu entfernen und mit ihren eigenen Mitteln, so jämmerlich sie auch sein mochten, nach Paris zu gelangen, sorglich darauf bedacht, Gendarmen und all die zu meiden, die beim Anblick einer Frau mit dem Äußeren einer Vagabundin mißtrauisch werden könnten.

Nun überzeugt, daß sie ins Wasser steigen mußte, um ihre Insel zu verlassen, wählte Marianne eine Stelle, an der die Durchquerung ziemlich leicht erschien, zog sich dann ohne Zögern völlig aus und legte ihre Kleidung zu einem Bündel zusammen, das sie mit Hilfe ihres Gürtels auf ihrem Kopf befestigte.

Der Regen hatte ihr Kleid schon durchnäßt, aber es würde trotzdem trockener bleiben als bei einem Aufenthalt im Wasser. Zudem wußte sie, wie sehr Kleidungsstücke beim Schwimmen hinderlich sein konnten, und schließlich war der Ort so verlassen, die Nacht so schwarz, daß sie kaum Gefahr lief, in diesem Zustand gesehen zu werden. Kaum entkleidet, trat sie dann auch gleich zwischen das Schilf, das rund um die Insel wuchs, und schob mit den Händen die dicken, fleischigen Blätter der Seerosen beiseite. Ihre Füße versanken in einem klebrig haftenden Schlamm, der sie erschauern ließ, doch der Boden fiel sofort steil unter ihr ab. Sie streckte sich auf dem Wasser aus und begann, jedes Geräusch vermeidend, zu schwimmen. Das Wasser war kalt, aber nicht so sehr, wie sie nach den ersten tastenden Schritten hinein geglaubt hatte, und nach all den staubigen Tagen zu spüren, wie es ihren nackten Körper umspülte, bereitete ihr ein unerwartetes Vergnügen.

Es war lange her, daß Marianne geschwommen war, doch ihre Arme und Beine fanden die geschmeidigen, fließenden Bewegungen wieder, die ihr vom alten Dobs beigebracht worden waren. Das einzig wirklich Unangenehme war der vom Teich aufsteigende starke morastige Geruch. Lange dauerte die Durchquerung nicht, und schon bald berührten ihre Füße harten, festen Sandgrund. Das Ufer war an dieser Stelle ziemlich hoch und mit großen Bäumen bestanden, aber mit Hilfe der unteren

Zweige einer Weide gelang es Marianne, es zu ersteigen, nicht ohne einen Guß feiner Tröpfchen auf sich herunterzuschütteln. Oben legte sie fröstelnd ihre feuchte Kleidung wieder an, schlüpfte in ihre Schuhe und brach zum abenteuerlichen Marsch in die Tiefe des Waldes auf, den sie von ihrem Speicher aus schon gesehen hatte.

Die Nacht war zu finster, als daß sie hoffen konnte, sich zu orientieren, aber vor allem lag ihr ja daran, sich so weit wie möglich vom Schloß zu entfernen. Der riesige Umfang des Besitztums und die Wildheit dieses Waldes voller Dickicht und Brombeergestrüpp, dessen Dornen sie im Dunkeln festhielten und verletzten, ließ sie hoffen, daß es wenigstens keine Umfassungsmauer zu überklettern gäbe.

Immer geradeaus gehend, zuweilen über einen schwammigen Blätterteppich, dann wieder über aufgeweichten, modrigen Boden, fand Marianne schließlich einen Pfad. Ihre Augen hatten sich an die Dunkelheit gewöhnt und erlaubten ihr, den unerfreulichsten Hindernissen aus dem Wege zu gehen. Der Regen ließ nicht nach, aber in diesem dichten Wald war er weniger spürbar als auf freiem Feld. Lange Zeit marschierte sie so, ohne zu wissen wohin, ständig nach einer Köhlerhütte Ausschau haltend, in der sie Schutz suchen und ein wenig ausruhen könnte. Sie war völlig durchfroren und taumelte fast vor Müdigkeit. Alles, was sie fand, war ein mächtiger, überhängender Fels, dessen Basis eine ziemlich flache Vertiefung bot, die kaum die schmückende Bezeichnung Grotte verdiente. So dürftig dieser Unterschlupf auch war – Marianne kroch hinein, rollte sich wie eine Katze auf den trockenen Blättern zusammen und schlief sofort ein.

Etwas Kaltes, Feuchtes, das ihr Gesicht berührte, weckte sie jäh. Sie fand sich Nase an Nase mit einem großen Jagdhund, der sie interessiert beschnupperte. Dahinter gewahrte sie ein Paar in hohen Leinengamaschen und derben Holzschuhen steckende Beine. Den Kopf ein wenig hebend, sah sie, daß sie zu einem jungen Burschen gehörten, der eine alte Jagdflinte über der Schulter trug und sie mit verdutzter Miene betrachtete. Es war heller Tag, und es hatte aufgehört zu regnen.

Als er sah, daß die Schläferin sich aufrichtete, rief er seinen Hund zurück: «Hierher, Briquet! ... Komm hierher!»

Folgsam legte sich der Hund zu Füßen seines Herrn nieder, der sich vorbeugte und Marianne die Hand reichte, um ihr beim Aufstehen zu helfen. «Guten Tag», sagte er freundlich. «Ich freue mich, Euch wach zu sehen. Als Briquet Euch fand, glaubte ich einen Moment, Ihr wärt ...»

Er wagte das Wort nicht auszusprechen; es war Marianne, die seinen Satz beendete: «Ich wäre tot? Sehe ich so schlimm aus?»

«Ihr seid so blaß!»
«Nur weil mir kalt ist...»
Es war wahr. In der frischen Morgenluft zitterte Marianne wie ein Blatt im Wind, und auf ihrer geschundenen Haut zeigten sich bläulich angelaufene Stellen, die ihr jämmerliches Aussehen noch unterstrichen. Rasch nahm der Bursche eine Art Leinenumhang von seinen Schultern und warf ihn über die Mariannes.

«Kommt mit mir nach Hause. Meine Großmutter wird sich um Euch kümmern. Wir wohnen ganz nah. Dort, das erste Dach, das Ihr zwischen den Bäumen gleich am Anfang des Dorfs bemerkt.»

Marianne stellte in der Tat fest, daß sie fast aus dem Wald heraus war und daß ein paar Klafter von ihrem Fels entfernt ein Dorf aus allen Schornsteinen dampfte. Sie fühlte sich gesundheitlich so wenig auf der Höhe, daß sie die Einladung ihres neuen Freundes gern annahm und, bevor sie ihm folgte, lediglich fragte: «Wie heißt dieses Dorf?»

«Loisy! Ihr seid nicht aus der Gegend?»
«Ist... ist es weit nach Mortefontaine?»
«O nein! Nur eine kleine Meile nach Osten.»

Nicht mehr? Es fiel ihr schwer, ihre Enttäuschung zu verbergen. Sie hatte den Eindruck, so lange gegangen zu sein, daß sie gehofft hatte, eine weit längere Strecke zurückgelegt zu haben. Zweifellos hatte sie sich in ihrer Unkenntnis der Gegend im Kreis bewegt. Aufmerksam betrachtete sie ihren Begleiter. Er ähnelte ein wenig Gracchus-Hannibal Pioche. Es waren die gleichen strohblonden Haare, die gleichen offen blickenden blauen Augen, nur die Züge dieses jungen Burschen waren feiner, seine Gestalt war gestreckter. Er gefiel ihr, und sie entschloß sich, ihm Vertrauen zu schenken.

«Ihr müßt wissen, daß ich aus einer Scheune des Schlosses von Mortefontaine geflohen bin, in der mich Leute aus der Umgebung der Königin von Spanien gefangengesetzt hatten. Aber ich schwöre Euch, daß ich weder eine Verbrecherin noch eine Diebin bin.»

Der junge Bursche lächelte ihr herzlich zu. «Ihr seht auch nicht so aus! Und wenn Ihr das eine oder andere wärt, hätte man Euch ins Gefängnis gesteckt... nicht in eine Scheune! Kommt – Ihr werdet Eure Geschichte meiner Großmutter erzählen. Sie schwärmt für Geschichten!»

Unterwegs erfuhr Marianne, daß ihr Begleiter Jacques Cochu hieß, daß er ein wenig Land besaß und daß er allein mit seiner Großmutter lebte, aber in einigen Tagen heiraten wollte. «Ich hätte lieber bis zum Frühling gewartet», vertraute er ihr an, «aber Großmutter möchte, daß ich vorher heirate, um dem Militärdienst zu entgehen. Ich hab schon Glück gehabt, daß der Kaiser dieses Jahr seiner Hochzeit wegen keine Truppen aushebt... Also werde ich Etiennette heiraten.»

«Habt Ihr keine Lust, Euch zu schlagen?» fragte Marianne ein wenig enttäuscht, denn mit ihrer üppigen Phantasie hatte sie ihren Retter schon in den Farben ihrer persönlichen Ritterschaft gesehen.

Jacques bot ihr ein Lächeln voller Offenheit und Naivität. «Doch! Ich täte es gern! Wenn ich die Alten von Valmy oder Italien erzählen höre, ist mir's, als hätte ich Ameisen in den Beinen! Aber wer wird das Land bestellen, wenn ich gehe? Und wovon soll meine Großmutter leben – und Etiennette? Ihre Eltern sind vergangenes Jahr gestorben. Ich muß also schon bleiben.»

«Natürlich», sagte sie herzlich. «Ihr seid es, der recht hat! Heiratet schnell und werdet sehr, sehr glücklich!»

So plaudernd waren sie bei einem kleinen, peinlich sauber wirkenden Gehöft angelangt, auf dessen Schwelle eine alte Frau sie erwartete, kerzengerade aufgerichtet, die Arme über ihrem wollenen Schultertuch gekreuzt und ihrer Miene nach offensichtlich nicht allzu erfreut, ihren Enkel mit einer in Lumpen gekleideten Unbekannten zurückkehren zu sehen. Doch Jacques erklärte rasch die Umstände ihrer Begegnung und daß er Marianne hergebracht habe, damit sie wieder ein wenig zu Kräften komme.

Alsbald wurde ihr die schöne Gastfreundschaft der Leute des Valois zuteil. Die alte Frau bot ihr einen Platz neben dem Feuer, brachte ihr einen großen Napf mit warmer Suppe, schnitt eine dicke Scheibe Brot und ein großes Stück Speck für sie ab und machte sich sodann auf die Suche nach trockener Kleidung, während Marianne ihre Geschichte erzählte – oder vielmehr eine Geschichte, die ihr zu den Umständen passender schien. Es war ihr peinlich, die braven Leute zu belügen, die sie mit soviel Wärme und Großmut empfingen, aber die Enthüllung ihrer eindrucksvollen Titel als italienische Fürstin hätte in dieser Situation denn doch allzu unglaubwürdig geklungen. Deshalb zog sie fürs erste vor, wieder Marianne Mallerousse zu werden. «Mein Onkel ist im Dienste des Kaisers getötet worden», vertraute sie ihren neuen Freunden an, «und seine Mörder haben mich entführt, damit ich sie nicht verraten kann. Aber ich muß so schnell wie möglich nach Paris zurück. Ich will meinen Onkel rächen, und ich habe wichtige Enthüllungen zu machen!»

Einen Moment fragte sie sich, ob ihre Geschichte selbst in dieser gemilderten Form nicht ein wenig stark klänge, aber weder die Großmutter noch Jacques verrieten die leiseste Überraschung. Die alte Frau stimmte sogar kopfschüttelnd zu. «All diese Leute mit ihren gelblichen Gesichtern, die man hier herumstreunen sieht, seitdem der Kaiser aus seinem Bruder einen König von Spanien gemacht hat, sind mir schon immer so vorgekommen, als seien sie nicht viel wert. Früher war's viel ruhiger hier. Der Joseph ist kein schlechter Mensch. Immer freundlich und großzügig. Er war hier in der Gegend recht beliebt, und alle bedauern, daß er sich zu den Wilden aufgemacht hat. Was Euch betrifft, Fräuleinchen, werden wir unser Bestes tun, Euch dabei zu helfen, daß Ihr so unauffällig, wie's nur geht, zu den Euren zurückkehren könnt.»

«Warum nicht lieber gleich zur Polizei gehen?» warf Jacques ein. Au weh! Die Frage war verfänglich und Marianne überlegte schnell, sehr schnell, um eine Antwort zu finden, die sich natürlich genug anhörte. «Das ist auch meine Ansicht», versicherte sie, «aber ich muß den Minister persönlich sprechen. Die Leute, die mich entführt haben, gehören zum Hof der Königin Julie und haben einen sehr langen Arm. Sie haben das Gerücht verbreitet, ich sei für den Tod meines Onkels verantwortlich. Man sucht mich – ich muß Beweise beibringen können. Und meine Beweise sind in Paris.»

Nach dieser Erklärung stieß sie einen kleinen erleichterten Seufzer aus, in der Hoffnung, ihre Antwort habe überzeugend genug geklungen. Jacques und seine Großmutter hatten sich in den Hintergrund der Küche zurückgezogen, wo sie lebhaft flüsternd Kriegsrat zu halten schienen, der übrigens nur wenige Sekunden dauerte. Als er beendet war, kehrte der junge Bursche zu Marianne zurück.

«Das beste ist», sagte er, «daß Ihr Euch hier, vor Nachforschungen sicher, ein wenig ausruht. Nachmittags bringe ich Euch nach Dammartin-en-Goële zu meinem Onkel Cochu. Er ist der Bürgermeister da und schickt regelmäßig alle drei Tage einen Karren mit Kohl und Kohlrabi nach Paris. Es trifft sich gut, daß gerade morgen früh einer fährt. Wie eine Bäuerin angezogen, könntet Ihr ohne Furcht vor der Polizei oder Euren Entführern nach Paris zurück. Und morgen abend wärt Ihr da!»

Morgen abend? Marianne erwog im stillen, daß Jasons Prozeß am Vortag begonnen hatte, daß er zweifellos andauerte, während sie sich hier mit diesen braven Leuten unterhielt, und daß die Zeit kostbar war. Schüchtern entgegnete sie: «Wäre es nicht möglich, schneller hinzukommen? Ich bin so in Eile!»

«Schneller? Wie wollt Ihr das machen? Sicher, Ihr könntet morgen in Dammartin die Postkutsche aus Spissons nehmen – aber Ihr würdet nur ein paar Stunden gewinnen... und Ihr wärt weniger sicher!»

Es war nicht zu leugnen! Natürlich hätte sie gern ein Pferd aufgetrieben, aber wo? Und wie? Sie hatte nicht einen Sou bei sich, denn vor ihrer Entführung hatte sie den Inhalt ihrer Börse in den Händen Ducatels, Jasons Kerkermeister, gelassen. Klugheit riet ihr, sich vernünftig zu zeigen. Wichtig war allein, daß sie zurückkehrte, und auf die von Jacques vorgeschlagene Art würde sie es ohne Gefahr für sich tun können. Besser, spät zu kommen als gar nicht, und ein Prozeß von dieser Bedeutung würde gewiß mehrere Tage dauern ... Sie wandte sich mit einem dankbaren Lächeln ihren Gastgebern zu: «Ich nehme an», sagte sie freundlich, «und ich danke Euch von ganzem Herzen! Ich hoffe, Euch eines nicht zu fernen Tages meine Dankbarkeit beweisen zu können.»

«Redet keine Dummheiten!» unterbrach sie Großmutter Cochu in barschem Ton. «Wenn man sich unter armen Leuten nicht hilft, hat man nicht das Recht, sich Christ zu nennen, und die Dankbarkeit bewahrt sich im Herzen! Kommt und streckt Euch jetzt ein wenig aus. Die feuchte Erde im Wald kann kein molliges Bett gewesen sein. Inzwischen geh ich zu Etiennette, Jacques' Verlobter, um einen Rock und ein Mieder von ihr zu leihen. Ihr beide habt fast die gleiche Figur.»

Gegen Ende des Tages setzte sich Marianne, mit einem Rock aus derbem rotem Wollstoff und schwarzem Mieder angetan, eingehüllt in einen schwarzen Wollschal, den sie der Großherzigkeit Madame Cochus verdankte, an den Füßen zu große Holzschuhe und eine mächtige Haube aus ungebleichtem Leinen auf dem Kopf, hinter Jacques auf der Kruppe des kräftigen Arbeitspferdes zurecht, das zugleich der Feldbestellung und als Reittier diente. Vor den Knien des jungen Mannes hingen zwei große Körbe voller später Äpfel vom Hals des Tiers.

Bei Nacht erreichten sie das von Wällen umgebene Dammartin, und Jacques übergab Marianne seinem Großonkel Pierre Cochu, einem schönen alten Mann, trocken wie Rebholz, der sie mit der noblen Großzügigkeit der Leute der Erde aufnahm, ohne indiskrete Fragen zu stellen. Sie galt als eine Cousine Etiennettes, die nach Paris wollte, um dort bei einer entfernten Verwandten als Wäscherin zu arbeiten. So fanden die Hausbewohner es ganz natürlich, daß sie im Augenblick des Abschieds dem jungen Mann um den Hals fiel und ihn auf beide Wangen küßte. Doch niemand erriet die unendliche Dankbarkeit, die sie in diese Geste legte, und ebensowenig übrigens, warum Jacques so rot wurde, als er diese Zeichen der Zuneigung empfing. Um seine Verlegenheit zu bemänteln, begann er nervös zu lachen und erklärte dann: «Wir werden uns bald wiedersehen, Cousine Marie! Etiennette und ich werden Euch nach unserer Hochzeit in Paris besuchen! Das wird uns allen ein großes Vergnügen sein!»

«Vor allem mir, Jacques! Sagt Etiennette, daß ich keinen von euch vergessen werde!»

Es bereitete ihr etwas wie Pein, ihn zu verlassen. Obwohl sie sie nur kurze Zeit gekannt hatte, hatten seine Großmutter und er sich so freundschaftlich, so herzlich gezeigt, daß es Marianne vorkam, als seien sie schon immer ihre Freunde gewesen. Sie waren ihr unversehens lieb geworden, und sie nahm sich fest vor, ihnen zu beweisen, daß sie sich keine Undankbare verpflichtet hatten, wenn wieder bessere Zeiten für sie kamen. Doch kaum war der junge Mann verschwunden, als Mariannes Gedanken sich unwiderstehlich der Frage nach Jasons Geschick zuwandten, das auf dem Spiele stand, während sie sich so mühte, zu ihm zurückzukehren.

Nach einer kurzen, aber behaglich in einem gut nach Wachs und Zitronenkraut duftenden kleinen Zimmer verbrachten Nacht nahm Marianne im Morgengrauen auf dem Sitz eines mit Kohl beladenen Karrens neben einem schweigsamen Knecht Platz, der während der ganzen Fahrt keine zehn Worte sprach, und sie schlugen geruhsam die Straße nach Paris ein. Zu geruhsam für Mariannes Geschmack, die auf dem endlosen Weg hundertmal vor Ungeduld zu sterben glaubte.

Glücklicherweise regnete es nicht. Das Wetter war kalt, aber trocken. Die Straße von Flandern war eintönig und flach. Dennoch brachte Marianne es nicht fertig, es ihrem Begleiter nachzutun, der zum Ärger seiner Passagierin einen guten Teil des Wegs verschlief. Wenn sie den dikken Kopf des Burschen auf die Brust herabsinken sah, mußte sie mit aller Macht gegen das Verlangen ankämpfen, die Zügel zu nehmen und den Gaul im Galopp die Straße entlangzutreiben, auf die Gefahr hin, sämtliche Kohlköpfe zu verlieren. Aber das wäre eine schlechte Art gewesen, denen zu danken, die ihr geholfen hatten. Und die junge Frau schluckte schweigend ihren Zorn hinunter.

Nichtsdestoweniger hätte sie fast vor Freude aufgeschrien, als die Türme von Paris aus dem herbstlichen Nebel auftauchten, und als sie das Dorf Villette erreichten und der Karren den im Bau befindlichen Saint-Denis-Kanal überquerte, hielt sie sich zurück, um nicht aus dem Gefährt zu springen und schneller zu laufen. Aber es war besser, das Spiel bis zum Ende zu spielen.

Der scheußliche Gestank des großen Müllabladeplatzes, dessen Zufahrt sie streiften, schien den Knecht aus seiner Benommenheit zu reißen. Er öffnete ein Auge, sodann das andere und wandte den Kopf zu Marianne, doch so langsam, daß sie sich fragte, ob er etwa durch ein nicht auf Minuten und Stunden, sondern auf Wochen eingestelltes Uhrwerk bewegt würde.

«Wo wohnt Eure Cousine, die Wäscherin?» fragte er. «Unser Herr hat mir gesagt, daß ich Euch möglichst nah ranbringen soll. Aber ich fahr zu den Hallen ...»

Während der endlosen Fahrt hatte Marianne alle Muße gehabt, darüber nachzugrübeln, was sie bei ihrer Ankunft in Paris täte. Zu Crawford gehen, daran war nicht zu denken, und auch ihr eigenes Haus aufzusuchen konnte gefährlich sein. Dann war sie auf die Idee gekommen, daß Fortunée Hamelin vielleicht endlich aus Aachen zurückgekehrt sein könnte. Die Badesaison war beendet. Die Kreolin mußte wieder in ihrem geliebten Paris sein – es sei denn, sie hätte diese große Liebe geopfert, um ihrem zweiten bevorzugten Geliebten, Casimir de Montrond, nach Antwerpen zu folgen, wo er unter Polizeiüberwachung lebte. Wenn es so stand, würde Marianne warten, bis es völlig Nacht geworden wäre, und dann versuchen, vorsichtig zu ihrem Haus in der Rue de Lille vorzudringen. So antwortete sie dem Knecht: «Sie wohnt in der Nähe des Porcherons-Tors.»

Die ausdruckslosen Augen des Burschen erhellten sich flüchtig. «Das ist nicht zu weit von meinem Weg. Ich werd Euch also da absetzen.»

Und nach diesen endgültigen Worten schien er wieder einzudösen, während am Rande eines weiten Bassins mit klarem Wasser der elegante Rundbau Ledoux' und die Vorstadtkneipen am Villette-Tor mit ihren roten Weinlauben auftauchten. In ihrer Verkleidung vor Entdeckung geschützt, rührte sich Marianne nicht, während die Leute des Zolls ihre Arbeit verrichteten, dann ging es weiter längs der Mauer der Generalpächter bis zum Schlagbaum von la Chapelle, hinter dem das Pferd ins Faubourg Saint-Denis einbog. Endlich angelangt, trennten sie sich ohne ein Wort, und zitternd vor Erregung, endlich wieder in Paris zu sein, begann Marianne zur Rue de la Tour-d'Auvergne zu laufen. Es war ein hartes Stück Arbeit, denn die zum Dorf Montmartre hinaufführenden Hänge waren steil. Um besser laufen zu können, hatte sie die zu großen Holzschuhe abgestreift, die sie behinderten und an die sich ihre Füße nicht gewöhnen konnten. Barfuß, zerzaust, erhitzt und außer Atem langte sie endlich vor dem weißen Haus an, in dem sie immer so herzlich empfangen worden war, zitternd bis zum letzten Moment bei der Vorstellung, die Fensterläden geschlossen und das Haus verlassen zu finden. Aber nein: Die Läden waren offen, die Schornsteine rauchten, und durch das Fenster des Vestibüls war eine Vase mit Blumen zu sehen.

Doch als Marianne durch das Tor schritt und den Hof überqueren wollte, sah sie den Pförtner mit all der Schnelligkeit, die seine kurzen Beine hergaben, auf sie zueilen, mit ausgebreiteten Armen ihr den Weg versperrend. Zu ihrer großen Enttäuschung war es ein neuer, den sie noch nicht kannte. «Heda! Mädchen da! Wohin wollt Ihr?»

Marianne blieb stehen und erwartete den Biedermann, den sie um ein Haar mit ihren Armen hätte auffangen müssen. «Zu Madame Hamelin», sagte sie ruhig. «Sie erwartet mich.»

«Madame empfängt keine Leute wie Euch! Übrigens ist sie ausgefahren! Schert Euch fort!»

Er packte ihren Arm, um sie vom Hof zu zerren, doch sie schüttelte ihn ab. «Wenn sie nicht da ist, geht und holt mir Jonas! Er ist doch sicher nicht ausgegangen?»

«Das fehlte noch, daß ich ihn für eine Vagabundin hole! Sagt mir erst Euren Namen, wenn Ihr wollt, daß ich gehe!»

Marianne zögerte unmerklich. Doch Jonas war ein Freund, und er war daran gewöhnt, sie in den ungewöhnlichsten Aufmachungen erscheinen zu sehen. «Sagt ‹Mademoiselle Marianne›.»

«Marianne und wie weiter?»

«Das geht Euch nichts an! Holt ihn sofort und nehmt Euch in acht, daß er nicht böse wird, wenn Ihr mich warten laßt.»

Unwillig entfernte sich der Pförtner zum Haus, wenig freundliche Dinge über Mädchen von lockerem Lebenswandel murmelnd, die sich in ehrsame Häuser einzuschleichen suchten, aber nur wenige Sekunden später stürzte Jonas durch die verglaste Tür. Ein breites Lächeln schien das gute schwarze Gesicht von Fortunées Majordomus geradezu zu spalten. «Mademoiselle Marianne! Mademoiselle Marianne! Das ist doch nicht möglich! Tretet ein! Schnell! Mein Gott, wo Ihr kommt her so zugerichtet?»

Glücklich über diesen vertrauten Empfang, der ihren Mut neu belebte, begann Marianne zu lachen. Hier hatte sie endlich den rettenden Hafen erreicht! «Mein armer Jonas, es steht geschrieben, daß Ihr mich neun- von zehnmal wie eine Diebin hergerichtet ankommen seht. Madame ist ausgefahren?»

«Ja, aber wird bald kommen! Kommt Euch ausruhen!»

Mit einer großartigen Geste den Pförtner in seine Loge zurückscheuchend, zog Jonas Marianne ins Haus und vertraute ihr dabei an, was für Sorgen sich seine Herrin seit ihrer Rückkehr von der Kur um sie gemacht habe. «Sie Euch glaubte tot! Als Monseigneur von Benevent ihr sagte, daß Ihr seid verschwunden, ich glaubte, sie würde närrisch, auf mein Wort! Oh! Seht, da kommt sie schon!»

Jonas hatte kaum wieder die Tür geschlossen, als in der Tat Fortuneés Coupé in den Hof rollte, eine elegante Kurve um den Springbrunnen beschrieb und endlich vor der Freitreppe anhielt. Die junge Frau entstieg ihr, doch sie schien traurig, und zum erstenmal, seitdem sie sie kannte, sah Marianne, daß sie in sehr dunklen violetten Samt gekleidet war. Seltsam auch, daß sie kaum geschminkt war, und ihre geröteten Augen unter dem zurückgeschlagenen kleinen Schleier verrieten deutlich genug, daß sie geweint hatte.

Aber schon war Jonas ihr entgegengestürzt: «Madame Fortunée! Mademoiselle Marianne ist da! Seht!»

Madame Hamelin blickte hoch. Ein freudiger Schimmer glänzte in ihren düsteren Augen auf, und ohne ein Wort warf sie sich in die Arme der Freundin, die sie ungestüm an sich preßte, und begann von neuem zu weinen. Niemals hatte Marianne die unbekümmerte Kreolin in solchem Zustand erlebt, und während sie ihre Küsse erwiderte, flüsterte sie dicht an ihrem Ohr: «Fortunée, sag mir, was dir geschehen ist?»

Jäh stieß Fortunée ihre Freundin zurück, hielt sie, mit beiden Händen ihre Schultern umfassend, auf Armeslänge von sich ab und sah ihr mit solchem Ausdruck von Mitleid tief in die Augen, daß Marianne Entsetzen ergriff. «Ich komme aus dem Gerichtssaal, Marianne», sagte Madame Hamelin so sanft sie konnte. «Alles ist zu Ende ...»

«Was willst du damit sagen?»

«Vor einer Stunde ist Jason Beaufort zum Tode verurteilt worden!»

Das Wort traf Marianne wie eine Kugel. Der Schock ließ sie taumeln. Aber sie erwartete es seit so vielen Tagen, daß sie unbewußt darauf vorbereitet war. Sie wußte, daß sie eines Tages diesen schrecklichen Satz würde hören müssen, und wie ein menschlicher Körper, der eine Krankheit in sich entwickelt und insgeheim seinen Kampf ums Überleben vorbereitet, hatte sich ihr Geist gegen das Leid gewappnet, dessen Nahen sie spürte. Vor der drohenden Gefahr war keine Zeit mehr für Schwäche, für Tränen, für Ängste.

Fortunée hatte schon die Arme ausgestreckt, da sie erwartete, Marianne in Ohnmacht fallen zu sehen, doch ihre Arme sanken zurück, während sie verblüfft die unbekannte Frau anstarrte, die vor ihr stand und einen Blick hart wie Stein auf sie richtete. Mit eiskalter Stimme fragte Marianne: «Wo ist der Kaiser? In Saint-Cloud?»

«Nein. Der ganze Hof ist in Fontainebleau, zu den Jagden. Was willst du tun? Du denkst doch nicht daran ...?»

«Doch, eben daran denke ich! Glaubst du, mir bliebe noch etwas auf Erden, wenn Jason nicht mehr wäre? Ich habe auf das Andenken meiner

Mutter geschworen: Wenn man ihn mir tötet, werde ich mich am Fuß des Schafotts erdolchen. Was interessieren mich also Napoleons Zornausbrüche? Ob er es will oder nicht, ob es ihm paßt oder nicht, er wird mich anhören müssen! Danach kann er mit mir tun, was er will! Das ist für mich nicht mehr wichtig!»

«Sag das nicht!» bat Fortunée, während sie sich hastig bekreuzigte, um das böse Schicksal zu bannen. «Schließlich sind wir noch da, die dich lieben und Wert auf dich legen!»

«Er ist da, den ich liebe und ohne den ich mich weigere zu leben! Ich bitte dich nur um eins, Fortunée: Leih mir einen Wagen, Kleidung, ein wenig Geld und sag mir, wohin ich mich in Fontainebleau begeben kann, um nicht verhaftet zu werden, bevor ich den Kaiser getroffen habe. Du kennst die Gegend, glaube ich. Wenn du das tust, werde ich dich bis zu meinem letzten Atemzug segnen und . . .»

«Genug davon!» brauste die Kreolin auf. «Wirst du endlich aufhören, von deinem Tod zu reden? Dir Geld leihen, meinen Wagen – träumst du?»

«Fortunée!» protestierte Marianne, schmerzlich überrascht.

Doch schon legte die Freundin herzlich einen Arm um sie und zog sie mit sich, während sie liebevoll murmelte: «Närrin, die du bist! Wir fahren natürlich zusammen hin. Ich habe dort ein Haus, eine Art Einsiedelei nahe der Seine, und ich kenne alle Wege des Waldes. Das wird uns nützlich sein, wenn es dir nicht gelingt, durchs Schloßtor zu kommen . . . obwohl Napoleon es verabscheut, bei der Jagd gestört zu werden. Aber wenn es kein anderes Mittel gibt . . .»

«Ich will es nicht, Fortunée! Du wirst dich vielleicht ernstlich kompromittieren . . . Du riskierst die Verbannung!»

«Wenn schon! Dann kehre ich eben zu Montrond nach Antwerpen zurück, und wir werden dort fröhlich zusammen leben! Komm, mein Herz! Auf jeden Fall werde ich nicht böse sein zu erfahren, aus welchem Grund Seine korsische Majestät seine Richter ein solches Urteil gegen einen so außerordentlich verführerischen – und dazu der Verbrechen, die man ihm vorwirft, so offenkundig unfähigen Mann hat fällen lassen. Ein scheußlicher Mord? Falschgeld? Bei dieser stolzen Miene und diesem Blick eines Adlers der Meere? Was für eine Absurdität! . . . Jonas! Sofort meine Kammerfrau und ein Bad für Mademoiselle Marianne und Kleidungsstücke. In einer halben Stunde eine ordentliche Mahlzeit auf dem Tisch und in einer Stunde eine Postkutsche im Hof! Verstanden? Also vorwärts!»

Und während der Majordomus ins Treppenhaus stürzte, um nach Mademoiselle Clémentine zu rufen und ihr Befehle zu erteilen, begleitete Fortunée ihre Freundin denselben Weg entlang, nur weniger eilig. «Du wirst jetzt Zeit genug haben, mir zu verraten, wohin du verschwunden warst, meine Schöne...»

12. Kapitel

Die Jagd des Kaisers

Madame Hamelin zügelte ihr Pferd und hielt neben einem alten, moosüberzogenen Steinkreuz an, das sich an einem Kreuzweg im Schatten einer großen Eiche erhob.

«Das hier ist das Kreuz von Souvray», sagte sie und wies mit dem Ende ihrer Reitgerte auf das Mal. «Hier sind wir bestens aufgehoben, bis die Jagd beginnt. Ich weiß, daß das Frühstück am Kreuzweg von Recloses weniger als eine halbe Meile von hier stattfindet, aber ich weiß nicht, welche Richtung die Jäger einschlagen werden.» Sie stieg ab, während sie noch sprach, band ihr Pferd ein paar Schritte weiter an den schlanken Stamm einer Rotfichte, schürzte sodann die Schleppe ihres Reitkleides aus herbstfarbenem Tuch und ließ sich in aller Ruhe auf den Stufen des alten Kreuzes nieder. Auch Marianne glitt aus dem Sattel und band ihr Reittier an denselben Baum, bevor sie sich zu ihrer Freundin gesellte.

Der Kreuzweg war verlassen. Nur das Murmeln eines Wasserlaufs irgendwo im Unterholz und die schnelle Flucht eines aufgestörten Hasen über den dicken Teppich raschelnder Blätter waren zu hören. Doch von Süden her erfüllte den Wald der ferne, so ganz besondere Lärm einer fröhlichen Menge, vermischt mit Hundegebell, Trompetensignalen und dem Geräusch rollender Wagen.

«Wie geht eine kaiserliche Jagd eigentlich vor sich?» fragte Marianne, während sie sich neben ihre Freundin setzte und die Falten ihres dunkelgrünen Kleides um ihre Beine ordnete. «Ich habe nie eine erlebt und deshalb keine Ahnung.»

«Oh, das ist ziemlich einfach, abgesehen davon, daß der ganze Hof daran teilnehmen muß, obwohl der Kaiser selbst so gut wie allein jagt, sieht man von seinem Oberstallmeister, dem General de Nansouty, Monsieur d'Hannecourt, der die Jägerei kommandiert, und Roustan, seinem Mameluken, ab, der ihm überallhin folgt. Solange Savary nicht mit der Polizei beauftragt war, gehörte auch er dazu, aber seitdem muß er aus größerer Entfernung über seinen Herrn wachen. Was das Zeremoniell betrifft, sieht es so aus: Der gesamte Hof, Männer und Frauen, ihre Majestät eingeschlossen, verläßt in Wagen das Schloß. Man begibt sich zu einem vorher bestimmten Ort, wo ein reichliches Frühstück serviert wird. Danach begibt sich Napoleon auf die Jagd, während der Hof faulenzt, verdaut oder friedlich heimkehrt. Das ist alles.»

«Ich wußte nicht, daß er ein so leidenschaftlicher Jäger ist. Er hat mir nie davon gesprochen.»

Fortunée begann zu lachen: «Mein liebes Kind, unser Kaiser ist ein Mann, der sich wie kein anderer darauf versteht, sein Dekor zu pflegen und sich in Szene zu setzen. Im Grunde findet er keinen besonderen Geschmack an der Jagd, und das um so weniger, als er kein guter Reiter ist. Wenn man seine Pferde nicht mit außerordentlicher Sorgfalt für ihn dressierte, hätte er sicherlich eine respektable Anzahl von Stürzen hinter sich. Aber er hält die Jagd nun mal für einen Teil der Verpflichtungen eines französischen Herrschers. Alle Könige, die Capetinger wie die Valois oder die Bourbonen, sind unverbesserliche Jäger gewesen. Wenigstens das schuldet er dem Andenken seines ‹Onkels Ludwig XVI.›! Nun, mach kein so langes Gesicht! Du hast da die beste Chance, dich ihm fast ohne Zeugen zu nähern.»

Fortunée zu Gefallen deutete Marianne ein blasses Lächeln an, aber die ihr Herz bedrückende Angst war zu groß, als daß sie an den Scherzen ihrer Freundin auch nur das leiseste Vergnügen hätte finden können. Von den kommenden Augenblicken hing Jasons Leben ab, und während der drei Tage, die sie in dem der hübschen Kreolin als Buen Retiro dienenden bezaubernden Haus La Madeleine verbracht hatte, war ihr dieser Gedanke keine Minute aus dem Kopf gegangen.

Kaum angelangt, hatte sich Madame Hamelin in der Tat zum Palais von Fontainebleau begeben, um Duroc aufzusuchen und durch ihn eine Audienz beim Kaiser zu erlangen. Der immer hilfsbereite Herzog von Friaul hatte ihre Bitte seinem Herrn überbracht, doch Napoleon hatte wissen lassen, daß er Madame Hamelin nicht zu sehen wünsche und daß er ihr rate, sich in Muße der Annehmlichkeiten ihres Hauses zu erfreuen, ohne fürs erste den Versuch zu machen, sich seiner Person zu nähern.

Marianne spürte, wie ihr Herz sich bei dieser Nachricht zusammenzog. «Arme Fortunée! Du bist also in meine Ungnade einbezogen! Napoleon will dich nicht sehen, weil er weiß, daß du meine Freundin bist.»

«Er weiß es so gut, als hätte er selbst uns zusammengebracht, aber diesmal möchte ich eher glauben, daß meine Freundschaft mit Joséphine ihn veranlaßt, mich zu entfernen. Man sagt, unsere danubische Majestät sei schrecklich eifersüchtig auf jeden, der von nah oder fern mit unserer teuren Kaiserin etwas zu tun gehabt hat. Außerdem erwartete ich kaum, empfangen zu werden. Ich erwartete es sogar so wenig, daß ich gleich Erkundigungen einzog: Übermorgen, hieß es, jagt der Kaiser im Wald. Du wirst zusehen müssen, ihm dabei zu begegnen. Im ersten Moment wird er wahrscheinlich wütend sein, aber ich wäre sehr erstaunt, wenn er dich nicht anhörte.»

«Er muß mich anhören! Und wenn ich mich vor die Hufe seines Pferdes werfen müßte!»

«Das wäre ein großer Fehler! Er ist so ungeschickt, daß er imstande wäre, dich zugrunde zu richten – und deine Schönheit, meine Liebe, ist immer noch deine beste Waffe.»

Die Expedition in den Wald war also beschlossene Sache. Marianne hatte die Stunden und Minuten gezählt, die sie davon trennten, aber jetzt, da der schicksalhafte Augenblick sich näherte, mischte sich in die Erregung der Erwartung des bevorstehenden Kampfes eine vage Furcht. Sie wußte aus Erfahrung, wie furchtbar Napoleons Zorn sich äußern konnte. Wenn er sie nun hinderte zu sprechen, sie zurückstieß, ohne sie anzuhören?

Fortunée, die aus der Tasche ihres Reitkleides eine Tafel Schokolade gezogen hatte, reichte Marianne ein Stück davon. «Nimm! Du brauchst Kraft, und es ist ziemlich frisch im Wald. Das Frühstück kann nicht ewig dauern.»

In der Tat hatte sich ein leichter, aber kühler Wind aufgemacht und fegte die Blätter von der Ringstraße, die seit Ludwig XIV. zur Bequemlichkeit der Jagdwagen Fontainebleau und einen weiten Bereich des Waldes umrundete. Am fahlgrauen, nur spärlich blaugetönten Himmel verfolgten die Wolken einen schwarzen Schwalbenschwarm auf dem Wege in die Länder der Sonne. Beim Anblick dieser so freien, schnellen Vögel mußte Marianne schweren Herzens an Jason denken, den Vogel des Meeres, der in einem gemeinen Käfig darauf wartete, von der stupiden Faust einer sklavischen Justiz zerschmettert zu werden, ohne auch nur für einen einzigen Tag den weiten, reinen Ozean wiedersehen zu dürfen ...

Der Ruf eines Jagdhorns aus den Tiefen des Waldes riß sie aus ihrer trübseligen Grübelei. Sie kannte die Jagdbräuche gut genug, um zu wissen, daß das Signal den Beginn der Jagd bedeutete und erhob sich, mechanisch den Rock ihres Reitkleides glättend. «In den Sattel!» rief sie. «Sie brechen auf!»

«Einen Moment!» warf Fortunée mit einer beschwichtigenden Handbewegung ein. «Zuerst müssen wir wissen, in welche Richtung sie sich wenden.»

Reglos lauschten die beiden Frauen einen Moment auf das Hundegebell und die Hornsignale, dann lächelte Madame Hamelin ihrer Freundin triumphierend zu: «Prächtig! Wir werden ihnen den Weg abschneiden. Sie reiten den Franchard-Felsen zu! Ich zeige dir den Weg, dann reitest du allein weiter. Ich bleibe ein wenig zurück – da Seine Majestät mich nicht sehen will. Vorwärts!»

Gleichzeitig schwangen sich beide junge Frauen in den Sattel und trieben ihre Pferde mit einem Schlag der Reitgerten den Hornsignalen nach durch den Wald. Anfangs folgten sie einer durch das dichte Unterholz geschlagenen Schneise, tief über die Hälse der Tiere gebeugt, um von den tief hängenden Zweigen der Bäume nicht geohrfeigt zu werden... Die mit Felsbrocken übersäte, über Hügel und durch flache, mit Heidekraut und hohen vergilbten Farnen bestandene Täler führende Strecke war schwierig, aber alle beide, Marianne vor allem, waren ausgezeichnete Reiterinnen und verstanden es, Hindernisse zu vermeiden, ohne an Geschwindigkeit zu verlieren. In normalen Zeiten hätte dieser schnelle Ritt durch einen der schönsten Wälder Europas Marianne großes Vergnügen bereitet, doch das, worum es ging, war zu ernst und zu schwer an tragischen Konsequenzen. Sie wußte genau, wenn sie so um Jason Beauforts Leben ritt, ritt sie auch um ihr eigenes.

Sie galoppierten lange. Das gejagte Tier schien Vergnügen daran zu finden, ständig die Richtung zu wechseln, und es verging fast eine Stunde, bevor ihnen hinter einem Gewirr kahler Zweige die bellende weiße Meute der gestreckt über den Boden dahinjagenden Hunde erschien. Seit langem hatten die Signale der Jäger Marianne verraten, daß das Tier ein Wildschwein war, und in ihrem äußerst empfindlichen nervlichen Zustand hatte sie sich darüber gefreut, da es ihr nie Spaß gemacht hatte, Hirsch, Damhirsch oder Reh zu hetzen, deren Anmut sie rührten.

Der Wind trug ihr die Stimme Fortunées zu, die ihr Pferd gezügelt hatte. «Reit allein weiter... Sie sind da!»

Wirklich sah Marianne jetzt das Wildschwein, ein mächtiges schwarzes, struppiges Tier, das wie ein Geschoß durchs Unterholz brach, dicht gefolgt von der Meute, und dann die grauen Pferde zweier Piköre in roten Röcken, die mit vollen Backen ihre Hörner bliesen. Der Kaiser konnte nicht weit sein. Mit einem anfeuernden Ruf und einem Hackenstoß in die Flanken spornte Marianne ihr Pferd zu größerer Schnelligkeit an, stürmte durch ein Stück Hochwald, setzte über einen gefällten großen

Baum und ein Dickicht – und sprang unmittelbar vor den im Galopp heransprengenden Napoleon.

Um den Zusammenprall zu vermeiden, bäumten sich beide Tiere in schönem Einklang jäh auf, doch während Marianne, in jeder Sekunde Herrin über ihr Pferd, im Sattel blieb, gelang es dem überraschten Kaiser der Franzosen nicht, sich in den Steigbügeln zu halten. Er stürzte ins Moos. «Donner und Doria!» brüllte er. «Wer ist der Dummkopf...?»

Doch schon war Marianne aus dem Sattel und sank neben ihm in die Knie, entsetzt über das, was sie da angerichtet hatte. «Ich bin's, Sire – nur ich! Oh, seid barmherzig und verzeiht mir! Ich wollte nicht... mein Gott, Ihr habt Euch doch nichts getan?»

Napoleon schoß ihr einen wütenden Blick zu, raffte sich rasch auf und riß ihr seinen Hut aus der Hand, den er beim Sturz verloren und den sie aufgehoben hatte. «Ich glaube, Euch exiliert zu haben, Madame!» grollte er in so kaltem Ton, daß die junge Frau ein Schauer überlief. «Was tut Ihr hier?»

Ohne sich zu erheben, wandte sie ihm ihren flehenden Blick zu: «Ich mußte Euch sehen, Sire... mußte mit Euch sprechen... um jeden Preis!»

«Selbst um den Preis meines Rückens!» spottete er. Dann fügte er ungeduldig hinzu: «Aber steht endlich auf! Wir bieten einen lächerlichen Anblick, und Ihr seht doch, daß man kommt.» Tatsächlich galoppierten jetzt drei Reiter heran, die der Kaiser weit hinter sich gelassen haben mußte. Der erste trug die prunkvolle Uniform eines Husarengenerals, der zweite den grünen Rock der kaiserlichen Jäger, und der dritte, der einzige, den Marianne kannte, war Roustan, der Mameluk.

Der General war in Sekundenschnelle aus dem Sattel.

«Ist Euch etwas zugestoßen, Sire?» erkundigte er sich besorgt. Doch Marianne war es, die unbekümmert lächelnd antwortete: «Ich bin's, der etwas zugestoßen ist, General! Mein Pferd war mir durchgegangen, und ich kam im gleichen Moment hier an, in dem auch Seine Majestät hier eintraf. Unsere Tiere bäumten sich auf, und meins warf mich ab. Der Kaiser hatte die Güte, mir zu Hilfe zu kommen... Ich dankte ihm dafür.»

Je weiter sie mit ihrer kleinen diplomatischen Lüge kam, desto mehr entspannten sich Napoleons Kinnbacken und milderte sich der frostige Glanz seines Blicks. Mit lässiger Bewegung schüttelte er einen Schoß seines grauen Mantels, an dem ein welkes Blatt hängengeblieben war. «Es ist nicht der Rede wert», warf er ein. «Sprechen wir nicht mehr darüber und kehren wir zurück. Ich bin dieser ohnehin verfehlten Jagd müde. Ruft Eure Piköre und Eure Hunde zurück, Monsieur d'Hannecourt, wir reiten zum Schloß. Was Euch betrifft, Madame, werdet Ihr uns folgen. Ich habe mit Euch zu reden. Aber Ihr werdet das Schloß durch den englischen Garten betreten. Roustan wird Euch führen...»

«Ich bin aber nicht allein im Wald, Sire. Eine Freundin...»

In Napoleons graublauem Blick blitzte es auf, aber es war nicht Grimm, sondern eher etwas wie leise Belustigung. «Nun schön! Holt Eure Freundin, Madame, und kommt! Wie es scheint, gibt es Leute, die man nicht so leicht los wird», fügte er in spöttischem Ton hinzu, der Marianne verriet, daß er sich der Identität der fraglichen Freundin durchaus bewußt war.

Rasch verneigte sie sich, setzte die Spitze ihres Stiefels in die ihr galant gebotene behandschuhte Hand des Generals und schwang sich mit einer Leichtigkeit in den Sattel, die dem Husarenoffizier ein diskretes Lächeln entlockte. Er kannte sich mit Reitern allzugut aus, um sich von Mariannes höfisch-höflicher Lüge täuschen zu lassen. Wenn jemand gestürzt war, dann gewiß nicht diese untadelige Amazone...aber da er sich in seiner Welt auskannte, beschränkte sich Nansouty auf dieses Lächeln.

Marianne brauchte nur wenige Sekunden, um Fortunée zu finden, und nur ein paar weitere, um ihr zu erzählen, was geschehen war, und von der unerwarteten Chance, der neuen Hoffnung zu berichten, die sich für sie daraus ergeben hatte.

«Daß er dich empfängt, ist die Hauptsache!» kommentierte Madame Hamelin. «Du wirst zweifellos eine ziemlich unerfreuliche Viertelstunde erleben, aber das Wichtigste ist, daß er dich anhört. Du hast die Chance, die Partie zu gewinnen.»

Ohne länger zu zögern, gaben die beiden Frauen ihren Pferden die Zügel frei und sprengten in der vom Kaiser eingeschlagenen Richtung davon. An der nächsten Wegkreuzung trafen sie auf Roustan, der sie erwartete, reglose Statue eines Sultans hoch zu Roß unter einer Rotfichte. Nachdem er sie durch ein Zeichen angewiesen hatte, ihm zu folgen, trabte er dem Schloß zu, nicht ohne einen kleinen Umweg zu machen, um die beiden Frauen den Blicken der Hofgesellschaft zu entziehen.

Eine halbe Stunde später betrat Marianne durch den englischen Garten am Karpfenteich und Fontänenhof vorbei jenes Palais von Fontainebleau, in das Einlaß zu finden sie nicht mehr gehofft hatte. Nur Angehörige der Dienerschaft begegneten ihr. Im Erdgeschoß geleitete Roustan Fortunée in einen kleinen, verlassenen Salon und öffnete sodann vor

Marianne die Tür eines großen, auf einen Garten hinausgehenden Raums, verneigte sich und wies auf einen Sessel. Wieder einmal fand sie sich im Arbeitszimmer Napoleons. Es war das vierte, dessen Bekanntschaft sie machte, doch trotz seines Louis-Seize-Stils und seiner Empiremöbel schien ihr das Zimmer dank des üblichen Durcheinanders von Papieren, Karten, persönlichen Gegenständen und Mappen aus rotem Saffianleder sofort vertraut. Wie in den Tuilerien, in Saint-Cloud und im Trianon gewahrte sie die offene Tabaksdose, die achtlos beiseitegeworfene Gänsefeder, die entfaltete große Karte und den auf eine Konsole gelegten Hut. Es tröstete sie ein bißchen, und im Gefühl, ein wenig bei sich zu Hause zu sein, so sehr schuf die starke Persönlichkeit des Kaisers überall seine Atmosphäre, erwartete sie mit größerem Vertrauen, was ihr bevorstand.

Es war alles so, wie sie es gewohnt war: rasche Schritte auf den Fliesen der Galerie, das Zuschlagen der Tür, die schnelle Durchquerung des Raums mit auf den Rücken gelegten Händen bis zum großen Schreibtisch, ein fixer, abschätzender Blick auf die höfische Reverenz und schließlich das unmittelbare, übergangslose Zur-Sache-Kommen. «Nun, Madame? Welcher unabweisliche Grund hat Euch dazu getrieben, meine Befehle zu übertreten und mich sogar hier zu belästigen?»

Der aggressive, bewußt verletzende Ton hätte bei Marianne in ihrem gewöhnlichen Zustand eine gleichartige Reaktion ausgelöst, doch ihr war klar, daß sie, falls sie Jason retten wollte, ihren Stolz vergessen, sich demütig zeigen mußte, vor allem einem Souverän gegenüber, der kurze Zeit zuvor wegen ihr im Staub gelegen hatte. «Sire», warf sie ihm sanft vor, «es ist das erste Mal, daß Eure Majestät mir sagt, daß ich Euch belästige. Habt Ihr denn vergessen, daß Ihr eine treue und gehorsame Untertanin in mir besitzt?»

«Treu, das hoffe ich, aber gehorsam keinesfalls! Ihr seid eine wahre Unruhestifterin, Madame, und wenn ich nicht für Ordnung sorgte, würdet Ihr meine große Armee total dezimieren! Wenn man sich Euretwegen nicht duelliert, tötet man für Euch!»

«Das ist nicht wahr!» rief Marianne, fortgerissen von einer Empörung, die stärker war als ihr Entschluß. «Niemand hat je für mich getötet, und die, die es behaupten...»

«... haben sich nicht gar so sehr geirrt, denn selbst angenommen, es sei kein Verbrechen zu Euren Ehren begangen worden, werdet Ihr wohl nicht zu bestreiten wagen, daß in derselben Nacht zwei Männer sich zum Duell gefordert und zwei andere sich Euretwegen geschlagen haben.»

«Nicht zwei andere, Sire: ein anderer. Der gleiche Mann war Ursache beider Duelle.»

Napoleon schlug dröhnend mit der flachen Hand auf den Tisch. «Betreibt keine Haarspalterei, Madame! Ich liebe das nicht! Eine Sache ist sicher: Meine Gendarmen haben zwei Duellanten in flagranti bei Euch ertappt. Einer ist geflohen, dem anderen gelang es nicht. Seit wann seid Ihr Fournier-Sarlovèzes Mätresse?»

«Ich bin nicht seine Mätresse, Sire», erklärte Marianne mit Widerwillen, «bin es nie gewesen! Und Ihr wißt das sehr gut, da Ihr seine starken Bindungen an Madame Hamelin, meine Freundin, kennt. Überdies bitte ich den Kaiser inständig, von dieser unglückseligen Affäre abzulassen. Nicht, um von ihr zu sprechen, bin ich gekommen.»

«Aber gerade von dieser gefällt es mir zu sprechen, denn ich will ihren wahren Hintergrund erfahren. Im Gefängnis hat General Fournier jede Erklärung dazu verweigert und sich an die törichte Version eines freundschaftlichen Waffengangs mit einem ausländischen Kameraden gehalten. Als wenn das nicht höchst unwahrscheinlich wäre, da Tschernytschew, vom Fürsten Kurakin mit einer dringlichen Mission zum Zaren betraut, schon darauf hatte verzichten müssen, sich mit diesem verdammten Beaufort zu schlagen. Es war gewiß nicht der rechte Moment, die Waffen zum Vergnügen zu kreuzen.»

Die Gendarmen, die in der Nacht des Duells in ihren Garten eingedrungen waren, hatten offenbar den russischen Attaché doch erkannt, und Fourniers ritterliche Geste war vergeblich gewesen. Sie nickte: «Eure Majestät wußte also, daß es sich um den Grafen Tschernytschew handelte?»

Napoleon betrachtete sie mit einem spöttischen Lächeln, das der jungen Frau grausam und diabolisch schien. «Ich vermutete es ... aber Ihr seid es, Madame, die es mir gesagt hat.»

«Sire!» rief Marianne empört. «Das Falsche behaupten, um die Wahrheit zu erfahren, ist unwürdig!»

«Mir allein kommt es zu, Madame, darüber zu urteilen, was unwürdig ist oder nicht! Und ich bitte Euch, Euren Ton zu mäßigen, wenn Ihr wollt, daß ich Euch bis zum Schluß anhöre! Jetzt», fügte er nach kurzem Schweigen hinzu, das er dazu verwandte, das sich rötende Antlitz der jungen Frau zu mustern, «jetzt erwarte ich den vollständigen – und wahrheitsgetreuen Bericht über das, was in jener Nacht bei Euch geschehen ist! Versteht Ihr? Ich will die Wahrheit, die ganze Wahrheit! Und laßt es Euch nicht einfallen zu lügen, denn ich kenne Euch zu gut, um es nicht sofort zu spüren.»

Mariannes Blick senkte sich verwirrt angesichts der sich vor ihr öffnenden Perspektive. Erzählen sollte sie, was sich in ihrem Zimmer abgespielt hatte? Diesem Mann, der für sie der leidenschaftlichste Liebhaber gewesen war, sollte sie die entwürdigende Szene offenbaren, die Tschernytschew ihr aufgezwungen hatte? Eine Prüfung war es, die über ihre Kraft zu gehen schien. Aber schon verließ Napoleon seinen Platz, schritt um den Schreibtisch, lehnte sich mit gekreuzten Armen rücklings gegen ihn und sah Marianne gebieterisch an. «Vorwärts, Madame, ich warte!»

Und plötzlich wurde Marianne klar, daß er ja alles wissen wollte, was sich in dieser Nacht bei ihr ereignet hatte! Dann war das die gewünschte, unverhoffte Gelegenheit, ihm zuerst von der gemeinen Erpressung zu erzählen, dem Vorspiel der Intrige, deren Opfer Jason geworden war! Was hatten unter diesen Umständen ihr Schamgefühl und ihre Selbstachtung zu bedeuten? Tapfer hob sie den Kopf und begegnete unerschrocken Napoleons Blick. «Ihr wollt alles wissen, Sire? Ich werde Euch alles sagen, und ich schwöre auf das Andenken meiner Mutter, daß es die ganze Wahrheit sein wird!»

Und Marianne berichtete. Mühsam zuerst, weil sie versuchte, einfache, überzeugende Worte zu finden. Doch allmählich riß das von ihr selbst erlebte Drama sie mit. Das ganze Grauen dieser Julinacht bemächtigte sich ihrer von neuem, überstürzte die Worte, verlieh ihnen ihr volles Gewicht an Angst und Scham. Sie erzählte alles: das Feilschen mit Francis Cranmere, seine falschen vertraulichen Hinweise, ihre Angst um Jasons Leben, dann das Eindringen des in seiner Trunkenheit in primitivste Roheit zurückgefallenen Russen, die Vergewaltigung und die Qual, der er sie unterworfen hatte, endlich die unverhoffte Einmischung Fourniers, das Duell, die Ankunft der Gendarmen und die Hilfe, die der General seinem Gegner geleistet hatte, um durch dessen Flucht einen bedauerlichen diplomatischen Zwischenfall zu vermeiden. Kein einziges Mal unterbrach sie der Kaiser, doch je länger sie sprach, desto mehr preßten sich seine Lippen zusammen, und sein graublauer Blick wurde stählern.

Als sie geendet hatte, verbarg die erschöpfte Marianne ihr Gesicht in ihren zitternden Händen. «Ihr wißt jetzt alles, Sire! Und ich versichere, daß dieser Bericht kein unwahres Wort enthält! Ich füge hinzu», fuhr sie schnell fort, indem sie ihre Hände sinken ließ, «daß Cranmeres Besuch der Beginn jenes Dramas war, für das ...»

«Einen Moment! So weit sind wir noch nicht!» unterbrach Napoleon sie schroff. «Ihr habt geschworen, daß dies der Ausdruck der Wahrheit selbst sei ...»

«Und ich bin bereit, es noch einmal zu schwören, Sire!»

«Unnötig! Wenn die Dinge sich so zugetragen haben, wie Ihr sagtet, müßt Ihr den Beweis dafür an Euch tragen. Zeigt ihn mir!»

Marianne errötete bis zu den Wurzeln ihres schwarzen Haars, und Verstörtheit flackerte in ihrem Blick. «Meint Ihr – diese Verbrennung? Aber sie befindet sich – an meiner Hüfte, Sire!»

«Nun, und? Entkleidet Euch!»

«Hier?»

«Warum nicht? Niemand wird eintreten! Und es wird nicht das erste Mal sein, wie mir scheint, daß Ihr Eure Kleider vor mir ablegt. Die Zeit ist nicht so fern, als Ihr noch ein gewisses Vergnügen dabei empfandet.»

Tränen stiegen in Mariannes Augen, als sie ihn so kalt und in so spöttischem Ton von den Augenblicken sprechen hörte, die zu ihren schönsten Erinnerungen zählten, nun aber zu einem anderen Leben zu gehören schienen. «Sire», sagte sie leise, «diese Zeit ist weiter entfernt, als Eure Majestät es sich vorstellt...»

«Ich teile diese Ansicht nicht! Und wenn Ihr wollt, daß ich Euch glaube, Madame, müßt Ihr mir Eure Beweise bringen. Sonst könnt Ihr gehen. Ich halte Euch nicht.»

Langsam erhob sich Marianne. In ihrer Brust ballte sich ein Klumpen zusammen, schwer von Angst und Kummer, unerträglich... Hatte er sie also so wenig geliebt, daß er dieses Opfer ihrer Schamhaftigkeit von ihr forderte? Er hatte recht, wenn er sagte, daß sie es vor gar nicht so langer Zeit noch geliebt hatte, ihren Körper seinen Blicken preiszugeben, weil seine Blicke wie Zärtlichkeiten gewesen waren. Jetzt jedoch musterte er sie so kalt, wie ein Sklavenhändler ein Stück seines menschlichen Viehbestandes abschätzt. Und zudem trennte nun ein Abgrund die Frau von Butard und Trianon von der, die sich auf der Pritsche eines Gefängnisses so leidenschaftlich dem Mann hingegeben hatte, den sie liebte, dessen Leben vielleicht davon abhing, daß sie jetzt ihren Stolz überwand...

Die Augen abwendend, begann sie den Spenzer aus grünem Tuch zu öffnen, der ihre Brüste umschloß. Ihre Finger zitterten auf den Schnüren aus schwarzer Seide, doch die kurze Jacke fiel auf den Teppich. Der lange Reitrock glitt über ihre Hüften, dann das Hemd, aus dem sie ihre Schultern befreit hatte. Ihre Brüste mit gekreuzten Armen bedeckend, drehte sie ihm langsam die verletzte Hüfte zu. «Seht, Sire!» sagte sie mit tonloser Stimme. Napoleon beugte sich vor. Doch als er sich wieder aufrichtete, tauchte sein verdüsterter Blick in den der jungen Frau und hielt ihn einen stummen Moment gefangen. «Du mußt ihn sehr lieben», murmelte er endlich.

«Sire!»

«Nein! Schweig! Das ist es, siehst du, was ich wissen wollte. Du liebst mich nicht mehr, nicht wahr?»

Nun war sie es, die seinen Blick suchte. «Doch! Ich schwöre, daß ich Euch noch immer liebe. Nur – anders!»

«Eben das sagte ich. Du – hast mich gern!»

«Und Ihr, Sire? Sind Eure Gefühle für mich die gleichen geblieben? Und ist die Kaiserin – Eurem Herzen nicht sehr teuer?»

Über sein Gesicht glitt ein bei ihm seltenes charmantes Lächeln. «Ja. Du hast recht. Trotzdem . . . ich glaube, ich werde viele Jahre brauchen, bevor ich dich gleichmütig betrachten kann. Zieh dich wieder an!»

Während sie nun mit fiebrigen Bewegungen Hemd, Rock und Spenzer anlegte, begann Napoleon in den Papieren auf seinem Schreibtisch zu wühlen. Offenbar suchte er etwas. Schließlich zog er ein mit feinen Schriftzügen bedecktes, schon mit dem großen kaiserlichen Siegel versehenes Blatt Papier hervor und reichte es Marianne: «Da», sagte er. «Um das zu erbitten, bist du doch zu mir gekommen, auf die Gefahr hin, uns beiden den Hals zu brechen: Jason Beauforts Begnadigung? Du siehst, ich habe damit nicht auf dich gewartet. Sie ist ausgefertigt.»

Die Freude traf Marianne mitten ins Herz, so heftig, daß es fast weh tat. «Ihr begnadigt ihn, Sire? Mein Gott! Welches Glück Ihr mir schenkt! So ist der Alptraum also zu Ende? Er wird frei sein?»

Napoleon runzelte die Stirn und nahm das Dokument wieder an sich. Jäh verschwand der Freund, und von neuem zeigte sich der Kaiser. «Das habe ich nicht gesagt, Madame. Ich habe Eurem amerikanischen Piraten das Leben geschenkt, weil ich weiß – ohne übrigens den formellen Beweis dafür zu haben – daß er Nicolas Mallerousse nicht getötet hat. Aber die Tatsache des Schmuggels und die falschen englischen Pfunde bleiben, um so mehr, als in allen Staatskanzleien darüber gesprochen wird, so daß ich so schwere Anklagen nicht einfach mit dem Schwamm fortwischen kann. Beaufort wird also nicht das Schafott besteigen – aber er wird ins Bagno gehen!»

Die Flamme des Glücks sank in Mariannes Seele zusammen, bis sie nur noch ein schwacher Schimmer war. «Sire», murmelte sie, «ich kann Euch versichern, daß er auch in diesen Dingen unschuldig ist.»

«Euer Wort ist eine schwache Verteidigung gegen erdrückende Tatsachen.»

«Wenn Ihr mich erklären lassen wolltet, wie die Dinge meiner Meinung nach geschehen sind, konnte ich Euch gewiß . . .»

«Nein, Madame! Verlangt nicht mehr! Es liegt nicht in meinen Möglichkeiten, es Euch zu gewähren! Begnügt Euch damit, daß ich seinen Kopf gerettet habe. Ich gebe zu, daß das Bagno nicht gerade ein Ort der Wonnen ist, aber man lebt dort immerhin ... und zuweilen kehrt man auch von dort zurück!»

Oder man entflieht von dort! dachte Marianne und erinnerte sich plötzlich der lässigen Gestalt des seltsamen Zellengenossen Jasons.

Indessen begann der Kaiser von neuem: «Was Euch betrifft, könnt Ihr jetzt natürlich in Ruhe in Euer Heim zurückkehren. Eure Cousine erwartet Euch und auch dieser merkwürdige Herr, den Ihr zu einer Art weitläufigem Verwandten gemacht und zu Monsieur Fouché geschickt habt! Ich informiere Euch, daß er von dort zurückgekehrt ist. Unnütz also, Euch weiter zu verbergen... Bei der Gelegenheit: Wo seid Ihr gewesen, seitdem Ihr Euch entschlossen hattet, als Einsiedlerin in Bourbon-l'Archambault zu leben?»

Von ihrer schlimmsten Angst befreit, erlaubte sich Marianne ein Lächeln. «Sollte es etwas geben, Sire, das Ihr nicht wißt?» fragte sie.

«Es gibt viel zuviel davon – vor allem, seit ich mich von dem Herrn Herzog von Otranto habe trennen müssen. Wie auch von Euch. Welche Zuflucht hattet Ihr gefunden?»

«Es war keine Zuflucht, Sire, es war ein Gefängnis», erklärte die junge Frau, fest entschlossen, die von Crawford und seiner Frau wie auch von Talleyrand gespielte Rolle soweit wie möglich zu verheimlichen. «Die Frau Jason Beauforts, die bei Ihrer Majestät der Königin von Spanien ein Unterkommen gefunden hat, ließ mich entführen und hielt mich in einer Scheune auf einer Insel der Domäne Mortefontaine gefangen. Gott sei Dank konnte ich entfliehen...»

Plötzlich geriet Napoleon in Zorn. Seine Faust krachte auf ein Tischchen herab, das unter dem wuchtigen Schlag ein bedrohliches Knacken von sich gab. «Nicht zum erstenmal höre ich davon, daß die Residenz meiner Schwägerin ohne ihr Wissen als Unterschlupf für alle möglichen Leute dient! Sie ist gutmütig bis zur Dummheit, und wenn man sie nur richtig zu nehmen versteht, öffnet sie ihre Tür und ihre Börse! Aber das ist nun doch zuviel, und ich werde einmal Ordnung schaffen müssen! Ihr könnt Euch jetzt zurückziehen, Fürstin», fügte er hinzu, indem er seine Uhr aus der Tasche zog und einen schnellen Blick darauf warf. «Ich erwarte in einem Moment Madame de Montesquiou zur Audienz, die mit den Aufgaben einer Gouvernante des Königs von Rom – oder der Prinzessin von Venedig betraut werden wird. Geht zu Eurer Freundin und erwartet meine Befehle. Ich hoffe, Euch bald wiederzusehen.»

Die Unterredung war beendet. Wie es die Etikette vorschrieb, tauchte

Marianne unter dem wohlwollenden Blick des Gebieters in eine so tiefe Reverenz, daß sie fast einem Knien gleichkam. Dann zog sie sich rückwärtsgehend zur Tür zurück, während der Kaiser nach Roustan läutete.

Sie war schon auf der Schwelle, als er sie mit einer energischen Geste zurückhielt.

«Apropos, auch Euer Freund Crawford ist zum heimischem Herd zurückgekehrt! Man hatte ihn in einem verlassenen Bauernhaus in der Nähe von Pontoise eingesperrt und ließ ihn ohne weiteren Schaden frei, bis auf die Unannehmlichkeit, zu Fuß nach Hause zurückkehren zu müssen. Eine recht schmerzliche Übung für einen Gichtkranken.»

In ihrer Verwirrung wußte Marianne im ersten Moment nichts zu sagen. Napoleons Gesicht war ernst, doch seine Augen lachten. Dann fuhr er mit einer diesmal verabschiedenden Geste fort: «Ihr habt anscheinend das Talent, Euch treue Freunde zu schaffen, Madame, selbst unter denen, deren größte Tugend nicht eben Treue ist, wie etwa dieser Schlaukopf Talleyrand. Bewahrt ihn Euch! Und es ist ebenfalls kein kleiner Sieg, diesen alten Kauz Crawford verführt zu haben! Vor Eurer Ankunft lebte er nur in der Verehrung unserer armen Tante Marie-Antoinette, aber Ihr habt ihm für eine Weile den Geschmack an der Jugend und am Abenteuer zurückgegeben. Pflegt diese Freundschaften, Madame! Sie werden uns vielleicht eines Tages nützlich sein!»

«Ich werde mein Bestes tun, Sire!»

Von neuem eine Geste zur Tür, doch Napoleon sollte an diesem Tage nicht so schnell mit ihr ein Ende finden, denn er hielt sie noch einmal zurück. «Ich hätte es fast vergessen! Ihr könnt dieser stürmischen Person, die sich im gelben Salon langweilt, sagen, daß ihr teurer Fournier seit einem Monat sein Kommando in Spanien wieder übernommen hat! Dies, damit sie nicht allzu versucht ist, den Winter in Antwerpen zu verbringen. Und was den Grafen Alexander Tschernytschew betrifft, werde ich ihn, sobald er wieder in Frankreich ist, wissen lassen, was ich von ihm halte! Ihr habt mein Wort! Ich habe nie geduldet, daß denen, die ich liebe, Böses geschieht! Ich werde nicht gerade bei Euch damit anfangen.»

«Sire!» stammelte Marianne, durch diesen letzten, so unerwarteten Beweis von Zuneigung zu Tränen gerührt. «Wie kann ich Euch sagen...?»

«Versucht's nicht! Ich grüße Euch, Fürstin!»

Diesmal war es wirklich das Ende. Die Tür zwischen Napoleon und der Fürstin Sant'Anna schloß sich von neuem, aber Marianne nahm wenigstens ein starkes Gefühl des Trostes mit sich, geboren aus der Gewißheit, daß Jason leben würde, und aus der Zuversicht, wenn nicht die Liebe des Kaisers, mit der sie jetzt ohnedies nichts anzufangen gewußt hätte, so doch seine Freundschaft wiedergewonnen zu haben. Damit war ihr wieder völlige Handlungsfreiheit zurückgegeben, von der sie guten Gebrauch machen wollte.

«Nun?» fragte Fortunée Hamelin angstvoll, als ihre Freundin sich im kleinen Salon, in dem sie sich scheußlich gelangweilt hatte, zu ihr gesellte.

«Jasons Begnadigung lag schon bereit! Der Kaiser weiß, daß er am Tod Black Fishs unschuldig ist, aber da ist noch diese Falschgeldgeschichte. Er wird ins Bagno gehen müssen!»

Die Kreolin runzelte die Stirn, überlegte einen Moment und zuckte dann die Schultern. «Eine grausame Prüfung, aus der aber ein Mann wie er lebend herauskommen kann. Weißt du, wohin man ihn schickt und für wie lange?»

Nein, Marianne wußte es nicht. In ihrer Verwirrung hatte sie nicht einmal daran gedacht, sich darüber zu informieren. Was aber die Dauer der Haft anging, war es unwichtig, ob man Jason zu zehn, zwanzig, dreißig Jahren oder zu lebenslänglich verurteilt hatte, da sie entschlossen war, alles daranzusetzen, um seine Flucht zu ermöglichen. Sie beschränkte sich darauf, ihre Freundin mit sich zu ziehen, einem plötzlich aufgetauchten Lakaien nach, der sie zum Fontänenhof führte, wo ihre Pferde warteten.

«Verschwinden wir von hier», sagte sie nur. «Wir werden ungestörter bei dir sprechen können. Ich habe dir einiges zu sagen.»

Schon während sie im sinkenden Abend neben ihrer Freundin deren Haus zutrabte, sah Marianne in ihrer Phantasie die kommenden Tage voraus. Zuerst so schnell wie möglich zurück nach Paris! Seitdem sie erfahren hatte, daß Jolival sie mit Adelaide erwartete, hatte sie es eilig, nach Hause zu kommen. Auf ihn und auf ihn allein, auf seinen erfinderischen Geist und seine tiefe Kenntnis der Dinge und Menschen zählte sie in erster Linie, wenn sie an den Fluchtplan dachte, der Jason befreien sollte. Seit sie wußte, daß ihr Geliebter nicht sterben würde, sah sie die Dinge im rosigen Licht eines vielleicht ein wenig übertriebenen Optimismus, den die beunruhigte Fortunée zu dämpfen suchte. Denn Marianne schien anzunehmen, daß alles nun ganz leicht sein würde, und diese Haltung war gefährlich.

«Du darfst dir nicht vorstellen, daß es so einfach sein wird zu flüchten, Marianne», sagte sie vorsichtig. «Die Leute, die man ins Bagno schickt, werden sorgfältig bewacht. So ein Unternehmen muß lange und gründlich vorbereitet werden, wenn man sich so viele Chancen wie nur möglich schaffen will.»

«Dieser Mann, den ich in La Force gesehen habe, François Vidocq, ist schon wer weiß wie viele Male geflohen. Es kann nicht so kompliziert sein.»

«Er ist geflohen, allerdings – aber ist er nicht jedesmal wieder erwischt worden? Wenn es dir gelingt, Beaufort seinen Wächtern zu entreißen, besteht seine einzige Chance darin, sich sofort, noch in derselben Stunde, nach seiner Heimat einzuschiffen. Auf dem Meer sind Gendarmen selten anzutreffen. Es muß also alles vorbereitet werden, vor allem ein Schiff!»

«Das sind Einzelheiten, die wir im letzten Moment regeln werden. Ich nehme an, was Vidocq gekonnt hat, kann Jason auch.»

«Marianne! Marianne!» seufzte die Kreolin. «Du redest wie ein kleines Kind. Ich gestehe dir zu: Das Wichtigste ist zunächst das gerettete Leben, aber denk dran, daß im Bagno schon der kleinste Fehler verhängnisvoll sein kann und daß das Schicksal dieses Vidocq, eines Stammkunden der Gefängnisse, der dort schon viele Verbindungen haben muß, nicht das gleiche sein wird wie das Jason Beauforts! Hüte dich davor, eine Ungeschicklichkeit zu begehen!»

Viel zu glücklich, um sich von ihrer Überzeugung abbringen zu lassen, begnügte sich Marianne damit, sorglos die Schultern zu zucken, überzeugt, daß die Zukunft sich weit vor ihr und Jason auftun würde. Sie stellte sich das Bagno als eine Art Gefängnis am Meeresstrand vor, wo die Häftlinge den ganzen Tag in frischer Luft arbeiteten und wo immer die Möglichkeit bestand, durch Geld von den Wächtern Hafterleichterungen und Gefälligkeiten zu erlangen. Das Geld machte ihr keine Sorge: Wenn ihr ferner Gatte ihr weniger Geld schickte, besaß sie noch immer märchenhaften Schmuck, von dem sie sich ohne Bedauern trennen würde, um Jason zu befreien.

Doch als sie nach der stürmischen Wiedersehensfreude am folgenden Abend Arcadius fast die gleichen Besorgnisse äußern hörte, spürte sie, wie die Unruhe wieder in ihr wuchs. Arcadius' Freude, Jason nicht mehr in unmittelbarer Gefahr zu wissen, war groß, aber er verhehlte Marianne nicht, daß eine Verurteilung zum Bagno fast ebenso schlimm war und den Tod auf kurze Sicht bedeuten konnte. «Das Bagno ist eine Hölle, Marianne», sagte er ihr, «und der Weg dorthin ist ein schrecklicher Leidensweg. Dabei gibt es hundert Gelegenheiten zu Erschöpfung, Krankheit, der Haß der anderen, Bestrafungen, die gefährliche Arbeit. Die Todesstrafe in eine Verurteilung zum Bagno zu verwandeln, ist kaum eine Gnade, und wenn wir versuchen wollen, ihm zur Flucht zu verhelfen, müssen wir unendlich vorsichtig und äußerst geduldig sein, denn ein Gefangener von dieser Bedeutung wird sorgsamer als die anderen bewacht werden, und ein Scheitern unsererseits könnte für ihn folgenschwer sein. Ihr werdet mir die Führung der Dinge überlassen...»

Marianne hatte mit Erstaunen festgestellt, daß diese wenigen Wochen der Trennung Jolival hatten altern lassen. Sein immer so fröhliches Gesicht durchzogen Falten, während sein schwarzes Haar an den Schläfen einige silberne Fäden zeigte. Von seiner Reise nach Aix hatte er eine bittere Meinung von den Menschen und eine Enttäuschung mitgebracht, denn im Gegensatz zu dem, was zu erhoffen gewesen war, hatte sich der Herzog von Otranto kategorisch und beharrlich geweigert, sich wie auch immer in die Affäre Beaufort einzumischen. Er hatte ziemlich grob erklärt, er selbst spiele keine Rolle mehr und die Leute der Umgebung des Kaisers sollten sich mit seinem Nachfolger abplagen. Er hatte sogar etwas über Marianne geäußert, das ihr mitzuteilen Jolival sich hütete: «Fürstin oder nicht, diese Frau hat ein Gesicht und einen Körper, deren man nicht so leicht müde werden dürfte. Solange sie es versteht, Napoleons Verlangen zu wecken, wird sie bei ihm erreichen, was sie will, selbst jetzt, da er verheiratet ist! Wenn ich mich in diese Geschichte einmische, riskiere ich nur, die Ungnade noch zu verschlimmern.»

Und der betrübte Arcadius hatte sich unverrichteterdinge wieder auf den Weg nach Paris gemacht, um dort vom Verschwinden Mariannes zu erfahren. Tagaus, tagein hatte er mit Hilfe Talleyrands und Eleonora Crawfords versucht, herauszubekommen, was aus der jungen Frau und ihrem Begleiter geworden war. Seine Nachforschungen hatten ihn bis zum Gefängnis La Force geführt, nicht weiter. Die Leute des Gefängnisses hatten den falschen Normannen und seine angebliche Tochter sich friedlich Arm in Arm die Rue des Ballets entlang entfernen und dann um die nächste Ecke biegen sehen...dann waren sie verschwunden, als hätten sie sich plötzlich in Luft aufgelöst. Nur die Leiche des ermordeten Kutschers war aus der Seine gefischt worden.

«Wir haben Euch für tot gehalten!» fügte Adelaide hinzu, in deren geröteten Augen noch Spuren der Angst zu sehen waren. «Wie sollten wir uns nicht vorstellen, daß Ihr die gleiche Behandlung erfahren hättet? Und wir hatten Angst, solche Angst bis zu dem Tag, es war der letzte Dienstag, an dem Monsieur Crawford endlich heimkehrte und uns von Eurer Entführung durch eine Frau und maskierte Spanier berichtete. Er wußte, da er es hatte sagen hören, daß man Euch nicht töten würde, wenigstens nicht sofort, daß man den Ausgang des Prozesses abwarten wollte.»

«Die Verurteilung hat uns halb verrückt gemacht», nahm Jolival den Faden auf. «Da ich dachte, diese Pilar habe es vielleicht gewagt, Euch nach Mortefontaine zu schaffen, bin ich dorthin zurückgekehrt, habe gesucht – ohne Ergebnis. Übrigens wart Ihr bereits geflohen, da all das in dieser Woche passiert ist.»

Schmerzlich berührt, auf ihren Gesichtern die Zeichen der Ängste zu lesen, die sie ihretwegen ausgestanden hatten, warf Marianne sich vor, zu wenig an sie gedacht zu haben. Natürlich hätte sie nach ihrer Rückkehr nach Paris wenigstens Adelaide benachrichtigen müssen, doch als sie erfahren hatte, daß Jasons Urteil gesprochen war, hatte sie nur noch einen Gedanken im Kopf gehabt: ihn dem Tode zu entreißen. Die ganze übrige Welt war wie mit einem einzigen Strich für sie ausgelöscht. Sie bemühte sich mit soviel Zartheit und Anmut, es ihnen zu erklären, daß sie sie bald unterbrachen. Arcadius schloß die Angelegenheit mit wenigen Worten ab: «Ihr seid hier, Ihr seid ganz, und wir haben die Gewißheit, daß Beaufort nicht aufs Schafott steigen wird. Das ist schon etwas! Sich unter solchen Umständen beim Himmel zu beklagen, wäre schlichte Undankbarkeit! Wir werden auf Eure Rückkehr trinken, Marianne!» fügte er freudig hinzu, während er nach Jérémie und Champagner läutete.

«Meint Ihr, daß wir aus diesem Tag ein Fest machen können», wandte Marianne ein, «obwohl Ihr mir selbst gesagt habt, daß der Tod noch immer auf Jason lauert?»

«Deshalb ist es auch kein Fest, sondern nur eine kurze Atempause, bevor wir uns kopfüber in neue Scherereien stürzen. Um es Euch gleich zu sagen: Ein neuer Brief aus Lucca ist gekommen! Euer Gatte fordert Eure sofortige Rückkehr, sonst wird er beim Kaiser Klage erheben und seinen lehnsherrlichen Beistand für Eure Rückführung nach Lucca verlangen.»

Marianne spürte, daß sie erblaßte. Sie war auf eine so brutale Form der Aufforderung nicht gefaßt gewesen, und sie erinnerte sich wieder der Erzählungen Eleonora Crawfords, die diesem Ultimatum eine besonders drohende Note verliehen. Ganz offenbar hielt sie der Fürst für eine Abenteurerin und hatte vor, sie für seine Enttäuschung bezahlen zu lassen, vielleicht sogar mit Blut. «Soll er tun, was er will, ich gehe nicht! Der Kaiser selbst wird mich nicht zwingen können. Übrigens werde ich zweifellos bald Paris verlassen haben.»

«Schon wieder!» seufzte Mademoiselle d'Asselnat. «Wohin wollt Ihr denn, Marianne? Ich dachte, wir könnten endlich in Frieden leben, hier, in diesem Haus und inmitten von allem, was sich mit ihm verbindet.»

Marianne hatte für ihre Cousine ein liebevolles Lächeln, einen mitleidigen Blick und eine Geste voller Zärtlichkeit. Das hinter ihr liegende Abenteuer, bei dem sie einige Teile ihres Herzens gelassen haben mußte, schien das alte Fräulein tief berührt zu haben. Ihre alte Vitalität, die sie in vierzig Jahren der Prüfungen und des Kampfes nicht verlassen hatte, schien erloschen oder auch wenigstens zu schlummern. Sie verlangte offenbar nach Stille und Ruhe, und der gierige Blick, mit dem sie die Möbel und kunstvollen Gegenstände dieses eleganten Salons umfaßte, wandelte sich zu einem stummen Hilferuf, als er das Porträt des Marquis d'Asselnat über dem Kamin erreichte. «Ihr werdet mich nicht begleiten, Adelaide. Ihr braucht Ruhe und Frieden, und dieses Haus braucht eine seßhaftere Herrin, als ich es bin. Ich werde in der Tat wieder aufbrechen. Das Bagno ist nicht in Paris, und ich will Jason künftig Schritt für Schritt folgen. Weiß man eigentlich», fügte sie, zu Arcadius gewandt, hinzu, «wohin man ihn bringen wird?»

«Höchstwahrscheinlich nach Brest.»

«Das ist eine gute Nachricht. Ich kenne die Stadt. Ich habe dort mit dem armen Nicolas Mallerousse ein paar Wochen in seinem kleinen Haus in Recouvrance gelebt. Wenn es mir während des Transports nicht gelingt, seine Flucht zu bewerkstelligen, werde ich in Brest leichter Gelegenheit dazu finden als in Toulon oder Rochefort, wohin ich nie den Fuß gesetzt habe.»

«Werden wir leichter Gelegenheit dazu finden», korrigierte Jolival. «Ich habe Euch schon gebeten, mir die Leitung der Operationen zu übertragen.»

«Ihr wollt mich also allein lassen?» jammerte Adelaide mit der Stimme eines zänkischen Mädchens. «Aber was tue ich mit diesen Leuten, den Boten Eures Gemahls, des Fürsten, wenn er einen schickt? Was sage ich ihm?»

«Was Ihr wollt! Daß ich auf Reisen bin, ist die beste Antwort. Übrigens werde ich ihm selbst schreiben und andeuten, daß ich mich – sagen wir, im Dienste des Kaisers nach irgendeinem entfernten Ort begeben muß – daß ich danach aber nicht verfehlen werde, der – Einladung meines Gatten zu folgen», sagte Marianne, gleichsam laut den zu schreibenden Brief entwerfend.

«Das ist verrückt! Ihr habt eben erst gesagt, daß Ihr nicht nach Lucca zurückkehren wollt!»

«Und ich kehre auch nicht zurück! Versteht mich, Adelaide! Ich will nur Zeit gewinnen – Zeit genug, um Jason seinen Wächtern zu entreißen! Danach werde ich fortreisen, werde ich ihm in sein Land folgen, um dort bei ihm zu leben, in seinem Schatten, in einer Hütte, wenn es sein muß, und im Elend, aber ich will nie mehr, nie mehr von ihm getrennt sein!»

Plötzlich mischte sich Jolival ein. Seine kleinen schwarzen Augen tauchten in die geweiteten Mariannes. «Ihr werdet uns also verlassen?» fragte er leise.

«Keineswegs. Ihr werdet die Wahl haben: hierzubleiben in diesem Haus, das ich Euch geben werde – oder mir übers Meer zu folgen, mit allem, was es an Ungewißheiten mit sich bringt.»

«Habt Ihr daran gedacht, daß Beaufort noch immer mit dieser spanischen Xanthippe verheiratet ist? Was werdet Ihr mit ihr anfangen?»

«Arcadius», erwiderte Marianne, plötzlich sehr ernst, «als diese Frau mich zu einer Fußbank zu reduzieren wagte und vor allem, als sie zu mir von ihrem kalten, mitleidslosen Entschluß sprach, ihren Gatten aufs Schafott zu schicken, habe ich geschworen, daß sie eines Tages dafür bezahlen wird. Wenn sie es wagt, zu Jason zurückzukehren, wird es mich keine Skrupel kosten, sie verschwinden zu lassen. Vor nichts würde ich zurückschrecken», fügte sie leidenschaftlich hinzu, «um ihn für mich allein zu haben und zu behalten! Nicht einmal vor einem Verbrechen, das schließlich nichts anderes wäre als eine Exekution. Ich habe den Mann, der mich erniedrigte, zum Duell gefordert, ich habe die Frau getötet, die mich beleidigt hatte ... Ich werde es nicht zulassen, daß eine verbrecherische Gattin die einzige Liebe meines Lebens zerstört!»

«Ihr seid eine schreckliche Frau geworden, Marianne!» rief Mademoiselle d'Asselnat mit von Bewunderung nicht freiem Entsetzen.

«Ich bin Eure Cousine, meine Liebe! Habt Ihr vergessen, daß wir eines Nachts miteinander Bekanntschaft machten, als Ihr eben an dieses Haus Feuer legen wolltet, um es dafür zu bestrafen, daß es einem von Euch für unwürdig gehaltenen Geschöpf gehörte?»

Das Erscheinen Jérémies mit brennenden Leuchtern unterbrach das Gespräch. Von ihrer Diskussion völlig beansprucht, hatten die drei nicht bemerkt, daß die Nacht schnell hereinbrach. Das Dunkel hatte sich in den entferntesten Ecken des Salons festgesetzt und sich hinter den Vorhängen und in der Höhe des Plafonds zu Schwärze verdichtet. Nur das im Kamin flammende Feuer strahlte noch Helligkeit aus.

Schweigend ließen sie den Majordomus die Kerzenbündel plazieren, die alle Dinge mit einem warmen goldenen Licht übergossen. Als er wieder verschwunden war, nachdem er in düsterem Ton gemeldet hatte, das Souper sei in aller Kürze bereit, streckte die in einen Sessel gekuschelte, in einen großen Schal aus weißer Wolle gehüllte Adelaide ihre mageren

Hände zum Feuer aus und sah einen Moment in die tanzenden Flammen. In ihre Gedanken eingesponnen, wahrten Marianne und Arcadius, sie auf einem Kissen vor dem Feuer sitzend, er an den Kamin gelehnt, noch einen Moment das tiefe Schweigen, als erwarteten sie von den vertrauten Geräuschen des Hauses eine Antwort auf alle jene Fragen, die sie sich stellten, ohne zu wagen, sie auszusprechen, um die Zukunftsentscheidungen der anderen auch nicht im geringsten zu beeinflussen.

Endlich hob Adelaide den Blick zu Jolival und rieb sich leicht die Hände. «Man sagt, Amerika sei ein herrliches Land», bemerkte sie ruhig, während in ihre grauen Augen ein Abglanz der kleinen, hitzigen Flamme von einst zurückkehrte. «Man sagt auch, daß es in seinen südlichen Gebieten niemals kalt wird! Mir scheint, daß es mir gefiele, nie mehr zu frieren. Und Ihr, Jolival?»

«Ich glaube auch», erwiderte der Vicomte ernst, «daß es mir gefallen würde...»

Beide Flügel der Türe wurden geöffnet. «Es ist serviert. Eure Durchlaucht möge sich bedienen!» verkündete Jérémie von der Schwelle.

Liebenswürdig schob Marianne einen Arm unter den Jolivals, den andern unter den Adelaides, widmete beiden ein Lächeln voller Dankbarkeit und schloß: «Ich bin in der Tat viel besser bedient, als ich es verdiene.»

Dritter Teil
Die Sträflinge

13. Kapitel

Die Straße nach Brest

Der Tagesanbruch war feucht und schmutzig, eine regnerische Novemberdämmerung, durchtränkt von einem eisigen Sprühregen, der schon seit mehreren Tagen über Paris niederging. Im gelblichen Nebel des frühen Morgens gewann das alte Spital von Bicêtre mit seinen großen Dächern, seinem hohen Portal und seinen ausgewogenen Gebäuden einen gespenstischen Abglanz seiner einstigen Anmut zurück. Die Nebelschwaden verdeckten die Risse im Mauerwerk, die abgebröckelten Giebel, die zerbrochenen Scheiben oder völlig leeren Fensterhöhlen, die schwärzlichen Abflußspuren an den Wänden unter den vom Frost gesprengten Dachrinnen, all diesen Aussatz eines einst königlichen und höchster Nächstenliebe bestimmten, nun den niedrigsten Zwecken der Justiz gewidmeten Bauwerks, seitdem 1796 das Gewahrsam der Galeerensträflinge vom Parlamentsgericht La Tournelle hierher verlegt worden war. Es war die letzte Station der Verdammten, das letzte Vorzimmer zur Hölle, sei es die der Conciergerie, die unmittelbar zum Schafott führte, oder die des Bagnos, in der der Tod weniger gewiß, aber dafür schmutziger war, weil er außer dem Leben auch die Würde des Menschen nahm.

Gewöhnlich herrschten um die verlassen auf ihrem Hügel inmitten öden Geländes gelegenen Gebäude Stille und Einsamkeit, doch an diesem Tage schob sich trotz der frühen Stunde eine erregte, lärmende, von Freude und Neugier erfüllte Menge gegen die räudigen Mauern, immer die gleiche Menge, die sich viermal im Jahr hier zusammenfand, um dem Aufbruch der «Kette» beizuwohnen. Es war das gleiche Gesindel, das sich, durch irgendwelche geheimnisvollen Zeichen verständigt, selbst an den verschwiegensten Hinrichtungen um das Schafott drängte, eine Versammlung von Kennern, die wie zu einem Galaspektakel erschienen waren und ihr Vergnügen nicht verbargen. Sie schlugen gegen die geschlossenen Tore des Spitals, wie im Theater die ungeduldigen Zuschauer mit den Füßen trampeln, damit endlich begonnen werde. Marianne betrachtete diese widerliche Menge mit Abscheu.

Von Kopf bis Fuß in einen weiten schwarzen Umhang mit Kapuze gehüllt, stand sie neben den bröckelnden Überresten eines zusammengestürzten Hauses, die sich am Wegrand erhoben, die Füße im Schlamm, mit nassem Gesicht, die Kleidung schon schwer vom Regen. Mit düsterem Gesicht an seinem Schnurrbart kauend, die Arme über der Brust verschränkt, wartete an ihrer Seite auch Arcadius de Jolival.

Er hätte Marianne gern das bevorstehende tragische Schauspiel erspart und hatte bis zur letzten Minute vergeblich versucht, sie von ihrem Vorhaben abzubringen. Eigensinnig auf ihrer Wallfahrt der Liebe beharrend, wollte die junge Frau Schritt für Schritt dem Leidensweg des Mannes, den sie liebte, folgen, unablässig wiederholend, daß sich längs des Weges eine Gelegenheit ergeben könnte, die man nicht vorübergehen lassen dürfe.

«Solange die Kette unterwegs ist», hatte ihr Arcadius unermüdlich auseinandergesetzt, «gibt es keine Chance zur Flucht. Sie sind in Gruppen zu jeweils vierundzwanzig aneinandergekettet und werden während der ersten Etappe genau durchsucht, um sicherzugehen, daß ihnen niemand ein Werkzeug zum Zerbrechen ihrer Kette hat zustecken können. Auch später werden sie genau überwacht, und wenn einer der Männer gegen jede Logik zu fliehen versuchte, würde er auf der Stelle niedergemacht.»

Während der dem Aufbruch vorangehenden vielen Tage hatte sich Arcadius gründlich nach allem erkundigt, was das Bagno, das Leben, das man dort führte, die Gebräuche und die Bedingungen des Transports betraf, der die Gefangenen dorthin brachte. Als Vagabund verkleidet, hatte er sich in den schlimmsten Spelunken der Cité und der finsteren Gegenden um das Combat-Tor herumgetrieben, hatte manches Gläschen bezahlt, wenig gesprochen und viel gehört. Und wie er Marianne schon versichert hatte, war er gewiß, daß eine Flucht mit äußerster Sorgfalt bis in die geringste Kleinigkeit vorbereitet werden mußte. Er hatte seiner jungen Freundin übrigens nicht verborgen, daß er ihre Erregbarkeit angesichts der brutalen Realitäten fürchtete, die Jason erwarteten, und einen Moment hatte er gehofft, ihr deren größten Teil verheimlichen zu können, indem er ihr riet, nach Brest vorauszureisen und dort schon gewisse Maßnahmen zu treffen, während er selbst dem Weg der Kette folgen würde. Doch Marianne hatte nichts hören wollen: Von dem Augenblick an, in dem Jason Bicêtre verlassen hätte, wollte sie ihm Schritt für Schritt folgen. Nichts konnte sie davon abbringen.

Bedrückt musterte Jolival die trostlose Gegend, in der die Schornsteine der wenigen Häuser eben zu rauchen begannen. Abseits der Menge waren am Wegrand einige trübselige, zu zweit und zu dritt zusammenstehende Gestalten zu bemerken, eine wie die andere in der ängstlichen, elenden Haltung von Menschen, die leiden: Eltern, Freunde, Frauen derer, die man abtransportieren würde. Manche weinten, andere, wie auch Marianne, warteten mit dem Spital zugewandten Gesichtern, weit geöffneten Augen, die Züge erstarrt in den gefrorenen Tränen, die nicht mehr fließen konnten ...
Plötzlich heulte die Menge auf. Mit gewaltigem Knarren öffneten sich die mächtigen Torflügel, Gendarmen zu Pferd erschienen, die Rücken rund unter dem Regen, der die Enden ihrer Zweispitze in Traufen verwandelte. Mit den Leibern ihrer Pferde und den Scheiden ihrer Säbel trieben sie die sich herandrängende Menge zurück.
Marianne erbebte bis ins Innerste, trat einen Schritt vor ... Rasch griff Jolival ihren Arm und hielt sie zurück. «Bleibt hier!» sagte er. «Nähert Euch nicht! Sie kommen an Euch vorbei.»
Von einer Explosion grausamer Freude, von Schreien, Beschimpfungen, höhnischen Scherzen begrüßt, erschien schon der erste Karren. Es war ein langes Vehikel mit zwei riesigen, eisenbeschlagenen Rädern, der Länge nach durch eine doppelte Holzbank geteilt, auf der die Gefangenen, zwölf auf jeder Seite, Rücken an Rücken mit herabhängenden Beinen saßen, in Höhe des Magens durch den Holm der roh gezimmerten Wagenleiter gestützt. Alle diese Männer waren am Hals angekettet. Sie trugen ein fest vernietetes dreieckiges Halseisen, das eine Kette, die zu kurz war, als daß sie während der Fahrt hätten abspringen können, mit der längs der Bank verlaufenden großen Kette verband, deren Ende ein Aufseher mit schußbereitem Gewehr unter seinem Stiefel hielt.
Es waren fünf solcher Karren im ganzen. Nichts, nicht einmal die dürftigste Plane schützte die Häftlinge vor dem Regen, der schon ihre Kleidung durchtränkte. Für den Transport hatte man ihnen die Gefängnistracht genommen, einen schwarz-grauen Leinenkittel, und ihnen ihre eigene Kleidung zurückgegeben, doch so zerrissen, daß im Falle einer Flucht jeder, der ihnen begegnete, sofort wußte, daß er es mit einem Sträfling zu tun hatte. Die Röcke hatten keine Kragen mehr, die Enden der Ärmel waren in Streifen geschnitten, und den Hüten derer, die welche besaßen, fehlten die Krempen.
Bedrückt sah Marianne blasse, von Bärten überwucherte Gesichter vorüberziehen, Augen voller Haß, Münder, die Beschimpfungen schrien oder obszöne Lieder sangen. Alle diese Männer wirkten wie bis zum äu-

ßersten Grade des Elends gelangte Wölfe. Sie zitterten unter dem eisigen Regen. Manche, sehr jung noch, kämpften gegen die Tränen, die sich nicht mehr zurückhalten ließen, wenn sie plötzlich das schmerzliche Gesicht eines der Ihren aus dem Nebel auftauchen sahen.

Im ersten Karren erkannte sie, wie eingehüllt in verächtliche Gleichgültigkeit, die neben den Schmähungen und dem Gejammer der anderen etwas Stolzes hatte, den Sträfling François Vidocq. Der Blick, mit dem er die erregte Menge maß, war so geringschätzig, daß er wie leer schien, doch belebte er sich plötzlich, als er das blasse Gesicht Mariannes gewahrte. Sie sah ein kurzes Lächeln um seinen umstoppelten Mund, während er mit kaum merklichem Neigen des Kopfes auf den folgenden Karren wies. Im selben Moment preßte Jolival ihren Arm. «Da ist er!» flüsterte er. «Der vierte von den Pferden aus.»

Doch Marianne hatte Jason schon gesehen. Zwischen den anderen sitzend, hielt er sich sehr gerade, die Augen halb geschlossen, die Lippen entschlossen zusammengepreßt. Stumm, die Arme über der Brust gekreuzt, schien er nichts von dem zu spüren, was um ihn herum vorging. Seine Haltung war die eines Mannes, der sich weigerte, etwas zu sehen oder zu hören, und sich in sich selbst verschloß, um seine Widerstandskraft und seine Energie zu bewahren. Sein kragenloser Rock und die Fetzen seines Hemdes aus feinem Batist bedeckten nur notdürftig seine breiten Schultern, durch zahlreiche Risse zeigte sich seine gebräunte Haut, aber er schien weder Kälte noch Regen zu spüren. Inmitten dieser brüllenden Meute, aus der sich Fäuste in ohnmächtiger Drohung reckten und verzerrte Münder wütend Schimpfworte heulten, wirkte er völlig ungerührt wie eine Statue aus Stein. Und Marianne, die schon den Mund öffnete, um seinen Namen zu rufen, schwieg, als er ohne sie zu sehen an ihr vorüberglitt, da sie unversehens begriff, daß es ihn vielleicht geschmerzt hätte, sie in dieser Menge zu sehen.

Aber sie konnte einen Schreckensschrei nicht unterdrücken. Des Radaus müde, den die Verurteilten vollführten, hatten die Aufseher nach ihren Peitschen gegriffen, kurzen Stielen mit langen Schmitzen, und ließen sie unterschiedslos auf plötzlich gekrümmte Rücken und gebeugte Köpfe niedersausen, die die Männer mit darübergelegten Armen zu schützen versuchten.

«Dreckskerle! Macht ihnen Spaß, einen Mann wie ihn verprügeln zu können!» schimpfte hinter Marianne eine wütende Stimme, die sie kannte.

Als sie sich umdrehte, sah sie, daß es Gracchus war. Der junge Kutscher mußte seinen Wagen auf dem Dorfplatz von Gentilly, wo Marianne und Arcadius sich von ihm getrennt hatten, zurückgelassen haben, um wie sie die Sträflinge vorbeiziehen zu sehen. Barhäuptig stand er im Regen, die Fäuste geballt, dicke Tränen rollten ihm über die Backen und mischten sich mit dem Wasser des Himmels, während er Jason und dem sich entfernenden Karren nachsah. Als er im Nebel verschwunden war, die anderen ihm folgten und schließlich mit gewaltigem Scheppern der Planwagen vorüberfuhr, der die Kochkessel und Ersatzketten transportierte, sah Gracchus zu seiner Herrin auf, die an Jolivals Schulter weinte.

«Wir lassen ihn doch nicht denen?» knurrte er zwischen zusammengepreßten Zähnen.

«Du weißt sehr gut», antwortete Jolival, «daß wir ihm nicht nur folgen, sondern auch alles in unserer Macht stehende tun werden, um ihn zu befreien.»

«Worauf wird dann gewartet? Mit allem Respekt, Mademoiselle Marianne, aber mit Euren Tränen werdet Ihr seine Ketten nicht schmelzen. Es gibt Besseres zu tun! Wo ist die erste Etappe?»

«Saint-Cyr», erklärte Arcadius. «Dort werden sie auch zum letztenmal durchsucht.»

«Wir werden vor ihnen dort sein. Vorwärts!»

Die Kutsche, ein unauffälliger Reisewagen ohne jedes äußere Anzeichen von Luxus, vor die kräftige Postpferde eingespannt waren, wartete mit brennenden Laternen unter den Bäumen nahe der Brücke über die Bièvre. Mit dem beginnenden Tag erwachten die den Fluß säumenden Gerbereien zum Leben, die diesen vom viereckigen Turm der Kirche beherrschten, recht hübschen Winkel mit durchdringendem Gestank überschwemmten. Schweigend nahmen Marianne und Jolival ihre Plätze ein, während Gracchus auf seinen Kutschbock kletterte. Er schnalzte mit der Zunge, ließ die Peitsche einen anmutigen Schnörkel in der Luft beschreiben, der die Ohren der Pferde streifte, und mit einem Knarren der Achsen setzte sich der Wagen in Bewegung. Die lange Reise nach Brest hatte begonnen.

Die Wange an den rauhen Überzug der Polsterung gelehnt, ließ Marianne ihre Tränen fließen. Sie weinte lautlos, ohne Schluchzen, und es tat ihr wohl. Es war, als wüschen sich ihre Augen von den scheußlichen Bildern frei, die sie gesehen hatten. Mit jeder Minute festigten sich in der Seele der jungen Frau Mut und der Wille zum Gelingen. Arcadius begriff, was in ihr vorging, und hütete sich vor dem Versuch, die wohltätige Flut einzudämmen und sie zu trösten. Was hätte er auch sagen können? Jason mußte diesen Leidensweg des Transportes zum Bagno durchstehen, aber der führte auch zum Meer, wo er immer seine beste Kraft geschöpft hatte.

Marianne verließ Paris ohne Bedauern, ohne den Wunsch, zurückzukehren oder zumindest doch ohne anderes Bedauern als um die wenigen Freunde, die sie hinter sich ließ: Talleyrand, die Crawfords und vor allem Fortunée Hamelin.

Doch die schöne Kreolin hatte sich gegen jeden Abschiedskummer gewehrt. Obgleich Tränen in ihren Augen standen, als sie ihre Freundin zum letztenmal umarmte, hatte sie mit ansteckendem Enthusiasmus gerufen: «Es ist nur ein Auf Wiedersehen, Marianne! Wenn du Amerikanerin geworden bist, komme ich hinüber, um mich zu überzeugen, ob die Männer dort wirklich so schön sind, wie man behauptet. Nach deinem Korsaren zu urteilen, muß es wahr sein!»

Talleyrand hatte sich darauf beschränkt, ihr ruhig zu versichern, daß sie gar nicht anders könnten als sich eines Tages irgendwo auf der weiten Welt wiederzufinden. Eleonora war der Meinung gewesen, Marianne tue recht daran, einen Ozean zwischen sich und ihren besorgniserregenden Gatten zu legen. Adelaide schließlich, nun als Dame des Hauses im Familienpalais eingerichtet, hatte überaus philosophisch von ihr Abschied genommen. Was sie anging, konnte keines der bevorstehenden Ereignisse sie in Unruhe stürzen: Falls es Marianne nicht gelang, Jason zur Flucht aus dem Bagno zu verhelfen, würde sie zwangsläufig ihren Platz im Hause wieder einnehmen. Gelang die Flucht jedoch, begleitete sie Jason in den Staat Carolina, und Adelaide brauchte nur ihre Sachen zu packen, den Schlüssel unter die Tür zu legen und mit dem ersten Schiff einem Dasein entgegenzufahren, dessen Neuheit und abenteuerlicher Reiz sie schon im voraus verführten. Alles stand also zum besten in der besten aller Welten!

Bevor sie Paris verließ, hatte Marianne durch ihren Notar eine in ihrer augenblicklichen Lage besonders angenehme Nachricht erhalten: Der arme Nicolas Mallerousse hatte sie anläßlich ihres Aufenthalts bei ihm in Brest nach ihrer Flucht vor Morvan als seine Gesamterbin eingesetzt. Das kleine Haus in Recouvrance und die wenigen mit ihm verbundenen Besitztümer waren nun ihr persönliches Eigentum. «In Erinnerung», hatte Nicolas in seinem Testament geschrieben, «an jene Tage, die mir durch sie die Illusion schenkten, wieder eine Tochter zu haben...»

Dieses Vermächtnis hatte Marianne zutiefst berührt. Es war, als gebe ihr alter Freund ihr über den Tod hinaus ein Zeichen und versichere sie seiner zärtlichen Liebe. Zudem sah sie darin den Finger der Vorsehung und eine Art stummes Einverständnis ihrerseits. Was konnte ihr in der Tat in den kommenden Tagen nützlicher sein als das kleine Haus auf dem Hügel, von dem aus man auf der einen Seite die unendliche Weite des Meers und auf der anderen die Gebäude des Arsenals und das Bagno in ihrer Mitte überblickte?

All das trug zur Träumerei der jungen Frau bei, während die Pferde ohne sonderliche Anstrengung der ersten Etappenstation zutrabten. Das Wetter war noch immer grau, doch der Regen hatte aufgehört. Unglücklicherweise war ein scharfer Wind an seine Stelle getreten, der denen zusetzen mußte, die ihm in ihrer feuchten Kleidung ausgesetzt waren. Während sie dahinrollten, wandte Marianne sich hundertmal um, um zu sehen, ob die Kette nicht schon erschiene, natürlich immer vergebens. Selbst im kurzen Trab war eine Reisekutsche schneller als die schrecklichen Karren.

Wie Jolival vorausgesehen hatte, erreichten sie Saint-Cyr viel früher als die Sträflingskolonne, was dem Vicomte erlaubte, für Marianne und sich in einem bescheidenen, aber sauberen Gasthof Zimmer zu mieten. Zuvor hatte er sich noch mit seiner Begleiterin auseinanderzusetzen, deren erste Sorge es gewesen war, sich zu erkundigen, wo die Galeerensträflinge die Nacht verbringen würden. Man hatte ihr eine große Scheune außerhalb des Orts gezeigt, und Marianne sträubte sich daraufhin energisch gegen die Herberge und behauptete, sie könne sehr gut im Wagen oder sogar auf freiem Felde schlafen.

Diesmal wurde Arcadius böse: «Worauf seid Ihr eigentlich aus? Euch zu erkälten? Krank zu werden? Es würde die Dinge wahrhaftig sehr erleichtern, wenn wir gezwungen wären, acht Tage an irgendeinem Ort zu bleiben, um Euch zu pflegen!»

«Selbst wenn ich Schüttelfrost vor Fieber hätte, käme das nicht in Frage! Noch im Sterben, in den letzten Zügen würde ich ihm folgen, zu Fuß, wenn es sein müßte!»

«Das würde Euch gut bekommen!» knurrte Jolival wütend. «Hört auf, Euch wie eine Romanheldin aufzuführen! Es würde Jason Beaufort nicht im geringsten nützen, wenn Ihr Euch auf dieser verdammten Straße den Tod holt, im Gegenteil! Und wenn Ihr Euch nur zu kasteien sucht, um in edlem Wettstreit seine Leiden zu überbieten, wäre es besser, Euch ins strengste Kloster zurückzuziehen, das wir finden: Ihr werdet dort fasten, werdet auf steinernem Boden schlafen und Euch dreimal täglich geißeln lassen, wenn Euch das gefällt! Aber wenigstens werdet Ihr uns nicht behindern, wenn sich eine Fluchtmöglichkeit ergibt!»

«Arcadius!» rief Marianne empört. «Wie sprecht Ihr mit mir?»

«Ich spreche mit Euch, wie ich es muß! Und wenn Ihr es genau wissen wollt, finde ich es idiotisch, daß Ihr darauf besteht, selber der Kette zu folgen!»

«Ich habe Euch schon hundertmal wiederholt, daß ich mich nicht von ihm trennen will. Wenn ihm etwas geschähe ...»

«Wäre ich da, um es wahrzunehmen. Ihr hättet uns hundertmal nützlicher sein können, wenn Ihr mit der Postkutsche gleich nach Brest gefahren wärt und Euch in Eurem Erbe eingerichtet, Euch schon ein wenig eingebürgert und mit den Leuten des Orts bekannt gemacht hättet! Habt Ihr vergessen, daß wir Helfer brauchen, ein Schiff mit einer Mannschaft, die einen Ozean überqueren kann? Aber nein! Ihr zieht es vor, wie die heiligen Frauen auf dem Weg nach Golgatha hinter dem Verurteilten zu pilgern, in der Hoffnung, die büßende Magdalena zu spielen oder wie die heilige Veronika mit Eurem Schleier das Schmerzensantlitz Eures Freundes zu trocknen! Aber – verdammt noch mal! – wenn es auch nur die geringste Chance gegeben hätte, Jesus zu retten, hätten die heiligen Frauen, das versichere ich Euch, gewiß nicht ihre Zeit in Jerusalems alten Gassen verloren! Soll der Kaiser wirklich schnellstens erfahren, daß ihm die Fürstin Sant'Anna wieder einmal nicht gehorcht, sondern der Kette nach Brest folgt?»

«Er wird nichts davon erfahren. Wir reisen unauffällig, und ich gelte als Eure Nichte.»

Dies traf zu. Der größeren Sicherheit wegen hatte sich Jolival mit Talleyrands Hilfe einen Paß auf seinen Namen ausstellen lassen, der als Begleiterin auch den seiner Nichte Marie enthielt. Doch der Vicomte zuckte nur zornig die Schultern. «Und Euer Gesicht? Glaubt Ihr, niemand wird es bemerken? In spätestens drei Tagen werden die Polizisten der Eskorte Euch entdeckt haben! Ich flehe Euch also an: kein auffälliges Benehmen, nichts, was auf Euch aufmerksam machen könnte! Ob Ihr es wollt oder nicht, Ihr werdet wie alle Welt in einem Gasthof schlafen!»

Wenn auch widerwillig, gab Marianne schließlich nach, erklärte jedoch, daß sie den Gasthof erst aufsuchen werde, wenn die Sträflinge an ihrem traurigen Bestimmungsort angelangt seien. Es war ihr unmöglich, auch nur auf eine einzige Gelegenheit, Jason zu sehen, zu verzichten. «Niemand wird mich bemerken!» sagte sie. «Es warten schon so viele Leute.»

Auch das traf zu. Man kannte in der Umgebung die immer gleichen Zeitpunkte des Durchzugs der Ketten, und immer zog dieses Ereignis zahlreiche Bauern an. Sie kamen, zuweilen mehrere Meilen weit, zu den Orten, wo die Transporte haltmachten, und begleiteten sie häufig ein

Stück Wegs. Manche von ihnen aus Barmherzigkeit, um dem einen oder anderen ein Brot, ein wenig Nahrung, ein abgetragenes Kleidungsstück oder ein paar Münzen zuzustecken. Aber die meisten kamen, um sich zu zerstreuen und im Anblick der Züchtigung von Übeltätern und eines Elends, das selbst die Ärmsten unter ihnen nie kennenlernen würden, Trost und Ausgleich für die behagliche Langeweile ehrsamer Leute zu finden.

In der kleinen Stadt drängten sich die Menschen, und die Schlauesten oder Erfahrensten hatten sich schon einen Platz nahe der Scheune gesichert. In der Tat mußten sich die Sträflinge vor der Abendruhe einer ebenso vollständigen wie peinlich genauen Untersuchung unterwerfen, die die spätere Überwachung erleichtern sollte. Bei den folgenden Etappen konnte man sich dann mit einer Prüfung der Fesseln und einem flüchtigen Abtasten begnügen. Marianne schob sich mitten in die Menge, von dem noch immer mißbilligenden Jolival dicht gefolgt.

Von fern war schon das Nahen der Kette zu hören. Der Wind trug ihren Lärm herüber, ein schreckliches Gemisch von Geheul und Gesang, während der Fahrt durch Saint-Cyr noch verstärkt durch das Hohngeschrei der braven Bürger. Endlich tauchten bei den letzten Häusern zwei berittene Gendarmen auf, über der Brust das weiße Kreuz des Degengehänges. Mit finsteren Mienen starrten sie geradeaus, während die ihnen folgenden Polizisten in die Menge lächelten, als seien sie die Helden eines besonders gelungenen Schauspiels. Dahinter erschien der erste Karren. Als die fünf Fahrzeuge nebeneinander auf dem Felde aufgereiht standen, ließ man die Sträflinge absteigen, und die Durchsuchung nahm ihren Anfang. Zugleich und wie auf ein Signal begann es plötzlich wieder zu regnen.

«Wollt Ihr wirklich hierbleiben?» murmelte Jolival an Mariannes Ohr. «Ich mache Euch darauf aufmerksam, daß es kein Anblick für Euch ist, und es wäre besser ...»

«Ein für allemal, Arcadius, ich bitte Euch, mich in Ruhe zu lassen! Ich will sehen, was man mit ihm macht.»

«Wie Ihr wollt! Ihr werdet schon sehen! Aber ich habe Euch gewarnt ...»

Zornig zuckte sie die Schultern. Doch ein paar Augenblicke später senkte sie den Kopf und wandte entsetzlich geniert die Augen ab. Trotz der Kälte und des Regens hatten sich die Häftlinge ihrer gesamten Kleidung entledigen müssen. Die bloßen Füße im Schlamm, nur mit dem Halseisen angetan, hatten sie von ihren Wächtern eine so erniedrigende Leibesvisitation zu erdulden, daß es einer zusätzlichen Bestrafung gleichkam. Während ein Polizist die Kleidungsstücke, Strümpfe und Schuhe durchsuchte, visitierte ein anderer Mund, Ohren, Nasenlöcher und sogar intimere Stellen. Die Sträflinge waren in der Tat äußerst geschickt im Verbergen von winzigen Feilen oder Uhrfedern, mit denen sich eine Kette durchschneiden ließ.

Bis zu den Haarwurzeln errötend, hielt Marianne beharrlich ihren Blick auf ihre Füße und die verrotteten Grasbüschel gesenkt, auf denen sie standen. Doch um sie her amüsierte man sich bestens, und die Frauen, zum größten Teil solide Gevatterinnen, beschrieben die Anatomie der Gefangenen mit einer Derbheit, die einem Grenadier gut angestanden hätte. In höchster Verlegenheit wandte Marianne sich um, um Jolival zu bitten, sie fortzubringen, doch ein Durcheinander in der nun äußerst erregten Menge trennte sie von ihm, und ohne zu wissen wie geriet sie in die erste Reihe der Zuschauer. Im Gedränge war die Kapuze, die ihr Haar und einen Teil ihres Gesichts verdeckte, zurückgeglitten, und plötzlich fand sie sich Jason gegenüber.

Die Entfernung zwischen ihnen war nicht so groß, daß er sie nicht hätte erkennen können, und im nächsten Moment sah sie auch, wie sein Gesicht sich verzerrte. Die Haut wurde grau, und die von Zorn und Scham erfüllten Augen erschreckten sie. Er machte eine heftige Bewegung, um sie zu verjagen, und schrie, ohne sich um die auf seinen Rükken niedersausende Peitsche zu kümmern: «Geh! Geh sofort!»

Marianne wollte antworten, wollte ihm sagen, daß sie nur seine Qual habe teilen wollen, doch schon packte eine stählerne Faust ihren Arm und zog sie ohne Rücksicht auf den ihr verursachten Schmerz zurück. Es gab ein jähes, wildes Gedränge, dann fand sich Marianne hinter all den brüllenden, tobenden Leuten einem vor Wut blassen Jolival gegenüber: «Nun, seid Ihr zufrieden? Habt Ihr ihn gesehen? Und vor allem – habt Ihr ihm Euch in einem Augenblick gezeigt, in dem es ihm hundertmal lieber gewesen wäre, zu sterben, als von Euch gesehen zu werden! Ist das, was Ihr seine Qualen teilen nennt? Findet Ihr nicht, daß er schon genug zu erdulden hat?»

Ihre aufs äußerste gespannten Nerven ließen sie im Stich, und sie brach in fast krampfhaftes Schluchzen aus: «Ich wußte es nicht, Arcadius! Ich konnte es nicht wissen... konnte diese Gemeinheit nicht ahnen! Die Menge hat mich nach vorn gedrängt, als ich nicht einmal die Augen zu heben wagte...»

«Ich hatte Euch gewarnt!» sagte Jolival mitleidslos. «Aber Ihr seid starrköpfiger als ein Maultier! Ihr wolltet nichts verstehen, nichts hören! Man könnte glauben, es macht Euch Spaß, Euch zu quälen!»

Statt jeder Antwort warf sie sich ihm weinend und so verzweifelt an die Brust, daß seine Wut sich sänftigte. Seine Hand strich über ihr regenfeuchtes Haar. «Nun, nun, beruhigt Euch, meine Kleine! Vergebt mir meinen Zorn – aber es macht mich rasend, wenn ich sehe, wie Ihr Euren Schmerz noch vermehrt!»

«Ich weiß, mein Freund, ich weiß! Oh, ich schäme mich ... Ihr wißt nicht, wie ich mich schäme! Ich habe ihn verletzt ... habe ihm weh getan ... ich, die ich doch mein Leben dafür geben würde ...»

«Nein! Fangt nicht schon wieder an!» protestierte Jolival, indem er die junge Frau von sich fortschob. «Ich weiß das alles seit langem, und wenn Ihr nicht sofort Ruhe gebt, wenn Ihr nicht auf der Stelle aufhört, das Messer unablässig in Eurer Wunde herumzudrehen, schwöre ich Euch auf meine Ehre, daß ich Euch ohrfeigen werde, als wärt Ihr meine Tochter! Kommt jetzt, kehren wir zum Gasthof zurück.» Von neuem packte er ihr Handgelenk und zog sie im Sturmschritt in Richtung des Ortes, ohne sich um ihren schwachen Protest und ihre Bemühungen, sich wieder und wieder zur Scheune umzudrehen, zu kümmern. Erst als sie die ersten Häuser erreichten, ließ er sie los. «Jetzt werdet Ihr mir versprechen, sofort und ohne Euch umzudrehen zum Gasthof zurückzukehren!»

«Ich soll allein ...? Aber, Arcadius ...!»

«Kein ‹Aber Arcadius›! Ich habe zurückkehren gesagt! Ich gehe noch einmal hinüber.»

«Aber weshalb?»

«Um zu sehen, ob ich es nicht mit ein bißchen einem der Polizisten zugesteckten Geld zuwege bringen kann, zwei Worte mit ihm zu sprechen! Und außerdem, um ihm das zu geben.» Seinen weiten Mantel öffnend, zeigte ihr Jolival ein Brot, das er bis dahin unter dem linken Arm getragen hatte.

Marianne betrachtete nacheinander das Brot und die allzu glänzenden Augen ihres Freundes. Ihr war wieder nach Weinen zumute, aber nicht mehr aus demselben Grund, und diesmal gelang ihr ein Lächeln. Ein armseliges kleines Lächeln nur, aber es versuchte, mutig zu sein. «Ich gehe zurück! Ich verspreche es Euch!»

«Na, endlich! Ihr werdet vernünftig.»

«Nur ...»

«Was noch?»

«Wenn Ihr mit ihm sprecht ... bittet ihn um Verzeihung für mich ... und sagt ihm, daß ich ihn liebe.»

Jolival zuckte die Schultern, hob die Augen, wie um den Himmel zum

Zeugen für so viel Einfalt anzurufen, schloß seinen Mantel und rief, während er sich mit großen Schritten entfernte, in den Wind: «Haltet Ihr das nicht für überflüssig?»

Ihrem Versprechen getreu, lief nun auch Marianne dem Gasthof zu, über dessen Hoftor eben ein Knecht die große Öllaterne anzündete. Die Nacht brach herein. Der Regen hatte wieder aufgehört, aber die Wolken, die sich über dem Horizont türmten, waren nicht nur Vorboten der Dunkelheit. Die junge Frau bemühte sich, ihre Ohren gegen den wilden Lärm zu verschließen, der bis hierher drang, und stürzte in die Herberge wie auf der Flucht. Sie suchte sofort ihr Zimmer auf. Die Gaststube war voller Menschen, vorwiegend Männer, die Glühwein tranken und sich über das Ereignis des Tages unterhielten, und sie wollte niemandem begegnen.

Als Arcadius eine Stunde später bei ihr erschien, saß sie, die Hände auf den Knien, auf einem Strohstuhl am Kamin fast leblos in ihrer Ruhe. Doch hob sie bei dem Geräusch, das sein Eintritt verursachte, die Augen, und ihr Blick war eine einzige Frage. «Ich habe ihm das Brot geben können», sagte Arcadius, die Schultern hebend, «aber es war unmöglich, mit ihm zu sprechen. Die Sträflinge waren zu erregt. Die Durchsuchung hat sie geradezu verrückt gemacht ... Kein Polizist hätte das Risiko auf sich genommen, auch nur für einen Moment eine Kette zu lösen, auch nicht für Gold. Ich werde es später noch einmal versuchen. Es wird in jedem Fall schwierig sein ... Marianne, wollt Ihr mich jetzt anhören?»

Er zog einen Stuhl zum Feuer, setzte sich ihr gegenüber, die Ellbogen auf den Knien, die kleinen schwarzen Augen fest auf die seiner Freundin gerichtet. Sie nickte schweigend, und er ergänzte: «Mich ruhig anhören? Wie ein vernünftiges Mädchen?» Und da sie wiederum stumm bejahte, fuhr er fort: «Morgen früh werdet Ihr ohne mich mit dem Wagen und Gracchus, der als Schutz für Euch völlig genügt, weiterreisen! Der Bursche würde sich für Euch in Stücke hacken lassen. Nein, laßt mich reden», fügte er hinzu, als er sah, daß Mariannes Augen sich weiteten und ihre Lippen sich zu einem Protest öffneten. «Wenn Ihr der Kette weiter folgt, müßtet Ihr Euch verbergen, nicht nur vor den Wächtern, die Euch schnell entdecken würden, wie ich es Euch vorausgesagt habe, sondern auch vor Jason selbst. Eure Gegenwart verschlimmert noch sein Martyrium. Kein Mann, der dieses Namens würdig ist, möchte von der, die er liebt, zum Lasttier entwürdigt gesehen werden! Ihr werdet also vorausreisen, um mit den Vorbereitungen seiner Flucht zu beginnen, während ich zu Pferd folgen werde ...»

«Ich weiß», seufzte Marianne widerwillig. «Ihr wollt, daß ich nach Brest fahre und dort...»

«Nein! Ganz und gar nicht! Ich möchte, daß Ihr Euch nach Saint-Malo begebt!»

«Nach Saint-Malo? Großer Gott, was soll ich da?»

Ein schwaches Lächeln huschte über Jolivals Gesicht, in dem sich Mitleid, Skepsis und Ironie mischten. «Was bei Euch so deprimieren kann, Marianne, ist die Leichtigkeit, mit der Ihr die Beziehungen vergeßt, die Euch am nützlichsten sein können. Ich glaubte Euch mit einem gewissen Surcouf befreundet – dem Ihr sogar das Leben gerettet habt.»

«Das ist wahr, aber...»

«Der Baron Surcouf, meine Liebe, ist kein Korsar mehr, aber er ist ein bedeutender Reeder. Wollt Ihr mir sagen», fuhr Jolival unendlich sanft fort, «wo wir größere Chancen haben werden, ein tüchtiges Schiff und eine verläßliche Mannschaft aufzutreiben, wenn nicht bei eben diesem Herrn des Meers? Ihr werdet Euch also morgen nach Saint-Malo aufmachen und diesen Mann nach allen Regeln der Kunst belagern! Wir brauchen ein gutes Schiff und eine entschlossene Mannschaft, die imstande ist, uns zu helfen, dem Bagno einen Gefangenen zu entreißen.»

Diesmal fand Marianne nichts zu entgegnen. Jolivals Worte hatten ihr eine großartige Perspektive eröffnet, in deren Mitte ermutigend die kraftvolle Gestalt des Korsaren aufragte. Surcouf! Warum hatte sie nicht schon früher an ihn gedacht? Wie hatte sie diesen Vollblut-Seemann übersehen können, wo es darum ging, einen Seemann zu retten? Wenn er bereit war, ihr zu helfen, war Jasons Befreiung von vornherein gesichert! Aber – würde er zur Hilfe bereit sein? «Eure Idee ist gut, Arcadius», sagte sie nach einem Moment. «Doch Ihr vergeßt, daß es keinen getreueren Untertanen des Kaisers gibt als Surcouf... und daß Jason nur noch ein nach gemeinem Recht Verurteilter ist! Er wird sich weigern!»

«Möglich! Aber es ist trotzdem der Mühe wert, es zu versuchen, denn es würde mich sehr wundern, wenn er nicht einwilligte, uns wenistens ein bißchen unter die Arme zu greifen, oder die Legende und der Mann wären zwei sehr verschiedene Dinge. Auf alle Fälle könnt Ihr immerhin vorschlagen, Schiff und Mannschaft zu kaufen. Wenn Euch die Straßenräuber nicht unterwegs erleichtern, habt Ihr in dieser Kassette genug, um ein Königreich zu kaufen», schloß der Vicomte und wies mit dem mageren Zeigefinger auf eins der kleineren Gepäckstücke Mariannes.

Mariannes Blick folgte dem Finger und leuchtete auf. Beim Aufbruch aus Paris hatte sie den Schmuck der Sant'Anna in der festen Absicht mitgenommen, sich wenn nötig seiner zu bedienen, um ihre Pläne zu verwirklichen. Falls es ihr gelang, mit dem, den sie liebte, nach Amerika zu entkommen, wollte sie die kostbare Kassette oder wenigstens das, was von ihrem Inhalt bleiben würde, nach Lucca zurückschicken, auf die Gefahr hin, später den von ihr ausgegebenen Betrag ersetzen zu müssen. Jedenfalls traf es zu, daß sie damit nicht nur ein, sondern mehrere Schiffe kaufen konnte.

Aufmerksam folgte Jolival auf dem beweglichen Antlitz seiner Freundin dem Gang ihrer Gedanken. Als ihm schien, daß sie seinen Vorschlag genügend überdacht hatte, fragte er sehr leise: «Nun? Werdet Ihr fahren?»

«Ja! Ihr habt gewonnen! Ich werde fahren, Arcadius.»

Als Mariannes Reisekutsche auf die Chaussee des Sillon einbog, des zum Damm aufgeschütteten schmalen Erdstreifens, der Saint-Malo mit dem Festland verband, steigerte sich der Wind zum Sturm, und Gracchus hatte größte Mühe, seine Pferde im Zaum zu halten, die durch die über die Brustwehr spritzenden Schaumgarben in Unruhe gerieten. Selbst in dem gut geschützten Hafen auf der anderen Seite der Chaussee beugten sich die Masten der dort liegenden Schiffe unter der Wucht der Windstöße. Dahinter erschien die Korsarenstadt, massiv wie ein gewaltiger Block aus grauem Granit im Korsett ihrer Wälle à la Vauban, die die blauen Dächer der Häuser, die Glockentürme der Kirchen und die mächtigen mittelalterlichen Türme des Schlosses überragten.

Dieses den Sillon grünlich mit weißen Kämmen umwogende Meer, das seine wildgewordenen Rosse gegen die Stadt der Menschen anrennen ließ, erkannte Marianne wieder. Es war das gleiche, das sie vor vielen Monaten in seinen rasenden Aufruhr gerissen, das sie geprügelt, mißhandelt, das Black Fishs Schiff zerstört und sie nackt und halbtot an das Ufer mit den trügerischen Feuern der Strandräuber geworfen hatte. Es war das gleiche, das den Besitz Morvans umspülte: ein tobsüchtiges, hinterlistiges, reizbares Meer, das die tödlichen Fallen seiner Untiefen, seiner unterseeischen Klippen und heimtückischen Strudel aufzubieten wußte, wenn der Ansturm seiner Gewalt scheiterte. Der Wind heulte und trieb noch durch die winzigen Zwischenräume der Fensterscheiben den scharfen, nach Salz und Algen schmeckenden Meergeruch.

Die triefenden Pferde tauchten unter die hallende Wölbung des mächtigen Saint-Vincent-Tors und beruhigten sich sofort. Die Wut des Meers und des Windes konnte die hohen Wälle nicht überwinden. Hinter ihnen herrschte relativer Frieden, und Marianne sah erstaunt, daß die Stadtbewohner ebenso selbstverständlich ihren Beschäftigungen nachgingen wie bei schönstem Wetter. Ihre stürmische Ankunft fand kaum Beachtung. Nur einer der Soldaten, die vor dem Tor lässig Wache schoben, nahm seine Tonpfeife aus dem Mund und rief Gracchus, der das Wasser von seinem durchnäßten Hut schüttelte, freundlich zu: «Ein bißchen frisch heute, was, mein Junge? Das ist der Nordwestwind! Die Pferde mögen ihn nicht.»

«Ich hab's gemerkt», erwiderte Gracchus gutgelaunt, «und es beruhigt mich zu hören, daß es der Nordwestwind ist, aber wenn Ihr schon so gefällig seid, wär's mir noch lieber zu erfahren, wo Monsieur Surcouf wohnt!»

Er hatte sich nur an den Posten gewandt, aber kaum war der Name im Wind verhallt, als sich schon eine kleine Ansammlung von Leuten um die Kutsche bildete, die alle zugleich sprachen: Frauen in Hauben, die ihre Körbe niederstellten, um die Arme zum Zeigen frei zu haben, Seeleute mit Hüten aus gewachstem Leinen, alte Fischer mit roten Mützen, so behaart und bärtig, daß von ihren Gesichtern kaum mehr als eine rote Nase und eine Pfeife zu sehen war. Alle erboten sich, den Weg zu zeigen. Von seinem Kutschbock aus versuchte Gracchus, Ordnung in das Durcheinander zu bringen.

«Nicht alle zugleich! Erbarmen! Wohnt er drüben?» fügte er hinzu, als er bemerkte, daß alle Arme in die gleiche Richtung wiesen.

Doch niemand dachte daran zu schweigen. Gracchus bereitete sich darauf vor, geduldig auf das Ende des Aufruhrs zu warten, als zwei Männer, entschlossener als die andern, die Pferde bei den Zügeln packten und das Gespann die zwischen dem Wall und hohen Häusern eingezwängte Straße entlangzuführen begannen. Marianne steckte verwundert den Kopf aus dem Schlag. «Was geht hier vor? Verhaftet man uns?»

«Nein, Mademoiselle Marianne, man führt uns. Ich hab so eine Idee, als ob Monsieur Surcouf hier eine Art König ist und all diese Leute nur darauf aus sind, ihm zu Diensten zu sein.»

Die Spazierfahrt dauerte nicht lange. Sie passierten zwei weitere Tore, dann bogen sie, immer dem Wall folgend, nach rechts, und schließlich hielt der Zug vor einem großen, düster wirkenden Haus aus grauem Granit, dessen wappengeschmückte Einfahrt, hohe Fenster und mit einem bronzenen Delphin verzierte Tür Vornehmheit ausstrahlten. Im Chor erklärte Mariannes freiwillige Eskorte, sie seien da, und Gracchus brauchte nur noch einige kleine Münzen zu verteilen, um den Durstigsten unter ihren Führern Gelegenheit zu geben, einen Schluck auf die Gesundheit Baron Surcoufs und seiner Freunde zu trinken.

Der Auflauf zerstreute sich fröhlich, und die alten Seemänner strebten der nächsten Schenke zu, um sich ein Glas gewärmten Apfelweins zu Gemüte zu führen, der bekanntlich das beste Getränk zum Stärken ist, wenn der Nordwestwind pfeift. Indessen hatte Gracchus schon den bronzenen Delphin in Bewegung gesetzt und erkundigte sich würdig bei einem alten Diener, der wie ein alter Seemann aussah, ob sein Herr willens sei, Mademoiselle d'Asselnat zu empfangen. Von den zahlreichen Namen, die Marianne trug oder getragen hatte, war dieser dem Korsaren am vertrautesten.

Der junge Kutscher erfuhr, daß «Monsieur Surcouf» sich gegenwärtig am Trockendock aufhalte, jedoch nicht mehr lange ausbleiben werde. Wenn die Demoiselle wolle, könne sie ein Weilchen in seiner Messe warten – eine Ausdrucksweise, die Mariannes Meinung über den ursprünglichen Ruf des alten Dieners nur bestätigte. Er geleitete sie in ein Vestibül mit schwarzweißen Fliesen und einer Wandverkleidung aus altem Eichenholz, zu dessen spärlicher Möblierung ein Wandtischchen gehörte, auf dem zwischen zwei Bronzekandelabern das prächtige Modell eines bewaffneten Transportschiffs mit entfalteten Segeln, geöffneten Stückpforten und gerichteten Geschützen stand. Zwei Sessel aus Eichenholz mit hohen Lehnen hielten neben ihm Wacht. Das ganze Haus duftete nach frischem Wachs, und die Besucherin schloß daraus, daß die Baronin eine ausgezeichnete Hausfrau sein müsse. Alles strahlte vor Sauberkeit, und selbst mit weißen Handschuhen hätte man vergeblich nach einem Staubrest gefahndet. Es war höchst eindrucksvoll und fast ein wenig kühl. Surcoufs «Messe», in die sie gleich darauf geführt wurde, war behaglicher, auch wenn die Täfelung aus dunklem Holz der im Vestibül ähnlich war. Sie verriet den Mann der Tat, roch nach Meer, Abenteuer und brausendem Leben. In fröhlicher Unordnung lagen auf dem Schreibtisch Kompasse, Karten, Papiere, Pfeifen und Gänsefedern rund um einen Wärmekessel und eine grüne Kerze, in deren Wachsstockbüchse Wachsstangen zum Siegeln standen. Auf dem spiegelnden Parkett, das ein paar barbarische Teppiche in lebhaften Farben erwärmten, breitete sich eine riesige Weltkarte zwischen einem Äquatorial und einem kupfernen Meridiankreis aus. An den Wänden hingen, in hübschen Rosetten angeordnet, seltsame Waffen und Flaggen, die sichtlich mit Pulverdampf in Berührung gekommen waren, und auf allen Möbeln, mit Ausnahme der mit Büchern vollgestopften Bibliothek, leisteten Fernrohre Pistolenfutteralen und Seefahrtsinstrumenten Gesellschaft.

Marianne blieb kaum Zeit, in einem Sessel Platz zu nehmen, der ebenso steif war wie seine Brüder im Vestibül, als der alte Mann sie auch schon auf Schritte und das Geräusch einer zuschlagenden Tür aufmerksam machte, und alsbald schien sich der Raum mit einer mit Jod und Gischt geladenen Meeresbrise zu füllen, während Surcouf stürmisch seinen privaten Bereich betrat. Dieser Eindruck entsprach so sehr dem, den Marianne jedesmal verspürte, wenn sie sich in Jasons Gegenwart befand, daß sich ihr Magen zusammenkrampfte. Zwischen diesen beiden Männern des Meeres gab es eigenartige gemeinsame Merkmale, eine gewisse Ähnlichkeit, die an Brüderlichkeit grenzte. Es kam jetzt darauf an zu erfahren, wie weit diese Brüderlichkeit reichte ...

«Das ist aber eine Überraschung!» dröhnte der Korsar. «Ihr in Saint-Malo? Ich wage meinen Augen nicht zu trauen!»

«Dennoch bin ich es wirklich», erwiderte Marianne und ließ sich nach bäuerlicher Art herzhaft auf beide Wangen küssen. «Ich hoffe, ich störe Euch nicht.»

«Mich stören? Wo denkt Ihr hin! Alle Tage hat man nicht die Ehre, eine Fürstin zu küssen. Und da das verdammt angenehm ist, mache ich's gleich noch mal!»

Während der Korsar dem Wort die Tat folgen ließ, spürte Marianne, daß sie errötete. Sie hatte sich unter ihrem Mädchennamen hier eingeführt. «Aber ... woher wißt Ihr, daß ich ...?»

Surcouf begann so schallend zu lachen, daß das kristallene Gehänge des Kronleuchters ins Zittern geriet und ein feines Klirren von sich gab. «Fürstin? Mein liebes Kind, bildet Ihr Euch etwa ein, wir Bretonen seien so aus der Welt, daß wir die Neuigkeiten aus Paris erst drei oder vier Jahre später erführen? Aber nein! Wir sind über Stadt und Hof durchaus auf dem laufenden! Vor allem», schloß er lachend, «wenn man als vertrauten Freund den Baron Corvisart besitzt. Er hat Euch vor noch gar nicht so langer Zeit behandelt, und durch ihn weiß ich alles über Euch. Das ist das ganze Geheimnis. Jetzt setzt Euch wieder und sagt mir, welcher gute Wind Euch herführt! Aber zuerst ein Schluck Porto, um Eure Ankunft würdig zu feiern.»

Während sich Marianne im Sessel von ihrer Überraschung erholte, brachte Surcouf aus einer geschnitzten Holztruhe einen Flakon aus warmrotem böhmischem Glas und zwei dazu passende lange, schmale Gläser zum Vorschein, die er zu drei Vierteln mit einer goldbraunen Flüssigkeit füllte. Schon aufgemuntert durch die anregende Persönlichkeit des Seemanns, beobachtete Marianne amüsiert sein Treiben.

Surcouf hatte sich nicht verändert. Sein von einem Backenbart eingerahmtes breites Gesicht hatte nach wie vor seine schöne kupferne Färbung, und seine blauen Augen blickten offen wie eh und je. Er war vielleicht ein wenig dicker geworden, und sein kräftiger Oberkörper füllte den blauen Schoßrock fast zum Platzen, so daß die Nähte und die riesigen goldenen Knöpfe in Bedrängnis gerieten, die übrigens, wie Marianne verblüfft feststellte, zu diesem Zweck durchbohrte spanische Golddublonen waren.

Dem Brauch entsprechend, wurde auf die Gesundheit des Kaisers angestoßen, dann tranken sie schweigend den Portwein und knabberten dazu leichte Ingwerbiskuits, die Marianne unübertrefflich schienen. Danach zog Surcouf sich einen Stuhl heran, setzte sich rittlings darauf und musterte seine junge Freundin mit einem aufmunternden Lächeln. «Ich habe Euch gefragt, welch guter Wind Euch herführt, aber Eurer Miene nach hab ich eher den Eindruck, daß es eine kleine Sturmbö war! Täusche ich mich?»

«Sagt ein Sturm, und Ihr werdet Euch der Wahrheit nähern! So nah sogar, daß ich mir vorwerfe, hierhergekommen zu sein. Ich fürchte jetzt, Euch zu belästigen...oder daß Ihr schlecht über mich urteilt.»

«Das ist unmöglich! Und welcher Anlaß Euch auch herführt – ich sage Euch gleich, daß Ihr recht daran tatet, zu kommen! Ihr seid zu zartfühlend, um mir ins Gesicht zu sagen, daß Ihr mich braucht, aber ich schäme mich durchaus nicht, mich daran zu erinnern, daß ich Euch das Leben verdanke! Also sprecht, Marianne! Ihr wißt sehr gut, daß Ihr von mir jeden Gefallen verlangen könnt!»

«Selbst den, mir zu helfen, einen Sträfling aus dem Bagno von Brest zu befreien?»

Trotz seiner Selbstbeherrschung war ihm ein Anflug kühler Zurückhaltung anzumerken, und Marianne fühlte, wie ihr Herz erzitterte. Er wiederholte, jedes Wort betonend:

«Aus dem Bagno von Brest? Ihr habt Bekannte unter diesem Haufen von Verbrechern?»

«Noch nicht. Der Mann, den ich retten will, ist zur Stunde mit der Kette von Bicêtre unterwegs zum Bagno. Er ist für ein Verbrechen verurteilt worden, das er nicht begangen hat... Er war sogar zum Tode verurteilt, aber der Kaiser hat ihn begnadigt, weil er überzeugt ist, daß er nicht getötet hat... und vielleicht auch, weil es sich um einen Ausländer handelt. Es ist eine schwierige, komplizierte Geschichte. Ich muß es Euch erklären...»

Schon jetzt entmutigt, verwirrte sie sich. Müdigkeit und Erregung machten es ihr schwer, Worte zu finden, und sie wagte es nicht einmal mehr, Surcouf ins Gesicht zu sehen. Doch er unterbrach sie mit einer

Bewegung und fragte barsch: «Einen Moment! Was für ein Ausländer?»
«Ein Amerikaner! Er ist auch Seemann ...»
Die Faust des Korsaren schmetterte auf die knackende Stuhllehne herab und schnitt ihr das Wort ab.
«Jason Beaufort! Zum Donnerwetter, konntet Ihr das nicht gleich sagen?»
«Ihr kennt ihn?»
Er erhob sich so brüsk, daß er den Stuhl umwarf. «Ich kenne alle dieses Namens würdigen Kapitäne und Schiffe beider Hemisphären! Beaufort ist ein guter Seemann und ein mutiger Mann dazu! Sein Prozeß ist eine Schande für die französische Justiz gewesen. Ich habe deswegen übrigens an den Kaiser geschrieben.»
«Ihr?» rief Marianne mit erstickter Stimme. «Und ... was hat er Euch geantwortet?»
«Mich nur in Dinge zu mischen, die mich angehen. Oder so ähnlich ... Ihr wißt, daß er sich mit Umschweifen nicht lange aufhält. Aber woher kennt Ihr diesen Burschen? Ich glaube Euch – hm – ziemlich gut mit Seiner Majestät? Ich dachte sogar einen Moment daran, Euch zu schreiben und um Vermittlung zu bitten, aber die Geschichte mit den gefälschten Banknoten ließ mich davon Abstand nehmen. Ich fürchtete, Euch in Verlegenheit zu bringen. Nun kommt Ihr also, um mich zu bitten, Euch bei der Flucht Beauforts zu helfen, Ihr ...»
«... Ihr, die Mätresse Napoleons!» ergänzte Marianne traurig. «Die Dinge haben sich seit unserer letzten Begegnung geändert, und ich bin nicht mehr so gut bei Hofe angesehen.»
«Wie wär's, wenn Ihr mir das erzähltet?» schlug Surcouf vor, indem er den Stuhl wieder auf die Beine stellte, bevor er zu seiner Weintruhe zurückkehrte. «Ich liebe Geschichten als echter Bretone, der ich bin!»
Gestärkt durch ein weiteres großzügig eingeschenktes Glas Wein und eine neue Portion Biskuits, begann Marianne mit dem ein wenig verwikkelten Bericht ihrer Beziehungen zu Jason und ihrer Zwistigkeiten mit dem Kaiser. Doch der Portwein erfüllte sie mit einer guten Wärme, und sie bewältigte diese Aufgabe befriedigend, der Surcouf eine Schlußfolgerung nach seiner Art hinzufügte: «Euch hätte dieser Dummkopf heiraten sollen, statt dieses Mädchens ohne Eingeweide aus Florida! Ihre Mutter muß sie mit einem mit Alligatorfleisch genährten Seminolen gezeugt haben! Ihr wärt eine richtige Seemannsfrau! Ich habe es Euch sofort angesehen, als dieser alte Teufel Fouché Euch aus dem Saint-Lazare-Gefängnis holte.»
Marianne hütete sich wohl, ihn zu fragen, woran er es ihr angesehen

habe, aber sie wertete diese Erklärung als großes Kompliment und fragte nun mit viel sicherer Stimme: «Also ... Ihr wollt mir helfen?»
«Das versteht sich doch von selbst! Noch ein wenig Portwein?»
«Das versteht sich doch von selbst», entgegnete Marianne, die eine unerwartete Lebensfreude in sich aufkeimen fühlte.

Begeistert tranken die beiden Freunde auf die Verwirklichung eines Vorhabens, von dem sie noch nicht einmal die ersten Richtpunkte abgesteckt hatten, aber wenn Marianne sich auch von einer süßen Euphorie umfangen fühlte, bedurfte es doch ein wenig mehr als dreier Gläser Portwein, um Surcoufs taktische Manövrierfähigkeiten zu vermindern. Nachdem er sein Glas bis zum letzten Tropfen geleert hatte, teilte er seiner Besucherin mit, daß er sie zum besten Gasthof der Stadt geleiten lassen werde, wo sie sich wohlverdienter Ruhe hingeben könne, während er sich mit ihrer «Angelegenheit» beschäftigen werde. «Ich kann Euch nicht hierbehalten», erklärte er. «Ich bin fast allein in diesem Haus. Meine Frau und meine Kinder befinden sich in unserem Haus in Riancourt in der Nähe von Saint-Servan, und es wäre sinnlos, Euch diesen Weg zuzumuten. Übrigens ist Madame Surcouf eine brave Frau, aber Ihr würdet sie kaum sehr amüsant finden. Sie ist ein wenig streng, ein wenig rauh von Sprache ...» Eine hochnäsige Person, dachte Marianne, während sie ihrem Gastgeber versicherte, daß sie den Gasthof vorziehe. Sie wünsche, so wenig wie möglich aufzufallen, und da sie incognito reise, könne es zu Verlegenheiten führen, wenn sie in seiner Familie empfangen werde. Sie ließ unerwähnt, daß sie nicht die geringste Lust verspürte, für eine Schar von Knirpsen das bestaunte Wundertier zu spielen und den säuerlichen Konfidenzen einer perfekten Hausfrau über Weizenpreise und die der Blockade zu verdankenden Schwierigkeiten bei der Beschaffung von Kolonialwaren lauschen zu müssen. Die Einsamkeit eines guten Gasthofzimmers erschien ihr verlockender.

Sie trennten sich in bestem Einvernehmen. Surcouf vertraute Marianne seinem Diener, dem alten Job Goas an, der tatsächlich ein ehemaliger Matrose war. Job erhielt den Befehl, die junge Frau zum Gasthof zur Herzogin Anne zu führen, dem besten der Stadt, der auch als Poststation diente, und sie dort wärmstens zu empfehlen. Er versprach, später am Abend selbst zu kommen, wenn er den Mann, den sie brauchten, wie er sagte, gefunden hätte.

Vielleicht dank der Wirkung des portugiesischen Weines, vielleicht aber auch dank der Freude, sich so leicht eines so vielversprechenden Verbundeten versichert zu haben, fand Marianne den Gasthof reizend, ihr Zimmer so behaglich, wie man es sich nur wünschen konnte, und die aus der Gaststube heraufdringenden Düfte überaus appetitanregend. Zum erstenmal seit langem entdeckte sie wieder angenehme Seiten am Leben.

Um die geschlossene Stadt und auf dem Wall pfiff der Wind mit wachsender Heftigkeit. Die kommende Nacht würde eine Sturmnacht werden, und die hohen Masten der Schiffe im Hafen, auf denen Positionslaternen brannten, schwankten wie betrunkene Matrosen. Doch in Mariannes durch dicke Mauern und die bleigefaßten Butzenscheiben des Fensters geschütztem Zimmer war es beruhigend warm. Das Bett mit seinen übereinandergelegten Matratzen und dem gewaltigen roten Plumeau roch gut nach auf den Ginsterbüschen der Heide in der Sonne getrockneter Wäsche. Durch die lange Fahrt bei schlechtem Wetter ermüdet, verlangte es Marianne danach, sich sofort niederzulegen, aber die Ingwerbiskuits und der Portwein hatten ihren Appetit geweckt. Sie verspürte einen wahren Wolfshunger, zusätzlich angeregt durch die Küchendämpfe, die das ganze Haus durchzogen. Und dann hatte Surcouf ihr geraten, sich die Speisen in der Gaststube servieren zu lassen, damit er nicht erst zu ihrem Zimmer geführt werden müsse, wenn er mit dem Mann käme, den er suchen wollte. Es war im übrigen ein durchaus anständiges Gasthaus, in dem eine Dame ohne Furcht vor Belästigungen soupieren konnte, aber um ganz sicherzugehen, beschloß Marianne, gemeinsam mit Gracchus zu speisen, der sie vor ungebetenen Gästen schützen konnte, während sie Surcouf und seinen Freund erwartete.

An einem kleinen Tisch nicht weit von dem mächtigen Kamin entfernt, vor dem eine Magd mit dem hohen Spitzenkopfputz der Frauen von Péneuf auf einer langstieligen Pfanne Eierkuchen springen ließ, aßen die Fürstin Sant'Anna und ihr Kutscher mit Genuß Austern aus Cancale und große Krabben mit gesalzener Butter und einer Fischsuppe mit würzigen Kräutern serviert. Goldbraune Eierkuchen und moussierender Apfelwein vervollständigten die Mahlzeit.

Sie waren eben dabei, einen duftenden Kaffee zu schlürfen, während fast überall um sie herum mit feinem Tabak aus Porto Rico gestopfte Pfeifen angezündet wurden, als Surcoufs kraftvolle Hand die Tür aufstieß. Fröhliche Beifallsrufe begrüßten sein Erscheinen, doch Marianne beachtete sie nicht. Ihre ganze Aufmerksamkeit wurde von dem Mann beansprucht, der dem Korsaren folgte. Der hochgeschlagene Kragen seines Wettermantels verdeckte einen Teil seines Gesichts, aber sie kannte dieses Gesicht zu gut, um nicht sofort seinen Eigner zu erraten, selbst wenn er einen falschen Bart und einen breitkrempigen Hut getragen hätte, was nicht der Fall war. Der Mann war Jean Ledru!

14. Kapitel

Der neunte Stern ...

In dem kleinen Haus in Recouvrance, das einst Nicolas Mallerousse gehört hatte, begann für Marianne nun das große Warten. Sie wartete auf zweierlei: zunächst auf die Kette der Sträflinge, deren mehr als zwanzigtägiger Transport sich seinem Ende zuneigen mußte, und dann auf die «Saint-Guénolé», den Fischkutter Jean Ledrus, der, von Saint-Malo aus an der Küste entlangsegelnd, zuerst den kleinen Hafen von Conquet anlaufen und dann auf der Reede von Brest vor Anker gehen würde.

Trotz des schlechten Wetters war der junge Seemann mit einer Besatzung von zehn handfesten Burschen am gleichen Morgen in See gestochen, an dem Surcouf Marianne vor dem Gasthof zur Herzogin Anne mit herzlichen Wünschen für eine gute Reise in die Kutsche gesetzt hatte.

Als Ledru tags zuvor wieder in ihrem Leben aufgetaucht war, hatte Marianne allerdings einen Moment gebraucht, um zu entscheiden, ob es ihr recht sei oder nicht, Jasons Geschick in die Hände des Mannes zu legen, dem sie ihre erste, unangenehme Liebeserfahrung und einigen anderen Kummer verdankte. Doch dann war Surcouf angesichts ihrer besorgten Miene in gutmütiges Gelächter ausgebrochen und hatte Ledru der jungen Frau zugeschoben.

«Er ist letzten März mit einem persönlichen Brief des Kaisers zu mir zurückgekommen, der mir befahl, ihn wieder aufzunehmen – auf Euren Wunsch. Also haben wir beide uns ausgesöhnt und seitdem nie aufgehört, Euch dafür erkenntlich zu sein. Der Krieg in Spanien war trotz seiner guten Führung nichts für Jean, weil er auf festem Boden nicht in seinem Element ist. Und ich war froh, einen guten Seemann wiederzufinden.»

Leicht peinlich berührt bei dem Gedanken an den vulkanischen Charakter ihrer einstigen Beziehungen, reichte Marianne ihrem ehemaligen

Gefährten im Unglück die Hand. «Guten Tag, Jean. Ich freue mich, Euch wiederzusehen.»

Er hatte die dargebotene Hand ohne zu lächeln genommen. Seine hellen Augen, die zwischen den vom Meer gebleichten Wimpern wie zwei Vergißmeinnichtblüten wirkten, bewahrten ihren nachdenklichen Ausdruck in diesem vertraut gebliebenen, gebräunten Gesicht mit dem kurzen blonden Bart, und einen Augenblick lang hatte Marianne sich gefragt, wie er reagieren würde. War er ihr immer noch böse? Und dann, ganz plötzlich, begann das unbewegte Gesicht zu leben, während zwischen Bart und Schnurrbart ein offenes Lächeln erschien. «Auch ich freue mich, verdammt noch mal! Und das um so mehr, als ich wiedergutmachen kann, was Ihr für mich getan habt.»

Alles stand also zum besten! Sie hatte ihn noch vor der großen Gefahr warnen wollen, in die er sich begab, wenn er es wagte, sich der kaiserlichen Justiz entgegenzustellen, aber ebenso wie Surcouf wollte er nichts davon hören. «Der Mann, der gerettet werden soll, ist ein Seemann, und Monsieur Surcouf sagt, daß er unschuldig ist. Mehr verlange ich nicht, es genügt mir, und die Sache ist erledigt. Bleibt nur noch zu erfahren, wie wir es anfangen sollen.»

Während zwei langer Stunden legten die drei Männer und die junge Frau rund um einen Tisch mit einer Kanne Kaffee und einem Stapel Eierkuchen die großen Linien ihres Planes fest, der eine tüchtige Portion Kühnheit verlangte. Aber wenn sich auch von Zeit zu Zeit Unruhe und Zweifel in Mariannes grünen Augen zeigten, glitzerten in den blauen Augen der beiden Bretonen und des Parisers nur Funken der Begeisterung und Erregung über dieses Abenteuer, so daß die junge Frau bald jeden Einwand fallen ließ. Nur einen letzten mußte sie noch anbringen, als es um den Fischkutter «Saint-Guénolé» ging. «Diese Fischkutter sind kleine Schiffe, scheint mir, zu klein, um nach Amerika segeln zu können. Glaubt Ihr nicht, daß ein größeres Schiff ...»

Obwohl Surcouf es schon mit großartiger Verachtung zurückgewiesen hatte, hatte sie ihr Angebot noch einmal wiederholt, ein Schiff zu kaufen. Aber auch diesmal gab der König der Korsaren ihr freundlich zu verstehen, daß sie von solchen Dingen keine Ahnung habe. «Um unbemerkt fortzukommen und jemand, der es besonders eilig hat, schnellstens aus Brest hinauszuschaffen, ist dieser Schiffstyp, der ganz nah am Wind segelt und gut auf dem Wasser liegt, ideal, vor allem in den schwierigen Gewässern des Iroise-Kanals. Alles weitere ist meine Sache! Seid unbesorgt, es wird zur gewünschten Zeit ein Schiff für Amerika zur Stelle sein.»

Mit dieser Versicherung mußte sich Marianne zufriedengeben, und man hatte sich getrennt, um noch ein wenig zu ruhen. Während der ganzen langen Besprechung hatte Marianne Jean Ledru beobachtet, um aus seinen wenig beweglichen Zügen herauszulesen, ob er endlich von der Liebe geheilt sei, die er, für beide zerstörerisch und unselig, für sie empfunden hatte.

Sie hatte nichts entdecken können, doch in dem Augenblick, in dem sie sich trennten, war er selbst es, der ihr mit einem spöttischen Lächeln Auskunft gab. Als er aufstand, um seinen Wettermantel wieder anzuziehen, hatte er, scheinbar zu Surcouf gewandt, doch in Wirklichkeit für die junge Frau bestimmt, erklärt: «Könnt Ihr allein zurückkehren, Kapitän? Wenn ich mit der Flut Segel setzen soll, muß ich Marie-Jeanne adieu sagen! Verdammt, ich vergaß, wieviel Zeit uns diese Sache kosten wird, und ein Seemann darf nie aufbrechen, ohne seine Braut umarmt zu haben!» Das Augenzwinkern, das seine Worte begleitete, war voller Schalkhaftigkeit gewesen und galt Marianne. Es hieß eindeutig: «Keine Sorge, beunruhigt Euch nicht! Mit uns beiden ist es endgültig aus. Es gibt eine andere Frau in meinem Leben ...»

Sie war so erfreut darüber, daß sie mit einem offenen Lächeln freimütig die schwielige Hand des Burschen schüttelte. Und völlig beruhigt über die weitere Entwicklung ihrer Beziehungen, schlug sie mit Gracchus unter einem offenbar nicht enden wollenden Regen den Weg nach Brest ein.

In dem großen Kriegshafen angelangt, hatten sie sich bemüht, sich so unauffällig wie möglich zu verhalten. Gracchus hatte seine Kutsche direkt zur Poststation der Sieben Heiligen gefahren und sie dort gelassen. Es war eine Mietkutsche, die mit dem nächsten Reisenden nach Paris zurückkehren würde. Dann waren er und Marianne, bescheiden gekleidet, mit dem Gepäck auf einem Handwagen, zum Strand hinuntergegangen, vor das Schloß, um dort die Fähre nach Recouvrance zu nehmen. Der Weg, den Marianne seit ihrem Aufenthalt bei Nicolas kannte, war wesentlich kürzer als der über die Brücke, auf dem sie an der Penfeld entlang bis zum Arsenal hätte gehen müssen, vorbei an den nicht weit entfernten hohen, traurigen Mauern des Bagnos und der Seilerwerkstätten.

Ein Fischer mit der blauen Mütze der Männer von Goulven hatte das Netz, das er gerade flickte, aus der Hand gelegt, um ihnen in sein Boot zu helfen. Es war fast schön an diesem Tag. Ein kalter, aber nicht zu heftiger Wind blähte die roten Segel der Fischerboote, die sich der Hafeneinfahrt näherten, und ließ die Standarten auf den dicken, runden Türmen des Schlosses knattern. Mitten im Strom hatte der Fährmann seine Ruder eingezogen, um eine große Schaluppe passieren zu lassen, die eine mit eingezogenen Segeln stolz in kriegerischer Pracht heimkehrende Fregatte schleppte. Von den Pfiffen der Aufseher angetrieben, zogen die Ruderer heftig an ihren Rudern. Es waren Sträflinge in roten Jacken und Mützen. Einige trugen sogar die grüne Mütze der Lebenslänglichen, an der, wie auch an den Mützen der Sträflinge «auf Zeit», auf einer eisernen Plakette ihre Sträflingsnummer stand. Und die auf der rohen Holzbank sitzende Marianne sah sie mit einem Gefühl von Angst und Widerwillen vorbeiziehen. Vielleicht gab es keine Galeeren mehr, aber diese Männer waren noch Galeerensträflinge, und bald würde Jason seinen Platz unter ihnen einnehmen. Gracchus riß sie aus ihrer düsteren Versunkenheit. «Seht sie Euch doch nicht an, Mademoiselle Marianne! Das macht Euch nicht glücklicher!»

«Richtig!» hatte der Fährmann zugestimmt, während er sein Boot wieder in Bewegung setzte. «Das ist kein Anblick für eine junge Dame. Nur machen die Sträflinge hier eben alles. Die, die nicht beim Beladen der Schiffe beschäftigt sind, arbeiten in der Seilerwerkstatt oder beim Segelmacher. Es gibt ein paar, die den Schmutz fortschaffen, und andere, die die Kanonenkugeln und Pulverfässer schleppen. Man sieht sie hier alle Nase lang, jawohl ... Am Ende werdet Ihr sie gar nicht mehr bemerken.»

Marianne bezweifelte es, selbst wenn sie hier zehn Jahre bleiben müßte.

Gebührend entlohnt, hatte ihnen der brave Mann einen guten Abend gewünscht und versichert, daß er ihnen stets zu Diensten sein würde.

«Mein Name ist Conan», hatte er hinzugefügt. «Ihr braucht mich nur von diesem Felsen aus zu rufen, und ich komme.»

Gefolgt von Gracchus, der sich einen Reisekoffer auf die Schulter geladen hatte, und einem Jungen, der zwei Reisesäcke trug, war Marianne in das Gewirr der Treppengäßchen von Recouvrance in Richtung auf den La Motte-Tanguy-Turm eingebogen. Es war jetzt mehr als ein Jahr her, daß sie Brest mit der Eilpost verlassen hatte, aber sie fand ihren Weg mit der gleichen Leichtigkeit wieder, als wäre sie erst in der vergangenen Woche abgereist.

Auf den ersten Blick erkannte sie, nicht weit vom Turm entfernt, Nicolas' kleines Haus mit seinen granitenen Stützpfeilern und weißgekalkten Mauern, seinem dreieckigen Dachfenster und seinem kleinen Pfarrgarten, aus dem der Winter die Blumen verjagt hatte. Nichts hatte sich verändert. Auch nicht Madame Le Guilvinec, die Nachbarin, die seit vielen Jahren den Haushalt des Geheimagenten führte, ohne von seinen wahren Aktivitäten etwas zu ahnen.

Durch einen Brief zuvor verständigt, war die würdige Frau aus ihrem Haus aufgetaucht, als Marianne und ihre kleine Eskorte in ihrem Blickfeld erschienen waren, die Arme ausgebreitet und herzliche Freude auf ihrem langen, ein wenig männlichen Gesicht unter der hohen Spitzenhaube. Und die beiden Frauen hatten sich weinend umarmt, jede für sich die schwere Gestalt des Mannes vor Augen, der sie schon einmal zusammengeführt hatte.

Ein seltsames Gefühl von Heimkehr bemächtigte sich Mariannes, als sie die Schwelle des Hauses überschritten hatte. Die alten, gut gewachsten Möbel, die funkelnden Kupferdinge, die Pfeifensammlung, die kleinen Figuren der Sieben Heiligen auf einem Wandbrett, die alten, zerlesenen Bücher und die von einem Balken der niedrigen Decke herabhängende, eine Miniatur-Galeere enthaltende Flasche – all das war ihr ganz vertraut. Sie lebte sich in dieser Umgebung viel leichter ein, als sie es im erneuerten Glanz des Hôtel d'Asselnat vermocht hätte, indem sie, wenn das Wetter es erlaubte, den Tag im kahlen Garten verbrachte, eingehüllt in ein großes schwarzes Umhängetuch, um die Reede und die Kais der Penfeld zu beobachten.

Sie hatte nichts weiter zu tun, als zu warten, da die Schiffsfrage ein für allemal von Surcouf geregelt worden war. Gracchus, den sie als ihren jungen Diener vorgestellt hatte, ohne ihm eine besondere Funktion zuzuschreiben, hatte in einem so kleinen Haus nicht viel zu tun. Jeden Tag verschwand er in die Stadt, trieb sich endlos um das Bagno und in dem Elendsviertel von Keravel herum, dessen baufällige Häuser und krumme Gäßchen zwischen der reichen, handeltreibenden Rue de Siam und dem abstoßenden Gemäuer des Gefängnisses lagen. Abgesehen von den Stunden, in denen Madame Le Guilvinec sich Marianne gegenüber setzte, um unentwegt neben dem Feuer zu stricken, beschränkte sich ihre Gesellschaft auf die Katze der vortrefflichen Frau, die sich dem Einsiedlerleben angepaßt hatte und es liebte, sich auf dem Kaminsims zusammenzurollen und dort zu schlafen.

Die Zeit schien stillzustehen. Es war Dezember geworden und die großen Stürme jagten die grauen Wasser der Reede bis in die Hafeneinfahrt. An den Abenden, wenn der Wind mit noch größerer Wut als sonst heulte, ließ Madame Le Guilvinec ihr Wollknäuel sinken und nahm ihren Rosenkranz in die Hand, den sie lautlos für das Heil der Fischer und Seeleute herunterbetete, die den Gefahren des Meers ausgesetzt waren. Auch Marianne betete dann in Gedanken an den Fischkutter Jean Ledrus ...

Eines Abends, als die kaum wahrnehmbare Wintersonne gerade im

Nebel über den Inseln versank, füllte sich die Stadt mit einem Lärm, der selbst die Geräusche des Hafens übertönte: mit schrillen Pfiffen der Aufseher und durch Sprachrohre gebrüllten Anweisungen und Befehlen. Marianne warf sich ihren weiten Kapuzenmantel um und stürzte nach draußen, ohne etwas von dem zu verstehen, was ihre Nachbarin ihr zurief. Von Stein zu Stein springend, jagte sie über die Stufen der kleinen Straßen zwischen Gärtchen bis zum Strand hinunter und kam eben zur rechten Zeit, um den ersten Karren aus der Rue de Siam in Richtung des Bagnos auf den Kai einbiegen zu sehen.

Trotz der Entfernung erkannte sie sofort die Uniformen der Wachmannschaften und die langen, großrädrigen Fahrzeuge, auf denen die Männer noch zusammengepferchter, noch elender wirkten als bei ihrem Aufbruch. Aber die abendlichen Schatten hatten sich schon verdichtet, und bald verschwand der jämmerliche Zug in den vom Fluß aufsteigenden Nebelschwaden. Fröstelnd unter dem weiten Umhang aus dicker Wolle, den sie eng um sich zog, kehrte Marianne ins Haus zurück, um dort auf Arcadius zu warten. Da die Kette angelangt war, konnte der Vicomte nicht mehr weit sein. Einen Moment lang war sie versucht, bis an die Brücke von Recouvrance zu gehen, um ihn dort abzupassen, aber wenn er die Fähre nahm, wie sie selbst es ja auch getan hatte, würde sie vergeblich warten.

Er kam, von Gracchus geführt, den er am Tor des Bagnos getroffen hatte, im selben Augenblick, als Madame Le Guilvinec die Fensterläden schloß, während Marianne, über den im Kamin hängenden Kochtopf gebeugt, langsam in einer lieblich duftenden, dicken Specksuppe rührte.

«Da ist endlich mein Onkel aus Paris gekommen, Madame Le Guilvinec», sagte Marianne nur, während die Bretonin sich vor dem Eintretenden verneigte. «Er hat eine lange Reise hinter sich und muß sehr müde sein.»

In der Tat war Arcadius' Gesicht von Müdigkeit gezeichnet, und sein düsterer Blick alarmierte Marianne sofort. Auch sein Schweigen war beunruhigend. Er hatte sich darauf beschränkt, der guten Frau für den Empfang zu danken, dann hatte er sich auf den Kaminstein gesetzt, wo die Katze beiseiterückte, um ihm Platz zu machen, und hielt die Hände über die Flammen, ohne etwas zu sagen.

Während Marianne ihn sorgenvoll und schweigend betrachtete, schickte Madame Le Guilvinec sich an, den Tisch zu decken, doch Gracchus ließ sie nicht dazu kommen. «Laßt nur, Madame. Das mache ich selbst.»

Die Bretonen sind wenig schwatzhaft und selten indiskret. Die Witwe von Tont-Croix begriff, daß ihre Nachbarn allein zu sein wünschten, erklärte, in die nahe Kapelle zur Abendandacht gehen zu wollen, und wünschte ihnen eine gute Nacht. Ihre Katze im Nacken packend, beeilte sie sich zu verschwinden.

Sofort war Marianne auf den Knien neben Jolival, der müde den Kopf in seine Hände hatte sinken lassen. «Was gibt es, Arcadius? Seid Ihr krank?»

Er hob den Kopf und schenkte ihr ein schwaches Lächeln, das sie beruhigen sollte, ihre Befürchtungen aber nur noch vergrößerte.

«Ist Jason etwas zugestoßen?» fragte sie, von plötzlicher Angst gepackt. «Haben sie ihn mir . . . ?»

«Nein, nein . . . er lebt! Aber er ist verletzt, Marianne, und ziemlich schwer!»

«Verletzt? Aber wie! Warum?»

Nun erzählte Arcadius, was sich zugetragen hatte. Beim Aufenthalt in Pontorson hatte einer der Mitgefangenen an Jasons Kette, ein junger Bursche von achtzehn Jahren, der an Fieber erkrankt war, um Wasser gebeten, um seinen brennenden Durst zu löschen. Um sich einen Spaß zu machen, hatte ihm einer der Wächter einen Topf Wasser über den Kopf geschüttet, bevor er ihm Fußtritte in die Seiten verpaßte. Dieses Schauspiel hatte Jason in Wut versetzt. Er hatte sich auf den Mann gestürzt und ihn mit einem Faustschlag zu Boden geschleudert. Dann hatte er sich auf ihn gekniet und versucht, ihn zu erwürgen, aber die Kameraden des Wächters waren ihm zu Hilfe gekommen. Die Peitschen hatten zu tanzen begonnen, und einer der Polizisten hatte seinen Säbel gezogen. «Er ist an der Brust verletzt», fügte Arcadius hinzu. «Diese Bestien hätten ihn getötet, wenn sich auf das Wort eines der Gefangenen hin, eines gewissen Vidocq, nicht die anderen Sträflinge um ihn geschart und ihn beschützt hätten. Aber der Rest des Transports ist die reine Hölle gewesen.»

«Ist er . . . hat man ihn nicht versorgt?»

Jolival verneinte schweigend, dann fügte er hinzu: «Nur während der Aufenthalte haben seine Kameraden ihr Bestes getan, aber um sie zu bestrafen, hat man sie gezwungen, zwei Etappen . . . zu Fuß zu gehen. Ich glaube, er würde nie lebend ankommen.»

«Das ist entsetzlich!» stammelte Marianne tonlos.

Auf ihren Fersen hockend, völlig niedergeschmettert, starrte sie in den vertrauten Raum, ohne ihn zu sehen. Was sie sah, war eine von Regen und Wind gepeitschte Straße, auf der ein verletzter, mit Ketten beladener Mann sich dahinschleppte, gestützt von ein oder zwei menschlichen Wracks, die genauso erschöpft waren wie er. Sie fügte hinzu: «Er wird es nicht durchhalten! Sie werden ihn töten! Gibt es wenigstens ein Hospital für diese Unglücklichen?»

Gracchus war es, der ihr antwortete: «Es gibt eins im Bagno. Aber ich glaubte, die Kette würde schon vor ihrer Ankunft im Lazarett von Pont-à-Lézen, ganz hier in der Nähe, einer ärztlichen Untersuchung unterzogen.»

«Seine Wächter wollten ihn nicht dort lassen. Man kann aus dem Lazarett zu leicht fliehen. Und der Mann, den er angegriffen hatte, hat dagegen protestiert, daß man ihn dort bleiben ließ. Er sagte, im Bagno würde er ausreichend gepflegt, um die Bestrafung zu überstehen, die er gegen ihn beantragen will ... Dieser Mann ist nur eine haßerfüllte Bestie. Er wird erst zufrieden sein, wenn er seine Sache gewonnen hat.»

«Die Bestrafung? Was für eine Bestrafung?»

«Die Bastonnade und den Kerker, zu dem Jason für mehrere Monate verurteilt werden kann, wenn er nicht von den Knüppeln erschlagen wird. Und aus einem Kerker entflieht man nicht.»

Entsetzen hatte von Marianne Besitz ergriffen und die Wartezeit endgültig beendet, die verhältnismäßig friedlich gewesen war dank der berechtigten Hoffnungen, die sie aus Saint-Malo mitgebracht hatte. Aber sie begriff jetzt, daß Jason in einer fürchterlichen, unerbittlichen Maschinerie gefangen war, aus der ihn zu befreien schwierig sein würde. Sein jetziger Zustand verbot jeden Versuch einer Flucht, und er würde sich nur erholen, wenn überhaupt, um in einen noch schlimmeren Zustand zu geraten. Während sie diesen drückenden Gedanken nachhing, schlüpfte Gracchus mit einem Fluch in den Seemannsmantel, den er gekauft hatte, um sich unauffälliger unter den Leuten des großen Hafens bewegen zu können, und zog sich seine braune Wollmütze bis über die Ohren. Mit schnellen Schritten wandte er sich zur Tür.

Marianne hielt ihn auf: «Wohin gehst du um diese Zeit?»

«Nach Keravel. Es gibt dort in der Nähe des Bagnotors eine Schenke, in die die Wächter zum Trinken kommen. Ich gehe oft hin und habe dort eine Bekanntschaft gemacht, einen gewissen Sergeanten La Violette, der nichts mehr liebt als die Flasche. Mit einem halben Liter Rum hole ich jede Auskunft aus ihm heraus, die ich haben will ... und ich will wissen, was mit Monsieur Jason geschehen ist!»

Jolivals entmutigter Blick hellte sich auf. «Das ist eine nützliche Bekanntschaft. Du hast gut gearbeitet, mein Bursche! Geh heute allein hin, aber morgen werde ich dir helfen, diesen Soldaten zu tränken.»

Als Gracchus zwei Stunden später wiederkam, befanden sich Marianne und Jolival noch immer im Wohnraum. Er rauchte ruhig neben dem Feuer, und sie, unfähig, still sitzen zu bleiben, hatte das Geschirr aufgeräumt und an seinen Platz gestellt, um über ihre Nervosität hinwegzutäuschen. Die Nachrichten, die Sergeant La Violette aus seinem Becher zu Tage gefördert hatte, bestätigten in allen Punkten die Jolivals, jedoch mit einer positiven Ergänzung: Einer der Gefangenen, ein Verletzter, hatte unverzüglich im Hospital Aufnahme gefunden. Zu seinem Glück war der mit der ärztlichen Überwachung des Bagnos betraute junge Chirurg im Moment des Eintreffens der Kette noch dagewesen. Ein rückfälliger Ausbrecher, den man ins Bagno zurückbrachte und der ihn kannte, hatte ihn auf den Fall aufmerksam gemacht, und er hatte den verletzten Gefangenen sofort untersucht.

François Vidocq! dachte Marianne. Wieder er! Doch jetzt beschwor sie voller Dankbarkeit die lässige Gestalt des seltsamen Gefangenen, der sie im La Force-Gefängnis so gereizt hatte. Es fehlte nicht viel, um ihn in ihre Gebete aufzunehmen, denn Jason verdankte es schließlich ihm, daß er zu dieser Stunde noch lebte. Aber wie lange noch? Der Haß des Mannes, den er geschlagen hatte, würde für strenge Bewachung sorgen, und die kommenden Tage würden von ständiger Furcht bestimmt sein.

In diesen Tagen hätte ein außenstehender Beobachter sie ohne Unterschied ruhig gefunden in der Eintönigkeit ihres von den Kirchenglocken und den Kanonenschüssen vom Schloß geregelten Lebens. Die Bewohner des kleinen Hauses lebten wie ordentliche Leute, jeder ging seinen kleinen Beschäftigungen im Haushalt nach, gelegentlich durch Spaziergänge unterbrochen. Man sah Onkel und Nichte Arm in Arm gravitätisch in den Straßen der Stadt oder auf dem Vorplatz des Schlosses promenieren, den Hafen und die alten Stadtviertel besuchen. Der junge Diener trödelte außerhalb seines Dienstes lange herum, die Nase in der Luft, wie es sich für einen Burschen seines Alters gehörte. Er verbrachte Stunden auf den Kais der Penfeld und sah zu, wie die Sträflinge die Kanonenkugeln und Granaten an Bord der Kriegsschiffe schleppten oder neue Taue zusammenrollten, die aus den Händen ihrer Kameraden kamen, beobachtete, wie sie Schiffe ausbesserten oder in der Nähe der Werft frisch zugeschnittene Balken aufstapelten, die noch den Duft der Wälder verströmten. Aber alle diese scheinbar unschuldigen Spaziergänge dienten einem doppelten Zweck: so viele Neuigkeiten wie nur möglich zu erfahren und vor allem auf die Ankunft der «Saint-Guénolé» zu lauern.

Der Fischkutter hatte sich verspätet. Nach Jolivals Berechnung hätte er vor mindestens einer Woche eintreffen müssen, und diese Verspätung beunruhigte Marianne außerordentlich. Das Meer war in der letzten Zeit sehr stürmisch gewesen. Wer konnte wissen, ob das kleine Schiff unbehindert die als gefährlich geltende Passage von Fromveur hatte durchqueren, das Vorgebirge von Saint-Mathieu umsegeln und den kleinen Hafen von Le Conquet erreichen können, ohne vom Sturm gegen die Felsklippen geschleudert zu werden? Selbst die Fischer fuhren kaum aus, und auf den Kais und in den Schenken erzählte man sich, daß seit fünfzehn Tagen keinerlei Nachricht von den Inseln gekommen sei. Das aufgewühlte Meer hatte, wie so oft im Winter, Molène und Ouessant vom Festland abgeschnitten ...

Doch wenn die Tür und die Fensterläden des Hauses fest geschlossen waren, widmeten sich seine Bewohner weniger unschuldigen Aufgaben. Jolival hatte Stunden damit verbracht, Zehn-Sous-Stücke aus Bronze, die durch ihre Größe und Dicke bestens dazu geeignet waren, sorgfältig zu zerschneiden und wieder zusammenzufügen, nachdem er in ihrem Innern Goldmünzen versteckt hatte, deren Besitz eine unerläßliche Waffe für einen Bagnosträfling war. Außerdem hatte er aus scharfem Stahl eine Nachahmung des Nummernschildchens angefertigt, das jeder Sträfling an seiner Mütze trug, nachdem er vom Sergeanten La Violette die Nummer erfahren hatte, unter der Jason eingetragen war. Was Marianne betraf, hatte sie Brot zu backen gelernt, und zwei große Laibe hatten schon ihren Weg ins Bagno angetreten – jedesmal dank La Violette. In jedem von ihnen war ein Stück Zivilkleidung verborgen gewesen ...

Wenn der Abend kam, schlichen sich Jolival und Gracchus aus dem Haus und suchten die Schenke Zum Mädchen aus Jamaika auf, wo sie nun schon als Stammgäste angesehen wurden. Die Nachrichten, die sie zurückbrachten, waren ermutigend: Der Verwundete erholte sich langsam, aber sicher. Seine Jugend und seine kräftige Konstitution behielten die Oberhand. Die Gefahr einer Infektion war gebannt. Außerdem, behauptete Arcadius und auch der Chirurg des Bagnos, sei die Nähe des Meers der Heilung von Wunden günstig. Aber Marianne konnte trotz allem nicht ohne Schaudern an das dürftige Seegraslager denken, auf dem – immer in Ketten, denn die Sträflinge legten ihre Ketten niemals ab – der Mann lag, den sie liebte.

Das Weihnachtsfest nahte. Es fiel in diesem Jahr auf einen Dienstag. Da der vorhergehende Freitag wie alle Freitage in Brest Markttag war, begleitete Marianne Madame Le Guilvinec in die Rue de Siam, um dort die nötigen Einkäufe für die Vorbereitung des großen Feiertages zu machen, dem vielleicht liebsten im Herzen der Bretonen. Es wäre verdächtig erschienen, wenn die neue Bewohnerin von Recouvrance sich anders als ihre Nachbarn verhalten hätte.

Das Wetter war mild, aber neblig. Gelblicher Nebel hüllte alle Dinge ein, und die an Markttagen immer sehr lebhafte Geschäftigkeit in der Rue de Siam erhielt dadurch etwas seltsam Fremdes. Die gestreiften Anzüge der Seeleute mit ihren Hüten aus Lackleder und die prächtigen Gewänder der Bäuerinnen, lebhaft und je nach ihrem Heimatort verschieden gefärbt, erschienen wie unwirklich. Die bis zu den Fersen in lange, fransenbesetzte Schals gehüllten Mädchen aus Léon gewannen Gang und Haltung von Zauberinnen aus dem Märchen, und die aus Plouaré, bedeckt mit roten und goldenen Stickereien, wirkten wie aus ihren Nischen herabgestiegene Heilige Jungfrauen aus der Kirche. Selbst die alten Frauen in ihrem dunklen Staat wurden zu übernatürlichen Wesen aus der Tiefe der Zeiten. Die Männer in bestickten Wämsern, weiten, plissierten Hosen und runden Hüten waren ebenfalls farbenfreudig angetan.

Während Marianne Madame Le Guilvinec von einem Austernstand zu einem kleinen Gebirge von Kohlköpfen folgte, sah sie vor sich einen mit Abfällen beladenen Karren näherkommen. Vier Sträflinge, einer von ihnen mit der grünen Mütze der Unverbesserlichen, stießen und zogen ihn unter dem leeren Blick eines Aufsehers, der mit der Lässigkeit langjähriger Gewöhnung hinter ihnen herschritt, die Nase in der Luft, die Hände auf dem Rücken, ohne an den Säbel, der ihm gegen die Waden schlug, zu denken. Niemand schenkte der Gruppe Aufmerksamkeit. Für die Leute von Brest waren Sträflinge bei der Arbeit das tägliche Brot. Manche bezeigten ihnen sogar eine gewisse Herzlichkeit wie alten Bekannten.

Das war offensichtlich der Fall bei dem Mann mit der grünen Mütze, denn ein Händler mit Schiffsbedarf, der auf der Schwelle seines Ladens saß und seine lange Tonpfeife rauchte, machte dem Vorübergehenden ein freundschaftliches Zeichen. Der Bagnosträfling antwortete mit einer grüßenden Bewegung seiner Hand, und plötzlich erkannte Marianne Vidocq. Er war jetzt ganz nahe. Sie konnte dem Wunsch nicht widerstehen, seine Aufmerksamkeit auf sich zu lenken. Madame Le Guilvinec hatte gerade unter dem Schirm eines Gemüsestandes haltgemacht, um sich mit einer Alten zu unterhalten, die wie sie eine Spitzhaube trug, und kümmerte sich nicht um ihre Begleiterin. Marianne hob die Hand.

Der lebhafte Blick des Sträflings hielt den ihren sofort fest. Mit einem halben Lächeln ließ er sie wissen, daß er sie erkannt habe, und mit einer Kopfbewegung wies er auf die nächste Straßenecke, wo ein Haufen Abfälle darauf wartete, weggeschafft zu werden. Dann wandte er den Kopf zu dem gähnend dem Karren folgenden Wächter und ließ statt einer Münze einen Kieselstein in seiner Hand springen. Marianne begriff, daß er sie neben dem Abfallhaufen treffen wollte, und daß sie mit Hilfe des Geldstücks dort ein paar Worte mit ihm wechseln könne.

Rasch glitt sie zwischen zwei Gruppen von Marktbesuchern, lief, ohne von ihrer Begleiterin gesehen zu werden, bis zur Ecke der Gasse und wartete, bis der Karren bei ihr anlangte. Dann nahm sie eine Silbermünze aus ihrer Börse und drückte sie dem Aufseher in die Hand, indem sie murmelte, daß sie mit dem Mann mit der grünen Mütze ein Wort sprechen wolle.

Der Mann hob mit einem kleinen, frechen Lachen die Schultern. «Verdammter Vidocq! Er kriegt sie doch alle! Also geht hin, meine Schöne, aber macht schnell. Ihr habt eine Minute, nicht mehr!»

Der Eingang zur Gasse war düster. Es war nur ein schmaler Schlauch, den der Nebel mit Schwaden füllte. Marianne betrat ihn, während sich der Sträfling mit einem unheimlichen Kettengeklirr rücklings an die Schiefermauer lehnte, halb verdeckt von einem hölzernen Kruzifix, das die Hausecke zierte.

Keuchend, als sei sie lange gelaufen, fragte Marianne: «Habt Ihr Neuigkeiten?»

«Ja, ich habe ihn heute früh gesehen. Es geht ihm besser, aber er ist noch nicht geheilt.»

«Wie lange braucht er noch?»

«Wenigstens eine Woche, vielleicht zehn Tage.»

«Und danach?»

«Danach?»

«Man hat mir gesagt, daß er einer Züchtigung unterworfen wird.»

Der Sträfling hob in einer Geste voller Fatalismus die Schultern. «Sicher erwartet ihn die Bastonnade! Alles hängt von dem Mann ab, der sie ausführt ... Wenn er sacht rangeht, kann er sie überstehen.»

«Aber ich kann nicht einmal den Gedanken daran überstehen! Er muß fliehen – vorher! Wenn nicht, wird er vielleicht zum Krüppel werden, vielleicht Schlimmeres!»

Flink wie eine Schlange glitt die Hand des Sträflings aus der Tasche seiner roten Leinenjoppe und packte den Arm der jungen Frau. «Leiser doch!» schalt er. «Ihr sprecht davon, als handelte es sich um einen Gang zur Messe! Man wird daran denken, seid beruhigt! Habt Ihr ein Schiff?»

«Ich werde eins haben ... ich glaube jedenfalls! Es ist noch nicht angekommen und ...»

Vidocq runzelte die Stirn. «Ohne Schiff ist es nicht möglich. Kaum wird im Bagno Alarm gegeben, hetzen alle Leute der Umgebung die

Beute. Einen Ausreißer zu erwischen, bringt hundert Francs ... und es gibt in der Nähe des Bagnos ein Lager von Zigeunern, die nur dafür da sind. Die reinen Bluthunde! Sobald die Kanone Alarm schlägt, packen sie Sense und Mistgabel und gehen auf Jagd!»

Der Abfallhaufen war so gut es ging auf dem Karren untergebracht, und der Wächter steckte seinen Kopf hinter dem Kruzifix hervor. «Es ist zu Ende, Vidocq! Wir gehen ...»

Der Mann gehorchte, gab seine Ruhestellung auf und ging der Straßenecke zu. Dabei raunte er: «Wenn Euer Schiff kommt, laßt es Kermeur, den Schankwirt des Mädchens aus Jamaika, wissen. Aber seht zu, daß es in spätestens zehn Tagen ist ... in einer Woche frühestens! ... Kenavo, Adieu!»

Ohne sich weiter um Madame Le Guilvinec zu kümmern, die verschwunden war und sie irgendwo auf dem Markt suchen mochte, lief Marianne wieder zum Schloßvorplatz hinunter. Sie wollte sofort nach Recouvrance zurück, um Jolival zu berichten, was sich zugetragen hatte. Trotz der Neigung der Straße und der durch die Feuchtigkeit glitschig gewordenen runden Steine, mit denen sie gepflastert war, rannte sie fast, während Vidocqs Worte durch ihren Kopf wirbelten: «In zehn Tagen spätestens, eine Woche frühestens ...» Und Ledru war nicht da ... und kam vielleicht nie! Man mußte sofort etwas tun, ein Schiff finden ... Es war nicht mehr möglich, länger zu warten! Dem Mann aus Saint-Malo mußte etwas zugestoßen sein, und neue, dringende Entscheidungen waren zu treffen ...

Glücklicherweise befand sich der alte Conan, der Fährmann, auf dieser Seite des Flusses, saß, seine Pfeife rauchend, auf einem Felsen, so friedlich, als schiene die schönste Sonne, und spuckte von Zeit zu Zeit ins Wasser. Hätte er sich auf der anderen Seite aufgehalten, wäre Marianne in ihrer Erregung imstande gewesen, sich ins Wasser zu stürzen, um schneller hinüberzukommen. Sie sprang ins Boot, bevor der gute Mann überhaupt merkte, daß er eine Kundin hatte. «Schnell!» befahl sie. «Bringt mich hinüber!»

«Bah», sagte der Brave und zuckte die Schultern. «Ihr werdet Euch zum Sterben auch Zeit nehmen. Diese Jugend! Immer muß alles rennen!»

Doch er hantierte mit seinen Rudern energischer als gewöhnlich, und bald darauf sprang Marianne, ihm ein Geldstück zuwerfend, über die Felsen und lief dem Hause zu. Fast außer Atem stürzte sie hinein. Neben dem Tisch stehend, sprach Jolival mit einem Fischer, der einen Korb voller blau schimmernder Makrelen auf die Tischplatte gestellt hatte.

Der Geruch der frischen Fische füllte den Raum, vermischt mit dem des Holzfeuers.

«Arcadius», sprudelte Marianne hervor, «wir müssen sofort ein Schiff finden! Ich bin eben...»

Sie sprach nicht weiter. Die beiden Männer hatten sich zu ihr umgewandt, und sie sah, daß der Fischer niemand anderes als Jean Ledru war.

«Ein Schiff?» fragte er mit seiner ruhigen Stimme. «Um was zu tun? Genügt Euch meins nicht?»

Als hätte man ihre Beine unter ihr weggezogen, ließ sie sich auf die Bank fallen, hakte den Umhang auf, der sie erstickte, und warf die ihr Haar bedeckende Leinenhaube zurück.

«Ich glaubte, daß Ihr nicht mehr kämt, daß Euch etwas zugestoßen wäre – ich weiß nicht, was», seufzte sie.

«Nein, alles ist gut gegangen! Ich mußte nur für ein paar Tage nach Morlaix einlaufen. Einer meiner Männer – war krank.»

Er hatte bei der Erklärung kurz gezögert, aber Marianne war viel zu glücklich, ihn zu sehen, um auf einen so flüchtigen Eindruck zu achten. «Was tut's, da Ihr nun da seid!» sagte sie. «Das Schiff ist hier?»

«Ja, in der Nähe des Madeleine-Turms. Aber ich kehre in kurzem nach Le Conquet zurück.»

«Ihr fahrt wieder ab?»

Mit einer Handbewegung wies Jean Ledru auf den Makrelenkorb. «Ich bin ein einfacher Fischer, der seine Fische verkaufen will und sonst im Hafen von Brest nichts zu suchen hat. Aber seid ohne Furcht, ich komme morgen wieder. Ist alles bereit, wie wir's in Saint-Malo beschlossen haben?»

So rasch wie möglich setzte ihn zuerst Arcadius, dann Marianne von all dem in Kenntnis, was inzwischen geschehen war und was er noch nicht wußte: von Jasons Verletzung, von der Unmöglichkeit, ihn unter diesen Umständen vor einer Woche zu befreien, und auch von der Drohung, die über ihm schwebte und die, sobald er halbwegs geheilt wäre, für seine Befreiung aus dem Bagno nur eine kurze Zeitspanne ließe.

Jean Ledru hörte mit gerunzelter Stirn zu und kaute, zusehends gereizter, an seinen Schnurrbartspitzen. Als Marianne mit der Schilderung ihrer kurzen Unterredung mit Vidocq zu Ende gekommen war, schlug er so kräftig mit der Faust auf den Tisch, daß die Fische aus ihrem Algen- und Binsengefängnis sprangen.

«Ihr vergeßt nur eins, was immerhin seine Wichtigkeit hat: das Meer! Damit kann man nicht machen, was man will, und in einer Woche wird das Wetter so schlecht sein, daß die Iroise unbefahrbar sein wird. Der Gefangene muß vor fünf Tagen an Bord des Schiffes sein, das ihn in Le Conquet aufnimmt.»

«Ein Schiff? Welches Schiff?»

«Was kümmert's Euch? Das, das ihn sicher über den Ozean bringt! Es wird in drei Tagen vor Ouessant eintreffen und kann sich dort unmöglich länger aufhalten, ohne daß die Küstenwachen aufmerksam werden. Wir brechen in der Weihnachtsnacht auf!»

Marianne und Jolival sahen einander bestürzt an. War Ledru verrückt geworden oder hatte er nichts von dem verstanden, was sie ihm gesagt hatten?

Marianne wiederholte sanft: «Jean, wir haben Euch gesagt, daß Jason vor mindestens einer Woche nicht die nötige Kraft haben wird, sich an einem Seil hochzuziehen, über eine Mauer zu klettern oder sonstiges auszuführen, was eine Flucht erfordert.»

«Er hat zumindest die Kraft, die Kette durchzufeilen, die ihn an seinem Lager festhält, möchte ich annehmen! Vor allem, wenn Ihr ihm, wie Ihr mir gesagt habt, das nötige Handwerkszeug und das Geld, das ihm eine etwas bessere Ernährung erlaubte, habt zukommen lassen.»

«Wir haben all das getan», unterbrach Jolival. «Aber es ist völlig unzureichend. Was wollt Ihr denn machen?»

«Ihn entführen, ganz einfach! Ich weiß, wo das Spital des Bagnos ist: ganz am Ende der Gebäude, fast schon außerhalb. Die Mauern sind weniger hoch, leichter zu überklettern. Wir sind zwölf Mann, gewohnt, mitten im Sturm auf den Rahen zu laufen. Ins Spital einzudringen, Euren Freund herauszuholen und über die Mauer zu schaffen, ist ein Kinderspiel. Wir werden jeden, der sich uns entgegenstellt, zum Schweigen bringen, und, glaubt mir, das wird schnell getan sein. Am Weihnachtsabend wird um Mitternacht Hochflut sein. Wir werden mit ihr auslaufen. Die ‹Saint-Guénolé› wird unten vor Keravel liegen. Und dann», fügte er mit einem kurzen Lächeln hinzu, das ihm die bestürzten Mienen der beiden anderen entlockten, «feiern am Weihnachtsabend auch die Wächter auf ihre Weise Christi Geburt. Sie werden voll sein wie die Strandhaubitzen, und wir werden ohne Schwierigkeiten mit ihnen fertig werden. Keine anderen Einwendungen?»

Marianne holte tief Atem, als wäre sie nach langem Schwimmen unter Wasser wieder an die freie Luft gelangt. Am Ende all dieser Tage des Zweifels und der Unruhe wirkte Jean Ledrus ruhige Zuversicht fast betäubend auf sie. Aber, Gott, wie trostreich war sie auch! «Ich würde es nicht wagen», sagte sie mit einem Lächeln. «Ihr würdet auch keine annehmen, nicht wahr?»

«Keine», bestätigte er ernst, aber plötzlich kniff er die Augen zusammen, während er sich den Korb mit den Fischen wieder auf die Schulter lud. Ein Schimmer von Fröhlichkeit huschte durch seinen Blick, was bei diesem schweigsamen Bretonen ein Zeichen außergewöhnlicher Heiterkeit war. «Laßt dem Gefangenen Nachricht geben, daß es am Montag abend sein wird. Daß seine Kette um elf durchgefeilt sein muß. Den Rest überlaßt mir. Was Euch betrifft, paßt auf, wann das Schiff kommt, und wenn Ihr es am Kai seht, wartet die Nacht ab und geht an Bord!»

Und mit einer letzten Abschiedsgeste verließ der Seemann das Haus, durchquerte den kleinen Garten und ging, den Korb auf der Schulter, mit großen Schritten zum Hafen hinunter. Eine kurze Weile hörten sie ihn noch in den abfallenden Gäßchen das Spottlied der Seeleute Surcoufs pfeifen, das Marianne an einem Morgen der Angst sich in einem kleinen Segelboot aufs Meer hatte entfernen hören, während sie selbst als Gefangene des Strandräubers Morvan zurückgeblieben war:

Am einunddreißigsten des Monats August
sahen wir kommen vor dem Wind
eine englische Fregatte ...

Alleingeblieben, jeder auf seiner Seite des Tischs sitzend, auf dem Jean ein paar Fische zurückgelassen hatte, sahen Marianne und Jolival einen Moment einander an, ohne zu wissen, was sie hätten sagen sollen. Schließlich zuckte Arcadius die Schultern, holte sich aus einem graublauen holländischen Steinguttopf eine Zigarre, und nachdem er sie einen Augenblick unter seiner Nase hin und her bewegt hatte, bückte er sich zum Feuer und zog einen brennenden Holzspan heraus. Duftender Rauch erfüllte das Zimmer und verjagte den strengen Fischgeruch.

«Er hat recht», sagte Jolival endlich. «Nur Kühnheit zahlt sich bei einem solchen Unternehmen aus. Und außerdem bleibt uns keine Wahl.»

«Wird er Erfolg haben?» fragte Marianne angstvoll.

«Das will ich doch hoffen! Wenn nicht, mein liebes Kind, kann uns nichts retten. Wir werden alle an der Rahe einer Fregatte hängen, wenn man es nicht vorzieht, uns zu erschießen. Denn, wohlverstanden, wenn wir erwischt werden, wird man uns kein Pardon geben. Macht Euch das Angst?»

«Angst? Das einzige, wovor ich mich fürchte, Jolival, ist ein Leben ohne Jason. Der Rest ist mir vollkommen gleichgültig, selbst der Strick oder die Kugeln ...»

Arcadius zog einige Male genüßlich an seiner Zigarre, dann betrachtete er einen Moment interessiert ihr glühendes Ende. «Ich wußte schon immer, daß Ihr das Zeug zu einer großen Liebenden, einer großen Heldin – oder zu einer großen Närrin habt», sagte er liebenswürdig. «Ich persönlich hänge am Leben, und da wir in diesem Haus sieben Heilige haben, werde ich sie ersuchen, gemeinsam dafür zu sorgen, daß diese bewegte Weihnachtsnacht, die uns unser stürmischer Kapitän verspricht, nicht die letzte sein wird.»

Und Arcadius verschwand in den Garten, um seine Zigarre zu Ende zu rauchen, während Marianne, sich selbst überlassen, mechanisch die Fische auszunehmen begann.

Der 24. Dezember fing schlecht an. Der späte Tagesanbruch offenbarte einen Nebel, den man mit Messern hätte schneiden können, so dicht und so gelb, daß Recouvrance mit seinen wenigen Bäumen und seinen niedrigen grauen Steinmauern wie eine in wolkiger Unendlichkeit verlorene kleine Welt schien. Den La Motte-Tanguy-Turm konnte man eben noch ahnen. Alles übrige, die Stadt, der Hafen, Schloß und Reede, war verschwunden, als habe der Hügel seine Taue gekappt und wie eine riesige Montgolfiere seinen Flug gen Himmel angetreten.

Marianne, die während dieser letzten Nacht keine Minute die Augen geschlossen hatte, betrachtete den Nebel mit haßerfülltem Groll. Das Schicksal schien ein boshaftes Vergnügen daran zu finden, ihr ihre Aufgabe zu erschweren. Sie war ihm böse, war böse auf die Natur, auf sich selbst ihrer Nervosität wegen, auf die ganze Welt, die sich so ruhig weiterdrehte, während ihr die Angst keine Ruhe ließ. Sie war so aufgeregt, daß man niemals die «Saint-Guénolé» ankommen sehen würde, vorausgesetzt daß sie überhaupt käme, daß Jolival gegen Mittag endlich Gracchus beauftragte, auf einem Felsen an der Schloßspitze Posten zu beziehen und von dort die Einfahrt der Schiffe zu beobachten.

Ein wenig beruhigt, bemühte sich Marianne, wenigstens dem Anschein nach diesen wichtigen Tag, der über ihr künftiges Leben entscheiden sollte, einigermaßen normal zu verbringen. Dennoch fragte sie an die hundertmal einen mit großer Geduld gewappneten Jolival, ob es auch ganz sicher sei, daß man Jason benachrichtigt habe, sich bereitzuhalten, und ob auch François Vidocq seiner Bitte entsprechend unterrichtet sei, damit er dem Amerikaner helfen und für sich selbst die unverhoffte Gelegenheit nützen könne. Denn Marianne bezweifelte, daß der Sträfling etwas umsonst tun würde ...

Am Morgen erschien Madame Le Guilvinec, die den Heiligen Abend bei ihrer Nichte in Portzic verbringen wollte, um sich zu vergewissern,

daß es ihrer Nachbarin während ihrer Abwesenheit an nichts mangeln würde, und um ihr den Holzscheit zu bringen, den man in Erwartung der Mitternachtsmesse langsam im Kamin verbrennen mußte. Der ihre war hübsch mit roten Bändern, vergoldetem Lorbeer und Stechpalmenzweigen verziert, und Marianne war um so gerührter über diesen Freundschaftsbeweis, als sie ihr ihre Absicht, Brest in dieser Nacht zu verlassen, um nicht mehr zurückzukehren, verschwiegen und in der Einladung der Nichte eine Wohltat des Himmels gesehen hatte. Der guten Dame war es so unangenehm, ihre neuen Freunde am ersten Weihnachtsabend verlassen zu müssen, daß sie zwei- oder dreimal zurückkam, um zu fragen, ob sie nicht wünschten, sie zu ihrer Familie zu begleiten. Doch angesichts ihrer lächelnden, aber bestimmten Ablehnung entschloß sie sich endlich doch, sich von ihnen zu trennen, nicht ohne zahlreiche Äußerungen des Bedauerns und nicht ohne Marianne mit rührenden Ermahnungen zu überhäufen, was die örtlichen Sitten betraf: die jungen Weihnachtssänger gut zu empfangen, nicht zu vergessen, vor dem Aufbruch zur Mitternachtsmesse ein Gebet für die Verstorbenen zu sprechen, die Aschenbrote und das Hähnchen für das ihr folgende bescheidene Nachtmahl vorzubereiten und so fort. Unter anderem ermahnte sie sie ernsthaft, bis zum Abend nüchtern zu bleiben.
«Ohne etwas zu sich zu nehmen?» protestierte Jolival. «Es ist schon ohnehin schwierig genug, sie zu veranlassen, sich normal zu ernähren!»
Madame Le Guilvinec hob vielsagend einen Finger zu den geschwärzten Deckenbalken. «Wenn sie sehen will, wie sich im Verlauf der Heiligen Nacht Wunder vollziehen, oder wenn sie auch nur ihre Wünsche erfüllt sehen möchte, darf sie den ganzen Tag nichts zu sich nehmen, bis sie, wenn die Nacht angebrochen ist, neun Sterne am Himmel zählen kann. Ist sie noch nüchtern, wenn auch der neunte Stern sich zeigt, kann sie vertrauensvoll auf das Geschenk des Himmels warten!»
Arcadius hätte vermutlich gemurrt, da sein philosophischer Geist sich gegen jede Glaubensform wehrte, die mit Aberglauben verbunden war, doch Marianne, von der Poesie der Prophezeiung verführt, blickte die Witwe freundlich an, die in ihren schwarzen Gewändern einer antiken Sibylle ähnelte. «Der neunte Stern!» sagte sie ernst. «Ich werde warten, bis er aufgeht. Aber bei diesem Nebel ...»
«Der Nebel löst sich mit der Flut auf. Möge Gott Euch schützen und erhören, Demoiselle! Nicolas Mallerousse hat gut daran getan, Euch sein Haus zu geben.» Und sie machte sich davon, nachdem sie ein letztes Mal ihre Katze gestreichelt hatte, die sie bei ihren Nachbarn zurückließ. Einen Augenblick sah Marianne mit einem Gefühl des Bedauerns ihrem

im Winde flatternden weiten schwarzen Umhang nach, der sich auf dem Weg zur Kirche entfernte. Der Nebel, von kurzen Windstößen gejagt, begann sich aufzulockern, und wie Madame Le Guilvinec vorausgesagt hatte, verschwand er gegen Mittag ganz, der Landschaft ihre strenge Schönheit wiedergebend. Es war etwa eine Stunde nach seinem Verschwinden, als ein Fischkutter mit roten, spitzen Segeln im Fahrwasser am Schloß auftauchte und in die Penfeld einlief. Es war die «Saint-Guénolé». Das Abenteuer hatte begonnen...

Als es völlig dunkel geworden war, verließen Marianne, Jolival und Gracchus leise das Haus, verschlossen sorgfältig die Tür, ließen jedoch ein Fenster und einen Fensterladen halb offen, damit die daheimgebliebene Katze, wohlversorgt mit Milch und Fisch, kommen und gehen konnte, wie sie wollte. Mit einem geschmeidigen Satz sprang Gracchus über die Mauer und schob den Hausschlüssel unter die Tür der Nachbarin, dazu einen Brief, in dem erklärt wurde, daß sich für Marianne und ihren «Onkel» die Notwendigkeit ergeben habe, sofort nach Paris zurückzukehren.

Es war schon lange her, daß die Kanone des Schlosses und die große Glocke des Bagnos das Ende der Arbeit angekündigt und die Glöckner den abendlichen Angelus geläutet hatten, aber die Stadt versank nicht in Schlaf, wie sie es sonst täglich tat. Auf den herausgeputzten Kriegsschiffen brannten die Positionslaternen, und in den Luken der Heckaufbauten glitzerten Lichter und ließen die Offiziere beim Weihnachtsmahl ahnen. In den Schenken stimmten rauhe Kehlen alte Weihnachtslieder und Seemannsgesänge an, während in den Straßen ganze Familien mit festtäglichen Hauben und Hüten, die Männer in einer Hand eine Laterne, in der anderen einen Knotenstock, zu Freunden eilten, um dort den Heiligen Abend zu verbringen und auf den Beginn des Gottesdienstes zu warten. Kleine Gruppen von Jungen schlugen mit bebänderten Ästen gegen die Türen und sangen für einige Münzen oder ein wenig Gebäck aus vollen Kehlen Weihnachtslieder. Die ganze Stadt roch nach Apfelwein und Rum.

Niemand schenkte den drei Spaziergängern besondere Beachtung, trotz des kleinen Reisekoffers mit ein paar Kleidungsstücken und Mariannes Schmuck, den Gracchus, unter seinem weiten Mantel versteckt, unter dem Arm trug, und trotz des Beutels in der Hand der jungen Frau. Sie unterschieden sich kaum von den anderen nächtlichen Wanderern.

Hinter der Brücke von Recouvrance – denn diesmal war der Weg dort entlang kürzer – stießen sie schon auf einige Betrunkene. Am unteren Ende der Rue de Siam reihten sich die Lichter der Hafenkneipen aneinander und spiegelten sich im schwarzen Wasser. Es herrschte eine festliche Atmosphäre. Nur auf einigen mit der Flut auslaufenden Booten zeigte sich Leben.

Während des ganzen Weges befragte Marianne, die Jolivals Arm genommen hatte, den schwarzen Himmel, indem sie die wenigen Sterne zählte, die dort oben aufleuchteten. Bis jetzt hatte sie nur sechs gefunden, und ihre ängstliche Miene ließ Arcadius lächeln: «Wenn Wolken aufzögen, riskiertet Ihr, vor Hunger zu sterben.»

Aber sie hatte wortlos den Kopf geschüttelt und auf den siebenten Stern gewiesen, der plötzlich über dem hohen Mastwerk einer Fregatte erschienen war. Hunger würde sie nicht spüren, solange sie nicht Jason wiedergefunden hatte.

Im selben Moment nahm sie den Fischkutter wahr, der am Ende Keravels festgemacht hatte, und auf der Brücke die winkende Gestalt Jean Ledrus. Eine Brigg, die «Trident», und zwei Fregatten, die «Sirène» und die «Armide», die nicht weit von ihm Anker geworfen hatten, ließen ihn ganz klein erscheinen, aber eben diese Unscheinbarkeit war ein Schutz, wie auch die am Hauptmast aufgehängte einzige Positionslaterne. Der Kutter war durch eine Laufplanke mit dem Kai verbunden.

Im Nu waren die drei Wanderer an Bord. Im gelben Licht der Laterne sah sich Marianne plötzlich von einem Kreis schweigender Gesichter umgeben, die wie aus Mahagoni geschnitzt schienen. Alle gleichermaßen mit dicken dunklen Wolljoppen und bis zu den Augen heruntergezogenen Mützen bekleidet, glichen die Männer Jean Ledrus eher Piraten als ehrlichen Seeleuten, die Gesichter trugen alle den gleichen Ausdruck wilder Entschlossenheit, und unter dem Wollzeug ahnte man Muskeln stark wie Eichenäste.

«Ihr seid pünktlich!» brummte Ledru. «Geht in die Kabine hinunter, Marianne, und erwartet uns. Euer Herr – Onkel wird Euch Gesellschaft leisten.»

Von den gleichen Gedanken bestimmt, öffneten die beiden ihren Mund zum Protest. «Kommt nicht in Frage!» rief Arcadius. «Ich gehe mit Euch!» – «Ich auch!» echote Marianne.

Einer der Männer, groß und rothaarig und ein wenig einem Bären ähnlich, widersetzte sich solcher Anmaßung sofort: «Es ist schon mehr als genug, eine Frau an Bord zu haben, Käpten! Wenn wir sie auch noch mitschleppen müssen...»

«Ihr schleppt mich nicht mit», empörte sich Marianne, «und wenn ich mit Euch gehe, bleibe ich kürzere Zeit auf Euerm Schiff. Und außerdem gehört der Mann, den Ihr holen wollt, mir! Ich will das gleiche Risiko eingehen wie Ihr...»

«Und mit Euern Röcken über die Mauer klettern?»

«Ich werde unten warten. Ich werde Wache stehen. Und ich weiß mich auch dessen zu bedienen», fügte sie hinzu und schlug ihren Mantel zurück, unter dem, in ihren Gürtel geschoben, eine der Pistolen Napoleons sichtbar wurde.

Der Rotschopf brach in Gelächter aus. «Donnerwetter! Wenn das so ist, kommt, meine Schöne! Und da Ihr kein Schwächling seid, wird eine helfende Hand nie abgelehnt.»

Jean Ledru, der während dieses Wortwechsels einen Augenblick in der Kombüse verschwunden war, erschien wieder, sorgfältig seinen Wettermantel schließend, doch Marianne blieb Zeit genug, ein um seinen Körper gewickeltes Seil zu erkennen. Mit einem raschen Blick überprüfte er seine Mannschaft. «Alles fertig? Joel, hast du das Seil? Und ihr, Thomas und Goulven, die Enterhaken?»

Mit ein und derselben Bewegung öffneten die drei Männer, darunter der Rothaarige, ihre dicken Joppen. Einer war wie Jean in ein Hanfseil gewickelt, die beiden anderen, einer davon der Rotschopf, der Thomas heißen mußte, trugen in ihren Gürteln lange Eisenhaken, die über die Mauerkrone geworfen werden sollten. «Also vorwärts!» ordnete der junge Chef an. «In kleinen Gruppen bitte und so natürlich wie möglich. Ihr drei», fügte er hinzu, indem er sich an die zuletzt Gekommenen wandte, «folgt uns in einiger Entfernung, als ob Ihr die Nacht bei Freunden verbringen wolltet. Und paßt auf, daß Ihr Euch in den Gassen Keravels nicht verirrt.»

«Keine Gefahr!» brummte Gracchus. «Ich kenne dieses Teufelsviertel wie meine Hosentasche. Ich könnte mit geschlossenen Augen gehen.»

«Du tätest besser daran, sie offen zu halten, mein Bursche! Das wird dich vor Überraschungen bewahren.»

Einer nach dem anderen verließen sie das Schiff. An Bord blieben nur ein alter Mann namens Nolff und der Schiffsjunge Nicolas zurück. Marianne und ihre Begleiter gingen als letzte. Die Finger der jungen Frau krampften sich nervös in Jolivals Arm. Trotz der Kälte hatte sie das Gefühl zu ersticken. Als sie in die stinkenden Straßen Keravels einbogen, schien es ihr, als wollten die formlosen Häuser mit ihren unregelmäßigen Vorsprüngen und Erkern über ihnen zusammenstürzen. Noch nie war sie in diesem zwar von Gott, nicht aber von den Menschen verlassenen Viertel gewesen, und das unheimliche Bild dieses gewundenen Schlauchs, in dem mitunter durch die schmutzigen Vorhänge einer Schenke ein roter Schimmer aufleuchtete, hatte etwas Erschreckendes. Weit voraus wie in der Tiefe eines Tunnels knirschte, an einer quer über die Gasse gespannten Kette hängend, eine Laterne, aber in der Finsternis der Mauervertiefungen sah Marianne, von Übelkeit gepackt, huschende Ratten, die sich, kleine Schreie ausstoßend, um die Abfälle balgten. Das schmale Band des Himmels war so eingeengt, daß es nicht möglich war, auch nur einen Stern zu sehen.

«Ihr hättet an Bord bleiben sollen», murmelte Jolival, der spürte, wie sie erschauerte.

Sofort nahm sie sich zusammen. «Nein! Um keinen Preis!»

Sie mußten einen Umweg machen, um das Haupttor des Bagnos zu vermeiden, wo Posten Wache hielten, aber bald zog die kleine Schar im Schutz der hohen schwarzen Mauer dahin, hinter der die regelmäßigen Schritte des patrouillierenden Postens zu hören waren. Sie gingen zwischen dem Bagno und den Seilerwerkstätten hindurch, die zu dieser späten Stunde verlassen waren, und nach einer Wendung im rechten Winkel sahen sie hinter einer sichtlich niedrigeren Mauer einige vergitterte Fenster: Es war die Krankenstation. Hinter diesen Fenstern war rötliches Licht zu sehen, zweifellos von einem Nachtlämpchen.

Unmittelbar unter dem ersten Fenster verteilte Jean seine Leute, zog seinen Wettermantel aus und begann, das Seil abzuwickeln, während Joel das gleiche tat und Thomas und Goulven ihre Enterhaken lösten.

Mit einer schüchternen Handbewegung wies Marianne auf das Fenster: «Da sind Gitter ... Wie werdet Ihr es machen?»

«Ihr glaubt doch nicht, daß wir dort durchwollen?» flüsterte der Bretone spöttisch. «Auf der anderen Seite der Mauer ist eine Tür, und wenn wir von da oben runterspringen, schlagen wir gleich den Wächter platt.»

Die Haken wurden eiligst festgemacht. Die Seeleute verteilten sich und drängten Marianne und Jolival zurück. Jean Ledru und Thomas entfernten sich ein paar Schritte, dann begannen sie, fest auf gespreizten Beinen stehend, mit gleichen Bewegungen die Enterhaken zu schwingen.

Sie wollten sie eben schleudern, als Jean plötzlich innehielt und Thomas ein Zeichen gab, ein gleiches zu tun. Oben war ein Geräusch zu hören gewesen. Eilige Schritte waren zu vernehmen, dann erschienen Lichter, die sich von einem der Fenster zum andern bewegten. Und plötzlich, so nah, daß es Marianne schien, als explodiere die Mauer, krachte ein Kanonenschuß, von einem zweiten, dann von einem dritten gefolgt ...

Ohne sich noch darum zu kümmern, ob man ihn hörte, stieß Jean einen ellenlangen Fluch aus und raffte sein Werkzeug zusammen. «Es hat einen Ausbruch gegeben! Das Bagno wird durchsucht werden, dann die

Stadt. Danach die Umgebung und die Küste! Aufs Schiff alle miteinander, und das so schnell wie möglich!»

Ein Aufschrei Mariannes antwortete ihm: «Aber das ist unmöglich! Wir können nicht fort – können Jason nicht verlassen!»

Die Männer zerstreuten sich schon und liefen den dunklen Gassen des alten Viertels zu. Rasch packte Jean Mariannes Arm und zog sie, ohne auf sie zu hören, mit sich fort. «Für diesmal ist es schiefgegangen. Es hat keinen Zweck dabeizubleiben, wenn wir nicht gefaßt werden wollen!»

Außer sich versuchte sie, Widerstand zu leisten, wandte sich verzweifelt zu den Fenstern zurück, hinter denen sich Gestalten bewegten. Das ganze Bagno war inzwischen erwacht. Das Galoppieren von Füßen in genagelten Stiefeln und Holzpantinen drang herüber, das Klicken der Hähne von Gewehren, die geladen wurden. Jemand hatte sich an die Glocke gehängt und läutete wie ein Rasender, über den festlichen Hafen das unheilkündende Dröhnen des Alarmgeläuts verbreitend.

Auf einer Seite von Ledru, auf der anderen von Jolival mitgerissen, war Marianne gezwungen, gleichfalls zu laufen, aber das Herz klopfte schmerzend in ihrer Brust, und ihre Füße stießen sich an den glitschigen Pflastersteinen. Ihre tränenüberströmten Augen suchten den Himmel, und sie unterdrückte ein Stöhnen. Der Himmel hatte sich bezogen, es gab keine Sterne mehr!

«Schneller!» knurrte Ledru. «Schneller! Man kann uns noch sehen.»

Die finsteren Straßen Keravels schluckten sie, und in ihrem Schutz hielt Arcadius an, Marianne zurückhaltend und den jungen Mann zwingend, ebenfalls stehenzubleiben.

«Was ist in Euch gefahren?» herrschte ihn Jean an. «Wir sind noch nicht am Ziel!»

«Nein», sagte der Vicomte ruhig. «Aber wollt Ihr mir erklären, was wir jetzt riskieren? Es steht nicht in unseren Gesichtern geschrieben, daß wir die Absicht hatten, einem Sträfling zur Flucht zu verhelfen. Sind wir denn denen, die am Heiligen Abend zu braven Leuten gehen, weniger ähnlich als auf dem Hinweg?»

Ledru beruhigte sich augenblicklich. Er nahm seine Wollmütze ab und fuhr sich mit gespreizten Fingern durch das schweißnasse Haar. «Ihr habt recht. Ich glaube, diese Kanonenschüsse haben mich verrückt gemacht... Es wird sogar viel besser sein, wenn wir in Ruhe zurückgehen. Für heute abend ist doch alles verloren... Ich bin untröstlich, Marianne!» fügte er hinzu, als er sah, daß die junge Frau an Jolivals Schulter zu weinen begann. «Vielleicht haben wir ein andermal mehr Glück...»

«Ein andermal? Bis dahin wird er tot sein! Sie werden ihn töten!»

«Denkt nicht an so was! Alles geht vielleicht besser, als Ihr's Euch jetzt vorstellt. Und niemand kann was dafür, wenn so ein Schweinehund die gleiche Idee wie wir hat und den Heiligen Abend ausnutzt, um sich davonzumachen.»

Unbeholfen versuchte er, sie zu trösten, aber Marianne wollte nicht getröstet werden. Sie stellte sich Jason auf seinem elenden Lager in der Krankenstation vor, die Kette durchgefeilt, auf eine Rettung wartend, die nicht eintraf. Was würde morgen mit ihm geschehen, wenn man die durchgefeilten Fesseln bemerkte? Konnte der Mann namens Vidocq etwas tun, um das Schlimmste von ihm abzuwenden?

Die kleine Gruppe hatte sich wieder in Marsch gesetzt. Jean Ledru ging jetzt voran, die Hände in den Taschen seines Wettermantels, die Mütze über den Augen, ein wenig vorgebeugt, begierig, die Planken seines Schiffs wieder unter den Füßen zu spüren. An den von Mitleid überfließenden Jolival geklammert, folgte Marianne langsamer, fieberhaft nach irgendeinem unmöglichen Mittel suchend, das Jason retten konnte. Es schien ihr, als ob jeder Schritt, der sie vom Bagno entfernte, mehr und mehr Nichtwiedergutzumachendes zwischen ihr und dem, den sie liebte, schüfe. Durch ihre Kapuze gedeckt, weinte sie mit kleinen, harten Schluchzern, schmerzhaft wie Stachelkugeln.

Im Hafen angelangt, wandte sich Jean seinem Schiff zu, nicht ohne einen besorgten Blick auf einen Gendarmen zu werfen, der mit auf den Rücken gelegten Händen auf und ab schritt und so aussah, als erwarte er etwas.

Behutsam neigte sich Jolival zu Marianne: «Es wird besser sein, nach Recouvrance zurückzukehren, meine Kleine. Erwartet mich dort, ich werde das Gepäck holen und nachsehen, wo Gracchus geblieben ist. Er muß den Matrosen gefolgt sein.»

Sie bedeutete ihm durch ein Zeichen, daß sie verstanden habe, und während er dem Schiff zuging, blieb sie mit am Körper herabhängenden Armen stehen, allen Mutes wie auch aller Gedanken beraubt. Da stürzte der Gendarm, der sich schon Arcadius hatte nähern wollen, auf sie zu und packte sie am Arm, ohne sich um den schwachen Schreckensschrei zu scheren, den sie ausstieß. «Guter Gott! Was trödelt Ihr hier herum? Findet Ihr, daß wir noch nicht genügend in Gefahr sind? Geht an Bord, zum Donnerwetter! Seit einer halben Stunde warte ich auf Euch!»

Diesmal wäre sie vor Schreck fast ohnmächtig geworden, denn unter dem Zweispitz des Gendarmen entdeckte sie Vidocq, Vidocq in Person, wenn auch kaum zu erkennen. Ein Schwall von Zorn vertrieb mit einem

Schlag ihren Kummer: «Ihr? Ihr seid es, der geflohen ist? Euch sucht man, während Jason ...»

«Aber er ist an Bord, Euer Jason, arme Närrin! Vorwärts, steigt schon ein!»

Er warf sie geradezu aufs Deck, wo die Männer schon mit den ersten Segelmanövern beschäftigt waren, und während sie Jolival in die Arme fiel, sprang Vidocq auf das Dollbord und trat ruhig in den Lichtkreis der Laterne, wo er gut sichtbar Posten faßte, so daß die Hafenwachen seine Uniform erkennen konnten.

Um sie herum rührte sich in der Stadt nicht mehr viel, der Messe wegen, zu der gerade geläutet worden war. Man jagte den Mann erst, nachdem man zu Gott gebetet hatte!

Im selben Augenblick tauchte eine zweite Gestalt in Gendarmenuniform aus der Kombüse auf, mager und bärtig unter dem Zweispitz, doch die Augen lachten im abgezehrten Gesicht. «Marianne!» rief er leise. «Komm! Ich bin's ...»

Sie wollte etwas sagen, vielleicht vor Freude aufschreien, aber der Wechsel von Hoffnung, Angst, Schrecken, Not und Überraschung hatten ihre Widerstandsfähigkeit verbraucht. Es gelang ihr eben noch, dem falschen Gendarmen in die Arme zu sinken, der, selbst nur mit Mühe sich aufrecht haltend, trotzdem Kraft genug fand, sie an sich zu reißen. Eine lange Minute blieben sie umschlungen, ohne daß ein einziges Wort aus ihren zugeschnürten Kehlen drang, zu erregt und zu glücklich, um zu sprechen. Um sie herum knatterten die schnell an den Masten emporsteigenden Segel. Jean Ledru an der Ruderpinne zuckte die Schultern und wandte die Augen von dem Paar ab, das die Welt vergessen zu haben schien.

Doch von seinem Beobachtungsposten rief Vidocq ihnen zu: «An Eurer Stelle würde ich mich lieber in Deckung hinter die Bordwand setzen! Selbst stupiden Polizisten, stumpfsinnigen Beamten oder betrunkenen Soldaten muß es reichlich komisch vorkommen, wenn ein Gendarm mit einer Frau im Arm auf Sträflingsjagd geht!»

Schweigend gehorchten sie, fanden eine geschützte Ecke, wo sie sich überglücklich niederließen. Sanft nahm Marianne ihm den Zweispitz ab, damit der Wind des Meeres frei in Jasons Haar spielen konnte. Zugleich hob sie aus einer instinktiven Regung heraus die Augen zum Himmel: Alle Sterne waren zu sehen, und es waren viel mehr als neun ...

Die Nacht der Wunder hatte ihr Versprechen gehalten.

15. Kapitel

Auf daß Gerechtigkeit geschehe ...

Während die «Saint-Guénolé» unter der geschickten Hand Jean Ledrus Kurs auf das Kap Saint-Mathieu und Le Conquet nahm und die zerklüftete Küste der Bretagne durch die Nacht glitt, berichtete François Vidocq, was geschehen war.

Gegen Ende des Tages hatte sich auf der Werft des Bagnos ein schwerer Unfall ereignet. Durch ein falsches Manöver war im Trockendock ein in Reparatur befindlicher Mast auf Sträflinge gestürzt, die damit beschäftigt waren, Bohlen am Kai aufzustapeln. Es hatte einen Toten und Schwerverletzte gegeben. In kürzester Frist war die Krankenstation des Bagnos, stolz mit dem Namen Hospital versehen, überfüllt gewesen, so daß Jason Beaufort, den man als ausreichend genesen befand, in den allgemeinen Schlafsaal zurückverlegt wurde. Glücklicherweise hatte man der Eile wegen, in der diese Verlegung vor sich ging, das Anketten an einen anderen Sträfling bis zum nächsten Morgen verschoben und sich damit begnügt, ihn an den Holzbalken für alle anzuschließen. «Da ich wußte, was Ihr vorbereitet hattet», schloß Vidocq, «mußte ich Euch an Schnelligkeit überbieten, um Euch zu warnen, daß sich alles geändert hatte ... und gleichzeitig durfte ich die großartige Gelegenheit nicht verpassen, die durch Euer Schiff geboten wurde. Beauforts Kette durchzuschneiden, hat mich nicht viel Zeit gekostet ... Ich habe einige Erfahrung in dieser Tätigkeit», fügte er mit einem schwachen Lächeln hinzu. «Was meine anlangt, war es schon vorher geschehen. Blieb nur noch, uns eines Mittels zu versichern, um durchs Tor aus dem Bagno herauszukommen. Beaufort kann laufen. Dafür ist er schon wieder gut genug auf dem Posten, aber um eine Mauer zu überklettern ... Ich hab dann zu der einzig möglichen Lösung gegriffen: zwei Gendarmen niederzuschlagen und ihre Uniformen anzuziehen, nachdem ich sie, angemessen gefesselt und geknebelt und somit außerstande, uns zu schaden, an einem verschwiegenen Ort verstaut hatte.»

«Gar so verschwiegen kann Euer Ort nicht gewesen sein», bemerkte Jolival bitter. «Man hat nicht lange gebraucht, sie zu finden, denn der Alarm wurde sofort gegeben!»

Der Vicomte war seekrank. Der Länge nach neben einem Haufen Taue liegend, um dem Giekbaum zu entgehen, der bei jeder Halse über Deck fegte, starrte er beharrlich zum dunklen Himmel, wohl wissend, daß die Dinge nur schlimmer würden, wenn er seine Aufmerksamkeit dem Meer zuwandte.

«Ich bin sicher, daß man sie selbst jetzt noch nicht entdeckt hat», versicherte Vidocq entschieden. «Sie sind in der Seilerwerkstatt, in die vor morgen früh niemand seinen Fuß setzen wird. Und glaubt mir, ich weiß, wie man Leute fesselt und knebelt!»

«Trotzdem ist Alarm gegeben worden ...»

«Ja, aber nicht unseretwegen! Ein anderer Sträfling muß sich die Weihnachtsnacht zunutze gemacht haben, um seine Chance wahrzunehmen. Daran hatten wir nicht gedacht», sagte er, die Schultern zuckend, «und schließlich können wir nicht als einzige das Recht auf Flucht beanspruchen.»

«Aber dann sucht man euch vielleicht gar nicht!» rief Marianne.

«Doch, ganz sicher! Wenn man die Gendarmen auch nicht gefunden hat, ist anzunehmen, daß unsere Abwesenheit sehr schnell bemerkt wurde. Wenn Alarm gegeben ist, haben die Kameraden auch keinen Grund mehr, den Mund zu halten. Unsere Chance ist, daß man uns zweifellos an der Küste und in der Umgebung suchen wird. Es ist für einen Sträfling fast unmöglich, sich ein Schiff zu verschaffen, schon gar nicht eins wie dieses, selbst mit Hilfe von außen. Im allgemeinen sind es keine reichen Leute, müßt Ihr wissen.»

Er setzte einen Augenblick lang die Darlegung seiner persönlichen Ideen über die Techniken einer Flucht und die verschiedenen Möglichkeiten, die sich ergeben konnten, fort, aber Marianne hörte nicht mehr zu. Sie saß gegen die Bordwand gelehnt, vom Wind zerzaust, und streichelte sanft Jasons Haar, dessen Kopf auf ihren Knien ruhte. Er war noch schwach, und diese Schwäche rührte Marianne, entzückte sie insgeheim, denn so gehörte er ihr ganz und gar.

Seitdem sie aus Brest ausgelaufen waren, hatten sie kaum ein Wort gesprochen, vielleicht weil sie zuviel zu sagen hatten und auch, weil von nun an das Leben ihnen gehörte. Es lag vor ihnen, unermeßlich wie dieser Ozean, der sie mit schwappenden Lauten umtanzte wie ein vertrautes Tier, das seinen Herrn nach langer Abwesenheit wiederfindet. Einen Moment dachte sie, Jason sei eingeschlafen, aber als sie sich vorneigte, sah sie seine weit geöffneten Augen glänzen und begriff, daß er lächelte.

«Ich hatte vergessen, daß das Meer so gut riecht», murmelte er und legte ihre Hand, die er nicht eine Sekunde losgelassen hatte, gegen seine rauhe Wange.

Er hatte leise gesprochen, doch Vidocq hatte es gehört und brach in Gelächter aus: «Besonders nach den Gerüchen dieser letzten Wochen! Ich kenne keinen scheußlicheren Gestank als den des Schmutzes, des Elends von Menschen! Selbst der der Fäulnis ist nicht so schlimm, denn Fäulnis, das ist noch Leben, das wieder beginnt. Aber daran brauchen wir nicht mehr zu denken: Die Schrecken des Bagnos sind für dich vorbei!»

«Auch für dich, François.»

«Wer kann's wissen? Ich bin nicht für das weite Universum geschaffen, sondern für die enge Welt, in der die Gedanken und Instinkte der Menschen zappeln. Die Elemente – das ist gut für dich, ich ziehe meinesgleichen vor. Das ist weniger schön, aber vielfältiger.»

«Und gefährlicher! Spiele nicht den großen Geist, François. Du hast immer nur für die Freiheit gelebt. Bei uns wirst du sie finden.»

«Bleibt festzustellen, was man unter Freiheit versteht.» Dann fragte er in verändertem Ton: «Wann werden wir in Le Conquet sein?»

«Wir haben guten Wind», antwortete Jean Ledru. «In einer Stunde, denke ich. Es sind kaum noch sechs Seemeilen.»

In der Tat war zusätzlich am Mast ein Marssegel aufgezogen worden, dazu ein Außenklüver am Bugspriet, und das kleine Schiff, jetzt voll unter Segeln, flog durch den Wind wie eine Möwe. Zur Rechten glitt die Küste dahin, zuweilen das überhängende Dach und den Glockenturm einer Kapelle zeigend oder die merkwürdige geometrische Form eines Dolmen. Mit ausgestrecktem Finger wies Jean Ledru Marianne auf einen hin: «Eine Legende sagt, in der Weihnachtsnacht gingen die Dolmen und Menhire zum Trinken ans Meer, während es Mitternacht läutet, und ließen die Schätze, die sie verbergen, unbewacht zurück. Doch beim letzten Glockenschlag sind sie alle an ihre Plätze zurückgekehrt und zermalmen den Tollkühnen, der es wagte, sie zu berauben.»

Die junge Frau, die schon immer eine Vorliebe für solche Geschichten empfunden hatte, begann zu lachen. «Wie viele Sagen gibt es in der Bretagne, Jean Ledru?»

«Unendlich viele. Ebenso viele wie Kieselsteine, denke ich.»

Das Licht eines Leuchtturms strahlte plötzlich in der Nacht auf, gelb wie ein Oktobermond, die riesige Felsmasse eines an die dreißig Meter hohen Vorgebirges beherrschend. Der junge Kapitän wies mit dem Kinn hinüber:

«Der Leuchtturm von Saint-Mathieu... Dieses Kap ist einer der äußersten Punkte des Kontinents. Die Abtei war vormals reich und mächtig.»

Tatsächlich erschienen jetzt im diffusen Schein eines Mondstrahls, der das Gewölk durchbrochen hatte, vor dem Leuchtturm die Ruinen einer Kirche und ausgedehnter Gebäude, die diesem Kap ein so trostloses, schauerliches Aussehen verliehen, daß die Matrosen sich unwillkürlich bekreuzigten.

«Le Conquet liegt ungefähr eine halbe Wegstunde nördlich von hier, nicht wahr?» fragte Vidocq Jean Ledru, den die Beobachtung des Meers zu sehr beanspruchte, um antworten zu können. Aus dem Krähennest ertönte plötzlich die durchdringende Stimme des Schiffsjungen, während der Kutter, den Bug zur hohen See gerichtet, die Spitze umsegelte: «Segel quer voraus!» Alle reckten sich höher und drehten den Kopf. Wirklich war einige Kabellängen entfernt die elegante Silhouette einer Brigg aufgetaucht, die mit geblähten Segeln in diesem gefährlichen Gewässer mit der Leichtigkeit eines Fischerboots lavierte. Sogleich rief Jean Ledru in den Wind: «Die Signallampe! Heraus mit ihr! Das sind sie!»

Wie die anderen sah Marianne das schöne Schiff manövrieren und begriff, daß dies der von Surcouf versprochene Retter war. Nur Jason hatte sich nicht gerührt. Er sah noch immer zum Himmel auf, Gefangener eines Traums oder der Erschöpfung. Ungeduldig fuhr Ledru ihn an: «Sieh doch, Beaufort! Da ist dein Schiff!»

Der Korsar schrak hoch, sprang auf und verschlang, an die Reling geklammert, mit weit geöffneten Augen das sich nähernde Schiff. «Die ‹Hexe›!» murmelte er mit vor Erregung fast erstickter Stimme. «Meine ‹Hexe›...»

Marianne war ihm mechanisch gefolgt, als sie ihn hatte aufspringen sehen, und blickte nun ebenfalls hinüber. «Willst du damit sagen, es sei dein Schiff?»

«Ja, es ist meins! Es ist unseres, Marianne! Heute nacht habe ich alles wiedergefunden, was ich auf immer für mich verloren glaubte: dich, meine Liebe... und sie!»

Soviel Zärtlichkeit lag in diesem kleinen Wort, daß Marianne eine Sekunde lang auf das Schiff eifersüchtig war. Jason sprach von ihm wie von einem Kind, und er betrachtete es mit der Freude und dem Stolz eines Vaters. Ihre Finger schlangen sich fester um die seinen, als versuche sie instinktiv, ihn wieder voll in Besitz zu nehmen, doch Jason ließ es geschehen, ohne zu reagieren. Er hatte sich Ledru zugewandt und fragte beklommen: «Der Mann, der es führt, ist ein meisterlicher Seemann. Weißt du, wer es ist?»

Jean Ledru brach in Gelächter aus, ein Lachen des Stolzes und des Triumphs. «Ein meisterlicher Seemann, du sagst es! Es ist Surcouf selbst! Für dich haben wir dein Schiff unter den Nasen der Aufpasser im Fluß von Morlaix gestohlen. Deshalb bin ich später als geplant nach Brest gekommen.»

«Nein», berichtigte hinter ihnen eine ruhige Stimme, «ihr habt es nicht gestohlen! Ihr habt es entführt – mit Zustimmung des Kaisers! Die Aufpasser haben in jener Nacht doch auffällig fest geschlafen, nicht wahr?»

Wenn Vidocq einen Theatercoup beabsichtigt hatte, konnte er zufrieden sein. Die Brigg vergessend, deren Ankerkette man durch die Klüse rasseln und in die Tiefe gleiten hörte, wandten sich Marianne, Jason, Jean Ledru und sogar Jolival, plötzlich aus seinem Dämmerzustand erwacht, mit einer einzigen Bewegung zu ihm um.

Doch es war Jason, der den Gefühlen aller Ausdruck verlieh. «Mit Zustimmung des Kaisers? Das verstehe ich nicht! Was willst du damit sagen?»

Mit dem Rücken am Hauptmast lehnend, die Arme über der Brust gekreuzt, betrachtete Vidocq die ihm zugewandten Gesichter eins nach dem andern. Dann antwortete er mit jener äußersten Sanftheit, die seine Stimme annehmen konnte, wenn es geboten war: «Daß er mir seit Monaten meine Chance geben wollte, daß ich in seinem Dienst bin ... und daß ich den Befehl hatte, dich entkommen zu lassen, um jeden Preis! Es war nicht leicht, denn mit Ausnahme dieser jungen Frau haben sich Dinge und Menschen gegen mich gewandt. Aber du warst noch nicht verurteilt, als ich schon meine Befehle hatte!»

Niemand wußte etwas darauf zu erwidern. Die Verblüffung hielt ihre Stimmen in ihren Kehlen zurück, während ihre Blicke zu entwirren suchten, was sich an diesem rätselhaften Mann plötzlich so verändert hatte.

An Jasons Arm geklammert, bemühte sich Marianne vergebens zu begreifen, und vielleicht, weil dieses Begreifen außerhalb ihrer Möglichkeiten lag, war sie es, die als erste wieder Worte fand. «Der Kaiser wollte, daß Jason entkommt? Aber warum dann die Verurteilung, warum das Gefängnis, das Bagno?»

«Das, Madame, wird er Euch selber sagen, denn es kommt mir nicht zu, Euch seine Gründe zu offenbaren, die hochpolitisch sind.»

«Mir selber sagen? Ihr wißt sehr gut, daß das nicht möglich ist! In ein paar Minuten werde ich Frankreich für immer verlassen...»

«Nein!»

Sie glaubte, nicht recht gehört zu haben. «Was habt Ihr gesagt?»

Er warf ihr einen Blick zu, in dem sie tiefes Mitgefühl zu lesen glaubte. Dann wiederholte er noch sanfter, falls das überhaupt möglich war: «Nein! Ihr verlaßt Frankreich nicht, Madame! Jedenfalls nicht jetzt! Sobald Jason Beaufort auf hoher See ist, muß ich Euch nach Paris zurückbringen.»

«Das kommt nicht in Frage! Sie bleibt bei mir! Aber mir scheint, es ist jetzt an der Zeit, sich zu erklären. Zunächst einmal: Wer bist du wirklich?» Mariannes Arm ergreifend, zog Jason sie hinter sich, als wolle er sie mit seinem Körper vor einer drohenden Gefahr schützen. Sie umschlang ihn mit beiden Armen, um ihn fester an sich drücken zu können, während er sich zornig an seinen Kameraden wandte.

Vidocq hob die Schultern und seufzte: «Du weißt es sehr gut: François Vidocq, bis zu diesem Augenblick Gefangener, Bagnosträfling, gejagtes Wild. Aber diese Flucht ist meine letzte, die endgültige, weil nach ihr nun ein anderes Leben beginnen wird.»

«Ein Polizeispitzel! Das bist du ohne Zweifel.»

«Dank für den Zweifel! Nein, ich bin kein Spitzel. Aber vor fast einem Jahr hat mir Monsieur Henry, der Chef der Sureté, meine Chance gegeben: im Untergrund seiner Gefängnisse zu arbeiten, Verbrechen zu verfolgen, Licht in Angelegenheiten zu bringen, die zu schmutzig waren, um nicht auch dunkel zu sein. Man wußte, daß ich geschickt bin: Meine Ausbrüche hatten es bewiesen. Und intelligent dazu: Meine Auffassungen über diese oder jene Schuldfrage legten Zeugnis davon ab. Ich arbeitete im La Force-Gefängnis, und als du eingeliefert wurdest, genügte mir ein einziger Blick, um zu wissen, daß du unschuldig warst, ein Blick in deine Anklageschrift, um zu begreifen, daß du das Opfer einer Intrige sein mußtest. Der Kaiser muß das gleiche gedacht haben, denn ich erhielt umgehend Befehl, mich einzig und allein dir und deiner Sache zu widmen. Andere Weisungen folgten, die ich den Umständen habe anpassen müssen. So hätte ich dir schon während des Transports zur Flucht verholfen, wenn du dich nicht wie Don Quichotte aufgeführt hättest.»

«Aber warum letzten Endes? Warum dies alles? Du hast mit mir die Kette, das Bagno ertragen ...»

Ein rasches Lächeln erhellte Vidocqs hartes Gesicht: «Ich wußte, es war das letzte Mal, denn deine Flucht war auch die meine. Niemand wird François Vidocq nachspüren – wie übrigens auch Jason Beaufort. Mit dir habe ich das Recht erworben, kein Geheimagent mehr zu sein, der sich hinter den Gittern eines Gefängnisses, in den Lumpen eines Verurteilten verbirgt. Von dieser Minute an gehöre ich, und nun mit unverdecktem Gesicht, zur Kaiserlichen Polizei.* Und nichts von dem, was für dich getan wurde, geschah ohne meinen Befehl. Einer meiner Männer folgte der falschen Mademoiselle de Jolival zu Surcouf nach Saint-Malo und überbrachte nach ihrer Abreise dem Baron den kaiserlichen Befehl, die Brigg ‹Meerhexe› von der Reede von Morlaix zu holen und an den Ort zu bringen, den ich ihm bezeichnen würde, sich aber so zu verhalten, als sei diese Entführung wirklich eine. Wie du sagst, habe ich alles mit dir durchgestanden. Glaubst du, daß das die Arbeit eines Polizeispitzels ist?»

Jason wandte den Kopf. Sein Blick traf sich mit dem Mariannes, die sich eng an seine Schultern lehnte und deren Zittern er mit seinem ganzen Körper spürte. «Nein», sagte er endlich dumpf. «Ich werde zweifellos nie Napoleons tiefere Gründe verstehen. Dennoch verdanke ich dir mein Leben, und ich danke dir dafür von ganzem Herzen. Aber – sie? Warum willst du sie nach Paris zurückbringen? Ich liebe sie mehr als ...»

«Als dein Leben, als die Freiheit, als alles auf der Welt!» vollendete Vidocq lässig. «Ich weiß das alles – und der Kaiser weiß es auch, ganz gewiß! Aber sie ist nicht frei, Jason, sie ist die Fürstin Sant'Anna ... Sie hat einen Gatten, auch wenn dieser Gatte nur ein Phantom ist. Aber er ist ein ungewöhnlich mächtiges Phantom, und seine Stimme reicht weit. Er erhebt Anspruch auf seine Frau, und der Kaiser muß diesem Anspruch gerecht werden, denn die Großherzogin der Toskana, seine Schwester, könnte in ihrem Staat eine Revolte aufflammen sehen, wenn der Kaiser einem Sant'Anna Unrecht tut ...»

«Ich will nicht!» rief Marianne, sich noch enger an Jason pressend. «Ich werde niemals dorthin zurückkehren! Beschütze mich, Jason! Nimm mich mit dir! Ich habe Angst vor diesem Mann, der alle Rechte über mich hat, obwohl ich ihm nie nahegekommen bin. Um der Barmherzigkeit willen, laß es nicht zu, daß sie mich von dir trennen!»

«Marianne! Ich flehe dich an, beruhige dich ... Nein, ich werde dich nicht fortlassen! Eher kehre ich ins Bagno zurück, nehme wieder die Kette auf mich, was liegt daran! Aber ich weigere mich, dich zu verlassen!»

* Um diese Zeit erhielt der ehemalige Sträfling François Vidocq, der unter den Insassen der Gefängnisse im Verborgenen arbeitete, tatsächlich die Erlaubnis, endgültig zu fliehen. Er wurde in der Folge Mitglied der Staatspolizei und sogar ihr Chef.

«Und doch muß es sein!» sagte Vidocq traurig. «Dort ist dein Schiff, das der Kaiser dir zurückgibt, Jason. Dein Leben ist auf dem Meer, nicht zu Füßen einer Frau, die an einen andern gebunden ist. Und im Hafen von Le Conquet wartet eine Kutsche auf die Fürstin Sant'Anna.»

«Sie täte besser daran zurückzufahren, denn sie wird vergeblich warten!» knurrte eine wütende Stimme. «Marianne bleibt hier!» Und Jean Ledru, eine geladene Pistole in jeder Hand, schob sich zwischen das Paar und den Polizisten. «Das hier ist mein Schiff, Polizist! Und wenn es auch klein ist – hier bin ich der Herr nach Gott! Unter unseren Füßen ist das Meer, und die Männer gehören mir! Wir sind vierzehn, und du bist allein! Wenn du lange leben willst, dann rate ich dir, Marianne mit dem Mann, den sie liebt, gehen zu lassen, wie beide es wünschen. Wenn nicht – glaub mir, die Fische werden keinen Unterschied zwischen dem Fleisch eines Geheimagenten und dem eines geflohenen Sträflings machen. Also tritt zurück, und hinunter mit dir in die Kombüse! Wenn sie an Bord der Brigg sind, werde ich dich an Land bringen.»

Vidocq schüttelte den Kopf und wies auf das Schiff, das jetzt ganz nahe war und an dem sie anlegen wollten. Die hohe Schiffswand überragte von Augenblick zu Augenblick mehr das Deck des Kutters. «Du vergißt Surcouf, Seemann! Er weiß, daß diese Frau mit einem anderen verheiratet ist und daß dieser andere Anspruch auf sie erhebt. Er ist ein Ehrenmann, der nur seine Pflicht kennt und die Solidarität der Seeleute.»

«Er hat sie bewiesen, als er einwilligte, Marianne zu helfen, obwohl er mich vielleicht für schuldig hielt!» rief Jason. «Er wird uns auch jetzt helfen!»

«Nein! Ich würde ihn nicht einmal darum bitten, wenn ich an deiner Stelle wäre. Madame», fügte er hinzu, indem er sich an Marianne wandte, ohne sich um die beiden schwarzen Pistolenmündungen zu kümmern, die auf seinen Leib gerichtet waren, «Ihr seid es, an die ich appelliere, an Euer Ehrgefühl und an Eure Redlichkeit: Habt Ihr den Fürsten Sant'Anna unter Zwang geheiratet, oder habt Ihr es freiwillig getan?»

Mariannes Körper erstarrte in Jasons Armen. Mit all ihren Kräften versuchte sie, das Unheil abzuwenden, das im gleichen Moment über sie hereinbrach, in dem sie schon das Glück für immer zu packen glaubte. Ihren Kopf an der Schulter ihres Freundes bergend, murmelte sie: «Ich habe ihn – freiwillig geheiratet. Aber ich habe Angst vor ihm...»

«Und du, Jason, hast du nicht irgendwo eine Frau?»

«Diesen Teufel, der meinen und Mariannes Tod wollte? Sie bedeutet mir nichts mehr.»

«Und doch ist sie deine Frau vor Gott und vor den Menschen. Glaubt mir, willigt ein, euch jetzt zu trennen. Ihr werdet euch später unter besseren Umständen wiederfinden ... Ich habe nicht den Auftrag, Euch, Madame, zu Eurem Gemahl zu bringen, sondern zum Kaiser, der Euch rufen läßt.»

«Ich habe ihm nichts zu sagen!» rief sie heftig.

«Aber er Euch! Und ich weigere mich zu glauben, daß Ihr ihm nichts zu antworten habt – zumal er Euch vielleicht helfen kann, dem einen wie dem anderen, Euch von Euern Bindungen zu befreien. Seid also vernünftig – und zwingt mich nicht, Gewalt anzuwenden! Jason kann Frankreich nur allein verlassen und unter der Bedingung, daß Ihr mir gehorsam nach Paris folgt.»

Jean Ledru, der seine Pistolen nicht losgelassen hatte, lachte spöttisch auf und warf einen kurzen Blick auf die Flanke der «Meerhexe», die sie jetzt in ihrer ganzen Höhe beherrschte. «Wir sind es, die Gewalt anwenden können, Polizist! Und ich sage dir, daß Marianne Jason folgen wird und daß Surcouf mir helfen wird, dich auf den Meeresgrund zu schikken, wenn du auf deinen verrückten Ideen beharrst ... Also tu, was ich dir gesagt habe: geh runter! Das Meer wird unruhiger, wir haben nicht viel Zeit zu verlieren. Hier sind wir in der Iroise, hier bleibt einem keine Zeit, Konversation zu machen, und die flache Insel, die du dort hinten siehst, ist Ouessant, von der man sagt: ‹Wer Ouessant sieht, sieht sein Blut!›

«Die Gewalt ist nicht bei dir, Jean Ledru! Sieh!»

Marianne, in der angesichts der festen Haltung des Bretonen wieder Hoffnung aufgelebt war, stieß einen schmerzlichen Laut aus. Das Kap Saint-Mathieu umsegelnd, war eine bedrohlich wirkende Fregatte im Blickfeld erschienen. Das Mondlicht glänzte auf den Kanonenmündungen.

«Das ist die ‹Sirène›», erklärte Vidocq. «Sie hat Befehl, dafür zu sorgen, daß alles geschieht, wie es der Kaiser befohlen hat, ohne im übrigen den Hintergrund des Befehls zu kennen. Der Kapitän weiß nur, daß er bei einem bestimmten Signal das Feuer auf eine Brigg eröffnen soll.»

«Meine Glückwünsche», bemerkte Jolival, der während des ganzen Wortgefechts geschwiegen hatte. «Für einen ehemaligen Sträfling verfügt Ihr über ziemlich große Mittel!»

«Der Kaiser ist mächtig, Monsieur. Ich bin nur ein bescheidenes Instrument, für einen Augenblick mit seiner Macht versehen. Ihr wißt sehr wohl, daß er Ungehorsam ihm gegenüber nicht zuläßt ... und offensichtlich hat er einige Gründe, nicht sehr an Madames blinden Gehorsam zu glauben.»

Jolival zuckte geringschätzig die Schultern: «Ein Kriegsschiff! Kanonen! All das, um eine unglückliche Frau von dem Mann zu trennen, den sie liebt! Gar nicht davon zu reden, daß Ihr mit der Versenkung der ‹Meerhexe› gleichzeitig den erlauchten Surcouf in die Tiefe schickt!»

«In einer Minute wird Surcouf an Bord dieses Schiffes sein. Seht, da steigt er schon zu uns herunter!»

In der Tat war eine Strickleiter ausgeworfen worden, und die schwere Gestalt des Korsaren kletterte mit einer Schnelligkeit herunter, die seiner Beweglichkeit alle Ehre machte.

«Was Madame betrifft», fuhr Vidocq fort, «so ist sie keine unglückliche Frau, sondern eine sehr große Dame, deren Gemahl die Macht hat, erhebliches Unheil anzurichten. Und auf die Bedeutung Beauforts brauche ich nicht erst einzugehen. Der Kaiser hätte sich nicht soviel Mühe gemacht, ihn zu retten, wenn er nur ein bedeutungsloser Mann wäre. Die guten Beziehungen zu Washington verlangen, daß er sein Land unversehrt und mit seinem Schiff erreicht – selbst wenn es so aussieht, als ob er in den Galeeren verfaule. Nun, Madame, wie entscheidet Ihr Euch?»

Surcouf war auf das Deck gesprungen und steuerte der um den Hauptmast versammelten Gruppe zu. «Was treibt Ihr denn?» rief er. «Ihr müßt Euch sofort einschiffen! Es ist Wind aufgekommen, und die See wird rauh. Eure Männer erwarten Euch, Monsieur Beaufort, und Ihr seid ein zu guter Seemann, um nicht zu wissen, daß die Gewässer von Ouessant gefährlich sind, besonders bei einem gewissen Wind...»

«Bewilligt ihnen noch einen Moment!» fiel Vidocq ein. «Wenigstens lange genug, daß sie sich adieu sagen können!»

Marianne schloß die Augen, während ein Schluchzen ihr die Brust zerriß. Mit all ihrer Kraft klammerte sie sich an Jason, als erhoffe sie vom Himmel ein Wunder... Sie fühlte, wie fest seine Arme sie umfingen, den Hauch seines Atems an ihrem Hals, dann spürte sie, wie eine Träne über ihre Wange rollte.

«Nicht adieu!» flehte sie verzweifelt, während er sie noch einmal an sich riß. «Nicht adieu! Ich könnte niemals...»

«Auch ich nicht! Wir werden uns wiedersehen, Marianne, ich schwöre es dir», flüsterte er an ihrem Ohr. «Wir sind nicht die Stärkeren, und wir müssen gehorchen. Aber da er dich zweifellos nach Italien reisen lassen muß, werden wir uns dort treffen...»

«Dort treffen?» Sie litt dermaßen, daß ihr die Bedeutung der Worte nur langsam aufging, sogar dieser, die voller Hoffnung waren.

«Ja, uns treffen – in sechs Monaten in Venedig! Mein Schiff wird auf der Reede warten...»

Nach und nach flößte er ihr den kämpferischen Willen ein, der ihn nie verlassen hatte, senkte seine Worte in ihre Ohren mit einer Kraft, die ihr wieder ein wenig zum Leben verhalf. Ihr Verstand begann von neuem zu arbeiten. «Warum Venedig? Der nächste Hafen bei Lucca ist in Livorno.»

«Weil Venedig nicht zu Frankreich gehört, sondern zu Österreich. Wenn du von deinem Mann die Freiheit nicht erhalten kannst, fliehst du zu mir. Aus Venedig kann Napoleon dich nicht wieder zurückholen! Hast du verstanden? Wirst du kommen? In sechs Monaten...»

«Ich werde kommen, aber, Jason...»

Er schloß ihren Mund mit einem Kuß, der die ganze Glut seiner Leidenschaft enthielt. Es lag in dieser Liebkosung nicht der Schmerz der Trennung, sondern eine Hoffnung, ein Wille, der imstande war, es mit der ganzen Welt aufzunehmen, und Marianne gab sie mit der ganzen Wärme ihrer Liebe zurück. Als er sie endlich losließ, murmelte er, während seine blauen Augen sich in ihre tränenüberströmten senkten: «Vor Gott, der mich hört – ich werde nie auf dich verzichten, Marianne! Ich will dich haben, und ich werde dich haben! Und wenn ich dich bis ans Ende der Welt suchen müßte! Jolival, Ihr wacht über sie!»

«Ich habe niemals etwas anderes getan», brummte der Vicomte, sacht den zitternden Körper derjenigen, die man ihm übergab, an sich ziehend. «Seid beruhigt!»

Entschlossen wandte sich Jason zu Surcouf und grüßte ihn ernst. «Ich verstehe nicht sehr gut, danke zu sagen», erklärte er, «aber wo und wann Ihr immer es wünscht, könnt Ihr über mich verfügen, wie es Euch beliebt, Baron. Ich bin der Eure!»

«Ich heiße Robert Surcouf!» entgegnete der Korsar. «Komm, laß dich umarmen, mein Junge! Und», fuhr er leise fort, «trachte danach zurückzukommen und sie zu holen. Sie ist die Mühe wert.»

«Das weiß ich schon lange», antwortete Jason mit einem kurzen Lächeln, die kraftvolle Umarmung des Mannes aus Saint-Malo beantwortend. «Ich komme wieder.»

Endlich wandte er sich Vidocq zu, streckte ihm freimütig die Hand entgegen: «Wir haben zuviel gemeinsam gelitten, um nicht Brüder zu sein, François», sagte er. «Du hast nur deine Pflicht getan. Du hattest keine andere Wahl.»

«Danke», sagte der Polizist schlicht. «Was sie betrifft, sei beruhigt, es wird ihr nichts Böses zustoßen. Auch ich werde aufpassen. Komm, ich helfe dir, da hinaufzuklettern», fügte er hinzu und wies auf die hölzerne Wand, an der die Strickleiter im Wind hin und her schlug.

Doch schon waren von dem amerikanischen Schiff mehrere Matrosen auf das Deck des Kutters gesprungen und bemächtigten sich ihres Kapitäns, indem sie ihn wie ein Paket hochhievten, während Ledrus Männer, denen Jason zuvor die Hände bis fast zum Zerquetschen geschüttelt hatte, die Leiter straff hielten. An Jolival gelehnt, verfolgte Marianne Jasons Aufstieg einem Fries über die Reling hängender Köpfe und Oberkörper entgegen. Auf Deck wurde seine Ankunft mit einer Freudenkundgebung, einem «Hurra!» begrüßt, das wie ein Kanonenschuß donnerte und in Mariannes Herzen schauerlich widerhallte. Für sie war dies die Stimme des fernen Landes selbst, in das Jason zu folgen sie nicht das Recht hatte und das ihn nun zurückholte.

Auf dem Heck der «Saint-Guénolé» hatte Vidocq dreimal ein Blinklicht an- und ausgehen lassen, und drüben, nahe dem felsigen Vorgebirge, hatte die Fregatte schon beigedreht, um nach Brest zurückzukehren. Inzwischen hatte der Himmel über der Küste eine weniger düstere Farbe angenommen. Doch der Wind blies stärker und blähte wieder die an den Masten emporsteigenden Segel, während die mit Bootshaken bewaffneten Männer des Fischkutters ihr Schiff von der Längsseite der Brigg abstießen. Jean Ledru hatte von neuem die Ruderpinne genommen, und nach und nach verbreitete sich der Wasserstreifen zwischen den beiden Schiffen. Der Fischkutter glitt am Heck des großen Seglers vorbei und geriet in das Licht seiner Positionslampen. Dort oben, zwischen zwei Laternen aus vergoldeter Bronze, sah Marianne, die ihre Tränen nicht länger zurückhielt, Jasons hohe Gestalt neben einem Matrosen, der ihn stützte. Er hob einen Arm zu einer Geste des Abschieds ... Er schien schon so weit fort, so fern, daß Marianne, außer sich vor Schmerz, vergaß, daß sie sich einen Moment zuvor noch versprochen hatte, mutig zu sein, daß dieser Abschied kein Lebewohl, sondern nur ein Auf Wiedersehen war ... Eine Sekunde später war sie nur noch eine zerrissene Frau, deren Liebstes der Wind davontrug. Mit einem verzweifelten Satz riß sie sich aus Arcadius' Händen und warf sich gegen die Reling des Schiffs. «Jason!» schrie sie, ohne des in die Wogen tauchenden Vorderstevens und des Wasserschwalls zu achten, der sie überflutete. «Jason! Komm zurück! Komm zurück! Ich liebe dich!»

Ihre nassen Finger klammerten sich an das glatte Holz, während sie mit mechanischer Bewegung ihr durchnäßtes Haar in den Nacken zurückwarf. Der Kutter versank in ein Wellental, und sie wäre fast über Bord gerollt, aber ihre ganze Kraft hatte sich in ihre verkrampften Hände geflüchtet, ihr ganzes Leben in ihre Augen, die Jasons Schiff nachblickten...

Zwei kräftige Arme umschlangen sie und rissen sie aus ihrer Versunkenheit und zugleich auch aus der Gefahr. «Ihr seid verrückt!» schimpfte Vidocq. «Wollt Ihr ins Meer stürzen?»

«Ich will ihn wiedersehen... Ich will ihn wiederfinden!»

«Er Euch auch! Aber er will keine Leiche wiedersehen, sondern Euch lebendig. Guter Gott! Wollt Ihr vielleicht vor seinen Augen sterben, um ihm Eure Liebe zu beweisen? Lebt, verdammt noch mal! Wenigstens bis zu dem Stelldichein, das er Euch gegeben hat!»

Sie betrachtete ihn erstaunt, bereits wieder durchdrungen von der Notwendigkeit zu leben, weiterzukämpfen, um das Ziel zu erreichen, das ihr zur Stunde noch unbekannt war. «Woher wißt Ihr das?»

«Er liebt Euch zu sehr. Andernfalls hätte er niemals eingewilligt, sich von Euch zu trennen. Kommt, geht unter Deck! Der Morgennebel steigt, und das Meer hat Euch durchnäßt. Man kann an einer Lungenentzündung genausogut sterben wie durch Ertrinken.»

Gehorsam ließ sie sich an einen besser geschützten Ort führen und in ein festes Segeltuch hüllen, aber sie lehnte es ab, in die Kombüse hinunterzugehen. Bis zum Schluß wollte sie Jasons Schiff sich entfernen sehen.

Dort hinten, vor den Inseln mit ihrem Kranz vorgelagerter Inselchen und Riffs, bewegte sich die «Meerhexe» langsam dem hohen Meer zu, anmutig geneigt unter dem zerbrechlichen, riesig ragenden Aufbau ihrer weißen Segel. Sie glich im Grau des frühen Morgens einer Möwe, die zwischen den schwarzen Klippen dahinglitt. Für einen Augenblick sah Marianne das Schiff von der Seite, während es zwischen zwei Inselchen hindurchmanövrierte. Am Bug hob sich die Gestalt einer Frau ab, und sie erinnerte sich dessen, was Talleyrand ihr eines Tages gesagt hatte: Es sei ihr Bild, das Jason für den Bug seines Schiffs habe schnitzen lassen, und sie wünschte sich leidenschaftlich, diese hölzerne Frau zu sein, die sein Blick zweifellos oft liebkose...

Dann wechselte die Brigg die Richtung, und Marianne sah nur noch das Heck und seine im dichten Nebel zerfließenden Lichter. Auch die «Saint-Guénolé» hatte nun Kurs auf den kleinen Hafen von Le Conquet genommen... Mit einem Seufzer trat Marianne zu Surcouf und Jolival, die, auf Taurollen sitzend, miteinander plauderten, während um sie herum die nackten Füße der beim Manövrieren beschäftigten Matrosen auf die Deckplanken klatschten. Bald würde eine Kutsche sie nach Paris bringen, wie Vidocq gesagt hatte, nach Paris, wo der Kaiser sie erwartete. Aber was würde er ihr sagen? ... Sich kaum noch daran erinnernd, daß sie ihn einmal geliebt hatte, dachte Marianne nur, daß sie keinerlei Neigung verspürte, Napoleon wiederzusehen ...

Als drei Wochen später ihre Kutsche in den Torbogen des Schlosses von Vincennes einfuhr, warf Marianne Vidocq einen beunruhigten Blick zu.
«Seid Ihr beauftragt, mich einzusperren?» fragte sie.
«Mein Gott, nein! Der Kaiser hat sich ganz einfach entschlossen, Euch hier zur Audienz zu empfangen. Ich habe seine Gründe nicht zu kennen. Alles, was ich Euch sagen kann, ist, daß meine Mission hier ihr Ende findet.»
Sie waren am Abend zuvor aus der Bretagne eingetroffen, und Vidocq, der Marianne auf dem Hof ihres Hauses abgesetzt hatte, hatte sie informiert, daß er sie am folgenden Abend zur Begegnung mit dem Kaiser abholen werde, aber er hatte hinzugefügt, daß sie keine Hofrobe anzulegen brauche, sondern sich vor allen Dingen warm anziehen solle.
Sie hatte den Grund für diese Empfehlung nicht recht begriffen, aber sie war so erschöpft gewesen, daß sie weder nach einer Erklärung gesucht, noch daran gedacht hatte, Jolival nach seiner Meinung zu fragen. Sie hatte ihr Bett aufgesucht, wie ein Schiffbrüchiger sich an ein Wrack klammert: um für das, was kommen würde und was sie so wenig interessierte, wieder zu Kräften zu kommen. Nur eine einzige Sache zählte: Drei Wochen waren verstrichen, drei mühsame, durchrüttelte Wochen auf endlosen Straßen, die das schlechte Wetter zu einer kräftezehrenden Qual gemacht hatte und die von allen nur möglichen unerfreulichen Zwischenfällen begleitet gewesen waren: Radbrüchen, gebrochenen Federungen, Pferden, die ausgeglitten und gestürzt waren, gar nicht zu reden von den Bäumen, die das Unwetter über die Straße geworfen hatte. Aber dennoch waren drei Wochen von den sechs Monaten verstrichen, an deren Ende Jason sie erwartete ...
Wenn sie an ihn dachte, und das war in jeder Stunde, jeder Sekunde der Zeit, die sie nicht verschlief, geschah es mit einem seltsamen Gefühl innerlicher Leere, einer Art von unstillbarem, schmerzlichem Hunger, den sie unterdrückte, indem sie unablässig versuchte, im Geist die so kurzen Augenblicke heraufzubeschwören, in denen er ihr nahe gewesen war, in denen sie ihn hatte berühren, seine Hand halten, sein Haar streicheln, den Geruch seiner Haut, seine beruhigende Wärme, die Kraft spüren können, mit der er, obwohl noch geschwächt, sie an seine Brust gepreßt hatte, bevor er ihr den letzten Kuß gab, der in der Erinnerung noch in ihr brannte und sie erzittern ließ.

Sie hatte Paris im Schnee angetroffen. Schwarze Kälte hatte das Wasser in den Dachrinnen und den Gossen frieren lassen, schnitt in die Ohren und rötete die Nasen. Die Seine war grau und führte Eisschollen, und man sagte, daß in den Häusern der Armen jede Nacht Leute vor Kälte starben. Eine dicke weiße Decke, die schmutzig wurde, ohne zu schmelzen, bedeckte alle Dinge, kleidete die Gärten in kaltes, glitzerndes Pelzwerk, verwandelte die Straßen jedoch in gefährliche vereiste Kloaken. Es war das leichteste Ding der Welt, sich auf ihnen ein Bein zu brechen. Doch Mariannes Pferde, die scharf beschlagen waren, hatten die lange Strecke von der Rue de Lille nach Vincennes ohne Schwierigkeiten hinter sich gebracht.

Die einstige Festung der Könige von Frankreich war plötzlich aus der Nacht aufgetaucht, finster und verfallen mit ihren bis auf die Höhe des Rundgangs geschleiften Wällen. Erhalten geblieben waren nur der Village-Turm über der alten Zugbrücke und der riesige Schloßturm, dessen schwarze, kantige, von vier Ecktürmchen flankierte Masse hoch über die entlaubten Bäume ragte. Pulverdepot, Arsenal und Vorratskammer der Armee, von Invaliden und einigen Soldaten bewacht, war Vincennes auch ein Staatsgefängnis, und der Schloßturm wurde scharf gesichert.

Doch er erhob sich, stumm, eingeschlossen in seine Umkleidung von Gemäuer und Verteidigungswerken, zur Rechten des riesigen, leeren Hofs, auf dem die schneebedeckten Haufen von Kanonenkugeln an kremige Törtchen erinnerten, und gegenüber einer verfallenen Kapelle, einem entzückenden und lächerlichen Spitzenwerk aus Stein, das langsam zerbröckelte, ohne daß jemand daran dachte, seinem Elend abzuhelfen, ein Kleinod, von Ludwig dem Frommen gewollt und ignoriert von dieser so wenig frommen Zeit. Und Marianne suchte vergeblich nach dem Grund dieser heimlichen Audienz hinter den Mauern einer verfallenen Festung von unheilvollem Ruf. Warum Vincennes? Warum in der Nacht?

Ein wenig weiter standen zwei noble Zwillingspavillons einander gegenüber. Sie beschworen das Grand Siècle, die Epoche des vierzehnten Ludwig, herauf, waren aber auch nicht besser behandelt worden. Den Fenstern fehlten Scheiben, die eleganten Mansarden waren halb eingestürzt, und Risse zogen sich durch die Mauern. Doch gerade zu einem dieser Gebäude, dem zur Linken jenseits der Kapelle, lenkte Gracchus auf ein Zeichen Vidocqs seine Pferde. Im Erdgeschoß zeigte sich ein wenig Licht hinter schmutzigen Scheiben. Die Kutsche hielt an.

«Kommt», sagte Vidocq und sprang auf die Erde. «Ihr werdet erwartet.»

Aufsehend, umfing Marianne mit einem überraschten Blick die zugleich elende und rohe Szenerie und raffte ihren mit Marder gefütterten Mantel aus schwarzem Tuch enger um sich zusammen, die mit Pelz eingefaßte Kapuze tief in die Stirn ziehend. Ein schneidender Nordostwind fegte über den riesigen Hof und brachte den Schnee zum Wirbeln und die Augen zum Tränen. Langsam betrat die junge Frau einen mit Fliesen ausgelegten Vorraum, der noch Spuren von Glanz bewahrte, und sofort sah sie Roustan. Eingehüllt in einen weiten Überwurf von lebhaftem Rot, dessen hochgeschlagener Kragen nur seinen weißen Turban sehen ließ, schritt der Mameluck über die unebenen Fliesen auf und ab und schlug sich dabei ungeniert die Seiten. Doch als er Marianne bemerkte, beeilte er sich, die Tür vor ihr zu öffnen, vor der er auf so lebhafte Weise Wache stand. Und dann stand Marianne Napoleon gegenüber ...

Er stand unter dem Sims eines großen Kamins, in dem ein ganzer Baumstamm brannte, einen der in Stiefeln steckenden Füße auf dem Kaminstein, eine Hand auf dem Rücken, die andere in die Öffnung seines langen grauen Rocks geschoben, und betrachtete die Flammen. Sein von einem schwarzen Zweispitz ohne die geringste Verzierung gekrönter Schatten reckte sich phantastisch bis zu den geschnitzten Kassetten der Decke, an denen Spuren von Vergoldung verblieben waren, und genügte ganz allein, diesen riesigen, leeren Raum zu füllen, an dessen Wänden nur noch Reste von gewirkten Tapeten und auf dessen Fußboden nur ein paar Schutthaufen zu sehen waren.

Äußerlich unberührt, nur ein wenig nachdenklich, sah er Marianne in ihre Reverenz versinken, dann wies er auf das Feuer. «Komm und wärme dich!» sagte er. «Heute nacht ist es schrecklich kalt.»

Stumm näherte sich die junge Frau und hielt ihre von den Handschuhen befreiten Hände über die Flammen, nachdem sie mit einer Kopfbewegung ihre Kapuze zurückgeworfen hatte. Und einen Augenblick blieben beide dort, ohne etwas zu sagen, betrachteten die tanzenden Flammen und ließen sich von ihrer Wärme durchdringen.

Endlich warf Napoleon einen kurzen Blick auf seine Gefährtin. «Bist du mir böse?» fragte er und musterte leicht beunruhigt das feine, stille Profil, die gesenkten Lider, die zusammengepreßten Lippen.

Ohne ihn anzusehen, antwortete Marianne: «Ich würde es mir nicht gestatten, Sire! Man ist dem Herrn Europas nicht böse.»

«Dennoch bist du's! Und nach alldem kann ich dir kaum Unrecht geben. Du hofftest fortzugehen, nicht wahr? Die Bande zu zerschneiden, die dich noch an ein Leben fesselten, das du nicht mehr wolltest, die Vergangenheit auszustreichen, alles, was gewesen ist, wegzufegen ...»

Plötzlich richtete sie ihre grünen Augen, in denen ein kleines amüsiertes Licht zu glitzern begann, auf ihn. Er war ein außergewöhnlicher Komödiant, wahrhaftig! Das war ganz seine Art, Entschuldigungen zu suchen, um sich in Zorn hineinzusteigern, wenn er sich schuldig wußte.

«Versucht nicht, einen Zorn anzuheizen, den Ihr nicht empfindet, Sire! Ich kenne – Eure Majestät zu gut! Und da ich ja nun wiedergekommen bin, möge der Kaiser vergessen, was ich vorhatte, und mir all die seltsamen Dinge erklären, die sich in den letzten Monaten zugetragen haben. Darf ich das Geständnis wagen, daß ich nichts davon verstanden habe und noch immer nichts davon verstehe?»

«Und doch bist du intelligent, scheint mir.»

«Ich hoffe, es zu sein, Sire, aber es sieht so aus, als seien die Winkelzüge der Politik Eurer Majestät für das Gehirn einer Frau zu kompliziert. Und ich gestehe ohne die geringste Scham, daß ich die Wahrheit dessen, was Eure Richter und Eure Zeitungen die ‹Affaire Beaufort› genannt haben, nicht zu durchschauen imstande war, außer daß ein unschuldiger Mann Unrecht erlitten hat, daß er zehnmal hätte sterben können, um einem Eurer Geheimagenten das Vergnügen und die Ehre zu verschaffen, ihn mit Euerm Segen und unter Aufsicht Eurer Kaiserlichen Marine entweichen zu lassen ... außer daß ich beinahe vor Verzweiflung gestorben wäre! Und daß Ihr mich endlich, um allem die Krone aufzusetzen, mit Gewalt hierher habt zurückbringen lassen ...»

«Oh! Mit Gewalt?»

«Gegen meinen Willen, wenn Ihr das vorzieht! Warum das alles?»

Napoleon gab seine nachdenkliche Haltung auf, wandte sich zu Marianne und sagte ernst: «Damit Gerechtigkeit geschehe, Marianne, und damit du Zeuge davon wirst.»

«Gerechtigkeit?»

«Ja, Gerechtigkeit! Ich habe immer gewußt, daß Jason Beaufort in keinem Punkt schuldig war, weder des Mordes an Nicolas Mallerousse noch der restlichen Taten. Allenfalls der, Champagner und Burgunder aus Frankreich herauszuschaffen zum Vergnügen von Leuten, die zu erfreuen ich nicht die geringste Neigung habe. Aber ich brauchte die Schuldigen – die wahren Schuldigen, ohne das feine Spiel meiner internationalen Politik zu zerstören. Und deshalb mußte ich das Spiel bis zu Ende spielen.»

«Und bis zum Ende riskieren, Jason Beaufort im Elend oder unter den Schlägen Eurer Wachmannschaften sterben zu lassen!»

«Ich hatte ihm einen Schutzengel beigegeben, der, mein Gott, seine Sache nicht schlecht gemacht hat! Ich wiederhole: Ich brauchte die

Schuldigen ... und dann war da diese Sache mit den falschen englischen Pfunden, die mich zwang zuzuschlagen, einfach um mich nicht lächerlich zu machen und meine geheimen Waffen nicht zu enthüllen.»

Die Neugier verdrängte allmählich Mariannes Groll. «Eure Majestät hat gesagt, daß Sie die Schuldigen wollte. Darf ich Sie fragen, ob Sie sie hat?»

Napoleon begnügte sich damit, zustimmend zu nicken. Marianne ließ nicht locker. «Eure Majestät weiß also, wer Nicolas getötet hat, wer der Falschmünzer ist?»

«Ich weiß, wer Nicolas Mallerousse getötet hat, und ich habe ihn in Gewahrsam. Was den Falschmünzer angeht ...»

Er zögerte einen Moment und warf der jungen Frau einen unsicheren Blick zu. Sie glaubte, ihn ermutigen zu müssen: «Und? War es denn nicht derselbe?»

«Nein ... Der Falschmünzer – der bin ich!»

Wäre der alte Plafond über seinem Kopf eingestürzt, hätte Marianne nicht betroffener sein können. Sie starrte den Kaiser an, als zweifele sie an seinem gesunden Verstand. «Ihr, Sire?»

«Ich selbst! Um den englischen Handel zu stören, hatte ich mir ausgedacht, eine große Anzahl englischer Pfunde von zuverlässigen Männern in einer diskreten Werkstatt drucken zu lassen und den Markt mit ihnen zu überschwemmen. Ich weiß nicht, wie die Elenden, die einen Teil von ihnen auf Jason Beauforts Schiff deponierten, sie sich verschaffen konnten, aber eins war sicher: es waren meine – und es war mir unmöglich, es bekanntzugeben. Deshalb ließ ich, während meine Agenten in den Gefängnissen und auch sonst überall in Frankreich heimlich daran arbeiteten, die Wahrheit herauszufinden, die Anklage gegen deinen Freund erheben. Deshalb hatte ich auch schon vorher seine Begnadigung unterschrieben und so gründlich wie nur möglich seine Flucht vorbereitet. Es konnte nicht fehlschlagen. Vidocq ist ein fähiger Mann ... und ich war ganz sicher, daß du ihn unterstützen würdest!»

«Wahrlich, Sire, wir sind nur Spreu in Euren Händen, und ich fange an, mich zu fragen, ob ein genialer Mann ein Segen Gottes ist – oder eine Plage! Aber dieser Schuldige, Sire ...», fügte sie angstvoll hinzu, «oder diese Schuldigen ...?»

«Du hast recht, wenn du diese sagst, denn es sind mehrere, aber sie hatten einen Chef, und dieser Chef ... aber komm lieber mit mir.»

«Wohin?»

«Zum Schloßturm. Ich habe dir etwas zu zeigen ... aber halte dich warm.» Instinktiv die zärtlichen Gesten wiederfindend, die ihm einst während der süßen Tage in Trianon eigen gewesen waren, wenn er ihr in den Mantel half oder einen Schal um ihre Schultern legte, schob er eigenhändig die Kapuze über Mariannes Haar und reichte ihr die Handschuhe, die sie auf den Kaminstein geworfen hatte. Dann nahm er wie damals ihren Arm, trat mit ihr ins Vestibül und gab im Vorübergehen Roustan ein Zeichen, ihnen zu folgen.

Draußen riß sie der eisige Wind in seinen Wirbel, und dicht nebeneinander überquerten sie den großen Hof, bis zu den Knöcheln im Schnee, der unter ihren Schritten knirschte. Vor dem Tor des Schloßturms ließ Napoleon seine Begleiterin durch die niedrige, von Schildwachen mit vor Kälte erstarrten Gesichtern bewachte Wölbung vorangehen. In den Bärten der Soldaten hingen winzige Eiszapfen. Unversehens hielt der Kaiser Marianne zurück. Eine an einem Eisenring von der Mauer hängende Laterne erhellte seinen graublauen Blick, der sehr ernst, ja streng geworden war, aber nicht hart.

«Was du jetzt sehen wirst, ist entsetzlich, Marianne ... und ganz und gar außergewöhnlich. Aber ich wiederhole dir: Es muß Gerechtigkeit geschehen! Bist du bereit, zu sehen, was ich dir zeigen will?»

Sie hielt seinem Blick stand, ohne mit der Wimper zu zucken: «Ich bin bereit!»

Darauf nahm er ihre Hand und zog sie mit sich. Sie durchschritten eine weitere niedrigere Pforte und fanden sich am Fuß des Schloßturms auf einer festen Brücke, die den tiefen und breiten Graben überspannte. Eine hölzerne Treppe führte in den Graben hinunter, und unwillkürlich sah Marianne auf seinen Grund hinab, wo Laternen brannten. Doch sofort wich sie mit einem leisen Schreckenslaut zurück: Unten auf dem schmutzigen Schnee, von zwei Posten bewacht, ragte ein schreckliches, unheilkündendes Gerüst; durch ein scheußliches Fenster ganz oben im rotangestrichenen Holzwerk war ein dreieckiges Messer zu sehen: die Guillotine!

Mit vor Schreck geweiteten Augen betrachtete Marianne die entsetzliche Maschine. Sie zitterte so stark, daß Napoleon sanft einen Arm um sie legte und sie an sich zog. «Es ist abscheulich, nicht wahr? Ich weiß es! Und niemand haßt dieses grausame Instrument mehr als ich.»

«Warum dann ...?»

«Um zu bestrafen, wie es sich gehört. Noch in dieser Stunde wird ein Mann sterben. Er wartet in einer Zelle des Schloßturms, und von einigen sorgfältig ausgewählten Männern abgesehen, die bei der Hinrichtung assistieren werden, wird niemand wissen, daß das Schafott heute nacht hier errichtet wurde, wie auch niemand je Kenntnis von dem Urteilsspruch haben wird, der dies angeordnet hat. Aber auch dieser Mann ist ein ungewöhnlicher Verbrecher, ein Elender, wie man ihn selten findet. Er hat im vergangenen Sommer kaltblütig Nicolas Mallerousse ermordet, nachdem er ihn in eine Falle gelockt und mit Hilfe seiner Komplizen gefesselt und geknebelt in das Haus in Passy gebracht hatte, in dem Jason Beaufort wohnte. Dort hat er ihn getötet, doch das war nur eins seiner zahlreichen Verbrechen. Einige Dutzend Männer, meine Soldaten, die auf englischen Gefangenenschiffen eingekerkert waren, sind gestorben, zerrissen von den Hunden, die dieser Elende zur Jagd auf sie dressiert hatte.» Seitdem Napoleon vor kurzem davon gesprochen hatte, daß er die Schuldigen gefaßt habe, ahnte Marianne, daß sie dies hören würde. Sie wußte schon seit langer Zeit, wer Nicolas ermordet hatte! Aber sie konnte nicht glauben, daß ein so teuflischer Mensch sich hatte erwischen lassen. Doch Napoleons letzte Worte tauchten die Zusammenhänge in helles Licht.

Dennoch verblieb in Marianne ein Zweifel, stärker als alle Vernunft. Sie gab ihm Ausdruck: «Sire! Seid Ihr diesmal ganz sicher, Euch nicht zu irren?»

Er fuhr auf und warf ihr einen plötzlich eisigen Blick zu: «Du wirst mich doch nicht auch für diesen Mann um Gnade bitten?»

«Das verhüte Gott, Sire – wenn er es wirklich ist!»

«Komm! Ich werde ihn dir zeigen.»

Sie betraten den Schloßturm, passierten den Wachraum, dessen Tür geschlossen war, erstiegen die schöne Wendeltreppe bis zur ersten Etage, wo sie in einen gotischen Saal gelangten, dessen vierfächriges Gewölbe von einem riesigen Mittelpfeiler getragen wurde. Dort wachten ein Kerkermeister – und Vidocq, der sich beim Anblick des Kaisers tief verneigte. In den Ecken des Raums führten stark gesicherte Türen in die Zellen, deren jede sich in einem Türmchen befand. Eine Geste Napoleons rief den Kerkermeister herbei.

«Öffne geräuschlos die Luke. Madame möchte den Gefangenen sehen.»

Der Mann wandte sich zu einer der Ecken, öffnete eine vergitterte Luke und zog sich mit einer Verbeugung zurück.

«Tritt näher!» sagte Napoleon zu Marianne. «Sieh!»

Widerwillig näherte sie sich der Tür, den Anblick, der sich ihr gleich bieten würde, wünschend und fürchtend zugleich, aber sie hatte vor allem Angst davor, ein unbekanntes Gesicht zu entdecken, das eines Unglücklichen, der dank eines jener Taschenspielertricks, in denen man hier so geschickt war, als angeblich wahrer Schuldiger herhalten mußte.

Eine Laterne auf einem Schemel erhellte das Innere der runden Zelle.

Ein Feuer brannte mit fröhlichem Prasseln in dem hohen, kegelförmigen Kamin, doch auf der Pritsche lag ausgestreckt ein Mann, Ketten an Handgelenken und Füßen, und dieser Mann – Marianne brauchte nur einen Blick, um festzustellen, daß es wirklich der war, den zu sehen sie gleichzeitig hoffte und fürchtete – war Francis Cranmere, es war der Mann, dessen Namen sie einmal getragen hatte.

Er schlief. Aber es war ein fiebriger, unruhiger Schlaf, der sie an den des kleinen spanischen Abbés im Gefängnis La Force erinnerte, der Schlaf eines Mannes, der Angst hat und den diese Angst bis in seine Träume verfolgt...

Vor Mariannes aufgerissenen Augen schloß eine feine weiße Hand leise die Luke. «Nun?» fragte Napoleon. «Ist er es diesmal wirklich?»

Unfähig zu sprechen, bejahte sie durch ein Zeichen, aber sie mußte sich einen Augenblick an die Mauer lehnen, so stark war ihre Erregung, zugleich hervorgerufen von einer düsteren Freude und einer Art Schrekken, auch von Überraschung, den Teufel, der beinah ihr Leben für immer zerstört hätte, endlich in der Falle zu sehen. Als sie sich wieder ein wenig gefaßt hatte, hob sie die Augen, sah den Kaiser vor sich, der sie besorgt beobachtete, und hinter ihm Vidocq, reglos vor dem Mittelpfeiler stehend. «Also ist das für ihn», sagte sie endlich, «was ich da unten gesehen habe?»

«Ja. Ich wiederhole es dir, ich hasse dieses Instrument, das ich so viele Unschuldige habe massakrieren sehen, und es flößt mir Schrecken ein, aber dieser Mann verdient es nicht, wie ein Soldat unter den Kugeln eines Erschießungskommandos zu fallen. Nicht dir, nicht einmal Nicolas Mallerousse bringe ich diesen Kopf dar, sondern den Schatten meiner von diesem Schlächter zu Tode gehetzten Männer.»

«Und – wann wird es sein?»

«Jetzt wird es sein! Da ist schon der Priester...»

In der Tat war ein alter Mann in schwarzer Soutane aus dem Schatten der Treppe hervorgetreten, ein Brevier in der Hand. Marianne schüttelte den Kopf: «Er wird ihn nicht wollen. Er ist nicht katholisch.»

«Ich weiß, aber es war nicht möglich, einen Pastor hierherzubringen. Was bedeutet im übrigen in der Minute, in der man stirbt, der Mund, der von Gott kündet und die Worte der Hoffnung und Barmherzigkeit spricht, solange sie überhaupt gesprochen werden...»

Mit einer leichten Verbeugung wandte sich der Priester zu der verschlossenen Tür, vom Kerkermeister geschäftig geleitet.

Marianne griff nervös nach Napoleons Arm. «Sire! Laßt uns nicht hierbleiben! Ich...»

«Du willst das nicht sehen? Es wundert mich nicht. Zudem war es nicht meine Absicht, dich einem solchen Schauspiel beiwohnen zu lassen. Du solltest nur sicher sein, daß meine Justiz sich diesmal nicht geirrt hat und daß nichts sie aufhalten kann. Gehen wir wieder hinunter! Es sei denn, du möchtest ihm adieu sagen.»

Sie machte eine verneinende Geste und lief fast zur Treppe. Nein, sie wollte Francis nicht wiedersehen, wollte nicht über ihn triumphieren in dem Augenblick, in dem er sterben sollte, damit sich wenigstens der letzte Gedanke dieses Mannes, den sie geliebt und dessen Namen sie einst getragen hatte, bei ihrem Anblick nicht in Haß verwandelte. Wenn für einen Mann wie Francis Cranmere Reue überhaupt möglich war, durfte man ihr wohltätiges Wirken nicht verhindern...

Den Kaiser im Gefolge, stieg sie die Treppe wieder hinunter, überquerte die Brücke, ohne auch nur einen Blick auf das schreckliche Gerüst zu werfen, und fand sich bald in der weißen Einöde des großen Hofes wieder. Der Wind, der sie mit voller Stärke packte, tat ihr gut. Sie hielt ihm ihr glühendes Antlitz entgegen. Der Schnee begann von neuem zu fallen. Einige Flocken blieben an ihren Lippen hängen. Sie sog sie mit Wonne auf. Dann drehte sie sich um und wartete, bis Napoleon, der weniger beweglich war als sie, sie wieder eingeholt hatte. Er nahm ihren Arm, und wie vorhin, nur langsamer, folgten sie dem Weg zum Pavillon der Königin.

«Und die anderen?» fragte Marianne plötzlich. «Habt Ihr sie auch gefaßt?»

«Die alte Fanchon und ihre Leute? Sei ohne Furcht: sie sind hinter Schloß und Riegel, und es gibt genügend Anklagepunkte gegen sie, um sie hundertmal hinrichten zu lassen oder für eine Ewigkeit auf die Galeeren zu schicken, ohne diese Sache heraufzubeschwören. Sie werden ordnungsgemäß verurteilt und bestraft werden. Für diesen war das unmöglich. Er wußte zuviel, und England hätte es vielleicht fertiggebracht, ihn wieder entwischen zu lassen. Die strikte Geheimhaltung war unbedingt notwendig.»

Sie waren wieder in dem verlassenen Saal angelangt, vor dessen Kamin Roustan das Feuer schürte. Napoleon stieß einen Seufzer aus und nahm seinen Hut ab, von dem der Schnee in Tropfen herabschmolz. «Sprechen wir jetzt von dir. Wenn die Straßen ein bißchen besser geworden sind, wirst du nach Italien zurückkehren. Ich muß den Forderungen deines Gatten nachgeben, denn sie sind berechtigt. Der Kaiser hat nicht das Recht, es dem Fürsten Sant'Anna zu verwehren, seine Frau bei sich zu sehen...»

«Ich bin nicht seine Frau!» protestierte Marianne zornig. «Und Ihr wißt es sehr wohl, Sire! Ihr wißt, warum ich ihn geheiratet habe! Das Kind ist nicht mehr...Es gibt also keine Bindung mehr zwischen mir und – diesem Schatten!»

«Du bist seine Frau, auch wenn du es nur dem Namen nach bist! Und ich verstehe nicht, Marianne, daß du so vor deinen Pflichten fliehst! Du, die ich für so tapfer hielt! Du hast die Hilfe dieses Unglücklichen angenommen – denn unter den Lebensbedingungen, die er sich geschaffen hat, muß er unglücklich sein –, und jetzt, da du deinen Teil des Vertrages nicht mehr erfüllen kannst, hast du nicht einmal den Mut, eine ehrliche Auseinandersetzung mit ihm zu suchen. Du überraschst mich...»

«Sagt ruhig, daß ich Euch enttäusche! Aber ich kann nichts dafür, Sire, ich habe Angst! Ja, ich habe Angst vor diesem Haus, vor dem, was es enthält, vor diesem unsichtbaren Mann und dem Spuk, der ihn umschleicht. Alle Frauen dieser Familie sind eines gewaltsamen Todes gestorben! Ich will leben, für Jason!»

«Es gab einmal eine Zeit, in der du für mich leben wolltest!» stellte Napoleon ein wenig melancholisch fest. «Wie die Dinge sich ändern! Wie die Frauen sich ändern... Im Grunde glaube ich, daß ich dich mehr geliebt habe, denn in mir ist nicht alles gestorben, was ich für dich fühlte, und wenn du nur wolltest...»

Sie hob protestierend die Hand: «Nein, Sire! Nicht das! In einer Sekunde werdet Ihr mir die so angenehme, bequeme Lösung vorschlagen, von der mir schon Fortuneé Hamelin gesprochen hat. Sie würde zweifellos den Fürsten Sant'Anna zufriedenstellen, aber ich, ich beabsichtige, mich für den zu bewahren, den ich liebe – wie auch immer die Risiken sein mögen.»

«Also gut, sprechen wir nicht mehr davon!» bemerkte Napoleon in so frostigem Ton, daß Marianne begriff, wie sehr sie ihn gekränkt hatte. In seiner männlichen Arroganz dachte er vielleicht, daß eine Liebesstunde mit ihm genügte, ihr Leid um Jason weniger spürbar und sie selbst dem Plan fügsamer zu machen, den er offenbar für ihr künftiges Dasein entworfen hatte. «Du mußt zu ihm reisen, Marianne», fügte er nach kurzem Schweigen hinzu. «Die Ehre und die Politik erfordern es. Du mußt mit deinem Mann wieder zusammenkommen. Aber sei ohne Furcht, es wird dir nichts geschehen.»

«Wie wollt Ihr das wissen?» fragte Marianne eher bitter als höflich.

«Ich werde darüber wachen. Du wirst nicht allein reisen! Außer diesem seltsamen Biedermann, der dich wohl adoptiert hat, wird dich eine

Eskorte begleiten – ein bewaffnetes Geleit, das dich nicht verlassen wird und zu deiner Verfügung bleiben muß.»

Marianne machte große Augen. «Ein Geleit? Mir? Aber in welcher Eigenschaft?»

«Sagen wir – in der Eigenschaft einer außerordentlichen Gesandtin! Ich werde dich zu meiner Schwester Elisa senden, nicht nach Lucca, sondern nach Florenz. Es wird dir ein Leichtes sein, die Angelegenheiten mit deinem Mann von dort aus zu regeln, ohne die geringste Gefahr zu laufen, denn ich werde dich mit Botschaften für die Großherzogin der Toskana betrauen. Ich wünsche, daß sich selbst dort mein Schutz auf dich erstreckt und daß man das weiß.»

«Gesandtin? Ich? Aber ich bin nur eine Frau?»

«Ich habe oft Frauen verwendet. Meine Schwester Pauline versteht einiges davon. Und ich will dich nicht völlig machtlos dem ausliefern, den du – du ja schließlich selbst zu heiraten wünschtest!»

Die Anspielung war klar. Sie bedeutete, wenn Marianne ein wenig klüger gewesen wäre, hätte sie es ihrem ehemaligen Geliebten vertrauensvoll überlassen, ihre Existenz zu sichern, statt sich in ein unmögliches Abenteuer zu stürzen.

In der Überzeugung, daß es besser sei, nicht darauf zu antworten und sich im übrigen zu fügen, bot sie ihm eine protokollarische Reverenz. «Ich werde gehorchen, Sire! Und ich danke Eurer Majestät für Ihre Sorge um mich.»

Insgeheim überlegte sie bereits, daß es von Florenz aus für sie leichter sein würde, als sie befürchtet hatte, Venedig zu erreichen. Sie wußte noch nicht genau, wie sie ihre Angelegenheiten mit dem Fürsten Corrado regeln, noch welche Art der Vereinbarung er ihr vorschlagen würde, aber eins war sicher: Sie würde nie wieder in der großen weißen Villa leben, die so schön und giftig war wie eine jener exotischen Blumen, deren Duft entzückt, deren Saft jedoch töten kann. Allerdings war da die Eskorte, die sie sich vom Halse schaffen mußte ...

Plötzlich öffnete sich die Tür. Vidocq erschien. Wortlos und ernst verneigte er sich. Der Kaiser wandte sich zu Marianne. Sein Blick traf sie voll. Sie hielt ihn aus, ohne schwach zu werden, obwohl sie spürte, daß sie wider Willen erblaßte. «Gerechtigkeit ist geschehen!» sagte er nur.

Aber Marianne hatte bereits begriffen, daß Francis Cranmeres Haupt gefallen war. Langsam ließ sie sich auf die Fliesen gleiten, die das Feuer erwärmt hatte, und mit gesenktem Kopf und gefalteten Händen begann sie für den zu beten, der von nun an nie wieder die Macht haben würde, ihr Böses zu tun... Um ihr Gebet nicht zu stören, entfernte sich Napoleon und verlor sich in den Schatten des Saals.

Die Kanonen donnerten über Paris. Zusammen mit Jolival und Adelaide an einem der Fenster ihres Hauses stehend, lauschte Marianne und zählte die Abschüsse. «Eins... zwei... drei... vier...»

Sie wußte, was es bedeutete: Das kaiserliche Kind war geboren! Schon mitten in der Nacht hatten die große Glocke von Notre-Dame und die Glocken aller Pariser Kirchen die Franzosen zum Gebet um eine glückliche Niederkunft aufgerufen, und in der Hauptstadt hatte niemand mehr geschlafen. Marianne noch weniger als alle anderen, denn diese Nacht war die letzte, die sie in ihrem Haus verbringen würde.

Ihr Gepäck war bereit, schon auf die große geschlossene Reisekutsche verladen, und sobald die versprochene bewaffnete Eskorte eintraf, würde sie sich auf den Weg nach Italien machen. Auf der Kommode prangten die kaiserlichen Briefe, die sie der Großherzogin der Toskana aushändigen sollte, mit ihren Bändern und roten Siegeln. Die Möbel ihres Zimmers trugen schon Überzüge. Es gab keine Blumen in den Vasen. Doch schon lange zuvor hatte Mariannes Seele dieses Haus verlassen.

Nicht weniger nervös als sie, zählte Jolival mit lauter Stimme: «Siebzehn, achtzehn, neunzehn... Wenn es ein Mädchen ist, sagt man, wird sie den Titel einer Fürstin von Venedig tragen.» Venedig! Nur noch drei Monate würde es dauern, bis Jasons Schiff in seiner Lagune Anker würfe! Und der Name der Stadt, zerbrechlich und bunt wie die schillernden Glaswaren seiner Handwerker, schmückte sich mit allen Farben der Hoffnung und Liebe.

«Zwanzig», zählte Jolival, «einundzwanzig...»

Ein Schweigen folgte, sehr kurz, aber so intensiv, daß man hätte meinen können, das ganze Kaiserreich hielte den Atem an. Dann nahmen die bronzenen Stimmen ihr triumphierendes Dröhnen wieder auf.

«Zweiundzwanzig! Dreiundzwanzig!» brüllte Jolival. «Es werden hundertundeins! Es ist ein Junge! Es lebe der Kaiser! Es lebe der König von Rom!»

Wie durch Zauberei folgte seinem Ruf ein gewaltiges Echo. Man hörte, wie Fenster geöffnet wurden, hörte Türen schlagen, hörte das Gebrüll aus den Kehlen all der Pariser, die auf die Straßen stürzten. Nur Marianne hatte sich nicht gerührt und die Augen geschlossen. So hatte Napoleon also endlich den Sohn, den er sich so wünschte! Die rosige österreichische Färse hatte ihre Rolle als Stammutter erfüllt. Wie glücklich mußte er sein! Und wie stolz! Sie stellte ihn sich vor, wie er die

Echos des Palastes mit dem metallischen Klang seiner Stimme, mit dem nervösen Knallen seiner Stiefelabsätze weckte. Das Kind war geboren, und es war ein Junge! Der König von Rom! Ein schöner Titel, der Weltherrschaft in sich schloß! Aber auch ein schwerer Titel für so zarte Schultern.

«Kommt, Marianne! Wir müssen auf diese glückliche Geburt trinken!» Arcadius hatte den Korken einer Flasche Champagner springen lassen, füllte die Gläser und reichte jeder der beiden Frauen eins. Sein fröhlicher Blick ging von einer zur anderen, während er das schmale Kristallglas hob, in dem der blaßgoldene Wein perlte. «Auf den König von Rom! Und auf Euch, Marianne! Auf den Tag, an dem wir auf Euern Sohn trinken werden! Er wird kein König sein, aber er wird schön sein, stark und tapfer wie sein Vater!»

«Glaubt Ihr es wirklich?» fragte Marianne, deren Augen bei der bloßen Beschwörung eines so großen Glücks feucht wurden.

«Mehr als das», sagte Arcadius ernst. «Ich bin dessen sicher!»

Und sein Glas leerend, warf er es nach russischer Art gegen den Marmor des Kamins, wo es zersplitterte, und schloß: «So sicher, wie ich dieses Glas auf immer zerstört habe!»

Amüsiert durch diese wunderliche Sitte taten die beiden Frauen es ihm nach. Dann befahl Marianne: «Ruft die Dienerschaft zusammen, Arcadius, und laßt auch ihnen Champagner servieren! Ich will ihnen in Freude adieu sagen, denn ich werde entweder glücklich wiederkehren oder gar nicht ... Ich kleide mich inzwischen an.»

Und sie ging, um sich auf die lange Reise vorzubereiten, die nun beginnen würde. Draußen, die Freudenrufe und Vivats der Pariser übertönend, dröhnten noch immer die Kanonen ...

Es war der 20. März 1811.

Inhalt

Erster Teil
Der Kurier des Zaren

1. Der Schlagbaum von Fontainebleau 7
2. Der erste Riß 28
3. Der tragische Ball 56
4. Die Schokolade Monsieur Carêmes 85
5. «Britannicus» 107

Zweiter Teil
Die Falle einer Sommernacht

6. Ein offenes Fenster und die Nacht 131
7. Das Haus des sanften Gespenstes 158
8. Der Schraubstock verengt sich 189
9. Die Anbeter der Königin 218
10. Ein seltsamer Gefangener 242
11. Über die rationelle Verwendung des Heus und dessen, was man in ihm findet 265
12. Die Jagd des Kaisers 286

Dritter Teil
Die Sträflinge

13. Die Straße nach Brest 309
14. Der neunte Stern 330
15. Auf daß Gerechtigkeit geschehe 355

Romane von *Juliette Benzoni*

voll Spannung, Romantik & Abenteuer

- **Cathérine im Sturm**
504 Seiten, Leinen

- **Ein Halsband für den Teufel**
480 Seiten, Leinen

- **Cathérine und der Weg zum Glück**
480 Seiten, Leinen

- **Marianne – Gesandte des Kaisers**
512 Seiten, Leinen

Herbig